BASTEI LÜBBE

BASTEI LÜBBE

MICHAEL DOBBS IM TASCHENBUCH-PROGRAMM:

13 728 Keine Macht der Welt
13 781 Um Kopf und Kragen
13 877 Schach dem König

Michael Dobbs

SCHACH DEM KÖNIG

Roman

Ins Deutsche übertragen
von Bettina Arnold

BASTEI LÜBBE

BASTEI-LÜBBE-TASCHENBUCH
Band 13 877

Erste Auflage: Juli 1997

Deutsche Lizenzausgabe 1997 by
Bastei-Verlag Gustav H. Lübbe GmbH & Co.,
Bergisch Gladbach
Originaltitel: The Final Cut
Lektorat: Iris Schmidt
Titelbild und Umschlaggestaltung:
Richardt – Savsek – Turek, Köln
Satz: KCS GmbH, Buchholz/Hamburg
Druck und Verarbeitung: Brodard & Taupin,
La Flèche, Frankreich
Printed in France
ISBN 3-404-13877-5

Der Preis dieses Bandes versteht sich einschließlich der
gesetzlichen Mehrwertsteuer.

Für David, Peter und Linda.
Die Familie Dobbs.

Daß wir sterben müssen, wissen wir; es ist der Zeitpunkt, der bestimmte Tag, den der Mensch ertragen muß.

William Shakespeare, *Julius Caesar*

PROLOG

Troödos-Gebirge, Zypern – 1956

Es war ein Spätnachmittag im Mai, die schönste Jahreszeit im Troödos-Gebirge, dann, wenn die Zeit vorbei ist, in der die Berge von einer Schneedecke eingehüllt sind, und noch vor der Zeit, wo sie zum Brennpunkt der levantinischen Sonne werden. Die Frühlingsluft war schwer vom süßen Duft des Harzes, und das Geräusch des leichten Windes brach sich in den Nadeln der großen Pinien, wie auch das Geräusch des Meeres, das an einer steinigen Küste aufläuft. Aber hier war man kilometerweit weg vom Mittelmeer, fast so weit wie der Weg, um von der See aus die kleine Insel Zypern zu erreichen.

Ein Schwarm Mauerschwalben schoß, vom Nisttrieb angestachelt, akrobatisch durch die Bäume. Das waren gute Zeiten, selbst in den Bergen eine Zeit des Überflusses. Ein paar Wochen im Frühling weicht der Staub abbröckelnder Geröllstücke, die als Erde durchgehen, der Blütenpracht von Wildblumen – explodierende Büschel purpurn blühender Schwertlilien, blutroter Mohn, Alyssum, jene Blätter und goldenen Blumenköpfe, denen man in alten Zeiten nachgesagt hat, sie könnten den Wahnsinn heilen.

Aber nichts würde den Wahnsinn heilen, den es bedeutet, an dieser Seite des Berges hervorzubrechen.

George, fünfzehn und fast dreiviertel, führte den Esel weiter den Bergpfad hinauf, unempfindlich für die ganze Schönheit. Seine Gedanken weilten wieder bei Brüsten. Es war ein Thema, das neuerdings den Großteil seiner Zeit zu beanspruchen schien, ihm den Schlaf raubte, ihn taub gegenüber den Worten seiner Mutter machte und ihn jedesmal erröten ließ, wann immer er eine Frau ansah, wobei er jedesmal geradewegs auf ihre Brüste starrte. Sie verfügten über eine ganz eigene Energie, die seine Blicke auf sie lenkte, wie Magneten, egal, wie sehr er auch versuchte, höflich zu sein. Er konnte sich anscheinend nie daran erinnern, wie ihre Gesichter aussahen, so weit kamen seine Augen meist gar nicht. Eines Tages würde er noch eine zahnlose alte Vettel heiraten. Solange sie über Brüste verfügte.

Wenn ihm daran lag, Krankheit oder, was noch schlimmer war, Mönchstum zu vermeiden, mußte er es irgendwie machen, entschied er. ES machen. Und zwar, ehe er fünfzehn dreiviertel war. In zwei Wochen.

Außerdem hatte er Hunger. Auf dem Weg nach oben hatten er und sein jüngerer Bruder Eurypides, dreizehn und fast ein halbes Jahr alt, angehalten, um den Honig aus den Stöcken des alten Weibes Chlorides zu holen, die gemeine Augen wie ein Vogel und schrecklich verkrümmte Finger hatte – sie beschuldigte sie ständig mit ihrem schlecht riechenden Atem, sie würden sie bestehlen, egal, ob sie das getan hatten oder nicht, so daß ein kleiner Diebstahl nur einen winzigen Teil ihres enormen Kredits bei ihr aufbrauchte. Gerechtigkeit an Ort und Stelle. George hatte die Bienen mit dem Rauch einer Zigarette ferngehalten, die er eigens zu diesem Zweck mitgenommen hatte. Fast hätte er sich verschluckt – er war noch nicht an Zigaretten gewöhnt, aber er würde sich daran gewöhnen, schwor er sich. Bald. Sobald er ES hinter sich gebracht hätte. Dann konnte er abends vielleicht einschlafen.

Es war nicht weit. Die terrassenförmigen Simse, auf denen sich ein paar verhutzelte Olivenbäumchen an die Felsen klammerten, lagen nun weit hinter ihnen, sie waren schon zwei Kilometer oberhalb des Dorfes, und weniger als zwei galt es noch hochzuklettern. Das Licht wurde bereits weicher, in ein paar Stunden würde es dunkel werden, und dann wollte George zu Hause sein. Seine Mutter bereitete *stifado* mit den kleinen Zwiebeln vor, die er so mochte. George beschloß, daß er sie auch um ein Glas ihres dunklen Weines bitten würde, so dickflüssig, daß er noch den Lehm schmecken konnte. Den hätte er sich dann verdient.

Er versetzte dem Esel einen weiteren starken Stoß. Das Tier – unter seiner Last eines roh behauenen hölzernen Sattels und zweier sich bauschender Segeltuchkörbe – hatte Schwierigkeiten damit, den mit Geröllbrocken übersäten Pfad zu bewältigen, und hielt gar nichts von solcher Art der Ermunterung. Das Tier verlieh seinen Einwänden auf traditionelle Art Ausdruck.

»Doch nicht über meine Schuluniform, du Mistvieh!« Eurypides stolperte einen erschrockenen Satz zurück und ließ, zu spät, einen Fluch hören. Es gab Prügel, wenn er in der Schule nicht in Uniform erschien, obwohl die Schule, gleich hinter der Kirche, nicht viel mehr war als eine bröckelige Hütte mit nur einem Raum. Selbst in einem armen Bergdorf hatte man Maßstäbe.

Und Gewehre.

Wie die beiden Sten-Gewehre, die, in Tuch gewickelt, auf dem Boden eines der beiden Tragekörbe lagen. Sie waren, wie auch die übrigen Sachen, für ihren älteren Bruder bestimmt. George beneidete seinen älteren Bruder, der sich gemeinsam mit fünf weiteren EOKA-Kämpfern in einem Berglager versteckt hielt, herabkam, um den Briten und ihren Spitzeln Schaden zuzufügen, und dann wie der Bergnebel wieder verschwand.

EOKA. Ethniki Organosis Kyprion Agoniston – die nationale Vereinigung zypriotischer Kämpfer – die ein Jahr lang versucht hatte, das engstirnige Kolonialdenken ihrer britischen Herrscher zu durchbrechen und sie zu zwingen, der Insel ihre Unabhängigkeit zu geben. Für die einen waren sie Terroristen, für die anderen Freiheitskämpfer. Für George großartige Patrioten. Mit jeder Faser, die nicht mit Sex beschäftigt war, wünschte er sich, ihnen beizutreten, zu ihnen zu gehören, die Feinde seines Landes und seines Volkes zu bekämpfen und in der Lage zu sein, sich selbst als richtigen Mann zu empfinden. Aber Frustration türmte sich auf jugendliche Frustration, weil das oberste Kommando nachdrücklich darauf bestand, daß niemand unter achtzehn an die Waffen durfte. Er hätte gelogen, aber es hatte keinen Sinn, nicht in einem Dorf, wo jedermann selbst die Nacht seiner Empfängnis kannte. Kurz vor Weihnachten 1939. Der Krieg gegen die Deutschen war erst ein paar Monate alt, und der Bruder seines Vaters, George, hatte sich freiwillig zum zypriotischen Regiment der britischen Armee gemeldet. Wie so viele junge Zyprioten hatte er an dem Kampf um Freiheit und Befreiung in Europa teilnehmen wollen, der, wenn er erst einmal gewonnen wäre, sicher auch ihre eigene Entlassung aus der Kolonialherrschaft nach sich ziehen würde. So oder ähnlich hatten sie gedacht. Die Abschiedsfeier seines Onkels war zu einer langen Nacht des Feierns und der Liebe geworden, und er war gezeugt worden.

Onkel George kam nie zurück.

Es war dem jüngeren George beigebracht worden, daß er viel zu erreichen hatte, um dem Andenken eines tapferen, lange verlorenen Onkels, Bruders und Freundes gerecht zu werden, dessen Andenken sich mit der Zeit immer mehr verklärte. George machte den Onkel, den er nie gekannt hatte, zu seinem Idol, aber er war erst fünfzehn und fast dreiviertel, und statt in historische Fußstapfen zu treten, mußte er sich damit begnügen, Nachrichten und Güter zu überbringen.

»Hast du es wirklich mit Vasso gemacht? Sei ehrlich, George.«

»Natürlich, Dummkopf. Einige Male!« log George und holte tief Luft. Er machte die Erfahrung, daß eine Lüge die andere nach sich zog, und jedesmal wenn das Thema ihrer Kusine Vasso aufkam, war er gezwungen, noch höher auf der wackeligen Konstruktion seiner Falschheit zu klettern.

»Wie war es?« Eurypides wand sich in seiner fleckigen Schuluniform, ängstlich darum bemüht, nicht zuviel Unkenntnis zu verraten, und gleichzeitig unfähig, der Entdeckungsreise zu widerstehen.

»Sie waren wie *peponia*, weiche Melonen aus Fleisch«, rief George aus und untermalte das Ganze mit seinen Händen. Er hatte weitergehen wollen, konnte es aber nicht; Vasso hatte ihn nicht weiter vorgelassen als bis zu den Knöpfen ihrer Bluse, wo er nicht die weichen Früchte seiner Vorstellung vorgefunden hatte, sondern kleine harte Brüste mit Nippeln wie Pflaumenkerne. Er war sich sicher, daß das ihre Schuld war, das nächste Mal würde besser sein.

Eurypides kicherte bei der Vorstellung, glaubte ihm aber nicht. »Du hast es gar nicht gemacht, nicht wahr?« warf er ihm vor. George spürte, wie sein kunstvoll errichtetes Bauwerk unter ihm zu schwanken begann.

»Doch.«

»Hast du nicht.«

»*Psefti.*«

»*Malaka!*«

Eurypides warf einen Stein, und George sprang hoch, stolperte über einen losen Stein und fiel flach auf den Rücken, die Scherben seines Traums um sich verstreut. Eurypides' Lachen, mal kindlich hoch, dann wieder pubertär dumpf, klang durch das Tal und fraß sich wie Säure in den Stolz seines Bruders. George fühlte sich erniedrigt, er brauchte etwas, um seinem schwindenden Ansehen wieder auf die Beine zu helfen. Vielleicht sollte er seinem Bruder in irgendeiner Form großen physischen Schmerz zufügen oder zu einem anderen Mittel greifen, um seinen Status als älterer Bruder wieder klarzustellen. Plötzlich wußte er genau, wie.

George löste das Verschlußband eines der Körbe und griff tief hinein, unter die Orangen und das Stück geräucherten Schweinespeck, bis seine Finger ein zylindrisches Päckchen in Leinwand berührten. Vorsichtig zog er es heraus, dann ein zweites, nur wenig kleineres Bündel. Im Schatten eines großen Geröllblocks legte er beide auf einen Teppich aus weichen Piniennadeln, entfernte sanft die Verpackung, und Eurypides blieb der Mund offenstehen. Es war sein erster Aufstieg auf dem Versorgungsweg, ihm war nicht gesagt worden, was sie transportierten, und seine Augen wurden groß, als er erkannte, um was es sich handelte. Was da aus der Umhüllung zu ihm hochstarrte, war das matte graue Metall eines Sten-Gewehres, mit einem Scharnier versehen, um es für den Schmuggel kompakter zu machen. Daneben lagen drei Munitionsmagazine.

George war entzückt über die Wirkung, aber er mußte noch weiter gehen. Innerhalb weniger Sekunden – wie sein Bruder es ihm in der vergangenen Woche beigebracht hatte – hatte er die Sten, ein leichtgewichtiges Maschinengewehr, bereitgemacht, indem er den Metallstab bewegte und an seinen Platz schnappen ließ und eines der Magazine einschob. Er steckte die erste Patrone in die Kammer. Es war fertig.

»Du hättest nicht gedacht, daß ich mit einem dieser Dinger umgehen könnte, nicht?« Er fühlte sich viel besser, jetzt, wo seine Autorität wiederhergestellt war. Er bettete das Gewehr in die Beuge seines Arms und nahm eine Kampfhaltung ein, wobei er das Tal mit einer Salve vorgeblicher Schüsse beharkte und so tat, als tötete er tausend verschiedene Feinde, die in ihren Befestigungen hockten, ehe er seiner stummen Armee von Soldaten befahl, die Wälle zu stürmen und den Rest fertigzumachen. Dann wandte er sich dem Esel zu und erledigte ihn mit einer Reihe gepfiffener Laute. Das Tier fuhr in seliger Unkenntnis seines Schicksals damit fort, an einem Klumpen trockenen Grases zu rupfen.

»Laß mich auch mal, George. Ich bin dran«, bat sein Bruder.

George, der Anführer, schüttelte den Kopf.

»Sonst erzähle ich jedem von Vasso«, drohte Eurypides.

George spuckte aus. Er mochte seinen jüngeren Bruder, der, obwohl er erst dreizehneinhalb war, schneller laufen und lauter rülpsen konnte als alle anderen im Tal. Eurypides war auch stärker als die meisten Gleichaltrigen, und ihm war weitaus mehr zuzutrauen als ein bißchen Erpressung. George hatte keine genaue Vorstellung davon, was Eurypides eigentlich über ihn und Vasso weitererzählen wollte, aber in seinem zerbrechlichen emotionalen Zustand war schon jeder Krümel zuviel. Er übergab die Waffe.

Als Eurypides' Hand sich um den geriffelten Griff

schloß und sein Finger nach dem Abzug suchte, bellte das Gewehr, fünfmal, ehe der entsetzte Junge es zu Boden fallen ließ.

»Die Sicherung!« schrie George auf, zu spät. Er hatte sie vergessen. Der Esel stieß ein heftiges Schnauben der Verachtung aus und kanterte auf der Suche nach weniger gestörten Weidegründen zwanzig Meter den Pfad hinauf.

Die Hauptvorteile des 9mm Sten-Gewehrs liegen darin, daß es leicht und ein Schnellfeuergewehr ist; weder ist es besonders stark, noch wird es als besonders genau angesehen. Auch hat es einen lauten Rückstoß. Die kristallklare Luft von Troödos, wo sich die Ausläufer vom Mount Chionistra in den dunstverhangenen Weiten verlieren, trägt ein Geräusch wie einen Sturmvogel die Schwingen. Es war kaum überraschend, daß die Patrouille der britischen Armee das Bellen des Sten-Gewehrs hörte. Eher bemerkenswert war die Tatsache, daß die Patrouille sich so sehr hatte nähern können, ohne daß George und Eurypides sie bemerkt hatten.

Es gab Rufe von zwei Seiten. George sprang auf, um den Esel zu fassen, aber es war schon zu spät. Hundert Meter unter ihnen kam ein Soldat in Khaki und mit Hochlandhaube näher und schwenkte eine 303 in ihre Richtung. Georges sofortige Reaktion war nicht Besorgnis, sondern Neid; der Schotte mit dem frischen Gesicht wirkte kaum älter als er selbst.

Eurypides rannte schon, George zögerte nur so lange, wie es dauerte, die Sten umzuhängen und die zwei anderen Magazine einzustecken. Sie liefen den Berg hinauf, dorthin, wo die Bäume dichter wurden. Dornen zerkratzten ihnen die Beine, und der laute Herzschlag und ihr keuchender Atem übertönten jedes Geräusch einer Verfolgung, bis sie nicht mehr weiterlaufen konnten. Sie stürzten über einen Felsen, ihre aufgerissenen Augen verrieten einander ihre Angst, die Lungen brannten.

Eurypides war der erste, der sich erholte. »Mom wird uns umbringen dafür, daß wir den Esel verloren haben«, keuchte er.

Sie liefen noch etwas weiter, bis sie in eine kleine Mulde im Boden taumelten, die durch Felsnasen gut verborgen war, und sie beschlossen, sich dort zu verstecken. Mit dem Gesicht am Boden lagen sie inmitten der felsigen Schüssel, einer den Arm um den anderen geschlungen, und lauschten.

»Was werden sie tun, wenn sie uns kriegen, George? Uns auspeitschen?« Eurypides hatte haarsträubende Geschichten darüber gehört, wie die Briten mit Jungen verfuhren, die der EOKA halfen, je ein Soldat an Armen und Beinen, und ein fünfter, der mit einer dünnen, reißenden Bambusrute die Auspeitschung vornahm. Es war wie keine andere Bestrafung, die sie aus der Schule kannten, nach der man aufstehen und weggehen konnte. Bei den Tommies, so sagte man, konnte man froh sein, wenn man hinterher noch kriechen konnte.

»Sie werden uns foltern, um herauszubekommen, wo wir die Gewehre hinbringen wollten, wo sich die Männer verstecken«, wisperte George durch trockene Lippen. Sie wußten beide, was das bedeutete. Ein EOKA-Versteck nahe des Nachbardorfes war enttarnt worden, kurz ehe der Winterschnee einsetzte. Acht Mann waren bei dem Angriff umgekommen. Der neunte und einzige Überlebende, noch nicht zwanzig, war vergangene Woche vor dem Gefängnis in Nicosia gehängt worden.

Sie dachten beide an ihren älteren Bruder.

»Wir können uns nicht fangen lassen, George. Wir dürfen nichts sagen.« Eurypides war ruhig und brachte es auf den Punkt. Er hatte sich immer schon weniger aus der Ruhe bringen lassen als George, war konzentrierter, der Kopf der Familie, derjenige mit Aussichten. Es gab sogar Überlegungen, daß er bis zum Sommer weiter zur Schule gehen sollte und dann zum Pankyprion-Gymnasium in der Hauptstadt und später Lehrer werden sollte, ja sogar Beamter in der Kolonialverwaltung. Wenn es dann noch eine Kolonialverwaltung gab.

Sie lagen so still wie möglich, ignorierten die Mücken und Fliegen und versuchten, mit dem heißen Stein zu verschmelzen. Zwölf Minuten vergingen, ehe sie die Stimmen hörten.

»Sie sind zwischen diesen Felsen da drüben verschwunden, Corporal. Seitdem habe ich kein Fitzelchen mehr von ihnen gesehen.«

George bemühte sich, die Furcht, die ihre Fänge in seine Blase geschlagen hatte, unter Kontrolle zu bringen. Er war entsetzt, hatte Angst, sich in die Hosen zu machen. Was würde sein Onkel George jetzt tun? Eurypides sah ihn mit fragenden Augen an. George lächelte, sein Bruder lächelte zurück, sie fühlten sich beide besser.

Aus den Geräuschen unterhalb der Felsen schlossen sie, daß zwei weitere, vielleicht drei zu dem ersten Soldaten dazugestoßen waren und zu dem Corporal, der vielleicht dreißig Meter entfernt stand.

»Kinder, sagten Sie, MacPherson?«

»Zwei. Einer noch in Schuluniform, Corporal, und mit kurzen Hosen. Von denen droht uns keine Gefahr.«

»Wenn man nach den Sachen geht, die auf dem Esel waren, hatten sie vor, jemanden gehörig in Gefahr zu bringen. Gewehre, Minen. Sie hatten sogar Granaten, die aus Rohrstückchen am Küchentisch irgendeines alten Mütterchens hergestellt worden sind. Wir brauchen diese Kinder, MacPherson. Unbedingt.«

»Die Bastarde sind wahrscheinlich schon verschwunden, Corporal.« Das Scharren von Stiefeln. »Ich schau mal nach.«

Die Stiefel kamen jetzt näher, knirschten auf dem dicken Teppich von Piniennadeln, als würden sie Knochen zu Staub zermalmen. Eurypides biß sich tief in seine weiche Unterlippe, er hatte jetzt Angst. Angst vor der Bambusrute, Angst davor, daß er doch noch ihren älteren Bruder verraten könnte.

Er faßte nach Georges Hand, bemühte sich um Kraft, und als ihre eisigen Finger sich miteinander verflochten, wuchs George über sich hinaus und faßte Mut für sie beide zusammen. Er war der Ältere, das hier war seine Verantwortlichkeit. Seine Pflicht. Und, wie er wußte, seine

Schuld. Er mußte etwas unternehmen. Er kniff seinen Bruder in die Wange.

»Wenn wir zurückkommen, zeige ich dir, wie du meinen Rasierapparat benutzen mußt«, lächelte er. »Dann besuchen wir Vasso, wir beide zusammen, ja?«

Er robbte an den Rand der Felsenschüssel, hielt den Kopf unten, schob das Sten-Gewehr über den Rand und schloß die Augen. Dann feuerte er, bis das Magazin leer war.

George hatte noch nie solche Stille erlebt. Es war eine innere Stille, wenn das Herz für einen Moment zu schlagen aufhört und das Blut nicht länger durch die Venen gepumpt wird, und er fragte sich, ob sein Herz je wieder schlagen würde. Kein Vogel zwitscherte, kein Windhauch ging, die Pinien flüsterten nicht, und es gab auch kein Geräusch nahender Schritte mehr. Nichts, bis der Corporal eine Schattierung tiefer zu sprechen begann.

»Großer Gott, jetzt müssen wir den verdammten Offizier holen.«

Der angesprochene Offizier war Francis Ewan Urquhart. Zweiter Lieutenant. Alter zweiundzwanzig. Er befand sich nach dem Aufschub fürs Studium im nationalen Dienst in einem von Schottlands angesehensten Regimentern, er verkörperte den Triumph der Bildung über die Erfahrung und, so die Gespräche in der Offiziersmesse, hatte noch nie einen guten Krieg gehabt. In der Tat hatte Urquharts Krieg kaum stattgefunden. Er war erst seit ein paar Monaten auf Zypern stationiert, nachdem er vorher eine Pflichttour durch die Kanalzone gemacht hatte, bei der sich Trunkenheit, Syphilis und Sandstürme als die größten Angriffe auf die britische Armee erwiesen hatten, in dieser Reihenfolge. Er sehnte sich nach Aktion, Beteiligtsein, war sich nur allzusehr seiner großen Jugend in den Augen einer Generation bewußt, die ein halbes Leben damit verbracht hatte, Waffen zu tragen. Nach dem Ausbruch der EOKA-Feindlichkeiten schien Zypern die Gelegenheit zu sein, aber seine Frustration war mit dem Aufenthalt auf der Insel nur gewachsen. Sein Kommandant stellte sich als ein Mann mit Mangel an Vorstellungskraft und voller Verbote heraus, dessen Vorsicht so weit ging, daß sie der Kompanie keinerlei Möglichkeit gab, Farbe zu bekennen, während die EOKA-Terroristen seit über einem Jahr Bomben warfen, metzelten und sogar sogenannte Verräter bei lebendigem Leibe verbrannten, indem sie sie in Brand setzten, so daß sie als abschreckendes Signal für andere die Straße entlang liefen. Urquharts Kompanie hatte mehr Schweiß dabei vergossen, Latrinen auszuheben, als damit, Terroristen aus ihren Schlupflöchern zu holen. Aber das war letzte Woche. Diese Woche hatte der Kommandant der Kompanie Urlaub, und Urquhart hatte die Vertretung, die Taktik war geändert worden, und seine Männer liefen an diesem Nachmittag seit Stunden zum Kundschaften die Berge hoch. Die Überraschungstaktik hatte funktioniert.

Beim ersten Peitschen von Gewehrfeuer hatte er zwei Meilen weiter unten im Tal in seinem Austin Champ gewartet, und er brauchte weniger als fünfzehn Minuten, um auf der Bildfläche zu erscheinen, wobei er die letzten hundert Meter zu Fuß zurücklegte, mit einem Hüpfen im Schritt.

»Report, Corporal Ross.«

Die Fliegen fingen schon an, sich um den blutigen Körper von Corporal MacPherson zu versammeln.

»Sie haben zugelassen, daß zwei Jungen und ein Esel das machen?« fragte Urquhart ungläubig.

»Die Kugel schien nicht zu wissen, daß sie von einem Jungen abgefeuert wurde, Sir.«

Die beiden, Urquhart und Ross, waren dazu geboren, zusammenzustoßen, der eine in einer Mietwohnung in Clydeside zur Welt gebracht, der andere auf einem Gutshof in Perthshire. Ross hatte am Strand der Normandie schon Kameraden begraben müssen, während Urquhart noch von seiner Kinderfrau der Schlips gerichtet wurde. Der ältere Mann, ein stiller Held der Halbinsel Korea, war zu einer Zeit in chinesischer Kriegsgefangenschaft gewesen, zu der der andere außer Examina und dem Tee mit

Nichtgraduierten nichts Feindliches erlebt hatten. Erprobtes Können gegen anmaßendes Akademikergehabe.

Außerdem war Urquhart vor nur einem Jahr der frische und pflichtbewußte kleine Untergebene gewesen, der Ross vom Sergeant zurück zum Gemeinen gestuft hatte, nachdem die Offiziersmesse bei Tell-el-Kebir in Brand gesteckt worden war und Urquhart die Aufgabe hatte, mögliche Verdächtige aufzuspüren. Ross hatte gerade erst den zweiten Streifen zurückbekommen und bemühte sich immer noch, verlorenen Boden wiedergutzumachen. Und verlorenen Sold.

Urquhart wußte, daß er aufpassen mußte, aber diesmal ignorierte er die Unverschämtheit des anderen, es galt, einen wichtigeren Kampf zu führen.

Die Kinder waren in einen bemerkenswert geeigneten natürlichen Schützengraben gestolpert. Etwa zwanzig Meter weiter wurde der Spalt in der Bergseite von einer Linie von Felsen begrenzt, die wirkungsvoll eine klare Sicht oder Feuer von oben verhinderte, während der Grund sanft auf der Dorfseite abfiel und einen Angriff schwierig machte, außer wenn er mit den Mitteln eines Frontalangriffs den Hügel hoch geführt würde, ein Vorgehen, das sich bereits als todbringend erwiesen hatte. Buschansammlungen umrahmten die Senke und gaben noch mehr Schutz, und eine junge Pinie hatte es irgendwie geschafft, auf dem rohen Felsengrund der Schüssel Fuß zu fassen.

»Irgendwelche Vorschläge, Corporal Ross? Wir brauchen eine schnelle Lösung.« Urquhart tätschelte den Browning des Offiziers an seinem Gürtel, war aber nicht so naiv, den Wert des anderen Mannes nicht zu erkennen.

Der Corporal saugte an seinem kleinen Finger, als wenn er einen Splitter entfernen wollte. »Wir könnten uns sofort ergeben, das ginge am schnellsten. Oder wir blasen die Bastarde in die Ewigkeit, wenn es das ist, was Sie wollen, Lieutenant. Eine Granate müßte reichen.«

»Wir brauchen sie lebend. Finden Sie heraus, wo sie mit diesen Waffen hinwollten.«

»Das sind Kinder. Bis zum Frühstück werden sie ausgehungert sein und herauskommen, ein weißes Tuch an einer Gabel schwenkend.«

»Jetzt, wir brauchen sie *jetzt*, Corporal. Zur Frühstückszeit wird alles zu spät sein.«

Sie wußten beide um die Dringlichkeit. Die Versorgungszüge der EOKA wurden immer zu bestimmten Zeiten durchgeführt; wenn sie sich mehr als sechs Stunden verzögerten, wurde das Versteck gewechselt, die griechischen Adler flogen aus und brachten die Briten wieder an den Ausgangspunkt ihrer Suche zurück. Sie brauchten kurze Schritte, und das erforderte schnelle Gefangennahmen und wenig geduldige Befragungstechniken.

»Im Leben, Ross, ist der richtige Zeitplan alles.«

»Im Tod nicht mehr.« Der Clydesider deutete auf MacPherson.

»Was, zur Hölle, ist Ihr Problem, Corporal?« fuhr Urquhart den Mann an.

»Um ehrlich zu sein, Mr. Urquhart, ich habe nicht den Magen dafür, Kinder umzubringen.« Aber es lag, unausgesprochen, noch mehr in seinen Augen. Er hatte einen Sohn, der nicht viel jünger war als die Jungen, die sich da in den Felsen verbargen. »Ich tue es, wenn ich muß. Wenn Sie mir den Befehl dazu erteilen. Aber es bringt mir keinen Ruhm ein. Die Medaille gebührt Ihnen.«

»Ich werde daran denken, Ihre kleine Predigt zu erwähnen, wenn ich an MacPhersons Eltern schreibe, ich bin sicher, sie werden sehr bewegt sein.«

Aber Urquhart blieb für verbale Feindseligkeiten keine Zeit mehr. Die große Mandarine von einer Sonne stand mit jeder Minute tiefer am Himmel und tauchte die Szene in trügerische Wärme. Zögern brachte Dunkelheit und vielleicht ein Scheitern für Urquhart, und er war kein Mann, der Untätigkeit vorzog. Er nahm ein Sten-Gewehr von der Schulter eines seiner Männer und feuerte, wobei er seine Füße fest in den Waldboden stemmte, eine Salve von Geschossen gegen die unnachgiebige Felswand im Rücken des Amphitheaters der Felsenschüssel. Ein zweites Magazin folgte, Staub und Splitter sprangen von den orangefarbenen Steinen, der Lärm war überwältigend.

»Ihr Jungs«, schrie er. »Ihr könnt nicht entkommen. Kommt raus, ich verspreche euch, daß niemandem etwas passiert.«

Schweigen. Er wies zwei andere Männer der Kompanie an, ihre Magazine an der Felswand leerzuschießen, und plötzlich erklang ein Schmerzensschrei. Ein Querschläger war zurückgekommen und hatte einem der Jungen eine blutige Schramme verpaßt. Kein Schaden, aber Schrecken und Angst.

»Sprecht ihr Englisch? Kommt jetzt raus, ehe jemand verletzt wird.«

Schweigen.

»Verdammt! Wollen die sterben?« Urquhart schlug frustriert die Handflächen zusammen. Aber Ross lag auf den Knien und hantierte mit einer Mills-Granate herum.

»Was, zum Teufel ...?« wollte Urquhart wissen, trat aber unwillkürlich einen Schritt zurück.

Der Corporal hatte den Bügel zurückgebogen, so daß sie nicht herausfallen konnte, dann fuhr er mit großer Sorgfalt und dem Stiel eines Sten-Gewehres fort, die Oberseite der Granate abzuheben und sie völlig aus dem Metallgehäuse und dem Sprengkopf herauszulösen. Das pulverförmige Explosionsgut rieselte heraus und bildete einen kleinen Haufen auf dem Felsen neben seinem Stiefel. Jetzt setzte er die harmlose Bombe wieder zusammen und reichte sie Urquhart.

»Wenn das nicht die Hasen aus ihrem Bau scheucht, schafft es gar nichts.«

Urquhart nickte verstehend. »Das ist eure letzte Chance«, rief er in die Felsen hinein. »Kommt raus, oder wir benutzen Granaten.«

»*Elefteria i Thanatos!*« kam die Antwort.

»Der Kampfruf der EOKA, Freiheit oder Tod«, erklärte Ross.

»Das sind ja nur Kinder!« keuchte Urquhart überrascht.

»Tapfere Burschen.«

Ärgerlich zog Urquhart den Bügel von der Granate und ließ das Geräusch des durchgeladenen Feuerstabs durch die Felsen hallen, dann warf er die Granate mit großer Genauigkeit in die Senke.

Weniger als zwei Sekunden später kam sie zurückgeflogen. Und wer konnte es ihm verdenken? Die Reaktion erfolgte automatisch, der Überlebensinstinkt war überwältigend. Urquhart warf sich zu Boden, barg den Kopf zwischen Piniennadeln und Zapfen und versuchte, die Sekunden zu zählen. Es gab ein dumpfes Plopp vom Zündkopf, aber mehr nicht. Keine Druckwelle, kein reißendes Metall oder zerrissene Körper. Als er hochsah, entdeckte er über sich eine höhnische Silhouette vor dem Abendhimmel, die Gestalt von Corporal Ross.

»Lassen Sie mich Ihnen aufhelfen, Sir.« Verachtung schwang in jeder Silbe mit.

Urquhart schob die angebotene Hand beiseite und rappelte sich auf, wobei er konzentriert den Staub von seiner Khaki-Uniform putzte, um seine Erniedrigung zu überspielen. Er wußte, daß sich jeder Soldat in der Region über ihn lustig machte, und bis zum Morgen würde die Geschichte in der gesamten Offiziersmesse die Runde gemacht haben. Er war seines Respektes verlustig gegangen, seiner Autorität entkleidet. Ross hatte seine Rache gehabt.

In Urquhart wuchs eine gewaltige Wut. Keine blinde Wut, die die Urteilskraft überlagerte, sondern eine Glut, die brannte und deren Licht die Klarheit des Verstehens brachte. Er war an einem Kreuzweg angekommen, von dem es kein Zurück gab, nicht nach dieser Demütigung vor den Augen seiner Männer. Er mußte nur noch entscheiden, welchen Weg er wählen sollte. Den einen müßte er mit krummem Rücken entlangtrotten, niedergedrückt von der Angst vor dem Versagen, mit Erwartungen, die nicht höher lagen als bei jedem anderen, und seinen Trost würde er in der Mittelmäßigkeit der Masse finden. Staub in der Wüste. Der andere Weg erlaubte ihm den aufrechten Gang, erlaubte Aufstieg; es war ein einsamer Weg, der ihn zur Zielscheibe von Neidern machen würde, und wenn er fiel, wäre es ein Sturz aus großer Höhe. Aber solange es dauerte, hätte er die Möglichkeit, die ehrgeizigen Ziele anderer zu durchschauen. Francis Urquhart hatte keinen Zweifel daran, welchen Weg er einschlagen würde.

»Holt zwei Benzinkanister aus dem Lager«, ordnete er an.

Ein Soldat eilte davon.

»Was haben Sie vor, Mr. Urquhart?« fragte Ross, und der Triumph in seiner Stimme erlosch.

»Wir brauchen Informationen oder müssen ein Exempel statuieren. Diese Terroristen sind für beides gut.«

Ross fiel der Wechsel im Status der Jungen auf. »Exempel wofür?«

Urquhart erwiderte den Blick des anderen; er bemerkte Schwäche darin, Angst, aber nicht um sich. Urquhart hatte wieder die Oberhand gewonnen. Dann trafen die Benzinkanister ein.

»Corporal, ich möchte, daß Sie sich von hinten anschleichen und die Deckung jener Felsen dort benutzen, um das Benzin in ihr Versteck zu schütten.«

»Und was dann?«

»Das hängt von ihnen ab.«

»Aber es sind doch noch Kinder ...«

»Erzählen Sie das MacPherson. Dies hier ist Krieg, keine Teeparty, und diese beiden haben beschlossen, dabei mitzumachen. Entweder kommen sie in einem Stück heraus, oder wir sengen ihnen die Schwanzfedern an. Es ist ihre Entscheidung.«

»Sie wollen sie doch nicht ausräuchern?«

»Ich gebe ihnen bei weitem mehr Chancen als die EOKA ihren eigenen Opfern.« Sie wußten, daß das verdammt richtig war, sie hatten beide die verkrümmten und verkohlten Körper gesehen, die Hände in unvorstellbarer Qual wie Klauen ausgestreckt, Väter und Söhne wurden oft aus der Kirche oder dem verzweifelten Griff ihrer Familien gezerrt, verbrannt, hingemetzelt. Als warnende Beispiele. »Die Nachricht wird sich verbreiten und den anderen eine Warnung sein. Das macht es uns beim nächsten Mal einfacher.«

»Aber, Sir ...«

Urquhart schnitt ihm das Wort ab und überreichte ihm einen Benzinkanister. »Wir geben Ihnen Deckung.«

Ross trat einen Schritt zurück und schüttelte den Kopf. »Ich werde sie nicht ausräuchern. Das ist nicht meine Art zu kämpfen. Gegen Kinder.«

Aus der Bewegung der anderen Truppenangehörigen war die Unterstützung hörbar. Ross war fähig, hatte Erfahrung, und einige der Männer verdankten ihm ihr Leben.

»Corporal, ich gebe Ihnen ausdrücklich den Befehl. Verweigerung ist ein Fall für das Kriegsgericht.«

»Ich habe selbst Kinder.«

»Und wenn Sie meinem Befehl nicht gehorchen, werde ich dafür sorgen, daß Sie so lange hinter Gitter kommen, daß sie erwachsene Männer sind, wenn Sie sie das nächstemal sehen.«

Die Qual grub tiefe Furchen in das Gesicht des Corporals, aber noch immer weigerte er sich, den Benzinkanister in die Hand zu nehmen. »Lieber das, als nie mehr in der Lage zu sein, meinen Jungen in die Augen zu sehen.«

»Nicht ich gebe Ihnen den Befehl, Ross, sondern Ihr Land.«

»Dann tun Sie es. Wenn Sie den Magen dafür haben. Oder wollen Sie sich wieder wie ein furchtsames Mädchen auf den Bauch legen?«

Die Herausforderung war ausgesprochen worden. Urquhart sah die anderen an, insgesamt fünf Männer, und erkannte, daß sie alle auf Ross' Seite standen. Er wußte, daß er nicht die ganze Abteilung vors Kriegsgericht bringen konnte, das würde einen Hanswurst aus ihm machen. Ross hatte recht; wenn es getan werden sollte, mußte er es selbst machen.

»Gebt mir Deckungsfeuer, wenn ich hinter ihnen bin.« Er sah den Corporal an. »Nein, Ross, Sie nicht, Sie stehen unter Arrest.«

Und weg war er. Tief geduckt lief er mit schnellen Schritten durch die Bäume, in jeder Hand einen Benzinkanister, bis er genau hinter dem Versteck war. Er gab ein Zeichen, woraufhin zwei der Männer aus der Truppe nacheinander das Feuer eröffneten und Donnerhall in die Szene sandten. Schnell und so leise wie möglich kletterte Urquhart auf einen der Felsen, einen großen Vorsprung, der fast die Höhe eines Mannes hatte und sich unmittelbar hinter der Stelle befand, wo die Jungen sich versteckt hielten. Der Deckel von einem Kanister war auf. Urquhart streckte sich und kippte, ohne sich den Jungen oder seinen Leuten zu zeigen, den Kanister über den Felsen, so daß sich alle viereinhalb Gallonen stinkenden Benzins über den Felsen ergossen und in die Senke tropften. Die zweiten viereinhalb Gallonen folgten sofort, sie erbrachen sich noch aus dem Hals des Kanisters, als er schon den Rückzug antrat.

»Ihr habt dreißig Sekunden, um herauszukommen, ehe wir das Benzin in Brand stecken!«

In dem felsigen Versteck verrieten die Gesichter von George und Eurypides ihre Not. Wenn sie so weit wie möglich von dem einsickernden Benzin wegkrochen, waren sie gezwungen, sich vor dem Geschoßhagel von Querschlägern zu ducken. Hinzu kam, daß das Benzin die Hänge der Felsensenke schlüpfrig gemacht hatte, so daß die Nägel ihrer Stiefel nur wenig Halt auf dem glatten Stein fanden. Das unvermeidbare Ergebnis auf so wenig Raum war, daß ihre Kleider sich mit streng riechendem Benzin vollsogen. Es verursachte ihnen Übelkeit.

»Fünfzehn Sekunden!«

»Das werden sie nicht machen, kleiner Bruder«, versuchte George sich selbst zu beruhigen. »Aber wenn doch, mußt du zuerst springen.«

»Wir dürfen nichts sagen. Was auch passiert, wir dürfen nichts sagen«, würgte Eurypides hervor.

»Fünf!«

Es waren mehr als fünf Sekunden. Deutlich mehr. Urquharts Bluff war herausgefordert worden, und er war nicht bereit dafür, hoffte, daß sich der nächste Schritt vermeiden ließe. Aber er hatte sich für diesen Weg entschieden, es gab keine Möglichkeit, umzukehren. Er hatte einen Lumpen zurückgehalten, der zur Hälfte mit Benzin getränkt war, den band er jetzt so um einen schmalen Felsen, daß die Benzinseite frei herunterhing. Er holte sein Feuerzeug hervor, erweckte die Flamme zum Leben und hielt sie an den Lumpen.

Von da an ging alles ganz schnell. Der Lumpen stand sofort in Flammen, explodierte fast auf Urquharts Hand und verbrannte die kleinen Härchen auf seinem Unterarm. Er war gezwungen, den Lappen sofort wegzuwerfen; er beschrieb einen hohen, qualmenden Bogen durch die Luft über den Felsen, ehe er zu Boden fiel. Ross schrie. Es gab einen Knall. Heiße Luft schwirrte über dem Versteck wie über einem Schornstein aus der Hölle. Dann erklang ein Schrei, ein entsetzter, heftiger, jungenhafter Schrei des Protestes. Zwei Köpfe erschienen über der Senke, dann die Oberkörper zweier junger Körper, als sie über den Rand kletterten. Aber dann schien der kleinere vor den Augen der Soldaten den Halt zu verlieren, rutschte aus, schwankte und verschwand. Der ältere Junge erstarrte, sah zurück auf das Inferno, warf einen letzten Blick auf den Wald vor sich, rief den Namen seines Bruders und stürzte sich zurück in die Tiefe.

Es war unmöglich, genau zu sagen, was sich in der Senke abspielte, aber jetzt hörte man zwei Stimmen schreien, vereint in einem Duett verlängerter Todesqual.

»Du verdammter Scheißkerl«, schluchzte Ross. »Ich will nicht zusehen, wie sie verbrennen.«

Und schon flog eine Granate aus seiner Hand in das Inferno.

Die Explosion ließ das Leben des Feuers verlöschen. Und stoppte die Schreie.

In dem Schweigen, das nun folgte, war Urquhart sich bewußt, daß seine Hände zitterten. Er hatte zum erstenmal getötet – im Interesse seines Landes, mit aller Autorität des Gemeinwohls, aber er wußte, daß viele das nicht als Rechtfertigung anerkennen würden. Hiermit war nichts zu gewinnen. Ross stand vor ihm, rang um Fassung, die Hände zu Fäusten geballt, die jeden Moment zuschlagen konnten. Die anderen Männer hatten sich zusammengedrängt, betäubt, schockiert.

»Corporal Ross, das war nicht das, was ich wollte«, begann er langsam, »aber sie sind selbst schuld. Krieg fordert Opfer, lieber Terroristen als mehr von der Sorte MacPhersons. Ich will Sie auch nicht ruiniert und vom Kriegsgericht hinter Gitter gebracht sehen. Sie können einen langen Bericht von Kriegsdienstleistungen vorweisen, auf die Sie stolz sein können.« Die Worte kamen jetzt leichter, seine Hände hatten aufgehört zu zittern, und die Männer hörten zu. »Ich denke, es wäre in jedermanns Interesse, wenn wir diesen Vorfall vergessen, wir wollen der EOKA keine weiteren Märtyrer bescheren. Und ich will nicht, daß Ihr Ungehorsam den Militärstellen unnütze Arbeit macht.« Er räusperte sich, um die Gewissensbisse aus der Kehle zu bekommen, die sich wie Galle dort festgesetzt hatten. »Mein Bericht wird so lauten, daß wir zwei nicht näher identifizierten, schwerbewaffneten Terroristen begegnet sind, die bei einem Militärmanöver nach dem Tod vom Gemeinen MacPherson getötet worden sind. Wir werden die Leichen heimlich im Wald vergraben, um den Ausbruch irgendwelcher Feindseligkeiten oder den Wunsch nach Vergeltung im Dorf zu verhindern. Sonst nichts. Es sei denn, Sie, Corporal Ross, wünschen einen umfassenderen Bericht?«

Ross, der große, schwerfällige, betroffene Soldatenvater, erkannte, daß ein solcher Bericht Urquhart vernichten könnte, mit Sicherheit aber ihn ruinieren würde. So war das in der Armee, Schmerz wurde von Rang zu Rang weitergereicht. Wie auch immer, für Urquhart bedeutete die Armee nicht mehr als ein paar Jahre nationalen Dienst, für Ross war sie das ganze Leben. Er wollte schreien, protestieren, daß das nichts anderes war als Barbarei, aber er wäre der erste, der verdammt würde. Dieses Wissen wog schwerer als sein Haß. Seine

Schultern sanken herab, und sein Kopf senkte sich in Kapitulation.

Während die Männer anfingen, in dem dünnen Wäldchen nach einem geeigneten Beerdigungsplatz zu suchen, machte Urquhart sich auf, um die Szene in der Felsensenke zu inspizieren. Er war dankbar, daß es überraschend wenig Schaden an ihren dunklen Gesichtern gab, aber der süßlichscharfe Gestank nach Flammen und Benzin ließ ihn fast erbrechen. Er kämpfte gegen die Versuchung an und gewann. Es gab nichts von militärischem Wert in ihren Taschen, aber um ihre Nacken hingen zwei dünne Ketten mit einem Kruzifix, in das ihre Namen eingraviert waren. Er nahm sie ab; niemand sollte je ihre Identität herausfinden.

Es dämmerte, als sie wieder den Berg hinunterfuhren, MacPhersons Leiche hinten aufgeladen. Urquhart wandte sich um, um einen letzten Blick auf den Kriegsschauplatz zu werfen, den Ort seiner Weihe, da sah er in der einsetzenden Dunkelheit plötzlich ein Licht. Ein Funken, ein Teil des Feuers hatte irgendwie überlebt und war von der Abendbrise angefacht worden, die es wieder ins Leben zurückbrachte. Die junge Pinie, die in der Mitte der Senke stand, war entflammt, ein Feuerzeichen markierte die Stelle, das meilenweit zu sehen war.

Während er abfuhr, beobachtete er minutenlang den brennenden Baum. Er erwähnte diesen Vorfall auf dem Berg nie wieder, aber danach, in Zeiten großer Entscheidungen oder persönlicher Krisen in seinem Leben, geschah es – wenn er die Augen schloß, oder manchmal auch im Schlaf –, daß die Erinnerung an jenen Tag und das klare Bild zurückkehrten, halb Alptraum, halb Inspiration. Die Erschaffung des Francis Urquhart.

EINS

Die Tür der Regisseurskabine öffnete sich einen Spalt, so daß Harry Grime einen Blick in den Zuschauerraum werfen konnte.

»Ist noch nicht da«, knurrte er.

Harry, einer der leitenden Gewandmeister der Königlichen Shakespeare Gesellschaft, mochte Francis Urquhart nicht. Tatsache war, daß er den Mann verabscheute. Harry war grob, aus Yorkshire, eine wütende Schwuchtel, die das Universum in solche teilte, die für ihn waren, und solche, die gegen ihn waren. Und Francis, nach Harrys unkomplizierter und unbescheidener Meinung, zählte zu letzteren.

»Ich lass' mich ficken, wenn der Bastard noch mal gewinnt«, hatte Harry bei der letzten Wahl vor der gesamten Belegschaft getönt, aber Urquhart tat es, und Harry wurde es.

Drei Jahre später hatte Harry seine Haarfarbe von lebhafter Kastanie zu frühreifer Orange geändert und seine Garderobe von engen Ledersachen zu etwas, das ihn atmen ließ und es seinem Bauch erlaubte, natürlich zu fallen, aber er war von keiner seiner politischen Überzeugungen abgerückt. Jetzt wartete er auf die Ankunft des Premierministers. Urquhart sollte kommen, und schon fühlte er sich verletzt.

»Verschwinde, Harry, lauf mir nicht immer vor die Füße«, fauchte der Regisseur aus seiner Ecke in einem Spinnweb von Kabeln, die die Bildschirme und Mikrofone verbanden, mit denen er die Aufführung kontrollieren sollte.

Harry plusterte sich auf und war im Begriff, zurückzuschlagen, dann überlegte er es sich anders. Es hatte schon zum erstenmal geklingelt, hinter der Bühne waren alle bereit, und die Mißgeschicke in letzter Minute, verlegte Requisiten und lose Knöpfe, mußten gemeistert werden. Niemand brauchte noch unnötige Aufregung, nicht heute. Er machte sich davon, um noch mal die Perücken in der Umkleidekabine an der Rückseite der Bühne zu überprüfen.

Heute stand *Julius Caesar* auf dem Programm des Swan Theatre, und der Zuschauerraum füllte sich schon, wenn auch langsamer als üblich. Der Swan, ein pinienverkleidetes Schauspielhaus mit einer Galerie, das an der Seite des Haupttheaters der Königlichen Shakespeare Gesellschaft in Stratford-upon-Avon steht, ist halbkreisförmig im Stil des Elizabethanischen Theaters errichtet und verfügt über eine intime, unformelle Atmosphäre mit höchstens vierhundertzweiunddreißig Plätzen. Gut für die Aufführung, aber ein Alptraum für die Sicherheitsleute des Premierministers. Was, wenn ein Theaterbesucher, der Shakespeare sehr mochte, aber mehr noch Francis Urquhart verabscheute, sogar noch mehr als Harry Grime, die Gelegenheit wahrnahm, um ihn ... um was? Niemand konnte es genau wissen. Die Zuschauer der Stratford-Barden waren nicht dafür bekannt, daß sie mit Waffen in Taschen und Beuteln anrückten – vielleicht Ibsen-Fans, auch die von Tschechow, aber doch sicher nicht bei Shakespeare? Dennoch wollte niemand die Verantwortung übernehmen, nicht in Gegenwart des nahezu gesamten Kabinetts, einer Handvoll weniger bedeutender Minister, ausgesuchter Verleger und Ehefrauen sowie anderer erlesener Kräfte des Oberhauses, die zusammengesucht worden waren, um an den Festlichkeiten zum zweiunddreißigsten Hochzeitstag von Francis und Elizabeth Urquhart teilzunehmen.

Geoffrey Booza-Pitt hatte sie gesammelt. Als jüngstes Mitglied von Francis Urquharts Kabinett war er Verkehrsminister und ein Mann mit einem sicheren Gespür für gute Gelegenheiten. Und für Ablenkungen aller Art. Und welche bessere Ablenkung von der ermüdenden ministeriellen Routine gibt es, als einen Block von hundert Plätzen zu Ehren des Hochzeitstages des Meisters zu buchen und die mächtigsten Männer des Landes einzuladen, um ihm öffentlich zu huldigen? Zweitausend Pfund für die Karten machten sich hundertfach durch persönliche

Publicity und kleine Gefälligkeiten bezahlt, die Westminster rundum schuldete, Downing Street eingeschlossen. Genau das war es, was Geoffrey dem Sponsor der Königlichen Shakespeare Gesellschaft, dem großen Autohändler Matasuyo, erzählt hatte, der in aller Stille zugestimmt hatte, den Großteil der Kosten zu übernehmen. Es hatte ihn, Geoffrey, keinen Pfennig gekostet, aber das erzählte er natürlich niemandem.

Sie trafen spät ein, ihr Einzug war fast königlich. Wenn sie sonst nichts wußten, so wußten sie nach elf Jahren Downing Street doch, wie man einen guten Auftritt hat. Elizabeth, die sich immer viel Mühe mit ihrer Erscheinung gab, wirkte, als wäre sie einer höheren Sphäre entschwebt in ihrem Abendkleid aus schwarzem Samt mit einem hohen weißen Kragen und einem Halsband aus aufeinander abgestimmten Diamanten und Smaragden, das das Licht des Theaters einfing und reflektierte, um alle anderen Frauen um sie herum zu blenden. Die Holzböden und Galerien des Hauses ächzten protestierend, als alle Leute vorwärtsdrängten, um einen Blick zu erhaschen, und bei einer kleinen Schar amerikanischer Touristen brach Applaus aus, der anhielt und langsam, wenn auch widerstrebend zur augenscheinlichen Verlegenheit vieler im Zuschauerraum verstärkt wurde.

»*Le roi est arrivé*.«

»Bryan, sei fair«, rügte einer der beiden Begleiter des Sprechers auf der ersten Galerie rechts über Urquhart.

»Fair? Reden wir wirklich über denselben Francis Urquhart, Tom? Den Mann, der berufsmäßig foult und dazu Elgar spielt?«

Thomas Makepeace gab keine andere Antwort als ein vorwurfsvolles Lächeln. Er wußte, daß Brynford-Jones, der Herausgeber der *Times*, recht hatte. Insiderwissen. Aber es gab Grenzen für das, was ein Außenminister an öffentlichem Ort über seinen Premierminister sagen durfte. Immerhin war Urquhart sein Freund, der diese Freundschaft über die Jahre mit gleichbleibender Unterstützung erwidert hatte.

»Du mußt seine Fußarbeit dennoch bewundern, wahrlich professionell«, fuhr Brynford-Jones fort, bevor er den Urquharts, die sich umsahen auf der Suche nach Bekannten, grüßend zunickte und lächelte. »Es gibt hier nicht einen Mann, der nicht die Zeichen des Premierministers irgendwo an seiner Anatomie trägt. Guter alter F.U.«

»Es gibt sicher noch mehr im Leben, Bryan, als Sie nur mit Zitaten zu versorgen.« Ein dritter Mann schaltete sich an Makepeaces anderer Seite ins Gespräch. Quentin Digby war ein Lobbyist, und ein guter. Er war nicht nur beruflich mit Politik befaßt, sondern war auf seine eigene zurückhaltende Weise auch ein Aktivist, der viele Wohlfahrtsverbände und Firmen aus der Gegend vertrat. Makepeace kannte ihn nicht sehr gut, mochte ihn aber recht gerne.

»Ich habe mich schon gefragt, wer von uns dreien heute abend den Part der Moral übernimmt«, neckte Makepeace.

Die Lichter im Saal gingen aus, als der Chefmanager von Matasuyo auf die Bühne trat, um eine Begrüßungsansprache zu halten. Das Licht, das die Bühne erleuchtete, schien zurück auf die Gesichter von Makepeace und seinen Begleitern und verlieh ihnen einen düsteren, verschwörerischen Ausdruck, der dem von Hexen glich, die einen Kessel beobachten.

»Im Ernst, Tom«, fuhr Brynford-Jones fort, der aus der Anwesenheit eines Ministers Profit schlagen wollte, »er hätte an seinem zehnten Jahrestag abdanken sollen. Zehn volle Jahre an der Spitze sind für jeden genug, oder?«

Makepeace enthielt sich einer Antwort und gab vor, sich auf die Rede des japanischen Herrn zu konzentrieren, der sich bemühte, eine Art geistiger Verbindung zwischen Kultur und Autos herzustellen.

»Er will einen Rekord aufstellen. Thatcher überbieten«, meinte Digby. »Mir wäre das egal, was soll das? Was will er damit erreichen? Die Hälfte aller Mülltonnen im Land sind so mit Einwickelpapier von Harrods vollgestopft, daß die Gemeinden mit dem Einsammeln überfordert sind, und die andere Hälfte der Landsleute geht betteln, um etwas zu essen zu bekommen.«

»Ihr Lobbyisten verderbt eure Anliegen immer durch Übertreibung«, wies Makepeace ihn zurück.

»Komisch, ich hielt das immer für ein Mittel der Politiker«, meldete sich der Herausgeber zurück.

Makepeace kam sich eingesperrt vor. So hatte er sich in den vergangenen Monaten schon oft gefühlt, wenn er neben Herausgebern saß oder vor seinen Wählern stand, denen er mit vorgeblichem Enthusiasmus begegnete, während er innerlich erschöpft und desillusioniert war. Irgend etwas war falsch gelaufen. Jemand war falsch gelaufen. Francis Urquhart. Er brachte Makepeace dazu, viel sagen zu wollen, aber wenig sagen zu dürfen.

»Er hat eine gute Zeit gehabt, Tom, das Land ist ihm dankbar und alles, aber es ist wirklich an der Zeit, daß frisches Blut zum Zuge kommt.«

»Sein Blut.«

»Ein neuer Anfang für die Regierung.«

»Für Sie, Tom.«

»Wir alle wissen, worum es Ihnen geht, wofür Sie eintreten.«

»Wir würden gerne helfen.«

»Sie wissen, daß unser Land nicht mehr das ist, was es einmal war. Oder sein könnte. Dieses Land hat ein zu großes Herz, um so lange in der Hand eines einzigen Mannes zu sein.«

»Besonders in der eines solchen Mannes.«

»Zur Hölle, selbst die illegalen Einwanderer gehen weg.«

»Sie sollten es machen, Tom. Makepeace ist allemal ein so guter Mann wie Urquhart.«

Atempause. Der Mann von Matasuyo hatte sich zurückgezogen, und das Stück sollte beginnen; Makepeace war dankbar dafür. Ihm schwirrte der Kopf. Er wollte ihre Behauptungen entkräften, den loyalen Gefolgsmann spielen, aber er fand nicht die richtigen Worte. Vielleicht hatten sie, was Urquhart betraf, recht.

Mit Sicherheit, was ihn betraf. Sie wußten, daß er sich das wünschte, genügend wünschte, daß ihm manchmal der Mund trocken wurde wie einem Mann, der sich in der Wüste verirrt hatte und eine Oase entdeckte, um dann erkennen zu müssen, daß es nur eine Fata Morgana war. Macht. Nicht um ihrer selbst willen, nicht für einen Platz in den Geschichtsbüchern, wie bei Urquhart, sondern für jetzt. Heute. Für alle die Dinge, die so dringend angepackt werden mußten und Veränderung brauchten.

Sowohl Brynford-Jones als auch Digby, der Verleger und der Lobbyist, hatten großes Interesse an einem Wechsel, weil sie von Berufs wegen Revolutionäre waren. Daß die Welt in ihrem Zustand verharrte, war ebensowenig ihr Wunsch wie seiner, dachte Makepeace. Vielleicht würden sie wertvolle Verbündete abgeben, eines Tages, wenn es wirklich zum Kampf käme. Nachdem sein Freund Francis das Feld verlassen hatte. Vielleicht würden sie auch gemeinsam zur Hölle fahren unter diesen Schurken.

Dann ertönte Gelächter. Caesar war das erstemal auf die Bühne getreten, mit einem Gesicht, das stark geschminkt war und ihn eindeutig wie Francis Urquhart aussehen ließ. Dasselbe langgezogene Profil. Stechende Augen. Zurückweichendes silbernes Haar. Ein klaffender Strich als Mund im Gesicht. Eine Maske, die weder Fröhlichkeit noch Gnade kannte. Hinter der Bühne hatte eine erbitterte Diskussion stattgefunden, als bekannt wurde, daß Urquhart selbst anwesend sein würde. Harry hatte sich leidenschaftlich für einen Boykott eingesetzt und damit gedroht, sich für alle Arten der Pfählung und des Protestes herzugeben, aber der Intendant hatte überzeugend argumentiert: »Immer mit der Ruhe, Schätzchen. Es ist Jahre her, daß deine untere Hälfte die Versprechungen der oberen gehalten hat. Und ich wette, es ist auch Jahre her, daß du deine untere Hälfte zuletzt gesehen hast. Du mußt alles aus der Erinnerung machen.«

Also hatten sie einen Kompromiß geschlossen. In echter Theatertradition würde die Show weitergehen, angereichert mit ein wenig ideologischem Gepäck. Wieder wurde Harry, der noch einmal einen Blick aus dem Souffleurskasten warf, um die Ernsthaftigkeit seines Protestes zu betonen, enttäuscht. Die lebende Maske schlug fehl. Urquhart, ein erfahrener Kämpfer in der öffentlichen Arena, hatte von seinem bevorzugten Platz direkt vor der Bühne neben Booza-Pitt die Gefahr erkannt und sofort reagiert. Er war nicht nur der, der am lautesten lachte, sondern stellte auch sicher, daß jedermann es mitbekam, indem er ein weißes Seidentaschentuch hervorzog und es lebhaft in Richtung seines Protegés schwenkte.

Mit fortschreitendem Spiel rang Makepeace mit sich. Loyalität war so wichtig, für ihn galt sie als eine der politischen Tugenden schlechthin. Dennoch hatte er nicht gut geschlafen, Grübeleien und Unruhe im Herzen hatten ihm die Ruhe geraubt, und Zweifel begannen sich in seine Träume einzuschleichen. Er wußte, wenn er nichts unternahm, sich zwischen den Zweifeln aufrieb, dann würde er auch noch seine Träume verlieren.

»Der Mißbrauch von Größe liegt dann vor, wenn sich Gewissen und Macht trennen …«

Loyalität. Aber wem gegenüber? Doch nicht nur gegenüber einem einzigen Mann. Große Männer haben ihren Tag, an dem sie erkennen, daß ihr Ruf vom Himmel fallen muß wie Blätter in einem Herbststurm.

»Sieh ihn deshalb als Schlangenei an, das, einmal ausgebrütet, wie es seine Art ist, Unheil bringt …«

Jeder Premierminister, den er kannte, hatte irgendwann zuviel verlangt, war abserviert worden. Geopfert. Hatte geblutet. Durch Kollegen.

Und schließlich war die Tat vollbracht. ›*Et tu, Brute*?‹ Eine besonders gnadenlose Darstellung der Ermordung, und bei jedem Schritt flatterte Urquharts Taschentuch.

»Dieser Scheißkerl!« wütete Grime, als er zur Umkleidekabine lief, um dem dahingemeuchelten Cäsar in sein Geisterkostüm zu helfen.

»Dein kleines Komplott hat nicht gewirkt, Schatz«, machte Julius sich über ihn lustig. »Hast du ihn gesehen? Er hat sich einfach über uns kaputtgelacht, das hat er.«

»Halt still, großer Julius, oder ich ramme dir diese Stecknadel in den Arsch«, keifte Harry. »Was weißt du schon über Komplotte? Das letzte schlechte Stück, das du hervorgebracht hast, ist über die Sekretärin nicht hinausgekommen.«

»Es hatte ein paar Entwicklungsprobleme«, gab Julius zu.

»So viel Sinn für Richtung wie ein Pferd auf einem Igel.«

»Wenigstens spiele ich. Du könntest nicht mal den Totenkopf in *Hamlet* spielen, wenn du einen guten Tag hättest.«

»Mistkerl«, fluchte Harry und verschwand.

Im Zuschauerraum kündigten die Lichter die Pause an, und donnernder Applaus zeigte die Anerkennung des Publikums für diese bemerkenswert frische Inszenierung. Es war lange her, daß jemand während einer Tragödie so viel gelacht hatte, aber Digby auf der ersten Galerie wirkte abgelenkt. Makepeace sprach ihn an.

»Tut mir leid, ich habe gerade über das neue Auto nachgedacht«, entschuldigte sich der Lobbyist.

»Über den Kilometerstand? Ob es umweltfreundlich ist? Recyclebar?«

»Kaum. Es handelt sich um vier Liter Testosteron, die in das weichste und exquisiteste italienische Design eingeschweißt sind, das man hierzulande finden kann, ohne eingesperrt zu werden. Ferrari. Rostrot. Mein einziges Laster. Er ist draußen geparkt.«

»Und Sie machen sich jetzt Sorgen, ob bis Ende der Woche das ganze Einwickelpapier aus Ihrer Mülltonne entsorgt ist«, spöttelte Makepeace.

»Ich mache mir noch mehr Sorgen darum, ob in unserer schönen neuen Welt nicht am Ende dieser Vorstellung die Stereoanlage rausgerissen ist. Was denken Sie, Außenminister?«

»Fassen Sie sich, meine Herren«, schaltete Brynford-Jones sich ein, »nichts dauert ewig.«

Der Herausgeber und der Lobbyist genossen den

Schlagabtausch, aber Makepeace war geistesabwesend. Er blickte nach unten in den Zuschauerraum, wo Urquhart, umgeben von begeisterten Anhängern und begleitet von Geoffrey Booza-Pitt, gerade sein Taschentuch wieder einsteckte.

»Alles in Ordnung, Tom?« wollte Brynford-Jones wissen.

»Ja, natürlich. Ich habe nur gerade gedacht, wie recht Sie haben. Sie wissen schon. Darüber, daß nichts ewig hält.«

Die Aktentasche aus rotem Leder lag geöffnet auf dem Rücksitz, die Papiere waren unberührt. Der Minister war eingeschlafen, sobald sie die Autobahn erreicht hatten – es war ein schweres Arbeitsessen gewesen, und der alte Knabe hatte nicht mehr den Magen von einst. Er schnarchte sanft vor sich hin, mit weit geöffnetem Mund und leicht auf eine Seite gerutscht. Er hätte sich anschnallen müssen. Der Fahrer betrachtete ihn einige Zeit sorgfältig im Rückspiegel, ehe er entschied, daß er es wagen konnte. Vorsichtig und darum bemüht, daß der Motor des Jaguars sein konstantes beruhigendes Summen bei dreiundachtzig Meilen pro Stunde beibehielt, griff er nach dem Knopf des Radios. Sie waren kurz vor dem Anpfiff in Upton Park, und die nächsten neunzig Minuten würden über die Anstrengungen einer ganzen Saison entscheiden. Das wollte er nicht verpassen.

Er wartete, als im Sprühregen vor ihm die Rücklichter eines alten Escort auftauchten, der noch immer zu beweisen versuchte, daß er TRi war und nicht schrottreif. Der jugendliche Fahrer des Escort fluchte, als die verrotteten Gummis seiner Scheibenwischer die Fahrbahn in einen Brei verwirrender Signale verwandelten, und er bemühte sich, einen Sinn in dem Bild vor ihm zu finden. Er achtete nicht darauf, was hinter ihm war. Der Fahrer des Ministers entschied, nicht das Risiko einzugehen, seinen Passagier dadurch zu wecken, daß er plötzlich bremste, nicht kurz vor dem Anfang des Spiels. Er wechselte auf die mittlere Spur, um den anderen Wagen zu überholen.

Einige Ereignisse im Leben – und im Tod – liegen außerhalb unseres Fassungsvermögens. Hinterher mögen Männer mit Fachwissen, Erfahrung und großen forensischen Fähigkeiten ihre Sicht der Dinge anbieten, aber allzuoft dienen solche Meinungen nicht als Erklärung, sondern als Entschuldigung. Manchmal ist es genauso einfach, sich damit abzufinden, daß es Momente gibt, wo das Schicksal sich von einem Nachmittagsschläfchen erhebt und, die Augen noch schwer vom Schlaf, spielerisch mit dem Finger deutet – mit wirren Absichten. Denn es geschah just, als der Fahrer des Ministers sich wieder zum Radioknopf vorbeugte, knapp sechs Meter seitlich hinter dem anderen Fahrzeug, als der rechte Hinterreifen des Escort platzte. Schicksal. Er schlingerte heftig vor die Limousine des Ministers, deren Fahrer, einhändig, das Lenkrad verriß. Der Jaguar prallte gegen die Leitplanke und beschrieb einen eleganten Kreis auf der nassen Straße, ehe er die Begrenzung durchbrach und die Böschung hinunter verschwand.

Am Stamm einer Ulme kam er zur Ruhe. Als der Fahrer sich von seinem Schrecken erholt hatte, entdeckte er, daß die Aktenmappe des Ministers zerfetzt neben ihm auf dem Vordersitz lag. Und der Minister auch.

»Francis Urquhart, Friedensstifter?«

Brynford-Jones machte keinen Versuch, den Unglauben in seiner Stimme zu verhehlen, und er betrachtete Makepeace ganz genau, um sich dessen Reaktion nicht entgehen zu lassen.

»Wir leben in einer spannenden neuen Welt, Bryan. Alles ist möglich.«

»Gut, aber Francis Urquhart?«

Sie hatten mit den anderen Gästen in der Downing Street auf den Stufen Schlange gestanden und gewartet, von den Urquharts formell begrüßt und dem Präsidenten der geteilten zypriotischen Landsmannschaften vorgestellt zu werden. Am Vortag hatten Türken und Griechen sich auf dem neutralen Boden des Ballsaals von Lancaster House unter den Augen des Premierministers auf einen Frieden geeinigt und zugestimmt, alle ausstehenden Einzelheiten innerhalb von drei Monaten zu regeln. Die Vereinigten Republiken von Zypern standen kurz vor ihrer Gründung, die Streitigkeiten waren beigelegt, der Ehrenwerte Francis Urquhart, MP, aktiver Geburtshelfer und Friedensstifter.

Jetzt wurde gefeiert. Die Mächtigen des Landes hatten sich in den Empfangsräumen im ersten Stock der Downing Street versammelt, um dem Frieden und Francis Urquhart zu huldigen. Es war eine gleichmachende Erfahrung, die für einige erniedrigend war. Egal, wie reich oder berühmt, sie waren alle gleich behandelt worden. Keine Autos, keine Auszeichnungen, keine Ausnahmen. Angehalten zu werden an den Eisengittern der Downing Street bei Whitehall. Von der Polizei überprüft zu werden, ehe die Erlaubnis erteilt wurde, mit den Ehefrauen zu Fuß die Straße hinunter zu der bewachten Eingangstür zu gehen. Warten zu müssen, während die Mäntel gegen einen zerknitterten Garderobenschein eingetauscht wurden. Fünf Minuten in einer Schlange schlurfend die Treppe hochzugehen, Stufe für Stufe, entlang an den Porträts früherer Herrscher, den Walpoles, Pitts, Palmerstons, Disraelis, Churchills und der einen, einzigen Margaret Thatcher. »Auf diejenigen, die wir gekreuzigt haben«, hatte Brynford-Jones gemurmelt.

»So muß es am Hof von Versailles gewesen sein«, meinte Brynford-Jones. »Kurz vor Eintreffen der Henkerkarren.«

»Bryan, Ihr Zynismus reißt Sie hin. Große Veränderungen verlangen ein bißchen Rücksichtslosigkeit. Ehre, wem Ehre gebührt«, wandte Makepeace ein.

»Sind Sie denn rücksichtslos, Tom? Rücksichtslos genug, um nach der Krone des alten Francis zu greifen? Denn er wird sie nicht zu Weihnachten verschenken. Sie müssen Sie sich schnappen, so wie er es getan hat. Wie sie alle es getan haben. Haben Sie wirklich das Zeug dazu?«

»In der Politik braucht man auch Glück«, erwiderte Makepeace, bemüht, der Frage auszuweichen, ohne sein Bestreben zu zeigen, entweder die Fragerei oder das Gespräch mit dem Herausgeber abzubrechen.

»Männer sollten Herren über ihr eigenes Schicksal sein.«

»Sie wissen, daß ich das Amt gerne übernehmen würde, aber die Frage stellt sich gar nicht. Noch nicht.«

»Die stellt sich nie dann, wenn Sie es erwarten. Sie wollen Großes erreichen, also packen Sie das Glück bei den Hoden, und schwingen Sie sich auf.«

»Bryan, manchmal habe ich den Verdacht, daß Sie mich in Versuchung führen wollen.«

»Nein, ich nicht. Ich biete einem Mann nur Ehrgeiz an und schaue, ob Ehrgeiz ihn in Versuchung führt. Ich bin einzig und allein ein Voyeur, das Vorrecht der Presse. Die Schmutzarbeit überlasse ich euch Jungs – und Mädchen!« rief er aus, lehnte sich vor und ergriff den Ellenbogen eines Gastes, der sich durch die Menge schob.

Claire Carlsen drehte sich um und lächelte, ihr Gesicht hellte sich auf, als sie ihn erkannte. Auch sie war Mitglied des Parlaments und mit achtunddreißig Jahren ein Dutzend Jahre jünger als Makepeace und der Verleger.

»Was haben Sie getan, um einen Platz in dieser illustren Schar zu verdienen?« fragte Brynford-Jones. »Ich dachte, niemand, der nicht mindestens Graf oder Erzbischof ist, wäre hier zugelassen. Ganz zu schweigen von demütigen Hinterbänklern.«

»Man nennt das Auflockerung, Bryan. Anscheinend haben professionelle mittelalterliche Moralprediger wie Sie gerne ein paar Röcke um sich herum, die sie an ihre verlorene Jugend erinnern. Sie wissen schon, ein bißchen Sabbern und dann glücklich weggehen. Das ist der Sinn.« Ihr Lächeln war herzlich, aber der Blick ihrer eisblauen Augen forschend. Sie war groß, fast so groß wie der untersetzte Herausgeber, der es genoß, wie die Abendsonne ihr blondes Haar schimmern ließ.

Brynford-Jones lachte laut. »Ihr Bekenntnis kommt zu spät. Ich habe schon zugegeben, ein Voyeur zu sein, und in Ihrem Fall bekenne ich mich gerne schuldig. Wenn dieser Ehemann von Ihnen Sie jemals vor die Tür setzt, sind Sie mehr als willkommen, zu mir zu kommen und meinen Abendkakao umzurühren.«

»Falls ich diesen Ehemann von mir jemals vor die Tür setzen sollte«, stellte sie richtig, »hoffe ich, mehr umzurühren als Kakao am Abend. Egal, was haben Sie beide ausgeheckt? Striptease in der Synode oder sonst etwas Frivoles?«

»Ich habe versucht herauszufinden, ob unser Freund hier das hat, was man braucht, um in der Politik Erfolg zu haben, die nötigen Kraftreserven und Ambitionen, um der nächste Premierminister zu werden. Würden Sie Ihr Geld auf ihn setzen, Claire?«

Sie hob eine Braue – sie besaß ein außerordentlich ausdrucksvolles Gesicht und, wenn sie entspannt war, einen Anflug von Schelmerei. Als Antwort auf Brynford-Jones' Frage musterte sie Makepeace, als sähe sie ihn zum erstenmal, ihre Nasenspitze zuckte skeptisch, und sie schien zu einer Entscheidung zu kommen, ehe sie ihre Aufmerksamkeit auf ganz andere Dinge lenkte.

»Wenn Energie und Ehrgeiz alles wären, dann steht unser nächster Anführer sicher dort drüben am Fenster.«

»Doch nicht unser Geoff? Dann würde ich lieber auswandern«, kicherte der Herausgeber, halb im Ernst, wenn auch nicht ganz überzeugt.

Sie wandten sich um, folgten ihrem Blick. Im Rahmen eines großartigen viktorianischen Fensters mit Blick auf den Garten hatte der Verkehrsminister den Gouverneur der Bank von England mit dem Rücken gegen die eleganten Vorhänge gedrängt.

»Schmierige Manipulation«, fuhr Claire fort, »er beherrscht sie so überlegen, daß der Gouverneur nicht einmal merken wird, daß er von der nächsten Liste gestrichen wird.«

»Unser Geoff führt eine Liste?« fragte der Verleger.

»Sicher. Auf eine Karte in seiner Brusttasche getippt. Er hat hier eine Stunde, also bittet er vorher um eine Kopie der Gästeliste, guckt nach, auf wie viele Leute er Eindruck machen will oder von wem er was haben will, und dann teilt er sich die Zeit ein. Für jeden sechs Minuten. Digitale Präzision.«

Schweigend sahen sie zu, wie Booza-Pitt ohne Atempause oder offensichtlichen Blick auf die Uhr die Hand des Gouverneurs ergriff und sich verabschiedete. Dann bewegte er sich durch den Raum, schüttelte Hände, sprach im Vorübergehen Begrüßungen aus, aber hielt nicht an.

»Wahrscheinlich beendet er sein Programm mit irgendeiner gelangweilten Ehefrau«, fuhr Claire fort. »Es ist eine regelmäßige Routine, besonders, seit er sich von seiner Frau getrennt hat.«

»Von seiner zweiten Frau«, korrigierte Makepeace.

»Faszinierend. Der Mann steigt in meiner Achtung«, gab Brynford-Jones zu. »Was ihn, wie ich zugebe, immer noch nicht besonders hoch bringt. Aber woher haben Sie alle diese interessanten und boshaften Informationen?«

Sie schürzte die Lippen. »Sie wissen doch, wie gerne wir Mädchen klatschen. Und Sie glauben doch nicht etwa, daß er seine Listen selbst tippt?«

Der Verleger wußte, daß sie sich über mehr mokierte als nur über Booza-Pitt. Ihm fiel auf, wie ruhig ihre Augen während ihrer Unterhaltung blieben, beobachtend, wertend. Ihr entging wenig. Er hatte den Verdacht, daß sie die Männer viel mehr benutzte als diese sie. Ihre Kleidung war zurückhaltend und teuer und stammte von einem der besten Designer in Knightsbridge, ihre erotische Ausstrahlung war unaufdringlich, aber offensichtlich und ganz sie selbst, sein Begehren nach ihr wuchs mit jeder Minute. Aber er argwöhnte, daß sie keine Frau war, mit der man sich anlegte oder die auf seine übliche Masche »Würden Sie gerne Ihr Profil mit mir beim Abendessen diskutieren« hereinfiel.

»Ich denke, ich sollte öfter mit Ihnen sprechen, Claire«, bot er an.

»Ich denke, das sollten Sie.«

»Sind Sie nicht Boozas Zwilling im Parlament?« fuhr er fort. »Wenn ich mich recht entsinne, habe ich das irgendwo einmal gelesen. Sie sind gemeinsam ins Haus gekommen vor – sieben Jahren? Dasselbe Alter. Beide reich und Lieblinge auf den Parteitreffen. Mit einer aussichtsreichen Zukunft.«

»Wenn ich doch nur sein Talent hätte.«

»Vielleicht Außenministerin in einem Makepeace-Kabinett?« Er wandte sich wieder seinem ursprünglichen Ziel zu.

Makepeace machte eine Pause, als ob er seine Worte mit gründlicher Überlegung betonen wollte. »Nicht in einer Million Tagen«, antwortete er sanft. »Kein Mensch würde ein politisches Prinzip oder eine neue Idee anerkennen, wenn sie *en crôute* mit Austern auf den Tisch kämen.«

»Ah, also doch! Eine Bresche in Ihrer berühmten Ministerloyalität, Tom. Es besteht noch Hoffnung für Sie«, strahlte der Verleger, entzückt, einen solchen Punkt offensichtlicher Antipathie aufgedeckt zu haben. Er wandte sich an Claire. »Ich merke, daß ein Kommentar naht. Um die Wahrheit zu sagen, ich bin ein bißchen beunruhigt wegen all dieser Gespräche über Prinzipien und neue Ideen. Sie sind nicht gut für einen ehrgeizigen Mann. Wir müssen noch an ihm arbeiten.«

»Wissen Sie, Bryan, ich denke, das tun wir schon«, sagte sie mit einem strahlenden Lächeln.

Zivilgebiet, Dhekelia Armee-Basis, britisches Hoheitsgebiet, Zypern

»Ich grüße Sie, mein griechischer Freund. Willkommen im Laden eines einfachen Schreiners. Welchen Teil von Allahs Großmut darf Sein Diener mit Ihnen teilen?«

»Schafe. Sieben Stück. Freitag in einer Woche. Und nicht alle so fett und sehnig wie dein Weib.«

»Sieben?« überlegte der Türke. »Eines für jede Nacht Ihrer Woche, Glafkos. Für Sie will ich mich bemühen, die schönsten Schafe zu suchen, die es im türkischen Zypern gibt.«

»Es ist Ostern, du Sohn Saladins«, spuckte Glafkos der Klempner. »Meine Tochter heiratet, ein großes Fest.«

»Tausend Segnungen für die Tochter von Glafkos.«

Der Grieche, ein kleiner Mann mit schiefer Schulter und dem Ausdruck eines gekochten Weinblatts, ließ sich nicht beirren. »Kau an deinen tausend Segen, Uluc. Warum haben bei der Lieferung letzte Woche fünf Hemden gefehlt?«

Der Türke legte das Werkzeug, mit dem er eine zerbrochene Tür reparierte, beiseite und spreizte seine Hände über der Schürze, die seinen dicken Bauch umspannte. Die Polohemden, komplett mit den aufgenähten Lacoste- und Adidas-Etiketten, wurden innerhalb des türkischen Sektors von der zweiten Kusine seiner Mutter genäht, die sie offensichtlich beide betrogen hatte. Aber der Grieche machte sich Sorgen wegen der geschmuggelten Fälschungen, die in einem der vielen Sportläden in den Dörfern von Pyla verkauft wurden, in einem Laden, der seinem Neffen gehörte. Er konnte ein bißchen weniger Einnahmen vertragen. Vor allem wollte er nicht, daß ein verdammter Grieche erfuhr, daß er von jemandem aus seiner eigenen Familie betrogen wurde.

»Eingelaufen«, erklärte er schließlich nach gründlicher Überlegung.

»Du meinst, daß du das Hemd wieder zu deiner Seite hinübergezogen hast.«

»Aber mein lieber griechischer Freund, getreu unseren Anführern werden wir bald wieder Brüder sein. Eine Familie.« Seine Hand schloß sich um das Werkzeug, und er nahm lässig wieder seine Arbeit an der Tür auf. »Ihre Tochter könnte sich sogar zu einem Türken legen.«

»Eher würde ich die leckenden Abwasser der Hölle mit meinen bloßen Händen stoppen.«

Der Türke lachte und offenbarte dabei schwarze Zähne und einen rauhen Humor. Ihr Streit war unnötig, dirigiert von der britischen Basis, wo sie beide arbeiteten, und von verschiedenen unerlaubten Berührungspunkten innerhalb der militärischen Pufferzone, die den griechischen vom türkischen Inselteil trennte. Sie konnten gemeinsam schmuggeln, überleben und sogar reich werden, aber das hieß nicht, daß sie einander mögen mußten, egal, was diese Narren von Politikern beschlossen.

»Hier, Grieche. Ein Geschenk für deine Frau.« Er griff in eine Schublade und zog eine kleine Flasche mit dem Etikett Chanel heraus. »Möge es deine Nächte mit Freude erfüllen.«

Glafkos zog den Stöpsel heraus und roch am Inhalt, von dem er ein wenig in seine Handfläche goß. »Riecht wie Kamelpisse.«

»Von einem echten Chanel-Kamel. Und sehr, sehr billig«, antwortete Uluc und rollte mit den Augen.

Der Grieche versuchte, den Duft an seinem Hemd abzuwischen, und betrachtete die Flasche genau. »Ich nehme sechs Dutzend. Zur Probe. Und ohne Einlaufen.«

Der Türke nickte.

»Oder Verdampfen.«

Uluc kicherte erneut herzhaft, aber so schnell, wie sie gekommen war, schwand seine Belustigung wieder, und statt ihrer zog sich eine dunkle Unmutswolke über seiner Stirn zusammen. Er fing an, mit der Spitze eines stark in Mitleidenschaft gezogenen Fingers rhythmisch über seinen Schnurrbart zu streichen, dreimal auf jeder Seite, als versuchte er, eine Verschmutzung wegzureiben, die in sein Leben getreten war.

»Blähungen von der Kochkunst deiner Frau?« fragte der Klempner Glafkos.

Uluc, der Schreiner, ignorierte die Beleidigung. »Nein, mein Freund, aber eine Sache beunruhigt mich. Wenn wir alle einander lieben sollen, Türken und Griechen, einander das Herz umschlingen sollen statt der Luftröhre, was in Allahs Namen sollen dann wir beide tun?«

Jeder für sich waren die meisten bescheiden, aus der Mittelklasse, oft träge. Und stolz darauf. Gemeinsam teilten sie einen Blutdurst von animalischer Intensität, die ihren Ausdruck in Wogen gebrüllter Begeisterung fand, die durch den Hof brandete.

»Verändert, was?« überlegte Sir Henry Ponsonby, das schmale Gesicht im Schatten eines großen Panamahutes. Er mußte nicht hinzufügen, daß es seiner Meinung nach keine Änderung zum Besseren war. Als Kopf der Verwaltung war er fest davon überzeugt, daß Veränderung gar nicht anders als störend sein konnte.

»Sie meinen, Sie erinnern sich noch an die Zeit, als wir Engländer zu gewinnen pflegten?«

»Traurigerweise ist das eine alte Geschichte von der Sorte, daß sie sogar nicht mehr Teil des Lehrplans ist.« Er schnaufte. »Nein, ich meine, daß jeder Teil des Lebens zu einem verdammten Sport verkommen ist. Politik. Journalismus. Bildung. Kommerz. Sogar Wimbledon.«

Auf dem Platz holte der erste Engländer, der seit mehr als zwei Jahrzehnten zur Englischen Tennismeisterschaft zugelassen worden war, einen weiteren Punkt im Tie-Break; noch zwei, und er würde überleben, um das entscheidende Match mitzumachen. Die Menge, die wegen der klinischen Erniedrigung ihres Nationalhelden während der ersten eineinhalb Stunden geschmollt hatte, war aufgewacht und hatte entdeckt, daß er zurück ins Spiel gefunden und eine Chance hatte. Auf dem handgemähten Rasen vor ihnen entstand eine Legende. Vielleicht. Was noch besser war – das potentielle Opfer war Franzose.

»Ich bin Akademiker, Henry. Sogar ein internationaler Jurist. Aber tief in mir drin ist ein Teil, der alles dafür geben würde, jetzt da draußen zu sein.«

Sir Henry erstarrte bei dieser unerwarteten Zurschaustellung von Gefühl. Von unakzeptabler Herkunft, hatte Clive Watling eine ausgezeichnete Karriere als Jurist mit sicherer Hand begonnen, Kronanwalt, Magister, promovierter Jurist mit den verschiedensten Ehrungen, verläßlich wie ein Fels, dessen Autorität zu seinem üppigen Yorkshire-Umfang paßte. Ausflüge in körperliche Begeisterung gehörten nicht zur Form. Wie auch immer, jeder durfte ein bißchen Begeisterung zeigen, und besser für Tennisbälle als für kleine Jungs.

»Nun, das ist nicht ganz das, woran wir für Sie gedacht haben, alter Knabe«, fing Sir Henry noch einmal an. »Wollte Sie aushorchen. Sie wissen, daß Sie sich auf Ihrem Gebiet einen hervorragenden Namen beim Internationalen Gerichtshof gemacht haben, weithin respektiert, und alles das.«

Die Mischung aus Hitze und Spannung auf dem Tennisplatz Nummer eins stoppte jeden weiteren Versuch einer Unterhaltung, als die Tennisspieler wieder gleichzogen.

Ein Schlag. Ein Wirbel von Armen und fieberhaften Rufen. Die Bewegung eines Balls, so schnell, daß nur wenige Augen folgen konnten, während alle Herzen mitflogen. Eine Wolke englischen Kreidestaubs, ein Aufschrei gallischer Verzweiflung und ein Ausbruch von Lärm bei den Zuschauern. Der Sieg war da, und vom Platz erklangen heisere Stimmen, die sich im Chor von »Rule Britannia« vereinten. Sir Henry rollte voller Verachtung die Augen, wobei ihm das breite Grinsen seines Begleiters entging. Sir Henry war ein Mann der Tradition, nicht gewöhnt daran, selbst Gefühle zu äußern, und der das bei anderen verachtete. Wie er sich den anderen gegenüber in seinem Club später in der Woche ausdrückte, war das kaum seine *Szene*. Sie waren gezwungen zu warten, bis die unvermeidliche mexikanische Woge über sie geschwappt war – gute Güte, bog Watling tatsächlich die Schenkel? –, ehe es ihnen gestattet war, ihre Gedanken wiederaufzunehmen.

»Ich bin froh, Henry, eine Menge Anerkennung erfahren zu haben. Die meiste natürlich im Ausland. Hier zu Hause nicht so viel. Der Prophet im eigenen Land, Sie wissen schon?«

»Ganz und gar nicht, mein lieber Freund. Sie genießen das höchste Ansehen. Wir Engländer sind in diesen Dingen nur ein wenig zurückhaltender.«

Sir Henrys Worte wurden sofort durch den Ausbruch hysterischer weiblicher Schreie von hinten widerlegt, als die Spieler ihre Plätze für das letzte Spiel einnahmen. Es war auffällig, daß sich die vielen Ausdrücke patriotischer Begeisterung von den Zuschauern zunehmend mit lebhafter Frankophobie mischten. So viel nackte Leidenschaft erfüllte Ponsonby mit Unbehagen.

»Lassen Sie mich zum Thema kommen, Clive. Die Zyprioten wollen ihre heimischen Streitigkeiten beilegen. Dabei handelt es sich keinesfalls um ein Ding der Unmöglichkeit, denn sowohl Griechen als auch Türken scheinen an einem ungewöhnlichen Anfall von gutem Willen und Vernunft zu leiden. Vielleicht sind ihnen die Kehlen zum Durchschneiden ausgegangen, oder, was wahrscheinlicher ist, die ausländischen Hilfspakete haben sie in Versuchung geführt. Wie auch immer, die meisten Probleme sind gelöst, sogar die Grenzen. Beide wissen, daß sie eine Geste zeigen, etwas aufgeben müssen.«

»Gehen ihre Sichtweisen weit auseinander?«

»Nicht mehr als üblich. Beide Seiten wollen, daß der Stacheldraht verschwindet, und der Großteil der vorgeschlagenen Linie verläuft durch die Berge, die für niemanden einen Wert haben außer für Ziegenhirten und Einsiedler.«

»Da ist das Küstengebiet durch die europäischen Sandbänke.«

»Sehr aufmerksam! Das ist der mögliche Stolperstein. Rundheraus gesagt, hat keine der beiden Seiten irgendwelche Erfahrungen mit Seegrenzen, deshalb wollen sie, daß ein internationales Tribunal ihnen die Aufgabe abnimmt. Sie wissen schon, gib der Festsetzung den Stempel der Rechtmäßigkeit, vermeide jeglichen Gesichtsverlust auf beiden Seiten. Alles, was sie brauchen, sind ein paar Streicheleinheiten für ihren Nationalstolz, so daß sie das Abkommen ihren jeweiligen Leuten schmackhaft machen können. Sie untersuchen schon die Gewässer, und sie haben einem Schiedsgericht von fünf internationalen Richtern unter britischem Vorsitz zugestimmt.«

»Warum gerade die Briten?«

Ponsonby lächelte. »Wer kennt die Insel besser? Der alte Kolonialherr, dem beide Länder, Griechenland und die Türkei, gleichermaßen mißtrauen. Jedes Land wird zwei der Richter auswählen, und Britannien ist der imperialistische fünfte. Wir wollen, daß Sie der fünfte sind.«

Watling holte tief Luft und kostete seine Anerkennung aus.

»Aber wir wollen, daß alles so schnell wie möglich über die Bühne geht«, fuhr Ponsonby fort, »möglichst schon innerhalb der nächsten paar Monate. Ehe alle wieder ihre Meinung ändern.«

»Ah, ein Problem.«

»Ja, ich weiß. Sie haben vor, den Sommer in behaglichem Wohlstand mit Lesungen in Kalifornien zu verbringen. Aber wir wollen Sie hier haben. Im Dienste des Friedens und des öffentlichen Interesses. Und, alter Knabe, die Regierung Seiner Majestät würde Sie hoch schätzen.«

»Klingt nach Bestechung.«

Ein Doppelfehler, die Menge stöhnte auf. Ponsonby beugte sich näher heran.

»Sie sind schon lange überfällig für eine Würdigung, Clive. Für einen Mann Ihrer Erfahrung gibt es nur einen Platz.« Er machte eine Pause, quälte ihn. »Sie würden einen hervorragenden Beitrag im Oberhaus leisten.«

Ponsonby lächelte boshaft; er liebte es, Privilegien zuzuteilen. Watling dagegen versuchte verzweifelt, das Lächeln zu verbergen, das in seinen Mundwinkeln lauerte. Als Junge hatte er davon geträumt, für Yorkshire zu schlagen; das hier kam gleich danach.

»Wer gehört sonst noch dem Schiedsgericht an?«

»Die Türken haben einen aus Malaysia und einen ägyptischen Professor aus Kairo benannt ...«

»Das wird Osman sein. Ein guter Mann.«

»Ja. Moslem-Mafia.«

»Er ist ein guter Mann«, beharrte Watling.

»Natürlich, sie sind immer gute Männer. Auch die Wahl der Griechen. Sie haben Rospovitch aus Serbien gewählt – ich beeile mich hinzuzufügen, daß das nichts damit zu tun hat, daß er orthodoxer Christ ist. Der Gedanke wäre einem Griechen nie in den Sinn gekommen.«

»Und der vierte?«

»Den stellt der stärkste Verbündete der Griechen in Europa, Frankreich. Ihr alter Kumpel vom Internationalen Gerichtshof, Rodin.«

»Hm!« Watling konnte seine Enttäuschung nicht verbergen. »Ich habe mich mit dem Mann öfter überworfen, als ich mich erinnern kann. Er ist mit seiner Meinung so freigebig wie eine Hure in der Avenue Foch. Ich kann den Mann nicht ertragen.« Er schüttelte den Kopf. »Der Gedanke, mit ihm gemeinsam etwas machen zu sollen, stimmt mich nicht gerade heiter.«

»Aber denken Sie doch, Clive, das Schiedsgericht ist geteilt, zwei zu zwei durch Ernennung. Sie werden das entscheidende Stimmrecht haben. Rodin oder die anderen spielen gar keine Rolle, Sie können die Sache so handhaben, wie Sie es für richtig befinden.«

»Da bin ich nicht so sicher, Harry. Das klingt mir mehr nach einem politischen Pokerspiel. Wäre das der richtige Job? Kein Armdrücken? Ich bin nicht bereit, bei irgendwelchen abgekarteten Spielchen mitzumachen«, warnte der Jurist, ganz nordische Bockigkeit in sein Kinn graviert. »Wenn ich den Fall übernehmen soll, wird er nach Abwägung entschieden.«

»Deswegen sollen Sie es ja machen, genau deshalb, weil Sie so verwirrend unparteiisch sind. Lassen Sie mich offen sein: Wir wollen Sie wegen Ihres Rufes. Wenn Sie mitmachen, wird das Ganze als fair angesehen. Ersticken Sie sie mit der Haager Konvention und Präzedenzfällen. Offen gesagt, bedeutet es aus politischer Sicht soviel wie eine getrocknete Feige, wie Sie entscheiden, praktisch kommt wenig mehr dabei heraus als eine Grenze durch die Berge. Eine halbe Meile mehr oder weniger, auf der man nicht mal ein Säckchen Bohnen ziehen kann. Was dabei herauskommt, ist, daß die zypriotischen Politiker in die Lage versetzt werden, ein Abkommen zu schließen, das sie dringend brauchen. Also schlagen Sie sich auf welche Seite auch immer, Clive, von uns wird es keinerlei Druck geben. Alles, was wir wollen, ist eine Festschreibung.«

Sie schwiegen beide. Die Menge begann wieder zu kochen, als das Spiel in die Entscheidungsphase kam. Watling zögerte noch immer, es war Zeit für den letzten Rippenstoß.

»Ich halte es überdies für angemessen, auch die uns betreffenden Dinge mit Eile zu verrichten. Es besteht keine Notwendigkeit, noch lange zu warten. Ich denke, wir können Ihnen zusichern, daß Ihr Name in der nächsten Ehrenliste auftaucht, zu Neujahr. Ich will nicht, daß Ihre Überlegungen durch irgendwelche Unsicherheiten überlagert werden.« Ponsonby lachte. »Tut mir leid wegen der Eile. Und wegen Kalifornien. Aber es drängt. Die Zyprioten haben seit über einem Vierteljahrhundert miteinander Krieg geführt, es ist an der Zeit, daß der Vorhang für ihre kleine Tragödie fällt.«

»Sie nehmen an, daß ich ja sagen werde? Weil ich Peer werden will?«

»Mein lieber Freund, weil Sie für England ein faires Spiel wünschen, natürlich.«

Ein weiterer Austausch wurde unmöglich, erstickte in einem enormen Lärm. Der französische Spieler hatte einen Ausfall gemacht, stolperte und versank sowohl im Netz als auch in Verzweiflung, als er versuchte, einen raschen Ballwechsel zu verhindern. Break point. Die Menge, wie ein Mann auf ihren Füßen, schrie vor Begeisterung.

Der Kapitän des seismischen Schiffes *Happy Valley* schnippte den Stummel seiner Zigarette hoch über seinen Kopf und beobachtete, wie sie einen Moment in der Luft hing, ehe sie umdrehte und widerstrebend außer Sicht hinter das Heck des Trawlers fiel. Seine Lungen brannten, er versuchte, ein Husten zu unterdrücken, schaffte es nicht, zitterte heftig und spuckte aus. Er hatte seiner Frau versprochen, die verdammte Sache sein zu lassen, und er hatte es auch versucht, aber hier, Tag für Tag unter freiem Himmel, wo er kreuz und quer durch die immer gleichen Gewässer des östlichen Mittelmeeres kreuzte, entdeckte er, daß er um Sturm flehte, um Meuterei, um irgendeine Form der Abwechslung. Aber es gab keine. Vielleicht würde er schon lange, bevor er am Tabak starb, von Langeweile dahingerafft werden.

Er sehnte sich nach den alten Zeiten zurück, als er Ersatzteile nach Chile oder gestohlene Autoteile nach Nigeria gebracht hatte, seine Beteuerungen ein Mosaik aus Verwirrung, wenn er den Behörden gegenüberstand und mit einem Kontingent von Schmuggelware zwischen ihren Beinen hindurchschlüpfte wie ein Kind, das geschickt einem altersschwachen Großvater ausweicht. Aber jetzt war seine Arbeit grundanständig; er dachte, daß die Dumpfheit des Ganzen ihn kastrierte.

Die byzantinischen Bastarde auf Zypern hatten sich also geeinigt, ihre Geister auszutreiben und zu einem Kompromiß zu gelangen. Frieden für alle, egal, ob Türke oder Grieche, egal, wessen Tochter sie vergewaltigt oder wessen Ziegen sie gestohlen hatten. Oder war es andersrum? Zur Hölle, er war Frankokanadier und verachtete die meisten, aber sie wollten, daß ihre Küstengewässer untersucht wurden, damit sie zu einer gütlichen Trennung kamen. Das Geschäft mit dem Verstoß gegen Sanktionen war auch nicht mehr das, was es mal war, nicht, wenn überall Frieden ausbrach. Seismologie war immerhin eine Beschäftigung. Bis zum nächsten Krieg.

Hinter ihm erklang auf See das Geräusch einer Explosion, einmal, erinnerte er sich, waren es Kugeln und

Minen. Er hätte nie gedacht, daß er sich mal zu Tode langweilen würde. Er schielte in die untergehende Sonne auf die Grenze von Wasser und Luft, die dreitausend Meter vor der *Happy Valley* tanzte, kreuzte nach einem genauen Muster über die See, das per Satellit kontrolliert wurde, während die zurückgeworfenen Wellen von Modder und Schiefer in der See in den Computer liefen. Die verdammten Computer hatten die einzige Klimaanlage auf dem Schiff, während die Männer gebratene Eier in der Unterhose hatten. Aber – wie seine Vorgesetzten im Internationalen Seismologischen Institut nie müde wurden, ihm zu versichern – dies war eine Operation, die dreißigtausend Dollar am Tag kostete, der Kapitän und seine Besatzung waren der billigste Teil davon und am ehesten ersetzbar.

Er spuckte nach einer Möwe, die sich neben ihn auf die Reling gesetzt hatte. Der Vogel erhob sich hinter dem Schiff träge in die Luft, untersuchte die cremige Heckwelle nach Fisch und stieß, als er keinen fand, einen Schrei der Verachtung aus, ehe er sich davonmachte, um nach einem stärkeren Trawler zu suchen. Himmel, nicht mal die verdammten Vögel konnten das Schiff ertragen. Wozu das Ganze? Jeder wußte, daß da unten nichts war als eine Menge verrottetes Eisen und Scherben alter Töpferware, nicht mal nennenswerte Fischgründe; nicht mehr, seit man das einst blühende Meeresleben mit alten Granaten und anderen unerlaubten Formen des Fischens weggeblasen hatte.

Er konnte diesen Ausbruch von Frieden nicht ertragen. Er wünschte sich wieder einen Krieg. Und noch eine Zigarette. Er hustete und fing an, seine Taschen zu durchwühlen.

Er stand im Oberhemd da, den Schlips beiseitegelegt, und starrte durch die waschmaschinentauglichen Vorhänge des Schlafzimmerfensters zum St. James Park hinüber, als sie hereinkam. Der Raum lag im Dunkeln, sein Gesicht wirkte im reflektierenden Licht der Parkbeleuchtung wie eine Wachsmaske. Francis Urquhart sah, mit hängenden Schultern und tief in den Taschen vergrabenen Händen, unglücklich aus.

»Sie haben den alten Freddy ausgeschaltet«, flüsterte er.

»Liebling?«

»Den alten Freddy Warburton. Der Autounfall. Die Beatmungsgeräte. Sie haben entschieden, daß es keinen Sinn hatte, Elizabeth. Also haben sie sie abgeschaltet.«

»Aber ich denke, du hast immer gesagt, er sei nutzlos.«

Urquhart fuhr herum, um seine Frau anzusehen. »Natürlich war er nutzlos. Vollkommen nutzlos. Ich bin überrascht, daß sie überhaupt sagen konnten, wann sein Gehirn aufgehört hat zu funktionieren. Aber darauf kommt es nicht an.«

»Worauf dann, Francis?«

»Darauf, daß er das einzige überlebende Mitglied meines ersten Kabinetts vor all den Jahren war. Sie werden sagen, es läutete das Ende einer Ära ein. Meiner Ära. Verstehst du das nicht?«

Elizabeth hatte damit begonnen, ihren Schmuck abzulegen und sich im Dämmerlicht methodisch aufs Zubettgehen vorzubereiten, während sie den labilen Zustand ihres Mannes bedachte. »Meinst du nicht, daß du ein bißchen überreagierst?« tastete sie sich vor.

»Natürlich«, gab er zur Antwort. »Aber die verdammten Medien werden auch überreagieren, so wie immer. Du weißt doch, wie das Gift tropfenweise eingeschleust worden ist. Er hätte an seinem zehnten Jahrestag zurücktreten sollen. Eine alternde Regierung, die frisches Blut und neue Ideen braucht. Ein Zeitalter, das zu Ende geht. Jetzt, wo Freddy auch weg ist, werden sie sagen, daß es vorbei ist. Vorbei.« Er setzte sich auf den Rand seines Bettes. »Ich komme mir so … verlassen vor, außer von dir.«

Sie kniete sich aufs Bett und begann, die Verspannungen aus seinen Schultern zu massieren. »Francis, du bist der erfolgreichste Premierminister, den dieses Land je gehabt hat. Du hast so viele Wahlen gewonnen wie kein anderer, in drei Monaten wirst du Margaret Thatchers Rekord in der Amtszeit gebrochen haben. Der Platz in den Geschichtsbüchern ist dir sicher.«

Er wandte sich um. Sie konnte sehen, wie seine Kiefermuskeln arbeiteten und seine Schläfen pochen ließen. »Das ist es, Elizabeth. Ich fühle mich, als gehörte ich schon zur Geschichte. Alles gestern, kein heute mehr. Kein morgen.«

Sie war wieder da, seine Verstimmung, in der er über die Aussichtslosigkeit seines Lebens brütete und die Undankbarkeit und das Unvermögen der Welt um ihn herum. Diese Stimmungen hielten nie lange an, aber sie wurden unzweifelhaft länger. Die Herausforderung hatte an Frische verloren, er brauchte Drachen, gegen die er kämpfen konnte, aber statt dessen schienen sie verschwunden zu sein und sich zwischen den Unterpunkten zahlloser politischer Dokumente und Eurobestimmungen verkrochen zu haben. Der Mantel der Pflicht hing schwer auf seinen Schultern, Zeremoniengewänder, wo einst Waffen getragen wurden.

Wie ein Riese hatte er das Parlament überragt, weit außerhalb der Reichweite seiner Gegner, aber irgend etwas hatte sich verändert, vielleicht in ihm, sicher in anderen. Sie spekulierten offen, wie lange es dauern würde, ehe er abtrat, wer der wahrscheinlichste Nachfolger wäre. Er hatte einen hervorragenden Ruf, wenn es darum ging, junge Herausforderer abzuschütteln, aber jetzt schienen sie ihn eingekreist zu haben, lauerten in den Schatten, zogen Sicherheit aus ihrer wachsenden Zahl, während sie warteten, bis ihr Moment gekommen war, um ins Licht zu treten. Vor ein paar Wochen war er zur Fragestunde in der Kammer erschienen, wie immer bereit, sich gegen ihre Pfeile zu verteidigen, und voll Stolz den Schild tragend, der die Narben und Kratzer vieler erfolgreicher Kämpfe im Parlament aufwies. Dann hatte ein junger oppositioneller Hinterbänkler, den Urquhart nie bemerkt hatte, sich erhoben.

»Kennt der Premierminister die jüngsten Arbeitslosenzahlen des Landes?«

Und hatte sich hingesetzt.

Unverschämtheit! Nicht ›Will er kommentieren‹ oder ›wie kann er rechtfertigen‹, sondern ›Kennt er‹. Natürlich kannte Urquhart sie, zwei Millionen und ein paar Zerquetschte, aber er erkannte, daß er keine Schätzung, sondern die genaue Zahl brauchte, und er hatte in seinen Notizen gewühlt. Er hätte nicht suchen dürfen, er hätte es wissen sollen. *Aber die verdammte Zahl änderte sich jeden Monat!* Und während er suchte, rutschte ihm die Brille hinunter, und als er fummelte, war die Opposition in Rufe ausgebrochen: »Er weiß es nicht, es ist ihm egal!« Er hatte die Antwort gefunden, aber da war es schon zu spät.

Ein Treffer.

Das sah einem Francis Urquhart nicht ähnlich. Er hatte geblutet, verraten, daß er sterblich war. Und die schwarzen Stimmungen nahmen zu.

»Manchmal frage ich mich, Elizabeth, welchen Sinn das alles hat. Worauf sollen wir beide uns noch freuen? Eines Tages werden wir zum letztenmal durch diese Tür dort gehen, und dann … ja, was dann? Heißer Kakao und das Kurbad Bognor?« Er zitterte, als ihre Finger den Knoten in seinem Nacken erreichten.

»Du bist albern«, schimpfte sie. »Das ist noch lange hin, und wir haben das ohnehin schon so oft besprochen. Es gilt, die Urquhart-Bibliothek aufzubauen. Und den Urquhart-Lehrstuhl für internationale Studien in Oxford einzurichten. Es wird auch dann noch viel zu tun geben. Auf dem Empfang heute abend habe ich einen Verleger kennengelernt. Er zeigte großes Interesse an deinen Memoiren. Er sagte, die Bücher von Thatcher hätten rund drei Millionen Pfund eingebracht, und deines wird sich noch besser verkaufen. Keine schlechte Möglichkeit, um das Geld für die Stiftung der Bibliothek aufzubringen.«

Ihm war wieder das Kinn auf die Brust gefallen. Sie erkannte, daß das Gespräch über seine Memoiren ein Mißgriff gewesen war.

»Ich weiß nicht, Elizabeth. Keine Memoiren, ich glaube, das kann ich nicht.«

»Wir werden das Geld brauchen, Francis. Genauso, wie wir einander brauchen werden.«

Er fuhr herum und sah sie forschend an. In der Dunkelheit konnte sie nicht erkennen, ob der Ausdruck seiner Augen der von Freude oder noch tieferer Melancholie war.

»Keine Memoiren«, wiederholte er. »Alte Fehler vertuschen und dabei neue erfinden. Ich könnte nicht auf die Art über meine Kollegen schreiben, Schlechtes über die sagen, die weg sind. Gott weiß, daß ich genügend Lügen erzählt habe, um sie zu beerdigen, ich könnte sie nicht über ihr Grab hinaus verfolgen. Nicht für ein Königreich.« Er schwieg. »Könnte ich das, Elizabeth?«

Hakim war wütend. Sein Kaffee war kalt, der Bart wurde weiß, sein Talent unterschätzt, seine Bank unfreundlich, und jeder kannte ihn nur als Hakim. Nicht *Herr* Hakim, nicht *Yamam* Hakim, nicht *Alter Freund und Kollege* Hakim. Es gab ein kleines Zeichen an der Bürotür, das diesem Zweck diente, das würden sie in seinen Sarg schnitzen, ›*Hakim der Vergessene*‹. Dann würden sie ihn vergessen, seine Frau, seine Kinder, seine Vorgesetzten, die Bankdirektoren. Alle. Besonders sein Bankdirektor. Er nippte an der lauwarmen Brühe in seiner Kaffeetasse und verzog angeekelt die Lippen. Ein Leben lang gewissenhafte Arbeit, und doch waren seine unerfüllten Träume alles, was er mit sich nehmen würde, wenn es an der Zeit war, abzutreten.

Er überlegte. Was würde er am liebsten in sein späteres Leben mitnehmen? Junge Mädchen? Gold? Einen Mercedes mit Klimaanlage? Den Weinberg, den er immer hatte haben wollen? Vielleicht die jungen Mädchen, entschied er. Nein, bei genauerem Nachdenken würde er doch seinen Bankdirektor wählen. Dann würden sie beide in der Hölle schmoren.

Er lächelte in sich hinein, dann hustete er gequält. Die verdammte Verschmutzung schlug sich ihm wieder auf die Brust. Das war eines der Hauptprobleme, wenn man eine Hauptstadt in der Ellenbeuge von Anatolien baute, wo sie schmutzige braune Kohle verbrannten und die Straßen mit Benzinqualm verpesteten. Und langsam aber erbarmungslos vergifteten sie seine Lungen. Ein lebenslanger Dienst, damit er sich zu Tode husten konnte. Und vergessen wurde.

Wenn er einfach die Tür von innen abschlösse und verrottete, würde das überhaupt jemandem auffallen? Sein Büro war häßlich, selbst nach den bescheidenen Maßstäben der TNOC, der Türkischen Nationalen Ölgesellschaft – Regale, die sich unter alten Manuskripten und Berichten bogen, Wände, die in bizarrem Muster mit Karten bepflastert waren, ein Schreibtisch, der mit Kaffeeringen und Zigarettenmalen übersät war, alles schmutzige Begleiter seiner Arbeit als Geophysiker.

Er wandte sich wieder dem Computerbildschirm zu und prüfte die seismischen Sektionen, die auf der Oberfläche erschienen. Anscheinend wenig Interessantes, jeder wußte, daß es in der See um Zypern nichts gab – TNOC hätte sich nicht damit abgegeben, den Boden zu kaufen, wenn die zypriotischen Gewässer nicht an die türkischen angrenzten. Alle anderen Gebiete des östlichen Mittelmeeres schienen Ölvorkommen zu haben, nicht nur die der Türkei, sondern auch von Libyen, Syrien, Ägypten, ja sogar der verdammten Griechen – jeder hatte sie, nur nicht das kleine Zypern, das es vielleicht am nötigsten hätte. Trocken wie eine Wüste. Gottes Geheimnis. Eine Wüste in einer See schwarzen Goldes. So ist das Ölgeschäft.

Er sah noch mal hin. Sie lachten alle über ihn, den alten Hakim, den Vergessenen, aber er hatte die Geduld für die mühsame Arbeit der Analyse, nicht wie diese Jungen, die sich nur für Fußball und Fi … Er unterbrach sich. Er spürte ein Kribbeln in den Fingerspitzen, als sie über die Tastatur glitten, ein Gefühl, als wäre er schon mal hier gewesen oder in einem ganz ähnlichen Gebiet. Vor langer Zeit. Wo konnte das gewesen sein? Er polierte seine Brille, um sich Zeit zum Nachdenken zu geben. Das waren hier Felsablagerungen, soviel stand fest, aber Ablagerungen, die Öl enthielten, waren so selten wie Griechen, die Geschenke brachten. Wirklich einzigartig. Was mochte das sein?

Dann verstand er. Er hatte das nicht nur auf geographischen Karten gesehen, er hatte sogar seine Hand in den verdammten Matsch gesteckt. Vor dreißig Jahren, als Student am Petroleum-Institut, als sie ein Forschungsfeld nahe bei Zypern besichtigt hatten. Es hatte alle richtigen geologischen Formationen aufgewiesen, das Sandwich aus schwammigem Sandstein, der theoretisch eine Billion Barrel Öl hätte tragen können, aber nicht einen Tropfen trug. Jetzt glaubte er zu wissen, warum. Eine der seismischen Linien von der Oberfläche war an der Seite des trockenen Bohrlochs hochgegangen und führte genau durch das, was offensichtlich eine tektonische Platte, ein Ausrutscher in der Erdkruste war, der die Geologen an der Nase herumführte.

Wieder begann er zu husten, diesmal aus Nervosität. Er wußte, daß er irgendwo noch eine Kopie seines Berichtes vom Petroleum-Institut hatte mit den detaillierten Darstellungen des alten Bohrlochs. Der Dokumentenschrank. Die dünne Metalltür quietschte protestierend, als er mit zitternden Fingern den Inhalt durchzugehen begann – kein Skelett bewachte den Piratenschatz, aber dennoch ein alter Schatz. Er hatte es in der Hand, ein schmales Ringbuch, das in seinen Händen wie Espenlaub zitterte, als er es durchblätterte.

Es war alles da. Die richtigen Strukturen. In den Drillbohrungen Spuren von altem Öl, aber keine Ansammlungen, der rohe Reichtum durch irgendeine unbekannte Aktion trockengelegt.

Der Bildschirm schrie ihm zu. »*Verwerfung!*«

Ohne die seismischen Enthüllungen wäre die Verwerfung dort nicht dazu tauglich gewesen, dreißig Jahre später zu verstehen, warum so geeignete Sandsteinmassen trocken lagen. Und ohne das detaillierte Wissen um den Sandstein, das die Bohrung erbracht hatte, gab es keine Möglichkeit, allein aus der seismologischen Karte zu erkennen, was die Struktur möglicherweise ankündigte.

Aber Hakim, der Geophysiker, wußte es, und er war der einzige Mensch auf der Welt, der es wußte.

Die tektonische Platte hatte alles verfälscht. Die ganze Logik zerstört. Die geologischen Strukturen gekippt. Die Sandsteine trockengelegt.

Und Hakim glaubte zu wissen, wohin eine Billion Barrel Öl geflossen waren.

»Ich hasse Gedenkgottesdienste. Den Gesang. Die Falschheit. Die leeren Floskeln und hohlen Preisungen. Ich *hasse* Gedenkgottesdienste.«

Urquhart hatte wieder eine seiner Stimmungen. Ungeduldig hatte er mit den Füßen gestampft, während er vor dem Osttor der St.-Margaret-Kirche darauf wartete, vom Rektor begleitet zu werden, und sein Gesicht war wie in Stein gemeißelt, als er zu seinem Platz ging, vorbei an den ergeben nickenden Gesichtern, in denen sich – über schwarzen Krawatten und Schals – Anteilnahme widerspiegelte. Sie hatten angenommen, seine Haltung zeuge von Trauer angesichts des Verlustes eines so guten Freundes und Kollegen wie Freddy, Baron Warburton, und seine Gefühle waren tatsächlich aufgewühlt, aber nicht vor Mitleid mit anderen.

Seine trübe Stimmung hatte am Abend zuvor begonnen, als er seinen Aktenkoffer geöffnet und dabei entdeckt hatte, daß sein Pressesprecher im Glauben, es sei angemessen, ein paar von Freddys Nachrufen hineingelegt hatte. Der alte Narr. Zu lesen, daß Freddys Abgang ›das Ende einer Ära‹ bedeute, daß er ›der letzte von F.U.s dreckigem Dutzend‹ gewesen sei, hatte wenig dazu beigetragen, die Begeisterung des Ministers sowohl für die Presse als auch für seinen Pressesprecher zu steigern.

»Ich kann es nicht ertragen, Elizabeth. Da verfolgen sie einen Mann bis ins Grab, und sobald er tot und weg ist, greifen sie nach ihren Trauerbinden und versuchen zu belegen, was für ein großer Mann er war, daß sein Verlust die gesamte Kultur bedroht, das Land, die Zivilisation als

Ganzes. Der einzige Grund, warum ich Freddy behalten habe, war, weil er folgsam war wie ein Lamm. Jeder wußte das. Aber jetzt, wo er ein totes Lamm ist, reden sie von ihm wie von einem Löwen. Nicht ein Hinweis darauf, daß seine Venen statt Blut Alkohol enthielten. Oder von der kleinen Sache in Shepherd Market, als zwei Damen der Nacht ihn ohne Hosen, Brieftasche und Downing-Street-Ausweis im Stich ließen.«

»Er war loyal, Francis.«

»Ich hatte ihn bei den Eiern gepackt, Elizabeth, natürlich war er da loyal!«

Urquhart verhielt den Schritt und schloß die Augen. Er war zu weit gegangen. Er sollte daran gewöhnt sein, den Toten in Westminster die letzte Ehre zu erweisen, es hatte in den Jahren so viele gegeben, aber solche Erinnerungen brachten sein Schlechtestes an die Oberfläche. »Verzeih mir, das war unnötig.«

»Verziehen.«

»Es ist nur … Was werden sie über *mich* sagen, Elizabeth? Wenn ich einmal nicht mehr da sein werde?«

»Daß du der größte Premierminister des Jahrhunderts warst. Daß du die Rekordbücher ebenso neu geschrieben hast wie die Gesetzesbücher. Und ein langes, zufriedenes Leben nach dem Rückzug geführt hast.«

»Das bezweifle ich. Wie viele große Anführer haben wirklich Zufriedenheit im Ruhestand gefunden?«

Sie suchte nach Namen, aber ihr fiel keiner ein.

»Ich will nicht alt und verbittert werden, wenn das alles vorbei ist. Ich kann mir nur nicht vorstellen, daß ich mich zur Ruhe setze, ersetzt werde. Jemals.« Er winkte ab. »Ja, ich weiß, ich bin pathetisch … aber Ruhestand bedeutet für mich nicht lange Sommerabende, sondern nicht endende Nächte mit Geistertänzen. Die Geister von dem, was hätte sein können. Und was einmal war.«

»Ich verstehe.«

»Ja, ich weiß, daß du das tust. Du bist die einzige. Ich schulde dir soviel.«

Sie saß jetzt neben ihm, in der Kirche von St. Margaret

in Westminster, die im Windschatten der großen Abtei stand, wo sie dem Chor lauschten, der eine getragene Melodie sang. Elizabeths Augen hingen an dem jungen Solosopran, einem Jungen von vielleicht zwölf Jahren, dem das blonde Haar in die Stirn fiel und der die zarte Stimme eines Engels hatte, die die Kirche füllte wie die Strahlen der Morgensonne. Was für ein Unterschied es gewesen wäre, dachte er, wenn sie hätten Kinder haben können; es hätte ihrem Leben einen Hauch von Unsterblichkeit verliehen und ihren Seelen Musik gebracht. Aber es hatte nicht sein sollen. Sie hatte die Wunde verbunden, bis sie vernarbte und hart wurde, hatte nie geklagt, obwohl der Schmerz, wie er wohl wußte, sie manchmal aufzubrechen schien. Statt dessen hatte sie alle ihre Energie auf ihn und seine Karriere konzentriert. In Wahrheit ihrer beider Karriere, denn ohne sie hätte er keinen Erfolg gehabt oder sich gehalten. Für Elizabeth war es eine Dornenkrone gewesen, in vielerlei Hinsicht ein Opfer größer als der Tod, und alles um seinetwillen. Er verdankte ihr alles.

Der Chor kam zum Ende, und sie sah ihn an, eine Weichheit in den Augen, die, wie er wußte, vor Bedauern feucht waren. Wieviel einfacher wäre ein Rücktritt, wenn sie Kinder gehabt hätten. Jetzt war alles, was sie hinterließen, eine Bibliothek und die fragwürdige Einschätzung in der Geschichte. Einst hatte er gedacht, das wäre genug, aber als die Jahre vergingen und die Sterblichkeit an die Tür klopfte, war er sich nicht mehr so sicher.

»Freut euch im Herrn immerdar, und nochmals sage ich, freut euch. Mäßigt euch …«

Klerikale Übertreibung und Halbwahrheit, ein momentanes Aufschieben des politischen Lebens in den Kirchenstühlen hinter ihm, während sie voller Mitleid den Tod ehrten, und, wie Raubvögel, weiteres Unheil ersannen.

»Endlich, Brüder, was immer wahr ist, was immer ehrenhaft ist, was immer gerecht ist, was immer rein ist …«

Menschen sangen solche Dinge als schläfriges Ritual, um aufzuwachen und sie dann vollkommen zu ignorieren. Und doch, am Tage der Auferstehung, wie würde sein Fall aussehen? Er durchlitt einen schmerzhaften Moment des Zweifels, als sich die Geister auf der Schattenseite seines Selbst versammelten, aber dann sah er klar, wie er es immer getan hatte. Was er getan hatte, hatte er nicht für sich getan, sondern für andere, für sein Land. Daß die Geschicke der Menschheit Opfer verlangten und daß die Opfer, die er gebracht hatte, immer durch das nationale und öffentliche Interesse motiviert gewesen waren. Das Opfern anderer, natürlich, manchmal mit Blut, aber hatten Elizabeth und er nicht auch Opfer gebracht, zwei Leben dem Dienst für andere geopfert?

»*... daß alle Dinge so geordnet und festgelegt werden nach ihren Bestrebungen, auf dem besten und solidesten Grund, daß Frieden und Glück, Wahrheit und Gerechtigkeit, Religion und Frömmigkeit unter uns entstehen mögen durch alle Generationen.*«

Quatsch. Das Leben war so, als setzte man auf wildbewegter See Segel auf einem Sieb. Die meisten Leute wurden seekrank, viele kamen um.

»*Laßt uns schweigend an Frederick Archibald St. John Warburton denken.*«

Das war die beste Art, an diesen Mann zu denken. In völligem Schweigen. Aber Urquhart hatte nicht vor, auf diese Art zu gehen.

»*Wie im Himmel, so auf Erden ...*«

Da zog er die Grenze. Nein, das war nicht gut genug, war nie gut genug für Urquhart gewesen. Einige Männer nahmen Moral als Krücke, als Entschuldigung – immer die Männer, denen etwas mißlang und die nichts erreichten. Moral war nicht der Ausweg aus dem Sumpf, sondern der Sumpf selbst, bereit, dich zu verschlingen, deine Glieder zu fesseln, dich hinunterzuziehen. Die mächtigen Reiche waren nicht auf solch schwachem Boden gegründet worden, und die Briten waren auch nicht durch Gebete vor den Invasionsplänen neidischer Fremder geschützt worden. Am Ende waren die Förderer der Schwachen selbst schwach geworden. Ein großer Mann wurde danach beurteilt, wie hoch er klettern konnte, nicht, wie lange er auf den Knien lag.

Wenn seine Zeit kam, würde er nicht schweigend gehen, er würde mit so viel Lärm abgehen, daß es durch die Jahrhunderte hallte. Francis Urquhart würde der Herr über sein eigenes Schicksal sein.

»*Amen*.«

Geoffrey Booza-Pitt bewies ein ungewöhnliches Maß an Selbsterkenntnis, als er dem Premierminister am Bürotisch in der Downing Street gegenüber saß, die Hände ineinander verschlungen, die Knöchel weiß und mit einem wie festgeklebten Lächeln. Es war nichts Ungewöhnliches für ihn, daß er um eine private Unterredung bat, und solange es sich im Rahmen hielt, ermutigte Urquhart ihn; Geoffrey war eine notorische Klatschtante und erfahren darin, anderen die Ideen zu klauen, die er dann entweder als seine eigenen ausgeben oder mit lächelnder Abhängigkeit davon, wie sein Herr sie aufnahm, preisgeben konnte. Er war, ohne jeden Selbstzweifel oder Zögern, der größte Schleimer im Kabinett, spiegelte öffentlich hohen Teamgeist vor, während er geschickt darin war, seine Kollegen zu Fall zu bringen. Gewöhnlich agierte er aus dem Hinterhalt, und immer mit einem Ausdruck verletzter Unschuld. Eine nützliche Quelle der Information und Unterhaltung für Urquhart, der ihn darin unterstützte.

Urquhart hatte angenommen, daß Booza-Pitt den Boden für einen Wechsel in den Zuständigkeiten bei der nächsten Umbesetzung bereiten wollte. Geoffrey war ein junger Mann, der ständig in Bewegung war. Seit er die Tür seines Laufställchens mit einem brillanten Feuerwerk bei einer Parteifeier aufgestoßen hatte, hatte er sich als ungeeignet erwiesen, wenn es darum ging, sich bei irgendeiner Beschäftigung niederzulassen oder für irgendein führendes politisches Prinzip einzutreten. Aber da war er nicht der einzige, und seine nie versagende Energie, die typisch ist für leicht zu klein geratene Männer, entschädigte in den Augen der meisten für den Mangel an Tiefe in seinen Augen. Geoffrey wechselte gerne – er ließ keinen Zuhörer darüber in Zweifel, und so viel Begeisterung steckt viele an. Es war kein Geheimnis in Westminster, daß Geoffrey eine neue Aufgabe begrüßen würde. Seit zwei Jahren Verkehrsminister, war er schon lange erschöpft von der Vergeblichkeit, Autos des 20. Jahrhunderts durch Englands Verkehrssystem aus dem 19. Jahrhundert zu schleusen, und versuchte verzweifelt, dieser Ausweglosigkeit durch eine neue Herausforderung zu entkommen – jede neue Herausforderung war willkommen, solange sie sich in Gestalt wahrnehmbarer Beförderung zeigte. Bewege dich weiter, ehe du Wurzeln schlägst und andere langweilst, war die Devise von Booza-Pitt, ein Credo, das er in der Liebe ebenso beherzigte wie in der Politik. Er war schon durch zwei Ehen geschrammt; seine lästerlichen und neidischen Kollegen sprachen von seinem Haus in Westminster als dem Rein-&-Raus-Club. Geoffreys Antwort war es gewesen, daraus eine dubiose Tugend der Notwendigkeit zu machen und weiteren ehelichen Verwicklungen aus dem Weg zu gehen, indem er statt dessen seine Begleiterinnen auf ›à la carte‹-Basis aus der sehr langen Speisekarte der Frauen aus Westminster wählte. Daß er Junggeselle war, unterstrich nur seine Dynamik.

Aber bei der gedämpften Beleuchtung von Urquharts Büro sah der Verkehrsminister seinem Image nicht ähnlich. Das sorgfältig geschnittene sandfarbene Haar war ihm in die Stirn gefallen, die Augen niedergeschlagen, das kräftige, etwas schiefe Kinn, das ihm normalerweise einen Hauch von Athletentum verlieh, wirkte heute einfach nur schief. Ein Schuljunge, der zur Beichte angetreten war.

»Geoffrey, lieber Junge. Was gibt's Neues an der Front? Gewinnen wir?« Er legte seinen goldenen Füller beiseite, mit dem er Briefe unterschrieben hatte, was Booza-Pitt gezwungen hatte, zu warten und zu leiden.

»Die Umfragen sind … nicht so schlecht.«

»Könnten besser sein.«

»Werden sie.«

Urquhart beobachtete den anderen Mann. Die Augen waren rotgerändert, und er meinte, den Nachgeschmack von Whisky in dessen Atem riechen zu können. Ärger.

»Kommen Sie zum Wesentlichen, Geoffrey.«

Es gab keinen Widerstand, seine Haltung verfiel, und seine Schultern sackten nach vorne. »Ich hätte da ... ein kleines Problem, F.U.«

»Frauen.«

»Ist das so offensichtlich?«

Der Minister war als Mann von bescheidener Intelligenz und unbescheidenem Kopulationsdrang bekannt; für Urquhart war es nur eine Frage der Zeit gewesen, bis er sich den Zeh in der Öffentlichkeit stieß. »In diesem Geschäft sind es immer entweder Geld oder Frauen – zumindest in unserer Partei.« Er beugte sich in einer Geste väterlicher Vertraulichkeit vor, ermutigte zur Beichte.

»Sie war doch nicht tot, oder? Fast alles kann vertuscht werden, außer lebende Tiere und tote Frauen.«

»Nein, natürlich nicht. Aber es ist ... komplizierter als das.«

Mehr als ein gestoßener Zeh – ein gebrochenes Bein vielleicht? Eventuell war eine Amputation nötig. »Nun, bisher haben wir eine – eine? – lebende Frau. Erzählen Sie mir mehr.«

»Der Vorsitzende meines örtlichen Verbandes läßt sich scheiden wegen Ehebruchs und beschuldigt mich.«

»Zu Recht, nehme ich an.«

Booza-Pitt nickte, die Hände immer noch zwischen die Knie geklemmt, als wollte er seine Männlichkeit gegen die Wut des Ehemannes verteidigen.

»Beschämend. Könnte schwierig für Sie werden, bei der nächsten Wahl in seinem Kreis wiedergewählt zu werden.«

Booza-Pitt seufzte tief und einige Male, wobei er die Luft so heftig ausstieß, als wolle er Dämonen austreiben.

»Er sagt, dann werde er nicht mehr da sein. Er ist völlig

verbittert. Er hat vor, aus der Partei auszutreten und die Geschichte den Zeitungen zu verkaufen.«

»In der Tat ein verwirrendes Netz.«

»Er stellt alle Arten von lächerlichen Behauptungen auf.« Das kam fast herausgeplatzt, er konnte kaum noch seine Atmung kontrollieren.

»Daß Sie sie verführt hätten …«

»… und daß ich sie dazu gebracht hätte, in meinem Namen zu investieren.«

»Ach?«

»Zu investieren in Grundstücke, die durch Straßenbau an Wert gewinnen.«

»Insider-Informationen, die nur einer Handvoll Leute bekannt sind. Einschließlich des Verkehrsministers. Sie.«

Die ausbleibende Antwort bestärkte Urquharts Verdacht.

»Himmel, Geoffrey, Sie wissen doch sicher, daß das nicht nur ein Grund für einen Rücktritt, sondern auch für eine strafrechtliche Verfolgung ist.«

Er krümmte sich wie ein Wurm am Haken. Der Piranha biß an. Urquhart überließ ihn seinem Unbehagen, während er nachdachte. Verdammen oder beistehen, strafen oder schützen? Er hatte gerade ein Mitglied des Kabinetts beerdigt, einen zweiten so schnell hinterher zu Grabe zu tragen konnte mehr als unglücklich wirken. Er drehte seinen Füller auf der Schreibunterlage, wie ein Kompaß, der die richtige Richtung sucht.

»Können Sie mir versichern, daß diese Anschuldigungen falsch sind?«

»Lügen, alles Lügen, mein Wort darauf.«

»Aber ich nehme an, daß es Pläne und Datenblätter gibt, die ein voreingenommenes Auge nicht an bloßen Zufall glauben lassen werden. Woher wußte sie es?«

»Bettgeflüster vielleicht, mehr nicht. Möglicherweise habe ich … meinen Aktenkoffer bei einer Gelegenheit offen im Schlafzimmer stehenlassen.«

Urquhart staunte über den Erfindungsgeist des jungen Mannes. »Sie wissen genausogut wie ich, Geoffrey, daß man Ihnen, wenn das rauskommt, nicht glauben wird. Man wird Sie geradewegs die Stufen zu Old Bailey hinaufjagen.«

Der Füller deutete jetzt direkt auf Booza-Pitt, wie das Schwert eines Offiziers bei einem Kriegsgericht zum Zeichen der Verurteilung. Urquhart zog ein Stück Schreibpapier hervor, das er daneben legte. »Ich will, daß Sie mir einen Brief schreiben, Geoffrey, den ich diktieren werde.«

Unbeholfen, mit den Bewegungen eines Mannes, der in der arktischen Wüste friert, begann Booza-Pitt zu schreiben.

»*Lieber Premierminister*«, begann Urquhart, »*es tut mir leid, Ihnen mitteilen zu müssen, daß ich eine Affäre mit einer verheirateten Frau hatte, der Frau des Vorsitzenden meiner Ortspartei ...*«

Geoffrey sah ihn flehend an, aber Urquhart drängte ihn, weiterzumachen.

»*Darüber hinaus hat sie mich beschuldigt, vertrauliche Informationen, die mir als Verkehrsminister zugänglich sind, dafür genutzt zu haben, in unerschlossenen Besitz zu investieren und mich selbst zu bereichern, ein Verstoß nicht nur gegen ministerielle Ethik, sondern auch gegen das Gesetz.*« Absatz, Geoffrey. »*Während ich Ihnen mein Ehrenwort gebe, daß diese Anklagen jeder Grundlage entbehren, habe ich angesichts dieser Vorgänge ...*«

Booza-Pitt sah auf und zog fragend die Brauen hoch.

»*... keine andere Wahl, als meinen Rücktritt einzureichen.*«

Die Todesstrafe. Ein Schluchzen tiefer Trauer klang über den Tisch.

»Unterschreiben Sie, Geoffrey.« Der Füller war zu einem Instrument der Bestrafung geworden. »Aber datieren Sie es nicht.«

Ein Hoffnungsschimmer, ein Aufschub der Hinrichtung. Booza-Pitt tat wie geheißen und brachte ein Lächeln zustande. Urquhart nahm das Papier an sich, las es genau durch und schob es in die Schublade seines Schreibtisches. Dann senkte sich seine Stimme zu einem Flüstern, wie ein Gewölbe, das die letzte Luft abgibt.

»Sie verachtenswürdiger Idiot! Wie können Sie es wagen, meine Regierung durch Ihre widerlichen kleinen Laster zu gefährden? Sie verdienen es nicht, einem Kabinett von Francis Urquhart anzugehören.«

»Es tut mir furchtbar leid. Und ich versichere ...«

»Ich habe Sie geschaffen. Einen Platz für Sie am Futtertrog gefunden.«

»Ich bin immer dankbar ...«

»Vergessen Sie das nie.«

»Das werde ich nicht. Aber ... aber, Francis. Was machen wir mit meinem Vorsitzenden?«

»Ich könnte, vielleicht, Ihr Leben retten. Wie heißt er?«

»Richard Tennent.«

»Kenne ich ihn?«

»Vom letzten Jahr, als Sie zu meinem Wahlkreis kamen. Er hat Ihnen damals ein Ohr abgeschwatzt wegen irgendwelcher Zugeständnisse für Touristen.«

Langsam, ohne die Augen von Booza-Pitt abzuwenden, griff Urquhart nach seinem Telefon. »Verbinden Sie mich mit einem Richard Tennent. Gebiet von New Spalden.«

Sie warteten schweigend. Es dauerte weniger als zwei Minuten, bis die Verbindung hergestellt war.

»Mr. Tennent? Hier ist Francis Urquhart, Downing Street. Erinnern Sie sich? Wir haben uns letztes Jahr getroffen und hatten diese wertvolle Unterhaltung über Touristen. Ja, Sie haben den Fall sehr gut vorgetragen. Hören Sie, ich wollte im Vertrauen mit Ihnen sprechen, wenn es Ihnen recht ist. Ein bißchen unorthodox, aber ich habe ein Problem. Wissen Sie, daß Sie für eine Ehrung vorgesehen sind wegen Ihres politischen und öffentlichen Einsatzes?«

Offensichtlich nicht.

»Nein, Sie sollten das nicht wissen, diese Dinge sollen vertraulich gehandhabt werden. Deswegen will ich privat mit Ihnen sprechen. Sehen Sie, ich gehe gerade die Liste durch, und, offen gesagt, nach allem, was Sie für die Partei getan haben, denke ich, daß Sie eine Beförderung verdient haben. Ritterschaft, um genau zu sein. Der Ärger ist, es gibt ein striktes Kontingent und eine Warteliste. Ich wünsche mir, daß Sie das ›Sir‹ erhalten, Mr. Tennent, aber dies kann mit einer Wartezeit von etwa achtzehn Monaten verbunden sein. Momentan stünde ein niedrigerer Rang zur Verfügung, sollte Ihnen das lieber sein.«

Die Stimme zeugte von gutem Willen, während die Augen kalt über Booza-Pitt glitten, der kaum atmen konnte.

»Sie ziehen es vor zu warten. Ich verstehe vollkommen. Aber Sie wissen, daß das absolut vertraulich bleiben muß? Was Sie und Ihre Frau nicht daran hindern soll, eine Einladung in die Downing Street anzunehmen. Gut.«

Ein schmales Lächeln voller Triumph.

»Eines noch. Diese Dinge durchlaufen eine Prüfungskommission, die jeden Fall prüft, um sicherzugehen, daß da keine Skelette im Schrank sind, nichts, was eine öffentliche Bloßstellung verursachen könnte, einen Grund, die Ehre zurückzugeben oder ähnliches. Verzeihen Sie meine Frage, aber da Ihr Name meine persönliche Empfehlung bekommen wird, es gibt doch nichts am Horizont, das da ...?«

Eine Pause.

»Ich bin erfreut, das zu hören. Ich muß bloß wiederholen, daß, wenn irgend etwas über Ihr Fortkommen durchsickert ... Aber die Partei weiß, daß sie sich immer auf Sie verlassen kann. Sir Richard, ich danke Ihnen.«

Er kicherte, als er den Hörer wieder auf die Gabel legte. »Da haben Sie es! Das alte Spiel vom runden Tisch wirkt immer: Gib ihnen eine Ritterschaft und das Gefühl von Wichtigkeit, und sie kommen alle. Mit etwas Glück hält das seinen Mund für eineinhalb Jahre und vielleicht noch länger geschlossen.«

Geoffrey hatte gerade begonnen, die gute Laune des Ministers zu imitieren, als Urquhart sich ihm sichtlich böswillig zuwandte.

»Raus jetzt mit Ihnen. Und erwarten Sie nicht, daß ich jemals wieder so etwas für Sie tue.«

Geoffrey erhob sich mit immer noch deutlich zitternden Knien. »Warum haben Sie es diesmal getan, Francis?«

Das Licht der Schreibtischlampe warf scharfe Schatten auf Urquharts Gesicht und nahm ihm jedes Anzeichen von Leben. Ein Auge wirkte wie ausgerissen, hinterließ einen dunklen Fleck, der direkt in die Dunkelheit dahinter überging.

»Weil Francis Urquhart – und *nur* Francis Urquhart – entscheidet, wann Minister in seinem Kabinett kommen und gehen, nicht irgendein mickriger Hahnrei aus New Spalden.«

»Ich verstehe.« Hoffnung auf eine Anerkennung seiner Unersetzbarkeit keimte in ihm auf.

»Und weil ich Sie jetzt in der Hand habe. Heute, morgen, solange ich will. Sie werden springen, wenn ich nur mit den Fingern schnippe, egal, ob an die Kehlen Ihrer Feinde oder in Ihr eigenes Grab. Ohne zu fragen. Vollkommene Loyalität.«

»Natürlich, Francis. Die hatten Sie immer.« Er wandte sich zum Gehen.

»Eines noch, Geoffrey.«

»Ja?«

»Geben Sie mir meinen Füller zurück.«

Die Sonne brannte vor dem Fenster, und der Kaffee in den kleinen Tassen auf dem Tisch war dunkel und dickflüssig, in jeder anderen Hinsicht hätte man das Büro mit seinen einfachen Möbeln und dem Modern-Art-Stil auch in Skeppsbron mit Blick auf den Hafen von Stockholm finden können. Aber die meisten der Bücher auf dem Regal aus heller Eiche waren in Türkisch, und die beiden Männer im Raum hatten eine dunkle Hautfarbe wie die der Familienmitglieder, die in Fotorahmen herumstanden.

»Was hat Sie in solcher Eile nach Nikosia gebracht?«

»Nur ein Narr zögert, gute Nachrichten zu überbringen.«

Zwischen ihnen herrschte eine förmliche Atmosphäre, zwei Präsidenten, der eine Yakar, Chef der Türkischen Nationalen Ölgesellschaft, der andere, Nures, politischer

Kopf der Republik von Türkisch Zypern. Nicht nur, daß der Ölmann ein Homosexueller mit ausgefeilten Manieren war und der Politiker ein robuster Mann mit robuster Sprache und robustem Humor. Es gibt oft eine Distanz zwischen Insulanern und Städtern, die für mehr steht als für die Trennung von fünfzig Seemeilen. Es war ein Jahrhundert her, seit die Ottomanen in Zypern geherrscht hatten, und die Unterschiede in Kultur und Zukunftsperspektive waren gewachsen. Die vom Festland bemutterten und hüteten die Inselbewohner – hatten sie nicht ihre Cousins aus dem Zugriff griechischer Extremisten befreit, indem sie 1974 ein Drittel der Insel eingenommen und annektiert hatten? Einen Moment lang hatten die türkischen Zyprioten sich in jenen Tagen auf der Spitze griechischer Bajonette gefunden, im nächsten Moment hatten sie ihren eigenen Staat gehabt. Nur daß die Regierung in Ankara sich weiterhin so verhielt, als wäre es *ihr* Staat.

Zeit, sie loszuwerden, dachte sich Mehmet Nures wieder einmal. Seit tausend Jahren hatten sich die Türken und Griechen vom Festland und die imperialistischen Briten eingemischt, die die Insel als Brunnen benutzten, um ihren Ehrgeiz zu stillen. Sie hatten ihn trockengelegt und eine Insel mit altmodischer Freundlichkeit und einer Million Schmetterlinge in eine politische Wüste verwandelt. Zwar konnten sie nicht durch den Spiegel schreiten, zurück in die alte Zeit, als Kuppeldachkirchen neben spitzen Moscheen standen, aber es war Zeit für eine Veränderung. Zeit, daß die Zyprioten ihre eigene Bestimmung erkannten, Zeit für Frieden. Die Frage war nur – wessen Frieden?

»Ich habe die Ehre, Ihnen eine Kopie des Berichts zu überreichen, den das Seismologische Institut in den letzten Tagen von der Bodenbeschaffenheit angefertigt hat und den es in ein paar Tagen veröffentlichen wird.« Der Ölmann holte einen Ordner aus einer dünnen Ledertasche und legte ihn vor Nures auf den Tisch, der ihn durchblätterte. Die Akte enthielt viele farbige Karten und Skizzen von seismologischen Untersuchungen mit viel Fachsprache, die er nicht verstand.

»Behandeln Sie mich nicht wie eine Schildkröte. Was, zum Teufel, soll das alles heißen?«

Yakar zupfte an den Manschetten seines seidenen Hemdes. »Sehr wenig. Wie erwartet, hat die seismologische Untersuchung erbracht, daß unter den Wassern um Zypern viel Felsen ist, und unter dem Felsen ist ... noch mehr Felsen. Nicht gerade der Stoff, fürchte ich, für aufregende Schlagzeilen.«

»Sie sehen mich baff vor Gleichgültigkeit.«

Yakar spielte mit ihm, ein leichtes Lächeln umspielte seine Lippen. »Aber, Herr Präsident, ich habe noch einen zweiten Bericht, einen, den weder das Seismologische Institut noch sonst jemand hat – außer mir. Und jetzt Sie.« Er reichte eine viel dünnere Akte hinüber, rot gebunden und mit den Buchstaben TNOC bedruckt.

»Die Griechen nicht, meinen Sie?«

»Eher mögen meine Eingeweide über den Bosporus gespannt werden.«

»Und dieser besagt ...?«

»Daß es zu einer Verwerfung vor der Küste von Zypern gekommen ist, die die Oberflächenfelsen des Meeresgrundes nach Nord und West der Insel verschoben hat. Daß das Gebiet dort doch öltragendes Gestein aufweist. Und daß die Verwerfung alles Öl in eine große Pfütze etwa – hierhin gedrückt hat.« Er beugte sich vor und deutete mit einem juwelengeschmückten Finger auf die Karte, die Nures studierte.

»Scheiße.«

»Genau.«

Die Spitze von Yakars manikürtem Finger deutete genau auf die Stelle, die als ›Watling water‹ bekannt geworden war – das Seegebiet, das von griechischen und türkischen Zyprioten umkämpft wurde und allgemein Gegenstand des britischen Schiedsgerichtes war.

Nures spürte, wie das Begreifen warm durch seine Eingeweide schoß. Es hatte ihn Jahre gekostet, die Waagschalen des Friedens auszubalancieren, Feder um Feder, er wußte nicht, ob er wollte, daß jetzt Tonnen von Felsen dazukamen, Öl oder nicht. Der Friedensschluß war ihm wichtig; wenn er so wenig an die Griechen gab, konnte er so viel für seine Leute erreichen, Frieden, internationale Anerkennung, wahre Unabhängigkeit, Reichtum – und vielleicht den Friedensnobelpreis für sich. Alles im Austausch für ein bißchen Land und einen Streifen Wasser, das wertlos war. Zumindest hatte er das angenommen.

Nures' dicke Hand rieb über das dunkle Kinn. »Wieviel Öl?« fragte er, als kostete ihn jedes Wort einen Zahn.

»Vielleicht eine Billion Barrel.«

»Ich verstehe«, sagte er, tat es aber offensichtlich nicht. »Was bedeutet das?«

»Nun, der Preis auf dem internationalen Markt liegt im Moment bei zwanzig Dollar pro Barrel. Kosten der Förderung rund fünf. Geschätzt etwa fünfzehn Billionen Dollar.«

Der Ölmann faselte weiter von türkischer Bruderschaft und TNOC, die die bevorzugten Förderrechte bekommen sollte, und arbeitete sich an die Vereinbarung heran, die er erreichen wollte. Nures bedeckte die Augen mit seiner Kapuze, als wollte er sich aus solchem Schmutz heraushalten, in Wahrheit aber, um der Versuchung zu widerstehen. Er hatte die Gelegenheit – er hatte sie selbst geschaffen –, ein Blatt in der Geschichte zu wenden, die Gift zwischen die Lippen der Griechen gezwungen hatte und seinen eigenen Sohn dazu verdammt hatte, in einem Land voller Furcht aufzuwachsen. Für seinen Enkel könnte das anders sein.

Würde die Welt ihm vergeben, wenn er den Friedensprozeß in Gefahr brächte? Würden seine Leute ihm vergeben, wenn er sich fünfzehn Billionen Dollar Wert an Öl entgehen ließe? Könnte er sich selbst verzeihen, wenn er nicht versuchte, beides zu bekommen?

Keine Frage.

»Präsident Yakar, ich denke, wir wollen diese Felsen.«

»Präsident Nures, ich denke, das wollen wir.«

Yakar Hakim hatte das Gefühl, aufzufallen. Er hatte seinen besten Anzug angezogen, der jedoch schmal geschnitten war, und er wirkte schwerfällig und wie aus einer anderen Welt unter den eleganten, selbstbewußten Menschen auf der Rue St. Honoré. Aber, rief er sich selbst zur Ordnung, er war ja auch nicht zur Modenschau hier.

Erst hatte er daran gedacht, die Übergabe in Istanbul mit seinen Menschenmassen stattfinden zu lassen, in denen eine einzige Menschenseele schnell verschwinden konnte, aber selbst im Labyrinth der *souks* und verräucherten Basare hatten die Behörden ihre Spione, Informanten, und es bestand immer die Gefahr, daß er jemandem in die Arme lief, den er kannte. Diesbezüglich mißtraute er seinem Glück; er war einmal in Antalya gewesen, unter dem Vorwand, an einem Energie-Symposium teilzunehmen, in Wirklichkeit aber, um zwei Nächte mit Sherif, einer heiratsfähigen jungen Frau aus der Belegschaft, zu verbringen, die ein Faible für ältere Männer hatte, nur um zu entdecken, daß sein Nachbar den Raum nebenan gemietet hatte. Gott sei Dank hatten den Mann ähnliche Beweggründe dorthin geführt, was ihnen erlaubte, die Solidarität von Sündern zu teilen. Dennoch meinte er, die Anwesenheit beobachtender Augen überall in seinem Heimatland zu spüren, und dies hier bedeutete so viel mehr als eine kurze Rangelei zwischen Bettlaken.

Er hatte Paris gewählt, weil er dort vor vielen Jahren einmal als Student zu Besuch gewesen war und weil man dort kaum Gefahr lief, wiedererkannt zu werden – und weil die Franzosen wußten, was erwünscht war. Die Engländer waren zu steif und hatten zu enge Schließmuskel, während die Amerikaner alle Cowboys waren. Wenn Hakim überleben wollte, brauchte er Diskretion, einen Partner, dem er trauen konnte, der den Mund hielt und der nicht nach zwei Drinks und einem ermutigenden Lächeln in der Bar des Hilton anzugeben begann. In Dingen der vereinigten Spionage, Steuerflucht und des Betrugs besaßen die Franzosen alle nötige Finesse, außerdem hatten sie Bankkonten, die den türkischen Behörden nicht zugänglich waren; ein Jammer, daß der Kaffee so dünn war.

Seine Besorgnis trieb ihn bereits früh am Morgen in ein Straßencafé, wo er den Bodensatz in seiner Kaffeetasse schwenkte und wartete. Ihm schwirrte der Kopf – von Trauminseln in geheimnisvollen Meeren, die schimmerten, als enthielten sie eine Million Diamanten, von bougainvilleaumrankten Villen mit Blick auf den heiligen Bosporus, die von Frauenlachen widerhallten, von Bohrtürmen, die in der Mittelmeerbrise erzitterten über Seen schwarzen Goldes – und von den stinkenden Rattenlöchern in Istanbuls weltbekanntem Yedi-Güle-Gefängnis, das von den Schreien derer widerhallte, die zu spät gekommen waren, um noch zu bereuen. Für ihn war es noch nicht zu spät, noch nicht, noch konnte er aussteigen, nach Hause fahren, morgen wieder in seinem Büro sitzen. Zurückkehren zu seinem Dasein als Hakim der Vergessene. Der Mann, dessen Ausbildung und Erfahrung ihn als einzigen eines der größten natürlichen Ölvorkommen in seinem Leben hatten entdecken lassen – ohne den nichts von diesem großen Abenteuer der Erforschung möglich wäre! Aber selbst als er ihnen mit stolzgeschwellter Brust seinen Bericht und seine Analyse übergeben hatte, hatten sie ihm gesagt, es sei alles in einem Arbeitstag erarbeitet worden, für den TNOC ihn bezahle, er solle nicht mit irgendeiner Anerkennung oder Gratifikation rechnen. Und er hatte auch keine erhalten.

Ein schwarzer, auf Hochglanz polierter Citroën hielt neben ihm am Straßenrand, und eine getönte Fensterscheibe wurde hinuntergekurbelt.

»Mr. Hakim, hierher. Schnell, bitte!«

Schon ließ der Volkswagen dahinter ungeduldig seine Hupe ertönen. Sie hatten ihm den Namen des Cafés genannt, von einem Auto hatten sie nichts gesagt. Verwirrt und mißtrauisch, aber offensichtlich ohne eine Wahl zu haben, schlurfte der Türke über den Fußweg. Die hintere Tür öffnete sich, und er sank auf den ledernen Sitz. Eine

Hand wurde ausgestreckt, an deren Gelenk eine goldene Schweizer Armbanduhr prangte.

»Erfreut, Sie endlich kennenzulernen, Mr. Hakim.«

Er hatte darauf bestanden, den obersten Chef zu treffen, von Angesicht zu Angesicht, er wollte nicht mit irgendwelchen Untergebenen abgespeist werden. Er brauchte Entscheidungen, er wollte mit dem Mann verhandeln, der sie traf.

»Verzeihen Sie die Vorsicht. Ich war nicht sicher, ob Sie nicht – wie soll ich sagen? – ob uns nicht jemand im Café beobachten würde. Ein Zeitungsfotograf oder vielleicht ein Mitbewerber? Ich dachte, ein wenig Privatsphäre könnte unserer Diskussion nur nützen.«

Hakim grunzte. Der Mann roch nach Autorität, Geld; Hakim spielte weit über seinem Kaliber.

»Das Material, das Sie uns gesandt haben, Mr. Hakim, hat uns sehr interessiert« – sorgfältig ausgewählte Seiten des Berichts, Krumen, um den Appetit anzufachen, aber nicht genug, um darauf zu kauen – »genügend interessiert, um Sie zu überprüfen. Sie sind echt. Aber ist es auch Ihr Bericht?«

Als Antwort entnahm Hakim ein einzelnes gefaltetes Stück Papier aus seiner Anzugtasche und reichte es, ohne noch einmal darüber nachzudenken, hinüber. Es war die Zusammenfassung des Berichts, die den geschätzten Wert des Vorkommens auf dem Meeresboden angab.

»Faszinierend. Ich nehme an, dieses Material hat einen Preis.«

»Einen hohen Preis«, brummte Hakim und schnappte sich das Papier zurück. »Aber einen sehr fairen Preis.«

»Wieviel?«

»Für den ganzen Bericht?« Er kaute auf seinem Daumennagel. »Eine Million Dollar.«

Der andere Mann zuckte nicht mit der Wimper. Sein Blick war direkt, beobachtete Hakim, als ob irgendein Haken bei ihrem Geschäft in Hakims ledernem Gesicht zu finden sei. Der Türke hielt dem Blick stand.

»Die Sache ist ganz einfach, Mr. Hakim. Ihre Information ist für jeden wertlos, wenn sie nicht stimmt, und für mich wertlos, wenn wir nicht die Bohrlizenz bekommen.«

»Wenn es soweit ist, werden Sie die Lizenz kaufen. Mit diesem Bericht in Händen wissen Sie, wieviel Sie zahlen wollen – und wem.«

»Das dauert noch eine Weile.«

»Bedauerlicherweise bin ich kein geduldiger Mann.«

»Dann lassen Sie mich auf den Punkt kommen. Mein Angebot – das auch mein letztes Angebot ist – lautet folgendermaßen.« Er zog einen Umschlag hervor. »Hier sind fünfzigtausend Dollar für die Einsicht des Berichts. Wenn wir nach der Lektüre der Aussage glauben, gibt es noch einmal zweihunderttausend Dollar.« Er hob die Hand, um die Einwände zu stoppen, die der Türke machen wollte. »Wenn es meiner Gesellschaft gelingt, die Lizenz zu erhalten und auf Öl zu stoßen, werden Sie nicht eine, sondern zwei Millionen Dollar erhalten. Das ist die Sache wert, wenn das, was Sie sagen, wahr ist.«

Hakim strich aufgeregt über seinen salzverkrusteten Schnurrbart, als wollte er ihn sich von der Oberlippe pflücken. »Aber wie kann ich Ihnen trauen?«

»Mr. Hakim, wie kann ich Ihnen trauen? Woher soll ich wissen, ob Sie nicht dasselbe Dokument überall unter meinen Konkurrenten herumreichen? Es muß einen gewissen Grad an gegenseitigem Vertrauen geben. Betrachten Sie es einmal so: Welchen Sinn hätte es, wenn ich versuchen würde, Sie um Millionen zu betrügen, wenn es um Billionen geht?«

Der Türke atmete schwer bei dem Versuch, mit der Sauerstoffzufuhr seinen Denkprozeß anzukurbeln.

»Wenn Ihr Dokument echt ist, gebe ich Ihnen eine Viertel Million Dollar allein auf Ihr Wort hin, daß es die einzige Kopie ist, die sich in Umlauf befindet. Ein teurer Fehler für mich, wenn Sie lügen.« Der Franzose schwieg einen Moment. »Aber es wäre ein noch viel kostspieligerer Fehler für Sie.«

»Was?« machte Hakim sich lustig. »Drohen Sie, mir die Beine zu brechen?«

»Ganz und gar nicht, mein Freund. Ich würde einfach die türkischen Behörden über Ihre Aktivitäten informieren. Ich nehme an, Ihre Beine wären Ihr geringstes Problem.«

Der Franzose lächelte und schwenkte den Umschlag mit den fünfzigtausend Dollar.

Hakim starrte auf den Umschlag, rang mit sich, aber das Unterfangen war aussichtslos. Jetzt war es zu spät, weder Gewissen noch Vorsicht kamen gegen fünfzigtausend Dollar und mehr, viel mehr, die noch kommen sollten, an. Er entnahm seiner Aktentasche aus Krokodillederimitat den Bericht und händigte ihn seinem Gegenüber aus.

ZWEI

Ein herrlicher Frühlingsmorgen dämmerte mit rosaroter Begeisterung, von der die meisten Frühaufsteher erfaßt wurden. Elizabeth Urquhart konnte nicht wissen, daß ihr Mann dieses Hochgefühl nicht teilte.

»Guten Morgen, Francis. Der Wettergott scheint dir zuzulächeln. Herzlichen Glückwunsch zum Geburtstag.«

Er starrte aus dem Schlafzimmerfenster und bewegte sich nicht, bot als erstes ein weiches »Oh, Liebes« und ein Beben der Nasenflügel als Antwort. Er verharrte noch beim Fenster, von irgend etwas draußen gebannt, ehe er den Kopf schüttelte, um loszuwerden, was immer ihn bedrückte. »Was hast du dieses Jahr für mich? Eine weitere viktorianische Flasche für die Vitrine? Wie viele sind es – achtzehn Jahre lang die verdammten Flaschen? Du weißt, daß ich die Dinger nicht ausstehen kann.« Aber sein Ton war selbstkritisch, mehr Ironie als Zorn.

»Francis, wir wissen doch beide, daß du dich außer für Politik für nichts interessierst, und ich werde sicher nicht hingehen und dir eine gebundene Ausgabe von *Hansard* schenken. Deine kleine Sammlung hat dir wenigstens etwas für die Schreiberlinge gegeben, das sie in ihre Porträts aufnehmen konnten, und dieses Stück im speziellen ist besonders entzückend. Eine Medizinflasche in wunderschönem Smaragdgrün, von der man annimmt, daß sie aus dem Besitz der Königin höchstpersönlich stammt.« Sie schürzte die Lippen, ermutigte ihn. »Wie auch immer, ich mag sie.«

»Nun, Elizabeth, wenn du sie magst, will ich sie auch mögen.«

»Jetzt sei doch nicht so griesgrämig. Ich habe übrigens noch etwas anderes für dich.«

Schließlich drehte er sich vom Fenster weg und setzte sich ihr gegenüber, als sie ihm ein kleines Päckchen mit dem obligatorischen Papier mit Schleife reichte. Als er es ausgepackt hatte, entlockte es ihm das erste Zeichen von

Freude. »Burkes *Gedanken zur Revolution in Frankreich*. Und auch noch eine frühe Ausgabe.« Anerkennend berührte er das schmale, ledergebundene Buch.

»Eine Erstausgabe«, verbesserte sie. »Der erste Band für die Urquhart-Bibliothek, dachte ich.«

Er ergriff ihre Hände. »Das ist wirklich sehr aufmerksam von dir. Und wie angemessen, daß unsere Bibliothek mit einer der edelsten Anti-Frankreich-Tiraden beginnt, die je geschrieben wurde. Weißt du, sie könnte mich inspirieren. Aber … ich muß zugeben, Elizabeth, daß all dieses Gerede von Geburtstagen und Bibliotheken allzusehr nach Rückzug klingt. Ich bin noch nicht bereit dazu, weißt du.«

»Die jungen Anwärter sind vielleicht schneller zu Fuß, Francis, aber wo ist der Vorteil, wenn du der einzige bist, der den Weg kennt?«

»Ohne dich wäre mein Leben so leer und trostlos«, lächelte er und meinte es so. »Nun, es ist an der Zeit, die Asche zum Qualmen zu bringen und zu sehen, ob die Funken noch glühen.« Er küßte sie und erhob sich, erneut von der Aussicht zum Fenster gezogen.

»Was *ist* denn dort draußen?« wollte sie wissen.

»Nichts. Bislang. Aber bald könnte dort etwas sein. Du weißt, die Thatcher-Gesellschaft will dort auf dem Rasen eine Statue der Baroneß errichten.« Er deutete mit dem Finger in Richtung des gepflegten Rasens, der an die Mauer des Downing-Street-Gartens grenzte, gegenüber dem St. James Park. »Weißt du, das ist ein Blick, der sich in den letzten zweihundertfünfzig Jahren kaum verändert hat; seit ewigen Zeiten hängt ein und derselbe Druck im Kabinett, dieselben Ziegel, dieselben Türen, selbst die Steine im Hof sind original. Und jetzt wollen sie diese verdammte Statue aufstellen.« Er schüttelte ungläubig den Kopf. »Der Sockel ist schon errichtet.« Er fuhr herum, das Gesicht vor Enttäuschung verzerrt. »Elisabeth, wenn ich als erstes jeden Morgen beim Öffnen der Schlafzimmervorhänge dieses verdammte Weib sehe, sterbe ich.«

»Dann halte sie auf, Francis.«

»Aber wie?«

»Sie verdient kein Denkmal. Aus dem Amt geworfen, von ihrem eigenen Kabinett verraten. Wird die Statue auch alle Messer in ihrem Rücken zeigen?«

»Aber fast alle sind aus dem Amt geflogen, entweder durch Kollegen oder durch die Wähler, meine Liebe. Wie Caesar rücklings überwältigt von Geschehnissen, die sie nicht vorhergesehen hat. Ehrgeiz macht Anführer blind, und niedrigere Männer läßt er bluten; keiner von ihnen wußte, wann es an der Zeit war zu gehen.«

»Es gibt nur einen Premierminister, der solch ein Denkmal verdient hätte, und das bist du!«

Er lächelte über ihr Vertrauen. »Vielleicht hast du recht – aber Fleisch und Blut werden allzu früh zu Stein. Laß es uns nicht beschleunigen.«

Er verwandelte sich zwei Stunden später zu Stein, so hart, als hätte er die Nacht in den Armen der Medusa verbracht. Sein Pressesprecher pflegte regelmäßig Treffen mit Vertretern von Verbänden – normale Mitglieder, nicht erfahrene Vorsitzende – zu arrangieren, die er auf die Stufen von Nummer zehn einlud, jedoch nicht weiter; ein Besuch, der zu kurz war für wahres Lobbyistentum, aber lang genug, um den Kameras zu beweisen, daß der Premierminister Anteil nahm – der ›Klick-Trick‹, wie es der Pressesprecher, ein Hockeyspieler und Enthusiast mit Namen Drabble, nannte. Seit sechs Uhr morgens an seinem Schreibtisch, wo er die Morgenzeitungen durchsah und ausgesuchte Artikel ausschnitt, die ihm eine Bemerkung wert schienen und von denen er eine schriftliche Zusammenfassung verfaßte, traf er Urquhart kurz vor halb zehn in der Eingangshalle.

»Was ist es denn heute, Drabble?« fragte Urquhart und schritt brüsk den roten Teppich im Korridor des Kabinetts entlang.

»Eine Geburtstagsüberraschung, Premierminister. Diese Woche sind es die Pensionäre, sie wollen Ihnen ein Geschenk machen.«

Urquhart fühlte sich unbehaglich. »Wußte ich davon?«

»Sie hatten am letzten Wochenende eine Notiz in Ihrem Aktenkoffer, Premierminister.«

»Leider ist sie mir wegen dringenderer Staatsangelegenheiten entgangen«, antwortete Urquhart. Verdammt, Drabbles Notizen waren so ermüdend, und wenn sich ein Premierminister nicht darauf verlassen konnte, daß Fachleute sich um die Einzelheiten kümmerten …

Die große Tür öffnete sich, und Urquhart trat ins Licht, blinzelte, lächelte und hob eine Hand, um die Zuschauer zu begrüßen, als wäre die Straße von einer jubelnden Menge verstopft und nicht mit einer kleinen Schar weltmüder Journalisten. Eine Gruppe von fünfzehn Pensionären, die aus verschiedenen Landesteilen stammten, hatten sich um ihn versammelt, von Drabble dirigiert, der eine wirklichkeitsnahe Darstellung als Mutterhenne gab. Der Vorgang war immer gleich: Urquhart fragte nach ihren Namen, hörte mit ernstem Lächeln zu und nickte voller Anteilnahme, ehe er zum nächsten weiterging. Schon bald würden sie von einem von Drabbles Leuten weitergewinkt werden, und ein jüngerer Minister des entsprechenden Ressorts würde sich mit Instantkaffee und Verständnis in entsprechender Whitehall-Umgebung ihrer annehmen. Eine Woche später würden sie ein Foto von sich erhalten, wie sie dem Premierminister die Hand schüttelten, und eine getippte Karte, die anscheinend von ihm unterschrieben worden war, auf der er ihnen dafür dankte, daß sie die Mühe auf sich genommen hatten, ihn zu besuchen. Den örtlichen Zeitungen gingen Kopien zu. Gewöhnlich drehte sich die Diskussion um Punkte, die für das System interessant waren; fast unvermeidlich ging die Mehrheit der Betreffenden anschließend in ihre Pubs und Clubs und verbreiteten wohlwollende Geschichten. Ein kleineres Scharmützel im Krieg, um die Herzen und Stimmen der Leute zu gewinnen, aber ein nützliches. Gewöhnlich.

Jetzt hatte Urquhart das Begrüßungsritual fast beendet und trat zum letzten Mitglied der Gruppe. Ein großes Paket von fast fünf Fuß Höhe lehnte am Geländer hinter ihm, und als Urquhart sich ihm zuwandte, zog der Rentner das Paket nach vorne. Es stellte sich als großer Umschlag heraus, adressiert einfach *An den Premierminister*.

»Noch viele glückliche Jahre, Mr. Urquhart«, brabbelte der Rentner.

Urquhart drehte sich um, um nach Drabble zu suchen, aber der Pressesprecher war auf der anderen Straßenseite und instruierte den Kameramann. Urquhart war allein.

»Wollen Sie es nicht öffnen?« fragte ein anderer Pensionär.

Für Urquhart ließ sich das Kuvert allzu leicht öffnen, eine Karte glitt heraus.

›*Wir sind für dich, F. U.*‹, stand in großen roten Buchstaben oben darauf. ›*Heute 65*!‹

Die Rentnergruppe applaudierte, während einer, der nicht größer war als die Karte selbst, sie aufklappte und die Inschrift zeigte.

›*Willkommen im Club der Pensionäre*‹, lautete sie in grellen, handgeschriebenen Buchstaben. ›*OAP Macht*!‹ Das ganze war mit gekreuzten Krückstöcken dekoriert.

Urquharts Augen glänzten wie Murmeln. Selten hatten die Fotografen den Premierminister so breit lächeln sehen, dabei so unbewegt, als hätte ihm jemand seine Mimik eingemeißelt. Der Ausdruck blieb, als er über die Straße ging, mehr um Hand an den verwünschten Drabble zu legen, als um das Ritual hinter sich zu bringen, sich mit der Presse zu necken.

Ein Chor von »Herzlichen Glückwunsch!«-Rufen vermischte sich mit Fragen wie »Schon irgendwelche Rücktrittspläne, Francis?« oder »Werden Sie Ihre Pension beantragen?« Er nickte und schüttelte den Kopf als Antwort. Die Stimmung war wohlwollend, und Drabble war begeistert; der Narr hatte keine Ahnung, was er da angerichtet hatte.

»Sind Sie mit fünfundsechzig zu alt für einen Posten mit solchen Herausforderungen?« fragte eine Frau mit verkniffenem Gesicht und hielt ihm einen Kassettenrecorder unter die Nase.

»Churchill schien nicht so zu denken. Er war fünfundsechzig, als er anfing.«

»Der amerikanische Präsident ist erst dreiundvierzig«, erhob sich eine andere Stimme aus der Menge.

»Der von China über neunzig.«

»Also noch keine Überlegungen, sich zurückzuziehen?«

»Diese Woche nicht, mein Terminkalender ist einfach zu voll.«

Ihre Schlingen und Pfeile parierte er augenscheinlich gut gelaunt; er schaffte es sogar, ein Kichern zustande zu bringen, das zeigen sollte, daß er unberührt blieb. Politik ist möglicherweise die unfreundlichste, am wenigsten nachsichtige Form des ritualisierten Mißbrauchs, die innerhalb gesetzlicher Grenzen erlaubt ist; der Trick ist, so zu tun, als täte es nicht weh.

»Was halten Sie von der Meinungsumfrage von heute?« Das war Dicky Withers vom *Daily Telegraph*, der eine erfahrene Hand hatte und dafür bekannt war, daß er einen scharfen Instinkt hinter einer trügerisch freundlichen Pinte voll Guinness vom Faß verbarg.

»Die Umfrage.«

»Ja, die, die wir heute im Blatt haben.«

Drabble begann einen nicht einstudierten Tanz, sprang von einem Fuß auf den anderen, als tanzte er auf heißen Kohlen. Er hatte die Umfrage nicht in seinen Ordner aufgenommen, auch nicht den unzeitgemäßen Kommentar des *Mirror* mit der Überschrift ›*Zeit zu gehen*‹. Himmel noch mal, der Mann hatte heute Geburtstag, ein Tag im Jahr zum Feiern, um sich ein bißchen zu entspannen. Zwar war Drabble nicht gerade ein notorischer Ja-Sager, doch er hielt es für ratsam, eher unverfängliche Argumente zu sammeln; alle allzu eifrigen Boten, die sich beeilten, schlechte Nachrichten vom Kriegsschauplatz zu bringen, wurden als Deserteure angeklagt und erschossen.

»Dreiundvierzig Prozent Ihrer eigenen Wähler denken, daß Sie vor der nächsten Wahl zurücktreten sollten«, führte Withers aus.

»Was bedeutet, daß eine solide Mehrheit dafür ist, daß ich weitermachen soll.«

»Der populärste Mann, der Ihr Nachfolger werden soll, ist Tom Makepeace. Wäre das auch Ihnen recht, wenn die Zeit kommt?«

»Mein lieber Dicky, wenn die Zeit kommt, wird Tom das, da bin ich sicher, mit vielen anderen Anwärtern ausfechten, den Busfahrer eingeschlossen.«

Makepeace = Busfahrer, notierte Withers, dem die wenig schmeichelhafte Gleichsetzung auffiel. »Sie haben also vor weiterzumachen?«

»So könnte man sagen«, begann Urquhart, »aber ich wünschte, Sie würden das nicht tun. Ich genieße es, an der Macht zu sein, und obwohl ich nicht machtgierig bin, will ich, solange ich bei Verstand bin und meine Zähne habe und von Nutzen sein kann ...«

»Was haben Sie vor, wenn Sie sich mal zur Ruhe setzen, Mr. Urquhart?« Das verkniffene Gesicht hielt ihm wieder was vor.

»Tun?« Die Falten erzwungener Fröhlichkeit verwandelten sich in ein Netz von Ungewißheit. »Tun? *Tun?* Nun, ich werde Schmerzen haben und so morsch sein wie die anderen auch, nehme ich an. Jetzt entschuldigen Sie mich bitte, meine Damen und Herren. Ich muß einer Kabinettssitzung beiwohnen.«

Er wandte sich um und machte sich auf zu dem, was in seinen Augen ein würdiger Rückzug war – wie ein Löwe, der in seine Höhle zurückgeht, dachte Drabble, und dabei mit dem Schwanz den Boden peitscht. Er beschloß, ihm zu folgen.

Urquhart lief seiner Frau in die Arme, als sie gerade aus dem Fahrstuhl zu ihrer Wohnung kam. »Alles gut gelaufen?« fragte sie, ehe sie seine Augen sah.

»Sie sagen, es sei Zeit für einen Wechsel, Elizabeth«, stieß er hervor und knirschte mit den Zähnen. »Also werde ich ihnen einen Wechsel geben. Angefangen bei diesem blöden Narren von Pressesprecher.«

Erstaunlich, dachte Urquhart, als das Kabinett sich um den runden Tisch versammelte, wie sehr Politiker ihrem Wahlkreis ähnlich sehen.

Annita Burke zum Beispiel, eine planlose jüdische Vorstadt voller verflochtener Einbahnstraßen. Richard Gram, eine schäbige, heruntergekommene Seefassade (die er mal mit Wahlplakaten mit dem Slogan *Gram für Rushpool* gepflastert hatte, was er irgendwie geschafft hatte, vergessen zu machen). Arthur Bollingbroke, eine schmucklose Arbeiterkneipe mit dem strengen Geruch nach Federation Bitter. Colin Catchpole, der Kandidat für Westminster, ein grobes Gesicht, das den roten Ziegeln der Kathedrale entsprach, während andere Teile seiner Anatomie angeblich in den Seitenstraßen von Soho herumhingen. Geoffrey Booza-Pitt – ja, Geoffrey, ein erfundener Schauspieler für eine erfundene Showstadt wie New Spalden. Mittelklasse und ganz und gar handgemacht, ohne Wurzeln oder Geschichte – wenigstens ohne eine Geschichte, die Geoffrey anerkannt hätte. Er war als einfacher Mr. Pitt, Sohn eines Buchhalters mit Alkoholproblemen, geboren worden; der Schuljunge Geoff hatte einen Doppelnamen und irgendeine mythische Herkunft aus Südafrika ersonnen, um schmutzigen Klatsch über seinen Vater wegzuerklären, den Freunde in einem örtlichen Kaffeehaus gehört hatten. Es hatte funktioniert, wie so viele andere phantastische Geschichten über seine Herkunft und seine Errungenschaften. Einige Leute konnte man an der Nase herumführen, und Geoffrey meinte, das seien genug.

Dann war da noch Tom Makepeace. Er verfügte über den trockenen Humor der ostenglischen Moore, die Störrischkeit ihres Lehms und den Hang zur Moral seiner puritanischen Vorfahren. Er kam von Eton und hatte ein soziales Gewissen, das Urquhart einem überentwickelten Sinn für Schuld zuschrieb, unverdiente Privilegien auf der Suche nach unbekannten Zwecken. Der Mann hatte unzweifelhaft Talent, war aber nicht von Urquharts Schlag, was zur Folge hatte, daß er ins Auswärtige Amt versetzt worden war, wo sein Dickkopf und sein trockener Humor für Britannien bohren konnten und hilfreich dabei waren, die ermüdenden Fälle für Brüssel durchzukämpfen, ohne daß seine Moral allzuviel Unheil anrichten konnte.

Urquharts Kabinett. »Nur wenige von Ihnen bleiben mit den Augen am Ball, wenn ich offen sein darf.« Die Stimmung war eisig; Drabble war verschwunden, aber der Geist seiner Narretei noch nicht ausgetrieben.

»Wir müssen in zehn Minuten zum Ende kommen, ich muß zur Ankunft des Sultans von Oman im Palast sein.« Er ließ seinen Blick langsam um den Tisch wandern. »Ich nehme mal an, es wird eher ein Erfolg als der Beginn des letzten Staatsbesuchs.«

Sein Blick blieb an Annita Burke, Ministerin für Umwelt, hängen. Sie war sowohl Jüdin als auch weiblich, was hieß, daß die Tore zur Macht für sie gleich in doppelter Hinsicht verschlossen waren. Sie hatte den Burggraben durch puren Überschwang gestürmt, aber jetzt saß sie starr da, den Kopf gesenkt. Irgend etwas auf ihrem Protokollbuch schien ihre ganze Aufmerksamkeit zu fesseln.

»Ja, es war ein Jammer, Umweltministerin, nicht wahr?«

Burke, die einzige Frau im Kabinett, hob verteidigend den Kopf, fand aber keine Worte. War es ihre Schuld gewesen? Sie hatte monatelang eine große Kampagne geplant, die die Tugenden der Hauptstadt betonen und die kitschigen Mythen auf ihren Platz verweisen sollte; an den Tischen von Londons besten Restaurants hatten die Öffentlichkeitsarbeiter die Kampagne geplant und verkündet – man hatte eine Pressekonferenz mit Brass-Band organisiert, eine Horde beweglicher Posterträger angeheuert, und für den Start waren sieben Millionen Flugblätter zur Verteilung in der Stadt gedruckt worden.

›Eine großartige Stadt großartiger machen.‹

Was sie nicht vorhergesehen hatten – nicht hatten vorhersehen können, egal, wie viele Streifen korngefütterter Hühner und in Schottland gefangener Lachse sie geopfert hatten – war, daß der Tag des Beginns der Kampagne sich mit dem größten Versagen in Londons Abwassersystem überschneiden würde, einem fortschreitenden Zusammenbruch einer ganzen Sektion aus viktorianischen Ziegeln, wodurch der Boden überschwemmt und das Stromnetz kurzgeschlossen worden war. Eine Million wütender Pendler hatte sich auf die Straße begeben und dadurch einen Stau verursacht, der bis vor die Stadtgrenzen reichte und sich auf alle Hauptstraßen erstreckte. Auf einer dieser Hauptstraßen, der M 4 vom Flughafen Heathrow, hatte der gerade eingetroffene Präsident von Mexico festgesessen, der eine Fahrt von vierzig Minuten zu den königlichen und politischen Würdenträgern erwartet hatte, die sich ihm zu Ehren schon im Buckingham Palast versammelt hatten. Aber nichts bewegte sich. Die Gestelle für die Poster lagen umgestürzt und mit Gesicht nach unten da. Der Großteil der Flugblätter war unverteilt in irgendwelchen Nebenstraßen abgelegt worden. Die Pressekonferenz war abgesagt worden, die Brass-Band nie eingetroffen. Der mexikanische Präsident auch nicht, erst nach über drei Stunden.

Es war ein Tag, an dem die Würde der Hauptstadt starb, weggespült von einer Welle von Ärger und Ausfluß. Ein Versagen verlangte nach Verantwortlichen, und ›Burke‹ paßte so gut in die Schlagzeilen.

»Ein Jammer«, stimmte sie Urquhart zu, ihre Verlegenheit offensichtlich. »Das Schicksal waren gegen uns.«

»Und Sie haben eine neue Idee, um unseren Ruf als aktive Umweltpolitiker wiederherzustellen. Die Frischluft-Detektive. Artikel 188.« Er ließ es wie eine Anklageschrift klingen.

»Gesundheit und Sicherheit bei der Arbeit. Verschmutzung der Sinne.«

»Gestank.«

»Ja, wenn Sie es so wollen.«

»Und wir sind dagegen, ja?«

»Die Europäische Kommission hat angeregt, daß alle

Arbeitsplätze in der Stadt auf extreme Geruchsbelästigung hin untersucht werden, mit einem strengen Maßstab für die Stellen, die die festgesetzten Grenzwerte nicht einhalten.«

»Wissen Sie, da ist ein indischer Grill am Ende meiner Straße ...«, begann Bollingbroke ohne Umschweife, aber Urquhart ignorierte ihn.

»Macht sauber oder schließt. Und Sie haben dem zugestimmt.«

»Von ganzem Herzen. Saubere Luft, bessere Umwelt. Das kommt unserer Manifestbindung zugute und spielt uns fertige Antworten für diejenigen in die Hand, die behaupten, wir hätten uns aus Europa zurückgezogen.« Sie klopfte zur Bekräftigung mit ihrem Füller auf die Aktenmappe und verriet damit ihre Unsicherheit. Er war äußerst ungnädiger Stimmung.

»Sind Sie jemals in Burton-on-Trent gewesen, Umweltministerin?«

»Ich war dort für zwei Tage zu Besuch, als ich sechzehn war, bei einem Symposium für die Abiturvorbereitung.« Ihre dunklen Augen blitzten, sie würde nicht zulassen, daß er sie herablassend behandelte.

»Es hat sich in den vielen Jahren, die seitdem vergangen sind, nicht viel verändert. Immer noch fünf Brauhäuser und eine Fabrik. An einem heißen Sommertag kann die Hauptstraße betäubend sein.«

»Ganz genau, Premierminister. Wenn wir sie nicht dazu bringen, ihren Dreck wegzumachen, werden sie nie einen Finger dafür krumm machen.«

»Aber die ganze Stadt lebt von Bier und der Fabrik. Ihre Arbeitsplätze, ihre Wirtschaft, Frühstück und Tee, nehme ich an. Es liegt mir fern, Sie daran zu erinnern, aber die Brauereien gehören zu den tragenden Säulen der Partei.«

Der Umweltministerin wurde bewußt, daß die beiden Minister an ihrer Seite es geschafft hatten, obwohl sie immer noch auf den roten Ledersitzen saßen, sich körperlich von ihr zu distanzieren, als ob sie Angst hätten, von einem Querschläger getroffen zu werden.

»Und Sie wollen sie schließen. Die ganze Stadt von der Landkarte verschwinden lassen. Mein Gott, nicht einmal Göring war dazu fähig.«

»Es handelt sich um eine europäische Vereinbarung, und wir müssen ...«

»Und wie viele Städte werden diese krankhaften Franzosen schließen? Im August stinkt ganz Paris, wenn der Wasserspiegel sinkt. Kein Wunder, daß alle an die Küste fliehen und die Stadt den Touristen überlassen.«

»Es handelt sich um eine gemeinschaftliche Entscheidung, die nach sorgfältiger Prüfung in Brüssel getroffen wurde. Unsere Zukunft liegt in Europa, und ...«

Da war sie wieder, wie sie leibte und lebte, fuhr ihre Einbahnstraße entlang, gegen die Fahrtrichtung. »Scheiß auf Brüssel.« Er konnte seine Verachtung nicht länger verhehlen, aber er hob nicht die Stimme, es durfte nicht so aussehen, als ob er die Kontrolle verlöre. »Es ist nichts anderes als eine Behörde, in der sich ganz Europa trifft, um einander um soviel Geld wie möglich zu betrügen.«

Bollingbroke klopfte als Zeichen der Zustimmung mit den Knöcheln auf den Tisch und bewies damit seine Treue. Der Inder konnte stehenbleiben.

»Wenn Sie dort so viel Zeit verbracht hätten wie ich, Premierminister, würden Sie erkennen, wie ...« – sie suchte nach den richtigen Worten, dachte nach, bedachte die Folgen und schloß einen Kompromiß – »... übertrieben diese Beschreibung ist.« Eines Tages, eines nicht allzufernen Tages, schwor sie sich, würde sie ihre Ansichten nicht länger zurückhalten. Sie würde sich nicht länger entmannen lassen wie die meisten Männer hier am Tisch. Sie war die einzige Frau hier, er durfte es nicht wagen, sie zu feuern. Wagte er es? »Diese Anweisung bezieht sich auf Chemiefabriken und Raffinerien und ...«

»Und Fischmärkte und Blumenläden! Umweltministerin, lassen Sie mich eines klarstellen. Ich werde nicht dulden, daß dieser Euro-Unsinn hinter meinem Rücken durchgedrückt wird.«

»Lieber Premierminister, Sie konnten alle Einzelheiten

in einem ausführlichen Positionspapier nachlesen, das ich Ihnen, zwei Wochen ehe der Ministerrat in Brüssel zugestimmt hat, gegeben habe. Ich wüßte nicht, was sonst noch nötig wäre.«

»Instinkt. Politischer Instinkt«, antwortete Urquhart, aber es war an der Zeit, den Rückzug anzutreten, weiterzumachen. »Man kann nicht von mir erwarten, daß ich jede Einzelheit zur Kenntnis nehme, die in den politischen Papieren auftaucht«, konterte er, aber die Wirkung verpuffte, als er nach seiner Lesebrille suchte, um den nächsten Punkt auf der Tagungsordnung zu lesen.

Was genau Makepeace dazu bewog, in die Auseinandersetzung einzugreifen, wußte nicht einmal er selbst. Er war einfach von Natur aus jemand, der sich einmischte. Als Freund von Annita und großer Befürworter Europas kümmerte er sich nicht um Urquharts Argumente oder Meinungen. Vielleicht hatte er das Gefühl, daß er, seit er einen der vier hohen Ministerposten innehatte, sich in einer starken Position befand, die es ihm ermöglichte, die Wogen zu glätten und die gereizte Atmosphäre zu entspannen.

»Keine Sorge, Premierminister«, warf er leichtherzig ein, als Urquhart seine Brille aufsetzte, »von heute an werden wir alle Kabinettunterlagen doppelt so groß tippen.«

Das Öl explodierte. Es war, als hätte er eine Anklage erhoben, daß Urquhart ein – was? Zu alt war? Zu schwach für die Aufgabe? Dem Untergang anbefohlen? Für Urquhart, dem momentan jeglicher Sinn für Humor fehlte, klang das allzusehr nach einem Echo der Forderung nach einem Wechsel. Vor Wut sprang er so plötzlich auf, daß sein Stuhl hinter ihm auf den Teppich fiel.

»Machen Sie sich nicht vor, daß das Ergebnis einer Meinungsumfrage Ihnen eine Sonderstellung einräumt.«

Die Luft hatte sich abgekühlt, war deutlich dünner geworden, dünner durch die Rüge. Makepeace hatte Mühe beim Atmen. Ein Tischchen voller Ressentiments war in den Raum geschoben worden und wuchs zu dem an, was für manche politische Lebensdauer war. Langsam erhob sich auch Makepeace.

»Glauben Sie mir, Premierminister, ich hatte nicht die Absicht ...«

Andere nutzten die Gelegenheit. Zwei Kabinettminister auf den Füßen, das mußte das Ende der Sitzung bedeuten, eine Gelegenheit, diese außerordentliche Peinlichkeit zu einem Ende zu bringen. Allgemeines Papierrascheln erklang, und so schnell, wie es noch angebracht schien, gingen sie ohne ein weiteres Wort auseinander.

Urquhart ärgerte sich. Über das Leben, über Drabble, Burke und Makepeace, über sie alle, aber am meisten über sich selbst. Es galten Verhaltensregeln unter den ›Kollegen‹, selbst für diejenigen, denen der Ehrgeiz auf den Schultern thronte wie ein sturmerprobter Hühnerhabicht.

»Du sollst deine Kollegen ehren, solange sie in Hörweite sind.«

»Du sollst dich nicht bei einer falschen Aussage erwischen lassen.«

»Du sollst nicht begehren deines Ministers Sekretärin, Job, (Ehefrau ist manchmal nur fair).«

»Du sollst deinen Kollegen in der Öffentlichkeit immer ein langes Leben wünschen.«

Urquhart hatte gegen die Regeln verstoßen. Er hatte die Beherrschung verloren und damit die Kontrolle über die Situation. Er war viel weiter vorgeprescht, als er vorgehabt hatte, hatte unerträgliche Arroganz an den Tag gelegt. Indem er anderen geschadet hatte, hatte er auch sich selbst geschadet. Es mußte Reparaturarbeit geleistet werden.

Aber zuerst mußte er sich Erleichterung verschaffen.

Auf seinem eiligen Weg zur Toilette neben dem Kabinettsraum sah er nahe der Henry-Moore-Skulptur einen grimmigen Makepeace stehen, der von einem Kollegen getröstet wurde. Sein Gegner war nicht geflohen, und hier ergab sich eine Gelegenheit, Wunden zu verbinden und privat Mißstimmungen aus dem Wege zu räumen.

»Tom!« rief er und winkte dem anderen zu, der mit offensichtlichem Widerstreben seinen Kollegen verließ und wie ein Hund zurück in den Kabinettsraum ging. »Bitte, Tom, auf ein Wort«, forderte Urquhart und bot ihm ein schmales Lächeln. »Aber erst der Ruf der Natur.«

Urquhart stand nach all der Spannung und dem Tee am Morgen mittlerweile unter Hochdruck. Er verschwand im Waschraum, aber Makepeace folgte ihm nicht, sondern wartete vor der Tür. Urquhart hatte fast gehofft, er würde hereinkommen; es konnte keine Formalität oder Abgrenzung der Autorität entstehen, wenn man vor dem Urinal stand, ein idealer Ort für Gespräche auf der Ebene der Gleichheit, von Mann zu Mann. Aber Makepeace hatte nie richtig zum Club gehört, blieb immer für sich, hielt sich heraus. Wie jetzt, wo er wartend wie ein Schuljunge, der in das Zimmer des Direktors zitiert wird, draußen stand, der verdammte Kerl.

Und verdammt auch das. Urquharts Blase platzte bald, aber je mehr er sich bemühte, desto aufsässiger schien der entsprechende Körperteil zu reagieren. Statt der Dringlichkeit der Situation angemessen zu entsprechen, schien er sich zu verweigern und beschränkte sich auf ein sparsames Tröpfeln. Litten alle Männer seines Alters an dieser Verengung, fragte er sich? Das war dumm – bitte, beeile dich –, aber es ließ sich nicht beschleunigen. Urquhart betrachtete das Porzellan, dann die Decke, konzentrierte sich, fluchte, nahm sich vor, zum Arzt zu gehen, aber es war nichts zu machen. Jetzt war er froh, daß Makepeace nicht zu ihm gestoßen und Zeuge seiner Erniedrigung geworden war.

Prostata. Die Schwachstelle alter Männer. Die körperlichen Funktionen schienen den Kontakt zum Willen verloren zu haben.

»Tom, ich sehe Sie später«, rief er durch die Tür, wobei ihm klar war, daß später zu spät hieß. Draußen hörte er Füßescharren, und Makepeace zog sich wortlos zurück und nahm seine Abneigung mit sich. Ein verlorener Moment, eine entgangene Gelegenheit. Ein Kollege verwandelte sich womöglich in einen Gegner, wenn nicht in einen Todfeind.

»Verdammt, nun komm schon!« fluchte er, aber umsonst.

Als er endlich fertig war, seinen Hosenstall schloß und sich die Ärmel hochzog, um sich die Hände zu waschen, betrachtete er sich eingehend im Spiegel. Innerlich fühlte er sich noch immer wie ein Mann in den Dreißigern, aber das Gesicht hatte sich verändert, war abgesackt, gezeichnet, hatte an Farbe verloren wie ein Winterhimmel, wenn gerade die Sonne versinkt. Die Augen waren jetzt mehr verquollen als blau, die Schädelknochen schienen im Begriff, die Haut zu sprengen. Es waren die Gesichtszüge seines Vaters. Der Kampf, den er nie gewinnen würde.

»Herzlichen Glückwunsch, Francis.«

Booza-Pitt kannte kein Zögern. In vielerlei Hinsicht war er ein genauer, fast schon pedantischer Planer, der Kollegen und Bekannte in Sparten von verschiedenem Rang einordnete, was unterschiedliche Abstufungen in der Behandlung verlangte. Die erste Abteilung bestand aus denen, die es geschafft hatten oder eindeutig bald zu den höchsten Höhen ihres Berufes oder ihrer sozialen Stellung geschafft haben würden; sie erhielten jedes Jahr eine Weihnachtskarte, eine kleine Aufmerksamkeit eher persönlicher Natur für die Frau oder den Partner (Schwule ausgenommen), eine Einladung zu mindestens einem seiner ausgewählten gesellschaftlichen Ereignisse und besondere Zuwendung von der Art, wie sie im persönlichen Computer seiner Sekretärin gespeichert war. Die Sahne. Für die in der zweiten Abteilung, die sich noch in dem Stadium des Balancierens auf schlüpfrigem Untergrund befanden, gab es weder Präsente noch allzuviel Aufmerksamkeit; die dritte Kategorie bestand aus den jungen Leuten, die Aussichten hatten, aber noch zum Fußvolk gehörten und nur eine Ermutigung in Form einer Karte erhielten. Die vierte Abteilung, die den Großteil der Menschheit umfaßte, waren diejenigen, die es nie geschafft hatten, in der

Klatschkolumne erwähnt zu werden, und die damit zufrieden waren, sich im Leben einfach zurückzulehnen und die Aussicht zu genießen. Sie existierten für Geoffrey gar nicht.

Annita Burke gehörte natürlich zur ersten Abteilung, war aber auf einem Felsenstück ins Rutschen gekommen, was sie möglicherweise in die vierte zurückwarf. Aber ehe sie nicht wirklich auf dem Boden der Schlucht aufschlug, konnte sie noch von Wert sein. Sie stand auf einer Seite der schwarzweiß gekachelten Eingangshalle von Nummer 10 und war dabei, sich zur Ruhe zu rufen und sich für die Aufmerksamkeit der Welt draußen vorzubereiten, als Geoffrey sie am Arm ergriff.

»Das war schrecklich, Annita. Sie sind bestimmt verärgert.«

Sie antwortete nicht, aber ihre Augen sprachen für sich.

»Sie brauchen Aufmunterung. Wollen wir heute abend zusammen essen?«

Ihr Gesicht hellte sich angesichts der unerwarteten Unterstützung auf; sie nickte.

»Ich melde mich.« Und weg war er. Irgendwo, wo es intim und unterhaltend ist, dachte er – vielleicht war es lohnenswert, bei Wiltons vorbeizuschauen –, wo er die Flammen verletzter Gefühle und der Beschuldigung anfachen konnte, bis er aus ihrer weißglühenden Hitze jene kleinen Waffen und Werkzeuge schmieden konnte, die dem politischen Fortkommen so nützen, die Vertrauensbrüche, vertraulichen Mitteilungen und Widerhaken, die seine Position stärkten und die anderer schwächten. Denn die, die vor dem Tod standen, zogen es gewöhnlich vor, andere mit sich zu ziehen.

Abendessen und ein Gespräch, mehr nicht, selbst wenn sie sich als verletzlich und zugänglich erweisen sollte. Es war mehr als fünfzehn Jahre her, als sie sich einen Nachmittag im Felixstowe Hotel statt in der Stadthalle vergnügt hatten, wo sie an einer Debatte der Politikerjugend über den Hunger in der Dritten Welt hätten teilnehmen sollen. Sie dachten beide gerne daran zurück, wie auch an das aufgeschreckte Zimmermädchen, aber das sollte Erinnerung bleiben. Hier ging es ums Geschäft.

Wie auch immer, überlegte Geoffrey, Liebe mit Toten sorgt für komplizierte Schlagzeilen.

Es stand in einer Seitenstraße von Islington, dort wo die Innenstadt in die Ausläufer von Nordlondon übergeht, gleich neben den Eisenbahnbögen, die unter dem Gewicht überladener Pendlerzüge auf ihrem Weg zum östlichen Flußufer stöhnten und ächzten. Tagsüber schob sich der Verkehr durch die Straßen und mischte sich mit dem Gezänk und der Hänselei vom Wochenmarkt, aber nachts, wenn nur die schwache Straßenbeleuchtung brannte, und besonders, wenn es regnete, hätte die Szene von Dickens stammen können. Die tiefen Schatten und dunklen Alleen ließen die Leute nur zögernd hier durchgehen, außer wenn sie hier Geschäfte machten. Und in dieser Straße waren Geschäfte nach Einbruch der Dämmerung höchstwahrscheinlich die von Evanghelos Passolides.

Sein kleines Restaurant in den Vorderzimmern verbarg sich hinter dicken, vorgezogenen Vorhängen und einem Zeichen an den düsteren Fenstern, das grell und unfreundlich verkündete, daß das Lokal geschlossen war. Es war weder eine Speisekarte ausgehängt, noch brannten willkommenheißende Lampen. Es wirkte so, als wäre seit Monaten nichts berührt worden außer der gut geputzten Vordertreppe, aber das bemerkten nur wenige von denen, die vorbeieilten. ›Vangelis‹, wie das Lokal genannt wurde, war unauffällig und fast unbekannt, und darauf kam es an. Nur Freunde oder die, die von Freunden empfohlen wurden, erhielten Zutritt, und mit Sicherheit niemand, der in irgendeinem Leben mal Offizier der örtlichen Behörden oder des Zolls gewesen war. Für solche Leute hatte »Vangelis« immer geschlossen, und auch seine Läden. Das sorgte für eine intime und fast verschwörerische Atmosphäre, in der fünf kleine Tische mit ausgeblichenen Tischdecken, recycelten Kerzen und mistelbedruckten Papierservietten standen, die von irgendeinem vergangenen Weihnachtsfest übriggeblieben waren.

Maria Passolides, eine Grundschullehrerin, beobachtete, wie ihr Vater, ein griechischer Zypriot Mitte Sechzig, in die saubere kleine Küche zurückhumpelte, wo er mit spitzen Fingern und vertretbaren Mengen Zitronensaft die Erzeugnisse des morgendlichen Marktes in frische Krabben, Zuckerlamm, eingelegtes Schwein, Artischockenherzen und Wachteleier sortierte. Die kleine Taverne war weniger ein Geschäft als vielmehr Hobby und zugleich Versteck für Passolides, und Maria wußte, daß er sich mehr versteckte denn je. Der kleine Raum war bis an die Grenze des Chaos mit dem Schnickschnack von Erinnerungen gefüllt – an einer Wand hing ein Fischernetz mit signierten Fotos griechischer Prominenter, von denen die meisten keine Prominenten mehr waren, wenn sie überhaupt noch lebten; daneben volle Regale, Teller mit Szenen trojanischer Helden, die mit gipsernen Aphroditen um den Platz kämpften, sowie Bataillonen ausgesuchter Gläser. An der Rückseite der Tür hing ein kaputter Helm der britischen Armee. Das Schwergewicht auf den militärischen Erinnerungsstücken fiel auf – ein Feldtelefon, ein Feldstecher, der bis aufs Metall abgewetzt war, eine zerschlissene und ausgeblichene blaue Fahne Griechenlands. Sogar die Trikolore der Irischen Republik.

In der Mitte der Wand hing ein gezeichnetes Porträt von Winston Churchill, der verteidigend an einer Zigarre zog und die Finger im Siegeszeichen erhoben hatte; darunter waren auf ein Stück weiße Pappe die Worte gekritzelt, die ihn in den Herzen der Griechen zu einem Dichter vom Range Byrons hatten werden lassen: *›Ich denke, es ist nur normal, daß die Zyprioten griechischer Abstammung eine Wiedereingliederung in das, was man ihr Mutterland nennen kann, als Ideal ansehen, dem man ernst, ergeben und eifrig huldigt …‹*

Es war nicht das einzige Porträt an der Wand. Daneben stand die Fotografie eines jungen Mannes mit offenem Hemdkragen, starrem Blick und verdrießlichem Mund, der vor einer rohen Gipswand stand. Es gab keinen Hinweis auf seine Identität, aber die brauchte Michael Karaolis auch nicht. Ein vielversprechender Dorfjunge, der in einer englischen Schule erzogen worden war. Ein junger Steuerbeamter in der Kolonialverwaltung, der EOKA-Kämpfer wurde. Ein letztes Bild, das im Gefängnis von Nikosia aufgenommen worden war, einen Tag bevor die Briten ihn erhängten.

»Vangelis.«

Seit er vor ein paar Jahren seine Frau beerdigt hatte, wurde Evanghelos mehr denn je von der Vergangenheit eingeholt. Dumpfen Tagen folgten lange Nächte voller weitschweifiger Reminiszenzen mit alten Kameraden an kerzenerhellten Tischen und mit jungen Männern, die bereit waren, sich jene Geschichten anzuhören, wenngleich die Zahl beider in den vergangenen Monaten zurückgegangen war. Er war zu einem Gefangenen der Zeit geworden, bittere Erinnerungen zehrten von seinem Körper und seiner Seele; jetzt war er krumm, und sein Beinbruch, der dazu geführt hatte, daß er durch sein Erwachsenenleben humpelte, schmerzte ihn zunehmend. Er schien vor Marias Augen zu schrumpfen, die Säure in ihm fraß ihn auf.

Die Nachricht, daß es Frieden in seinem Land geben würde, machte die Dinge nur noch schlimmer. »Nicht mein Frieden«, murmelte er mit seinem starken Akzent. Er hatte für eine Vereinigung gekämpft, *Enosis*, eine Vereinigung aller Griechen mit dem Mutterland – eine Sprache, eine Religion, eine Regierung, egal, wie unfähig und korrupt, solange es *unsere* Regierung war. Diesem Ziel hatte er sein Leben gewidmet bis zu dem Tag, als er mit einem Dreißig-Pfund-Mörser auf dem Rücken in eine Bergschlucht gestürzt war und sich das Bein so gebrochen hatte, daß der Knochen durch die Haut drang und die Kniescheibe für immer steif blieb. Sein Name hatte auf der britischen Fahndungsliste gestanden, so daß er nicht ins Krankenhaus konnte; er konnte von Glück sagen, daß er das Bein behalten hatte. Der Sturz hatte auch seinen Geist gebrochen und ein Leben voller Bedauern zurückgelassen, in Selbstanklage, daß er und sein gebrochenes Bein seine Leute verraten hätten, daß er nicht genug getan hätte. Jetzt wollten sie seine geliebte Insel für immer teilen, eine Hälfte an die Türken geben, und irgendwie war das alles seine Schuld.

Sie mußte etwas finden, was ihn von seinem Kummer ablenkte, ein Mittel, die Leidenschaft zu kanalisieren, oder sie würde dasitzen und mit ansehen müssen, wie ihr Vater sich langsam in nichts auflöste.

»Wann heiratest du endlich?« grummelte er schon wieder, während er in übertriebenem Matrosengang mit einer Platte mariniertem Fisch hinter ihr verschwand. »Bedeutet dir eine Familie gar nichts?«

Familie, sein ständiger Refrain, ein stolzer zypriotischer Vater, der sich auf sein einziges Kind konzentriert. Schon mit der Muttermilch hatte sie die Geschichten der Berge und Dörfer aufgesogen, von geheimnisvollen Quellen und flüsternden Wäldern, von Leidenschaften und Narreteien und Heldentaten – kein Wunder, daß sie nie einen Mann gefunden hatte, der da mithalten konnte. Sie war für ein Leben geboren worden, das durch Legenden erleuchtet war, und es gab so wenige Legenden, die durch die Straßen Londons wanderten, selbst für eine Frau von ihrer dunklen Schönheit.

Familie. Als sie in ein Stück kalte, rohe Rübe biß und deren salzigen Geschmack spürte, begann eine Idee in ihr Gestalt anzunehmen. »*Baba*«, sie beugte sich vor und ergriff seine ledrige Hand, »setz dich einen Moment. Sprich mit mir.«

Er murrte, aber wischte sich die Hände an der Schürze ab und tat, worum sie ihn gebeten hatte.

»Du weißt, wie sehr ich deine Geschichten über die alte Zeit liebe, wie es damals im Dorf war, die Geschichten, die deine Mutter am Kamin erzählt hat, wenn der Schnee so hoch lag und die Brunnen zufroren. Warum schreiben wir sie nicht auf, deine Erinnerungen? An deine Familie. Für *meine* Familie – wenn ich mal eine haben sollte«, lächelte sie.

»Ich und schreiben?« grunzte er wenig begeistert.

»Nein, reden. Und erinnern. Den Rest mache ich. Denk doch, wie es wäre, wenn du die Geschichte von *Papou* lesen könntest, deinem Großvater, oder sogar die von deinem Urgroßvater. Die alte Lebensweise in den Bergen ist fast Vergangenheit, vielleicht werden meine eigenen Kinder sie nie kennenlernen – aber sie sollen wissen, wie es einmal war. Für dich.«

Er knurrte, erhob aber nicht sofort Einwände.

»Es würde bestimmt Spaß machen, *Baba*. Du und ich. In den Sommerferien. Wir hätten einen Grund, noch mal zu Besuch hinzufahren. Es ist Jahre her – ich frage mich, ob die alte Scheune, die dein Vater gebaut hat, noch an der Rückseite des Hauses steht, oder der Wein, den deine Mutter gepflanzt hat. Und ob sie je dieses Fenster in der Kirche repariert haben, das dein Bruder und du zerbrochen habt.« Sie lachte jetzt, wie sie es vor dem Tod ihrer Mutter getan hatte. Ein ferner Ausdruck war in seine Augen getreten, und sie glaubte, darin einen Funken zu erkennen, der in der Asche überlebt hatte.

»Die alten Familiengräber besichtigen«, flüsterte er. »Sich vergewissern, daß sie gut gepflegt werden.«

Und ein paar Geister austreiben, dachte sie. Durch Aufschreiben, die Schuldgefühle reinigen, Licht hereinlassen und alle Dämonen, die in ihm waren, herauslassen.

Er schnüffelte, als könnte er schon die Pinien riechen. »Ich denke, es kann nicht schaden.« Das war das Äußerste, was er in den vergangenen Monaten an Begeisterung gezeigt hatte.

Elizabeth versuchte verzweifelt, ihr Gesicht im Licht der flackernden Straßenbeleuchtung zu überprüfen, als das Auto in Richtung Birdcage Walk fuhr. »Was für ein Typ Frau ist Claire Carlsen?« fragte sie und packte ihre Puderdose weg.

»Schwierig zu beantworten.« Urquhart schwieg, um zu

überlegen. »Die Whips mögen sie nicht besonders«, fuhr er fort, als hätte er keine eigene Meinung.

»Eine Unruhestifterin?«

»Nein. Ich denke eher, es liegt daran, daß die alten Knaben Mühe haben, die richtige Schublade für eine Frau zu finden, die unabhängig ist, einen teuren Mercedes-Sportwagen fährt und sich nicht an ihre Spielregeln hält. Sie hat eine spitze Zunge, soweit ich weiß.«

»Also niemand, den du als ehemaliger Fraktionsführer gutheißen würdest. Warum fahren wir dann zum Abendessen zu ihr?«

»Weil sie beharrlich ist. Ihre Einladung schmuggelt sich irgendwie an die erste Stelle der Liste. Weil sie anders ist.«

»Das klingt, als ob *du* sie magst, Francis«, neckte sie ihn. Ihre Neugier war geweckt.

»Vielleicht tue ich das. Als Fraktionsführer habe ich die Hohlköpfe und Nichtstuer bevorzugt, aber als Premierminister braucht man etwas mehr Abwechslung, andere Sichtweisen. Oh, und habe ich erwähnt, daß sie unter vierzig ist und sehr gut aussieht?« parierte er ihre Neckerei.

»Denkst du daran, ihr einen Job zu geben?«

»Ich weiß nicht. Deshalb gehen wir heute abend hin, um ein bißchen mehr über sie herauszufinden. Ich könnte ein paar neue Mitglieder in der Mannschaft brauchen.«

»Aber um Platz an Deck zu schaffen, müßtest du ein paar von den alten Mitgliedern über Bord werfen. Gibt es irgendwelche Freiwilligen?«

»Es wird mir ein Vergnügen sein, den alten Narr Drabble auf die Straße zu setzen. Und Annita Burke ist geboren zum Fischefüttern.«

»Ich hielt sie für loyal.«

»Das ist unser Labrador auch.«

»Weiter so, Francis. Mach weiter so, bring sie zurück.«

»Was?«

»Sie sind fett und faul geworden in den letzten Monaten, dein Erfolg hat die Dinge für sie erleichtert. Sie haben Zeit gefunden, von einer Nachfolge zu träumen.« Sie kamen am Buckingham Palast vorbei, auf dem die königliche Flagge angestrahlt war und stolz flatterte. »Nicht einmal ein König kann sich auf seinem Thron sicher fühlen.«

Einen Moment lang waren sie in Erinnerungen verloren.

»Erinnere sie an den Geschmack der Angst, die Peitsche der Disziplin. Bring sie dazu, nachts wachzuliegen und von *deinen* Wünschen zu träumen statt von ihren.« Die Puderdose kam wieder zum Vorschein, sie näherten sich ihrem Ziel. »Wir haben seit Monaten kein derbes Abkanzeln mehr gehabt. Du weißt doch, wie diese Haie von der Boulevardpresse das lieben.«

»Mit dir, meine Liebe, birgt das Leben immer wieder neue Überraschungen.«

Sie drehte sich um, um ihn im Halbdunkel ansehen zu können. »Ich werde nicht zulassen, daß du wie Margaret Thatcher wirst, von der eigenen Besatzung versenkt. Francis, du hast Besseres verdient.«

»Sie sollen Statuen zu meinem Andenken errichten ...«

Sie hatte sich wieder ihrem Spiegel zugewandt. »Statuiere ein paar Exempel, hol neue Besatzungsmitglieder an Bord. Oder fang eine Hormonbehandlung an wie ich.«

Die Tür des stuckverzierten Hauses im Zentrum Belgravias öffnete sich durch die vereinten Bemühungen zweier frisch gebadeter und gekämmter kleiner Mädchen, die beide enggeschnürte Bademäntel trugen.

»Guten Abend, Mrs. Urquhart, Mr. Urquhart«, sagte die ältere und streckte eine Hand aus. »Ich bin Abby, und das ist Diana.«

»Ich bin fast sieben, und Abby ist neun«, verriet Diana mit einem Lispeln dort, wo bald zwei neue Zähne kommen würden. »Und das ist Tangle«, verkündigte sie und zog ein flauschiges und sehr fleckiges Spielzeughundchen hinter dem Rücken hervor. »Er ist fast drei und absolut ...«

»Das reicht, Mädchen.« Claire strahlte stolz von hinten. »Ihr habt hallo gesagt, jetzt heißt es auf Wiedersehen. Ab ins Bett.«

Es erhob sich gleichstimmiges Geheule.

»Pronto. Oder es gibt eine Woche keine Crispies.«

Angesichts der elterlichen Drohung fiel ihr Protest in sich zusammen, und die Mädchen stiegen unter verschwörerischem Gekicher die Treppe hoch.

»Ich habe euch frische Schulkleider für morgen rausgelegt. Zieht sie auch an«, rief die Mutter den beiden hinterher, ehe sie sich wieder ihren Gästen zuwandte. »Entschuldigung, erst die Arbeit, dann das Vergnügen. Willkommen, Francis. Mrs. Urquhart.«

»Elizabeth.«

»Danke. Es ist mir peinlich, daß ich Ihren Mann soviel besser kenne als Sie.«

»Machen Sie sich keine Gedanken, ich neige nicht zur Eifersucht. Außerdem muß ich ihn mit dem Rest der Welt teilen. Da ist es unvermeidlich, daß auch ein paar attraktive Frauen darunter sind.«

»Nun, danke«, murmelte Claire und erkannte das Kompliment. Im Licht des Kronleuchters, der im Flur brannte, strahlte sie eine Aura aus, die Elizabeth neidisch machte und die es sonst nur in der *Vogue* in Verbindung mit Mutterschaft gab. Gehörte Claire auch zu dem Typ, der sich nackt und hochschwanger fotografieren ließ, nur um der schwitzenden Mehrheit mit Rückenschmerzen und Sainsbury-Plastiktüten zu zeigen, wie es gemacht wurde?

Claire stellte ihren Mann Johannis vor, der einen Schritt im Hintergrund gestanden hatte; dies war der Abend seiner Frau. Er machte den Eindruck eines körperlich starken Mannes, der es gewöhnt war, das Leben besonnen und unverstellt zu betrachten. Er hatte auch das entsprechende Alter, stand dem Urquharts weit näher als dem seiner Frau und sprach mit einem langsamen, nicht unattraktiven Akzent, der seine skandinavische Herkunft verriet. Carlsens selbstsichere Haltung besagte, daß er ein Mann war, der wußte, was er wollte, und das auch bekommen hatte, während sie die jugendliche Frische ausstrahlte, die mit Ehrgeiz einhergeht, der erst noch gestillt werden muß. Gegensätze. Aber Elizabeth brauchte nur ein paar

Momente, um zu erkennen, daß die Carlsens trotz aller sichtbaren Gegensätze irgendwie zusammenpaßten, gegenseitiges Verständnis zeigten, das sie sehr eng verband. Vielleicht hatte sie ihn doch nicht nur wegen des Geldes geheiratet.

Claire führte sie in den Salon mit hoher Decke und pastellfarbenen Wänden – ideal für die scheinbar verstreut aufgehängten Werke zeitgenössischer Künstler –, in dem die anderen Gäste sich schon versammelt hatten. Urquhart kannte nur einen von ihnen, hatte aber von allen gehört; Claire hatte ihn mit einer kurzen und leicht respektlosen Biographie von jedem versorgt, einschließlich der von Johannis. Sie hatte eine gute Wahl getroffen. Ein derber Industrialist aus Lancashire, der außerordentliche Dinge mit überflüssigen Textilmühlen machte und der seine Frau das halbe Jahr über in Florida hielt und für den Rest bei Pferderennen. Die Herausgeberin der *Newsnight* und ihr Mann, ein Weinimporteur, der für den flüssigen Teil des Mahles gesorgt hatte, den er mit geistreichen Geschichten über einen vor kurzem stattgefundenen Ausflug in die Weinberge von Georgien würzte, wo er drei Nächte in einem örtlichen Gefängnis wegen öffentlicher Trunkenheit verbracht hatte, ehe er zugestimmt hatte, vom Bruder des Polizeichefs eine Sendung Wein zu übernehmen. Der Wein hatte sich als ausgezeichnet erwiesen. Dann war da noch eine nicht abgesegnete Verbindung von einem Iren mit seiner amerikanischen Geliebten, der die jüngste Richtung der sogenannten ›legalen Logistik‹ – Herausarbeiten von alternativen Prozeßstrategien, wie er erklärt hatte, Anwaltsmist, das Bestechen von Zeugen und die Manipulation der Jury, wie sie sagte – erdacht hatte.

Und Nures. Urquhart hatte gewußt, daß er da sein würde, eine relativ kurzfristige Erweiterung der Gästeliste, während er sich zu einem Privatbesuch in London aufhielt, um seine Zähne behandeln zu lassen; die Fruchtfirma seiner Familie unterhielt seit mehr als zehn Jahren Geschäftsverbindungen zu Carlsens Tiefkühlprodukten.

Das Auswärtige Amt hätte sicher Bedenken geäußert, daß er den Präsidenten von Türkisch Zypern auf diese Weise traf, ohne die Anwesenheit von Offiziellen, aber Nures war kein internationaler Paria mehr. Doch das Auswärtige Amt konnte keine Einwände erheben, weil Urquhart es gar nicht informiert hatte; sie hätten sich verpflichtet gefühlt, zuvor mit Nikosia, Ankara, Athen, Brüssel und einem halben Dutzend weiterer einen Prozeß endloser Konsultationen zu führen, um sicherzustellen, daß niemand sich beleidigt fühlte. Hinge es vom Auswärtigen Amt ab, würden sie alle verhungern.

Claire drückte Urquhart einen Malzwhisky in die Hand – Bruichladdich, sie hatte ihre Hausaufgaben gemacht – und dirigierte ihn zu der Herausgeberin der *Newsnight* und dem Unternehmer, von denen während des Essens keiner neben ihm sitzen würde.

»Interessengruppen sind ein Fluch«, erklärte Thresher, der Unternehmer. »Habe ich nicht recht, Mr. Urquhart?« Er sprach es ›Ukut‹ aus, in seiner richtigen schottischen Form, nicht weich als Urkheart, die von der BBC so geliebte Variante. »Gewöhnlich handelt es sich dabei um eine stille, nicht unvernünftige Mehrheit, Leute, die ihren Rasen mähen und den Krieg gewonnen haben. Aber heutzutage scheint jeder der einen oder anderen Minderheit anzugehören, brüllt und legt sich auf die Straße, um andere Leute daran zu hindern, ihr Leben weiterzuführen. Umweltschützer« – Thresher betonte jede Silbe, als wenn er ihnen den Hals umdrehen würde – »zwingen dieses Land in die Knie.«

»Wir haben es geerbt, also müssen wir es auch verteidigen«, antwortete Wendy, Herausgeberin der *Newsnight*, die gutmütig ihre momentane Rolle als einsame Tugendhafte akzeptierte, in die sie sich gedrängt sah.

»Grünen-Geschwätz«, brachte Urquhart vor und nahm an dem Gespräch teil. »Das gibt es überall. Kniefällige Nostalgie für die Tage von Mistgabel, Pony und Fallenstellen. Wissen Sie, vor zehn Jahren waren die Straßen Nordlondons leergefegt, heute sind sie mit Staus verstopft, während die Leute in die Läden rennen. Ich bin recht stolz auf diese Staus.«

»Darf ich Sie zitieren, Premierminister?« lächelte Wendy.

»Davon bitte ich abzusehen.«

»Hier ist etwas, was Sie zitieren können, aber nicht werden, Liebe.« Thresher erwärmte sich für seine Rolle. »Ich habe ein Projekt in Wandsworth rund um ein wurmzerfressenes Kino geplant. Weder nützlich noch schön, es zerfällt praktisch in Stücke, aber denken Sie, sie lassen es mich abreißen? Die Gegner geben vor, ein verrottetes Kino einem Millionen Pfund schweren Einkaufscenter mit neuen Arbeitsplätzen und allen Annehmlichkeiten vorzuziehen. Die blöden Hunde sitzen nicht in dem Kino, um Filme zu sehen, nein, sie setzen sich davor auf die Straße, reichen Petitionen ein und zwingen mich in eine Planungskonferenz, die Jahre in Anspruch nehmen wird. Das kommt einem Raubüberfall auf den Mittelstand gleich.«

»Nicht in meinem Haus, hoffe ich.« Claire war zurückgekommen, um sie ins Eßzimmer zu lotsen. Als sie ihr folgten, fand Urquhart sich mit Thresher allein.

»Was wollen Sie also tun, Mr. Thresher?«

»Ich werde wohl mein Geld abziehen, es auf eine karibische Bank einzahlen und mir eine Sonnenbrille kaufen.«

»Ein Jammer für Sie. Und auch ein Verlust für das Land.«

»Was will die Regierung denn dagegen unternehmen, Premierminister?«

»Mr. Thresher, ich bin überrascht, daß ein Mann von Ihrer Weltläufigkeit die Ansicht zu vertreten scheint, die Regierung würde in dieser Angelegenheit irgend etwas unternehmen.« Urquhart hatte die Angewohnheit, von seinen Kollegen in der Manier eines gelangweilten Direktors zu reden, der mit unvernünftigen Schuljungen konfrontiert wird, die eine Auspeitschung verdienten.

»Also auf in die Karibik.«

»Vielleicht könnte die Antwort ein bißchen näher liegen.«

»Wie nah?«

»Brixton vielleicht?«

»Sie wecken mein Interesse.«

»Ich habe mich nur gefragt, warum Sie, wenn die Protestler doch ein Kino wünschen, ihnen keins geben.«

»Aber darum geht es nicht. Es würde sowieso keiner kommen.«

»Sie zeigen offensichtlich die falschen Filme. Was, meinen Sie, würde geschehen, wenn Sie beispielsweise damit begännen, Kultfilme mit stark ethnischem Einschlag zu zeigen? Sie wissen schon, Rasta und Dreadlock?«

»Ich müßte zunächst Karten verschenken.«

»Und zwar viele. Unter der farbigen Gemeinschaft, denke ich.«

»Himmel, der Platz würde von ihnen wimmeln. Aber wozu?«

Urquhart zupfte den anderen am Ärmel, um ihn daran zu hindern, den Eßraum zu betreten, und senkte die Stimme. »Der Punkt, Mr. Thresher, ist doch der, daß es mich nach vier Wochen Bob Marley und Ju-Ju nicht überraschen würde, wenn die guten Einwohner von Wandsworth ihre Meinung über das Kino ändern würden; in der Tat hege ich den starken Verdacht, daß sie auf allen vieren zu Ihnen gekrochen kommen werden, um Sie anzuflehen, die Bulldozer zu bringen.« Er hob eine Braue. »Es ist ein pathetisches Faktum im Leben des Mittelstands, daß Liberalität irgendwie mit dem Einbruch der Nacht verschwindet.«

Thresher blieb der Mund offenstehen; Claire war noch einmal zu ihnen gekommen, um sie zu holen. »Das hier ist ein anständiges Haus. Also, egal, was Sie beide planen, hören Sie lieber auf damit«, wies sie die beiden Männer gutgelaunt zurecht. »Sonst gibt es keinen Pudding.«

»Ich glaube, den hatte ich gerade schon, meine Liebe. Wissen Sie, Ihr Chef ist ein höchst bemerkenswerter Mann.« Threshers Stimme bebte vor Bewunderung.

»Ich freue mich, daß Sie auch der Meinung sind. Sagt mir meine weibliche Intuition, daß ein umfangreicher

Scheck für die Parteizentrale ausgestellt werden wird?« fragte sie und hakte sich bei ihm unter, um ihn an seinen Platz zu führen.

»Ich glaube, das könnte ich tatsächlich das erstemal in meinem Leben tun.«

Claire nahm ihren Platz am Kopf des Tisches ein, flankiert von Urquhart und Nures. »Ich bin beeindruckt, Francis. Seit fünf Jahren versuche ich, seine Brieftasche zu öffnen, und Sie haben es in fünf Minuten geschafft. Haben Sie die ganze Partei verkauft oder nur ein paar Prinzipien?«

»Ich habe ihn nur daran erinnert, daß man zwischen den Rasensamen der Politik viel Unkraut findet.«

»Und im Basar kann man viele Geschäfte machen«, fügte Nures hinzu.

»Ganz schön zynisch für jemanden, der außer Dienst ist, Mehmet«, meinte sie.

»Aber ganz und gar nicht. Was macht es für einen Sinn, auf den Markt zu gehen, wenn man nicht die Absicht hat zu handeln?« lächelte er.

»Ein Schaufensterbummel?«

Seine Blicke glitten aufmerksam über ihre Erscheinung, nahmen die schlichte Eleganz ihrer Seide in sich auf – sie brauchte keinen auffallenden Schmuck –, nicht so lange, daß es unverschämt war, ehe sie durch das Eßzimmer wanderten, wo moderne Kunst und weiche Pastelle viktorianischen Klassikern Platz gemacht hatten, die über die verblichene Eichenvertäfelung verteilt waren. »Sie erwecken nicht den Eindruck, als würden Sie Ihr Leben damit verbringen, sich die Nase an den Schaufenstern plattzudrücken, Claire.«

»Das stimmt. Aber das versetzt mich schließlich in die Lage, die Hand aufs Herz legen zu können und jeden Ehrgeiz zu leugnen, Ihren Posten haben zu wollen, Francis.«

»Wie das?« fragte er in einem Ton, der nahelegte, daß er ihr kein Wort glaubte.

Sie rümpfte abfällig die Nase. »Ich könnte unmöglich in Downing Street wohnen. Es ist viel zu weit von Harrods entfernt.«

Der Abend war ein großer Erfolg.

Als Urquhart und seine Frau aufbrechen wollten, nahm Nures ihn beiseite.

»Ich wollte Ihnen danken, Premierminister, für alles, was Sie getan haben, um dabei zu helfen, meinem Land Frieden zu bringen. Sie sollen wissen, daß wir für immer in Ihrer Schuld stehen.«

»Ich will ganz offen zu Ihnen sein, Mr. Präsident, und Ihnen sagen, wie sehr ich Ihre Zähigkeit bewundere. Wir kennen beide unseren Preis, und die Griechen waren noch nie einfache Verhandlungspartner. Sie wissen schon, die Akropolis stürzt um sie ein, und dabei verlangen sie weiterhin die Rückgabe der Elgin-Marmorwerke. Unmäßiger Vandalismus.«

»Die griechischen Zyprioten sind da natürlich anders.«

»Gut. Aber Balkan-Blut ist dicker als Wasser. Oder manchmal auch als Logik.«

»Und Öl.«

»Wie bitte?«

»Sie wissen, daß der seismologische Bericht der Küstengewässer erschienen ist?«

»Ja, aber da steht nichts von Öl, nicht wahr?«

»Genau.« Nures schwieg einen Moment lang. »Aber ich will, daß Sie wissen, daß, wenn da Öl wäre und ich darüber bestimmen könnte, ich mir sehr wünschen würde, daß meine britischen Freunde es förderten.«

»All dieses Gerede von Öl klingt so, als ob sie es erwarteten. Aber davon stand nichts im Bericht.«

»Instinkt?«

»Ich hoffe um Ihrer selbst willen, daß Sie recht haben. Aber dann käme es auf die Größe des Ölvorkommens an.«

»Genau.«

»Oh, ich glaube, langsam fange ich an zu verstehen.«

»Ich habe einen sehr guten Instinkt dafür, Mr. Urquhart. Für Öl.«

Urquhart war klar, daß seine Füße jetzt mitten auf dem Basar standen. »Ich kann nicht eingreifen, selbst wenn ich es wollte«, erwiderte er vorsichtig. »Das Schiedsgerichtsverfahren ist ein juristischer Vorgang. Außerhalb meines Einflusses.«

»Das verstehe ich vollkommen. Aber es wäre so ein Jammer, wenn mein Instinkt richtig, aber der Schiedsspruch falsch wäre und die Griechen alle Förderrechte ihren guten Freunden, den Franzosen, übertragen würden.«

»Eine Tragödie.«

»Große Werte sowohl für Ihr Land als auch für meines ...« – Warum hatte Urquhart den Eindruck, daß er in Wirklichkeit ›sowohl für Sie als auch für mich‹ meinte? Instinkt, das war es – »... große Werte verloren. Ich würde am meisten verlieren. Stellen Sie sich vor, was geschähe, wenn meine Leute entdeckten, daß ich ein Vermögen an Öl weggegeben habe? Man würde mich durch die Straßen von Nikosia schleifen.«

»Dann müssen wir hoffen, daß das Glück Ihnen hold ist und die Richter weise sind.«

»Ich hätte so viele Gründe, außerordentlich dankbar zu sein, Mr. Urquhart.«

Ihre Vertraulichkeiten balancierten sorgfältig auf einem schmalen Grat; jede zu schnelle oder aggressive Bewegung würde sie beide zu Fall bringen – würde Urquhart versuchen vorzupreschen, oder würde er schieben? Sie flüsterten, bemüht, das Gleichgewicht zu halten, als sich plötzlich eine weitere Stimme einschaltete. »So eine seltene Ware in der Politik, die Dankbarkeit, meinen Sie nicht auch?« Es war Elizabeth, die, nachdem sie sich verabschiedet hatte, hinzugetreten war. »Du ließest dir doch lieber bei lebendigem Leibe die Haut abziehen, als daß du die Franzosen mit irgend etwas davonkommen ließest, Francis. Du mußt wirklich eine Möglichkeit finden, um Mr. Nures zu helfen.«

»Ich werde ihm die Daumen drücken.« Urquhart nickte dem Türken zum Abschied zu und trat vom Sims zurück.

Claire wartete an der Eingangstür auf ihn. »Ein wirklich herausragender Abend«, bedankte er sich und nahm ihre Hand. »Wenn ich doch meine Regierung so in den Griff bekäme wie Sie Ihre Abendeinladungen.«

»Aber das können Sie, Francis. Es ist genau dasselbe. Sie laden die Gäste ein, setzen das Menü fest, die Sitzordnung. Das Geheimnis ist, ein paar gute Helfer in der Küche zu haben.«

»Zufällig denke ich gerade über eine neue Tischordnung nach, eine Art Reise nach Jerusalem. Sie haben recht mit dem Personal im Hintergrund. Was denken Sie?«

»Sie wollen, daß ich indiskret werde.«

»Natürlich. Drabble beispielsweise?«

»Eine Katastrophe.«

»Zugestimmt. Und Barry Krume?«

»Passend getauft.«

»Keine Krumen in der Küche, meinen Sie?« lachte er und genoß das Spiel.

Barry Krume war der persönliche parlamentarische Staatssekretär des Premierministers. Der PPS ist Mitglied des Parlaments, stellt aber in den Augen der meisten die niedrigste Form parlamentarischen Lebens dar. Die Arbeit ist die eines inoffiziellen Sklaven für den Minister und umfaßt alle Aufgaben, die der Minister verlangt, sei es das Servieren von Getränken oder das Ausspähen von Kollegen. Der Posten selbst ist unbezahlt, aber der Preis für den Betreffenden ist hoch, denn der PPS ist jeder Form der Unabhängigkeit beraubt und muß in allen politischen Belangen der Linie der Regierung treu sein. Deshalb ist die Berufung ein hervorragendes Mittel, einen aufmüpfigen Hinterbänkler zum Schweigen zu bringen.

Aber der Job umfaßt noch mehr und ist gefragt, weil er ungewohnte Einsichten in das Leben des Ministers erlaubt und als erster Schritt auf der Leiter angesehen wird, der Übungsraum sozusagen, aus dem neue Minister ausgesucht werden. Diejenigen, die an dem Prozeß teilhaben, vergleichen sich selbst mit einem ›Schluß-Charlie‹, einem Schiffsjungen, der mit etwas Glück überlebt, vorankommt und Navigator wird, eines Tages vielleicht sogar Kapitän. Die Zyniker unter ihnen unterstellen, daß es einfach der Beginn des Prozesses ist, bei dem ein Hinterbänkler seines unabhängigen Denkens und Handelns beraubt wird, wodurch er für einen höheren Dienst geeignet wird.

Ein PPS bleibt im Schatten des Ministers und hat keine eigene Existenz. Aber der Schatten kann lang sein, und der PPS hat das Recht auf Zutritt sowohl zum Palast von Westminster als auch zum Staatsdepartement, ja zeitweise sogar zum Privatleben des Ministers. Und ausgiebig Gelegenheit zum Kontakt mit einem berühmten Minister, wenn nicht gar zum Premierminister zu haben, seine rechte Hand zu sein und hinten zu sitzen, ist eine der faszinierendsten Erfahrungen für einen jungen Parlamentarier, weswegen er seine Unabhängigkeit so leichtherzig gegen rudimentäre Anfänge von Einfluß eintauscht.

Es war ein Jammer mit Barry Krume. Er sprang, wenn er hätte zögern sollen, verharrte, wenn er gehen sollte, ein Enthusiast, aber ein Mann, der so viel Angst hatte, daß er etwas falsch machen könnte, daß ihn das Bewußtsein darum jeglicher Initiative und jeder Fähigkeit beraubte, Urquharts Ansichten oder Launen zu erkennen. Der Mann hatte kein Fingerspitzengefühl, keinen Schatten. Keine Zukunft.

»Er ist nicht dafür geeignet, oder?« stellte Urquhart fest.

»Nein. Aber ich.«

Er nahm seinen Mantel und kicherte über ihre Unerschrockenheit. Es hatte in der ganzen Geschichte des Christentums noch keinen weiblichen PPS gegeben, nicht für einen Premierminister. Das würde den Jungs gar nicht gefallen und eine Menge schlechter Witze über Rohrleitungen und Unterwäsche zur Folge haben. Aber, dachte Urquhart, er wollte sie ja aufrütteln, also was sollte es; wenn ein paar sich aufregten, um so besser. Erinnere sie daran, wer das Sagen hat. Er brauchte ein paar neue Beine, und diese würden immerhin junge und sehr schöne Beine sein, mit denen es sich viel besser leben ließ als mit denen von Krume. Auch hatte er das sichere Gefühl, daß sie sich als weit mehr als nur ein Mannequin erweisen würde.

»Würden Sie sich von Ihrem Mercedes trennen und anfangen, Ihre Kleider bei Marks & Spencer zu kaufen?«

»Nein. Noch würde ich mir als Ihr PPS die Haare scheren, Haare an meinen Beinen wachsen lassen und mir drei Tage im Monat Kopfschmerzen erlauben.«

Er winkte den anderen Gästen zum Abschied zu, was ihn einer Antwort entledigte. »Zeit zu gehen.« Er rief Elizabeth, die sich von Nures verabschiedete, aber Claire war noch immer dicht hinter ihm und forderte seine Aufmerksamkeit.

»Ich könnte es, Francis.«

An der Tür drehte er sich um. »Sie wissen, daß ich das von Ihnen denke.«

Es gab kein Vergnügen mehr für sie, nur dunkle Kindheitserinnerungen, hervorgezerrt durch den rhythmischen Protest einer losen Sprungfeder. Sie konnte es nicht verbergen, er mußte es gemerkt haben, selbst als sein heftiger Höhepunkt den Raum mit Lärm erfüllte.

Genauso erinnerte sie sich an die Kindheitsnächte in einer kleinen Doppelhaushälfte mit viktorianischer Heizung und Pergamentwänden, voller Geräusche von Körpern und gequälten Bettfedern. Als die Achtjährige nach dem Lärm gefragt hatte, hatte ihre Mutter etwas von schlechten Träumen und Musik gemurmelt.

Schlief noch jemand in diesen klassischen eisernen Bettgestellen mit den zornig protestierenden Sprungfedern? fragte sie sich. Es war so lange her, daß sie es getan hatte, und es gab kein Bedauern. Auch den Wohnzimmerteppich vermißte sie nicht, den eine Anzahl von Zigarettenlöchern, Öltropfen und anderen Flecken verunzierten, für die es nie eine Erklärung gegeben hatte. »Ich gehe runter zu Hardwick's und kaufe dir einen neuen«, hatte ihr Vater der Mutter oft versprochen, es aber nie getan.

Claire Carlsen hatte so viel hinter sich gelassen, aber noch immer hörte sie die entfernten Echos; sie erinnerte sich mehr an die Angst als an den körperlichen Schmerz und den Mißbrauch, den Ekel, wo, wie sie später erfuhr, Liebe hätte sein können, und die Tränen flossen nicht leichter durch die Tatsache, daß alle drei Geschwister sie vergießen mußten. Sie war entkommen, und auch ihre Schwester, aber nicht ihr jüngerer Bruder, der noch immer – zwischen durch Hopfen ausgelösten Zuständen von Stumpfheit und dem Verprügeln seiner Frau – einen kleinen Fischwagen auf den Straßenmärkten von London führte. Wie sein Vater. Vielleicht würde er genauso enden, wenn nicht Trunkenheit am Steuer vorher eingriff. Ihr Vater war wie üblich spät zum Abendessen am Sonntag heimgekommen, hatte sie alle verflucht und sein verkochtes Essen fortgeworfen, war vor *The Big Match* zu Boden gegangen, hatte gerülpst und dann für immer die Augen geschlossen.

Der Arzt erklärte später, es sei ein schwerer Herzinfarkt gewesen. »Keine Schmerzen, Mrs. Davies«, hatte er versichert. Mehr, als der Bastard verdient hatte. Sie hatten den Wohnzimmerteppich am selben Tag verbrannt, an dem er verbrannt wurde.

Die Erinnerungen sprossen wie Unkraut, und sie wußte, daß die Wurzeln, egal, wie sehr sie auch hackte und harkte, unausrottbar in ihr blieben.

»Wo warst du?« Tom Makepeace hob, noch atemlos, seinen roten Kopf vom Kissen.

»Oh, eine Million Meilen und dreißig Jahre entfernt. Verzeih mir«, entschuldigte sie sich und schob sanft sein Gewicht von sich hinunter.

»In all den Jahren, die ich dich kenne, habe ich dich nie über deine Kindheit reden hören. Verschlossene Türen.« Er begann, mit einem Finger das blonde Haar auf ihrer Stirn zu glätten. »Ich mag es nicht, daß du Geheimnisse vor mir hast. Wenn ich so mit dir zusammen bin, will ich alles von dir haben. Du weißt, daß du das Wichtigste bist, das mir seit langem passiert ist.«

Sie sah ihn an, diese freundlichen, tiefen, gefühlvollen Augen, die noch immer einen Hinweis auf den kleinen widerspenstigen Jungen trugen, der sowohl den Politiker als auch die Person gefühlvoll und so liebenswert machte. Sie wußte, jetzt war der Moment, mußte der Moment sein, ehe zuviel Schaden entstand.

»Wir sollten aufhören, Tom.«

»Mußt du nach Hause?«

»Nein. Überhaupt aufhören. Du und ich. Alles das.«

Sie konnte die Überraschung und dann den Schmerz auf seinem Gesicht sehen.

»Aber warum ...?«

»Weil ich dir von Anfang an gesagt habe, daß, wenn ich mit dir ins Bett gehe, das nicht bedeutet, daß ich mich in dich verliebe. Ich kann nicht die Leere in deinem Leben füllen, wir müssen aufhören, ehe ich dir weh tue.« Sie konnte sehen, daß sie das bereits getan hatte.

Er rollte sich auf den Rücken und starrte an die Decke, bemüht, sie nicht die Verstörtheit in seinen Augen sehen zu lassen; es war der einzige Moment in seinem Leben, wo er wünschte, er wäre Raucher. »Du weißt, daß ich dich mehr denn je brauche.«

»Ich kann nicht dein Anker sein.« Den er so verzweifelt brauchte. Die Strudel der Politik wirbelten immer unbeständiger um ihn herum, einige stießen ihn vorwärts, andere versuchten neidisch, ihn zurückzuziehen, der Mangel an einer soliden Basis in seinem Privatleben hatte ihn verletzlicher denn je gemacht. Sein jüngster Sohn war jetzt zwanzig und studierte, seine akademische Frau genoß ihre neue Freiheit mit einer Vorlesungsreihe in Harvard, was aus ihr kaum mehr als eine gelegentliche Anruferin in seinem Leben mit immer weniger Gemeinsamkeiten machte.

Er war allein. Fünfzig hatte sich als schmerzvolles Alter für Makepeace erwiesen.

»Nicht jetzt, Claire. Laß uns noch einen Monat weitermachen und dann noch einmal darüber reden.« Er versuchte, nicht zu bitten.

»Nein, Tom. Es muß jetzt sein. Bei dir steht keine Ehe auf dem Spiel, aber bei mir. Außerdem gibt es andere Komplikationen.«

»Gibt es einen anderen?« Der Schmerz machte ihn verdrießlich.

»In gewisser Weise. Ich habe heute morgen eine Stunde

beim Premierminister verbracht. Er will, daß ich sein PPS werde.«

»Hast du angenommen?«

»Laß es nicht wie eine Anklage klingen, Tom. Um Himmels willen, du bist der Außenminister.«

»Aber sein PPS, es ist so … persönlich.«

»Du bist eifersüchtig.«

»Du scheinst eine Schwäche für ältere Männer zu haben«, schnappte er, von ihrer Feststellung getroffen.

»Verdammter Kerl, laß Joh hier raus!« Ihre Zurückweisung traf ihn härter als eine Ohrfeige und schmerzte mehr.

»Verzeih mir, ich habe es nicht so gemeint … Ich mache mir einfach nur Sorgen um dich. Komm Francis nicht zu nah, Claire. Besteige nicht ein sinkendes Schiff.«

»Leidenschaftslose Sorge um mein Wohlergehen?«

»Ich habe dir noch nie einen schlechten Rat erteilt.«

Das war unleugbar. Makepeace hatte Claire bei ihren ersten politischen Gehversuchen angeleitet, sie unterstützt, wenn Nachfolgekommissionen fanden, ihr Aussehen würde zu sehr ablenken oder daß ihr Platz bei den Kindern sei. Als sie beharrlich blieb und sich das auszahlte, hatte er ihr geholfen, im Haus Fuß zu fassen, und sie auf dessen sexuellen Bombast vorbereitet, hatte sogar versucht, ihr Zutritt zu einem der exklusiven Clubs zu verschaffen, die so viele Kontakte und gegenseitige Unterstützung rund um das Unterhaus vermittelten.

»Als wollte man einen Indianer ins Fort Apache schmuggeln«, hatte er sie gewarnt. Er war eine beständige Quelle der Ermutigung gewesen, obwohl er, dachte sie, nie vorgeschlagen hatte, sie könnte sein PPS werden.

»PPS für Francis Urquhart«, fuhr er fort, »ist eine Position voller Kompromisse. Politischer Kompromisse.«

»Wir müssen alle kleine Kompromisse machen, Tom. Es macht keinen Sinn, die Jungfrau auf dem Fest zu sein.«

»Moralische Ziele rechtfertigen faule Kompromisse?« Er klagte wieder an.

»Macht es dir etwas aus, wenn ich aus den klammen Laken deines Bettes aufstehe, ehe wir über Moral diskutieren? Egal, du weißt so gut wie ich, daß Politik ein Gemeinschaftsspiel ist, du mußt Kompromisse schließen, um vielleicht gewinnen zu können. Es hat keinen Sinn, so zu tun, als könntest du alle Tore alleine schießen. Ich will meine Chance in der Mannschaft, Tom.«

»Einige der Spiele, die Urquhart spielt, will ich gar nicht mitspielen, und noch viel weniger will ich ihm dabei helfen, daß er gewinnt.«

»Was ein weiterer Grund ist, warum wir aufhören müssen, einander privat zu treffen. Es gibt so viel Gerede darüber, daß ihr beiden auf Konfrontationskurs seid, du mußt davon gehört haben.«

»Buschtrommeln, begleitet von einem Eingeborenen-Kriegstanz, das trifft die Sache wohl eher. Tony Franks vom *Guardian* hat gewettet, daß entweder Urquhart oder ich innerhalb eines Jahres aus der Regierung raus sind. Vielleicht hat er recht.« Sein Gesicht hing über ihrem, gezeichnet von Schmerz. Es würde weh tun, seinen Platz in der Politik zu verlieren. Er stammte von einer langen Reihe Staatsdiener ab; sein Urgroßvater war General gewesen, der darauf bestanden hatte, ganz vorne an der Front zu kämpfen, und im Matsch von Flandern war er für dieses Privileg gestorben. Aber Politik war so viel gefährlicher als Krieg; im Kampf konnte man nur einmal getötet werden. »Ist das wirklich der Grund, warum du uns aufhalten willst? Geteilte Loyalität? Unterstützt du Urquhart gegen mich?«

Sie nahm seinen Kopf in ihre Hände, und ihre Daumen versuchten, die traurigen Falten wegzustreicheln. »Ich werde sein PPS, Tom, nicht sein Eigentum. Ich habe meine Überzeugungen nicht verkauft, ich habe nicht plötzlich damit aufgehört, alle die Dinge zu unterstützen, für die du und ich gekämpft haben. Und ich habe nicht aufgehört, dich zu mögen.«

»Wirklich?«

»Ich mag dich sogar sehr. In einem anderen Leben hätte unsere Beziehung viel enger sein können; in diesem Leben will ich, daß wir weiterhin Freunde bleiben.«

Sie küßte ihn, und er erwiderte ihren Kuß leidenschaftlich.

»Noch ein letztes Mal?« flüsterte er und ließ seine Hand von ihrem Nacken zu ihrem Nabel gleiten.

»Ist es das, was uns verbindet? Nur Sex?«

»Nein«, gab er zurück.

»Schade«, entgegnete sie und küßte ihn wieder.

Passolides setzte mit einem nervösen Zucken seine Tasse ab, als er unversehens von dem hohen doppelten Piepston des elektronischen Lautsprechers überrascht wurde, der sie rief. Maria beugte sich über den Tisch, um den verschütteten Kaffee mit ihrer Serviette aufzuwischen.

»Das sind wir, *Baba*. Es ist soweit.«

Sie hatten etwas länger als eine halbe Stunde in dem kleinen Café des öffentlichen Archivs in Kew gewartet, und Evanghelos hatte nicht für einen Moment die Augen von dem rotäugigen Lautsprecher abgewandt, der allen Wahrheitssuchern antwortete – zumindest das, was in den öffentlichen britischen Archiven als Wahrheit galt. Alles, das nach britischen Offiziellen roch, machte ihn noch heute nervös und aggressiv, eine Angewohnheit aus den alten Zeiten in den Bergen, die er nicht hatte ablegen können. Selbst in Islington hatten sie immer schnüffeln, ihn kontrollieren wollen und ihm lederfarbene Umschläge geschickt, in denen sie Geld forderten und drohten. Warum sollte ausgerechnet er die Briten bezahlen, wo sie ihm doch so viel schuldeten? Ein Gesundheitsinspektor hatte einmal eine ganze Woche damit verbracht, vor seiner Eingangstür zu spionieren, davon überzeugt, daß Passolides ein Geschäft führte und sich weigerte, seine Abgaben zu bezahlen, bis er die Grippe bekam und sich drängenderen Aufgaben für die Gesundheit der Einwohner von Islington zuwandte. Er hatte nichts von der Hintertür gewußt. Während der Inspektor auf der kalten, dunklen Straße litt, hatten die Freunde von Evanghelos Passolides ihre Abende hinter zugezogenen Vorhängen damit verbracht, ihm wegen seines Sieges über den alten Feind zuzuprosten. Auf Vangelis!

Der alternde Zypriot hatte wenig Vertrauen, daß der Feind ihm jetzt helfen würde. Es war Marias Idee gewesen, etwas, um sein Interesse an den alten Tagen zu fördern, sein Gedächtnis aufzufrischen, ein Vorwand, um ihn hinter den zugezogenen Vorhängen hervorzulocken, indem sie ihm wer weiß welche Informationen in Aussicht stellte, Erklärungen oder Entschuldigungen, die die britischen Dokumente aus jener Zeit bieten könnten. Also waren sie quer durch London zum öffentlichen Archiv in Kew gefahren, ein echtes Mausoleum für die Berichte über ein Land, das gewonnen hatte, gewachsen und schließlich völlig verlorengegangen war.

Der freundliche Sekretär am Empfang war nicht sehr zuversichtlich gewesen. »Die EOKA-Zeit in Zypern? Das wird zum Militär- oder Sicherheitsmaterial gehören. Ist allerdings gewöhnlich für fünfzig Jahre gesperrt. Sie wissen schon, alles, was den Vermerk GEHEIM trägt und wichtig ist für die Gewähr der Sicherheit im Land. Wie alte Wettervorhersagen oder ob der griechische Präsident in der Nase bohrt.« Er zuckte die Schultern. »Aber heutzutage sichten sie die alten Berichte alle zehn Jahre neu, und seit den Kürzungen im Verteidigungsministerium gehen ihnen, glaube ich, die bombensicheren Lager aus, um alle die Kisten unterzubringen. Also werfen sie sie, wenn sie können, weg oder bringen sie zu uns. Vielleicht haben Sie Glück.«

Das hatten sie. Unter Index WO-106. Anweisungen zu Militäroperationen und Nachrichtenwesen. ›7438. Bericht zur Sicherheitslage und EOKA-Überwachung, April-Oktober 1956.‹

Passolides klammerte sich an die Theke. »Sie haben uns zwei Tage lang durch die Berge gescheucht, ich auf der Trage und mit Lumpen im Mund, damit man meine Schreie nicht hörte«, flüsterte er. »Das bin ich.«

Sie hatten ihren Aktenraum betreten und warteten an dem betreffenden Computerterminal. Und warteten.

Und wurden enttäuscht.

Das öffentliche Archiv in Kew ist nicht das, was es scheint. Hinter dem Empfang wird der Computer an staubige Finger und Karteikästen abgegeben. Fast hundert Meilen davon. In einer Umgebung, in der die Temperatur und die Luftfeuchtigkeit kontrolliert werden und Ray Orbison und Lulu ihre Lieder aus dem Lautsprecher brüllen (das ist der Punkt beim öffentlichen Archiv, es ist *nicht* auf dem neuesten Stand), hatte ein junger Mann die vielen Reihen mit Hängeordnern auf der Suche nach einer Akte unter Millionen durchsucht. Einmal gefunden, war sie langsam auf einem System elektrischer Handwagen mit Sicherheitsgurt zum öffentlichen Leseraum transportiert worden, als Maria und ihr Vater aufgerufen wurden.

Aber es war nichts dabei. Inmitten des Surrens der Klimaanlage und des weißen Lichts hatten sie WO-106/7438 nach irgendeinem Hinweis der Verfolgung von Evanghelos und seinen EOKA-Kameraden in jenen Hochsommertagen durchkämmt. Wie sie sich in einem Untergrundversteck verborgen hatten, von dem britische Soldaten nur sechs Fuß entfernt standen und wo eine Granate sie alle hätte in die Luft jagen können. Wie er seine Kameraden gebeten hatte, ihn lieber zu erschießen, als ihn den Klauen der Feinde auszuliefern. Daß sie das sowieso getan hätten, um jedes Risiko zu vermeiden, daß er verriet, was er wußte.

Es gab nichts. Der alte Ordner aus Pappe war mit verschiedenen Papieren vollgestopft und mit einem Gummiband gesichert, das meiste davon waren alte Kohlepapierdurchschläge, die so aussahen, als seien sie aufs Geratewohl statt nach irgendeiner Logik aufbewahrt worden oder um einen verständlichen Ablauf von Geschehnissen zu erhalten. Ein besonders schwieriger Zeitraum, hatte der Angestellte erklärt. Im Oktober war der Suez-Krieg angesagt, und bei der britischen Armee war Chaos ausgebrochen, das die Aufmerksamkeit von den Geschehnissen in Zypern abgelenkt und auf die Angriffe in Ägypten gelenkt hatte. Ganze Regimenter waren verlegt worden, und die Insel war zu einem aufgewühlten Durchgangslager für die Invasionstruppen geworden. Der Papierkram, der noch nie zur Stärke kriegführender Soldaten gehört hatte, war teilweise ganz zum Erliegen gekommen. Für die Briten, so sah es aus, existierte Passolides nicht, hatte nie existiert.

Aber es gab etwas anderes. Eine Erinnerung. Wieder fuhr sein Finger das Blatt mit dem Inhaltsverzeichnis vorne in der Akte entlang.

Vorgang 16. Mai. Oberhalb des Dorfes Spilia.

Das Datum. Der Ort. Er hatte Mühe, die Akte durchzublättern, um das Blatt zu finden; als er es dann hatte, zitterte er noch mehr. Ein einzelnes fotokopiertes Blatt Papier, ein Nachrichtenbericht über eine Aktion in den Bergen, wo das Versteck von EOKA-Terroristen vermutet worden war. Zwei nicht identifizierte Terroristen waren ertappt worden, als sie Waffen und Nahrungsmittel transportierten. Ein Schußwechsel, der Verlust eines britischen Gemeinen. Der Tod der beiden Zyprioten. Verbrennung und Beerdigung ihrer Leichen, um das Risiko von Vergeltung zu senken. Kein weiterer Hinweis auf den Ort des Verstecks. Die Empfehlung, daß weitere Späher in das Gebiet gesandt werden sollten. Unterzeichnet von dem Offizier, der die Operation geleitet hatte.

Der Name des Offiziers war ausgestrichen worden.

»Weil es eine Fotokopie ist. Das soll die Identität britischen Personals schützen«, hatte der Angestellte erklärt. »Keine Tarnung, nur eine übliche Vorgehensweise. Es gibt keine Möglichkeit, an den Namen zu kommen, zumindest nicht, solange er noch am Leben ist. Stellen Sie sich vor, das wären Sie.«

Aber das war ich, und meine Brüder!

Passolides hatte versucht, das zu erklären, darauf zu bestehen, mehr herauszufinden, aber sein Verstand und seine Stimme wurden von Gefühlen überwältigt, und der Angestellte war verwirrt durch das Gerede des alten Mannes von Mord in den Bergen. Es gab keinesfalls mehr zu erfahren. Kein anderes Archiv. Keine anderen Berichte.

Alles, was das britische System anzubieten hatte, war hier. Sonst war nichts zu finden, mit Ausnahme des Namens. Und den konnte er nicht bekommen.

»Es waren noch Kinder, die in diesem Grab beerdigt wurden«, stöhnte Passolides.

»Sie brauchen nicht das Archiv«, hatte der Angestellte angeboten, im Glauben, der alte Mann mit den Tränen in den Augen wäre ein bißchen einfältig, »Sie brauchen ein Gericht für Kriegsverbrechen.«

»Aber zuerst brauche ich einen Namen.«

DREI

»Verdammt! Glaubst du, daß sie einen neuen Redakteur haben, Elizabeth?«

Sie sah von ihrem Knäckebrot und den Briefen auf.

»Das Kreuzworträtsel in der *Times* ist so ...« – er suchte nach dem passenden Wort – »schwer faßbar geworden. Unlösbar. Sie müssen den Redakteur gewechselt haben.«

Nein, dachte sie, es ist nicht das Kreuzworträtsel, das sich verändert hat, Francis. Du bist es. Es gab eine Zeit, da hättest du die Wortspiele und Anagramme vor dem Porridge gelöst.

Irritiert legte er die Zeitung beiseite. Die erste Seite war traurig genug, nun auch die Rückseite. Er suchte auf dem überladenen Frühstückstisch herum und zog ein weiteres Blatt Papier hervor. »Hiermit gibt es weniger Probleme«, murmelte er mit deutlich mehr Begeisterung und fing an, Punkte zu markieren wie beim Schiffeversenken. Er unterbrach sich bei der Suche nach weiteren Möglichkeiten. »Vier oder fünf runter, was meinst du?«

»Gib mir einen Hinweis, worüber wir überhaupt sprechen, Francis.«

»Es ist Zeit, ein paar Admiräle in Sichtweite der Flotte abzuschießen, um die anderen zu motivieren, dachte ich. Wie du es vorgeschlagen hast – um ein bißchen Angst zurückzubringen.«

»Ach so. Eine Umgruppierung.«

»Vier oder fünf müssen gehen. Genügend, um wirklich für Aufruhr zu sorgen, aber nicht so viele, daß es so aussieht, als bekämen wir Panik.«

»An wen denkst du?«

»Die Euro-Drohne und Eisen-Kopf. Carter. Yorke. Penthorpe – er ist so abgenutzt, daß er jedesmal, wenn er den Mund öffnet, das Messer für seine eigene Kehle wetzt. Und Wilkinson. Wußtest du, daß er tatsächlich genausoviel Zeit in Frankreich verbringt wie in seinem Wahlkreis? Seine Urteilskraft ist durch billigen Wein und Verbrüderung getrübt.« Mit entschiedener Hand strich er einen weiteren Namen mit seinem Füller durch.

»Was ist mit Terry Whittington? Ich bin mir nie sicher, ober er einen Sprachfehler hat oder nur so klingt.«

»Ja, es ist ein Problem, wenn der Minister für Bürgerbelange nicht einmal seinen Titel aussprechen kann, ohne den Interviewer zu durchnässen. Ein dummer Hund, aber, oh, er ist mit einer aufgeweckten Frau mit äußerst guten Beziehungen verheiratet. Habe ich dir nicht davon erzählt?« Er schaute reuig über seine Brille. »Man hört, daß sie sich in Brüssel mit dem Industriekommissar einläßt, während der gute alte Terry in Nachtsitzungen von niemand Aufregenderem als seinen Ministerkollegen geschlagen wird.«

»Welche Feinheit. Es wäre ein Jammer, eine so interessante Möglichkeit der Hebelkraft in der Kommission zu verlieren.«

»Insbesondere, wo sich harsche Stimmen zu den Auto-Quoten erheben.«

Sie biß in ihr Knäckebrot, das zerkrümelte, und war so für einige Sekunden damit beschäftigt, die Stücke wieder einzusammeln.

»Also wer dann?«

»Annita, natürlich. Ich weiß, daß sie die einzige Frau ist, aber sie sitzt zwitschernd am Ende des Kabinettstisches, und ich kann kaum ein Wort verstehen.« Er schüttelte voller Unverständnis den Kopf. »Es liegt doch nicht an mir, Elizabeth?«

»Francis, selektives Hören ist nicht nur das Vorrecht des Premierministers, sondern auch eine seiner wirksamsten Waffen. Du hast Jahre Zeit gehabt, um es zu einer hohen Kunst zu entwickeln.«

Es war mehr als das, dachte sie, aber er schien beruhigt. Sie nahm ein Messer und köpfte mit einem gekonnten Schlag aus dem Handgelenk, der bei einer Dame ungewohnt war, ihr gekochtes Ei. »Und was ist mit Tom Makepeace?« Das Eigelb floß frei.

»Es ist gefährlich, ihn abzuschütteln, Elizabeth. Ich

ziehe es vor, ihn an Bord zu behalten, wo er seine Kanonen nach draußen abfeuert, als ihn auf einem anderen Schiff zu wissen, wo er mich im Visier hat. Aber da könnte eine« – er wedelte mit der Hand wie ein Dirigent, der die zweiten Violinen ermutigt – »Veränderung an Deck stattfinden. Man müßte ein neues Ziel für ihn finden. Umwelt vielleicht.«

»Ihn aus dem Auswärtigen Dienst werfen? Die Vorstellung gefällt mir.«

»Soll er mit Wind und Wasser unseres grünen und schönen Landes kämpfen. Die Leute reinigen, die Art von Aufgabe. Welche größere Herausforderung könnte sich ein Mann mit Gewissen wünschen?« In Gedanken formulierte er schon die Pressemitteilung. »Und in der Zwischenzeit erinnern wir diese Arschlöcher in Brüssel daran, daß wir das Geschäft ernst nehmen, indem wir den Auslandsposten diesem Stachelschwein Bollingbroke geben. Er leidet an Aufgeblähtheit. Lange Nächte in der Umarmung unserer europäischen Brüder, das ist der richtige Platz für ihn.«

»Hervorragend!« Sie stippte mit einem kleinen Stück Knäckebrot in das Ei.

»Booza-Pitt kommt ins Innenministerium.«

»Diese kleine Portion öliger Bosheit?« Ihr Gesicht zeigte plötzlichen Schrecken.

»Das ist er. Aber er ist derb und vulgär genug, um zu wissen, was die vertrauensvolle Partei will, und er wird es ihr geben. Sie da berühren, wo es zählt.«

»Wie bei der Hälfte aller Ministerfrauen.«

»Aber auch ich bin in der Lage, ihn da zu berühren, wo es zählt. Ich halte seine Loyalität in der Hand, und alles, was ich machen muß, ist zudrücken. Geoffrey wird keinen Ärger machen.« Plötzlich setzte er sich kerzengerade in seinem Stuhl auf und witterte in die Luft, wie ein Kapitän, der das Herannahen eines Wetterwechsels ahnt.

»Francis ...?«

»Das ist es! Siehst du das nicht? Acht senkrecht. ›Europäische Notfallmaßnahme.‹ Zwölf Buchstaben.«

»Was? ›Bollingbroke‹?« Sie zählte die Buchstaben an ihren Fingern ab, beunruhigt durch seinen plötzlichen Wechsel bei den Prioritäten.

»Nein. Nein, nein, nein!« stieß er triumphierend hervor und stürzte sich wieder auf seine Zeitung, wo er voller Entzücken die leeren Stellen des Kreuzworträtsels ausfüllte. »Siehst du, Elizabeth. Der alte Francis hat noch immer, worauf es ankommt.«

»Natürlich hast du das.«

Dieses Mal, entschied sie, war eine kleine Schwindelei erlaubt.

Die Flure der Macht erinnern an einen Gordischen Knoten mit vielfältigen Verflechtungen – Ehebande, Familie, oft sinnliche Bande, Blutsbande, Schule und Club (gnade dem Mann, der vom Garrick abgelehnt wird), Bande aus Privilegien und Vorurteilen, die weit tiefer sind als die zeitweisen Ströme von beruflicher Bekanntschaft oder Errungenschaften. Der Nektar der Tradition trank bei der Geburt mit oder grollte verärgert während eines Nachmittags auf dem Spielfeld, oder Abende im Schlafsaal stellen die Weichen für ein ganzes Leben, manchmal für einen Zweck. Das britische Establishment ist kein Unfall.

Wenn man diese inneren Mysterien entwirren und die Ursprünge von Einflüssen aufdecken will, gibt es kein besseres Werkzeug als den *Who's Who*. Die meisten der Gazeschleier um die Frage der Akzeptanz sind in seinen Seiten zu finden, ebenso wie das heisere Summen vom gelegentlichen unverfrorenen Eindringling, der, wie ein Insekt, das in ein Spinnengewebe gerät, sich selten behaupten kann.

Elizabeths Ausgabe war schon ein paar Jahre alt, versorgte sie aber noch immer mit dem Wichtigsten, was sie wissen mußte. Es sagte ihr, daß Steve Watling zu einem Problem wurde. Er stammte aus keiner bemerkenswerten Familie, hatte keine bekannte Schule besucht, keine besondere Erziehung, nur Fleiß und ehrenvolle Anerkennungen. Was für Elizabeths Zwecke nicht genug war. Er war stolz auf seine bescheidene Herkunft aus dem kleinen Dorf Cold Kirby, das am Rande der Moore von Yorkshire lag; von seiner Grundschule war ihm laut Liste ein Ehrenpreis verliehen worden, ebenso vom Cold Kirby Debattierclub und anderen Vereinen, in denen er Mitglied war. Das war ein Mann, dessen bestiefelte Füße tief im Moor standen, wo Gazeschleier so selten waren wie Orchideen. Noch …

Wie das Glück – oder vielmehr das Glück einer Familienverbindung – es wollte, besaß ein zweiter Cousin von Elizabeth Urquharts Mutter (geborene Colquhoun) beachtlichen Grundbesitz in der Nähe von Cold Kirby und die erblichen Titel, die dazu gehörten. Elizabeth hatte ihren adeligen Cousin dazu gebracht, eine Einladung zu ein paar Drinks auf der Terrasse auszusprechen.

Die Terrasse des Westminster Palace geht auf das Nordufer des großen Flusses, wo einst Heinrich VIII. unter den blühenden Bäumen und Hecken gewandelt war, die seinen herrschaftlichen Garten schmückten. Es war immer ein problematischer Standort gewesen, weil er in unmittelbarer Nähe der mittelalterlichen Innenstadt von London mit seinen wimmelnden Menschenmassen und den überfließenden Nachttöpfen lag. Vielleicht war der König an einem stinkenden Sommertag, während er durch die üble Luft spazierte, auf das süß duftende Schloß neidisch geworden, das weiter oberhalb des Stroms in Hampton Court lag, wo sein Erster Kanzler, Kardinal Wolsey, lebte, ein Mann, dessen Reichtum in dem Maße abnahm, wie der Gezeitenstrom der Themse ihn mit seinen widerlichen Wassern unterhöhlte und, auf dem Rückweg, an der Tür des Königs vorbeifloß. Wie auch immer, der Ort hatte sich nie besonderer Beliebtheit erfreut, bis die Mächtigsten aller Städteplaner, die Viktorianer, sowohl Abwasserkanäle als auch ein solides Fundament bauten und seine Attraktivität damit steigerten. Am Flußufer errichteten die Architekten Barry und Pugin ein großes orangegoldenes Schloß für das Parlament nach dem Muster einer Sandburg, mit Flaggen und Türmchen. An seinem Rand bauten sie eine Terrasse, auf der an warmen Abenden Mitglieder des Parlaments sitzen und essen konnten, während das plätschernde Wasser eine beruhigende Wirkung auf die Gesetzgebung ausübte, statt wie in alten Tagen eine Breitseite auf ihre Sinne abzufeuern.

Major Graf ›Bungy‹ Colquhon reiste in unregelmäßigen Abständen nach London, aber wenn er es tat, sah er das Oberhaus als durchaus angemessenen Club an. Von daher hatte er dem Wunsch seiner Kusine gerne stattgegeben, eine kleine Party auf der Terrasse zu geben und dazu ein paar ausgewählte Gäste einzuladen. Er kannte seinen nächsten Nachbarn und zukünftigen Bruder-im-Adel aus Cold Kirby nicht, freute sich aber, ihn kennenzulernen. Wie auch Elizabeth.

Watling war ein leutseliger Mann, höflich, aber zurückhaltend, der sich ein wenig verloren zu fühlen schien. Wie Boycott und Headingley bei ihren Reden vor dem Essen war auch er kein Mann der Eile. Eine Weile stand er schweigend auf der Terrasse und starrte in den gelbbraunen Fluß, dorthin, wo eine Armee von Arbeitern damit beschäftigt war, das einstige St.-Thomas-Krankenhaus in einen Büro- und Einkaufskomplex mit Multi-Screen-Kino zu verwandeln.

»Fortschritt?« fragte sie ihn und stellte sich neben ihn.

»Meinen Sie die Tatsache, daß, wenn mein Herz genau jetzt stehenbleiben sollte, es nun fünfzehn Minuten länger dauern würde, um mich in ärztliche Behandlung zu bringen?« Er schüttelte den Kopf. »Wenn Sie schon fragen, wahrscheinlich nicht.«

»Aber das würde es nicht, wissen Sie, nicht im Oberhaus. Jeder gotische Winkel und Erker dort scheint mit aller Art von speziellen Wiederbelebungsinstrumenten vollgestopft zu sein. Jeder Raum ist eine kardiologische Station. Es ist Ihnen nicht erlaubt zu sterben, wissen Sie. Nicht in einem königlichen Gebäude. Es verstößt gegen die Regeln.«

Er schmunzelte. »Das ist beruhigend, Mrs. Urquhart.

Ich denke, als Richter sollte ich mich besser an die Regeln halten.«

»Ich gebe nicht vor, das juristische System zu verstehen …«

»Das wird auch gar nicht von Ihnen erwartet. Welchen Sinn hätten sonst wir Juristen, die wir auf Kosten der Steuerzahler emsig sind?«

Er war schüchtern, taute aber ein bißchen auf; jetzt war sie es, die schmunzelte. »Nehmen Sie im Moment den Schilling des Königs?«

»Den Schilling von Zypern, um genau zu sein.«

»Ach, das ist Ihre Aufgabe?« Sie gestattete der Brise, durch ihr Haar zu fächeln, eifrig bedacht, nicht … nun, eifrig zu wirken. »Ist der Fall schwierig?«

»Nicht übermäßig. Das Gebiet für die Teilung steht fest und ist nicht übermäßig groß, es ist eine ausgewogene Sache. Also sitzt das Schiedsgericht vielleicht zwölf Stunden pro Woche im Gericht, die restliche Zeit gehen wir los und … sammeln unsere Gedanken.« Er hob selbstironisch sein Champagnerglas.

»Es gibt also ein Schiedsgericht? Aus irgendeinem Grund habe ich angenommen, es wäre eine ganz und gar britische Angelegenheit.«

»Das wäre auch besser gewesen. Manchmal finde ich die *entente cordiale* weder *entente* noch besonders *cordiale.*« Am Vortag war Rodin, der Franzose, ganz besonders unlogisch und grob gewesen. Aber das war er ja meistens.

»Die Franzosen haben also auch damit zu tun?«

»Und ein Mann aus Malaysia, ein Ägypter und ein Serbe. In der Theorie ist die Hitze, die wir erzeugen, dazu gedacht, Schwerter für eine bessere Welt einzuschmelzen, aber in der Praxis haben die Pflugscharen oft rasiermesserscharfe Schneiden.«

»Ich glaube, insgeheim sind Sie sehr stolz auf Ihre Arbeit. Aber – verzeihen Sie meine Unwissenheit – macht diese Mischung von Nationalitäten, insbesondere, wenn die Franzosen dabei sind, Ihre Arbeit in diesem Fall nicht ein bißchen … anstrengend?«

»In jeder Hinsicht«, stimmte er aus vollem Herzen zu. »Aber was meinen Sie mit ›diesem Fall‹?«

»Nun, ich dachte, bei dem Öl ...«

»Öl? Welches Öl?«

»Wissen Sie denn nichts davon? Doch, bestimmt. Sie haben es Ihnen doch mit Sicherheit gesagt.«

»Mir was gesagt? Der seismologische Bericht weist kein Öl aus.«

»Anscheinend gibt es einen zweiten Bericht, streng vertraulich, soweit ich weiß – vielleicht sollte ich das nicht wissen? – der besagt, daß man dort auf einer stattlichen Menge Öl schwimmt. Wenn es an die Griechen geht, bekommen die Franzosen die Förderrechte, so ist es ihnen versprochen worden.« Sie sah beunruhigt aus. »Macht es das für einen französischen Richter nicht schwierig?«

Also das hatte der bretonische Bastard gewollt ... Watlings Gesicht verfinsterte sich vor Sorge, während der große Fluß und Elizabeth weiterplätscherten.

»Verzeihung. Vergessen Sie alles, was ich gesagt habe. Vielleicht habe ich da etwas belauscht und hätte nicht – wissen Sie, ich achte nie sehr auf diese Dinge, ob ich soll oder nicht.« Sie klang beunruhigt. »Ich bin eine dumme Frau und mische mich in Sachen ein, die mich nichts angehen. Ich sollte beim Staubwischen und *Woman's Hour* bleiben.«

»Es ist womöglich etwas, worüber wir gar nicht sprechen sollten«, entschied er mit so finsterem Gesicht, als wäre sein Drink mit Nägeln versehen. »Ich muß mich mit den Tatsachen auseinandersetzen, die mir vorgelegt werden. Unparteiisch. Fremdinformationen und – verzeihen Sie – Klatsch muß ich völlig da heraushalten.«

»Ich hoffe, ich habe Sie nicht in Verlegenheit gebracht. Bitte sagen Sie, daß Sie mir verzeihen.«

»Natürlich. Sie konnten das gar nicht wissen.« Er sprach mild, war aber merklich förmlicher geworden, wieder ganz der Richter, und blickte über den Fluß ins Nirgendwo. Dachte darüber nach.

Elizabeth schwieg eine Weile, während sie versuchte,

die Fassung wiederzuerlangen, und drehte nervös den langen Stiel ihres Glases. Es war an der Zeit, neues Land zu erobern, und zwar neues Land, solange es nicht auf Öl saß. Sie setzte ihr bestes mütterliches Lächeln auf. »Ich freue mich so, daß Sie Ihre Mutter mitbringen konnten; ich glaube, Bungy hat Ihnen beiden Tee gegeben.«

Er nickte freundlich. »Meiner Mutter haben die gerösteten Teekekse besonders geschmeckt. Dagegen mochte sie den Earl Grey überhaupt nicht. Sie sagte, nächstes Mal würde sie ihre eigenen Teebeutel mitbringen.« Watling erschrak plötzlich – »nächstes Mal«. Hatte der künftige Baron dadurch, daß er zuviel zu wissen schien, einen Vertrauensbruch begangen? Wußte die Frau des Premierministers über Neujahr Bescheid? Aber die Einladung auf die Terrasse und zum Tee war sicher nur ein Mittel, um ihn in die Gesellschaft einzugliedern?

»Und Ihr Vater?«

»Nicht länger unter uns, fürchte ich. Zu meinem grenzenlosen Bedauern habe ich ihn nie kennengelernt, noch er mich.«

»Wie traurig.« Wieder war sie durcheinander, errötete, war unfähig, ein neues Thema zu finden, und war betrübt über ihre Schwerfälligkeit. Sie holte tief Luft. »Sehen Sie, all der Unsinn über Öl, bitte, denken Sie nicht, ich wollte unterstellen, daß der Franzose voreingenommen sei. Ich respektiere die Franzosen, sie sind eine Nation tapferer und unabhängiger Menschen. Meinen Sie nicht auch?«

Watling verschluckte sich an seinem Champagner. Sie nahm seinen Arm, machte viel Aufhebens um ihre Anteilnahme. Seine Augen wurden rot, die Gesichtsfarbe bukolisch. Die Notfallinstrumente kamen ihr in den Sinn.

»Entschuldigung«, hustete er, »aber ich fürchte, ich teile Ihre Ansicht über die Franzosen nicht ganz. Ein kleines persönliches Vorurteil.«

»Also sind Sie ein Yorkshire-Pudding-und-lassen-Sie-ja-nicht-den Kohl-weg-Mann?«

»Nicht ganz, Mrs. Urquhart. Sehen Sie, mein Vater kam in Frankreich ums Leben. 1943.«

»Während des Krieges …?« Ihr Gesicht war ganz Anteilnahme, aber das war kein Thema, von dem er so schnell wieder abzubringen war.

»Ja, er war ein SOE-Agent, hinter der Front mit dem Fallschirm abgesprungen. Der örtliche französische Bürgermeister hat ihn an die Gestapo verraten, er war ein verdeckter Kollaborateur. Das waren die meisten von ihnen, wissen Sie. Bis zum Sieg. Die Franzosen haben ihr Land zurückbekommen, und meine Mutter erhielt dafür eine kleine Pension. Nicht viel, um vier Kinder in einem abgelegenen Yorkshire-Dorf aufzuziehen. Also werden Sie mein kleines persönliches Vorurteil hoffentlich verstehen und verzeihen.« Die verletzten Gefühle waren nicht zu überhören.

Aber da war mehr. Das Öl. Die Franzosen. Der bretonische Bastard. Jetzt wußte Watling, warum Rodin so beharrlich war. Plötzlich war alles eine einzige Schweinerei. Wie sollte er die Integrität eines anderen Richters anfechten? Er hatte keine Beweise, nichts außer Verdächtigungen, die andere Vorurteile nennen würden. In jedem Fall würde die kleinste Erwähnung von Öl die Verhandlungen ins Chaos stürzen. Nein, er mußte zurücktreten, sich die Hände in Unschuld waschen, weil seine eigene Urteilskraft durch Klatsch und private Zweifel getrübt war. Aber das würde auch für Verwirrung sorgen. Außerplanmäßige Verzögerungen. Vielleicht den Frieden in Gefahr bringen. Und dem Baron von Cold-Kirby-by-the-edge-of-the-Moors könnte er den Abschiedskuß geben.

»Ich kenne Ihren Ruf für Unabhängigkeit, Professor Watling«, hörte er die dämliche Frau protestieren. »Ich weiß genau, daß nichts davon Ihren Blick trüben wird.«

Es gab noch eine andere Möglichkeit. Er würde einfach schweigen. Vorgeben, nichts gehört zu haben. Die Arbeit erledigen, wie jeder ihn bat, es zu tun. Recht sprechen, trotz der Franzosen.

»Ihr Vater – es tut mir so leid«, fuhr sie fort, »ich hatte ja keine Ahnung.«

Zumindest keine Ahnung über das hinaus, was in

Who's Who gestanden hatte oder in den Presseausschnitten, die sie durchgesehen hatte.

Er bekreuzigte sich bedächtig nach der Art der Orthodoxen und kniete sich in das frisch geschnittene Gras am Grab seiner Frau, wobei er sich wie ein viel älterer Mann bewegte. »*Eonia mnimi* – möge ihr Andenken ewig bestehen«, murmelte er und fuhr mit der Hand über die Linien im Marmor, ohne sich um den Protest seines versehrten Beines zu kümmern. Neben ihm tauschte Maria die verblühten Blumen gegen frische Iris aus, und gemeinsam erinnerten sie sich schweigend an alte Zeiten.

»Das ist wichtig«, sagte er, »den Toten Ehre zu erweisen.«

Die griechischen Legenden ranken sich um die Unterwelt, und für einen Mann wie Passolides, der wußte, daß auch er bald die Reise hinüber antreten mußte, waren die Würde und Begrüßung der Toten von größter Bedeutung. In der Geschichte der Hellenen ist das Leben so leicht abgeworfen und der Fährmann über den Styx so oft bezahlt worden, daß ausgefeilte Riten des Übergangs erforderlich wurden, um ein Maß an Zivilisation in einer Welt zu zeigen, die sich nur zu oft unzivilisiert und barbarisch zeigte. Doch für George und Eurypides hatte es kein Ritual, keine Ehrung, keine Würde gegeben.

Seit sie im übertragenen Sinne über das Grab seiner Brüder gestolpert waren, war in Passolides ein neues Lebensgefühl erwacht. Er hatte einen neuen Sinn gefunden, und auch wenn Maria zeitweise extrem darauf fixiert schien, so war es schließlich ein Zweck, eine Mission, eine neue Aufgabe, die in ihm einen Grad an Lebendigkeit hervorgerufen hatten, die sie seit den glücklichen Tagen, ehe ihre Mutter gestorben war, nicht mehr bei ihm erlebt hatte. Selbst sein Bein schien sich gebessert zu haben. Tagsüber verließ er die Schatten seines Schreins, unternahm er häufig Spaziergänge durch den Regent's Park, führte Selbstgespräche, fand wieder Geschmack an den weiten grünen Rasenflächen, an dem Geschnatter der Spatzen in den Büschen, dem Rascheln des Schilfes am Teichufer. So nah, wie er im Zentrum Londons kommen konnte, fand er zu den Erinnerungen an einen Berghang zurück.

Als Maria den kalten Marmorgrabstein polierte, studierte sie ihren Vater genau und merkte, wie er sich verändert hatte. Sein kleines, rundes Gesicht sah aus wie eine Frucht, die man zu lange hatte liegenlassen, zerfurcht und ledern von Alter und Sorge, sein Haar grauweiß, die Wangen hohl vom Schmerz seines schwerfälligen Körpers. Und doch leuchteten seine Augen wieder mit einem neuen Glanz.

»Was ist, *Baba*? Was haben die Briten verheimlicht?«

»Schuld.«

Er kannte sein Thema gut. Schuld hatte sein eigenes Leben bis zum Bersten gefüllt, das Gefühl, daß er irgendwie alle verraten hatte, Kameraden und Verwandte. Als ältester Sohn hatte er dabei versagt, die jüngeren Brüder zu schützen, hatte als Krüppel versagt und das Banner des Widerstandes, das sie hatten fallen lassen, nicht wieder aufheben können. Er würde es nie irgend jemandem gegenüber zugeben, nur manchmal sich selbst gegenüber, aber insgeheim haßte er seine Märtyrerbrüder, selbst wenn er sie liebte, weil George und Eurypides die geehrten Toten waren, während Evanghelos nicht gleichrangig war und traurig am Leben. Er kämpfte in ihrem Schatten, unfähig, gegen ihr Andenken anzugehen, und nicht sicher, ob er denselben Mut aufgebracht hätte wie sie, jeder Chance beraubt. Er würde nie ein Held sein. Er hatte sein Leben damit verbracht, der Welt zu beweisen, daß seine Ergebenheit die gleiche war wie die seiner Brüder, selbst wenn er sie innerlich beschuldigte. Er beschuldigte sie und damit sich selbst wegen seines Neides und des Unverstandes, die in ihm entstanden waren. Doch jetzt, so hatte es den Anschein, gab es einen Hoffnungsfunken, jemand anderen, der die Schuld tragen konnte.

»Schuld«, wiederholte er und rieb sein Bein, um die Blutzirkulation in Gang zu bringen. »Was sonst hat ein

Soldat zu verbergen? Tod nicht, das ist sein Geschäft. Nur Schuld muß begraben werden, verbrannt.«

Sie zupfte ein paar Halme Unkraut vom Grab weg, während sie zuhörte. Er wußte, daß sie nichts von seiner heimlichen Scham ahnte, aber sie hatte ihr ganzes Leben damit verbracht und verstand ihn, auch wenn sie nichts daran ändern konnte. »Weiter, *Baba*.«

»Nach britischem Gesetz hatten sie das Recht, meine Brüder zu töten. George und Eurypides hatten Gewehre und Bomben dabei; wer, außer ein paar zahnlosen Griechen, hätte sich beklagt? Die Briten haben einmal einen achtzehnjährigen Jungen gehängt, Pallikarides, weil er mit einem Gewehr aufgegriffen wurde. Mandatsrecht.« Er hatte Mühe bei der Aussprache des Wortes, aber nicht mit seiner Bedeutung. »Nein, ihren Tod wollten sie nicht verstecken. Es muß die Art ihres Todes gewesen sein.«

»Darum haben sie die Leichen verbrannt? Weil sie ihnen etwas angetan haben? Folter?«

»Das kam vor.« Er unterbrach sich, die Augen auf ein Land und eine Zeit in der Vergangenheit gerichtet. »Möglich, daß sie gar keine Leichen waren, als sie sie verbrannt haben. Vielleicht waren sie noch am Leben. Auch das kam vor.« Auf beiden Seiten, obwohl ihm nicht daran lag, sich an etwas zu erinnern, das er seiner Tochter gegenüber nie zugeben würde. Aber selbst nach all den Jahren hatte es sich als unmöglich erwiesen, die Erinnerung an jene Gestalten, vollgesogen mit Benzin und Vergeltung, zu verdrängen. *Prodoti!* Verräter, Griechen, die bereit waren, über Griechen zu berichten, die die Dorfstraße herunterschwankten und mit versengten Lippen immer noch ihre Unschuld beteuerten, mit Augen, die nicht mehr sehen konnten, herausgebrannt, ihre Körper in Leuchtfeuer verwandelt, die allen, die sie sahen, die schreckliche Nachricht von Treue einbrannten. Aber George und Eurypides hatten niemanden verraten, waren keine *prodotes*, hatten nicht verdient, so zu sterben.

»Weißt du, was das heißt, *Baba*? Vielleicht gibt es noch mehr versteckte Gräber.«

Für die griechischen Zyprioten gibt es an langen Winterabenden, wenn die Frauen in der Glut der Erinnerung stochern und Geschichten aus alten Zeiten erzählen, keine Erinnerung, die so tief sitzt wie die der Vermißten. 1974 hatten in Athen griechische Extremisten, die frustriert waren vom fehlenden Fortschritt bei der *Enosis*, der Union von Insel und Mutterland, einen Putsch ersonnen, um die Regierung von Erzbischof Makarios in Nikosia zu stürzen. Ein Wahnsinn, von dem Zypern sich nie mehr erholt hatte. Fünf Tage später hatten die Türken sich gerächt und die Insel besetzt, sie geteilt und den ethnischen Griff auf eine Weise aufgebrochen, die sicherstellte, daß er nie wieder hergestellt werden konnte. In dieser Zeit waren über tausend griechische Zyprioten verschwunden, von der heranmarschierenden türkischen Armee beiseitegefegt und von der Oberfläche der bekannten Welt getilgt worden. Die Mutmaßungen über ihr Schicksal waren immer eine Quelle zielloser Wut bei den Griechen und großer Peinlichkeit bei den Türken gewesen – solche Dinge geschahen im Krieg, Unglücksfälle, vereinzelte Barbarei, sogar Fehler, aber wer, zum Teufel, wollte das hinterher schon zugeben? Aber in der Friedensfrage *hatten* die Türken es zugegeben, alles ausgeliefert, was sie über die Vermißten wußten, was nach einem Vierteljahrhundert schmerzvoll wenig war – ein paar verstreute Gräber, alte Knochen, fragmentarische Berichte, verblichene Erinnerungen –, aber selbst ein kleines Licht, das die finsterste Stunde der Insel erhellte, brachte Verständnis und half dabei, das Leiden zu lindern, hatte den Familien erlaubt, zu trauern und den Toten Ehre zu erweisen. *Myrologhia*. Aber jetzt sah es so aus, als wären da noch mehr Gräber. Sogar noch eher gegraben. Von den Briten.

Für Maria, die ihre Onkel nie gekannt hatte und deshalb ihren Verlust auch nicht so schmerzhaft empfand, war dies ein politisches und prinzipielles Thema. Doch für ihren Vater bedeutete es viel mehr. Eine Frage der Ehre und Vergeltung. Zypriotische Ehre. Vangelis' Vergeltung.

»Wir müssen so viel wie möglich über die versteckten Gräber herausfinden, *Baba.*«

»Und über die Verbrechen, die sie darin zu vergraben gesucht haben.« Er richtete seinen gebeugten Körper gerade auf, wie ein Soldat bei der Parade. »Und welcher Bastard sie beerdigt hat.«

Am südlichen Eingang zum Sitzungssaal des Unterhauses steht ein verzierter und sichtbar gealterter Torbogen, der Churchill-Bogen. Sein Alter wird übertrieben, der rauchige Überzug ist nicht durch Zeit, sondern durch seine Nähe zu einer von Reichsmarschall Görings Bomben entstanden, die am 10. Mai 1941 den Sitzungssaal dem Erdboden gleichmachte. Beidseits des Torbogens stehen Bronzestatuen der beiden großen Feldherren der Moderne, David Lloyd George und Winston Churchill. Lloyd Georges Pose ist entspannt, die Churchills eher aggressiv, als wenn der alte Krieger sich beeilte, dem Feind in den Hintern zu treten. Etwas weiter steht ein Podest, das keine Statue trägt, vielleicht als ein Akt der Ermutigung für alle, die vorübergehen und hoffen, durch die Kraft der Entdeckung und großer Taten in den Rang der großen Staatsmänner aufzusteigen.

Roger Garlick würde das nicht, in keiner Phase seines Lebens. Er hatte natürlich eine hohe Meinung von sich selbst, was zu seinem Amt als Junior Whip paßte, einer von denen, deren Aufgabe es ist, die Abgeordneten zusammenzutrommeln und bei Abstimmungen durch die richtige Tür gehen zu lassen. Garlick war ein Mann von beträchtlichem Umfang, aber begrenzter Lautstärke; er erkannte, daß seine Chancen, zu großer öffentlicher Anerkennung zu kommen, dadurch begrenzt waren, und ergriff die Gelegenheit, seinen Einfluß eher privat durch die dunklen Künste des Einpeitschens geltend zu machen. Er berauschte sich am Mißbrauch, sein Lieblingsessen waren neue Abgeordnete und jede Frau.

»Roger!« Der Ausruf des Erkennens kam von Booza-

Pitt, der sich durch die Abgeordnetenversammlung drängte, wo sich MPs versammeln, um Nachrichten und andere Arbeitsmaterialien entgegenzunehmen. Booza-Pitt drückte grüßend den Arm des Whip, blieb aber nicht stehen. Garlick war ein nützlicher Kontakt, ein Mann, der privat unter dem Einfluß einer zweiten Flasche Wein bereit war, viele der persönlichen Geheimnisse, die er unter seinen Kollegen ausgegraben hatte, preiszugeben, aber dafür war eine Abgeordnetenversammlung nicht der rechte Ort. Der Verkehrsminister machte sich auf der Suche nach weiteren Indiskretionen davon.

Die Halle war überfüllt, wie immer in der halben Stunde vor der Fragestunde des Premierministers, wenn sich die Mitglieder zum rituellen Blutvergießen versammelten – gelegentlich floß das Urquharts, öfter aber das der Fragesteller und insbesondere das von Dick Clarence, dem jungen und wirkungslosen Oppositionsführer, der bisweilen wie ein Schuljunge wirkte, der die Geduld seines langmütigen Lehrers herauszufordern versucht. In der Klasse mußte Ordnung herrschen, und es war Garlicks Aufgabe als einer der Präfekten, dafür Sorge zu tragen. Als er Claire entdeckte, die die Halle betrat, weiteten sich seine Augen wie die Glasaugen eines Teddybären.

»Ich habe dich gestern abend bei der Abstimmung vermißt, meine Liebe. Ich bin natürlich für dich eingetreten, aber der Fraktionsführer war sehr ungehalten. Es hat mich eine halbe Flasche Whisky gekostet, ihn zu beruhigen.« Er drängte sie gegen den Sockel von Lloyd George.

»Tut mir leid, Roger. Dringende Verabredung. Ich konnte mich nicht freimachen.«

»Das reicht nicht, altes Mädchen. Ich habe meinen Arsch für dich in die Schußlinie gehalten, jetzt schuldest du mir was. Wie wäre es mit einer Entschuldigung beim Abendessen morgen?« Er lehnte seinen dicken Arm hinter ihr an die Statue, um ihr näherzukommen, eine Intimität, die er sich aufgrund seines Amtes herausnehmen zu dürfen glaubte. Er roch nach Old Spice und anderen, weniger angenehmen Dingen. Sie suchte die Halle nach jemand anderem ab – irgend jemandem –, um von sich abzulenken, aber es fiel ihm nicht auf, seine Augen klebten förmlich an ihrer Bluse.

»Tut mir leid, Roger, morgen kann ich nicht, ich muß zum Friseur. Der nächste Abend ist auch belegt, ich will zum Elternabend. Wenn mein Mann mich läßt.« Sie lächelte und hoffte, daß er den Hinweis verstand.

»Dann nächste Woche«, beharrte er. »Wir werden bestimmt Spaß haben. Es gibt Hinweise auf eine Umordnung, neue Jobs. Wir könnten deine Zukunft diskutieren. Vielleicht bekomme ich dich auf die Whip-Liste mit den neuen Stars.«

Während er sprach, zwängte sich ein Kollege vorbei, und Garlick ergriff die Gelegenheit, sich noch enger gegen sie zu drücken. Claire machte keine Einwände; in diesem Tollhaus von starken Gefühlen und langen Nächten war es nichts Neues für sie, begrapscht zu werden, besonders wenn die Mitglieder ein gutes Essen genossen hatten, und wenn sie jeden Kollegen, der ihr die Hand aufs Knie gelegt oder einen Arm um die Taille geschlungen hatte, angezeigt hätte, wäre sie Mitglied einer drastisch reduzierten Partei. Männerclub-Regeln, und sie hatte mitmachen wollen. Aber Garlicks Griff mußte sie nun wirklich nicht länger hinnehmen.

»Nicht nächste Woche, Roger. Ich bekomme eine neue Küche.« Sie lächelte zwar weiter, legte aber ihre Finger energisch auf seine Brust und stieß ihn zurück.

Seine wohlwollende Einstellung und seine Mundwinkel kehrten sich um. »Blödes Weib! Ihr seid doch alle gleich. Nutzlos. Wie, zur Hölle, sollen wir mit euch das Land regieren, wenn ihr jedesmal losheult, wenn ihr eine Migräne habt oder eines der Kinder Mumps hat.« Andere Mitglieder in der Nähe merkten auf, er war sich der Zuhörer bewußt und sprach lauter. »Es ist an der Zeit, daß du etwas lernst. Das hier ist kein Kaffeekränzchen oder ein Kinderhort, es ist das Unterhaus, und du bist hier, um zu tun, was man dir sagt. Beine hoch. Leg dich hin. Dreh dich um. Nimm so viele verschiedene Stellungen ein wie ein

Missionar im Kochtopf. Du bist gewählt worden, um die Regierung zu unterstützen, nicht, um durch die Wähler zu wandeln, als suchtest du Unterwäsche bei Marks & Spencer aus. Du hast zu kommen, wenn wir das sagen, und zu tun, was getan werden soll!«

Das Blut floß heute früh, von den versammelten Kollegen kam ein scharrendes Geräusch, eine Mischung aus Verlegenheit und Erwartung, wie das Geräusch eines Metzgerkittels, der umgebunden wird.

»Tut mir leid, daß ich die Abstimmung gestern verpaßt habe, Roger. Ich hatte keine Wahl.«

Sie bemühte sich sehr, jedes Zittern oder Gefühl aus ihrer Stimme herauszuhalten.

»Was war denn so wichtig, daß du uns alle hast sitzenlassen? Erzähl mir bloß nicht, du hattest eine dringende Verabredung mit deinem verdammten Gynäkologen.«

»Nein, Roger, ich lag nicht auf dem Rücken. Ich war bei Francis. Du kennst den Premierminister? Er hat mich gefragt, ob ich sein PPS werden will.«

Die Zuhörer erstarrten, und Garlicks Wangen färbten sich noch tiefer rot. Er schien Schwierigkeiten damit zu haben, seinen Unterkiefer zu kontrollieren. »Der Premierminister hat dich gefragt, ob du sein ...« Er brachte den Satz nicht heraus.

»Sein parlamentarischer persönlicher Staatssekretär. Du weißt, wie ich bin, Roger. Ich konnte unmöglich nein sagen.«

»Aber der Chef wußte nichts davon«, stammelte er. Er betete darum, daß sie ihn aufzog.

Natürlich wußte der Fraktionsführer nichts davon, er konnte nicht mit in die Diskussion gezogen werden. Er war einer von denen, die dazu ausersehen waren, neben dem Missionar im Topf zu landen. Und mit ihm einige der Junior-Whips.

»F.U. hatte vor, es heute beim Mittagessen ihm gegenüber zu erwähnen. Offensichtlich hat es sich noch nicht herumgesprochen. Zumindest noch nicht bis zu dir.«

Ein älteres Mitglied zupfte Garlick am Ärmel. »Spiel,

Satz und Hoden, würde ich sagen, alter Junge«, und ging lachend weiter.

Garlick sah aus wie ein punktierter Zeppelin, die Arme hingen schlaff hinab, er gab keuchende Geräusche von sich, ließ Luft ab, nur noch der halbe Mann von dem, den sie kannte, und doch mehr als der Mann, den er eben dargestellt hatte. Sie hatte das Privileg vom Zugang zu Insider-Informationen erlangt, und Claire erkannte, wie sehr ihr das gefiel. Garlick, unfähig zu sprechen und aller Kommunikationskünste beraubt, wandte sich um und ging in die Richtung des Whip-Raumes mit seiner Whiskyflasche.

»Ich freue mich wirklich, Claire, ich habe immer schon gedacht, daß du überfällig für eine Anerkennung warst. Ich habe vor einiger Zeit mal beim Boß ein gutes Wort für dich eingelegt. Ich bin froh zu sehen, daß es was genutzt hat.« Aus dem Nichts war Booza-Pitt neben ihr aufgetaucht, seine Antennen waren beachtlich.

»Ich kann nicht an alle die guten Worte glauben, die man kürzlich für mich eingelegt haben will«, entgegnete sie kryptisch.

»Ich hoffe, ich kann dir als einer der ersten gratulieren. Laß uns zusammen essen gehen. Bald.«

Die Einladung. Ihr würden genaue Befragungen über ihren Mann und kleine Geschenke für die Kinder folgen. Mit einem Satz war sie aus Abteilung drei in Abteilung eins gesprungen, mit einem Salto über die Köpfe von fast zweihundert anderen – größtenteils männlichen – Köpfen hinweg. Es machte Geoffrey unsicher. Sie hatte sein System kurzgeschlossen, das System, das er ersonnen hatte, um sich zu schützen und seine Sache voranzutreiben. Claire paßte nicht hinein, und er verstand sie nicht, hatte sie nicht unter Kontrolle. Er mochte zwar die Autorität des Ministeramtes haben, aber sie hatte den Einfluß derer, die Zugang haben – sie würde praktisch in Nummer zehn wohnen. Sie war Konkurrenz, roh und nackt – apropos, er würde sie nicht ins Bett bekommen, er hatte es schon versucht.

Die geflüsterte Neuigkeit hatte schon die Runde

gemacht, und Geoffrey wurde bewußt, daß viele Augen auf ihnen ruhten. Besitzergreifend nahm er ihren Arm. »Wir beide werden so viel Spaß haben«, sagte er und führte sie in den Sitzungssaal.

Urquhart stolperte an seinen Platz in der ersten, der Regierung vorbehaltenen Bank, den roten Ordner umklammert. Er hätte es vorgezogen, in den Sitzungssaal zu schlendern und einen großen Auftritt vom Sprecher-Stuhl aus zu haben, aber der Platz war vor seinem Erscheinen immer so umlagert, er mußte sich an Körpern vorbeischieben, Arme, Beine und andere ausgestreckte Körperteile der Mitglieder, die ihn nicht hatten kommen sehen, umgehen. Fast war er an seinem Platz, stieg hoch wie bei einer Modenschau, stützte sich haltsuchend auf Tom Makepeaces Schulter, als ein Junior-Schatzminister eine spasmische Zuckung erlitt und seinen Premierminister am Schienbein traf. Ein weiterer Anwärter für die Hinterbank.

Trotzdem fühlte Urquhart sich gut, war äußerst positiv gestimmt. Beim Mittagessen hatte er den Fraktionsführer darüber informiert, daß seine Dienste als Einpeitscher nicht länger benötigt wurden. Der Mann hatte verstanden, was das bedeutete. Das große Staatsschiff hielt nur selten, um die aufzulesen, die über Bord gegangen waren, noch viel weniger die, die bewußt über Bord gestoßen worden waren. Aber zum Zeitpunkt seiner größten Niederlage war ihm ein Rettungsring zugeworfen worden, das Versprechen einer Peerswürde nach der nächsten Wahl, wenn er den Mund hielt und bis dahin keinen Ärger machte. Damit hatte er sich hingesetzt und glaubwürdig so getan, als genösse er den Rest seiner Mahlzeit, während er dem Premierminister zwischen Suppe und Fisch dabei half, die Liste derer, die mit ihm gehen würden, zu vervollständigen. Der Sinn für Pflicht und Disziplin ist unausrottbar tief in der Seele der meisten Whips verankert, so daß der Anblick von Blut, nicht mal der ihres eigenen, ihren Appetit nicht zu beeinträchtigen scheint.

Urquhart staunte, als er in seinem Stuhl saß, neben sich die Dokumententasche, und auf die Armee der Opposition schaute, die sich in versetzten Reihen vor ihm erstreckte, wie sehr das alles einer Schießbude auf dem Rummelplatz glich. Reihe um Reihe mit Enten, die in richtiger Reihenfolge auf ihre Füße flattern würden und sich selbst zum – nun, zur schnellen Erledigung anboten, während die Schiedsrichter von der Presse in der unparteiischen Erwartung herabsahen, die versengten Federn zu zählen. Er beschloß, daß sie einen geschäftigen Tag haben sollten. Sein Augenlicht mochte schwinden, aber nicht seine Zielsicherheit.

Die erste Ente, die quaken und ihre Deckung aufgeben würde, war ein Waliser, dessen Stimme den weichen Akzent der Küste von Clwyd und den Geist solider Kohle verriet. Er drückte voller Eifer und in epischer Breite sein Bedauern darüber aus, daß der Premierminister sich zuwenig um europäische Belange kümmere. Urquhart holte vor Langeweile tief Luft und hob den Blick, um die Decke zu untersuchen, seine Gedanken wanderten zu der Dachterrasse darüber … Schnell rief er sich zurück zu den Geschäften des Hauses.

»Schließlich sagt der Premierminister, er glaube an einen einzigen ökonomischen Markt, und das tue auch ich. Aber wenn er das wirklich tut, warum, oh, warum wendet er dann einer gemeinsamen Währung den Rücken? Alle diese Pfund, Schilling und Peseten sind so ermü-hü-dend.«

Das sagt er sehr schön, dachte Urquhart, fast schon Eisteddfod-Festival-Standard. Ganz walisischer Wind. Er erhob sich und stützte sich mit dem Ellbogen auf das Rednerpult, um mehr Halt zu haben.

»Erlauben Sie mir, die Beredsamkeit des ehrenwerten Herrn zu unterbrechen …« Er lächelte, um zu zeigen, daß er keinen Groll hegte. Dann schloß er mit einem entschlossenen Ruck den roten Ordner vor sich, der seine Notizen zum Civil Service enthielt. Das sollte offensichtlich keine Civil-Service-Antwort werden. »Er sollte wissen, daß ich vollkommen mit ihm übereinstimme.«

Es gab ein erstauntes Summen. Seit wann war sich Urquhart mit der Opposition einig?

»Nun, zumindest fast völlig, was die Hauptpunkte angeht. Die ich aufgreife ...« – gewandt und ohne daß der Waliser es ganz mitbekam, steckte Urquhart die Torpfosten um, weil er ein völlig anderes Spiel spielen wollte – »...die ich aufgreife, um zu überdenken, was wir machen müssen, um einen effektiven einheitlichen Markt in Europa zu bekommen. Obwohl ich nicht einsehe, warum er unbedingt das Englische Pfund abschaffen und den Kopf des Königs von der Münze unseres Begehrens bannen möchte.«

Der Waliser ließ die Flügel hängen, das hatte er ganz und gar nicht gemeint. Und wer, zum Teufel, war Francis Urquhart, daß er sich die Waffen des Königstreuen umhängte?

»Aber lassen Sie mich ihm sagen«, Urquharts Finger zeigte, zielte, »wenn wir einen gemeinsamen Markt aufbauen wollen, müssen wir Verschwendung und Mißwirtschaft vermeiden. Es gibt etwas viel Wichtigeres als eine gemeinsame Währung. Und das ist eine gemeinsame Sprache.«

Es gab ein verblüfftes Schweigen, als das Haus diesen völlig neuen Brocken kostete. In der Loge neben dem Sprecher-Stuhl, die für den Civil Servant reserviert war, begann ein Assistent, durch seine Seiten zu blättern wie ein Souffleur, der versucht, das Schauspiel zum Text zurückzuführen.

»O ja«, fuhr Urquhart fort, hob die Stimme und bereitete sich darauf vor, die Adverbien und Adjektive herauszuschleudern. »Es gibt keine größere Verschwendung und keine größeren Kosten für ein Geschäft, als sich mit einer Vielfalt von Sprachen zu beschäftigen. Die Kosten belaufen sich auf Billionen jedes Jahr, egal, in welcher Währung Sie das berechnen. Die wirtschaftlichen Folgen sind unbestreitbar, unsere oberste Priorität muß es sein, eine Sprache zu sprechen.« Er zuckte die Achseln, als stünde er einem Problem gegenüber, das er nicht lösen konnte. »Ich nehme an, es ist nur ein unglücklicher Zufall in der Geschichte, daß die einzige Sprache, die es mit dieser Rechnung aufnehmen kann, Englisch ist.«

Auf seinem Platz in der vordersten Bank stieß Bollingbroke ein entzücktes Lachen aus – sein ›Samstagnacht Spezial‹, wie Urquhart es getauft hatte, ein Geräusch, das einige Oktaven über Steak und Nierenpudding lag und geeigneter war, einen Sieg von Manchester United zu feiern. Dennoch war Urquhart dankbar und wandte sich um, um die Huldigung anzuerkennen, die weit hinter ihm aufgenommen wurde. Er bemerkte, daß Tom Makepeace wenig Neigung zeigte, in die Feierlichkeiten einzustimmen.

»Wenn also die Europäer kommen und anfangen, in Englisch über eine einheitliche Währung zu sprechen, dann werde ich zuhören«, erklärte er. Er genoß seine Worte aus tiefstem Herzen. Scheiß auf die diplomatische Etikette. War es seine Schuld, wenn Brüssel keinen Sinn für Humor hatte? »Ich erwarte des ehrenwerten Herren uneingeschränkte und walisisch-beherzte Unterstützung.« Ein netter Zug, das würde ihn tief innen berühren wie eine Hure das Gleitmittel.

Urquhart strahlte in den Aufruhr rundherum und setzte sich wieder. Noch bevor er das tat, stand der Oppositionsführer, zupfte an seinem Armani-Sakko, das Gesicht rot vor Empörung. Urquhart rückte sich im Leder zurecht. Nachdem er gesehen hatte, wie sein Vorredner in einem Wirbel von Federn weggeblasen worden war, würde nur ein Esel darauf brennen, dessen Platz einzunehmen. Aber Clarence war ein echter Esel.

»Ich habe selten eine so unwürdige und uneuropäische Meinung in diesem Haus gehört. Der Auftritt des Premierministers heute ist eine nationale Schande gewesen. In ein paar Tagen fliegt er zu einem Treffen mit dem französischen Präsidenten. Sieht er nicht, wie er dort begrüßt werden wird? Was geschieht mit dem Ruf dieses Landes, wenn sein Premierminister mit Buhrufen durch die Straßen von Paris getrieben wird?« Paradoxe Zurufe kamen von seinen Befürwortern, die schnell in Verwirrung erstarben, als Urquhart sich dafür bedankte. Clarence kämpfte weiter. »Wann wird der Premierminister erkennen, wieviel Schaden er mit seiner Dickköpfigkeit den Interessen seines Landes zufügt, mit seinem ständigen Veto zu neuen Ideen, seiner aberwitzigen Weigerung, ein guter Europäer zu sein?«

Tumult. Es brauchte einige Zeit und das wiederholte Eingreifen des Vorsitzenden, ehe Urquhart überhaupt eine Chance hatte, gehört zu werden. Er sah keinen Grund, sich zu beeilen.

»Vielleicht ist es die Jugend des aufrechten ehrenwerten jungen Herrn, die ihn so ungestüm macht. Sie erklärt vielleicht auch seine offensichtliche Bereitschaft, jede Woche in dieses Haus zu kommen und die gute alte viktorianische Methode des Lärmschlagens zu erlernen. Aber Jugend allein ist nicht genug, um Ignoranz zu entschuldigen.« Urquhart glättete die Ärmel seines Anzugs wie ein Lehrer, der sich darauf vorbereitet, die Tafel mit Kreide zu beschreiben. »Er ist wohl seinen europäischen Turm zu Babel so weit hochgeklettert, daß er unsicher geworden ist und die Orientierung verloren hat. Einmal mehr muß ich ihn auf die Erde zurückholen. Erinnert ihn an die vorangegangenen Gelegenheiten, als die Welt Grund hatte, glücklich zu sein, daß wir Briten gegen das Vorgehen in Europa angegangen sind. Als wir von unserem Vetorecht Gebrauch gemacht haben, ›nein‹, ›nein‹ und wieder ›nein‹ gesagt haben. Wir haben uns dickköpfig gezeigt und waren nicht bereit, uns zu beugen. Wie 1940. Wir standen allein da, nur von Gott und der See geschützt, während alle die anderen« – er tat sie mit einer einzigen Handbewegung ab – »kapituliert hatten.«

Bollingbroke gebärdete sich wild vor Begeisterung, entschlossen, daß seine Unterstützung auch über die Unruhe hinweg gehört werden sollte, die rundum ausbrach. Als Urquhart in dem Lärm einen Moment innehielt, fiel ihm die Haltung der Churchill-Statue vor den Türen des Saals ein, und er entschied sich, es zu versuchen, linker Fuß nach vorne, die Anzughälften zurückgeschlagen, Hände in die Hüften, und er lehnte sich vor, um dem Kanonenfeuer des Lärms zu begegnen.

»Unsere *Dickköpfigkeit* – ich glaube, das war das Wort, das er benutzt hat –, unsere Dickköpfigkeit hat Europa damals gerettet. Der Premierminister wurde hinterher keineswegs mit Buhrufen durch die Straßen gescheucht, nachdem wir Paris befreit hatten, die Franzosen fielen auf die Knie und dankten ihm!«

Gott, das würde Unruhe in Frankreich auslösen, aber damit konnte er leben. Die Franzosen hatten keine einzige Stimme, die bei der Wahl zählte. Gegenüber sah er, wie sich eifrige Presse-Gesichter zur besseren Sicht aus der Galerie lehnten, und was wichtiger war, die Reihen hinter ihm waren zu einer wogenden See aus weißen Programm-Papieren geworden, als wenn die Regierungspartei wie ein Mann vorhätte, eine erneut drohende Invasion abzuwehren. Nun, fast wie ein Mann. Makepeace saß mit steif ausgestreckten Beinen da, die strenge Miene wie aus Stein gemeißelt. Das würde ein Problem geben, wenn er auftaute. Aber, dachte Urquhart, dafür hatte er schon die Lösung.

Urquhart stürmte den Flur zu seinem Büro im Unterhaus hinunter und überlegte sich Schlagzeilen.

»Was meinen Sie? *F.U. sprengt Brüssels Lallen*? *Francis 6, Frankreich 0?* Oder wie wäre es mit *Sein oder nicht sein – Das ist hier die Sprache*? Ja, das gefällt mir.«

Claire hatte Mühe, mit ihm Schritt zu halten. Er hatte den Saal mit der Grandezza eines Tenors verlassen, hervorgerufen durch ein Dutzend Vorhänge, und hatte ihr bedeutet, ihm zu folgen. Normalerweise hätte sich ein Haufen von Civil-Service-Angestellten um ihn gedrängt, aber sie hatten es vorgezogen, in einem verteidigenden Gewirr zu warten und ihre Toten zu zählen. Er stürmte in sein Zimmer, hielt ihr die schwere Eichentür auf und warf sie dann mit dem Krachen einer Artillerie-Salve ins

Schloß. Er stand aufmerksam da, sah sie an und stellte sich ihrer Kritik.

»Nun, wie war ich?«

»Sie waren absolut ...« Sie suchte nach einem Wort. Was sollte sie sagen? Seine Macht über das Haus amüsierte und beflügelte sie in dem Maße, wie der Chauvinismus seiner Worte alles verletzte, was ihr teuer war. Aber auf ihre Ansichten kam es im Moment nicht an; sie war hier, um etwas zu lernen. »Francis, Sie waren vollkommen unmöglich.«

»Ja, nicht wahr, das war ich? Überall Federn. Die beste Kissenschlacht seit Jahren.« Er wippte auf den Zehenspitzen, ein vierzig Jahre jüngerer Mann, unfähig, seine Begeisterung zu verbergen.

»Francis, war das Ihr Ernst? Mit der gemeinsamen Sprache?«

»Natürlich nicht. Das wird es nie geben. Aber es lenkt für eine Weile von diesem ganzen Unsinn wegen einer einheitlichen Währung ab, und unsere Wähler werden es lieben. Das bringt weitere drei Prozent in den Umfragen Ende des Monats, warten Sie nur ab.«

Er war ungewöhnlich munter, das Adrenalin kreiste noch in seinen Adern. Die Fragestunde war die Stunde der Prüfung, der Punkt, wo der mächtigste Mann im Land an den Rand einer Klippe gedrängt und dazu gezwungen wurde, hinunterzusehen auf das Schicksal, das ihn eines Tages am Fuß des Felsens erwartete. Sie hatte gehört, daß einige Premierminister, um die Feuerprobe zu ertragen, getrunken hatten, anderen war es davor schlecht geworden, aber im Sitzungssaal wirkte Urquhart immer völlig gefaßt, beinahe als hätte er keine Nerven. Aber hier hinter geschlossenen Türen konnte sie spüren, wie die Spannung ihn beherrschte. Sein Blut war erhitzt, die Leidenschaft groß, ein Liebhaber beim Orgasmus. Es war ihr gestattet, einen Moment großer Intimität zu teilen.

»Sie sind meine Glücksfee, Claire. Das fühle ich.«

Er griff nach ihr, hielt sie an den Armen, beanspruchte sie für sich und suchte gleichzeitig nach Unterstützung, als das Feuer in ihm langsam zu erlöschen begann. Sie versuchte, sich vorzumachen, daß nichts Sexuelles in diesem Moment lag, aber umsonst – hier waren Macht, die mächtigste aller verbotenen Früchte, und Autorität, Leidenschaft, Verletzlichkeit, alles zu einem Ganzen gemischt, jede Zutat, von der sie in der Politik immer geträumt hatte und von der sie jetzt ein Teil war. Sie sah in seine Augen, betäubt von dem Privileg dieses Momentes und im Bewußtsein dessen, daß ihr politisches Leben nie wieder so einfach sein würde.

Die Stimmung verflog durch Laute des Protests vor der Tür und den hastigen und nicht angemeldeten Eintritt eines Staatsdieners in beträchtlicher Aufregung. Es war Tom Makepeace. Seine Aufregung schien noch größer zu werden, als er den Hauch des intimen Moments zwischen seinem Arbeitgeber und seiner einstigen Geliebten witterte. Er hatte gerade eine höfliche Entschuldigung für sein Hereinplatzen abgeben wollen, entschied sich aber, alle Formalitäten wegzulassen, sah erst Claire an und wandte sich dann an den Premierminister.

»Francis, diese Vorstellung kommt einer Schande nahe. Eine grobe Beleidigung unserer europäischen Partner. Sie haben es geschafft, an einem Nachmittag alles zu zerstören, was ich in meiner Zeit als Außenminister erreicht habe. Und alles nur für mutwilliges parlamentarisches Fäusteschütteln.«

»Sie müssen lernen, Tom, daß nicht alles in Europa nach Queensbury-Regeln abläuft. Gelegentlich braucht man etwas Pfeffer.«

»Sie können nicht hingehen und mit der Außenpolitik Schindluder treiben, ohne den Anstand zu besitzen, sich vorher mit mir zu besprechen. Ich hätte dem nicht zugestimmt. Wie können Sie erwarten, daß ich danach noch vertrauensvoll mit meinen Kollegen arbeite?« Er schleuderte die Haare aus der Stirn und versuchte, sein Temperament in den Griff zu bekommen.

»Ah, ein guter Hinweis. Ich tue es nicht.«

Claire trat einen Schritt zurück. Sie wußte, was jetzt

kam, und fühlte sich als Eindringling. Außerdem war sie verlegen. War es, weil Makepeace bis vor ein paar Tagen ihr Liebhaber gewesen war oder weil sie sich noch nicht an das Ritual der Erniedrigung gewöhnt hatte? Sein mißtrauischer Blick folgte ihr.

»Tom, Sie sind einer meiner fähigsten und frömmsten Mitarbeiter, eine Quelle der Stärke. Macht. Außerdem sind Sie als der begeistertste Euro-Befürworter im Parlament eine Quelle ständiger Konfusion. Deshalb – versetze ich Sie zur Umwelt, wo Ihre Frömmigkeit ihre Entsprechung findet und Ihre Begeisterung weniger Schaden anrichtet.«

Der Schlag war gefallen, aber die Wirkung kam nicht sofort. Die Locke kam wieder vor, und er sah verwirrt aus. Langsam bewegte sich sein Kopf von einer Seite zur anderen, als wollte er die plötzliche Verwirrung und den Unglauben abschütteln.

»Denken Sie darüber nach, Tom. Sie sind ein Mann von großen administrativen Fähigkeiten und beträchtlichem sozialen Gewissen in einer Regierung, die von den meisten für herzlos gehalten wird. Das muß Ihnen mindestens soviel Kummer bereiten wie mir. Wo also könnte man Ihre persönlichen Vorzüge und die besten Absichten der Regierung besser einsetzen als auf dem Gebiet Umwelt? Gut für Sie, gut für uns alle.«

Er schüttelte noch immer den Kopf. »Ich nehme das nicht an.«

»Die Frage steht nicht zur Debatte.«

»Umwelt oder raus?«

»Wenn Sie es so ausdrücken wollen.«

Makepeace holte tief Luft und rang um Fassung, die er auch nach ein paar Sekunden fand. »Dann trete ich zurück.«

Claire sah ihn erschrocken an; Gott, er meinte es ernst. Er würde keinen Kompromiß eingehen. Er hatte unrecht, aber sie merkte, daß sie seinen Hang zur Dickköpfigkeit immer liebenswerter fand, sowohl edel als auch naiv, was die anziehendste und schwierigste Seite von Tom Makepeace war. Urquhart schien dagegen weniger beeindruckt.

Seine Euphorie war verschwunden und wurde durch tiefe Erschöpfung abgelöst.

»Tom, Sie können nicht zurücktreten! Hören Sie um Gottes willen auf, so launisch zu sein, und schauen Sie, was das bedeutet. Es dauert nicht mehr lange, bis ich mich zum Ruhestand entschließe und die Partei nach einem neuen Anführer sucht. Ich vermute, daß sie den Stil ändern wollen. Jemanden mit etwas weniger Peitsche und etwas mehr Zuckerbrot als ich. Jemanden, der eine andere Einstellung zu seiner Politik hat, einfach nur, um einen Wechsel zu haben. Das klingt mir nach einer treffenden Beschreibung von Tom Makepeace. Umwelt ist eine gute Gelegenheit für Sie – greifen Sie mit beiden Händen zu!« Er gab dem Gedanken etwas Zeit, Wurzeln zu schlagen. »Was die Partei nicht tun wird, Tom, ist, die Partei jemandem zu übergeben, der sich in den letzten Jahren auf der Hinterbank herumgedrückt hat.«

Makepeace war so angespannt wie eine Klaviersaite, die Füße weit auseinander, um Halt zu haben, die Arme mit den Händen verknotet, damit sie nicht die zitternden Gefühle in ihm verrieten, die Miene steinern beim Versuch, die Fassung zu wahren. Claire bemerkte, wie in seinen äußersten Mundwinkeln langsam ein wissendes Lächeln aufkeimte, das Bild eines Mannes, der sich von etwas verabschiedet, das sehr wichtig für ihn ist. Doch wovon? Von einem Posten? Oder von einem Prinzip?

»Francis, Ihre Logik ist fast makellos. Sie hat nur einen kleinen Fehler.«

»Und der wäre?«

»Sie unterschätzen, wie wenig ich Sie mittlerweile mag.« Und damit war er weg.

Das Schweigen, das er hinterließ, wurde drückend. »Ich nehme an, das bedeutet ›Nein‹«, murmelte Urquhart schließlich.

»Soll ich ihm nachgehen?«

»Nein, ich werde nicht betteln.« Noch würde er vergeben. »Und es drohte doch ein so vielversprechender Tag zu werden.«

Vielleicht hätte es einen Unterschied gemacht, wenn Makepeace ein paar ruhige Momente zum Nachdenken gehabt hätte, eine Gelegenheit, Vernunft mit verletztem Stolz kämpfen zu lassen, um herauszufinden, was stärker war. Aber der Hauch des Schicksals bläst in Westminster launenhaft, und es sollte nicht sein. Der Flur vom Büro des Premierministers im Unterhaus mündet an der Treppe zur Pressegalerie. In seinem Ärger rannte Makepeace direkt gegen Dicky Withers, als dieser die Treppe hinunterkam.

»Verhaften Sie diesen Schurken, Sergeant!« verlangte Withers von dem Polizisten, der dieses empfindliche Stück des Flurs bewachte.

»Unwahrscheinlich, Dicky. Ich habe gerade fünf Pfund auf ihn gesetzt, daß er der nächste Chef wird.«

»Ein Jammer«, antwortete Makepeace, als er dem Journalisten entschuldigend den Staub von der Jacke wischte, »heute morgen hätten Sie viel bessere Gewinnchancen gehabt.«

Withers betrachtete ihn genau und bemerkte dessen ungewöhnlich niedergeschlagenen Ausdruck. »Sie scheinen es ja höllisch eilig zu haben, Tom. Sagen Sie mir, fliegen oder fliehen Sie?«

»Macht das einen Unterschied?«

»Sicher. Wenn der Außenminister dabei gesichtet wird, wenn er so wie eben herumschwirrt, geht es entweder um eine Frau oder um Krieg. Welches ist es? Sie wissen, Sie können mir vertrauen. Ich werde es nur etwa einer Million Leuten erzählen.«

Makepeace hörte auf, die Nelke am Jackenaufschlag des Journalisten zurechtzuzupfen. Alles zu seiner Zeit. »Rufen Sie die Jungs für mich zusammen, Dicky. Lobby-Raum in fünfzehn Minuten. Da können wir es der ganzen Welt erzählen. Ich kann es Ihnen nicht exklusiv geben, aber Sie dürfen hinterher das erste Interview führen.«

»Klingt wie Krieg.«

»Ist es auch.«

MAKEPEACE ERKLÄRT URQUHART DEN KRIEG

AUSSENMINISTER GEHT VOLL ABSCHEU

von Richard Withers, Politischer Redakteur

Außenminister Thomas Makepeace hat die Regierung gestern unter bitteren Vorwürfen gegen Downing Street wegen ihrer Politik verlassen. Es gab eine Kontroverse darum, ob er zurückgetreten ist oder entlassen wurde.

»Ich bin voller Abscheu von ihm weggegangen«, erklärte Makepeace in einer hastig einberufenen Pressekonferenz.

Downing-Street-Quellen unternahmen später beträchtliche Anstrengungen, das abzustreiten, und gaben an, er sei ›konsequent aus dem Schritt‹, was die Regierungspolitik in Europa angehe, und der Premierminister habe keine andere Wahl gehabt, als ihn zu entlassen. Ein Regierungstreuer beschrieb Makepeace gestern als ›Euro-Fanatiker‹.

Es war ein Tag großer Aufregung in Westminster. Der sensationellen Aufgabe/Entlassung waren Szenen des Aufruhrs im Unterhaus vorangegangen, nachdem Premierminister Francis Urquhart angekündigt hatte ...

Gestern abend kündigte Makepeace die Gründung einer neuen pro-europäischen Gruppe innerhalb der Partei mit dem Namen ›Concorde-Club‹ an. »Sie wird modern, fortschrittlich und immer auf dem laufenden sein. Sie wird politischem Neandertalertum entgegentreten«, sagte er. Beobachter hegten keinen Zweifel, daß er bei dem politischen Neandertaler auf Francis Urquhart anspielte.

Es ist noch offen, wieviel Unterstützung der ›Concorde-Club‹ bekommt, aber wenn der weithin respektierte Makepeace es schafft, eine ansehnliche

Gefolgschaft heranzuziehen, wird das eine ernste Bedrohung bedeuten für den Premierminister und seine Chancen, noch lange im Amt zu bleiben.

»Das klingt nach Krieg«, kommentierte ein Seniormitglied der Partei.

Sie klopfte an die Tür. »Er ist dran, Francis.«

Aus dem Badezimmer erklang das Geräusch von Wasser, das durcheinandergewirbelt wurde, als Urquhart sich in die Gegenwart zurückzwang. »Laß die Tür auf, bitte. Und dreh lauter.«

Sie tat, worum er sie gebeten hatte, und füllte sein Glas erneut. Sie waren ein so gut aufeinander eingespieltes Team, dachte sie, ihr Instinkt so miteinander verflochten, daß sie der Welt und ihren Schwächen praktisch wie eins entgegenstanden. Sie konnte sich gar nicht mehr daran erinnern, wann sie ihre letzte schwere Auseinandersetzung gehabt hatten. Ging es um die Ausstattung von Downing Street oder die Entlassung seines ersten Schatzkanzlers? Er hatte beides nach traditioneller Art vornehmen wollen, während sie ihn ermutigt hatte, etwas abenteuerlustiger zu sein, sowohl bei der Einrichtung als auch bei der Entlassung. Sie hatten einen Kompromiß geschlossen; sie hatte die Möbel umgetauscht, er hatte seinen Kabinettskollegen behalten. (Aber nur für sechs Monate, erinnerte sie sich. Francis hatte ihn an ihrem Geburtstag entlassen. Trotz allem konnte er ein Romantiker sein.)

Er irrte sich nicht oft – hatte es auch heute morgen nicht getan, als er beim Frühstück ein paar Vorhersagen getroffen hatte. »Es wird ein arbeitsreiches Wochenende für Tom«, hatte er prophezeit, »die Standardregel für die Beschäftigung armer Verlierer. Freitag rennen sie zu den Waffen ihrer Verbündeten für moralische Unterstützung. Am Sonnabend ist es ein Spaziergang im Garten mit der Frau und den Gören, um die Familienidylle auszukosten, dann geht's am Sonntag zum Vikar, um das Gewissen antreten zu lassen – eine persönliche und geistig vollkommene Odyssee, die irgendwie immer von einem Maskenbildner und den Mongolen von Kamerapack begleitet wird. Herrgott, wie es den Bildredakteuren den Magen umdrehen muß, aber irgendwie werden sie damit fertig.«

»Seine Frau hat sich irgendwo in Amerika vergraben, oder?«

»Stimmt. Vielleicht hat er irgendwo eine Freundin versteckt. Weißt du, ich denke, wir sollten den jungen Tom im Auge behalten. Vielleicht verfügt er über verborgene Tiefen.«

Als die ersten Abendnachrichten ankündigten, daß der einstige und vielleicht zukünftige Kabinettsminister beim Treffen mit seiner weiblichen Mittagsrunde begeistert begrüßt worden war, ertönte ein Ruf des Hohns, begleitet von plätscherndem Wasser, aus dem Badezimmer. Urquhart kam, in ein Handtuch gehüllt, hervor.

Da das ihn verfolgende Kamerateam offensichtlich brennendes Interesse daran hegte, wurde gezeigt, wie Makepeace sich in seinem heimischen Supermarkt ein Netz Orangen aussuchte.

»Netter Zug. Von hoher Ministerialität zu den Niederungen des Marktes – unser Mann des Volkes«, kommentierte Urquhart.

»Ich wette, er zahlt mit einer Zwanzig-Pfund-Note. Er wird nicht die leiseste Vorstellung haben, wieviel sie kosten«, murmelte Elizabeth weniger großherzig.

»Mr. Makepeace, was sind Ihre Pläne?« drängte ein atemloser Journalist, als Makepeace seine Brieftasche hervorholte.

»Nach Hause zu gehen und mich zu entspannen. Es wird das erste Wochenende nach fast zehn Jahren sein, an dem ich nicht von Aktenkoffern umgeben sein werde. Ich freue mich richtig darauf.«

»Aber sicher fehlt es Ihnen doch, im Amt zu sein? Wollen Sie irgendwann in die Regierung zurückkehren?«

»Ich bin erst fünfzig. Ich hoffe, daß sich einmal wieder die Gelegenheit zum Staatsdienst ergibt.«

»Aber nicht unter Francis Urquhart. Gestern haben Sie

seine Regierung prinzipienlos genannt. Halten Sie es für an der Zeit, daß der Premierminister abtritt? Oder gestürzt wird?«

Makepeace antwortete nicht sofort. Er stand mit ausgestreckter Hand da und wartete auf sein Wechselgeld. Es kam als große Hand voller Münzen, und er machte sich nicht die Mühe, sie zu zählen.

»Mr. Makepeace, sollte der Premierminister gezwungen werden zu gehen?« fragte der Journalist nach.

Er wandte sich um, sah seinen Gesprächspartner und die Nation an, die Brauen finster, als überdenke er ein Dilemma von enormer Konsequenz. Plötzlich grinste er.

»Sie können das so sagen«, erwiderte er, »aber in diesem Stadium möchte ich noch keinen Kommentar abgeben ...«

Urquhart griff nach der Fernbedienung und brachte seinen Folterknecht zum Schweigen. »Ich habe diese Angelegenheit schlecht gehandhabt«, überlegte er, »ich hätte ihn besser behandeln sollen. Ich wollte ihn nie raus haben. Aber ... Politiker mit Prinzipien. Sie sind wie ein Loch in der Mitte der Autobahn.«

»Die Presse war heute morgen gut«, fügte sie aufmunternd hinzu.

»Es war nicht mehr als ein Unentschieden, Elizabeth. Ein Premierminister sollte mehr erreichen als nur ein Unentschieden.«

Er war so rücksichtslos ehrlich mit sich selbst. Aber konnte er auch ehrlich über sich selbst sein, fragte sie sich. Mit nicht mehr am Leib als einem Badelaken sah er so verletzlich aus, und einmal mehr begann sie, sich über die dahingehenden Jahre Gedanken zu machen, die goldenen Jahre des Sommers hatten sich in verblichenen Herbst gewandelt, eine Zeit, zu der selbst eine große Eiche die Blätter verlieren mußte und kahl im mitleidlosen Wind stand. Er hatte so viel gegeben, sie beide hatten so viel gegeben, doch jetzt, wo ihr Leben sich neigte, hatten sie so wenig, auf das sie sich freuen konnten. Es war keine Freude, ihm dabei zuzusehen, wie er alt wurde.

Nahender Winter. Ein Muster aus Falten und Rissen. Dünne, abgemagerte Fingerzweige, pergamentene Haut als Rinde, wenn der Saft zu schwinden beginnt und die Nächte in einer Landschaft voller Holzfäller länger werden.

»Warum willst du weitermachen, Francis?«

Einen Moment war er schockiert. »Weil es das einzige ist, was ich kann. Warum, willst du, daß ich aufhöre?«

»Nein, aber es könnte dich mehr denn je kosten, weiterzumachen, und ich denke, du solltest wissen, warum du weitermachst.«

»Weil ich aufrichtig glaube, daß ich der beste Mann für den Job bin. Vielleicht sogar der einzige Mann. Für das Land – und für mich – muß ich weitermachen. Ich bin noch nicht bereit dazu, den Rest meiner Tage mit Rückblicken zu verbringen. Es gibt zu viele Erinnerungen an Dinge, die wir nicht hätten tun sollen.«

»Du wirst nicht ewig weitermachen können, Francis.«

»Ich weiß. Aber bald werde ich der dienstälteste Premierminister der Moderne sein. Francis Urquharts Platz in der Geschichte wird ihm sicher sein. Kein schlechtes Ziel, Elizabeth, das wir erreicht haben. Etwas, das wir teilen, denke ich, wenn alles dies hier vorbei ist.«

»Um die Opfer in der Vergangenheit zu rechtfertigen.«

»Ganz richtig, um die vergangenen Opfer zu rechtfertigen. Und die, die noch kommen.«

»Mammi, warum hat Mr. Urquhart Toad nicht eingesperrt?«

Claire ließ das Buch sinken und klopfte ihrer jüngsten Tochter Abby aufmunternd auf die Schulter. »Ich glaube nicht, Liebling, daß Mr. Urquhart damals in der Nähe war.«

»Aber er ist immer da.«

Es dämmerte Claire, daß Francis Urquhart schon Premierminister gewesen war, ehe Abby oder Diana geboren worden waren. Eine lange Zeit. Ein Leben lang.

»Ich glaube, Mr. Urquhart ist Toad«, warf das ältere Kind von der anderen Seite des Sofas her ein.

»Magst du Mr. Urquhart nicht?« fragte ihre Mutter.

»Nein. Er ist nicht besonders freundlich und hört nie zu. Genau wie Toad. Und er ist so a-a-lt.«

»So alt ist er gar nicht«, protestierte Claire. »Nur ein bißchen älter als Daddy.«

»Ein *sehr* kleines bißchen älter als Daddy«, kommentierte Johannis trocken. Er las den Wirtschaftsteil der Abendzeitung, während er es schaffte, dabei noch die Nachrichten zu sehen und zu lauschen.

»Hat deine Mammi dir, als du ein kleines Mädchen warst, auch ›*Der Wind in den Weiden*‹ vorgelesen?« wollte Diana wissen.

»Nein, Schatz. Das hat sie nicht.«

»Hattest du eine unglückliche Kindheit, Mami?« Diana fing an, so viele unausgesprochene Gedanken ihrer Mutter aufzufangen, ganz wie Claire, als sie ein Kind war. Ihre eigene Mutter hatte so wenig mit ihr gesprochen, hatte den Schmerz nicht teilen wollen, hatte versucht, sie vor der Wahrheit zu schützen. Aber der Schmerz war gekommen, selbst wenn sie nicht verprügelt wurde, denn wenn sie nicht mißbraucht wurde, herrschte Schweigen. So war es für Claire gewesen, und so sollte es nie für ihre eigenen Kinder sein. Geschriene Auseinandersetzungen, hysterische Argumente, Stimmen und Fäuste erhoben, bis sie gedacht hatte, ihr Herz würde brechen. Die langen Zeiträume voller Schweigen. Völliges Schweigen. Mahlzeiten, die schweigend eingenommen wurden, lange, schweigende Tage, ihre Mutter weinte sogar schweigend. Das Schweigen des Vorratsschrankes unter der Treppe, in den sie gelegentlich eingeschlossen wurde und in den sie sich noch häufiger verkroch. Eine Kindheit voller Mißbrauch und Schweigen. Der Lärm des Verletzens und das noch verletzendere Geräusch der Stille – vielleicht war es am Ende gleich. Sie hatte überlebt. Sie war eine Überlebende.

»Das Geschäft hat ihn bestimmt dafür bezahlt, meinst du nicht?« fragte Joh, der seine Aufmerksamkeit jetzt ganz den Nachrichten zugewandt hatte. »Oder muß er jetzt wie ein Normalsterblicher selbst einkaufen gehen?«

Tom Makepeace bezahlte seine Orangen.

Sie fragte sich, wieviel Joh wußte oder vermutete. Vor ihrer Ehe hatten sie offen über seine Ängste gesprochen, daß ein Ehemann, der dreiundzwanzig Jahre älter war als seine Frau, unvermeidlich nicht in allem mithalten konnte, daß er eines Tages Rentner sein würde, während sie noch in voller Blüte stand, und daß sich wie in fast allen Beziehungen mit großem Altersunterschied ein Abgrund auftun würde, der nur durch tiefes Vertrauen und immenses Verständnis überbrückt werden könnte. »Du kannst eine Beziehung nicht warm halten, wenn beide Seiten des Bettes auskühlen«, hatte er gesagt. Wie gut er das vorhergesehen hatte. Aber das war lange her; hatte er in den Jahren dazwischen den Übergang vom Abstrakten zur Praxis vollzogen? Wenn ja, was sie argwöhnte, hatte es nie einen Hinweis darauf gegeben. Loyaler Ritter, Ehemann, Führer, Beichtvater, niemals Ankläger. Das machte ihre Liebe zu ihm und ihren Respekt nur noch größer.

»Nein«, beantwortete sie die Frage ihres Ehemannes. »Bisher jedenfalls nicht.«

»Aber Tom Makepeace könnte eine Gefahr sein.«

»Glaubst du das wirklich?«

»Ich bin Geschäftsmann, Liebes, kein Politiker. Aber mach deine eigene Marktanalyse. Wie lange sind die meisten Premierminister haltbar – drei, vier, fünf Jahre? Er hält sich schon mehr als zehn Jahre. Keiner kann seinen Vorteil für immer verteidigen, die Chancen von deinem Francis, in zwei Jahren noch immer in seinem Büro zu sitzen, stehen äußerst schlecht. Alter, Unfall, Krankheit, Unpopularität. Die Zeit hat viele unangenehme Verbündete.«

»Aber er scheint auf der Höhe seiner Macht.«

»Das war auch Alexander, als er vom Pferd fiel.«

»Was willst du damit sagen, Joh?«

»Ich nehme an, ich will sagen, daß du vorsichtig sein sollst. Daß die Wahrscheinlichkeit groß ist, daß Francis Urquhart unter die Räder seines Triumphwagens gerät, während du sein PPS bist – ich verbessere mich, nicht gerät, sondern viel wahrscheinlicher vom rasenden Mob unter die Räder gestoßen wird. Und alle Höflinge mit ihm. Binde dich nicht zu sehr.«

»Glaubst du, daß Tom Makepeace ihn stößt?« Sie fand die Terminologie ganz besonders unangenehm.

»Makepeace oder jemand wie Makepeace. Du solltest ihn im Auge behalten.«

Seine Logik war, wie gewöhnlich, unschlagbar; ein Schauer des Unbehagens lief ihr über den Rücken.

»Wie würdest du das machen, Joh, ihn im Auge behalten?«

Er schien sie nicht gehört zu haben, legte seine Zeitung beiseite, damit er seine Töchter umarmen konnte, ehe er sie hoch ins Bett schickte, begleitet vom üblichen Protestgeheul. Erst als Abby und Diana gegangen waren, Spielsachen und Stofftiere im Arm, wandte er sich wieder seiner Frau zu. »Wie? Das kommt darauf an, wie wichtig es war.«

»Wenn ich dir glaube – sehr.«

Er massierte ihre Hand, ein Wesir, der sie in einer feuchten, sternenlosen Nacht am Feuer wärmte, seine Lippen bewegten sich, als ob er an einer unsichtbaren Pfeife zöge, die er einst liebte, ehe er Claire traf und sie noch mehr liebte.

»Ein schwatzhafter Freund. Vielleicht ein enger Kollege. Nichts Elektronisches oder Illegales. Die Art Dinge meinst du?«

Sie starrte ihn an, ängstlich zuzugeben, was sie meinte, nicht einmal vor sich selbst.

»Ein Fahrer. Fahrer kennen alle Geheimnisse. Sie hätten den ganzen CIA im Tausch gegen einen Fahrer in der Kreml-Garage abschaffen können. Ich könnte einen freundlichen Geschäftsmann besorgen, der ihm einen Fahrer mit großen Ohren im Auto und großem Mund außerhalb anbietet.«

»Nicht illegal?«

»Eher ein Zufall.«

Sie biß sich auf die Unterlippe und verzog das Gesicht, als hätte sie eine Zitrone probiert. »Nimm mal an, Joh, nimm nur als Beispiel einmal an, daß ein Geschäftsmann sich vom Concorde-Club beeindruckt zeigt und Tom eine Geste der Unterstützung anbieten will – eine kleine Gabe für administrative Leistungen, Chauffeur und Wagen als Leihgabe und als Ersatz für den Ministerwagen, den er gerade verloren hat …«

»Einen Fahrer mit undichter Zunge und geteilten Loyalitäten.«

»Was würdest du sagen, Joh?«

»Ich denke, das würde die Chancen von Mr. Urquhart erheblich erhöhen. Für eine kleine Weile.«

»Wie könnte man das hinkriegen?« fragte sie leise.

Er betrachtete sie gründlich, prüfend, die Hypothese wandelte sich zum Entschluß. Er mußte sichergehen.

»Recht einfach, nehme ich an. Aber ich bin sicher, daß eine so beschäftigte junge Frau wie du mit den Einzelheiten nicht belästigt werden will.«

»Ich nehme an, du hast recht.«

Er schwieg und dachte über die neue Tür nach, die sich zu ihrem Leben geöffnet hatte. »Sieht so aus, als hätte sich nicht nur dein Job geändert.«

»Was meinst du?«

»Ich dachte, du hättest Tom Makepeace recht gerne.«

Er wußte es, da war sie sicher. Manchmal schien er einen Spiegel in ihren Gedanken zu haben, und sie wußte nicht, wo sie sich vor ihm verstecken sollte, nicht einmal innerlich.

»Hatte ich auch. Ich denke, das habe ich noch.«

»Aber?«

»Aber …«, sie zuckte die Achseln, hatte es plötzlich satt. »Aber die Politik.« Das schien alles zu erklären. Doch es entschuldigte nichts.

Evanghelos Passolides sang ein Lied von alter Ehre, als er das Wunder des Holzhammers zum Leben erweckte und kleine Schweinestücke bearbeitete, die später am Abend auf dem Eßtisch enden würden. Rums – quietsch –

matsch, und ein weiteres Tausend vorüberziehender Krieger wurde in die Unterwelt geschickt.

Maria deckte die Tische für den Abend. Nach einem langen, mit Unterricht gefüllten Tag war sie wieder aufgetaucht, zu dem einzigen Zweck, auf ihn aufzupassen und ihrem wachsenden Interesse nachzugeben. Seine Launen wurden zunehmend kapriziös, gelegentlich boshaft, Zielsicherheit wurde von Ausbrüchen bitterer Resignation abgelöst, wenn es sich herausstellte, daß die Kräfte der Behörden einmal mehr Wache am Grab seiner Brüder standen und ihn mit ihrer Schweigepflicht abwehrten. Sie hatten versucht, mehr über den unbekannten Offizier und die genaue Lage des Beerdigungsortes herauszufinden, aber bei den Behörden zeigte keiner auch nur einen Funken Interesse. Das ist alles schon so lange her, Miss, da gibt es heute nichts mehr auszugraben außer Problemen. Schreiben Sie die Einzelheiten auf, und wir werden sehen, was sich machen läßt. Also hatte Maria geschrieben, aber es kam keine Antwort, der Brief kreiste durch die Flure der Macht, bis er vor Erschöpfung zu Boden fiel. In der Zwischenzeit kochte Passolides, sang traurige Lieder und wurde immer empfindlicher.

Es war ihre Schuld. Sie war in seine stumme Trauer eingedrungen, hatte seine Hoffnungen geweckt und mit ihnen dunkle Erinnerungen. Jetzt konnte sie sich nicht mehr zurückziehen, genausowenig wie er.

Familie. Die Bande der Loyalität. Fesseln. Kettenglieder, die sie schon seit so vielen Jahren festbanden, erst an eine sterbende Mutter, dann an einen trauernden Vater. Für ihn bedeutete das eine so enge Schlaufe, daß sie ihn fast erdrosselt hatte. Um ihrer beider willen mußte sie irgendwo Hilfe finden. Bei jemandem, der die Barrieren und Entschuldigungen durchbrechen konnte, bei jemandem, der das Grab der Brüder ausfindig machen und herausfinden konnte, ob es noch andere gab. Aber bei wem?

Als die Nachrichten über den kleinen Fernsehschirm flackerten, der neben der Garderobe stand, sah sie einen Mann mit Autorität und Verantwortungsbewußtsein, einen Mann, der von seinen Prinzipien und seiner Bestimmung sprach, die Rechte von Männer und Frauen gegenüber der gefühllosen und arroganten Regierung zu vertreten, selbst beim Orangenkauf …

Clive Watling sah beim Essen in die Runde und fragte sich, warum er so naiv gewesen war. Er hatte Ponsonbys Aussage geschluckt, daß es eine leichte Aufgabe sein würde, die Themen einfach, die Fakten klar, die Folgen absehbar. Dabei konnten sie sich noch nicht einmal darüber einigen, was sie essen sollten. Zwei Moslems, von denen einer ein Magengeschwür hatte, ein Vegetarier, ein Eingeborener aus Yorkshire, der sein Essen so mochte wie das Gesetz – reichlich in der Menge und solide. Und dann war da natürlich noch Rodin, der auf koscherem Essen bestand und alles, was auf den Platten erschien, mit einem Blick jakobitischer Herablassung bedachte. Es sah so aus, als habe Rodin sich über die meisten Dinge der Welt schon eine unumstößliche Meinung gebildet.

Es gab wenig Sicherheit im internationalen Recht; vieles blieb der Textinterpretation überlassen, verwirrenden Präzedenzfällen, der Hoffnung auf den gesunden Menschenverstand und Grundprinzipien. Er würde nie verstehen, wie es so unreflektierten Anhängern der Zunft wie Rodin überlassen bleiben konnte.

Wochenlang hatten die Akademiker, Geologen, Politiker, Historiker, Meeresbiologen und professionellen Interessenvertreter sich als Rechtsanwälte gekleidet, sich vor den Sitzungen versammelt und über das Thema ausgetauscht, das insgesamt einfach war. Vor den vom Wind liebkosten Stränden von Zypern lagen zwei umstrittene Streifen kontinentaler Sandbänke, im Osten und im Westen. Gib sie den Griechen, den Türken, oder finde eine Möglichkeit zur Teilung, der man den Mantel der Gleichheit und natürlichen Gerechtigkeit umhängen kann. Meilen voll Seewasser, Seeanemomen und Sand.

Und Öl.

Watling war sich dessen jetzt sicher. Er war sich auch sicher, daß der Franzose Bescheid wußte. Was sonst könnte seine auffallende Unvernunft erklären? Jeder Vorschlag, daß die Türken einen angemessenen Teil der Sandbänke erhalten sollten, wurde vehement zurückgewiesen, selbst der Vorschlag, daß sie eine gerade Grenze durch die Mitte ziehen und sie in gleich große Hälften aufteilen sollten, wurde zerredet und abgelehnt. Der Löwenanteil, wie er es nannte, sollte an die Griechen gehen. Als sie in dem privaten Speisezimmer auf ihren ersten Gang warteten, mußte Rodin sich verteidigen – welches neue Prinzip internationalen Rechts könnte er möglicherweise vorbringen, um eine solche Unausgewogenheit der Objektivität zu rechtfertigen?

»Es ist einfach und unwiderlegbar«, hatte er vorgebracht und dabei das Wasser in seinem Glas geschwenkt, als wollte er eine Probe englischen Weins probieren. »Die Türken sind eingefallen und haben sich ihr Gebiet mit Gewalt genommen. Auf Kosten vieler Menschenleben und gegen die Vereinten Nationen. Es wäre eine Bestätigung der schlimmsten Art, ihnen für ihre blutigen Taten eine Belohnung anzubieten.«

»Wir sind nicht hier, um über den Krieg zu richten«, hatte Osman, der Ägypter, ihn zurechtgewiesen.

»Genau das tun wir!« fauchte Rodin. »Wenn wir die Türken bevorzugen, sanktionieren wir zukünftige Akte des internationalen Terrorismus. Was sollten wir der Welt sagen – nehmt euch Land, schändet die Einwohner und treibt sie ins Exil, und zwanzig Jahre später werden die internationalen Gerichtshöfe euch gratulieren und den Anspruch festigen?«

»So werden Grenzen seit Jahrhunderten festgelegt, Himmel noch mal«, murmelte der Malaysier.

»Ich hatte gehofft, daß wir eine weniger mittelalterliche Art der Festlegung finden«, entgegnete Rodin eisig. »Oh, verschonen Sie mich mit Ihrem Beringmeer und dem Beaglekanal, warum sollten wir uns hinter antiken Präzedenzfällen verstecken?«

»Weil sie das Gesetz sind«, erwiderte Osman ruhig.

»Aber nicht Gerechtigkeit.«

Gerechtigkeit, überlegte Watling, er spricht von Gerechtigkeit. Und das ist der Mann, der sich so heftig gegen die Aktion der französischen Fischer ausgesprochen hat, die versucht hatten, sich die Fischgründe von Guernsey anzueignen, der in seiner öffentlichen Rede napoleonische Verträge und die nationale Ehre zitiert hat, während er hinter verschlossenen Türen für einen schmutzigen Kompromiß war. Jetzt widersprach er jedem Kompromiß, der den Türken hundert Meilen Ölfeld ließ, mit der falschen Tugend einer französischen Revolutionärin, die das Getrappel eines herannahenden Henkerkarrens auf dem Kopfsteinpflaster hört.

Watling sah den Franzosen an. Natürlich wußte Rodin Bescheid! Watling ertappte sich bei der Frage, ob Rodin tatsächlich Geld für seine Ansichten nahm oder ob der kleinste Hinweis auf französische Nationalinteressen genügte, um ihn zu kaufen? Egal, es spielte keine Rolle, das Ergebnis wäre das gleiche. Wenn Watling es zuließ.

Französische Gerechtigkeit. Von der Art, die an seinem Vater vollzogen worden war. Ein paar Atemzüge lang kämpfte Watling gegen die Versuchung an, seine eigenen Ansichten in Vorurteilen zu ertränken – aber hier gab es keinen Konflikt, entschied er, keinen Widerspruch, sein Sinn fürs Prinzip stimmte vollkommen mit seinem Widerstand überein. Französische Bigotterie und Eigeninteresse durften nicht mit einem fairen Spiel vermischt werden, nicht in Watlings Gerichtssaal. Rodin sprach heuchlerisch von Gerechtigkeit, also sollte der Franzose auf dem Boden der Gerechtigkeit geschlagen werden. Watling würde dafür sorgen. Aus Prinzip. Und mit Freuden.

VIER

Das Regierungskabinett erinnert oft an eine Herde Schweine, die in strenger Formation fliegt, dachte er. In Orwells Welt von Westminster gab es einen Vorgesetzten über alle, das Chef-Schwein, das seine Kollegen für die Flugparade aussuchte, und es war ein Jammer, daß der Rücktritt von Makepeace der Neuordnung die Würze genommen hatte, weil er ein Element von Zugzwang statt freier Entscheidung von Urquhart einbrachte. Makepeace war ein übergewichtiger Bär, hatte er entschieden, fett geworden durch eine Brüsseldiät. Aber dies würde sich ändern, wenn er einmal der luftigen Gymnastik ausgesetzt war, die für eine Wertschätzung auf der britischen Seite des Kanals erforderlich war. Marktzeit. »Sollte andere an die beständige Notwendigkeit erinnern, schlank und hungrig zu bleiben«, erzählte er seinem neuen Pressesprecher Grist.

Grist hatte an einem so bedeutenden Tag einen guten Anfang gemacht, indem er anregte, der Premierminister könnte einen kurzen Spaziergang um den See im St. James Park machen, um dafür zu sorgen, daß die Fotografen angemessene Bilder machen konnten, eine Mischung aus Zweck und Energie. Einer der Kameramänner hatte angeregt, der Premierminister könnte doch seine Hände um den Hals einer Hausgans legen, »um der Öffentlichkeit eine Vorstellung davon zu vermitteln, wie man das macht, Mr. Urquhart«. Er lehnte ab.

Als er in die Downing Street zurückkehrte, hatte sich ein ungeduldiger Haufen von Reportern und Lobby-Korrespondenten an der Absperrung aufgereiht und wartete auf die erste Aussage. Blut sollte über ihre Stiefel vergossen werden, und sie kämpften untereinander, stritten um den ersten Krümel und stießen von der anderen Straßenseite Drohungen gegen den Premierminister aus. Als Antwort winkte er nur mit ernstem Gesicht, das er bis zur Perfektion beherrschte, ehe er den Rückzug durch die glänzende schwarze Tür antrat.

»Weint Gott für England und St. Georg?« Das war Dicky Withers. Der gerissene alte Vogel sparte seine Energien und Gedanken bis zu einem guten Moment auf.

Urquhart drehte sich im Türrahmen um, um noch einen Blick auf die Szene zu werfen, und nickte in Dickys Richtung. Dicky wußte, worum es ging.

»Und warmes Bier, weiße Felsen und fliegende Schweine«, murmelte Urquhart. Er sagte nichts mehr, ehe er drinnen verschwand. Arbeit wartete.

Es würde ein langer Tag werden. Mit langen Messern.

Für Geoffrey Booza-Pitt hatte der Tag bewundernswert gut angefangen. Er war im Ritz fischen gewesen, hatte Champagner und Rührei in die bekannten Gewässer geworfen, bis sie unschuldig angebissen hatte. Ein Frühstück mit Selina war immer ein erfreuliches Ereignis, aber die Vorzüge ihres Körpers bedeuteten dem Verkehrsminister nur wenig, verglichen mit denen ihres Geistes – oder, um genau zu sein, ihres Gedächtnisses. Sie war Sekretärin im Büro des Parteivorsitzenden und eine von mehreren mit ähnlicher politischer Beschäftigung, die Geoffrey regelmäßig fütterten und umschmeichelten. In jedem dieser Fälle zog er das Frühstück dem Bett vor, denn er war vorsichtig, was den Beischlaf mit naiven Jahrgängen anging, wo Sex als Vorspiel für Gefühlsverstrickungen galt oder zu den Indiskretionen einer Klatschkolumne führte, Geoffrey lag an keinem von beiden. Ein gemeinsames Frühstück bot viel mehr Belohnung, eine Art Bettgeflüster ohne die Zigarettenasche und Spuren von Wimperntusche, Informationen *sans* Ejakulation.

Booza-Pitts politische Philosophie war unorthodox. Er glaubte beispielsweise nicht, daß Informationen Eigentumsrecht unterlagen, zumindest nicht dessen, der nachlässig genug war, sie preiszugeben. So erreichte Geoffrey ein bißchen hier und ein bißchen da, nicht alles Raub, aber am Ende summierte sich alles – wie damals, als er Student war. Er hatte an jede jüdische Wohlfahrtseinrichtung geschrieben, die er finden konnte, und erklärt, daß er ein ergebener Student sei, der seinen Abschluß machen wolle, daß ihm aber zweihundert Pfund Studiengelder fehlten. Natürlich hatte er nachts gearbeitet, für seine Lebenserhaltungskosten, aber er wollte seine Gebühren sicherstellen. Ob sie ihm helfen könnten? Mit einem bißchen hier und einem bißchen da waren die Tropfen der Hilfe zur Flut geworden. Wenn er ein Gewissen gehabt hätte, dann wäre es sicher nicht jüdischen Ursprungs gewesen, denn seine Eltern waren beide Methodisten. Wie auch immer, er hatte gut auf einem einigermaßen sanften Ruhekissen geschlafen.

In den Labyrinthen von Westminster bedeuteten Informationen Reichtum, wertvoller als Geld, und Selina hatte für das Frühstück großzügig bezahlt. Sie hatte jede Seite der neuen Kampagne abgetippt, die in der Parteizentrale geplant war, jede Ergänzung und Fußnote, jeden Gedanken und neuen Gedanken, die Absätze mit Analysen und Argumenten, alle Schlußfolgerungen. Ihre Erinnerung war hervorragend, selbst als die Bläschen des Champagners ihr die Nase kitzelten und sie zum Lachen brachten. Die neue Kampagne, so sah es aus, hatte keinen radikalen Anspruch – eine verständliche Botschaft, ein leichter Slogan –, aber sie basierte auf neuen Meinungsforschungsergebnissen und war, wie Selina, attraktiv verpackt. Sie war überschwenglich, hegte keinerlei Verdacht und war zärtlich gestimmt, und so glaubte sie, er wollte wirklich helfen. Geoffrey hatte gelächelt, eingeschenkt und sich mit seinem sehr guten Gedächtnis alles gemerkt.

Das Auto, das sie in ihre getrennten Büros zurückfuhr, steckte im Morgenverkehr fest. Der Narr von Fahrer hatte sich für die Schnellstraße um den Trafalgar Square entschieden, wo Reihen einäugiger Tauben Wache standen. Der Verkehrsminister kurbelte das Fenster hoch und lehnte sich in seinem Sitz zurück, einmal in seinem Leben wollte er unerkannt bleiben, die Aufmerksamkeit von anderen im Stau mit ihrem ätzenden Qualm und ebenso explosiven Launen vermeiden. Auf dem Sitz neben ihm rückte Selina ihre wunderschönen Beine zurecht und brachte ihn dazu, schnell noch einmal seine Prioritäten zu überdenken – er war verrückt nach Beinen, vielleicht sollte er für nächstes Mal ein Abendessen vorschlagen? – als das Telefon zu piepsen begann. Am anderen Ende der Verbindung ertönte die Stimme seiner Sekretärin im Unterhaus. Die Gästeliste für seinen Termin in der Albert Hall. Das Promenadenkonzert Ende nächster Woche. Eine späte Absage, der Wirtschaftsminister war weg, um die Blätter vom Baum eines japanischen Überschwanges zu pflücken, wo er, wie alle seine Vorgänger, sicher entdecken würde, daß, wenn es an das Versprechen des freieren Handels ging, im Orient nicht immer Herbst herrschte.

Die Unterbrechung verdarb Booza-Pitt die Laune, lenkte ihn von seiner Betrachtung entzückender Fesseln ab und ließ ihn die Unzulänglichkeiten beklagen. Er haßte Absagen in letzter Minute, die das durcheinanderbrachten, was oft Monate an Planung gebraucht hatte; er verfiel in Schmollen wie der Herzog von Wellington, als er die Nachricht erhielt, daß Blücher nicht rechtzeitig bei Waterloo eintreffen würde. Er entschied sich dafür, den Boten zu erschießen.

»Was haben Sie getan?« fragte er gereizt.

»Nun, ich habe angenommen, daß wir einen anderen hochgradigen Politiker wollen, also bin ich die Liste durchgegangen. Sie haben in den vergangenen zwölf Monaten alle Kabinettsminister gehabt, außer Tom Makepeace …«

»Es geht um ein Konzert in der Albert Hall, nicht um ein verdammtes Rätsel.«

»Und Arthur Bollingbroke. Ich habe seine Sekretärin schon angerufen, damit sie nachsieht. Sie meint, er und seine Frau seien an dem Abend frei.«

»Bollingbroke! Der Mann ist ein ausgemachter Langweiler. Warum, glauben Sie wohl, habe ich ihn nie eingeladen? Ich kann ihn nicht neben den amerikanischen Botschafter und den Vorsitzenden von ITN setzen, er würde die ganze Ouvertüre über furzen, während er riesige Mengen meines Champagners hinunterschütten würde. Haben Sie eine Vorstellung, was mich das kostet?«

Die Sekretärin versuchte, sich zu rechtfertigen, aber Booza-Pitt war nicht in der Stimmung, zuzuhören. Der Fahrer aus dem nächsten Wagen hatte ihn erkannt und entbot ihm einen Zweifingergruß; der Verkehrsminister kämpfte damit, Diskretion und einen plötzlichen Impuls, aus dem Auto zu steigen und dem Knaben die Nasenregion neu zu gestalten, miteinander in Einklang zu bringen.

»Vielleicht warten wir lieber bis morgen«, hörte er sie sagen.

»Warum?«

»Bis die Umordnung vorbei ist.«

»Umordnung ...?« Er hustete. Selina fragte sich, ob ihm eine Lachsgräte in der Kehle steckengeblieben war.

»Wußten Sie das nicht? Es läuft gerade im Fernsehen.«

Umordnungen hatten immer eine abschreckende Wirkung auf Booza-Pitt gehabt, sie brachten ihn zum Zucken. Das erste Mal, als er kaum achtzehn Monate im Parlament gewesen war und sich geweigert hatte, sich mehr als zwanzig Schritte vom Telefon zu entfernen, obwohl seine zweite Frau ihm gesagt hatte, es wäre höchst unwahrscheinlich, daß er so früh in seiner Karriere gefördert würde. Doch das Telefon hatte geklingelt, als er im Garten war – ›Downing Street‹ hatte seine Frau aufgeregt durch das Küchenfenster angekündigt. Er war gerannt – ausgerutscht, gestrauchelt, gefallen, hatte sich den Finger gebrochen und die Hose zerrissen, aber nichts hielt ihn davon ab, ans Telefon zu gehen. Das Büro des Premierministers. Ob er wohl helfen könne. *Ja, ja, natürlich kann ich das!* Eine Redeverpflichtung in einer benachbarten Versammlung, die der Premierminister hatte wahrnehmen wollen, die er jetzt aber leider absagen mußte. Die Neuordnung, Sie verstehen. Ob Geoffrey am nächsten Abend einspringen könnte? Seine Augen waren rot vor Schmerz, Geoffrey hatte sein grenzenloses Entzücken ausgedrückt, während seine bald schon ehemalige Frau sich vor Lachen krümmte.

Aber er konnte es nicht unterdrücken. Seitdem war er von jeder Umordnung betroffen gewesen, und jetzt waren die Hunde wieder losgelassen. Rund um Westminster würden die Alarmglocken ertönen und erwachsene Männer dazu bringen, sich zu krümmen. Er betrachtete das Telefon in seiner Hand, das Gesicht in Unglauben erschlafft. Er hatte nicht gewußt, daß es heute war, gerade jetzt, daß Telefonate aus der Downing Street gingen, um die Guten und die Fehlenden zu rufen, während seine Sekretärin die Leitung mit Geschwafel darüber sperrte, wie schade es war, weil sie Tom Makepeace wirklich bewundere und ...

»Gehen Sie aus der verdammten Leitung!« schrie er.

Er war noch in Hemdsärmeln, als er die Haustür öffnete. Sie vermutete, daß er das Hemd selbst gebügelt hatte, da es diverse Falten an den Ärmeln aufwies.

»Sie werden mich hassen, weil ich Sie zu Hause störe.«

Zwei Stufen über ihr studierte Tom Makepeace sie genau, immer noch an seinem Toast kauend. Nervös warf sie ihr schwarzes Haar zurück, aus dem die Morgensonne Funken polierter Kohle schlug. Die Lippen waren voll, vor Konzentration verzogen, die Arme in einer nervösen Geste um sie geschlungen, die ihm ihre Brüste entgegenhob. Ihre Sprödigkeit war eine Seltenheit in Westminster, ebenso die Jeans.

»Ich hoffe, es ist etwas Wichtiges, Miss ...?« Ihm fiel auf, daß sie keinen Ring trug.

»Maria Passolides. Eine Frage von Leben und Tod, gewissermaßen.«

Aber, verdammt, er war mitten beim Frühstück. »Wenn Sie ein Problem haben, wäre es vielleicht am besten, Sie würden es mir ausführlich in schriftlicher Form schildern.«

»Das habe ich. Als Antwort kam ein Brief von einem Assistenten, der sich bedankte, aber sagte, Sie seien zu beschäftigt, um sich im Moment mit individuellen Notsituationen zu beschäftigen. Er konnte ›Notsituationen‹ nicht richtig schreiben.«

»Wir haben in den letzten Tagen eine wahre Flut von Briefen erhalten. Die meisten voller Unterstützung, glücklicherweise, aber viel zu viele für mich, um mich persönlich darum zu kümmern. Ich entschuldige mich. Vielleicht rufen Sie in meinem Büro an und lassen sich einen Termin geben.« Verabschiedend klopfte er sich die Krümel von den Händen.

»Auch das habe ich bereits versucht. Fünfmal. Sie sind immer beschäftigt.«

Er verlor dieses Spiel. »Es sieht so aus, als würde ich den ganzen Morgen damit verbringen, mich bei Ihnen zu entschuldigen, Miss Passolides. Erzählen Sie mir kurz, wie ich vielleicht helfen kann.« Er würde seine Gunst bei ihr nicht verspielen, auch wenn er sie nicht gleich ins Haus bitten würde; es gab so viele Menschen in Not und so wenig, was Politiker tun konnten, und schon zu viele Ablenkungen von dem gewaltigen Stapel ungeöffneter Umschläge, die seinen Eßtisch bedeckten. Doch während sie sprach, brachte sie eine Saite in ihm zum Klingen, einen Funken Interesse. Es dauerte ein paar Sekunden, ehe er es als Lust erkannte.

»Verstehen Sie, Miss Passolides, es ist zur Zeit schwer für Politiker, das schwierige Thema vermißter Gräber anzuschneiden, wo wir gerade vor den Friedensverhandlungen in Zypern stehen.«

»Damit werden Sie bestimmt nichts riskieren.« Wenn sie sprach, war ihre Schüchternheit völlig verschwunden. »Nicht Offenheit bedroht den Frieden, sondern fortbestehende Ungewißheit. Das haben sogar die Türken erkannt.«

Er dachte über die Kraft ihres Argumentes nach, seine Energie noch immer gelähmt vom Gewicht des Gedankens an die ungeöffneten Briefe und erforderlichen Rückrufe, die ihn in den kommenden Wochen verfolgen würden. Leben ohne das ministeriale System erwies sich als außerordentlich anstrengend mit wenig Raum für Kreuzzüge. »Es ist weit von meinem Wahlkreis entfernt«, entgegnete er schwach.

»Seien Sie da nicht so sicher. Es gibt fast dreihunderttausend griechische Zyprioten in diesem Land und einen Kebab-Laden oder eine Taverne in jeder Hauptstraße. Ein Politiker könnte über Nacht eine Armee an seiner Seite haben.«

»Oder an seiner Kehle.«

»Warnung vor dem grollenden Griechen.« Sie stand lachend auf dem Fußweg. Da waren ungezügelte Energie, Begeisterung, Ungeduld, Leidenschaft, Pflichtgefühl, kurz gesagt der Sinn des Lebens in dieser Frau. Er mochte das, und er mochte sie.

»Es sieht so aus, als wäre die einzige Möglichkeit, Sie und Ihre Armee von meiner Schwelle zu kriegen, Sie zu einer Tasse Tee einzuladen. Dabei können wir vielleicht die Frage, wer an wessen Seite steht, diskutieren.« Er trat zur Seite, um sie einzulassen.

Er neigte leicht den Kopf, als Urquhart über die Schwelle von Nummer zehn trat. Der Türsteher hatte in all den Jahren bemerkt, daß das, was einst ein kurzes Nicken des Respektes gewesen war, im Verlauf der Zeit zu einer Art vorsichtiger Verbeugung geworden war; als Trade-Union-Anhänger hatte er dagegen angekämpft, aber es war unwiderstehlich, weil es auf Generationen weitergegebener Klasseneinstellungen basierte, die Autorität instinktiv erkannte. Verdammt sollten sie alle sein. Die Atmosphäre in Downing Street hatte sich verändert, besonders, wenn Elizabeth Urquhart in der Nähe war, die mit der Zeit und den verschiedenen Parlamenten immer förmlicher wurde, ein königlicher Hof, der sich als Demokratie verkleidete. Eines Tages, versicherte der Türsteher seiner Frau, würde sich der große Ungewaschene erheben und sich bewegen und schütteln wie eine Million Sandkörner unter Urquharts Füßen, und er würde auf die Knie fallen und verschwinden, begraben unter der wechselnden Tide des

Schicksals. Eines Tages, irgendwann, vielleicht schon bald. Aber in der Zwischenzeit würde der Türsteher weiter lächeln und sich etwas tiefer verbeugen, um den Treibsand besser sehen zu können.

Die Tür schloß sich und ließ das fordernde Geschrei der Presseleute draußen. Ihnen würden später ein paar Knochen hingeworfen werden. Urquhart sah auf die Uhr. Gut, die Zeitplanung war perfekt. Er hatte Mackintosh genau zwanzig Minuten warten lassen.

Jasper Mackintosh stand in der Ecke des Flurs und tippte mit seinem handgenähten Schuh auf die schwarzweißen Fliesen des Fußbodens, wobei er erfolglos versuchte, seine Verwirrung zu verbergen. Als Besitzer und Herausgeber der zweitgrößten Zeitung im Land und eines schnell wachsenden Zeitungsimperiums war er es eher gewöhnt, warten zu lassen, als selbst zu warten, und nach einem Leben, in dem er Politiker aufgebaut und gebrochen hatte, versetzte ihn seine Umgebung in keinerlei ungebührliche Ehrfurcht. Einige Monate zuvor hatte er beschlossen, daß die Zeit gekommen sei, für Francis Urquhart den Stöpsel zu ziehen – nicht, daß der Premierminister irgend etwas politisch Zerstörendes oder Aggressives getan hätte, es war nur so, daß er schon so lange im Amt war, daß Geschichten über ihn keine Zeitung mehr verkauften. Veränderungen und Verunsicherungen verkauften Zeitungen, und das Geschäft diktierte es, daß es Zeit war für ein bißchen Aufruhr. Mackintosh war auf einem Höhenflug und in Eile. Erst letzte Woche hatte er endlich in die Verträge für die Übernahme der *Clarion*-Zeitungskette eingewilligt, eines sich dahinschleppenden, Verluste machenden Giganten, der mit kaputten Journalisten in einem kaputten Gebäude für eine kaputte Leserschaft schrieb, aber dennoch bekannte Titel besaß und über Hintergrund verfügte. Die Journalisten konnten ausbezahlt werden, ein neues Gebäude konstruiert und eine neue Leserschaft durch gute Werbung und Angebote gekauft werden, aber die Kosten würden hoch sein, viele -zig Millionen. In Mackintoshs Welt gab es keine Zeit für

Stillstand. Er mußte sich der Gläubiger entledigen. Das verlangte Schlagzeilen, Ereignisse, Schauspieler und neue Helden. Sentimentalität war eine Sünde.

Mackintosh hatte schon entschieden, daß Urquhart das Spiel an diesem Morgen verloren hatte, nicht nur, weil er es zwanzig Minuten später begann. Er nahm an, daß der Premierminister ihre Bekanntschaft wiederbeleben wollte, ihm vielleicht einen exklusiven Einblick in die Umordnung geben wollte, im Tausch für Sympathie. Keine Chance. In Mackintoshs Welt von morgen kam Francis Urquhart nicht vor. Aber wo waren die Höflichkeit, die Ehrerbietung, die er von einem Bittsteller erwartete? Urquhart ergriff ihn einfach am Ellbogen und zog ihn über den Flur.

»Schön, daß Sie es einrichten konnten, Jasper. Ich habe nicht viel Zeit, mußte ein paar vom Fußvolk verwundet zurücklassen, also komme ich gleich zur Sache. Warum haben Sie Ihre Dreckschleudern in die Downing Street geschickt?«

»Dreckschleudern?«

»Getrieben von Ihren Redakteuren.«

»Premierminister, sie sind unabhängige Menschen. Ich habe ihnen zahllose Unterweisungen in der Kunst der Einmischung gegeben ...«

»Sie sind eine Bande von Briganten, und egal, wes Geistes Kind sie sind, Sie haben sie fest im Griff. Ihre Gedanken folgen den Ihren.« Urquhart unterbrach plötzlich den atemlosen Gang durch den Flur. Er drängte Mackintosh in den Alkoven mit Henry Moore und sah ihm direkt in die Augen. »Warum? Warum schreiben Sie, daß es für mich an der Zeit ist, zu gehen? Was habe ich falsch gemacht?«

Mackintosh wägte ab und verwarf dann die Möglichkeit, sich in Ausflüchten zu ergehen, Urquhart verlangte Offenheit. »Nichts. Es geht nicht darum, was Sie getan haben, sondern um das, was Sie sind. Sie sind ein Gigant, Ihr Schatten fällt auf die politische Welt und läßt andere darin verharren. Sie waren ein großer Mann, Francis, aber es ist Zeit für einen Wechsel. Lassen Sie anderen die

Chance zu wachsen.« Er lächelte freundlich; das hatte er gut gemacht, dachte er. »So ist das Geschäft, verstehen Sie? Das Geschäft der Politik und der Zeitungen. Nichts Persönliches.«

Urquhart wirkte wie paralysiert von dieser Eröffnung. »Ich danke Ihnen für Ihre Offenheit, Jasper. Ich habe immer gedacht, wir hätten eine dauerhafte und aufrichtige Beziehung, die den Unbilden der wechselnden Zeiten standhalten würde.«

»Das ist sehr großherzig von Ihnen …«, begann Mackintosh, aber Urquhart sprach einfach durch ihn hindurch.

»Wo ich gerade von den Unbilden der wechselnden Zeiten spreche, ich hielt es nur für fair – bei gleicher Offenheit –, ein paar Pläne mit Ihnen zu teilen, die das Schatzamt vorantreiben will. Sie wissen, daß ich nicht zur Hochfinanz gehöre, das überlasse ich den Experten wie Ihnen. Es ist schon außerordentlich, wie die Nation das Schicksal ihres gesamten Vermögens Politikern wie mir anvertraut, die kaum zu addieren vermögen.« Er zuckte die Schultern, als wollte er eine unwillkommene Last abwerfen. »Wenn ich es recht verstanden habe, waren Sie es, der den *Clarion* gekauft hat und nun alles durch eine große Anzahl von Krediten von Ihren Freunden in der Stadt zu finanzieren gedenkt.«

Der Zeitungsmann nickte. Das war bekannt. Die schnellste Möglichkeit, das Geld durch hohe Kredite aufzubringen, wobei die Zinsen gegen die Profite seiner existierenden Gesellschaft abgeschrieben wurden. Insgesamt würde sein Profit sich verringern, aber auch sein Steuerbescheid, und am Ende würde das Finanzamt für die Expansion des Mackintosh-Imperiums zahlen, das innerhalb von ein paar Jahren die größte Gelddruckerei des Landes sein würde. Heute Schulden, die der Steuerzahler bezahlt, im Austausch für den großen Gewinn von morgen, der direkt an Mackintosh ausgezahlt wird. Kreative Buchhaltung, und völlig legal. Die Bänker liebten das.

»Die Sache ist die«, fuhr der Premierminister fort, »aber das nur unter uns, uns alten Freunden …«

Irgendwo innen, bei der Erwähnung des Wortes Freundschaft, spürte Mackintosh, wie sich sein Müsli regte.

»… das Schatzamt plant ein paar Änderungen. Von nächster Woche an. Etwas in der Art, daß die Verluste einer Gesellschaft nicht länger gegen die Gewinne einer anderen aufgerechnet werden können. Ich gebe nicht vor, das zu verstehen. Sie?«

Natürlich verstand Mackintosh. So gut, daß er sich an der Wand festhalten mußte. Es war ein Vorstoß, der die Leinwand seiner kreativen Buchhaltung zerschnitt. Mit diesen Gesetzen würde seine Steuererklärung steigen, und selbst der dumpfeste Geldgeber würde erkennen, daß er nicht länger in der Lage dazu sein würde, die Schulden zu zahlen. Er hatte schon eingewilligt, den *Clarion* zu kaufen, es gab keinen Ausweg, aber beim leisesten Hinweis auf eine Gesetzesänderung würden die Geldgeber ihre Hände in Unschuld waschen und zu ihren Champagner-Bars und Porsches verschwinden, während sie ihn zurückließen mit …

»Ruin. Sie würden mich ruinieren. Ich würde alles verlieren.«

»Wirklich? Das wäre aber schade. Aber diese Pfennigfuchser vom Schatzamt sind so wild auf diese neue Idee, und wer bin ich, daß ich ihnen widersprechen würde?«

»Sie sind der verdammte Premierminister!«

»Ja, der bin ich. Aber offensichtlich nicht mehr lange für diese Welt. Auf dem Weg in Richtung Ausgang.«

»O Gott.« Mackintoshs Schultern waren eingefallen, der Maßanzug hing an ihm wie ein Sack. Ein geschlagener Mann. Er hob die Augen auf der Suche nach Erlösung, aber alles, was er fand, waren die langen Vorhänge, die neben den hohen Flurfenstern Wache standen, in der Farbe von Rotwein oder Blut. Sein Blut. Es war an der Zeit, seinen Stolz zu schlucken, seine Selbstachtung. Mühsam machte er seine Kehle frei. »Es sieht so aus, als hätten meine Redakteure Sie völlig falsch eingeschätzt, Premierminister. Sie haben weder Ihre Fähigkeit noch Ihre Begeisterung für das Amt verloren. Ich werde sie sofort über ihren Irrtum aufklären. Ich denke, ich kann Ihnen versichern, daß kein Redakteur, der Sie und Ihre vielen verschiedenen Talente nicht aufs höchste schätzt, weiter bei einer meiner Zeitungen arbeiten wird.«

Einen endlosen Atemzug lang sagte Urquhart nichts. Die schmalen Lippen geschlossen, die Augen voller reptilienartiger Bosheit und dem Wunsch, zu verletzen, den Mackintosh körperlich spürte. Es war der Stoff für kindische Alpträume; er konnte seine eigene Angst schmecken.

»Gut.« Schließlich hatten die Lippen sich doch bewegt. »Sie finden sicher selbst hinaus.« Urquhart hatte ihm schon den Rücken zugekehrt und entfernte sich von dem entmutigten Mackintosh, als er für ein letztes Wort herumfuhr, die Züge jetzt in Lächeln gebadet.

»Ach, Jasper. Sie verstehen, nicht wahr? Das alles. Das ist Geschäft. Nichts Persönliches.«

Und weg war er.

Die Jungs hatten einen freien Abend. Laut, ausgelassen, bodenständig, kaum diplomatisch, in keiner Weise fromm. Kaum der Ort, an dem man Seine Gnaden, den Bischof von Marion und den höchsten Bevollmächtigten des Königreichs von Großbritannien und Irland, vermutet hätte. Aber der zypriotische Bischof gehörte zu der neuen Generation von Klerikern, die Orthodoxie nur in ihrer Religion suchten.

»Willkommen, höchster aller hohen Bevollmächtigten.« Der Bischof, im Schwarz der Klerikerkaste, breitete die Arme zur Begrüßung aus und kicherte. Als Hugh Martin, der britische Diplomat, eintrat, erhoben sich drei der vier Männer, die neben dem Bischof gesessen hatten, und zogen sich an die Seite zurück. Der vierte, der so breit war wie der Bischof lang, wurde als dessen Bruder vorgestellt, Dimitri.

»Ich bin entzückt, daß Sie kommen konnten und genießen, was mit Gottes Gnade ein momentaner Sieg für meine Mannschaft ist«, fuhr der Bischof fort, während zwei Mädchen schweigend und mit einem angestrengten Lächeln Tabletts mit Wein und Kleinigkeiten herumreichten.

»*Ihre* Mannschaft, Euer Gnaden?« fragte Martin leichthin.

»In der Tat«, antwortete der Bischof sehr ernst. »Sie gehört mir. Im Namen des Sprengels, natürlich. Eine feine Sache, um Gottes Gnade unters Volk zu bringen, meinen Sie nicht?«

Auf dieses Stichwort hin brachen Tausende glühender Fußballfans, die in Nikosias Makarios-Stadion gepreßt waren, begeistert stampfend in Kriegsgeschrei aus, als zweiundzwanzig Spieler auf den Platz liefen. Das Endspiel um den Zypern-Cup begann.

In der Ecke der Privatloge hoch oben im Stadion meldete sich ein Mobiltelefon, und einer der begleitenden Helfer begann, ins Telefon zu murmeln. Martin beobachtete erneut die Szene. Er war neu in seinem Amt in der Hauptstadt von Zypern, hatte aber schon von dem extrovertierten Theophilos gehört, der erst in den Vierzigern war und ein Reich kontrollierte, das nicht nur Herzen und Seelen beinhaltete, sondern auch diverse Geldquellen – eine Zeitung, zwei Hotels, einige Journalisten, noch mehr Politiker und einen Weinberg, der unzweifelhaft der beste der Insel war. Aber von der Fußballmannschaft hatte Martin nichts gewußt. Es gab augenscheinlich viel zu lernen über diesen Kleriker, der die Harvard Business School besucht hatte und sehr gebildet war.

Der Engländer war dankbar für die wirbelnden Fächer, die die Luft rund um die Loge bewegten. Nikosia war eine dieser Hauptstädte, die am falschen Ort zu liegen scheinen, in einer Falte hinter den Kyrenia-Bergen auf der weiten Ebene von Mesaoria, wo kein Windhauch vom Meer oder frische Bergluft wehte, wo schon im Mai die Hitze und der Dampf sich zu bedrückender Dichte ballten. Das Makarios-Stadion war zu einem Kessel geworden, der kurz vor dem Kochen stand, brachte Schweiß und fanatische Leidenschaft auf die Stirn der zusammengepferchten Menge, aber Theophilos blieb unter seiner knöchellangen Bischofsrobe kühl. Elegant ließ er über den Assistenten, der hinter ihm saß, Anweisungen erteilen, sie alle waren ihm als theologische Lehrer vorgestellt worden, die aber, nach ihren häufigen Telefonaten zu schließen, ebenso in der Welt des Mammon zu Hause waren. Nur sein Bruder Dimitri, ein aufs höchste angespannter Mann mit nervösen Fingern, dessen Zunge unaufhörlich seine Mundwinkel erkundete, saß neben dem Bischof und dem Beauftragten; die anderen blieben in einer Stuhlreihe dahinter, mit Ausnahme eines einzelnen Mannes, der weder sprach noch lächelte und neben der Tür Wache stand. Martin meinte, eine Ausbeulung unter der Achsel auszumachen, aber doch sicher nicht bei einem Mann von geistlichem Stand? Er entschied, daß der schwere, süße Wein, den er trank, seine Vorstellungskraft anregte.

Das Spiel ging langsam voran, die Spieler waren schwerfällig von der Hitze und der Anspannung des Anlasses. Martin äußerte diplomatische Bemerkungen der Ermunterung, aber Dimitris Handsprache verriet seine wachsende Ungeduld, seine knackenden Knöchel und geschlagenen Handflächen sprachen für alle Zyprioten in der Loge, als unten auf dem Platz nervöses Stolpern auf schlechte Pässe und Ausrutscher folgte. Nur der Bischof zeigte keine Reaktion, anscheinend ganz auf das Schälen von Pistazien und das Schnipsen der Schalen in eine nahe Schüssel konzentriert. Ein mörderischer Paß, eine unvermutete Chance, die Laune stieg, eine wehende Flagge, abseits, eine neue Unterbrechung. Dann stampfende Füße. Laute Pfiffe. Aus dem faltenreichen Gewand des Bischofs hob sich ein Finger wie ein rosafarbener Hase, der aus einem großen dunklen Busch flieht.

»Hol den Manager«, waren die einzigen Worte, die

gesprochen wurden; mit überraschender Eile für einen Mann der Kirche, dessen geistige Zeit von einer zeitlosen Uhr bestimmt wird, verschwand einer der Theologiestudenten durch die Tür.

Noch fünfzehn Minuten bis zur Halbzeit, aber schon nach fünf Minuten klopfte es an die Tür, und ein rotgesichtiger Mann im Trainingsanzug erhielt die Erlaubnis einzutreten. Sofort verbeugte er sich tief vor dem Bischof. In Martins Augen, der sich mit der Sitte der Orthodoxen nicht auskannte, gab es eine deutliche Pause, ehe der Bischof die rechte Hand ausstreckte und die Lippen des Managers seinen Ring berührten.

»Costa«, sprach der Bischof den Manager an, als er aufstand, »das ist Gottes Mannschaft. Und doch erlaubst du ihnen, wie alte Frauen zu spielen.«

»Entschuldigt, *Theophilestate,* Freund Gottes«, murmelte der Manager.

Die Stimme des Bischofs hob sich, als wollte er eine große Menge vor der Verdammnis warnen. »Gottes Arbeit kann nicht ohne Tore gemacht werden, der Boden wird sich nicht öffnen, um unsere Gegner zu verschlingen. Ihre linke Flanke hat das Tempo eines Lastwagens, setz Evriviades dagegen – unterstützt ihn, schießt Tore.«

Der Manager, gegeißelt, war ein Bild der Zerknirschung.

»Wenn wir gewinnen, bekommst du einen neuen Mercedes.«

»Danke. Danke, *Aghie,* Heiliger!« Er beugte sich vor und küßte noch einmal den Ring.

»Und wenn nicht, kannst du mit dem Bus fahren.«

Der Manager wurde entlassen wie ein Kellner, der die Suppe verschüttet hat.

Martin achtete darauf, seine Belustigung zu verbergen. Dies war ein Theaterstück, aber ob es für ihn oder für den Manager aufgeführt wurde, wußte er nicht genau. Er hatte wenig Interesse an Fußball, aber eine wachsende Neugier bezüglich dieser schwarzgekleideten Erscheinung, die das Seelenheil und das Endspiel kontrollierte wie der Tür-

steher der Hölle die Hoffnungen verzweifelter Sünder.
»Sie nehmen Ihren Fußball ernst«, kommentierte Martin.

Der Bischof zog ein Päckchen Zigaretten aus den Falten seiner Robe; fast genauso schnell hatte ein Helfer ein Feuerzeug entfacht, und der Bischof verschwand in einer Wolke blauen Rauchs. Martin fragte sich, ob das der zweite Teil der Unterhaltung war und er Zeuge einer Himmelfahrt würde. Als das Gesicht des Klerikers wieder sichtbar wurde, war es zu einem schalkhaften Lächeln verzogen.

»Mein lieber Mr. Martin. Gott schenkt die Inspirationen. Aber gelegentlich hilft ein bißchen zusätzliche Motivation bei Seiner Arbeit.«

»Ich hoffe aufrichtig, Euer Gnaden, daß ich mich immer nur Eures Wohlwollens erfreuen werde.«

»Sie und ich werden die größten Freunde sein«, sagte er. Eines der jungen Mädchen füllte ihre Gläser neu; sie war wirklich sehr hübsch. Theophilos hob sein Glas. »Verheerung den Feinden von Gott und Zypern.«

Sie nahmen beide einen tiefen Schluck.

»Das erinnert mich daran, Mr. Martin. Es gibt da eine kleine Sache, die ich mit Ihnen besprechen wollte …«

»Und da ist noch eine kleine Sache, die ich mit Ihnen besprechen wollte, Max.«

Maxwell Stanbrook dachte, daß er den Mann wirklich mochte. Francis Urquhart stand am Fenster des Kabinettsraums und sah hinaus wie der Admiral einer großen Armada, die in See stechen will. Stanbrook war vor weniger als zwanzig Minuten in seinem Büro im Ministerium für Landwirtschaft, Fischfang und Nahrungsmittel, und hatte von seiner aufgeregten Privatsekretärin erfahren, daß er sofort in die Downing Street kommen sollte.

»Worum geht es, Sonia?«

»Ich weiß es nicht, Minister – nein, wirklich nicht.«

Stanbrook glaubte fest, daß die Regierung eine heimliche Verschwörung von Mitgliedern des öffentlichen

Dienstes war, die alle Fäden und die meiste Wolle in der Hand hatten, und er hegte eine stark ausgeprägte Abneigung gegen alle, die behaupteten, es gäbe keine Alternative. Er war in ganz Whitehall bekannt dafür, daß er – buchstäblich – Positionspapiere den Angestellten wieder an den Kopf warf, verpackt in einen Hagel grober Flüche. Er war als der Pöbler von der MAFFia* bekannt. Es war kein Geheimnis, daß viele in den Korridoren der Macht verzweifelt seinen Aufstieg wünschten; war die Zeit nun gekommen?

Ein Jahr vorher hatte er gedacht, er hätte Krebs. Er erinnerte sich daran, wie er in das Büro des Arztes gegangen war und versucht hatte, seinen Kummer zu verbergen, die zitternden Knie zu beruhigen, angesichts des Todes ein tapferes Gesicht zu machen. Irgendwie war das einfacher gewesen als dies hier: Die Angst vor einer todbringenden Krankheit war nichts verglichen mit dem Gefühl, das er jetzt hatte, als er den Kabinettsraum betrat. Urquhart war alleine dort, keine Höflichkeiten.

»Ich mußte Annita entlassen«, begann der Premierminister.

Gott, er stand auf der Liste ...

»Ich möchte, daß Sie ihren Platz einnehmen. Umweltminister. Nehmen Sie einen Stock mit. Wissen Sie, Max, die Drohnen in der Abteilung denken, sie wären die neue Polizei. Ein Umweltwachhund hier, ein Luftverschmutzungsinspektor da. Und wozu? Kaum hatten sie jedem Schulkind Alpträume von globaler Erwärmung gemacht, mußten sie die Armee schicken, um unterkühlte Rentner aus dem Schnee zu schippen. Als nächstes war es ein Papier, das Billionen Pfund forderte, um die vierzehntägige Dürre zu bekämpfen, ehe Nordwales und die gesamte Kricketsaison von den Fluten davongespült wurden. Luftschlösser, nichts als Luftschlösser, die sie in lan-

---

* MAFF = Ministerium für Agriculture (Landwirtschaft), Fisheries (Fischfang), Food (Nahrungsmittel) – Anm. d. Übers.

gen Sitzungen in Brüssel errichten, um ihre Arbeitsplätze zu erhalten. Bringen Sie da Ordnung für mich rein, Max, ja?«

»Mit Freuden, F.U.«

»Eine Sache noch. Diese Richtlinie zu frischer Luft – erinnern Sie sich? Brüssel versucht, die britischen Fabriken dazu zu bringen, wie französische Bordelle zu riechen. Verdammter Unsinn. Ich will das nicht haben.«

»Aber ich dachte, die Bestimmung sei schon gebilligt worden.«

»Ja, sie wird auf Annitas Grabstein stehen. Es war ihr nicht recht, sie war ganz und gar nicht gnädig wegen ihres Abgangs; ich denke, ich muß aufpassen, daß ich keine Stricknadeln in den Rücken bekomme. Aber obwohl es Europapolitik ist, liegt die Umsetzung bei der heimischen Regierung.«

»Sie haben uns zu Duftoffizieren gemacht. Zu Furzfahndern.«

»Genau. Nun gibt es viel Kritik an uns, daß wir schlechte Europäer seien, Sie können sich vorstellen, wie sehr mich das betrübt. Ich möchte, daß Sie dafür sorgen, daß die Messungen sorgfältig durchgeführt werden. Ich denke an einmal jährlich, im Januar. Am besten während eines Sturms.«

»In der Windseite der Stadt.«

»Max, Sie werden es weit bringen.«

»Ich werde mein Bestes tun.«

Urquhart kicherte wohlwollend und fragte sich, ob er gerade einen neuen Rivalen entdeckt hatte. Er würde ihn beobachten, wie er alle beobachtete. Er erhob sich und ging zu dem Fenster, von dem aus er die Bäume von St. James sehen konnte.

»Da wäre noch eine kleine Sache, Max. Schwierig. Eines der ersten Dinge, um die man Sie bitten wird, ist, dem Plan Ihre Zustimmung zu geben, daß eine Statue der heiligen Margaret errichtet werden darf – genau hier.« Er deutete in die Richtung des Parks. »Das Geld ist bewilligt, ein Bildhauer beauftragt, sie sind bereit anzufangen.« Er drehte sich um. »Ich will, daß Sie eine Möglichkeit finden, sie zu stoppen.«

»Haben Sie irgendwelche Vorschläge, F.U.?«

»Ich hatte gehofft, Sie hätten welche. Es wäre peinlich, wenn man merkt, daß ich dagegen bin, sie würden sagen, ich sei neidisch, was natürlich nicht der Fall ist. Es geht ums Prinzip. Dies ist keine Regierung des Götzendienstes und der gravierten Inschriften. Ich möchte, daß Sie wissen, daß es keine Frage des persönlichen Vorteils ist ...«

»Ich möchte vor allem, mein lieber Mr. Martin, daß Sie verstehen, daß ich mir bei alledem keinerlei persönlichen Vorteil verspreche. In diesem verzweifelt unterentwickelten Teil unserer Insel würden viele neue Arbeitsplätze für arme Bauern geschaffen werden.«

»Aber Cape Kathikas ist ein Naturreservoir. Es soll unbebaut bleiben. Um Orchideen und andere seltene Pflanzen zu schützen.«

Der Bischof machte eine ausschweifende Geste, bei der die weiten Ärmel seines Gewandes verrutschten und bemerkenswert muskulöse Unterarme freigaben. »Es gibt hunderttausend Berghänge für die Orchideen. Aber nur ein Cape Kathikas. Lassen Sie mich Ihnen von meiner Vision erzählen ...«

Cape Kathikas, so schien es, war nicht nur ein idealer Standort für die einheimische und ausnehmend seltene Orchidee *Ophrys cypria*, sondern auch für eine weitläufige Hotelanlage mit Hubschrauberlandeplatz, Golfplatz, Konferenzzentrum und Yachthafen. Die örtlichen Bewohner dieses Kaps im Westen waren, nach Generationen der Isolation und der Aussicht auf unvorstellbare Reichtümer, begeistert bis hin zum Aufstand, daß ihre kleinen und unfruchtbaren Landstücke sich in Zufahrtsstraßen, Windfallen, Wasserspielgründe, Bediensteten-Quartiere und den übrigen Schnickschnack einer Costa del Kypros verwandeln würden. Und wenn die Kirche in der Person von Theophilos, der das meiste Land besaß, auch noch ordentlich davon profitierte, schien das nur Gottes Segnung für ihr Vorhaben zu bestätigen.

Es gab nur noch ein weiteres Hindernis neben den Orchideen. Das war der Umstand, daß das Kap ein Schießübungsplatz der britischen Armee war – als solcher im Treaty of Establishment ausgewiesen, einem Abkommen, das Zypern seine Unabhängigkeit gegeben hatte. An einundzwanzig Tagen im Jahr beschoß sie die Küstenfelsen und ihre Umgebung mit Milan und Swingfire Panzerabwehr-Raketen.

»Brauchen Sie wirklich einen Schießplatz?« fragte Theophilos.

»So sehr wie eine Armee.«

»Dann werden wir ein anderes Gebiet für Sie finden. Es muß doch noch andere Landesteile geben, die sich dafür eignen.«

»Zum Beispiel?«

»Die Briten würden uns Zyprioten sicher nicht im Wege stehen, wenn wir unsere Wirtschaft entwickeln wollen«, erwiderte der Bischof und umging so die direkte Frage. »Das würde viele unerfreuliche Erinnerungen wecken.«

»Ich dachte, die Einwände kämen von den Zyprioten selbst, den Umweltschützern. Die, die das Gebiet als Nationalpark schätzen.«

»Das sind nur ein paar von diesen sentimentalen, ewig quengelnden Kleingeistern ohne Phantasie. Mittagsheuschrecken, die die Wildnis nur aus dem kennen, was sie essen. Was ist mit unseren armen Dorfbewohnern?«

»Was ist mit den Orchideen?«

»Unsere Dorfbewohner verlangen Gleichberechtigung mit Orchideen!«

Darauf gab es keine Antwort. Martin lächelte verbindlich und setzte sich.

Booza-Pitt schwatzte. Das tat er, wenn er nervös war, um die Gesprächspausen zu füllen. Er mochte keine Gesprächspausen. Als Junge hatten sie ihn gequält, fließende Pausen, in denen seine Mutter Luft holte, ehe sie sich in einer sinnlosen Tirade über ihr schweres Los erging. So hatte er als Mittel der Verteidigung gelernt, an jeder Unterhaltung teilzunehmen, indem er über Leute hinweg und über alles mögliche sprach. Er war ein ausgezeichneter Redner, nie um Worte verlegen. Das Problem war nur, daß er nie wirklich gelernt hatte zuzuhören.

Urquhart hatte allein an dem großen Kabinettstisch gesessen, als Geoffrey hereinkam. Der Premierminister sagte nichts, aber als Geoffrey zu seinem Stuhl am anderen Ende des Tisches ging, folgten ihm Urquharts Blicke, als wolle er noch immer zu einem Urteil kommen, unsicher. Und verunsichernd. Also hatte er angefangen zu reden.

»Ich habe folgende Idee, Francis. Ein paar neue Einfälle für die Werbekampagne der Partei. Ich habe viel darüber nachgedacht. Bauen Sie auf der Umordnung auf, das läuft für den Rest des Jahres. Ich habe das mit dem Parteivorsitzenden durchgesprochen – ich denke, er will es Ihnen in einem Entwurf vorlegen. Der Hauptpunkt ist der …«

»Halt's Maul, Geoffrey.«

»Ich …« Geoffrey hielt das Maul, unsicher, wie er jetzt reagieren sollte.

»Der Vorsitzende hat mir schon von seinen Ideen zu der Kampagne erzählt, kurz bevor ich ihn gefeuert habe. Ich muß sagen, Sie verstehen es ausgezeichnet, sich anderer Leute Ideen anzueignen.«

»Francis, bitte, Sie müssen verstehen …«

»Ich verstehe nur zu gut. Ich verstehe Sie. Vielleicht, weil wir einander ein bißchen ähnlich sind.«

»Wollen Sie mich nach alldem nun feuern?« Geoffreys Ton war niedergedrückt, er versuchte sehr, nicht zu betteln.

»Ich habe daran gedacht.«

Booza-Pitts Gesicht, vor Unglück entstellt, sank auf seine Brust.

»Aber statt dessen habe ich mich dafür entschieden, Sie zum Innenminister zu machen.«

Ein seltsames gurgelndes Geräusch kam ganz hinten aus Booza-Pitts Kehle. Die Aussicht, mit achtunddreißig in eines der vier wichtigsten Ämter der Regierung versetzt zu werden, schien seinen Kontrollmechanismus zu blockieren.

»Sie werden sagen, daß ich Sie als Thronfolger etabliere. Aber das tue ich nicht. Ich setze Sie dorthin, um jeden anderen davon abzuhalten, sich auf diesem Posten breitzumachen. Um Ihr Talent zu nutzen, anderer Leute Ideen zu klauen. Meine Ideen.«

»Alles, was Sie wollen, Francis«, brachte Booza-Pitt heraus, die Kehle so trocken wie ein ausgetrocknetes Flußbett in Arabien.

»Wir stehen bald vor der Wahl, und ich habe mich entschieden, die Torpfosten ein wenig zu verschieben. Ein neues Wahlrecht. Eine Maßnahme, die so großzügig und demokratisch ist, daß sie die Opposition atemlos machen wird.«

Booza-Pitt nickte eifrig zum Zeichen der Zustimmung, ohne die leiseste Ahnung, wovon sein Boß sprach.

»Ich will es den Kandidaten von Minderheiten einfacher machen zu überleben. Um eine ...« – Urquhart senkte seine Stimme um einen halben Ton, als wollte er eine Rede halten – »... breitere und ausgewogenere Vertretung der Stimmen der Öffentlichkeit zu ermöglichen. Um sicherzustellen, daß die Regierung ihre Wurzeln in den Wünschen des Volkes hat.« Er nickte selbstgefällig. »Ja, das gefält mir.«

»Aber was bedeutet es?«

»Es bedeutet, daß jeder Kandidat, der mehr als zweitausend Stimmen erhält, alle Wahlkosten vom Staat erstattet bekommt.«

Das Gesicht des neuen Innenministers war plötzlich ungläubig. »Sie ziehen mich auf, Francis. Wenn das gilt, läßt sich jeder Verrückte im Land aufstellen.«

»Genau.«

»Aber ...«

»Aber für wen sonst würden diese Minderheiten und Unzufriedenen stimmen, wenn nicht für sich selbst?«

»Nicht für uns, nicht einmal dann, wenn Sie jeden einzelnen von ihnen einer Gehirnoperation unterziehen würden.«

»Sehr gut, Geoffrey. Diese Leute würden für die Opposition stimmen. Wenn wir sie also ermutigen, sich aufstellen zu lassen, saugen wir in praktisch jedem Wahlkreis einige tausend Stimmen für die Opposition auf. Das bringt am Ende, denke ich, wenigstens fünfzig Sitze.«

»Sie, Sie …«

»Sie haben die Erlaubnis, mich einen teuflisch gerissenen Bastard zu nennen, wenn Sie wollen. Ich würde es als Kompliment ansehen.« Zum erstenmal in ihrer Unterhaltung löste sich seine Miene in einem Lächeln auf.

»Sie sind ein teuflischer, gerissener, intriganter, brillanter Bastard, Francis Urquhart.«

»Und ein großer Befürworter der Demokratie. Das werden sie sagen müssen, alle Zeitungen, selbst die Opposition.«

»Die modernisierte Version von ›teile und herrsche‹.«

»Genau. Wir leiten ein Empire nach diesem Prinzip. Sollte für ein kleines Land dann gut genug sein. Glauben Sie nicht auch, Innenminister?«

Ein Scheinwerfer richtete sich auf die Loge, und Theophilos hielt seine Arme hoch, um in der Halbzeit die Huldigungen der Menge entgegenzunehmen, wobei sein Gewand wie schwarze Flügel um ihn flatterte. Ein großer Rabe, dachte Martin, und mit ähnlichem Appetit.

»Darf ich also mit Ihrer Mitarbeit und Unterstützung rechnen, Mr. Martin?« fragte der Kleriker, während er segnend das Kreuz in die Luft zeichnete. »Das ist eine seltene Gelegenheit.«

»Die Orchideen auch.«

Einen Moment lang schienen die Arme des Bischofs in Ungeduld zu erstarren; Dimitri hatte einen finsteren Blick aufgesetzt, als sich die Unterhaltung im Kreis drehte. Er betrachtete seine großen und schwieligen Knöchel, als wenn die Antwort zu jedem Problem irgendwo in den Hautfalten zu finden wäre.

»Ich will nicht ablehnend wirken«, fuhr der Engländer fort, froh, daß er als Absolvent des vierten diplomatischen Dienstgrades seinen Gesichtsausdruck weitgehend unter Kontrolle hatte, insbesondere die Züge, die irgendwie eine Ablehnung verraten hätten. Es war nicht die Aufgabe des Auswärtigen & Commonwealth-Büros, beim Neinsagen gesehen zu werden. »Sie haben kein Problem mit den Briten, sondern mit Ihrer eigenen Regierung. Und mit den Umweltschützern.«

»Aber das ist doch lächerlich.« Die Stimme des Bischofs wurde vor Aufregung zischend. »Wenn ich unseren störrischen Esel von Präsident frage, behauptet er, das Problem liege bei den Briten. Und den Umweltschützern. Das britische Militär klettert mit den gottverdammten Grünen ins Bett, während unsere armen Bauern verhungern.« Er wirbelte plötzlich herum wie ein unerwünschter nächtlicher Besucher an einem Schlafzimmerfenster. Die blaue Emaille, die sein schweres Kruzifix schmückte, glomm unheilvoll im Licht, wie seine Augen. »Unterschätzen Sie nicht, wie wichtig mir das ist, Mr. Martin.«

»Ich bedaure. Die britische Regierung kann sich nicht in einen heimischen Disput von Zypern einmischen.«

»Aber Sie sind doch betroffen!« Theophilos ließ sich wütend in seinen Sitz fallen, als die zweite Hälfte der Spielzeit begann. »Sie haben zwei Militärbasen auf unserer Insel, Sie haben dort Zugangsrecht, und Sie feuern Ihre Raketen und Kugeln darauf ab. Das einzige Mal, als Sie sich entschlossen haben, nicht einzugreifen, war, als wir Sie am meisten brauchten. Wie damals, als die Türken einfielen.«

Die Unterhaltung versiegte, als der Bischof seine Fassung wiederzuerlangen versuchte und die jungen Frauen mehr Wein servierten. Martin lehnte ab; er nahm sich vor, nie wieder zu trinken, wenn er mit Theophilos zusammen war, denn bei ihm müßte man auf der Hut sein. Als der Zypriot wieder das Wort ergriff, war seine Stimme beherrscht, deswegen aber nicht weniger leidenschaftlich.

»Viele Zyprioten betrachten es als unakzeptabel, daß ihr Briten weiterhin eine Militärpräsenz auf unserem Boden habt.«

»Die beiden Basen sind britisches Hoheitsgebiet, nicht zypriotisches. Das ist im Treaty of Establishment klar festgelegt worden.«

»Der Boden ist der Zyperns, das Blut, das seit Jahrhunderten dort vergossen wurde, war zypriotisches, und der Vertrag ist ungerecht und ungleich, wurde uns von britischen Kolonialherren im Tausch für unsere Unabhängigkeit aufgezwungen. Ich gebe Ihnen den Rat, Mr. Martin, Ihre Argumente nicht auf diesem Vertrag aufzubauen, denn normale Zyprioten würden es weder verstehen noch gutheißen. Ermutigen Sie sie, über solche Dinge nachzudenken, und sie werden alles zurückverlangen. Sie könnten am Ende ohne Schießplatz, ohne Basis, ohne alles dastehen.«

Die Warnung war in der Art eines besorgten Professors ausgesprochen worden, der einen Dummkopf unterrichtet, der Ton ließ keinen Raum für Widerspruch, brauchte keine Antwort. Es gab nichts mehr zu diskutieren, und zwischen ihnen hing ein unbehagliches Schweigen, bis ihr gegenseitiges Unbehagen durch einen Jubelschrei rundum weggefegt wurde. Evriviades hatte ein Tor geschossen.

»Sie haben gerade einen Mercedes verloren.«

»Und Sie, Mr. Martin, haben vielleicht gerade die Freundschaft der Zyprioten verloren.«

»Wer ist da?«

»Ein Freund.«

»In Tagen wie diesen sind wenig Freunde unterwegs.«

»Sehen Sie mich als einen an.«

Die Hintertür in Restaurant L'Amico, die hinter dem Smith Square mündete, öffnete sich einen Spalt und zeigte die große Gestalt von Harry Mendip. Er hatte gehört, daß Annita Burke und Saul Wilkinson privat hier aßen und Sorgen und Ärger teilten, daß sie entlassen worden waren und keinen gesteigerten Wert darauf legten, sich dem Flüstern und Starren an einem öffentlicheren Platz zu stellen. Mendip wußte, wie sie sich fühlten; er hatte das letztemal zu den Opfern gehört.

»Wollen Sie mit uns essen, Harry?«

»Ich habe keinen Appetit auf Essen.«

»Worauf dann?«

»Taten.«

»Rache?«

»Einige könnten es so nennen.«

Ein drittes Glas Wein wurde eingeschenkt, eine weitere Flasche bestellt.

»Immer wieder Urquhart. Verdammt soll er sein.«

»Kleiner Caesar.«

»Er führt sich auf wie ein Prinz, nicht wie der Premierminister.«

»Und wir verneigen uns wie seine Diener und beugen das Knie.«

»Wie gemeines Fußvolk.«

»Was hat ihn bloß, abgesehen von Rücksichtslosigkeit, so weit gebracht?«

»Und was, außer Rücksichtslosigkeit, bringt ihn wieder runter?«

Sie schwiegen, als der Kellner ein paar einzelne Teller einsammelte.

»Er ist so hochmütig geworden, daß seine Füße kaum noch den Boden berühren.«

»Aber wenn sie es tun, ist der Boden mit Blut vollgesogen. Schlüpfrige Erde. Er ist verletzlich.«

»Er hat in all den Jahren zu viele abgeschlachtet.«

Annita Burke füllte die Gläser erneut. »Sind wir uns einig?«

Die anderen beiden nickten.

»Wer soll also das Unternehmen leiten?«

»Was ist mit Yorke? Er ist gut in Strategie und Verrat.«

»Aber es ist keine Harmonie in seiner Seele. Nichts, das die Herzen und Augen anderer erhebt.«

»Dann Penthorpe.«

»Mit seinen furchtsamen Frettchenaugen, die jeden denken lassen, er hätte sich freiwillig für den Galgen gemeldet? Ich denke nicht.«

»Du, Annita.«

Sie schüttelte den Kopf. »Nein, das ist nichts für mich. Harte Worte werden bei einer Frau immer als Hormonkrise ausgelegt. Und in meinem Fall würde niemand vergessen, daß es jüdische Hormone sind. Wie auch immer, mir fehlt die körperliche und geistige Energie, um den Tanz anzuführen.«

»Dann gibt es nur einen.«

Sie alle kannten den Namen.

»Makepeace.«

»Er wird schwer zu überzeugen sein.«

»Um so besser, wenn er es dann ist.«

»Als Herausforderer?«

»Warum nicht? Urquhart hat die Parteimaschinerie mit Platzhaltern gefüllt, deren Geist tot ist und die ihre Seelen verkauft haben.«

»Wenn wir also Urquhart nicht der Partei wegnehmen können, müssen wir ihm die Partei wegnehmen.«

»Soll heißen?«

»Ein neuer Anführer und eine neue Partei.«

Mendip sog die Luft ein. »Das ist ein gefährliches Unternehmen«, bemerkte er bedächtig.

»Auch ein ehrenvolles. Zumindest würde Makepeace es so aussehen lassen.«

»Ich will auch lieber als kämpferischer Hund beiseitegefegt werden, als mich schlachten zu lassen wie ein Schaf.«

Burke hob ihr Glas. »Ein Toast. Laßt uns die Herren über unser eigenes Schicksal sein.«

»Den ganzen Weg bis zum Tor zur Hölle.«

Als Booza-Pitt aus dem Kabinettsaal taumelte, umnebelt von Euphorie, wäre er beinahe in die faßartige Figur von Bollingbroke gelaufen, der die weiße Marmorbüste von William Pitt bewunderte, die in einer Nische an der Wand kauerte.

»Er hat es richtig gemacht, glauben Sie nicht?« fragte Bollingbroke, den Blick in Bewunderung erhoben. Sein heimischer Akzent zog die Vokale in die Länge, als hätte er den Mund voll schwarzer Toffeebonbons.

Booza-Pitt versuchte, sein Profil so zu zeigen, daß es zu dem des Premierministers aus dem achtzehnten Jahrhundert paßte, und fragte sich, worüber der andere eigentlich schwatzte.

»Premierminister zur Zeit von Trafalgar, wissen Sie. Als wir Napoleons Flotte davongeblasen haben. Ich habe den Klatsch gehört, daß er ein Verwandter von Ihnen ist. So ein Unsinn. Das stimmt doch wohl nicht, oder?«

Angesichts so einer direkten Herausforderung, war Booza-Pitt nicht geneigt zu lügen. Er zuckte unentschlossen mit den Schultern. Verdammt sei der Mann, er redete weiter, während Geoffrey nur mit seiner neuen Wichtigkeit prunken und weggehen wollte, um den anderen platschend und leckgeschlagen in seinem Kielwasser zurückzulassen.

»Was waren seine Worte, Geoff, können Sie sich erinnern?«

Er schüttelte den Kopf, verloren im Labyrinth von Bollingbrokes Geist. Er argwöhnte, daß es sich um einen Test zur Glaubwürdigkeit seiner Familie handelte.

»›England hat sich durch seine Anstrengungen selbst gerettet, und Europa durch seine Vorbildfunktion.‹ So hat er gesagt. Pitt. Wahrlich, kein schlechtes Motto für heute, keines von beiden. Sie wissen doch, die Frösche ändern sich nie. Daran muß ich denken. Jetzt, wo ich Außenminister bin.«

Er schüttete die Neuigkeit heftig in Booza-Pitts Schoß, wo sie landete wie ein Korb voller lebender Fische.

»Sie – sind Außenminister?« quietschte Booza-Pitt.

»Arthur, ich freue mich so für Sie. Sie müssen kommen und eine Flasche Bollinger mit mir köpfen.«

»Ich kann das Zeug nicht ausstehen. Ich bin ein Mann für bestes Bitter.«

Booza-Pitt bekam langsam den Eindruck, daß er aufgezogen wurde. »Ich habe das Innenministerium erhalten«, erwiderte er flach, niedergeschlagen bei der Aussicht, die Schlagzeilen des Tages mit Bollingbroke zu teilen.

»Ja, ich weiß«, gab der Außenminister zur Antwort, begleitet von einem dieser Blicke, mit denen er den Franzosen die ganze Tiefe seiner Abneigung zeigen konnte, ohne ein einziges undiplomatisches Wort zu äußern. »Ich muß gehen. Ich will sehen, daß ich alle diese verdammten Bonapartisten auf die Reihe bekomme.« Er wandte sich brüsk ab. »Hallo, Liebes«, begrüßte er fröhlich jemanden, der gerade vorbeikam, und weg war er.

Claire erschien oder war vielleicht die ganze Zeit schon dagewesen, Geoffrey wußte es nicht genau.

»Meinen Glückwunsch, Innenminister.«

Gott, hatte jeder vor ihm von seiner Ernennung gehört?

»Aber ein guter Rat«, fuhr sie fort, »die Krawatte.«

»Gefällt sie Ihnen?« fragte er und ließ seine Finger über das vibrierende Seidenmotiv gleiten. »Australien. Ein Fruchtbarkeitssymbol der Eingeborenen, hat man mir gesagt.«

»Aber ein bißchen zu ...«, sie suchte den passenden Ausdruck, »gewagt.«

»Was stimmt mit meiner Krawatte nicht?« fragte er verteidigend.

»Erinnern Sie sich, Geoffrey, die Aufgabe des Innenministers ist es, Unglück zu teilen und Enttäuschung wegzureden. Warum schleppen die Polizisten Autos ab, statt die Fußball-Hooligans aufzuhalten. Sie sollen nicht so aussehen, als ob Sie es genössen.« Sie lächelte boshaft und ging in Richtung Kabinettstür.

Zur Hölle, würde niemand ihm gestatten, den Moment zu genießen? »Das ist nicht alles, was ein Innenminister tut«, konterte er. »Francis und ich haben Pläne.« Sein Ton legte eine Verschwörung unter Freunden nahe und große Geheimnisse, eine Allianz, über die niemand sich lustig machen konnte. Und es hatte sie gestoppt, wie er erfreut bemerkte.

Sie drehte sich um, sah ihn an. »Wenn Sie hingehen und die Wahlkommission betrügen, tragen Sie um Himmels willen keine Krawatte, die das verrät.« Dann war sie weg, trat, ohne anzuklopfen, durch die Tür zum Büro des Premierministers.

SCHIEDSGERICHTSHOF

Abgrenzung maritimen Gebiets zwischen der Republik Zypern und der vorläufigen Provinz von Nord-Zypern.

ENTSCHEIDUNG

PRÄSIDENT: Mr. Clive Watling.
MITGLIEDER DES GERICHTS: Mr. Andreas Rospovitch, Mr. Michel Rodin, Mr. Shukri Osman, Mr. Farrokh Abdul-Ghanem ...

Das Gericht, in der Zusammensetzung wie oben, kommt zu folgender Entscheidung ... daß griechisch-zypriotische Fischer traditionell in diesen Gründen gefischt haben, und beide Seiten zugestimmt haben, daß den gegenwärtig dort tätigen griechisch-zypriotischen Fischern dieses Recht weiter zugebilligt wird, um sicherzustellen, daß ihr Lebensunterhalt gesichert ist; die Tradition des Zugangs und andere besondere Umstände, die von der griechisch-zypriotischen Seite angeführt werden, können nicht die Geographie außer acht lassen, die das Herz des Teilungsprozesses bedeutet ...

Ungeachtet der Tatsache, daß unabhängige Seismologen wenig Möglichkeit für abbaubare mineralische Lager in den kontinentalen Sandbänken ausweisen, gibt es in keinem Fall einen Grund, daß mögliche Mineralvorkommen ausschlaggebend für die Aufteilung sind …

Aus der Sicht des Gerichts gibt es keinen Grund zu der Annahme, daß die Ausdehnung maritimer Rechte auf der einen oder anderen Seite von Fragen der Billigkeit abhängen sollte, die sich aus der Geschichte der Insel ableiten ließen. Die Rechtmäßigkeit der türkischen Invasion 1974 steht vor diesem Tribunal nicht zur Debatte, das die lange feststehende *de facto*-Zuständigkeit der türkisch-zypriotischen Autoritäten im Nordteil der Insel anerkennt …

Beide Lager weisen die Behauptung ihrer Opponenten zurück und neigen dazu, den Grundprinzipien zu widersprechen, die sie für ihre jeweilige Position ins Feld geführt haben. Der Gerichtshof muß sicherstellen, daß die erreichte Lösung sowohl vernünftig als auch maßvoll ist, wobei er die gesetzlich bindende Zusicherung der Wahrung der Fischereiinteressen der griechischen Zyprioten durch die türkisch-zypriotischen Autoritäten als gegeben unterstellt.

Aus diesen Gründen:

DAS SCHIEDSGERICHT zieht mit drei gegen zwei Stimmen zugunsten von Präsident Watling und den Richtern Osman und Abdul-Ghanem und gegen die Richter Rospovitch und Rodin folgende Grenze …

Nach einer letzten Überprüfung des Textes unterschrieb Watling das abschließende Dokument. Es stimmte ihn freudiger, als er sagen konnte. Eine historische Übereinstimmung, die helfen würde, sowohl Frieden in einem problematischen Teil der Welt zu untermauern, als auch seinen Platz in den Textbüchern und Präzedenzen zu sichern, die an künftige Generationen internationaler Juristen weitergereicht würden. Da war auch noch der Peerstitel. Seine Mutter konnte getoastete Teekekse auf der Terrasse genießen, wann immer sie wollte, während er sich nie wieder eine Einladung nach Kalifornien wünschen würde, nirgendwohin in dieser Angelegenheit, Probespiele eingeschlossen. Im alten Cold Kirby am Rande der Moore würden sie stolz auf ihn sein. Es war ein gutes Urteil – ein faires auch, was man nicht immer bei solchen Dingen behaupten konnte. Jetzt war es geschafft, und ob sie Öl entdeckten, Antiquitäten oder die Knochen des Minotaurus, spielte keinerlei Rolle – und hätte es auch nie tun sollen. Dies war ein Urteil des Gesetzes, kein Pokerspiel mit Bohrlizenzen.

Gerechtigkeit. Britische Gerechtigkeit. Und wenn das bedeutete, daß die Franzosen in dem Handel betrogen wurden, dann war der Handel noch viel besser. Mochte Rodin in der Hölle verrotten.

Es hatte sich zu einem stummen Kampf der Willenskräfte entwickelt. Der Kameramann von der BBC korrigierte wiederholt seine Einstellung, um einen ungestörten Blick auf den Premierminister und seine Ankündigung vor Nummer zehn zu bekommen – es war schließlich Urquharts Auftritt –, aber der neue Außenminister drängte sich in die Scheinwerferlichter und die einzelnen Beifallsbekundigungen. Mit der Hartnäckigkeit einer Masernepidemie blieb Bollingbroke dabei, sich ins Bild zu schieben, bis er in Hab-acht-Stellung direkt hinter der rechten Schulter des Premierministers stand, die Anzugknöpfe gespannt. Urquharts Prätorianer-Garde.

Einer der Privatsekretäre hatte angeregt, daß die Erklärung vielleicht lieber vor dem Parlament als vor den Medien abgegeben werden sollte, aber Grist – guter Grist, der so ausgeprägte Instinkte hatte – hatte Urquharts Stimmung bemerkt. Auf den Türstufen der Downing Street gab es keinen Oppositionsführer, um spitzfindige Fragen zu stellen und Kommentare abzugeben, keinen früheren und kürzlich gefeuerten Minister, der Anteil an dem Verdienst verlangte, nichts, was Urquhart davon abhielt, die Hauptmeldung der Mittagsnachrichten ganz für sich allein zu beanspruchen. Außer Bollingbroke. Vielleicht würden sie ihn nächstes Mal an einen Stuhl binden.

Somit also war einer dankbaren Nation die Gelegenheit gegeben worden, Zeuge zu sein, wie F.U. sein Entzücken darüber ausdrückte, verschlossene Geister geöffnet zu haben. Er habe die Oberhäupter beider zypriotischer Republiken eingeladen, in acht Wochen nach London zu fliegen, um die endgültige Friedensvereinbarung zu unterschreiben – und das versah ihn mit einem weiteren Glorienschein in den Medien und garantierte den Sieg in einer Arena, in die kein anderer britischer Politiker jemals auch nur Eintritt erlangen würde.

Francis Urquhart. Mann des Friedens.

In einem kleinen Raum mit Blümchentapete oben auf dem höchsten Flur in Downing Street, östlich von den Wohnquartieren, die so klein sind, so wenig passend für eine größere westliche Regierung und so sehr englisch in ihrem Understatement, saß Elizabeth Urquhart an einem Regency-Schreibtisch, der einst ihrer Großmutter gehört hatte. Sie schob die Briefe beiseite, die sie gerade beantwortet hatte, und öffnete mit einem kleinen Schlüssel die Schreibtischschublade, der sie ihr privates Adreßbuch entnahm. Ihre Finger zitterten ein wenig, da war ein Hauch von Vorahnung, die sie gehabt hatte, als sie auf der Jagd gewesen war, kurz vor dem Erlegen eines großen Hirsches. Ein innerer Kampf zwischen Aufregung, Furcht und – Gewissen? Sie streckte die Hand aus, nicht mehr nach Reitpeitsche oder Zügeln, sondern nach dem Telefon, das sie vor vielen Jahren hatte installieren lassen, als sie eingezogen waren. Das Telefon, das nicht über die Vermittlung ging. Ihr Telefon, für ihre Zwecke. Die Beute war in die Enge getrieben worden, es gab gute Neuigkeiten, die sie teilen wollte. Aber nicht mit zu vielen Leuten.

»Ich bedaure, Mr. Präsident, daß die Klimaanlage wieder zusammengebrochen ist.«

Ein Knoten aus Angst hatte sich um den Helfer zusammengezogen, der nach seinem speichelsprühenden Krach mit dem Maschinenbauingenieur noch schweißgebadet war. Es hatte keinen Sinn gehabt, die Temperatur stieg immer noch schnell auf über 30 Grad. Die beiden Ventilatoren, die er in den Ecken des Raumes aufgestellt hatte, zeigten nur wenig Wirkung gegen die schwere Luft in Nikosia, die roch und schmeckte, als wäre sie schon viele Male zuvor ein- und ausgeatmet worden.

Nures, ein leidenschaftlicher Mann mit wechselnden Stimmungen, schien keine Spur von Bösartigkeit in sich zu haben. Er hatte Jackett und Krawatte abgelegt, nippte süßen Pfefferminztee und wischte sich den zurückweichenden Haaransatz mit einem großen roten Taschentuch. Dabei beugte er sich über eine Landkarte und triumphierte.

»Wir werden bald eine neue Klimaanlage haben – jeder von uns. Und neue Straßen. Schulen. Heime. Sogar einen neuen Flughafen. Wir werden nicht länger Ausgestoßene sein.« Seine dunklen Augen schimmerten voller Hoffnung. »Ein neuer Anfang.«

»Wir haben vieles, wofür wir dankbar sein können«, erwiderte der Diener dumpf, bemüht, den ungewohnten Anflug guter Laune zu verstärken.

»Und gute Freunde«, setzte Nures hinzu, »denen wir mehr als Dankbarkeit schulden.«

Theophilos riß das Tuch aus seinem Nacken und entließ den Barbier mit einer ungeduldigen Handbewegung.

»Was ist?« bellte Dimitri, als die Tür sich geschlossen hatte. Er saß an dem verzierten Schreibtisch des Bischofs vor dem Monitor, und seine dicken Finger hämmerten Befehle in die Tastatur. Der Bildschirm wurde lebendig. »Der Markt brummt bei all dem Gerede über Frieden. Die Schweizer haben gestern ihre Zinssätze angehoben. Es war eine gute Woche für uns.«

»Politisches Kapital, das ist es, was wir beobachten müssen, kleiner Bruder«, antwortete Theophilos und kratzte sich die Wurzeln seines frisch gestutzten Bartes. »Wenn wir diesen Narren von einem Präsidenten loswerden wollen, brauchen wir ein wenig Chaos. Frieden unter seinen Händen ist so willkommen wie ein Ausbruch der Cholera.« Er sah auf seine Uhr. Ein Fernsehinterview in zehn Minuten. Er tauschte die Rolex gegen eine einfache Uhr mit Lederarmband und kämpfte sich wieder in die dunkle Bischofsrobe, hängte sich das schwere Kruzifix um, war wieder der einfache Mann Gottes.

»Was sollen wir denn tun?«

»Beten. Zu Gott im Himmel und allen anderen Göttern, die du hinten in deinem Schrank finden kannst. Wirf dich auf die Knie. Erniedrige dich selbst. Und bete, daß die Türken erwischt werden, wenn sie uns wieder verarschen wollen.«

Das Telefon schrillte. Der Geschäftsmann streckte vom Rücksitz der Citroën-Limousine in den belebten Straßen von Paris die Hand danach aus und hörte gut zu. Er sagte nichts, seine Aufmerksamkeit konzentrierte sich ganz auf die Nachricht und ihre Konsequenzen, die auf der Hand lagen. Die Viertelmillion, die er schon – wie war der Name dieses türkischen Kollaborateurs? Er hatte ihn vergessen – gegeben hatte, war zum Fenster hinausgeworfen, das Spiel war verloren. Und es tat weh. Sogar im Ölgeschäft reißt eine Viertelmillion unquittierter Dollars ein großes Loch in die Portokasse. Aber das war der geringste Schmerz, denn es schien sicher, daß er noch mehr verlieren würde, viel mehr. Tausende Millionen Dollar an entgangenen Chancen. Ein Meer von Öl. Es sah so aus, als könnte er nie seine Löcher bohren.

Er legte wortlos auf und hörte, wie der Hörer leise an seinen Platz glitt. Das getönte Glas und die schalldichten Scheiben schirmten ihn vor dem Chaos auf den Straßen rundum ab. Dies war eine geschützte Welt, eine Welt der

Privilegien und der Sicherheit, gegen das Draußen geschützt. Außer gegen das Telefon. Und seine Nachrichten.

Er war ein beherrschter Mann, emotional ausgetrocknet und mit einem Appetit, der sich nur auf eines konzentrierte: Öl. Die Milch der Erde. Wertvoller für ihn als sein eigenes Blut. Mit einer Wut, so still wie der Motor im Leerlauf, und einer Faust, die zu einem Hammer geballt war, begann er, auf die lederne Armlehne einzuschlagen, ungeachtet des Schmerzes. Bis die Lehne brach.

Sie rollte auf die Seite, und als das Laken die Kurven ihres Körpers freigab, spürte er, wie er erneut innerlich erzitterte. Vor Maria hatte er nicht gewußt, wo genau seine Lenden waren, jetzt schienen sie überall zu sein, zitternd vor einer außerordentlichen Energie, wann immer er einen Knopf oder eine Öse öffnete. In Maria hatte er eine ideale Partnerin gefunden, eine Frau von natürlicher Neugier und Fröhlichkeit, die keine Angst davor hatte, zuzugeben, daß sie erst wenig Erfahrung hatte und begierig war, das zu überwinden. Sie waren Forscher, reisten zusammen durch neue Territorien und genossen die Freude des Entdeckens.

Er war überrascht, daß er sich nicht schuldig fühlte, denn jetzt wußte er, daß seine Ehe zu Ende war. Sie war eine Form ohne Inhalt, seine Frau die abwesende Herrin seiner Treue, sein Haus kein Heim mehr. Es genügte nicht. Er hatte einiges versucht, um die Lücke in seinem Leben zu füllen – Ehrgeiz, Ansehen, Fortkommen –, aber nichts funktionierte, solange er alleine war. Die Gegenwart von Maria Passolides in seiner Welt – und in seinem Bett – hatte ihm das klargemacht.

Als sie sich aufrichtete, beobachtete er fasziniert, wie ein feines Rinnsal aus Schweiß von ihrem Hals in das olivfarbene Tal zwischen ihren Brüsten tröpfelte. »Woran denkst du, weißer Mann?« fragte sie ihn belustigt.

Mit der Kuppe seines kleinen Fingers zeichnete er die

Spur der Tröpfchen nach, die rasch zu ihrem Nabel gefunden hatten. »Ich denke darüber nach, was ich für dich tun kann.«

Ihre Augen schlossen sich, als sein Finger langsam unter ihren Nabel glitt, und ihr Atem wurde schneller. »Himmel, was hattest du heute zum Frühstück?« keuchte sie. Das Blut kreiste wieder schneller durch die Adern, und ihr Körper verlangte verzweifelt danach, die verlorene Zeit aufzuholen.

Widerstrebend glitt sein Finger seitwärts, fuhr die Außenseite ihres Schenkels entlang und war dann weg. »Nicht das«, murmelte er. »Du bist zu mir gekommen, weil du Hilfe brauchst. Wegen der Gräber.«

»Sicher«, stimmte sie zu, »aber warum plötzlich diese Eile?« Sie suchte nach seiner Hand, aber er rollte zur Seite, um ihnen beiden etwas Platz zum Atmen zu geben.

»Wir haben nicht mehr viel Zeit«, fuhr er fort, »wenn wir nicht innerhalb der nächsten acht Wochen eine Antwort bekommen, ehe das Friedensabkommen unterschrieben ist, wird es nie geschehen. Danach wird sich niemand mehr dafür interessieren, nicht in diesem Land. Andere Themen werden die Nachrichten beherrschen. Sie werden sagen, daß ihre Aufgabe erfüllt ist, und ihre Hände in Unschuld waschen. Zypern wird wieder eine weit entfernte Insel sein, wo man vielleicht eines Tages zu einem netten Urlaub hinfahren kann, um jungen Wein und alte Ruinen zu suchen. Mehr nicht. Es muß jetzt sein, oder wir werden nie die Antwort finden.«

»Also, was sollen wir tun?«

»Wir sorgen für Unruhe. Üben ein wenig Druck aus. Versuchen, ein paar alte Erinnerungen wiederzubeleben.«

Als sie über seine Worte nachdachte, zog sie instinktiv das Laken bis zum Hals hoch. In den letzten Tagen war sie versucht gewesen, den Grund zu vergessen, weswegen sie ihn um Hilfe gebeten hatte, abgelenkt von der Entdeckung, wie vielseitig seine Hilfe sein konnte. Das erstemal hatten sie sich in seinem Küchenstuhl geliebt, und in ihrer Ekstase hatte sie die Armlehnen abgerissen. Nachdem sie aufgehört hatten zu lachen, hatte sie sich erboten, den Stuhl zu *Habitat* zurückzubringen, aber dann hatte sie ihre Meinung geändert und entschieden, daß sie niemals in der Lage sein würde, ein ernstes Gesicht zu machen, wenn sie die unvermeidliche Frage stellten, wie das hatte passieren können. Irgendwie ging sie davon aus, daß es jeder aus der Art ihres Lächelns erraten würde. Also hatten sie die Teile in eine Ecke geschoben und den anderen Küchenstuhl ausprobiert sowie den Chesterfield in seinem Arbeitszimmer, wo ihre feuchte Haut am Leder klebenblieb und ein reißendes Geräusch verursachte, wenn sie sich abschälte. Er hatte sie erst ins Bett gebeten – das Bett seiner Frau –, als es so aussah, als sei noch mehr hinter seinem Wunsch, sie zu sehen, als schwitzende Körper. Er hatte den Austausch von Sex gegen Hilfe nicht mehr angeboten, als sie Sex für seine Hilfe angeboten hatte, aber ihre jeweiligen Motive hatten sich mehr und mehr miteinander vermischt, so sehr, daß sie an ihre ursprünglichen Zwecke, als sie an seine Tür geklopft hatte, erinnert werden mußte. Sie verspürte kurz Gewissensbisse, aber Orgasmen konnten so sehr ablenken. Und so viel Spaß machen.

»Wenn ich dich doch getroffen hätte, als ich noch Außenminister war, dann wäre alles viel einfacher«, sagte er sehnsüchtig. »Ich hätte ein paar Türen von innen aufschließen können, statt sie von der Straße aus eintreten zu müssen.«

»Aber dann würdest du mich offiziell betrügen statt persönlich.«

»Was soll das heißen, dich persönlich betrügen?« Er klang verletzt.

»Die Tasse Tee, die du mir am ersten Tag angeboten hast, als wir uns trafen und du mich in die Küche gebeten hast. Ich habe sie noch nicht bekommen.« Sie beugte sich über ihn und küßte ihn, ehe sie das Bett verließ.

»Steh jetzt auf, Makepeace. Arbeit wartet auf uns.«

Evanghelos Passolides saß alleine in seinem verdunkelten Restaurant. Das letzte Abendessen hatte lange gedauert, und er hatte einen tapferen Versuch unternommen, aufzuräumen, aber die Melancholie hatte ihn überwältigt. Er fühlte sich von allen, die er liebte, verlassen. Maria hatte er seit Tagen nicht gesehen. Seine Regierung in Nikosia war im Begriff, einen großen Teil seiner geliebten Heimat an die Türken abzutreten. Hatte er dafür gekämpft, waren dafür George und Eurypides gestorben?

Er saß zwischen allen seinen Erinnerungen, betrunken, eine leere Flasche Commanderia an seinem Ellenbogen. Ein Glas lag auf der Seite, das Tischtuch war rot gesprenkelt mit Tropfen, die vor Jahren Blut hätten sein können. Er schluchzte. In der einen Hand hielt er eine zerknitterte Fotografie seiner Brüder, zwei lächelnde Jungen mit zerzausten Haaren. In der anderen hielt er eine glatt polierte Webley, die Pistole, die von der Leiche eines britischen Lieutenants stammte und mit der er seine Rache auszuüben versprochen hatte. Bevor er zum Krüppel geworden war.

Jetzt war alles zu spät. Er hatte bei allem versagt, was er angepackt hatte. Andere waren Helden, und ihn hatte das Leben der Ehre und jeder Selbstachtung beraubt. Er saß da, alleine, vergessen, ein alter Mann, dem die Tränen über die Wangen rannen, in Erinnerungen verloren. Eine Pistole schwenkend. Voller Haß.

FÜNF

Der Platz eines Mannes in der Geschichte ist nicht mehr als das – ein Platz, ein einzelner Punkt in einem unendlichen Universum, ein Juwel, das, wie wunderbar es auch poliert sein mag, untergeht in einem Schatz an Reichtümern. Ein Sandkorn im Stundenglas.

Für Urquhart war das ein hehres Bild; die glänzende Ledercouch vom Festkrallen ängstlicher Nägel zerkratzt, die Dokumententasche aus altem, bronzefarbenem Leder durch Tausende vorübergehender feuchter Handflächen poliert, die ausgeschmückten Dachsparren und Pfosten, in denen, wenn man genau hinhörte, noch die Rufe großer Führer widerhallten, als sie bei ihrem Untergang zerhackt und gequält wurden. Jede politische Karriere, so sah es aus, endete mit Versagen; der Urteilsspruch dieses großen gotischen Gerichts veränderte sich nie. Schuldig. Verdammt. Ein Ort der Mahnung, der vorübergehenden Karriere und der unvermeidlichen Hinrichtung. Nur die Namen änderten sich.

In den letzten Tagen waren immer dann, wenn er sich vom Licht wegdrehte, Stimmen im Schatten, die flüsterten, daß eines Tages er an der Reihe sein würde zu fallen, es sei nur noch eine Frage der Zeit. Als er auf der Bank saß, ging es wieder los, das Flüstern, es wurde nachdrücklicher, frech, fast körperlich schmerzend. Und durch alle hindurch konnte er die Stimme von Thomas Makepeace verstehen.

»Ist sich mein ehrenwerter Freund bewußt« – die festgeschriebene Anrede der Freundschaft ging Makepeace wie Essig über die Lippen –, »daß die griechisch-zypriotische Gemeinschaft in diesem Land tief betroffen ist von der Existenz von Gräbern, die seit der Befreiungskriege in den fünfziger Jahren immer noch verborgen sind …?«

Alte Erinnerungen wurden wie Glut neu entfacht, flackerten und brannten, bis das Knistern der Flammen alles übertönte, außer den Worten, mit denen Makepeace forderte, daß die britische Regierung ihre Akten offenlegte, alle inoffiziellen Toten und Gräber angab, »... so daß die Tragödien, die vor vielen Jahren ihren Anfang genommen haben, endlich zur Ruhe gelegt werden können.«

Für ein oder zwei Momente wurde das Haus Zeuge des ungewöhnlichen Anblicks, daß der Premierminister steif und reglos in seinem Stuhl saß, in einer anderen Welt verloren, ehe ungeduldige Rufe ihn aufschreckten. Er stand unbeholfen auf, als hätte das Alter seine Gelenke verklebt.

»Ich bin mir nicht bewußt«, begann er mit einem unüblichen Mangel an Sicherheit, »daß es irgendwelche Hinweise darauf gibt, daß Gräber von den Briten ...«

Makepeace erhob Einspruch, schwenkte ein Blatt Papier, rief, daß es aus dem Staatsarchiv komme.

Andere Stimmen fielen ein. In seinem Kopf hörte er Widerspruch und Verwirrung, Gerede von Gräbern, von Geheimnissen, die unvermeidlich mit den Knochen ans Licht gezerrt werden würden, von Dingen, die für alle Ewigkeit beerdigt bleiben mußten.

Dann eine andere Stimme, vertrauter. »Kämpfe!« befahl sie. »Zeig dich ihnen nicht verletzlich. Lüge, brülle, winde dich, mißbrauche, schlag auf der blinden Seite zu, aber tu etwas – kämpfe!« Und bete, hätte die Stimme hinzufügen können. Francis Urquhart wußte nicht, wie man betete, aber er wußte höllisch gut, wie man kämpfte.

»Ich glaube, es wäre eine große Gefahr, zu viele alte Schränke zu öffnen und die Luft einzuatmen, die faulig und ungesund geworden ist«, begann er. »Sicherlich sollten wir doch mit großer Hoffnung in die Zukunft schauen, nicht in der fernen Vergangenheit herumwühlen. Was immer auch in diesem alten und tragischen Krieg passiert ist, laßt es begraben sein und damit auch alles Unheil, das begangen worden ist, vielleicht auf allen Seiten. Laßt es uns bei der unbefleckten Freundschaft belassen, die seitdem entstanden ist.«

Makepeace versuchte wieder an Boden zu gewinnen, protestierte noch einmal, das einzelne Blatt Papier in der

Hand. Urquhart brachte ihn mit einem ganz und gar nicht reuevollen Lächeln zum Schweigen.

»Natürlich, wenn der ehrenwerte Herr an etwas anderes denkt als an eine Stampede durch die Archive, werde ich mich für ihn in die Sache einarbeiten. Er möge mir die Einzelheiten aufschreiben.«

Makepeace zog sich zurück, und Urquhart hörte mit beträchtlicher Dankbarkeit, daß der Sprecher den nächsten Tagesordnungspunkt aufrief. Sein Kopf dröhnte von dem Durcheinander der Stimmen, Schreie, Explosionen, den Querschlägern; er konnte nichts sehen, war geblendet von der Erinnerung an die Mittelmeersonne, die von alten Felsen reflektiert wurde, als seine Nasenflügel bebten und sich mit dem süßen Geruch verbrannten Fleisches füllten.

Plötzlich fühlte Francis Urquhart sich sehr alt. Das Stundenglas der Geschichte hatte sich gedreht.

»Weiter so, Franco«, ermutigte ihn der Regisseur. Er richtete sich in seinem Stuhl auf und ertränkte seine Zigarette in dem schalen Kaffee. Das konnte lustig werden.

Hinter einer ehemaligen Kirche, die ihren neuen Lebenszweck als Teppichhaus in einer eintönigen Vorstadt von London gefunden hatte, lag das Hauptquartier von Londons Radio für Zypern, ›Die Stimme der Zyprioten in der Stadt‹, wie sie sich gerne selbst bezeichneten, wobei sie die Tatsache ignorierten, daß die vier Meilen, die sie von der Stadt trennten, sich wie die Wüste vor der Oase hinzogen. Es war kaum weniger zutreffend, das Erdgeschoß von Bush Way Nr. 18 als Hauptquartier zu bezeichnen – LRC teilte sich ein abblätterndes edwardianisches Terrassenhaus mit einem rechtmäßigen Reisebüro mit zweifelhafter Buchhaltung. Es teilte sich die Initialen außerdem mit einer Firma, die Kondome herstellte, und eine Kurzwellenlänge mit einem Rasta-Rock-Sender, der bis weit nach Mitternacht Trommelfelle und Herzen brach. So sind eben die Arbeitsumstände der Kommunalsender, nicht gerade die Wiege prosperierender Radiomagnaten und Medienzare. LRC-Produzenten und Interviewer führten einen harten Kampf, um unter ihrer kleinen, aber treuen Zuhörerschaft einen Hauch von Begeisterung zu verbreiten, trotz des täglichen Kampfes mit zweit- und drittklassiger Ausrüstung. Sie tranken abgestandenen Kaffee und bemühten sich sehr darum, daran zu denken, den Anrufbeantworter einzuschalten, wenn sie gingen.

Dieses Thema war packend. Das Mädchen war gut, irgendwo hinter diesen Lippen und Locken war ein Gehirn, und der alte Mann war ein Stück radiophoner Magie: Seine Stimme umfaßte alle Skalen der Emotion wie ein Opernsänger, der Tonleitern übt. Die Leidenschaft verlieh ihm eine Beredsamkeit, die den starken Akzent mehr als wettmachte, und was noch besser war, die Story gehörte exklusiv ihnen.

»Denken Sie daran, Sie hören das zuerst bei LRC. Beweise, daß es noch Gräber aus dem EOKA-Krieg gibt, die tief in der britischen Bürokratie verborgen liegen ...«

Der Regisseur stöhnte. Franco war ein Arschloch, aus dem sich jeden Montag- und Mittwochnachmittag ein Strom von Weitschweifigkeit ergoß, aber er war billig, und sein Onkel, ein Weinimporteur, war einer der größten Sponsoren des Senders.

»Was wollen Sie also erreichen?« fragte Franco das Paar.

»Wir wollen, daß so viele Leute wie möglich schreiben, um ihre Unterstützung für Thomas Makepeace und seine Kampagne auszudrücken, daß alle Fakten offen dargelegt werden. Wir können die Existenz zweier Gräber beweisen, die meiner Onkel. Wir wollen wissen, ob es noch mehr gibt.«

»Und Sie, Mr. Passolides?«

Es gab eine Pause, nicht leer und ohne Aussage, sondern voller Trauer, lang genug, um die Herzen der Zuhörer zu erobern, als sie sich einen alten Mann vorstellten, den großes persönliches Leid sprachlos gemacht hatte. Selbst Maria streckte ihre Hand nach ihm aus, er war in den letzten Tagen so seltsam gewesen, mürrisch, unrasiert, selbstversunken, Veränderungen, die sie deutlicher bemerkte, weil sie weniger bei ihm gewesen war. Als seine Stimme endlich Worte fand, krachten sie wie ein Hammer auf Eis.

»Ich will meine Brüder.«

»Großartig, wirklich großartig«, antwortete Franco und durchblätterte seine Papiere auf der Suche nach dem nächsten Stichwort.

»Und ich will noch etwas. Den *bastardo*, der sie ermordet hat.« Die Stimme hob sich durch alle Oktaven der Emotion. »Das war nicht Krieg, sondern Mord an zwei unschuldigen Jungen. Sehen Sie das nicht? Deswegen mußten sie die Leichen meiner Brüder verbrennen. Weil sie es nicht zugeben konnten. Und deshalb hält diese traurige britische Regierung sie weiter geheim. Verderbtheit! Das macht sie genauso schuldig wie diese Männer, die den Abzug gezogen und das Benzin ausgeschüttet haben.«

»Ja, sicher«, stammelte Franco und kratzte sich seine Bartstoppeln, nichts Heißeres gewöhnt als den Wetterbericht. »Ich denke, wir sollten alle an unseren Abgeordneten schreiben und Mr. Makepeace unterstützen.«

»Und Bastarde wie Francis Urquhart kreuzigen, die unsere Insel verraten und uns an die türkischen *poustides* verkaufen …«

Der Regisseur stammte aus der zweiten Generation und kannte sich mit der griechischen Umgangssprache, die die menschliche Anatomie umfaßte, nicht so gut aus. Aber der Ton reichte aus, bei ihm Alarm auszulösen, insbesondere, da die Lizenzverlängerung bevorstand. Mit einem Stoßgebet, daß niemand von den Radioautoritäten zuhören möge, langte er nach dem Ausblende-Hebel. Und verpaßte ihn. Der Becher mit abgestandenem Kaffee flog irgendwohin, über Notizen, Zigaretten, seine neuen Jeans. Chaos. Evanghelos Passolides war, nach einem Waffenstillstand von über fünfzig Jahren, wieder an der Front.

Der französische Botschafter fühlte allmählich eine gewisse Verwandtschaft mit General Custer. Seit der Berufung von Arthur Bollingbroke ins Außen- und Commonwealthministerium war das Geschäft zu blutigem Krieg verkommen, der von dem Franzosen gegen unüberwindliche Hindernisse und einen Feind geführt wurde, der sich statt diplomatischer Schnitte gleich für das Skalpieren entschieden hatte. Monsieur Jean-Luc de Carmoy gab sich keinerlei Illusionen – das Gericht von St. James war zu feindlichem Gebiet geworden. Der Botschafter zog es vor, seine Kampagne mit Champagner und Erdbeeren zu führen statt mit der Winchester, Kaliber 44, der US-Kavallerie. Aber wie der blonde amerikanische General hatte er die zutiefst persönliche Entscheidung getroffen, daß, wenn er sterben müsse, es im Kreise seiner Freunde sein sollte. Sie waren um ihn, als er vom Rasen seines offiziellen Amtssitzes – mit Blick auf die Kensington Gardens – das Geschehen auf dem Rasen dirigierte.

»Genießen Sie Ihr ruhiges Leben, Tom?«

Makepeace wandte seinen Blick von den Gästen im Garten ab. »So sehr wie Sie.«

»Ah, aber es gibt Unterschiede in unserem Leben«, seufzte de Carmoy und suchte nach der Sonne, die über seiner geliebten Loire schien. »Manchmal habe ich das Gefühl, als wäre ich in die Sklaverei verkauft worden, wo jeder Zurückweisung mit einem Lächeln begegnet werden muß und jeder Beleidigung mit Demut.« Er unterbrach sich, als ein Butler, dessen Hände an Schwarze Witwen gemahnten, ihre Gläser nachfüllte, dann ergriff er Makepeace am Arm und führte ihn in die Abgeschiedenheit eines nahegelegenen Limonenhains. Offensichtlich gab es etwas zu besprechen.

»Ich beneide Sie, Tom.«

»Die Freiheit der Wildnis. Beneiden Sie das?«

»Was würde ich nicht manchmal darum geben, mit Ihnen die Freiheit zu teilen, meine Meinung zu sagen.«

»Worüber im besonderen?«

»Über Ihren Mr. Urquhart.« Sein Gesicht ähnelte einer leckenden Milchtüte.

»Kaum *mein* Mr. Urquhart.«

»Wessen dann, bitte?«

Um sie herum tanzten die mit Zitronen behängten Zweige, wisperten und vermischten sich wie Verschwörer. Sie waren sich beide bewußt, daß der Botschafter sich außerhalb der Grenzen diplomatischer Etikette befand, aber gefangen im Kreuzfeuer zwischen Bollingbroke und dem Quai d'Orsay war de Carmoy nicht in der Stimmung, stillzuhalten.

»Tom, wir sind schon lange Zeit befreundet, seit dem Tag, an dem Sie mich ins Außenministerium bestellt haben, um eine förmliche Verstümmelung durchzuführen« – der Franzose wischte sich ein unsichtbares Stück Verbandsmull vom Ärmel seines Jacketts –, »nachdem jene vertrauliche Diskette von British Aerospace verlorengegangen war.«

»Gleichzeitig mit zwei französischen Austauschtechnikern.«

»Ah, Sie erinnern sich?«

»Wie könnte ich das vergessen. Meine erste Woche im Außenministerium.«

»Sie waren erschreckend hilfsbereit.«

»Ich habe immer noch den Verdacht, daß irgendeine französische Agentur heimlich die Finger in der Sache hatte, Jean-Luc.«

Die Schultern des gut geschnittenen Anzugs des Botschafters hoben sich in gespielter gallischer Verwirrung. »Aber als Sie fertig waren, boten Sie mir einen Platz an und versorgten mich mit einem Drink. Sherry nannten Sie es.«

»Gehört zum Standard im Außenministerium. Nur zu gebrauchen bei offenen Wunden und Afrikanern.«

»Ich glaube, ich wollte Brüssel dazu bringen, es als Bürstenputzmittel zurückzustufen.«

»Aber das hat Sie nicht davon abgehalten, die ganze Karaffe zu leeren.«

»Mein lieber Freund, ich habe doch gedacht, das sollte meine Strafe sein. Ich erinnere mich daran, daß ich schwankte wie ein Weizenfeld im Ostwind, als ich nach Hause kam. Meine Frau hat mich getröstet, sie dachte, Sie hätten mir so zugesetzt, daß ich deshalb getrunken hätte.«

Sie lächelten wie alte Kameraden und hoben ihre Gläser in einem Toast auf die alten Zeiten und um die Schützengräben zuzuschütten. Der Franzose zog ein Zigarettenetui heraus, das auf der einen Seite mit Gauloises und auf der anderen Seite mit etwas Beruhigenderem vollgepackt war; mit einem leisen Fluch nahm Makepeace die Gauloise. Er hatte wieder angefangen zu rauchen, parallel zu den anderen Veränderungen seiner Gewohnheiten. Gott, er hatte sie erst vor einer Stunde verlassen und wußte, daß er trotz des Rasierwassers nach ihr roch. Vergnügen und Schmerz. Manchmal stürzte so viel auf ihn ein, daß er kaum atmen konnte. Langsam verschwand der Humor aus seinen Augen und erstarb.

»Wie geht es Miquelon?« fragte er.

»Blendend. Und Ihrer Frau?«

»Lehrt in Amerika.« Er zeigte seine eigene Version des gallischen Achselzuckens, aber ohne die Begeisterung, die es überzeugend gemacht hätte.

»Sie wirken besorgt. Darf ich fragen ...«

»Als Botschafter? Oder als alter Freund?«

»Es geht um Politik. Ich habe nicht das Recht, mich in persönliche Dinge einzumischen.« Das hatte der Botschafter auch nicht nötig. Bei der bloßen Erwähnung von Makepeace' Frau hatte sein Gesicht Bände gesprochen. Er würde nie ein Diplomat sein, konnte nichts verbergen, nur Leidenschaft und Prinzipien. »Ich höre oft, daß sich die Ära von Francis Urquhart ihrem Ende zuneigt, das ist nur noch eine Frage der Zeit. Es gibt viele Diskussionen, durch wen und wann. Viele sagen mir, durch Sie.«

»Wer?«

»Loyale Engländer und Engländerinnen. Freunde von Ihnen. Viele von denen, die heute nachmittag hier sind.«

Makepeace sah sich um. In der Menge befand sich ein

guter Teil politischer Redakteure und Verleger, Politiker und anderer Meinungsvertreter, und nur wenige waren als Urquhart-Treue bekannt. Aus der Entfernung sah Annita Burke hinter einem großen Glas genau zu ihnen herüber, ohne den Versuch zu unternehmen, ihr Interesse zu verbergen.

»Sie spüren den Druck, den man auf Sie ausübt«, stellte de Carmoy fest.

»Viele Rippenstöße. Ich nehme an, ich sollte geschmeichelt sein von so viel Aufmerksamkeit. Jetzt ist der Zeitpunkt, sagen sie, tritt vor. Aber, um ehrlich zu sein, ich weiß nicht, ob ich auf der Schwelle zur Geschichte stehe oder auf dem Rand einer verdammten Klippe.«

»Sie sind Ihre Freunde, sie respektieren Sie. Tugend mag eine rare Ware in der Politik sein, sie mag manchmal nur leise Töne anschlagen, aber deswegen ist sie nicht weniger überzeugend. Es unterscheidet Sie von anderen.«

»Wie Francis Urquhart.«

»Als Diplomat darf ich das nicht kommentieren.«

Makepeace war in zu ernster Stimmung, um die Ironie zu bemerken. »Ich habe darüber nachgedacht, Jean-Luc, denke immer noch, um genau zu sein. Aber hat irgendeiner dieser Freunde auch angedeutet, wie meine ... Ambitionen erfolgreich sein könnten? Oder ist es nicht mehr als Small talk bei einem Glas Champagner?«

»Meiner Meinung nach ist das kein Geschwätz. Es gibt eine verzweifelte Sehnsucht nach einer Veränderung an der Spitze. Das habe ich nicht nur von Ihrer Partei, sondern quer durch alle Parteien gehört.«

»Und zweifellos auch aus Paris.«

»*Touché*. Aber Sie können nicht leugnen, daß es ein großes moralisches Vakuum in der britischen Politik gibt. Sie könnten es füllen. Viele Leute würden sich Ihnen anschließen.«

Makepeace ließ seinen Zeigefinger abwesend über den Rand seines Glases gleiten, als zöge er die Kreise des Lebens nach. »Dafür brauche ich ein Transportmittel, eine Partei. Vielleicht wäre ich in der Lage, nach dem Lenkrad zu greifen, Urquhart von der Straße zu zwingen, aber das würde womöglich so viel Schaden anrichten, daß es Jahre brauchen würde, um alles wieder zu reparieren. Die Partei wird kaum die Schlüssel an den Mann weiterreichen, der den Unfall verursacht hat.«

»Dann schaffen Sie sich Ihr eigenes Auto an. Eines, das schneller und besser ist als Urquharts Wagen.«

»Nein, das ist unmöglich«, erwiderte Makepeace, aber sie wurden von einem weiteren Gast unterbrochen, dem Gesundheitsminister, der sich verabschieden wollte. Glückwünsche und formelle Danksagungen wurden ausgetauscht, ehe sich der Minister an Makepeace wandte.

»Ich will Ihnen nur eines sagen, Tom.« Er hielt kurz inne und wägte seine Worte und die Gesellschaft ab. »Bleiben Sie um Himmels willen dabei.« Damit verschwand er.

»Sie sehen, Sie haben mehr Freunde, als Sie ahnen«, ermutigte ihn der Botschafter.

»In diesem Fall keinen Freund, nur eine Ratte, die ihre Chancen hochtreibt.«

»Vielleicht, aber sie sind nervös, fertig zum Sprung. Auch die Ratten glauben, daß das Schiff sinkt.«

Makepeace war wieder am Rand seines Glases zugange, das heftig vibrierte. »Wir scheinen so oft sinnlos im Kreis zu gehen, Jean-Luc. Was braucht man, um mehr als Lärm damit zu machen, um das ganze Universum zu erschüttern?«

»Handeln.«

Der Botschafter griff nach dem edlen Kristall, hielt es am Stiel, drehte es, bis sich die Strahlen der Nachmittagssonne darin brachen und in tausend Feuerfunken schmolzen. Dann bewegten sich plötzlich seine Finger, öffneten sich, und ehe Makepeace warnen, sich bewegen oder es fangen konnte, war das Glas auf den Rasen gefallen. Es prallte ab und lag, heilgeblieben, auf dem Rasen.

Makepeace bückte sich, um es aufzuheben, und streckte sich erleichtert danach aus. »Das ist ein Wink des …«

Erschrocken zog er die Finger zurück, als der Franzose

das Glas mit der Hacke seines eleganten maßgefertigten Schuhs in tausend Splitter zertrat.

Der Hubschrauber flog dicht über den schwarzen Sand der Küste von Khrysokhou Bay im Nordwesten der Insel bis hinter die kleinen Fischerdörfer, die sie als Jungen gekannt hatten. Die Tage der Kindheit waren lang gewesen, Sommer, in denen es reichlich Tintenfisch gab, die Mädchen hatten eifrige Augen und viel zu lernen, während Segelboote in der leichten Brandung neben den Schalbrettschwimmern tanzten. Es war noch gar nicht lange her, daß die Straße zurück durch die Berge nicht mehr gewesen war als ein schmaler Pfad; seitdem hatte er sich in eine gewundene Teerautobahn verwandelt, die auf ihrem Rücken Tausende von Touristen nebst ihrem ganzen Krempel trug. Die Fischerdörfer bebten nun im Rhythmus der Diskotheken, die Fischpreise hatten angezogen, und auch der eines Lächelns. Fortschritt. Aber die Segelboote waren noch in baufälligen Häfen festgemacht, die mehr Wracks als Motorboote enthielten. Ungenutzte Gelegenheiten, aber Theophilos' Hafen am nahen Kap würde das alles ändern. Wenn er erst einmal die Briten abgeschüttelt hatte.

Der Hubschrauber ging in Schräglage. »Bischofspalast in zwei Minuten«, informierte sie die metallische Stimme des Piloten über die Kopfhörer. Dimitri griff nach der Armlehne; er haßte Fliegen, betrachtete es als eine Verletzung von Gottes Gebot und würde dieser Narretei nur so lange nachgeben, wie Gottes persönlicher Botschafter neben ihm saß. Es war ärgerlich, daß sein Bruder überallhin mit dem Hubschrauber reiste, oft flog er selbst, was nur dazu angetan war, Dimitris angeborene ängstliche Verfassung noch zu steigern. Er hätte sein Leben für seinen Bruder gegeben, betete aber darum, daß es nicht gerade in diesem Moment nötig sein würde. Er saß aufrecht in seinem Sitz, froh, daß der Lärm der Maschine eine Unterhaltung unmöglich machte.

Im Gegensatz dazu schien Theophilos äußerst vergnügt. Er hatte Zeitung gelesen, wiederholt den Finger hineingebohrt und sie Dimitri vors Gesicht gehalten. Dimitri war sich sicher, daß das in dem sicheren Wissen geschehen war, daß jede andere Aktivität außer der, sich rigoros auf den Horizont zu konzentrieren, sofortige Übelkeit bei ihm auslöste. In vielerlei Hinsicht waren sie noch die Kinder, die in den Felsen am Strand spielten, neue und größere Abenteuer planten, den Mut des anderen testeten, gegen die Regeln verstießen. Dimitri erinnerte sich an den ersten Tag, als sein Bruder als Priester nach Hause gekommen war, in seine Gewänder gekleidet, Kruzifix und Bibel in der Hand, eine dunkle Erscheinung im Türrahmen, umgeben von der Ausstrahlung des heiligen Amtes. Dimitri, überwältigt und unsicher, war sofort auf die Knie gefallen, hatte sich in Erwartung des Segens verneigt, aber statt dessen hatte Theophilos einen Fuß gehoben, ihn auf der Schulter seines Bruders plaziert und ihn zum Purzelbaum gezwungen. In jener Nacht waren sie sturzbetrunken von selbstgemachtem Wein gewesen, genau wie in alten Zeiten. Nichts hatte sich verändert. Theophilos war immer der kluge und ehrgeizige Bruder, geadelt durch ein Jahr auf der Harvard Business School, der einmal den Familienbetrieb übernehmen würde. Dimitri war ein Mann von geradlinigem Denken, gewöhnt daran, zu gehorchen. Sogar in Hubschraubern.

Sie waren auf dem Platz hinter dem Haus gelandet, und Dimitri, der dem Tod einmal mehr entkommen war, kehrte zurück in die Gegenwart. Sein Bruder war noch immer in die *Stimme des Volkes* versunken, eine führende zypriotische Zeitung in London. Das war an sich nicht ungewöhnlich, da die Firma gute Kontakte in der Gemeinschaft außerhalb Zyperns hatte und Theophilos beträchtlichen Aufwand trieb, um sicherzustellen, daß seine Präsenz in der Presse sowohl in der Darstellung als auch im Ruhm gesichert war. Aber hier ging es nicht um ihn. Es war vielmehr ein ausführlicher Bericht über unbekannte Gräber, viele Zeilen lang, den der Bischof weiter mit den

Fingerspitzen streichelte, aber seine Worte waren nicht zu verstehen, gingen im Zischen der Rotorblätter unter. Als sie aus der Kabine stiegen, bückten sie sich instinktiv. Dimitri, um voller Erleichterung den Boden zu küssen, der Bischof, um den flatternden Kopfputz zu sichern. Er hielt die Zeitung weiterhin fest.

»Was? Was hast du gesagt?« brüllte Dimitri seinem Bruder ins Ohr, als der Lärm hinter ihnen abnahm.

Theophilos richtete sich auf, sein heiliges Gewand verlieh ihm noch mehr Größe und Autorität. Er lächelte strahlend, so daß seine Goldzähne gut sichtbar waren.

»Ich sagte, kleiner Bruder, daß du dich wappnen sollst. Wir sind dabei, uns einen schlimmen Fall von Knochenfieber zuzuziehen.«

Die häufigen Rippenstöße, die Makepeace empfing und über die er sich bei de Carmoy beklagt hatte, hatten sich zu regelrechten Schlägen ausgewachsen. Telefongespräche, aus Unterhaltungen Aufgeschnapptes, Journalisten mit der einzig wichtigen Frage – alle schienen sich verschworen zu haben, ihn in die Richtung zu drängen, die einzuschlagen ihm widerstrebte.

Aber warum dieses Zögern? Nicht aus Mangel an Ehrgeiz, nicht aus Angst vor den möglicherweise selbstmörderischen Folgen, wenn er es mit dem Motor Urquhart aufnahm. Umgeben von mehr selbsterklärten Freunden denn je, fühlte er sich so einsam wie noch nie zuvor, fast als Außenseiter. Er war das erstemal in zehn Jahren ohne die ministerielle Unterstützungstruppe – ohne die Sekretärinnen, Ratgeber, Teekocher, zehntausend Paar Hände, und vor allem ohne die täglichen Entscheidungen, die ihn sich als Teil eines Teams hatten fühlen lassen. Selbst als ein Mann, der so lange im politischen Leben gestanden hatte, hatte es ihn gedemütigt, als er feststellen mußte, daß sich neben den neuen Helfern, die er bekommen hatte, andere, die er zu seinen Freunden gezählt hatte, von ihm abwandten. Freundschaft in einer gespaltenen Partei mag ehrenhaft sein, wenn es um die parlamentarische Etikette geht, aber es ist keinerlei Verlaß darauf.

Dann war da noch seine Ehe. Sie war leer und hohl, aber sie hatte immerhin eine gewisse Kontinuität aufgewiesen, die sehr tröstlich war, selbst wenn sie über viele Monate hin nur aus einem Anruf pro Woche bestand. Er hatte seit über zwei Wochen nicht angerufen, und sie hatte nicht einmal nach dem Grund gefragt.

Obwohl er solche Freiheiten erfreulich fand, waren sie auch verwirrend und, wenn er sich selbst und seinen Grübeleien überlassen war, fast angsteinflößend, wie bei einem Bergsteiger, der bei seiner ersten Bergtour eine Gletscherspalte überqueren muß. Und hinter ihm hörten sie nicht auf zu drängeln, immer weiter zu drängeln, besonders Annita Burke. Sie saß neben ihm im Fond des Wagens, der Lobbyist Quentin Digby vorne. Digby redete weiter davon, wie sehr die Medien neue Gesichter und eine neue Geschichte anbeteten, und diese Geschichte wäre die neueste und größte seit Jahren. Annita, deren Augen im Glimmen des Armaturenbretts hexenhaft wirkten, saß aufgeregt da. »Die Logik ist überwältigend«, sagte sie. »Die Unterstützung ist da. Für Sie. Ich habe in den letzten Tagen mit vielen Leuten gesprochen. Sie würden Ihnen den ganzen Weg lang folgen, wenn sie nur eine kleine Chance bekämen.«

»Die Chance der Anonymität, meinen Sie«, erwiderte Makepeace herb. »Es ist eine Unterstützung, der die eigentliche Tatkraft fehlt, aus Angst, F.U. könnte herausfinden, wer auf welcher Seite steht.«

»Nein, keinen heimlichen Coup, kein Versuch, den Süßigkeitenladen heimlich zu übernehmen. Das würde wahrscheinlich nicht funktionieren und wäre auch nicht Ihr Stil.«

»Was dann?«

»Ein Konkurrenzladen. Eine neue Partei.«

Gott, das klang wie ein Echo seiner Unterhaltung mit Jean-Lúc. Er erinnerte sich an das Interesse, das Annita auf der Gartenparty gezeigt hatte, und fragte sich allmählich, ob de Carmoy sie darauf gebracht hatte. Sie war die geborene zynische Intrigantin, vielleicht ein wenig zu sehr; wie viele von den anderen Dränglern und Drückern hatte sie organisiert, vielleicht dazu überredet, ihn zu unterstützen, nur um Ruhe vor ihnen zu haben?

»Sie würden wochenlang die Schlagzeilen beherrschen. Impulse auslösen«, ermutigte ihn Digby. »Nach all diesen Jahren mit Urquhart wollen die Leute einen Wechsel. Also geben Sie ihn ihnen.«

»Zwölf ehemalige Kabinettminister haben mir zugesichert, Sie zu unterstützen, und sogar ein gegenwärtiges Kabinettmitglied«, fuhr Annita fort.

Also organisierte sie tatsächlich. »Wer?«

»Cresswell.«

»Ah, dieser quabbelige Dickbauch. Ein Mann, dessen einzige feste Überzeugungen sich auf Portwein und Pudding beziehen.«

»Aber für eine Woche Schlagzeilen durchaus geeignet.«

»Öffentlich?« wollte Makepeace wissen. »Er würde öffentlich sagen?«

»Timing ist alles.« Digby sagte das, er ließ die Frage unbeantwortet. »Wenn die ersten aus dem Sack sind, werden weitere folgen. Es kommt auf den Moment an. Es ist ansteckend wie Mumps.«

»Zu mehreren ist man sicherer«, murmelte Makepeace, mehr zu sich selbst. »Das macht diesen ersten Schritt so wichtig.«

»Timing *ist* alles«, wiederholte Burke, entzückt, daß Makepeace' Überlegungen sich anscheinend zu konkretisieren begannen. Seine Gedanken rasten, noch ein letzter Anstoß ... »Sie können es bis ganz oben schaffen, Tom, wenn wir die Initiative ergreifen. Wir müssen jetzt anfangen, uns zu organisieren, aber enthüllen Sie um Gottes willen nichts zu früh, nicht ehe alles vorbereitet ist. Ihr Problem ist, daß Sie, wenn Sie einmal eine Entscheidung getroffen haben, zu ungeduldig, zu emotional sind. Zu anständig, wenn Sie so wollen. Das ist Ihr größter Fehler.«

Nur allzu wahr. Genau das hatte auch Claire ihm gesagt. »Um zur Wahl anzutreten und sie zu gewinnen, brauchen wir eine ganze Maschinerie, eine solide Wählerschaft, nicht nur einen Debattierclub in Westminster«, überlegte Makepeace.

»Deshalb brauchen wir Zeit.«

»Und Timing.«

Das Auto hatte vor dem ›Vangelis‹ angehalten, wohin er sie zum Essen eingeladen hatte. Und, wie es aussah, um Pläne zu schmieden. Das weckte eine Erinnerung in ihm an etwas, was Maria ihm bei ihrem ersten Treffen gesagt hatte. Über eine gut organisierte Zentrale und eine Armee an seiner Seite, die über Nacht da sein könnte.

Der Schatten eines Lächelns umspielte seine Lippen. Die verschiedenen Fäden seines Lebens schienen langsam zusammenzulaufen. Urquhart. Ehrgeiz. Maria. Leidenschaft. Alle drängten ihn in dieselbe Richtung. Plötzlich sprach nichts mehr für Hinauszögern, er sollte sich lieber zurücklehnen und es genießen. Wie Maria erst letzte Nacht gesagt hatte, sein Timing war gewöhnlich perfekt.

Sie stiegen aus. »So gegen elf, Mickey«, wies er seinen Fahrer an. »Nicht eher, fürchte ich. Ich habe das Gefühl, daß dieses Essen sehr lange dauern wird.«

Mickey tippte an seine Mütze. Dieser neue Job erwies sich als recht vielversprechend. Die Bezahlung war besser, als wenn er als Taxifahrer herumsäße, und Makepeace war ein freundlicher und rücksichtsvoller Fahrgast. Der Klatsch war noch viel interessanter, als wenn er einem Geschäftsmann zuhören müßte, der über einen undankbaren Kunden wetterte oder über die muskelbepackten Tennistrainer seiner Ehefrau.

Auch andere wurden gestoßen und angerempelt. Hugh Martin war in den Vierzigern, einst schnell zu Fuß und ein ehemaliger Rugbyspieler am linken Flügel, der Ellbogen und den Mißbrauch von Extremitäten mehr als gewöhnt war. Er hatte nicht erwartet, daß vor dem Museum für Volkskunst in Nikosia dieselben Taktiken angewandt werden würden. Das Museum, das mitten im Gassengewirr hinter den alten Befestigungsanlagen lag, warb für seine jüngste Ausstellung, und Einladungen waren an die Prominenz der Stadt gegangen, unter ihnen auch der britische Hochkommissar. Er hatte einen netten Rundgang mit Mrs. Martin an den Ständen vorbei erwartet, daß er ein paar Freunde treffen oder auch neue kennenlernen würde, vielleicht sogar etwas finden würde, um seine Frau zu inspirieren, die begonnen hatte, Keramik zu sammeln. Statt dessen traf er vor der Halle auf eine Gruppe von etwa zwanzig Leuten, die Flugblätter verteilten. Er hatte keine Gelegenheit, sie zu lesen, denn sobald sie seinen Dienstrover vorfahren sahen, wandte sich die Aufmerksamkeit der gesamten Gruppe ihm zu.

Sein Leibwächter Drage stieg zuerst aus. »Ich werde das überprüfen, Sir.«

Aber Martin war sowohl neugierig als auch amüsiert. Wenn die Demonstrationen der Hauptstadt in irgendeiner Weise ihren Rohrleitungen glichen, wäre der Lärm größer als ihre Funktion. Aber das war Nikosia: höflich, zivilisiert, archetypisch zypriotisch, nicht Teheran oder das verdammte Damaskus. Also ging er mit. Es war eine Entscheidung, die er bald bedauern sollte.

»Britische Mörder«, zischte eine alte Vettel durch rotes Zahnfleisch, von jüngeren Demonstranten nach vorn geschoben. Ein Transparent erschien, irgend etwas über Gräber und Kriegsverbrechen, und als sich die Demonstranten hinter ihr versammelten, spuckte jemand über ihre Schulter. Es ging daneben, nicht aber der Fausthieb. Er kam von zu weit hinten, um wirklichen Schaden anzurichten, aber die Überrumpelung ließ ihn nach Luft ringen. Drage war jetzt an seiner Seite und brüllte, daß er wieder in den Wagen steigen sollte, aber im Gegenzug wurden sie von noch mehr Leuten gestoßen, und der Hochkommissar, immer noch verwirrt und sich den Magen haltend, stolperte. Drage fing ihn auf, hob ihn hoch und versuchte, ihn zum Wagen zu tragen. Martin dachte, daß der Schlag ihn mehr verletzt hatte, als er geglaubt hatte, weil er Lichter sah; zu seiner Bestürzung entdeckte er, daß es nicht die Lichter leichter Betäubung, sondern die eines Fernsehteams waren. Jeder Teil der Demonstration – jeder, der nach dem Schlag stattfand – wurde auf Video festgehalten. Die Wut alter Mütter. Wehende Fahnen, die ein Ende der britischen Kolonialherrschaft forderten. Weg mit den Militärbasen. Der stolpernde Rückzug eines britischen Hochkommissars, wie ein Kind in den Armen seines Leibwächters getragen, der vor der Wut alter Weiber in die Nacht floh. Der erste Funken zypriotischer Gegenwehr. Was für ein unglücklicher Zufall, daß sich das Fernsehteam zur rechten Zeit am falschen Ort befand. Ein unerfreulicher Ausbruch von Knochenfieber.

»Der Teesalon ist verseucht.«

»Wieder Mäuse? Ich habe gehört, daß Deidre letzte Woche fast aus dem Fenster in die Themse gesprungen ist, als zwei von den kleinen Ungeheuern sie anstarrten. Hinter der Vertäfelung muß ein Nest sein. Meinst du, wir sollten die Katze wieder herholen?«

»Keine Mäuse. Ich spreche von Gerüchten.« Booza-Pitt war verärgert über die offensichtliche Gleichgültigkeit seines Chefs. »Tom hat etwas vor, aber niemand scheint genau zu wissen, was.«

Aus dem Hintergrund erscholl die kreischende Serenade von spielenden Kindern vom Pool her, wo ein Dutzend von ihnen, alle Abkömmlinge der Minister, die seltenen Freuden eines Sommernachmittags auf Chequers genoß. Auf dem weiten Rasen versuchte der Umweltminister ein paar Golfschläge, als ein Polizist in blauem Hemd und Jackett mit einem Heckler-&-Koch-Halbautomatikgewehr im Arm vorbeipatrouillierte. Auf der Terrasse, im Schatten des herrlichen elizabethanischen Herrenhauses mit seinen verwitterten und vermoosten roten Ziegeln, servierte ein Kellner Getränke. Die Atmosphäre war entspannt, in Kürze sollte es Mittagessen geben, und Urquhart hatte den festen Vorsatz, sich nicht drängen zu lassen. Dies war sein offizieller Wochenendsitz, er würde die Dinge auf eigene Weise handhaben.

»Eine Herausforderung um die Parteiführung«, beharrte der verwünschte Booza-Pitt, der sich so sehr um ein eindrucksvolles Äußeres bemühte, daß sich seine Augenbrauen zusammenzogen wie bei einer Figur von Dostojewski.

»Nein, das nicht. Die würde er verlieren, und das weiß er.« Claire nippte an einem Mint-Julep – der Barkeeper war gerade erst von einer Reise nach New Orleans zurück – und setzte sich. Sie lockte den Innenminister an; Urquhart wußte es und amüsierte sich darüber, nur Geoffrey war zu blind, um es zu merken. Für ihn war die Unterhaltung bereits ein Konkurrenzkampf um Urquharts Aufmerksamkeit geworden.

»Selbst wenn, könnte es sein. Aus Groll. Ein bißchen Schaden anrichten, ehe er im Schatten verschwindet.«

»Nein. Er hat andere Pläne.« Sie setzte sich wieder.

Urquhart war jetzt selbst ein wenig irritiert. Sie sprach so sicher und mit einer Stimme, die wie frische Farbe auf Leinwand klang, aber er konnte das Bild noch nicht erkennen.

»Zum Beispiel?« warf Geoffrey herausfordernd ein.

Claire sah zu Urquhart hinüber; sie hatte vorgehabt, das für einen privateren Moment aufzuheben, aber er schien sehr interessiert an ihren Informationen. Ein Golfball rollte zu ihren Füßen, gefolgt von einem verspäteten Warnschrei vom Rasen her; offensichtlich mangelte es dem Umweltminister noch an Übung. Urquhart erhob sich aus dem hölzernen Gartenstuhl und führte sie über die Gartenwege, außer Hörweite der anderen.

»Eine neue Partei«, begann sie noch einmal. »Eine große Medienshow mit ein paar berühmten Namen als Unterstützung. In den nächsten Wochen wird mehr kommen. Einige aus unserer eigenen Partei. Vielleicht sogar ein oder zwei aus der Regierung.«

»Verrücktheit!« schnaubte Booza-Pitt.

Aber Urquharts Augen waren starr geworden, sein

Körper versteifte sich vor Konzentration, während er ausschritt, wobei er den Boden studierte, als könnte er durch eine Falltür direkt in die Hölle sehen. »Er hofft auf ein paar Nachwahlen, bei denen die Leute nach was Neuem greifen. Bissen für Bissen schnappt er nach meiner Autorität. Macht es mir noch schwerer zu regieren.«

»Ein Schritt baut auf dem nächsten auf.«

»Er will mich ausbluten. Tod durch tausend Schnitte.«

»Könnte er das tun? Könnte er das wirklich?« Booza-Pitt hatte schließlich doch den sich drehenden Wind mitbekommen. »Klingt nach einer Partei, die außer von Frauenmagazinen von niemandem ernst genommen wird.«

»Selbst Frauen stehlen sich die Zeit vom Nägellackieren, um zu wählen, Geoffrey. Wir sind nicht nur Hitzewallungen und Blumenarrangements.«

Der Schritt des Premierministers wurde zusehends energischer; Booza-Pitt spürte, daß er abgehängt wurde. »Aber woher will er das Geld dafür nehmen?« wollte er atemlos wissen. Für Geoffrey liefen alle Praktiken des Lebens stets auf Geld hinaus. Er hatte einmal beim Schulrennen eine Abkürzung entdeckt und war zu seinem Ärger in sein Team aufgenommen worden. Er hatte Trost daraus gezogen, die Abkürzung an seine Freunde zu verkaufen.

»Nicht das Geld ist sein Problem, sondern die Zeit«, antwortete Claire. »Zeit, einen Impuls auszulösen. Zeit, vor der nächsten Wahl eine Organisation aufzubauen und sicherzustellen, daß er mehr ist als nur ein Aufflackern in den überspannten Köpfen der Medien. Zeit, unsere Bande verschwitzter Galeerensklaven dazu zu ermutigen, das Schiff zu wechseln.«

»Es wird nicht mehr werden als eine Abendgesellschaft beim Gebet«, spuckte Booza-Pitt voll Verachtung. Dann änderte sich sein Ausdruck, als wäre er mit einem Holzhammer bearbeitet worden. »Guter Gott. Was bedeutet das für mein Gesetz? *Ich* würde ihm all das Geld geben.«

Urquhart hielt unter den Ästen einer weitverzweigten

Zeder plötzlich inne. »Nicht ganz das, was ich im Sinn hatte«, gab er ruhig zu.

»Ich muß ... ich muß es zurückziehen. Irgendwie.« Booza-Pitts Stimme erstarb, sein Mantel als Schützer der Demokratie war in Fetzen, bevor er ihn überhaupt gewoben hatte.

»Es gibt einen Ausweg«, bot Claire an.

»Einen, der meinen Ruf wahrt?«

»Den Ruf der Regierung, Geoffrey«, korrigierte sie ihn. »Ihr Gesetz wird so viele verschiedene Gruppierungen wie möglich unterstützen. Gut. Wir dürfen Tom keinen Vorteil verschaffen.«

»Von tausend Unbedarften zu Tode geknabbert, das war immer meine Vorstellung«, rief Geoffrey aus und fragte sich, ob die Zeit gekommen war, dies als seinen eigenen Plan auszugeben.

»In der Zwischenzeit müssen wir unseren eigenen Anhängern etwas geben, in das sie ihre Zähne hineinschlagen können. Laßt uns für sie die Fahne hissen, gebt ihnen etwas, das sie daran erinnert, wofür wir stehen und wieviel sie verlieren können, wenn alles schiefgeht.«

»Zum Beispiel?« wollte Geoffrey wissen.

»Ich dachte, Sie wären der mit all den guten Kampagne-Ideen.« Das war der alte Urquhart, in scharfem Ton. »Geoffrey, warum machen Sie nicht vor dem Essen noch einen Spaziergang durch die große Bibliothek? Eine faszinierende Sammlung von Erstausgaben – Sartre, Hemingway, Archer. Genau Ihr Stil.«

»Vielleicht etwas später, F.U.?« fragte er, entschlossen, sich nicht abhängen zu lassen.

»Geoffrey, sei so gut und verpiß dich.«

»In Ordnung. Die große Bibliothek. Wir sehen uns dann beim Essen.«

Sie bestaunte seine Unempfindlichkeit gegenüber Beleidigungen. Allerdings hegte sie den Verdacht, daß er jetzt darüber nachdachte, wie er anderen das Privileg unter die Nase reiben könnte, vom Premierminister dazu eingeladen worden zu sein, dessen seltene Ausgaben zu bewundern.

»Dafür wird er Sie nicht lieben«, kommentierte sie.

»Geoffrey ist nicht fähig, jemanden außer sich selbst zu lieben. Die Bewunderung seiner eigenen Unzulänglichkeit ist so umfassend wie erstaunlich und läßt für andere keinen Raum. Ich nehme an, ich werde überleben, und er auch.«

Aus der Ferne erklang der Gong zum Mittagessen, und das Geschrei der Kinder erscholl mit neuer Ungeduld, aber er ignorierte den Ruf, ergriff statt dessen ihren Arm und führte sie durch die Terrassentür ins Haus. Sie befanden sich in seinem Arbeitszimmer, Türen und Fenster fest geschlossen. Plötzlich hatte sie Klaustrophobie, die Regeln hatten sich geändert. Das war nicht mehr ein sommerliches Schlendern durch den Garten und Kräftemessen mit Booza-Pitt, sondern nur noch sie und er, sie und Urquhart in einer Atmosphäre persönlicher Intensität, die sie mit ihm noch nie vorher so empfunden hatte.

»Es tut mir leid, Francis, habe ich Sie verletzt, weil ich von der Möglichkeit der Niederlage gesprochen habe?«

»Nein. Sie haben es geschafft, zum Ausdruck zu bringen, und zwar sehr elegant, was ...« – er war im Begriff zu sagen ›Stimmen in meinem Kopf‹ – »meine eigenen Gedanken mir nur zu deutlich gesagt haben.«

»Also denken Sie, es wäre möglich?«

»Ich bin kein Narr. Natürlich könnte es passieren. Wir sind nur Reisende auf einer Welle; selbst während wir noch auf ihr dahinrasen, genügt ein kurzes Umkippen, um uns unterzutauchen.«

»Aber wenn wir untertauchen, und er gewinnt, gibt es für uns keinen Weg zurück. Tom hatte schon immer etwas für angemessene Repräsentation übrig – er könnte das Wahlgesetz seinerseits ändern, es zugunsten der kleinen Parteien, der Unbedarften, ändern.«

»Die zu großen Hechten werden und die Regierung auseinander reißen. Dieses Land würde ins Chaos stürzen. Durch die Legislative von Booza-Pitt und Makepeace, die Zerstörer der Zivilisation. Hah!« Zu ihrer Bestürzung klang er so, als fände er ironische Erheiterung in der Aussicht auf die Apokalypse.

»Sie wären Geschichte«, warnte sie.

»Und von ihr um so mehr geschätzt!«

Sie erkannte, warum sie sich so eingesperrt gefühlt hatte, sie stand nicht nur neben einem Mann, sondern neben einem politischen Koloß, dessen Taten gepriesen werden würden. Ja, das hatte sie von Anfang an gewußt. Hatte sie nicht deshalb zugestimmt, mitzumachen, um ihres eigenen egoistischen Platzes in seinem Schatten willen, wegen der Spannung und der Erfahrung, in dieser Geschichte neben einem breiten Stamm zu stehen? So nahe, so privat stürzte es sie in beträchtliche Unruhe.

»Es gibt eine Schwachstelle in seiner Rüstung«, fuhr Urquhart in auffallender Lebhaftigkeit fort, »der Punkt seiner größten Verwundbarkeit. Er muß diese Triebkraft erhalten, unwiderstehlich erscheinen, bevor genügend Leute ihren Mut in die Hand nehmen und mit ihm marschieren. Aber um eine Armee aufzustellen, braucht er Zeit. Zeit, die wir ihm zugestehen oder nicht. Wir müssen unseren jungen Tom im Auge behalten.«

»Das tue ich schon«, antwortete sie ein bißchen dümmlich. Sie hatte es geheimhalten wollen, falls er dagegen war, aber die intime Stimmung besiegte ihre Vorsicht. »Er hat einen neuen Fahrer, der – wie soll ich sagen? – sehr darauf bedacht ist, seine Erfahrungen zu teilen, besonders, wenn er seinen Wochenlohn erhält. Von einem sehr engen Freund meines Mannes.«

»Wirklich? Wie klug. Ich hätte daran denken sollen. Ich lasse nach.«

»Oder ich lerne.«

Er sah sie fragend an, in einem neuen Licht. »Ich glaube, das tun Sie wirklich – Sie erweisen sich als bemerkenswerter Fang, Claire, wenn ich so sagen darf.« Er hatte sich ihr zugewandt, ihre Hände ergriffen, seine Stimme wurde weicher. Er hatte sie schon eingeladen, so vieles zu teilen, und doch lag in diesem Moment eine neue, drängende

Vertrautheit. »Eines muß ich noch fragen. Sie sind sehr hart mit Tom Makepeace umgesprungen. Politisch, meine ich. Doch aus der Art, wie gut Sie ihn verstehen, erhalte ich den Eindruck – eine Ahnung, vielleicht –, daß er und Sie sich einmal sehr nahestanden. Persönlich.«

»Würde das eine Rolle spielen?«

»Nicht, solange ich mir Ihrer Loyalität sicher sein könnte.«

Loyalität, die durch Bande gefestigt war, die mindestens so sicher waren wie die, die sie mit Makepeace verbunden hatten.

»Francis, das können Sie. Seien Sie sich meiner Loyalität gewiß.«

Sie fühlte sich in seiner enormen Anziehungskraft gefangen. Sie geriet in Panik, als sie erkannte, daß sie die Kontrolle verlor. Ihr Mund strebte seinem Gesicht entgegen. Plötzlich hatte sie Angst, sowohl vor sich selbst als auch vor ihren Ambitionen. Sie fiel, konnte jedoch nichts dagegen tun, obwohl sie wußte, daß die Möglichkeit bestand, zu verbrennen und zu Asche zu werden, wenn sie ihm zu nahe kam. Wie es anderen ergangen war. Sie stand in Flammen.

Dann war da Eis. Urquhart zog sich zurück, ließ ihre Hände fallen und zerriß bewußt das Band, das sie einigte. Warum, würde sie nie erfahren, und Urquhart würde es nie zugeben, nicht einmal sich selbst gegenüber.

Denn wie könnte ein Mann das zugeben? Die Schuldgefühle, weil er andere auf diese Art besessen hatte, benutzt, weggeworfen, völlig zerstört zurückgelassen. Mit der Zeit fühlte er sich dem Tag seines eigenen Gerichts näher, und das lastete immer schwerer auf ihm. Einige mochten das als Gewissen mißverstehen. Oder war es lediglich das Wissen darum, daß solche Verwicklungen in der Vergangenheit nur Kummer und Unruhe gebracht hatten, Unruhe, die er in einer Welt, die dank Thomas Makepeace noch viel unsicherer geworden war, nicht brauchen konnte?

Aber noch etwas ließ sein Blut kalt bleiben. Die

nagende Furcht, daß Francis Urquhart, der Politiker, auf den Ruinen von Francis Urquhart, dem Mann, aufgebaut war. Ohne Kinder war er zur Sterblichkeit verdammt. Eine Wüste, eine Trockenheit des Körpers, die die Seele angesteckt hatte und auf Elizabeth übergegangen war, die einzige Frau, die er je wirklich geliebt hatte. Alle anderen waren nur Beiwerk gewesen, ein Versuch, seine Männlichkeit zu beweisen, aber am Ende eine sinnlose Übung, ein Schrei in einer schalldichten Zelle.

Als sie vor ihm stand, begehrenswert und bereit, war er sich nicht einmal mehr sicher, ob er wenigstens seine Stimme heben konnte. Das Ende von Francis Urquhart, dem Mann.

Francis Urquhart, der alternde Politiker, trat von der Versuchung und der Qual zurück.

»Am besten bleiben Sie meine Glücksfee, ja?«

In der zypriotischen Hauptstadt strömten die Massen durch den Eingang, um Alekos zu hören, einen jungen talentierten Sänger aus dem Mutterland, der eine bemerkenswerte Fangemeinde unter den Griechen aller Altersgruppen hatte. Die jungen Mädchen schwankten zum Rhythmus seiner Hüften, alte Frauen verfielen ihm wegen seiner Stimme, die wie Honig in abgestumpfte Ohren tropfte, und die Männer nahm er durch seine Art ein, die Bilder und Gefühle des Hellenismus so eindringlich in der Musik der griechischen Seele zum Ausdruck zu bringen. Er war eigens für ein Konzert zur Unterstützung des zypriotischen Verteidigungsfonds eingeflogen. Nur wenige der begeisterten Zuschauer dachten darüber nach, wie ein Konzert Geld einbringen konnte, wenn alle Eintrittskarten kostenlos verteilt worden waren, ebenso wie die großen Fahnen, die über den Köpfen der ergriffenen Menge geschwenkt wurden. *Wir werden nicht vergessen*, der Refrain in Erinnerung an die Opfer der türkischen Invasion schwang sich hoch über andere seelenvolle Slogans wie *Laßt uns unsere Toten mit Würde begraben, Briten – gebt unsere Stützpunkte zurück* und sogar *Gleichheit mit den Orchideen*.

Der Bischof war sehr präsent, in seiner dunklen Robe saß er auf dem Ehrenplatz, umgeben von der hart arbeitenden Gruppe seiner Theologiestudenten. Theophilos war sehr zufrieden. Selbst die gelegentlichen Ausbrüche alkoholischer Exzesse, herbeigeführt durch die Hitze und die bereitwillige Versorgung mit Bier, trug er mit väterlicher Nachsicht.

Drei Stunden lang brüllten, kratzten, tropften und peitschten Alekos und seine Band ihre Leidenschaft heraus, und als der Abend fortgeschritten war, schlug er zum Refrain von *Akritas Dighenis* an, einer Geschichte von heldenhafter Verteidigung gegen fremde Feinde, von geliebten Erinnerungen aus den Nebeln der Zeit und vor allem von Sieg. Sie sangen und schunkelten mit ihm, zündeten Streichhölzer und Kerzen an, die Gesichter in der Dunkelheit von Hoffnung erhellt, während die Tränen bei Frauen wie Männern ungehemmt flossen. Alekos hatte sie alle in der Hand.

»Habt *ihr* vergessen?« schnaufte er ins Mikrofon, seine Stimme anschwellend, um jeden zu erreichen.

»Nein«, schluchzten sie.

»Wollt ihr die vergessen, die gestorben sind?«

»Nein ...«

»Wer hat sein Leben für ein freies Zypern gegeben? Wer von ihnen liegt in einem unbekannten Grab verscharrt?« Seine Stimme war jetzt fester, anstachelnd.

(Als Hugh Martin später die Berichte hörte, stöhnte er darüber, wie Alekos in einem emotionalen Rausch die türkische Invasion mit dem Thema britischer Gräber vermengt hatte.)

»Nein, nein«, antworteten sie mit gleicher Überzeugung.

»Wollt ihr, daß eure Heimat für britische Militärbasen weggegeben wird?«

Er rührte die trüben Wasser alten Hasses auf wie ein Haifischschwanz. In der Dunkelheit verloren sie ihre Individualität und verschmolzen, wurden eins. Griechen. Voller Haß.

»Dann wollt ihr eure Heimat an die Bastarde von Türken weggeben?«

»Nein! Niemals!«

»Wollt ihr, daß eure Schwestern und Töchter von den Türken-Bastarden vergewaltigt werden wie eure Mütter, als die Bastarde in unser Land eingefallen sind?« Seine geballte Faust zerschlug die Nachtluft, seine Bitterkeit steckte die anderen an.

»NEIN.«

»Wollt ihr, daß euer Präsident einen Vertrag unterschreibt, der das gutheißt? Alles vergessen? Alles vorbei? Daß sie behalten können, was sie gestohlen haben?«

»NEIN«, riefen sie, »NEIN, NEIN, NEIN.«

»Was wollt ihr also dem Präsidenten sagen?«

»N-E-E-I-N!« Die Schreie stiegen in die Nacht von Nikosia und ergossen sich über die Stadt.

»Dann geht hin und sagt es ihm!«

Die Tore öffneten sich, und Tausende strömten aus dem Saal nach draußen, wo sie Busse vorfanden, die sie die zwei Kilometer zum Palast des Präsidenten bringen würden, dessen Wachen sie verhöhnten, an dessen Toren sie rüttelten und an dessen Zaun sie ihre Fahnen hefteten. Im Licht eines großen rosa Mondes zog die größte Demonstration in der Geschichte Nikosias seit den Wahlen vorbei, und dreiundzwanzig unkluge Verhaftungen sorgten dafür, daß das Stampfen zorniger Füße auch in den nächsten Tagen für Schlagzeilen sorgen würde.

Wie jedes andere Detail des Konzerts war sogar die Zugabe nach Plan verlaufen.

»Wieder Gamaschen und Gongs heute abend«, seufzte Urquhart. Er hatte vergessen, wie oft er an einem Sommerabend seine festliche Kleidung angelegt hatte, um belanglose Nettigkeiten mit einem Herrscher aus der Dritten Welt auszutauschen, der, sobald die Weinliste vorgelegt wurde, anfangen würde, über seine vielen Frauen, ebensovielen Titel und ebensovielen Schweizer Bankkonten zu reden. Urquhart sagte sich, daß er seine Zeit um einiges lieber mit etwas anderem verbringen würde, etwas, das ihn mehr ausfüllte. Aber womit? Mit einem Gefühl beginnenden Schreckens erkannte er, daß er nicht wußte, womit. Für ihn gab es nichts anderes.

»Ich sehe, daß sie damit anfangen, den Rasen für diese verdammte Statue auszustechen.« Elizabeth sah aus dem Schlafzimmerfenster. »Ich dachte, du hättest Max Stanbrook gesagt, daß er es stoppen soll.«

»Er arbeitet daran.«

»Es ist albern«, fuhr sie fort, »in etwas mehr als einem Monat hast du ihren Rekord gebrochen. Du solltest da draußen stehen.«

»Sie war auch nicht daran gewöhnt zu verlieren«, sagte er sanft.

Sie wandte sich um, das Gesicht voller Anteilnahme. »Bringt dich dieser ganze Makepeace-Unsinn zu Boden, Francis?«

»Ein bißchen vielleicht.«

»Das sieht dir gar nicht ähnlich, Verletzlichkeit zuzugeben.«

»Er zwingt mir mein Handeln auf, Elizabeth. Wenn ich ihm Zeit lasse, sich zu organisieren, zu wachsen, gebe ich ihm die Zeit, erfolgreich zu sein. Zeit ist nicht auf meiner Seite, nicht, wenn man in meinem Alter ist.« Mit einem leisen Fluch zerrte er an seiner Fliege und knotete sie wieder auf. »Claire sagt, ich soll einen Weg finden, seinen Bluff öffentlich zu machen, Flagge zu zeigen.«

»Sie stellt sich als interessanter Spielkamerad heraus.«

Er verstand genau, was sie damit sagen wollte. »Nein, Elizabeth, keine Ablenkungen. Die haben uns in der Vergangenheit so viel Ärger gemacht. Überall sind Stimmen, die mir sagen, ich soll alle meine Kräfte in den nächsten paar Monaten konzentrieren.«

»Für die Leute bist du noch immer der große Anführer, Francis.«

»Und bald halten sie mich vielleicht für einen großen Schurken.«

»Was beunruhigt dich?« wollte sie wissen. »Du bist normalerweise nicht so morbide.«

Er betrachtete sich selbst im Spiegel. Die Zeit hatte unleugbar ihren Tribut gefordert, das Gesicht war zerfurcht und eingefallen, das Haar dünner geworden, die Augen trübe und mit Ringen der Erschöpfung darum. Urquhart, der Mann – wenigstens der junge Mann – war nur noch eine Erinnerung. Aber einige Erinnerungen, dachte er, lebten länger als andere, wollten einfach nicht sterben. Vor allem die Erinnerung an einen weit zurückliegenden Tag, als er im Namen der Pflicht und seines Landes eine Verfehlung begangen hatte. Als die Abendsonne durchs Fenster schien und das Zimmer in kräftiges, orangefarbenes Licht tauchte, kam alles zurück. Die Hände fielen hinab, die Fliege löste sich wieder auf.

»Als ich ein junger Lieutenant in Zypern war« – seine Stimme klang trocken, als wenn er wieder angefangen hätte zu rauchen –, »ist etwas passiert. Eine unglückliche Verstrickung von Umständen. Ein Opfer, wenn du so willst, im Namen des Friedens Ihrer Majestät. Tom Makepeace hat mir heute geschrieben. Er weiß von dem Vorfall, aber nicht, welche Rolle ich dabei gespielt habe. Das würde mich zerstören. Sie würden alles beiseite schieben, was ich erreicht habe, und wie Wölfe über mich herfallen.«

Er drehte sich um und sah sie an. »Ich gebe Makepeace alles, was er will, aber er will die Sache weiterverfolgen. Wenn ich nicht helfe, will er *mich* verfolgen. Welchen Weg wir auch gehen, die Chancen stehen gut, daß ich zerstört werde. Die Zeit ist auf seiner Seite.«

»Dann bekämpfe ihn, Francis.«

»Ich weiß nicht, wie.«

»Du hast jede Menge Pfeile im Köcher.«

Er trat zu ihr ans Fenster, ergriff ihre Hände, massierte die Ballen mit seinem Daumen und küßte sie zärtlich auf die Stirn. »Pfeile in meinem Köcher. Aber ich bin mir nicht sicher, ob ich noch stark genug bin, den Bogen zu spannen.« Er lachte, ein hohles Geräusch, und sie stimmte nicht mit ein. »Wir brauchen noch einen Sieg, noch eine erfolgreiche Wahl. Der Name Urquhart, deiner und meiner, schreibt Geschichte. Der dienstälteste Premierminister dieses Jahrhunderts.«

»Und der größte.«

»Das schulde ich dir sogar noch mehr als mir. Ich muß einen Weg finden, ihn zu schlagen, zu zerstören – auf jeden Fall! Und schnell. Alles, was ich je erreicht habe, hängt davon ab.«

»Und was dann, Francis?«

»Dann können wir vielleicht an Rücktritt denken, und ich kann ein unerträglicher alter Mann werden, der über seinen Ruhestand nörgelt, wenn es das ist, was du willst.«

»Ist es das, was du willst?«

»Nein. Aber was gibt es denn sonst? Ich habe sonst nichts. Deshalb will ich gegen Tom Makepeace kämpfen. Und gegen all die anderen. Solange ich atme.«

Für Elizabeth klang das alles zu sehr nach Grabinschrift; sie drückte ihn an sich, wie sie einander lange nicht umarmt hatten, schmiegte sich an seinen schlaff gewordenen Körper und hatte Angst, in die tiefe Grube seines leeren Alters zu stürzen.

Plötzlich versteifte er sich, merklich fröhlicher. Etwas hinter ihrer Schulter hatte seine Aufmerksamkeit erregt. Die Arbeiter hatten damit aufgehört, das Gebiet abzustecken – Mini-Landesflaggen, war's denn zu glauben –, und ein riesiger Rasenmäher rollte in ihre Richtung. Er kam zögernd näher. Er schaffte das nur mit beträchtlichen Schwierigkeiten, wirbelte den Boden auf und stieß ein paar Fähnchen um, als der Gärtner am Lenkrad drehte. Es war offensichtlich keine Maschine, die für ein so enges Gelände geeignet war. Urquhart beobachtete das alles mit wachsendem Interesse.

»Nun, meine Liebe, ein General muß nicht den eigenen Bogen spannen, er hat andere, die das für ihn tun. Alles, was er braucht, sind Ideen. Und ein oder zwei Ideen haben gerade an meine Tür geklopft.«

Max!« rief er. Minister schlenderten in den Kabinettsaal und sahen ihn am gegenüberliegenden Ende stehen, wo er sich die Faust wie ein Kricketspieler, der auf den nächsten Wurf wartet, in die Handfläche schlug, statt wie üblich im Stuhl unter dem Portrait von Walpole zu sitzen.

Stanbrook ging zu ihm, während die anderen herumstanden, unsicher, ob sie Platz nehmen sollten, solange er noch stand.

»Max, mein lieber Junge«, begrüßte ihn Urquhart. »Unser kleines Gespräch wegen der Statue, Sie erinnern sich? Sie haben den Befehl doch noch nicht unterschrieben?«

»Ich habe es so lange wie möglich hinausgeschoben, F.U.« Stanbrook versuchte, das wie einen wichtigen Sieg von hektorianischen Ausmaßen klingen zu lassen. Dann, etwas dümmlicher: »Aber ich kann nicht einen verdammten Grund dafür finden, es abzulehnen.«

Urquhart warf ihm einen Blick zu, dann legte er seinem Kollegen einen Arm um die Schulter und drehte ihn zum Fenster. »Es gibt nur einen Grund, um ein so würdiges Projekt abzulehnen, Max, und der ist, daß sie nicht genug Geld aufgebracht haben.«

»Aber das haben sie. Achtzigtausend Pfund.«

»Das ist nur für die Statue. Aber was ist mit ihrem Unterhalt?«

»Was braucht eine Statue für Unterhalt, F.U.? Eine gelegentliche Wäsche wegen des Taubendrecks wird die Rechnungen kaum in nennenswerte Höhen treiben.«

»Aber es sind ja nicht nur die Vögel, nicht wahr? Was ist mit Terroristen?«

Stanbrook war ratlos.

»Innenminister«, rief Urquhart zu Geoffrey hinüber, der gerade angetrottet kam. Auch die anderen rückten näher, fasziniert von dem, was offensichtlich eine Art moralisches Spiel war oder auch ein Aderlaß des neuen Umweltministers – wie auch immer, keiner wollte etwas verpassen.

»Geoffrey, würden Sie nicht auch sagen, daß eine Statue von unserer verehrten früheren Führerin, die genau vor den Gärten der Downing Street steht, ein ideales Ziel für terroristische Attacken wäre? Eine symbolische Vergeltung für zurückliegende Fehler? Deren, nicht ihre. Nicht zu vergessen die eher sichtbaren Aufmerksamkeiten von Vandalen und Graffiti-Schmierern.«

»Sicherlich, Premierminister.«

»Sie verdient Sicherheitsvorkehrungen, für sie – und uns. Vierundzwanzig Stunden am Tag. Vielleicht ein eigens dafür ausgeklügeltes Video-Überwachungssystem. Wieviel würde das kosten?«

»Wieviel darf es denn kosten, Premierminister?«

»Viel, Geoffrey. Die Installation und der Unterhalt – mindestens zehntausend Pfund im Jahr, meinen Sie nicht auch?«

»Klingt mir ganz angemessen.«

»Dann wäre da natürlich noch die Ausstattung mit Monitoren. Vierundzwanzig Stunden am Tag. Plus Inspektion in jeder Nachtstunde durch einen Sicherheitsbeamten.«

»Ohne Frage noch mal zwanzigtausend Pfund«, bot Geoffrey an.

»Sehen Sie, Max, es müssen noch einmal zusätzliche dreißigtausend Pfund im Jahr dafür aufgebracht werden.«

Stanbrook war blaß geworden, als hätte er einen Blutsturz erlitten. »Ich glaube, der Fond beläuft sich auf ungefähr soviel, F.U.«

»Aber haben Sie an das Gras gedacht? Welch Nachlässigkeit bei einem Umweltminister.«

»Das Gras? Was hat das verflixte Gras damit zu tun?« Aussehen und Sprache verrieten Verwirrung.

»Alles, wie ich Ihnen gleich erklären werde. Kommen Sie mit.«

Urquhart öffnete die Türen zum Patio und führte, wie eine Gänsemutter, alle fünfundzwanzig in einer Reihe die Stufen hinunter, durch die Tür in der alten Ziegelmauer, bis sie nach knapp einer Minute an der Baustelle angelangt waren. Aufgeregte Sicherheitsoffiziere spähten wie Cowboys, die verlorengegangene Stiere suchen.

»Weg! Weg von meinem Rasen!« brüllte er sie an. »Das ist hochwichtig.«

Die Sicherheitsbeamten zogen sich verwirrt zurück und fragten sich, ob der alte Mann vielleicht einen Schock hätte.

»Schaut«, wies Urquhart sie an, die Hände weit ausgebreitet, »das Gras. Wundervoll geschnitten, Reihe für Reihe. Bis ...« – er machte eine theatralische Geste, als würde er ein Opfer köpfen, das vor ihm kniete – »hier.«

Sie scharten sich zusammen, um den zertretenen und zerwühlten Rasen zu betrachten, auf dem er stand.

»Sie sehen, Max, der Rasenmäher kann nicht mithalten. Er ist zu groß. Also müssen Sie einen anderen besorgen. Transportieren Sie ihn im Sommer zweimal die Woche her, nur, um rund um die Statue zu mähen.«

»Wir brauchen auch etwas zum Trimmen, denke ich.« Bollingbroke hatte sich entschieden, bei dem, was wohl der neue Sommersport war, mitzuspielen.

»Danke, Arthur. Einen Trimmer also auch, Max. Die ganze ausgewogene Palette, die wir geschaffen haben, um die Grünflächen in unserer Stadt gepflegt und kurz zu halten – gestört! Außer Gefecht gesetzt. Stillstand. Wegen Ihrer Statue.«

»Kaum meine Statue«, murmelte Stanbrook, aber schon erschien ein weiterer Spieler auf dem Feld.

»Chefsekretär, was würden ein kleiner Rasenmäher und ein Trimmer kosten? Mit Lagerung, Transport von besagter Garage aus vielleicht fünfmal pro Jahr, plus eine Erlaubnis für den ganzen Aufwand nach bewährtem Schema, die wahrscheinlich nötig ist?« Er ließ es so klingen, als käme das Zentrum von London zum Erliegen.

»Ich würde sagen, weitere zehntausend«, sagte ein junger Mann, dessen Lippen sich wie die eines Goldfisches bewegten. »Mindestens.«

»Das sind also zehn und zehn und zwanzig. Macht noch mal vierzigtausend Pfund, Max.«

»Ich werde es der Gesellschaft mitteilen.«

»Nicht nur vierzigtausend Pfund, Max. Das sind vierzigtausend Pfund im Jahr. Wir müssen sicherstellen, daß ein Fond in der Lage ist, diese Gelder für mindestens zehn Jahre vorzuweisen, sonst zahlt am Ende der Steuerzahler die Rechnungen. Und das können wir nicht zulassen.«

»Nicht, wo ich gerade ankündigen will, daß die Gehälter der Krankenschwestern eingefroren werden«, bekräftigte der Gesundheitsminister jovial.

»Wo ist der Finanzminister? Sein Premierminister will ihn sprechen. Ah, Jim, seien Sie nicht so schüchtern.«

Der Schatzkanzler wurde von bereitwilligen Händen vom Rand der Versammlung in die Mitte des schallenden Gelächters gedrängt.

»Kanzler. Ein Fond, der in der Lage ist, vierzigtausend Pfund im Jahr für mindestens zehn Jahre zu garantieren, von wieviel reden wir da?«

Jim Barfield, ein untersetzter Mann mit einem Haarschopf, der ihn aussehen ließ, als wäre sein Gehirn explodiert, kratzte sich den Bauch und saugte an seiner Unterlippe. »Ich bin an Tausender nicht gewöhnt. Häng ein paar Nullen hinten dran, und ich hätte keine Mühe, aber so ...« Er kratzte sich noch einmal. »Sagen wir, eine Viertelmillion. Unter Freunden.«

»Mr. Stanbrook, hat die Gesellschaft eine Viertelmillion Pfund? Zusätzlich zu den achtzigtausend für das Herstellen und Aufrichten der Statue?«

Stanbrook, der nicht wußte, ob er mitlachen sollte, auf die Knie fallen und das Gras küssen oder gedemütigt wegkriechen sollte, ließ einfach den Kopf hängen.

»Keine Götzenbilder!« beharrte eine Stimme von der Westseite Whitehalls. Die anderen klatschten Beifall.

»Dann muß ich mit großem Bedauern ...«

Er brauchte nicht weiterzusprechen. Das Kabinett applaudierte wie ein Mann, sogar Stanbrook, als hätten sie auf dem gut geschnittenen Rasen von Westminster einem der besten Zauberkunststücke des Jahrzehnts beigewohnt. Was sie vielleicht tatsächlich hatten.

Er fühlte sich gut. Er hatte bewiesen, daß er noch immer der beste Schauspieler seiner Zeit war, es war so wichtig für ihn selbst gewesen wie für die anderen, sich daran zu erinnern. Seine Sicht war gutgeheißen worden, die Vergangenheit ausgetrieben. Nun galt es, die Zukunft auszutreiben.

Claire stieß gegen ihn, als sie gerade aus der Bibliothek des Unterhauses kam. Sie hielt einen Stapel Papier umklammert, und er streckte die Hand aus, um sie festzuhalten, damit sie nicht fiel.

»Hallo, Fremder.«

»Hallo.« Seine Stimme war sanft, die alte Chemie immer noch wirksam. Widerstrebend zog Makepeace seinen stützenden Arm zurück und gab sie frei. »Laufbursche für den Boß?« fragte er, zeigte auf die Papiere und bedauerte es sofort wieder. Urquhart war schon zu sehr zwischen sie getreten.

»Klingt es dumm, wenn ich zugebe, daß ich dich vermisse? Ich habe viel an dich gedacht.«

»Ich glaube dir«, gab er zurück, wobei verletzter männlicher Stolz seine Stimme schärfer klingen ließ als beabsichtigt. »Ich nehme an, daß ich, da es von einem Jünger Urquharts kommt, von dieser Aufmerksamkeit geschmeichelt sein sollte.«

Sie suchte seinen Blick, aber der blieb ausweichend, schweifte durch den Korridor, senkte sich auf seine Füße, nicht bereit, ihr zu gestatten, die Wunden, die sie ihm zugefügt hatte, zu betrachten. Er verhielt sich mehr wie ein heimlicher und schüchterner Geliebter als zu der Zeit, als sie heimlich etwas geteilt hatten.

»Ich fände es schön zu wissen, daß wir immer noch Freunde sind«, bot sie an und wunderte sich insgeheim über ihre Heuchelei. Es war ihr ernst, sie hatte ein starkes Gefühl und Respekt für ihn behalten, für einen Mann, mit dem sie so viel geteilt hatte. Sie war aber auch die Frau, die versuchte, ihn in die Knie zu zwingen. Zum erstenmal wurde ihr bewußt, wie weit sie sich von dem Bild, das sie von sich hatte, entfernt, vielleicht sogar abgekehrt hatte. Sie war zu zwei Menschen geworden, Politikerin und Frau, geteilt in zwei Welten, die eine schwarz, die andere weiß, und die dunkle Welt, in der sie im Schatten von Francis Urquhart stand, zog sie fort von ihren Ursprüngen und allem, was sie einst geliebt hatte.

»Claire, gerade jetzt gibt es nur zwei Seiten. Die, die ihn unterstützen, und die, die es nicht tun. Dazwischen gibt es nichts mehr.«

Ein Kollege kam vorbei, und sie standen beide in verlegenem Schweigen da, als wäre ihr einstiges Geheimnis der Abendzeitung verraten worden.

»Ich habe mich nicht verkauft«, begann sie von neuem, ängstlich bemüht, sich selbst genauso zu überzeugen wie ihn.

Verachtung schärfte ihm den Blick. »Erspare mir das süße Geschwätz über Mittel und Zweck, Claire. Wie geronnene Milch schlucke ich das nur einmal. Mit ihm gibt es nur ein Ziel. Sieh den Tatsachen ins Gesicht. Du hast dich verkauft.«

»Ich bin nicht hineingeboren worden wie du, Tom. Ich mußte für jede Kleinigkeit, die ich hier erreicht habe, kämpfen und kratzen. Ich habe all die Dinge auf mich genommen, die Herablassung, die Grapscher, die Männer, die Gleichberechtigung predigen, sie aber nur praktizieren, wenn sie sich um die Rechnung für ein Essen drücken. Vielleicht kannst du es dir leisten, aber ich werde bei den ersten Problemen nicht meine Sachen packen und gehen.«

»Ich bin nicht weggelaufen. Nicht vor meinen Prinzipien.«

»Großartig. Du predigst, und in der Zwischenzeit werden Big-Mac-Schachteln die Welt erben. Wir haben beide unsere Ideale, Tom. Der Unterschied zwischen uns beiden ist, daß ich bereit bin, etwas für sie zu tun und Schläge einzustecken, weil ich auf ihnen beharre, während du zuschaust und höhnisch die Nase rümpfst.«

»Ich schaue nicht zu.«

»Du bist aus der verdammten Arena gerannt!«

»Es gibt ein paar Spiele, die ich einfach nicht mitspielen will.« Sein Ton legte nahe, daß sie, zumindest in der Politik, für ihn nicht mehr war als ein Flittchen.

»Weißt du, Tom Makepeace, im Bett warst du besser. Da wußtest du wenigstens, was du tun mußtest.« Sie meinte es nicht so, verbarg damit nur ihren Schmerz, aber sie hatte immer schon den Hang gehabt, zu weit zu gehen, und diesmal zerriß es ihren gegenseitigen Respekt wie Fingernägel die Seide.

Sie wußte, daß sie ihn getroffen hatte, und beobachtete traurig, wie ein vorbeikommender Bote ihm einen Umschlag mit einem vertrauten Wappen aushändigte. Während er ihn öffnete und zu lesen begann, überlegte sie eine Entschuldigung, aber als er sie wieder ansah, nicht mehr entflammt von verletztem Stolz, sondern unverhohlene Verachtung im Blick, erkannte sie, daß es schon zu spät war.

»Die, die bei ihm bleiben, Claire, und die, die es nicht tun.«

Er wandte sich auf dem Absatz um und entfernte sich von den Trümmern ihrer Freundschaft.

10 Downing Street

Lieber Thomas,

ich will auf Ihren letzten Brief eingehen. Ich habe der Antwort von letzter Woche im Parlament oder der Politik, die von mehreren Regierungen praktiziert wurde – daß Sicherheitsmaßnahmen dem entgegenstehen, solche Angelegenheiten ausführlich zu untersuchen –, nichts hinzuzufügen.

Mit freundlichen Grüßen

Francis

Der Brief war so formuliert, daß er beleidigen sollte. Sein Name war mit der Maschine geschrieben, nicht handschriftlich eingefügt; die Zurückweisung seiner Bitte war so schroff, wie sie ein erfahrener Parlamentarier nur abfassen konnte. Vielleicht sollte er dankbar dafür sein, daß der Brief schließlich mit der Heuchelei der traditionellen Wertschätzung unter Parteikollegen brach, die vom Verfasser ein ›Immer der Deine‹ verlangte.

Als Makepeace das Parlament betrat, den Brief wie eine alte Zeitung in der verkrampften Hand, zitterte er im Bewußtsein seiner eigenen Unzulänglichkeit. Es gab eine Zeit, erst Tage her, da hatte ein Wort von ihm genügt, daß das System Dokumente und Berichte für ihn erarbeitete, die seine Dokumententasche füllten, jetzt konnte er nicht mehr hervorbringen als eine flüchtige Zurückweisung.

Auch Claire hatte ihn zum Narren gemacht – nicht nur, weil er auf seine schwerfällige Art Dinge gesagt hatte, die er nicht hatte sagen wollen, sondern weil er sich nicht klar darüber gewesen war, wie sehr sie weiterhin seine Gefühle beherrschte, trotz Maria. Er hätte es besser wissen, mehr Kontrolle haben sollen. Er war sich wie ein dummer Junge vorgekommen.

War er erregt vor Frustration, als er sich setzte, um die Debatte über die Richtlinien der Europäischen Union zu verfolgen (Angleichung von Mitarbeiterbezügen), so erhob sich sein Widerstand in Minuten wie ein Falke in die Lüfte Saudiarabiens. Das Haus war voll, der Premierminister saß mit Bollingbroke am Rednerpult vorne an seinem Platz, wo er sich über diplomatische Angelegenheiten mit der abwesenden und geduldigen Miene eines Maurers ausließ, der den Zahltag erwartet.

»Vergütungen!« betonte er mit heimischem Dialekt. »Ich wünschte, ich hätte einige von ihren Vergütungen. In dieser Sonntagszeitung heißt es« – er hielt ein Exemplar über seinen Kopf –, »daß ein Abgeordneter einen persönlichen Dolmetscher auf eine zehntägige Reise nach Japan mitgenommen hat. Bei genauerer Überprüfung stellte sich heraus, daß die junge Dame wohl nur Isländisch und Russisch beherrschte.« Er zuckte die Schultern, als handelte es sich um ein Thema von enormer Vielschichtigkeit. »Nun, ich weiß nicht, vielleicht klingen diese Sprachen genauso, und sie hatte sicherlich ihre Vorzüge. Aber es ist ein bißchen viel, wenn sie zurückkommen und mehr fordern.«

Gemischte Rufe von Zustimmung und Einwänden erhoben sich von allen Seiten, als er im Bühnenflüsterton, den jeder im Saal (außer dem Journalisten vom *Hansard*) hörte, hinzufügte: »Ich frage mich, ob ich das von der Steuer absetzen könnte?«

Die Debatte nahm schnell den Charakter eines Theaterspektakels an, sehr zum Ärger einiger Mitglieder der Opposition, die versuchten einzuschreiten. Aber Bollingbroke, wie ein Verteidigungsposten auf den Felsen von Dover, rückte sich nicht von der Stelle.

»Zu welchem Zweck werden wir gebeten, den guten Bürgern von Brüssel mehr zu zahlen, Mr. Speaker?« wollte er wissen und winkte ab, als einige eine Antwort geben wollten. »Ich werde es Ihnen sagen. Einer ihrer neuesten Pläne sieht vor, ein europäisches Geschichtsbuch herauszugeben, das in allen Schulen benutzt werden kann. Von der Art ›Gib unseren Kindern eine gemeinsame Perspektive. Bringt sie einander näher‹.«

Einige Mitglieder von der Oppositionsbank nickten zustimmend. Sie hätten es besser wissen müssen.

»Ein visionäres Vorhaben. Anscheinend sind die Deutschen nie in Polen eingefallen, die Italiener haben nie den Rückzug angetreten, die Franzosen haben sich nie ergeben, und wir haben nie den Krieg gewonnen.«

In jeder Ecke des Saals brach die Hölle los, der Lärm war so groß, daß man unmöglich sagen konnte, wer zur Unterstützung und wer in Ablehnung des Außenministers brüllte. Makepeace war aufgesprungen, und die Röte seiner Wangen zeigte das Ausmaß seiner Wut. Bollingbroke, immer bereit, solche Tiefen auszuloten, gab nach.

»In all den Jahren in diesem Haus habe ich noch nie so eine miese und kriegstreiberische Vorstellung von einem Außenminister gesehen«, begann Makepeace. »Während ganz Europa nach einem gemeinsamen Weg in die Zukunft sucht, hat er die Absicht, sich wie ein widerspenstiges Kind aufzuführen. Und sein Premierminister, der vorgibt, ein Staatsmann zu sein, sitzt neben ihm und klatscht Beifall …«

Makepeace verwechselte die Ziele. Auf dem Sitz neben Bollingbroke redete Urquhart mit Claire, die sich von ihrem Platz in der Reihe dahinter vorbeugte, um ihm etwas ins Ohr zu flüstern. Von Makepeace' Platz aus sah es fast wie ein leidenschaftliches Anschmiegen aus. Sein Empfinden eines persönlichen Verrats wuchs.

»Wenn der Rest Europas sich einig ist, sollten wir dann um Himmels willen nicht mitmachen, statt über alte Kriege zu lamentieren?«

»In den Zeiten meines Vaters nannte man das Beschwichtigungspolitik«, rief Bollingbroke; er genoß den Anblick von Makepeace, der aufgedreht war wie eine Sprungfeder.

»Diese Regierung greift Auseinandersetzungen im Ausland nur zu dem einzigen Zweck auf, um von den eigenen Fehlern abzulenken. Sie hat jede moralische Autorität verloren, im Amt zu bleiben …«

In der Nähe nickte Annita Burke bekräftigend, und ein paar andere neben ihr hörten ebenfalls zu, statt sich der allgemeinen Unruhe anzuschließen. Über allem hörte man Bollingbroke höhnen: »Er hat wohl die Moral entdeckt, seit er aus dem Amt geflogen ist? Wie passend.«

»Wie die Bischöfe kürzlich in ihrer Synode gesagt haben, braucht dieses Land eine Richtungsänderung und einen neuen Sinn für moralische Führung – eine Führung, die dieser Premierminister und diese Regierung nicht einmal vorgeben zu besitzen.«

Jetzt hatte Bollingbroke genug. Er sprang auf und fing an, auf das Rednerpult einzuhauen. »Was haben Sie, verglichen mit Francis Urquhart, erreicht?« rief er. »Verglichen mit ihm sind Sie eine Mistgabel auf einem Bauernhof. Francis Urquhart hat dem Land Wohlstand gebracht, Zypern den Frieden …«

Die Erwähnung von Zypern traf Makepeace wie ein Schlag ins Gesicht. Sie schien auch Urquhart zu elektrisieren, der seinen Außenminister am Ärmel zupfte. Bollingbroke, verstört durch diese unübliche Einmischung seines Premierministers, fiel zurück in seinen Stuhl, und Urquhart ergriff das Wort. Im Haus wurde es still, alle warteten fasziniert darauf, den nächsten Schwung des Karussells mitzubekommen.

Urquhart räusperte sich. »Ich hasse es, meinen ehrenwerten Freund zu unterbrechen – ich habe seine Ausführungen wirklich genossen. Aber dieses Gerede von Moral und Bischöfen. So durcheinander und irreführend. Sie wissen, Mr. Speaker, daß ich es außerordentlich finde, daß diejenigen, die so viel Zeit damit verbringen, vor den schrecklichen Folgen des Fehlverhaltens im Jenseits zu warnen, im Diesseits so oft darüber schweigen. Halte die andere Wange hin, regen sie an.« Er seufzte. »Aber wenn das die Rolle ist, zu der die Bischöfe sich selbst ernannt haben, kann es nicht die Rolle der Regierung sein – zumindest nicht meiner Regierung. Unsere Aufgabe ist es nicht, denen zu vergeben, die gefehlt haben. Unsere Aufgabe ist es, diejenigen zu beschützen, die das nicht getan haben.«

Da Makepeace die Lanze der Moral ins Feld gebracht hatte, griff Urquhart sie auf und benutzte sie seinerseits zum Angriff.

»Mißverstehen Sie mich nicht, ich habe großen Respekt vor den Beiträgen des ehrenwerten Herrn zum Erfolg meiner Regierung.« Er lächelte leicht und voller Spott. »Obwohl ich mich nicht daran erinnere, daß wir am Kabinettisch gesessen und ihm zugehört hätten, wie er sich beklagt, daß wir so viele Dinge falsch handhaben. Nicht, bis ich ihn entlassen habe. Aber der Verlust des Amtes kann einen verwirrenden Effekt auf die Ansichten und das Gedächtnis eines Mannes haben.«

Die Lanze stach wieder zu. Klatsch!

»Ich bezweifele nicht die Ernsthaftigkeit seiner persönlichen Werte, aber ich finde sie befremdlich. Befremdlich, wenn er sagt, wir sollten dies oder jenes tun, nur, weil die Bischöfe es sagen. Noch befremdlicher ist, daß wir diesem oder jenem Kurs folgen sollten, weil der Rest Europas es so will. Wo ist da die Moral? In Meinungen aus zweiter

Hand, die der Herde folgen wie die Hunde dem Müllkarren?« Klatsch!

»Moral bedeutet, daß man selbst entscheidet, was richtig ist. Und dann daran arbeitet. Ich will Männer der Tat um mich haben, keine Moralapostel mit hohlen Worten. Für die habe ich nichts als Hohn übrig« – Urquharts Augen richteten sich auf seinen früheren Kollegen –, »für die, die sich zurücklehnen und die Bemühungen anderer verhöhnen. Die nach dem Kampf hinter ihren hohen moralischen Ansprüchen hervorkommen und den Verwundeten und Toten erzählen, was sie falsch gemacht haben …«

Makepeace versuchte, nicht zusammenzuzucken, aber innerlich schmerzte es. Claires Vorwürfe hallten ihm noch in den Ohren – sie hatte ihn beschuldigt zuzuschauen – und jetzt das. Sie wollten ihn erniedrigen, gemeinsam. Er sah sich um, als es die Schläge hagelte. Die, die er als Unterstützer ansah, rutschten unbehaglich auf ihren Stühlen hin und her, während Annitas Ausdruck ihn drängte – tu etwas! Er erhob sich und bat ums Wort.

»Nein, nein«, wies Urquhart ihn ab. »Ich habe genug Theologie von ihm gehört, das reicht für eine Weile.«

Makepeace ließ sich nicht abwimmeln, verlangte das Wort, die geballte Hand erhoben – sie hielt noch immer Urquharts Brief umklammert. Anhänger Urquharts johlten und schrien ihn nieder. Makepeace stellte sich alleine den Schlägen. Aber sollte das alles sein, daß er nur dastand – ohne etwas zu tun, wie Urquhart gehöhnt hatte – und zuließ, daß er übertönt und mundtot gemacht wurde? Annitas Augen brannten vor Mitleid, so wie seine wegen der ganzen Ungerechtigkeit brannten.

»Seit er sein Amt verloren hat«, sagte Urquhart, »ist seine Einstellung so kritisch geworden, so negativ, so verbittert und destruktiv, daß ich mich manchmal frage, was er in derselben großartigen Partei tut wie ich.« Klatsch!

Da war sie. Die öffentliche Herausforderung. Er hatte keine andere Wahl, er mußte antworten. Alle um ihn herum, mit denen er diskutiert und Pläne geschmiedet hatte, beobachteten ihn und fragten sich, ob er für das Duell bereit war. Makepeace gegen Urquhart. Er wußte, wenn er die Herausforderung jetzt ablehnte, würde es später unmöglich sein, einen der Mitverschworenen dazu zu bringen, ihm zu folgen. Doch es war noch zu früh, zu schnell, er war nicht ausreichend vorbereitet. Seien Sie nicht zu ungeduldig, zu vorschnell, hatte Annita ihn gewarnt ... aber sogar Adler müssen mit dem Wind fliegen. Wenn er den Politiker spielte, so war er doch auch ein Mann, und dieser Mann war tief verletzt, die Wangen brannten, seine Gedanken versanken in einem dunklen Nebel der Wut, die Vergeltung forderte.

Vergeltung. Für die Erniedrigung, die öffentlich vor dem ganzen Haus erfolgt war. Vergeltung für die Beleidigungen, die er privat mit dem Brief in seiner Hand hatte hinnehmen müssen. Vergeltung dafür, daß Maria und ihrem Vater nicht geholfen wurde. Und für den Raub von Claire.

Vergeltung für all das. Jetzt!

Von seinem Platz auf der dritten Bankreihe trat Makepeace in den Seitengang. Würde er davonlaufen? Diese Aussicht versetzte das Haus sofort in völliges Schweigen. Er stieg die Stufen zum Forum hinab, zu den roten Linien auf dem Teppich, die die Seite der Regierung von der Opposition im Muster zweier Schwerter trennten, die Grenze zwischen Freund und erbittertem Feind. Dann trat er hinüber. Alle Herzen standen still, kein Laut war zu vernehmen, ein Saal so voller Emotionen, daß die Zuhörer dasaßen wie festgefroren. Sie beobachteten, wie Makepeace die Stufen zwischen den Bänken der Opposition hinaufstieg, eine, zwei, drei Reihen, und dann einen leeren Platz einnahm.

Der Saal atmete in einem einzigen Zug aus, als das Leben zurückkehrte und wieder Tumult losbrach. Sie waren Zeugen eines Stückes parlamentarischen Lebens geworden, das so selten war, daß es in die Geschichte eingehen würde und den Enkeln vor dem Kamin erzählt werden würde. Makepeace hatte die Grenze überschritten, seine Partei verlassen, das Parteibuch abgegeben und Urquhart den Krieg erklärt, bis zum letzten Atemzug.

Doch als er hinüber zu den Bänken sah, von denen aus er so lange Jahre gekämpft hatte, kam es ihm so vor, als sähe er den Schatten eines leisen, verstohlenen Lächelns auf Urquharts Lippen.

Das Auge einer ungastlichen levantinischen Sonne starrte hinab auf die Hauptstadt Zyperns und buk die engen Straßen des Stadtzentrums wie Ziegel in einem Ofen. Hugh Martin war erleichtert, die klimatisierte Zuflucht des Maschinenhauses, ein früheres Elektrizitätswerk, zu erreichen, das mit beträchtlicher Phantasie in eines der exklusivsten Restaurants des Viertels verwandelt worden war. Zeitgenössische Kunst wetteiferte mit Speise und Weinkarten um die Aufmerksamkeit der gutbetuchten Gäste. Einer von ihnen war Dino Nicolaides, Chefredakteur des *Cyprus Weekly*, der ein intensives Interview mit seinem Gast führen wollte. Zu diesem Zweck hatte er einen Tisch ganz hinten reserviert, neben der Hintertür, die in den Hof führte.

Martin entschuldigte sich bei dem Chefredakteur für die Anwesenheit von Drage – die Atmosphäre in Nikosia gärte in den letzten Tagen wie liegengebliebener Müll, und Demonstrationen der einen oder anderen Art waren zu täglichen Ereignissen geworden, wobei die Demonstranten wachsende Verwirrung darüber zeigten, ob ihr Ziel nun die Türken, die Briten oder die Regierung Zyperns war.

»Sommerirrsinn«, stimmte der Chefredakteur ihm zu, und Drage wurde ein Barhocker zugewiesen.

Wenn Möbel und Dekor modisch waren, so stand die Gastfreundschaft in bester zypriotischer Tradition, und Martin entspannte sich bald. Drage dagegen konnte sich diesen Luxus nicht leisten, da ihm von seinen Vorgesetzten nach dem Fiasko vor dem Museum angedroht worden war, sie würden seine Hoden mit gekreuzten Feuerhaken rösten. »Nie wieder«, hatten seine Vorgesetzten verlangt. »Lieber eine Witwenpension für Ihre Frau, als daß Sie sich in den Hauptnachrichten komplett zum Narren machen.« Nie wieder, hatte Drage geschworen. Er saß mit Adleraugen auf seinem Stuhl, die unauffällige Flugtasche, in der er das ›Notwendige‹ bei sich trug, neben sich an die Bar gelehnt, und trommelte nervös mit den Fingern auf die Knie. Er lächelte die beiden Zyprioten, die neben ihm an der Bar standen und Getränke bestellten, freundlich an, begann aber keine Unterhaltung.

Als es dann geschah, ging alles ganz schnell. Mitten beim Essen erhob sich ein Mann vom Nebentisch, um den Redakteur und den Diplomaten zu begrüßen, eine Handlung, die in solch einer kleinen Gesellschaft wenig Mißtrauen weckte. Trotzdem war Drage sofort auf seinem Posten und fluchte, daß das Sonnenlicht, das durch ein Fenster strömte, in seinen Augen brannte, als er hinüberstarrte und alle Personen am Tisch in Silhouetten verwandelte. Er blinzelte, blinzelte noch einmal und suchte das Profil des Neuankömmlings nach Anzeichen für etwas Ungewöhnliches ab. Drage bemerkte nicht – konnte es unter diesen Umständen nicht bemerken –, daß die Augen des Hochkommissars sich in plötzlichem Erschrecken weiteten und in seine Richtung schauten. Martins Arme blieben bewegungslos auf dem Tisch liegen, wie ihm befohlen worden war. In dem Moment meinte Drage, den Umriß eines Laufs hinter dem Eindringling zu erkennen, wo sich die Tür zum Hof gleich hinter dem Tisch langsam öffnete. Angst durchströmte seine Adern. Drage griff nach seiner Tasche.

Unmöglich! Als er den Reißverschluß der Flugtasche öffnen wollte, merkte er, daß dieser mit Super-Leim eingerieben worden war. Ein Kinderstreich! Aber so außerordentlich wirkungsvoll! Der Verschluß klemmte, der Revolver und das Alarmgerät lagen darin so sicher wie im Tresor des Hochkommissars.

Zwei Männer – Drages Kumpel von der Bar – waren jetzt durch die Hintertür eingetreten. Der eine winkte mit etwas, was im Gegenlicht wie ein Maschinengewehr aussah, während der andere dabei half, den Hochkommissar aus dem Raum zu bringen. Das Maschinengewehr hatte aufgehört zu winken, und ein paar Sekunden lang hielt der Angreifer es auf Drage gerichtet. Dann war auch er weg. Nicht mal ein Schrei, es war alles so schnell gegangen. Die meisten Gäste im Restaurant genossen noch ihr Essen, wurden erst in dem Moment aufgestört, als Drage über seinen Barstuhl zur Tür sprang. Sie würde, wie er genau wußte, verschlossen sein. Bis er durch den Haupteingang des Restaurants nach draußen in den Chrysanthemenhof stürzte, hatte das Fluchtauto beschleunigt und war bereits in den engen Straßen des Stadtviertels verschwunden. Er konnte nicht einmal die Marke, geschweige denn das Kennzeichen erkennen.

Er hatte den britischen Hochkommissar verloren.

Er saß hinter den zugezogenen Vorhängen in seinem Konferenzraum und hatte die Augen geschlossen. Um ihn herum konnte jeden Moment der Sturm losbrechen. Für ihn gab es keine Rückzugsmöglichkeit. Schicksal, Bestimmung, Laune der Götter, wie auch immer, jemand hatte beschlossen, ihn in eine Zeit großer Entscheidungen zu stellen; wenn er den Test nicht bestand, würden sie sagen, es habe ihm nicht an der Gelegenheit gefehlt, nur an Mut.

Zwanzig Minuten nachdem Makepeace die Grenze überschritten und das Gesicht der Parlamentspolitik verändert hatte, hatte Urquhart von Martins Entführung erfahren. Chaos, wohin er auch blickte. Und im Chaos die Gelegenheit. Denn ihm war an zwei Fronten der Krieg erklärt worden, der erste auf dem parlamentarischen Schlachtfeld, wo ihn keiner an Erfahrung und Scharfsinn übertraf, der andere in einer entfernten Arena, einer der Handvoll Orte in der Welt, wo britische Truppen noch stationiert waren. Eine Arena, die er so gut kannte, wo die lange Reise seiner Karriere begonnen hatte und vielleicht auch zu Ende ging. Makepeace würde kaum folgen können und auch nicht wissen, wo die Glocken hingen.

Es klopfte an der Tür, und eine Sekretärin steckte ihren Kopf herein. »Premierminister, das Kabinett ist vollzählig versammelt.«

»Einen Moment noch. Bitten Sie sie noch um einen Moment Geduld.«

Ein letzter Moment, ein letztes Horchen auf die inneren Stimmen, die von Sturm und schrecklichen Prüfungen sprachen. Dies waren Himmel voller Blut, die das Ende der Menschheit ankündigten und in die andere nicht hineinzugehen wagten. Aber Francis Urquhart wagte es. Er hatte Kriege zu führen, und zwar ohne Verzögerung. Denn im Krieg war das richtige Zeitgefühl alles.

Und nun war die Zeit gekommen.

Er hatte das Rad der Fortuna in Bewegung gesetzt, und es gab nichts sonst zu tun, als die Heiterkeit des Risikos zu kosten. Seit Monaten hatte er sich nicht besser gefühlt. Sein Gang war federnd, als er die paar Schritte aus seinem Büro zum Saal ging. Er hielt ein Papier fest in der Hand, ein einziges Blatt mit einem einfachen Fallgitter geschmückt und mit ein paar handschriftlichen Notizen versehen. Ein Blatt, das einmal in die Urquhart-Bibliothek aufgenommen würde. Oder in den Tower. Das erinnerte ihn daran, daß er Booza-Pitt sagen wollte, er möge seinem Erlaß eine kleine Ergänzung hinzufügen, die vorsah, daß Firmen, die Bildungsfonds unterstützten, eine Steuererleichterung zu geben sei. Wie der Urquhart-Bibliothek oder der Stiftung. Aber dafür war noch Zeit. Ein bißchen.

Der Saal war voll, jeder wußte, daß eine außerordentliche und so schnell einberufene Versammlung aller Kabinettsmitglieder etwas Dramatisches zu bedeuten hatte. Das Getuschel der Abgeordneten klang wie Laub in einem trockenen Herbstwind, als Urquhart ein einzelnes Blatt Papier vor sich auf das Pult legte, seine Ränder glattstrich und begann.

»Mr. Speaker, mit Ihrer Erlaubnis will ich eine Erklärung abgeben. An diesem Nachmittag hat ein Mitglied dieses Hauses die Seiten gewechselt. Ein Akt, der nicht nur die Mehrheit der Regierungspartei verkleinert hat, sondern auch eine Zeit zermürbender Ungewißheit ankündigt ...« Andere würden es sagen, es schon rufen, wenn sie die Morgenzeitungen vorbereiteten, also war bei dem Zugeständnis nichts zu verlieren. »Diese Unsicherheit kann der guten Führung dieses Landes nur schaden. Darüber hinaus wurde behauptet, daß meine Regierung ihren moralischen Anspruch zum Regieren verloren habe. Das ist eine Herausforderung, die keine Regierung ignorieren kann.«

Er lehnte sich zurück, so daß er die Zuhörer im Auge behalten konnte und, wichtiger noch, sie zappeln lassen konnte, ungeduldig auf seine nächsten Worte.

»Diese Regierung zieht es vor, ihre Autorität nicht durch selbsternannte Moralisten, sondern vom Volk zu erhalten. Das Volk ist es, auf das wir hören; die Bürger sind es, die bestimmen, wer auf den Bänken sitzt und wer auf der Seite der Opposition. Das Volk ist es, das entscheiden muß.«

Aus den Augenwinkeln sah das versammelte Haus auf Makepeace, der unbeweglich dasaß, in dem Bewußtsein, daß Urquhart jeden seiner Grundsätze herausforderte und daß er auf einer Bank saß, auf der keiner zu seinen Freunden oder Befürwortern zählte. Er saß allein dort; er war zu früh gesprungen.

»Um die Unsicherheit zu beenden, habe ich vor, Ihre Majestät um die Entlassung und eine Neuwahl zum frühestmöglichen Zeitpunkt zu bitten, nachdem einige bestimmte parlamentarische Notwendigkeiten erledigt sind. Dieser Zeitpunkt wird am Donnerstag in vier Wochen sein. Ich danke Ihnen.«

Urquhart nahm sein Papier und verließ den Saal.

Einige Augenblicke lang reagierte der Saal in der Art eines prähistorischen Tieres im Angriff. Ein betäubtes Schweigen, ehe Laute der Bestürzung aus verschiedenen

Kehlen drangen. Dann ein unterdrücktes Bellen, als sich die Kreatur plötzlich bewußt wurde, daß ihr der Schwanz abgerissen worden war. Schreie der Wut erhoben sich von allen Seiten.

»Guter Gott, ich hätte nicht gedacht, daß ich das einmal erleben würde. Den Tag, an dem Francis Urquhart die weiße Flagge hißt.« Ein junger Journalist auf der Pressegalerie zerrte sein Notizbuch heraus, angesteckt von der Atmosphäre der Anarchie, die sich ausbreitete.

Dick Withers neben ihm wirkte unbewegt, er beobachtete die Szene ohne merkliche Erregung und zog die Wangen ein, als saugte er an seiner Lieblingspfeife. »Blöder Narr.«

»Wer, Urquhart?« wollte sein junger Kollege wissen.

»Nicht Urquhart. Du. Er rennt nicht weg, er hat Makepeace' Bluff durchschaut.«

»Aber er steht in den Umfragen weit hinten, jetzt, wo seine Partei sich gespalten hat …«

»Sieh sie dir an. Angesichts des Absaufens bei der Wahl werden nicht viele bereit sein, Makepeace zu folgen und vom Schiff zu springen.«

Er nickte in die Richtung des ehemaligen Außenministers, der alleine den Saal verließ. In einer Runde, in der jeder schrie, zurückwies, gestikulierte, schien er der einzige, der nichts zu sagen hatte und niemanden, dem er etwas hätte sagen können.

SECHS

Nikosia kam bei Tag vor Hitze um, nachts fand das Leben auf der Straße statt, in den offenen Restaurants, in Kneipen und Cafés, in den Parks unter den Sternen. Das Gerede auf den heißen Wegen floß als Klatsch durch jede Ritze; an den Ampeln lehnten sich die jungen Männer aus ihren Autos oder von ihren Mopeds, um Neckereien und Zigaretten mit den Vorübergehenden auszutauschen, denn jeder schien entweder durch Geschäfte oder Blut miteinander verbunden zu sein. Seit der Invasion der Türken war es meist Blut, das verband.

In dieser erstickenden Atmosphäre wehte der süße Wind des Gerüchts durch die Seitengassen, ging vom Balkon zur Bushaltestelle wie ein Mistral der Ungläubigkeit. Putz dir die Nase beim Famagusta-Tor, und eine Stunde später hat sich dies zu einer Epidemie ausgewachsen, wenn es die Makarios-Avenue erreicht. Eines Tages mag das Fernsehen die Zyprioten retten und fiebrige Aufregung gegen einlullende Gleichförmigkeit eintauschen, drückende Verschwörung gegen Werbepausen. Eines Tages, vielleicht, aber bis dahin werden die Zyprioten allen glauben.

Außer den Politikern.

Unter einem Dach aus Palmwedeln im Schatten der großen venezianischen Stadtmauer bediente ein Kellner zwei britische Touristinnen und erklärte ihnen geduldig die Speisekarte, riet ihnen dazu, das gekochte Hirn zu probieren, eine Spezialität seines Cousins, dem Koch, und riet ihnen vom Tintenfisch ab. »Der ist von letzter Woche. Zu alt.« Er schüttelte den Kopf, als stünde er an einem Grab.

Ein Junge, nicht älter als zehn, ging zwischen den Tischen hindurch und verteilte Flugblätter. Er hielt vor dem Paar an, das er eindeutig als Britinnen identifizierte. »Guten Morgen«, grüßte er mit einem breiten Lächeln und einem Flugblatt, bevor er mit seiner Arbeit fortfuhr.

»Was steht da?« fragte die Frau den Kellner.

»Da steht, daß die Briten aus Zypern raus sollen«, antwortete er zuvorkommend, ehe er ihren Gesichtsausdruck sah. »Nein, nicht Sie, Madam. Die Militärbasen. Nur die Militärbasen. Wir wollen, daß die Briten bleiben, wir lieben sie. Aber als unsere Gäste in unseren Häusern und Tavernen. Nicht in den Militärbasen.« Seine fröhliche Erklärung verriet keine Spur von Groll. »Nun, wie wäre es mit jungem Schwein, frisch geschlachtet ...?«

Plötzlich bremste ein überzüchteter Roller quietschend am Bordstein, und der Kellner begrüßte den Fahrer. Der Geräuschpegel stieg mit der Lebhaftigkeit der Unterhaltung zwischen Kellner und Fahrer, die beide wild gestikulierten, als wehrten sie einen Angriff von vampirhaften Fledermäusen ab. Dann drehte sich der Kellner zu seinem Cousin um, der sich aus dem Küchenfenster lehnte. Noch mehr Rufe – der Kellner ließ seinen Kuli, den Block und den Korkenzieher auf dem Tisch liegen –, und der Kampf mit den Fledermäusen ging weiter, wobei er sich in Richtung des Rollers bewegte. Verfolgt von den Schreien seines Cousins, die eindeutig keine Ermutigungen waren, kletterte er auf den Rücksitz des Rollers und verschwand in der Nacht.

Der Cousin erschien am Tisch der Gäste mit einer Miene beunruhigter Nachsicht, wischte sich die Hände an seiner Schürze ab und nahm den Block auf.

»Aber ... was sollte das alles?« fragten die Frauen.

Er zuckte die Schultern. »Knochen. Sie haben mehr Knochen gefunden. Also gibt es wieder eine Demonstration vor dem Präsidentenpalast. Keine Sorge, meine Damen, er ist nur für einen kurzen Moment weg. In einer halben Stunde wird er wieder hier sein. Nun, was darf ich Ihnen bringen? Hat er Ihnen von dem Tintenfisch erzählt ...?«

Da waren Knochen, unbeerdigt, in den Bergen hinter Paphos unter einem Felsen in einem Olivenhain. Sie hatten nicht das Alter, das zu den Kriegen gegen die Briten oder Türken gepaßt hätte, und es stellte sich heraus, daß sie nicht einmal von Menschen waren. Aber bis die forensischen Untersuchungen soweit waren, sollten Tage vergehen, und bis dahin gab es Proteste, Gerüchte, Erfindungen und regelrechte Lügen.

In den schleppenden Tagen auf Zypern unter einem dunkelblauen Himmel verfaulte die Wahrheit wie ein brandiges Glied.

Der Präsidentenpalast in Nikosia ist eine Angelegenheit für sich. Einst errichtet zur Repräsentation kolonialer Oberhoheit und als Residenz für einen früheren britischen Gouverneur, nachdem sein altes Hauptquartier bei einem Volksaufstand zerstört worden war, war er bei dem Putsch gegen Erzbischof Makarios (der erst der türkischen Invasion die Tür geöffnet hatte), gänzlich abgebrannt. Das wäre eine Gelegenheit gewesen, dem Präsidentensitz sein britisches Gepräge ein für allemal zu nehmen und statt dessen ein Gebäude im einheitlich modernen zypriotischen Stil zu errichten. »Aber die Briten gehören zu unserer Geschichte«, soll der Erzbischof gesagt haben, »sie sind unsere Freunde.« So wurde der Sitz, zusammen mit dem Erzbischof, im alten Stil wiederhergerichtet, einschließlich des beherrschenden britischen Wappens, eingemeißelt in den Sandstein über dem Haupteingang. Dieu et Mon Droit. Eine Angelegenheit für sich.

Aristotle Nicolaou war auch eine Angelegenheit für sich. Groß und gebeugt, von auffälligem Körperbau, war der Präsident mager und hatte strahlend blaue Augen, was ihn von den meisten Zyprioten unterschied. Er war eher Philosoph als Politiker, ein Mann, der keine größeren Freuden in seinem Leben angestrebt hatte, als Wirtschaftslehre an der London School of Economics zu unterrichten und eine Engländerin zu heiraten. Sein Glück war mit der türkischen Invasion verschwunden, die die Insel abgeschnitten hatte, und er war aus dem einzigen Grund zurückgekehrt, sein Schuldgefühl zu besänftigen, weil er nicht die Entbehrungen geteilt hatte, die seine zypriotischen Landsleute hatten erdulden müssen. Seine Frau teilte diese Schuldgefühle nicht. Nicolaou war ein Mann großer Ideale, der sich nie ganz den Taktiken und täglichen Zugeständnissen des politischen Lebens unterworfen hatte, noch viel weniger denen, die seine Ehe erfordert hatte. Als er an seinem kleinen Schreibtisch in seinem Büro saß, umgeben von Familienfotos und dem Zubehör der Macht, fühlte er sich in einem Schwebezustand. Durch die großen Bögen der Steinfenster von Moore drang der Protestlärm vor den Toren zum Palast – heute lauter denn je –, und aus dem Telefon kamen die Protestlaute des britischen Premierministers. Er wußte bei beiden nicht, wie er damit umgehen sollte.

»Ari, ich muß betonen, wie ernst mir diese Sache ist. Ich werde den Leuten nicht erlauben, meine Hochkommissare zu kidnappen und dann auch noch ungestraft davonzukommen.«

»Francis, ich setze alles daran. Wir werden ihn finden.«

»Aber Sie haben ihn noch nicht. Wissen Sie wenigstens, warum er entführt wurde?«

»Ein Radiosender hat vor zwei Stunden einen Anruf erhalten. Nicht zu orten, natürlich. Nannte sich ›Das Wort‹. Hat Mr. Martins Muttermal beschrieben. Er sagte, den Rest von ihm würde er im Austausch gegen alle Akten, die versteckte Kriegsgräber betreffen, herausgeben und gegen eine Erklärung von Ihrer Regierung, sich von Ihren ›Außenposten des Imperialismus‹, wie er es nannte, zurückzuziehen. Knochen und Militärbasen.«

»Verdammte Erpressung.«

Vor Nicolaou standen frische Zitronenstücke aus dem Garten in einer Schüssel; er zerdrückte ein paar zwischen seinen Fingerspitzen, sog den frischen Duft ein, wie er es in stressigen Situationen zu tun pflegte. »Können wir sie wenigstens dazu ermutigen, darüber zu sprechen?«

»Ari, ich bereite gerade eine Wahlkampagne vor. Und die kann ich nicht gefährden, indem ich mit Terroristen verhandele.«

»Es geht um mehr, da bin ich mir sicher. Das geht auch gegen mich. Sie wollen mich davon abhalten, den Friedensvertrag zu unterzeichnen. Selbst in diesem Augenblick schlägt der Mob an meine Tür.«

Unter dem Zelt von hunderttausend Sternen wehte eine weitere Protestwelle über das Grundstück – Gott, waren sie hereingekommen? Zum erstenmal war er glücklich, daß seine Frau wieder einmal in Paris war. Mehr Kultur. Noch mehr einkaufen.

»Wie ernst sollten wir diese Leute nehmen?«

»Habt ihr Briten immer noch nicht gelernt, die Zyprioten ernst zu nehmen?« Nicolaou klang beißend. »Wir sind vielleicht eine Nation von Tavernenbesitzern und Taxifahrern, aber erinnern Sie sich, daß wir die britische Militärmaschinerie mit wenig mehr als einer Handvoll selbstgefertigter Bomben und ein paar gestohlenen Gewehren nach Hause geschickt haben.«

»Ich erinnere mich.«

»Ich kann es mir nicht erlauben, das zu vergessen. Über die Jahrhunderte sind wir Zyprioten von denen verraten worden, die die Türken und andere Invasionsmächte durch die Hintertür hereingelassen haben. Jetzt glauben einige, daß ich sie einlade, durch die Vordertür hereinzukommen, und den roten Teppich ausrolle. Es ist mein Kopf, den sie wollen, nicht der von Mr. Martin.«

»Ich wußte nicht, daß die Dinge so schwierig für Sie sind. Es tut mir leid«, sagte Urquhart, ohne es zu meinen.

Der Präsident zerdrückte noch mehr Zitronenblätter und sah durch sein Büro dorthin, wo an der pastellfarbenen Wand über dem Kamin ein großes Ölbild seiner Tochter hing, ein Einzelkind, das fünf Monate nach ihrer Rückkehr nach Zypern geboren worden war. Elpida hatte er sie getauft – Hoffnung. »Solange wir Frieden für unsere Kinder haben, Francis, zählt nichts anderes.«

Der blöde Narr. Die Sache schien in Zypern außer Kontrolle zu geraten; Urquhart hätte nicht zufriedener sein können. »Und Sie glauben, diese Knochenschleifer, die gegen den Frieden sind, haben auch meinen Hochkommissar festhalten?«

»Das denke ich.«

»Wer steckt denn, in Gottes Namen, dahinter?«
Nicolaou seufzte laut. »Ich wünschte, ich wüßte es.«

Sie war dreiundzwanzig und, was ihr Aussehen betraf, von der Natur verwöhnt. Deshalb hatte sie auch Stewardeß werden wollen, um etwas von der Welt und ihren Schönheiten zu sehen, besonders ihre Männer. Sie hatte nicht damit gerechnet, einem Mann wie diesem zu begegnen. Innerhalb der ersten zehn Minuten nach dem Einchecken in der ersten Klasse hatte er ihr einen Job angeboten – bessere Bezahlung, regelmäßigere Arbeitszeiten, keine anonymen Hotelzimmer mehr oder schäbige, verschwitzte Nächte mit Männern, die verzweifelt zu vergessen suchten, daß sie über vierzig und verheiratet waren. Immerhin war dieser nicht verheiratet. Aber sie hatte nicht erwartet, auf den Lauf einer Pistole zu schauen.

Voller Schrecken fuhr ihre Hand an den Hals. Sechs Fuß entfernt winkte der Lauf und senkte sich, ein-, zwei-, dreimal, den Knöpfen ihrer Bluse folgend. Er nickte, als ihre Finger die Knöpfe fanden; sie war nervös, zitterte, hatte Mühe, den ersten zu öffnen. Die anderen gingen leichter.

Der Lauf bewegte sich nach links, dann nach rechts, als wollte er ihre Schultern streicheln, und die Träger ihres BHs glitten herab. Das ganze Kleidungsstück fiel auf den Boden und gesellte sich zu ihrer Bluse. Sie zitterte, als eine Seebrise, trunken vom Duft des Jasmins, durch das offene Fenster über ihre nackte Haut strich. Ihre Brustwarzen wurden hart, ebenso sein schmallippiger Mund.

Gnadenlos setzte der Pistolenlauf seinen Weg über ihren Körper fort. Sie trat aus ihrem Rock und stand nur noch in ihrem Höschen da, die Arme in Büßerpose um sich geschlungen.

Wieder der Lauf. Diesmal gehorchte sie seiner Forderung nicht, zögerte vor der letzten Barriere, aber der Lauf befahl erneut, ungeduldiger diesmal, heftig. Und sie tat, was er verlangte, ihre Brüste fielen gefällig nach vorne, als sie sich vorbeugte und gehorchte. Sie stand da, die Füße gespreizt, ihre Beine und alle seine Gedanken auf einen einzigen, sorgfältig rasierten Punkt gerichtet.

Er sah sie lange an. Sie hatte das Gefühl, inwendig zu schmelzen. Dann gab er ein anhaltendes Grunzen von sich.

»Willst du den Job?«

»Ja, *Kyrie*.«

»Gut. Mein Bruder Dimitri sagt, du hast Phantasie. Komm und beweise es. Dann gehen wir und stürzen die Regierung.«

Claires Reise war anstrengend gewesen, ihr Zweck – Jeremy Critter – erschöpfend. Er gehörte zu den geborenen Kritikern, ein unbedeutender Parlamentsabgeordneter für Süd Warbury, um die 40, dem es unmöglich war, auch nur für einen Moment seinen Ehrgeiz zu verstecken, noch viel weniger seine Frustration darüber, ihn nicht gestillt zu haben. Er war ein gefundenes Ziel für Spekulationen der Medien, daß er sich möglicherweise Makepeace und seiner Rebellion anschließen könnte, und diese Spekulationen nährte er, weil er nie der Versuchung widerstehen konnte, etwas Neues über sich bekanntzugeben. Auf die dringende Anfrage von Downing Street hatte er in seiner üblichen polternden Art geantwortet, daß sein Wahlkreis beträchtlichen Druck auf ihn ausübe, und er sei durch sein Ehrenwort gebunden, darauf zu hören. Ihrer Meinung nach, so sagte er, schien die Regierung von Westminster zu weit entfernt zu sein von den nebelgefüllten Senken in Süd Warbury und sich auch nicht viel darum zu kümmern. Wenn der Premierminister vielleicht irgendeine Geste der Anerkennung für die treue Unterstützung gemacht hätte, die sowohl der Wahlkreis als auch dessen Abgeordneter ihm über die Jahre gewährt hatten, dann hätten sie sich vielleicht anders entschieden, aber unter diesen Umständen, wenn Treue nicht vergolten wurde …

Das war nicht mehr als Critters übliches Gerede. Sein Ortsverband belief sich auf wenig mehr als einen überalteten Zweig der Union, bestehend aus ländlichen Näherinnen, durchsetzt mit ein paar alten Werfern, die seit Jahren keinen Kricketschläger mehr gehalten hatten; sie würden alles tun, was er von ihnen verlangte, inklusive, wie es aussah, von Bord zu springen. Mit Makepeace' Erklärung hatte Critter seine Chance gesehen zu quieken; Claire hatte sich freiwillig als Rattenfängerin gemeldet.

Sie ließ sich als Gastrednerin zur Jahresversammlung des Ortsverbandes einladen, einer Veranstaltung mit weniger als dreißig Seelen, die sich im Hinterraum eines Pubs drängten. Durch die Trennwand hinter ihr konnte sie die derben Kommentare hören, die mit einem Billardspiel einhergingen, als sich der Vorsitzende neben ihr erhob und die Getreuen ansprach. Der gebeugte ehemalige Colonel nahm eine dicke Taschenuhr aus seiner Westentasche und legte sie vor sich auf den Tisch, als wartete er auf die Abendsperre der Artillerie.

Das Geschäft begann. Berichte zur Finanzlage – »ein Überschuß von vierzehn und drei Pence. Verzeihung, meine Damen und Herren, das sollte heißen, vierzehn Pfund und dreißig Pence ... an Wert verloren ... weiter gesunken ... müssen die Schließung des Büros erwägen, und wir wären alle sehr traurig, wenn Miss Robertson gehen müßte ...« Eine Auseinandersetzung darüber, ob der Damen-Dinner-Club erlauben sollte, daß Männer aufgenommen würden. »Das macht in unserem Alter keinen großen Unterschied«, meinte ein fortschrittlicher Geist. »Da es keine Kandidaten für Vorstandsposten gibt«, fuhr der Vorsitzende fort und hob die Stimme, um die wüste Sprache zu übertönen, die von den Billardspielern durch die Wand zu dröhnen begann, »möchte ich anregen, daß die gegenwärtigen Amtsinhaber einfach weitermachen.«

»Das geht nicht«, wandte eine Stimme hinter einem Paar aktiver Stricknadeln ein.

»Und warum nicht, bitte?« fragte der Vorsitzende.

»Miss Tweedie, unsere Vizepräsidentin«, das Stricken ging weiter, »sie ist letzte Woche gestorben.«

»Oh, es tut mir leid, das zu hören. Das macht es schwierig, nehme ich an …«

Auf Claires anderer Seite strahlte Critter sie alle an wie ein pflichtbewußter Sohn. Kein Wunder, daß er sie alle in der Hand hatte. Er konnte die meisten für vierzig Pfund Sterling im Jahr und eine Busverbindung nach Minehead kaufen. Und das sollte die Brutstätte der Rebellion sein, die drohte, landesweit Schlagzeilen zu machen, indem sie sich hinter Tom Makepeace stellte? »Nicht unbedingt«, erklärte ihr Critter, als der geplante Trödelmarkt angesprochen wurde, der zu heftigen Auseinandersetzungen führte. »Aber sie fühlen sich so isoliert, so wenig anerkannt. Wenn die Regierung doch nur einen Weg fände, ihre Bemühungen um diesen Wahlkreis zu zeigen …«

»Wie die, Sie zum Minister zu machen«, flüsterte sie.

»Ist das ein Angebot?«

»Nein.«

Sein Kinn – was davon übrig war – wurde hart. »Ich schätze, was Francis in seinen vielen Amtsjahren getan hat, natürlich sehr. Ein Jammer, daß er mich nicht zu schätzen scheint. Aber das ist nichts Persönliches, verstehen Sie. Mein Ortsverband ist völlig unzufrieden.«

»Also sagen Sie ihnen, daß sie es nicht sein sollen«, forderte sie. »Ein Wort von Ihnen, und sie gehen zurück und häkeln wieder Teedeckchen.«

»Ich soll zuhören, keine Anweisungen geben«, murmelte er wichtigtuerisch. »Mein Ortsverband ist sehr traditionsbewußt. Bildet sich lieber eine eigene Meinung. Aus Prinzip.«

Der Vorsitzende kam zum Ende seiner Anmerkungen. Bald würde Critter aufstehen. Sein Körper hatte sich schon halb von ihr abgewandt, sprach von Verteidigung, von einem Mann, der sich auf den Sprung vorbereitete. Er hatte noch nie der Versuchung widerstehen können, in die Schlagzeilen zu springen.

»So ein Jammer für Sie«, flüsterte sie.

»Was meinen Sie?«

»Ihr Ortsverband mit seinen Prinzipien.«

»Ich verstehe nicht ganz?«

»Ich habe mich nur gefragt, Jerry, wie diese lieben alten Damen auf die Tatsache reagieren werden, daß ihr Abgeordneter so viel Arbeit mit nach Hause nimmt.«

»Wovon reden Sie, Frau?«

»Von Ihrer neuen Sekretärin. Sie bringen sie in Ihre Wohnung am Dolphin Square. Jeden Mittag.«

»Zur Arbeit. Nichts sonst.« Er sah starr geradeaus, sprach aus dem Mundwinkel, wollte ihr nicht in die Augen sehen.

»Natürlich. Es ist nur so, daß ihr Männer das Problem nicht versteht. Sie sorgen so wenig für die Frauen in Westminster und zwingen uns in so überfüllte Umgebungen, daß wir während des langen Schlangestehens nichts anderes tun können, als zu klatschen. Sie wären über die kursierenden Gerüchte sehr erstaunt.«

»Wie ... zum Beispiel?« Seine Zähne mahlten, und die Farbe wich aus seinem Gesicht.

»Sie wissen schon, meistens ausgebliebene Perioden und wegbleibende Abgeordnete. Warum Sie letzten Mittwoch die Mitgliederversammlung versäumt haben. Und warum ein Paar Ihrer Boxershorts mit Monogramm aus ihrer Handtasche gefallen sind, als sie nach ihrem Lippenstift suchte. Wir haben alle gelacht; sie sagte, Sie seien in Eile gewesen ...«

»Um Gottes willen!«

»Keine Sorge. Ich kenne nur sehr wenige Umstände, bei denen ich versucht wäre, die Geheimnisse der Damentoilette auszuplaudern. Sehr wenige. Es ist wie bei der Beichte.«

Er schluckte hart.

»Genauso sicher bin ich, Jerry, daß Sie nur wenige Umstände kennen, die Sie dazu verleiten würden, Ihre Partei zu verraten.«

Der Vorsitzende war jetzt fertig, klopfte auf das Glas seiner Uhr, während die Herde ihrem Abgeordneten applaudierte, damit er aufstand und redete.

Als Claire sich auf die lange, einsame Rückfahrt nach

London machte, überlegte sie, daß sie selten so eine verständliche und sorgfältig belegte Ermutigung zur Parteitreue gehört hatte wie die, die heute abend von ihrem Kollegen, dem ehrenwerten Abgeordneten von Süd Warbury, vorgebracht worden war.

Die neunundneunzig Quadratmeilen britischen Hoheitsgebietes auf Zypern, die als lebenswichtig für die Sicherheit angesehen wurden, bestehen aus einer Anzahl von Teilen, wie ein Mosaik, das von einem gelangweilten Künstler nicht zu Ende gelegt wurde. Zwischen den beiden Hauptquartieren Dhekelia und Akrotiri liegt ein Teil von Anlagen, die für die Verteidigung wichtig sind, von radargelenkten Operationsbasen und einem Rollfeld, das die größten Transportmaschinen und Aufklärungsflugzeuge des Militärs aufnehmen kann, bis hin zu einem bestens ausgestatteten Kricketfeld, einem Fußballplatz der königlichen Polizei, sieben Schulen und einigen Pubs. Einige Einrichtungen sind mit Stacheldraht eingezäunt, einige nicht. Dazwischen liegen viele weitere Anlagen, inklusive terrassenförmig angeordneter kleiner Häuschen, Obstplantagen, alte Ruinen und einige zypriotische Dörfer.

Es gibt keine Grenzpfosten oder andere Zeichen, die die Grenze zwischen britischem und zypriotischem Territorium markieren außer Katzenaugen. Die Briten scheinen eine Leidenschaft dafür zu hegen, die Mitte ihrer Straßen so zu markieren, die Zyprioten tun das nicht. Da fängt es an und hört es auf.

Der Blick von den Basen ist herrlich, der Dienst langweilig. Die Sicherheit ist ein Alptraum. Im Falle bürgerlicher Unruhen suchen die Briten darin Zuflucht, einige ihrer Anlagen so gut wie möglich abzuschirmen, wobei sie den weitaus größten Teil ihrer Anlagen ohne Wache und Schutz lassen, im Vertrauen auf die traditionelle gemäßigte Art und auf den gesunden Menschenverstand der Zyprioten. Solches Vertrauen ist gewöhnlich gut fundiert.

So hatten also die Vorgänge, als die Konfrontation die Tore des britischen Flugplatzes erreichte, das gegenüber der Salzwiesen von Akrotiri liegt, den unvermeidlichen Hauch von etwas Unwirklichem. Die Sicherheit an den Toren zum Rollfeld, das von einem doppelten Kettenzaun, obendrauf Stacheldraht, gesichert ist, wurde durch zwei Stangen, rot und weiß gestrichen, verstärkt, die als Verkehrsschranken dienten. Diese ließen sich von einem zentralen Punkt aus öffnen und wurden von zwei Wachhabenden flankiert. Zusätzlichen Schutz gewährten diverse gut gewässerte Rosensträucher. Normalerweise hätte die Sicherheit nicht mal den Lauf eines Hasen verlangsamt, geschweige denn, ihn gestoppt, aber in diesen Tagen wurde das System durch eine federnde Rolle Rasiermesserdraht vor dem Tor verstärkt, durch die Verdreifachung der Wache auf sechs Mann und das Auffahren eines alten weißen Landrovers mit Leinwanddach und blauen Blinklichtern. Viel leisere Mitsubishis neueren Datums waren verfügbar, aber dies sollte eine ausschließlich britische Angelegenheit sein.

Die Konfrontation begann mit der Ankunft der gesamten Einwohnerschaft des Dorfes Akrotiri kurz nach acht Uhr morgens, kein sehr schweres logistisches Problem, denn das Dorf lag nur zweihundert Meter vor den Toren des Stützpunktes. Die Wirtschaft des Dorfes lebte von der Militärbasis, für die es eine Reihe von Lebensmitteln und Getränken bereithielt, inklusive einem China-Imbiß, einem Lebensmittelladen und einem Friseur für Damen und Herren.

»*Elenaki-mou*, was, zur Hölle, suchst du hier?«

»Ich protestiere gegen die britische Ausbeutung.«

Der Fragensteller, ein Corporal, der hinter dem Stacheldraht Wache stand, bedachte, was er gerade gehört hatte. Er war verwirrt. Er und Eleni, ein attraktives, rehäugiges Mädchen von neunzehn Jahren, hatten den vergangenen Abend im Akrotiri Arms Pub verbracht, und da hatte sie nichts Derartiges erwähnt. Jedenfalls waren sie entschlossen zu heiraten, sobald er seinen Wehrdienst abgeleistet hatte. Er freute sich darauf, er hatte schon fünf Pfund zugenommen.

»Keine Gespräche bei der Wache!« schnappte der wachhabende Offizier, der anscheinend Augen im Arsch hatte. »Die Einheimischen könnten feindlich gesonnen sein.«

Drei Jungen, einer davon Elenis kleiner Bruder, die auf einen Olivenbaum neben dem Wachhäuschen geklettert waren, brüllten ihre Verachtung heraus, auf den Gesichtern ein breites Grinsen und Spuren von Anissamen.

Eleni schien weniger beeindruckt. Vielleicht hatte sie das von ihrer Mutter, die direkt hinter ihr stand und nie beeindruckt war. Sie sprach kein Englisch, lächelte nie und starrte immer. Jedenfalls nahm Billy, der Corporal, an, daß sie starrte, aber es war schwer, sicher zu sein, da ihre Augen in verschiedene Richtungen sahen, was ihn nervös machte. Aber egal, in welche Richtung sie schauten, sie schienen nie zu flackern. Er fühlte sich von ihr ununterbrochen überwacht, wo er auch stand. Nervös balancierte Billy seine SA 80 Automatik in den Händen, als seine Geliebte den NCO ansprach.

»Sie sind uns in den Rücken gefallen, Sergeant«, beschuldigte Eleni ihn.

»Es heißt wachhabender Offizier, wenn Sie nichts dagegen haben, Miss.«

»Dann also, Sie sind uns in den Rücken gefallen, *wachhabender Offizier*.« Ihre Betonung war ungewöhnlich scharf.

»Wenn, dann mit meinem Scheckbuch, Miss.«

»Ihr verkaufen uns an Türken!« Der Schrei kam von einem betagten Mann, der hoch oben auf einem ähnlich betagten Traktor thronte und dessen Leidenschaft größer war als sein englisches Sprachvermögen. Ein einzelner Schneidezahn gab ihm ein verwegenes Aussehen. Viele der rund vierzig Demonstranten hoben die Stimme und schwenkten zustimmend mit den Armen.

Der Offizier marschierte langsam an der schmalen Frontlinie entlang, zehn Schritte hin, Wende und Wiederholung, seine Stiefel trommelten eine gleichmäßige

Kadenz auf den Asphalt, um seine Truppen zu beruhigen. »Wenn sie es euch schwermachen, Kameraden, denkt daran«, knurrte er, »steckt ihn rein. Dreht ihn schön, dann zieht ihn raus.«

»Billy schafft das noch nicht einmal, wenn ich nett zu ihm bin, Sergeant«, rief Eleni zu ihm hinüber.

Der Soldat rechts von Billy kicherte, während Billy erwog, sich in den Stacheldraht zu stürzen. Der Offizier drehte sich auf dem Absatz um, um die Demonstranten zu konfrontieren. Elenis Mutter starrte ihn direkt an, ohne das eine Auge von Billy abzuwenden. Sie hatte ihr Gebiß nicht eingesetzt, ihre Kiefer waren in ständiger Bewegung, als wenn sie noch ihr Frühstück beenden müßte.

»Wachhabender Offizier«, bestand er wieder mit kehliger Stimme. »Lassen Sie uns den angemessenen Respekt bewahren für diesen kleinen Aufruhr, Miss. Ansonsten könnte ich mich gezwungen sehen, mich zu rächen.«

»Wie?«

»Ich und meine Kameraden dürften vielleicht nicht mehr den Pub Ihres Onkels besuchen, Miss. Das wäre doch ein Jammer.«

Aber wieder hatte er die Initiative verloren. Rufe und Gestikulieren brachen unter den Zyprioten aus, ihre Augen sahen zum Himmel. Der Offizier sah hoch und entdeckte ein paar hundert Meter über sich die knallgelben Flügel eines Hanggleiters. Es war ein Sport, der auf den Klippen von Kourion, ein paar Meilen die Küste hinunter, gern ausgeübt wurde, und dieser Gleiter forderte sein Glück heraus. Er befand sich nicht nur weit in gesperrtem Gebiet, sondern er war auch, bis auf die Kopfbedeckung, vollkommen nackt, sein olivgoldener Körper hob sich genau gegen die ausgestreckten Flügel ab.

»Das nenne ich einen richtigen Mann«, flüsterte Eleni vernehmlich. »Ich frage mich, ob er Mühe hat mit dem Steuerknüppel.«

»Das wird Billys Privatleben zerstören«, murmelte ein Wachsoldat.

»Und unsere Radarüberwachung auch«, ergänzte der Offizier. »Was, zur Hölle, werden sie daraus machen?«

Als der Gleiter niedriger vorbeischwebte, kicherten die jungen Mädchen, während die älteren Frauen in Erinnerung an vergangene Zeiten die Köpfe schüttelten. Die Atmosphäre hatte sich zu einer gutmütigen Farce gewandelt, als jeder in den Himmel schaute, außer Elenis Mutter, die immer noch ein aufmerksames Auge auf den heftig schwitzenden Billy hatte.

»Aber es bleibt doch bei heute abend?« fragte er hoffnungsvoll ihre Tochter.

»Nicht, wenn ich den vorher fange«, kündigte Eleni laut an, in Gedanken noch ganz bei dem wolkenlosen Himmel.

Die Konfrontation war für den Moment verschoben, aber der Offizier wußte nicht, für wie lange.

»Was glauben Sie, Sir? Schwanz in – was? – zweihundert Metern Höhe? Vertikaler Schuß. In die Sonne. Soll ich es versuchen?«

Der Offizier hatte plötzlich seinen Humor verloren. »Du wirst es schon bald versuchen müssen, Kamerad. Bald könntest du es versuchen müssen.«

Billys zukünftige Schwiegermutter mampfte weiter.

»Verdammt.«

Ein Paar saphirgesprenkelter Pfauen nahm den Schrei auf. Er stand auf der Terrasse seines Schlosses, das mitten im goldenen Herzen Burgunds lag, und fluchte noch einmal. Das große Haus mit seinen vielen Türmchen überblickte einen der feinsten Weinberge der Welt, Reihe über Reihe flüssigen Goldes. Auf einer entfernten Anhöhe lag ein altes, befestigtes Kloster, dessen alter Stein in der schmelzenden Abendsonne glühte; dazwischen lag nichts außer den tausend Hektar seines Besitzes. Angelockt von der Aussicht und der Weinlese, würde morgen früh der erste von fast zweihundert Freunden und Geschäftspartnern eintreffen, um ihm die Ehre zu erweisen und den restaurierten prächtigen Glanz seines Reichs zu genießen. Ein Reich, auf Öl errichtet.

Aber jetzt gab es zuviel Öl, ein ganzes Faß voll, das überall auf dem gestutzten Rasen zum Karpfenteich hinunter ausgeschüttet worden war. Vandalismus, so grotesk wie ein morgendlicher Überfall auf die Börse.

Er hätte den Gärtner nicht feuern sollen. Er hätte ihm die Eier und andere lebenswichtige Teile abschneiden und den Rest in eines der Bohrlöcher werfen sollen. Das würde er auch jetzt noch machen, wenn er den kleinen Bastard je erwischen sollte.

»Es ist erschreckend«, klagte seine Frau neben ihm, »wieviel Schaden ein bißchen Öl, wenn es am falschen Ort vergossen wird, anrichten kann ...«

Plötzlich weiteten sich seine Nasenlöcher, und er witterte in den Wind wie ein Fuchs, der einen bekannten Geruch wahrnimmt. Er roch Öl, ekelhaft riechend, als es dick floß wie frische Butter, so wie es eines Tages aus den Löchern vor der Küste Zyperns fließen würde. Das war ein Deal, der ihm entgangen war. Der aber bisher noch nicht unterschrieben war.

»Es könnte schlimmer sein«, tröstete er seine Frau. »Es wird vielleicht sogar besser«, überlegte er und fragte sich, welcher Vandalismus auf das Friedensabkommen verübt würde, wenn man etwas Öl auf seine glatten Ränder schmieren würde.

»Das wird kaum hilfreich sein.« Claire warf eine Kopie des neuesten Funkberichts über den Tisch zu Urquhart hin. Er überflog ihn schnell.

Industriekreise deckten das Vorkommen von Öl in den Gewässern von Zypern auf. In den türkischen Gewässern. Es wurde erwartet, daß die Förderrechte an britische Gesellschaften vergeben würden ...

»Exzellent«, rief er aus und schleuderte den Bericht über den Tisch zurück. »Mehr Arbeitsplätze für Großbritannien.« Er nahm seinen Füller und schrieb weiter.

»Aber es wird die Griechen zur Weißglut bringen.«

»Warum?« Er starrte fragend über den Rand seiner Lesebrille.

»Sie gehen leer aus.«

»Selbst wenn diese Berichte stimmen, sind sie morgen nicht schlimmer als heute.«

»Selbst wenn, es wird ihnen nicht gefallen. Verletzter Stolz.«

»Ich nehme an, Sie haben recht. Wahrscheinlich werden sie durchdrehen. Auf die Reizbarkeit der Zyprioten kann man sich nicht verlassen, oder?«

»Und auch noch ein britischer Richter. Das macht alles noch komplizierter. Wir sind von der Auseinandersetzung um ein paar Gräber in eine über einige Millionen Barrel Öl gesprungen. Anstelle von hundert Demonstranten wird es ... Tausende geben. Das Friedensabkommen. Die Wahl. Alles ist plötzlich viel komplizierter.«

»Wie gewöhnlich, Claire, verraten Sie einen bemerkenswert aktiven und aufmerksamen Verstand hinter diesen aufregenden Augen.« Er wandte sich wieder seinem Schreiben zu.

Als sie bemerkte, daß sein Interesse erlahmte – war es je da gewesen? –, griff sie wieder nach dem Papier und wandte sich zum Gehen. »Ich frage mich, wer das hat durchsickern lassen«, sagte sie, als sie durch den Raum schritt.

»Ich habe keine Ahnung«, flüsterte er, als sich die Tür hinter ihr schloß. »Aber es hat mir die Mühe erspart, es selbst tun zu müssen.«

›ZYPERN HAT ÖL‹, schrie die *Sun*.

›Billionen Barrel Öl sind vor der kleinen Insel Zypern gefunden worden. Die Entdeckung wird ein Lächeln auf die sonnengeküßte Touristen-Zuflucht bringen – und auf die Gesichter der britischen Ölgesellschafter, die sich um die Förderrechte bemühen...‹

In seiner zweiten Ausgabe hatte der Reporter

weiterrecherchiert und das Thema noch einmal unter der Überschrift **TÜRKISCHER HONIG** aufgegriffen.

Der *Independent* gab sich vorsichtiger.

Große Ölvorkommen sollen laut Industrieberichten vor der Insel Zypern entdeckt worden sein. Sie könnten sich als die größten des Mittelmeerraums herausstellen ...

Diese Entdeckung kommt zu einem delikaten Zeitpunkt des Friedensprozesses innerhalb der zypriotischen Volksgruppen, die im Begriff stehen, in London ein Abkommen zu unterzeichnen. Das Öl soll nur in dem Küstenbereich liegen, der vom Watling-Schiedsgericht dem türkisch-zypriotischen Inselteil zugesprochen wurde.

Gestern abend verlangten griechische Zyprioten in London zu wissen, ob Großbritannien, dessen entscheidende Stimme den Türken das umstrittene Gebiet zugesprochen hatte, vorher von der Existenz des Öls gewußt hatte ...

Die führende Zeitung von Nikosia war weit weniger zu Zugeständnissen bereit. In einer riesigen Schlagzeile auf der ersten Seite gab sie einfach an:

VERRATEN!

Sie hatten eine Demonstration vor der Türkischen Botschaft in Belgrave Square vorbereitet. Der Aufruf dazu war diesen Morgen im Londoner Radio für Zypern ergangen, und selbst nach dieser kurzfristigen Ankündigung waren fast zweihundert Menschen zusammengekommen, versuchten sogar, hineinzukommen, um einen Protestbrief zu übergeben, aber der Eingang der Botschaft war bombensicher bewacht, und die Wachen sahen sie kommen, ehe sie die Straße überquert hatten. Sie hielten Ordnung; ein einziger bewaffneter Polizist von der Diplomaten-Schutztruppe brachte sie zum Umkehren. Enttäuscht zogen sie sich hinter die Absperrung zurück und ließen sporadisch Protestrufe ertönen. Bis zum Wochenende sollte sich ihre Zahl verzehnfachen.

Passolides war an diesem Morgen nicht dabei. Wie so

oft in seinem Leben hatte er eine einsame Furche gepflügt und war nicht zum Haus der verhaßten Türken gegangen – wozu sollte das gut sein? –, sondern vor die Downing Street, wo der Ursprung dieses letzten Verrats zu finden war.

Hatten die Briten seine Leute nicht beharrlicher verraten als alle anderen Eroberer? Hatten die ganze Insel fast ein Jahrhundert lang gestohlen, die Militärbasen sogar noch länger. Hatten seine Brüder gestohlen. Und deren Gräber. Jetzt das Öl. Was man von einem diebischen Türken zu erwarten hatte, wußte man, sie verbargen ihre wahre Natur nicht. Ein völlig unkomplizierter Feind, der einem ins Auge spuckte, während er einem die Kehle durchschnitt. Man konnte darauf vertrauen, daß sie das waren, was sie vorgaben zu sein. Aber die Briten! Sie badeten in Heuchelei, lächelten und redeten von Kricketregeln, während sie einen betrogen und deine Heimat der Sklaverei überantworteten.

Er umklammerte die Schranke bei den großen Eisentoren der Downing Street fast eine halbe Stunde lang, bis ein Polizist, der sich über die Intensität der Konzentration und die weißen Knöchel des alten Mannes wunderte, auf ihn zukam.

»Na, Opa, was machen Sie hier?«

»Das ist meine Angelegenheit.«

»Wenn Sie da stehen, ist es auch meine Angelegenheit. Was machen Sie hier?«

»Ich warte, um Ihren Premierminister zu sehen.«

»Sie haben Glück. Er kommt gleich raus.«

Als der Daimler durch das Tor fuhr, wurde er langsam, ehe er sich in den Verkehr von Westminster einreihte, und Urquhart schaute von seinen Papieren auf, sah einen alten Mann, der ihn von der anderen Seite der Barriere aus anstarrte. Ihre Blicke trafen sich, blieben nur einen kleinen Moment aneinander haften, aber in diesem kurzen Moment gruben sich diese Augen, die sich rubinrot vor Haß in seine glühten, in Urquharts Gedächtnis ein. Durch die schallgedämpften Scheiben vernahm er das eine Wort, das die gebrochene Stimme des Mannes ihm nachheulte und an dessen Bedeutung er sich erinnerte.

»*Prodoti-i-i-i*!«

Er erinnerte sich an das erste Mal, als er das gehört hatte – wie könnte er das je vergessen? Es war einem achtzehnjährigen Jungen über die Brust geschrieben worden, den sie mitten im Hochzeitsgottesdienst seiner Schwester herausgerissen und erschossen hatten.

Verräter.

Für einen antibritischen Protest gibt es in Nikosia nur wenige geeignete Ziele. British Leyland existiert nicht mehr, British Rail reicht nicht so weit, nicht mal mit Unterbrechungen. Das britische Hochkommissariat stellt ein ausnehmend schlechtes Ziel dar, weil es aufgrund der Invasion auf einem Landfinger steckt, der kaum mehr als hundert Meter breit ist und sich auf der einen Seite zwischen die bewaffneten Wachttürme des Gefängnisses von Nikosia drückt und auf der anderen an die beinahe noch stärker bewaffneten Wachttürme der türkisch-zypriotischen Grenzkontrolle. Die Chancen für einen Überraschungsangriff sind gleich Null, für einen erfolgreichen sogar noch geringer, die Chancen auf eine Kugel von der einen oder anderen Seite hervorragend, also suchen die meisten Dissidenten in Nikosia nach einer anderen Möglichkeit.

Das britische Rathaus unten am Paphos Tor ist kaum einladender. Seit dem letzten Aufstand ist es mit Stahlläden stark befestigt worden, von denen Ziegelsteine und Flaschen wirkungslos abprallen, selbst wenn die Wächter in den Baracken am Ende der Straße nicht hinschauen.

Deshalb hatte Dimitri, der für die Organisation zuständig war, aber kein Konzept für so britische Einrichtungen wie Marks & Spencer oder Barclays Bank hatte, sich für British Airways und seine Glasfrontzentrale ausgesprochen, die an der Avenue of Archbishop Makarios III. lag.

Der Protestzug traf bald nach Einbruch der Dunkelheit

ein und transportierte von dem mittlerweile dauerhaften Protestlager vor dem Präsidentenpalast eine Ladung von Mopeds, Lastwagen, sogar Taxis herüber. Bald gesellten sich viele andere zu Fuß oder auf eigenen Verkehrsmitteln zu ihnen. Das Wort hatte sich herumgesprochen.

Bei den Vorbereitungen war ein hoher Grad an Disziplin auffällig. Banner wurden ausgegeben, Anweisungen und Ratschläge erteilt. Natürlich war es hilfreich, daß die Einweiser Theologiestudenten waren, viele von ihnen aus demselben Dorf wie Dimitri und sein Bruder. Eine weitverzweigte Familie. Die Firma war sorgfältig auf dem Fundament ländlicher Solidarität und Sippentreue errichtet; sie würde ihren berühmtesten Sohn nicht im Stich lassen.

Es war auch hilfreich, daß es viel mehr Demonstranten als Polizisten waren, die sich damit zufriedengaben, im Hintergrund zu bleiben und die Geschehnisse auf dem Monitor zu verfolgen. Einige lächelten.

Noch mehr Demonstranten trafen ein, die Straße war blockiert. Die Polizei konzentrierte ihre Kräfte auf die Umleitung des Verkehrs. Einer der Einweiser schnatterte in sein Mobiltelefon, hörte aufmerksam zu, nickte dann. Langsam ließ er eine Hand über dem Kopf kreisen, um den Kessel anzuheizen. Die Menge, bis zu diesem Zeitpunkt friedlich, begann zu singen, ihre Banner zu schwenken, vorwärts zu drängen wie ein menschlicher Ölteppich auf einer Woge, verteilte sich um das Gebäude und drängte sich an die Glasfenster. Das Geräusch des Öls war überall.

»Briten raus – Knochen und Basen!« riefen sie; vielleicht nicht besonders einfallsreich, aber ein antiimperialistischer Protest hat wenig Originalität. *»Führt Krieg – nicht Frieden«*, war auch beliebt.

Die Fenster, große Glasscheiben, zwischen Steinsäulen befestigt, wurden belastet – sie wölbten sich, beulten und krümmten sich, gingen aber nicht kaputt, zumindest nicht, ehe ein Hammer zum Vorschein kam, und eines nach dem anderen systematisch zerschlagen wurde.

Selbst dann noch war die Aktion kontrolliert. Sie plünderten nicht die Büros; statt dessen vertauschte der Einweiser sein Mobiltelefon mit einer Flasche Sprühfarbe und bedeckte die Wände und Computereinheiten mit Slogans.

Als er wieder herauskam, waren zwei Fässer Öl neben den Eingang gestellt worden; vom Fensterbrett darüber hing das speichelgetränkte Bild von Nicolaou. Ein Schild um seinen Hals lautete einfach: *»Türken-Liebhaber«*.

Die Schreie schwollen an, die Zahl stieg, es würde schwer werden, sie noch länger zu kontrollieren. In jedes der Fässer wurde eine Fackel geworfen, und aus beiden quollen Mengen schwarzen, stinkenden Qualms. Ölqualm, der in die Nacht aufstieg und die Gesichter der Umstehenden verschmierte, jede Ecke des zerstörten Gebäudes in Besitz nahm und sich in die Schlagzeilen der Morgenzeitungen brannte.

Sobald er den Qualm sah, gab der Einsatzleiter der Polizei die ersten Befehle. Lichter blinkten, Sirenen heulten, ein Löschwagen schob sich durch die Menge. Aber die Demonstranten begannen schon mit der Nacht in Nikosia zu verschmelzen. Mission ausgeführt, Nachricht überbracht.

Keine einzige Verhaftung wurde vorgenommen.

Dunkle Flecken des Hasses breiteten sich in der Nacht von Zypern aus.

Drei Straßen weiter, auf dem Rücksitz seines Dienstmercedes, legte Theophilos den Hörer auf. Gute Arbeit. Ausnehmend gut. Gottes Werk.

Als Francis Urquhart davon hörte, war er derselben Meinung.

Inmitten der stürmischen See der von Männern ersonnenen Listen, ritten Auswüchse von Unsinn auf den höchsten Wellen. Keiner war eindrucksvoller als der Fall von Woofy.

Woofy – sein voller Name lautete Woofer – war ein dreijähriger King Charles Spaniel, das Tier an Kindes Statt von

Mr. und Mrs. Peregrine Duckin, die in wohlhabender Zurückgezogenheit in einer weißen Stuckvilla mit Blick auf die Coral Bay lebten, eine sandige Ecke im Südwesten der Insel. Ihr Griechisch war lückenhaft wie auch ihre Beziehung zu der einheimischen Bevölkerung, die sich auf wenig mehr als ein Nicken zur Begrüßung einiger örtlicher Händler beschränkte, aber so verhielt sich der Großteil der rund fünftausend britischen Zivilisten in diesem Gebiet von Zypern, und sie wollten keine Freunde.

Die Duckins würden sie brauchen. Denn als sie von einer Bridgeparty bei einem weiter entfernten Nachbarn zurückkamen, entdeckten sie, daß ihre geliebte Villa unwiderruflich und ohne Warnung bis auf die Grundmauern niedergebrannt war.

Noch schlimmer, es gab keine Spur von dem noch mehr geliebten Woofer. Sie suchten die ganze Nacht hindurch, riefen seinen Namen, riefen über die Bucht, fluchten, weil die zypriotische Feuerbrigade eine unverschämt lange Zeit bis zum Eintreffen benötigt hatte, riefen dann wieder. Aber Woofer war nirgends zu finden.

Es dämmerte schon, als die Duckins inmitten der rauchenden Ruine ihres Heims standen und jeden Vorüberkommenden nach ihrem Hund fragten. Einer der Passanten war zufällig ein freier Journalist, der ein paar Tage Urlaub genoß, aber wohin immer Journalisten ihren Fuß setzen, kann man eine Katastrophe finden. Er war sympathisch, hörte gut zu, machte Fotos, teilte ihren unfaßbaren Verlust – wenn auch ihr Verlust im Lichte anderer antibritischer Ausbrüche vielleicht – nein, bestimmt – weniger bitter war, als es zuerst den Anschein hatte. Eine Geschichte der Zeit, der nichts fehlte, außer vergewaltigter Nonnen.

Sie erschien am nächsten Morgen, ausgebreitet auf der ersten Seite von Großbritanniens führender Boulevardzeitung. Ein verlorenes britisches Paar steht inmitten der Ruine seines zerstörten zypriotischen Traums. Gefangene zwischen den wachsenden Kreuzfeuern.

Darunter eine grelle Überschrift:

Zypern hat meinen Woofy gefressen.

Die Wirkung von Halogenscheinwerfern, die nachts auf alte schwarze Ziegel gerichtet waren, verlieh der Szenerie einen einfarbigen Anstrich. Vielleicht ein bißchen wie bei einer Beerdigung, überlegte Urquhart, aber angemessen melodramatisch. Er rückte seine Krawatte gerade. Hinter ihm stand der Verteidigungsminister steif in Habachtstellung. Fernsehkameras blinkten, als der Premierminister mit strengem Mund zu den Mikrofonen in der Downing Street schritt.

»Meine Damen, meine Herren, ich habe eine wichtige Bekanntmachung zu machen. Die Geschehnisse in Zypern haben eine weitere Wende zum Schlechteren genommen. Nicht nur, daß unser Abgesandter noch immer nicht freigelassen worden ist, nun scheint die Regierung in Nikosia auch nicht in der Lage zu sein, die Sicherheit britischer Bürger und britischen Besitzes zu garantieren. Die Lage ist eindeutig von Menschen mit bösen Absichten herbeigeführt worden, und es ist meine Pflicht, britische Zivilisten und Militärs zu schützen. Deswegen sehe ich mich mit großem Widerstreben dazu gezwungen, als vorsorgliche Maßnahme die britischen Militärbasen in den Stand der Alarmbereitschaft zu versetzen und Zyprioten den Zugang zu untersagen. Britisches Leben und Eigentum müssen verteidigt werden, und unsere Truppen haben die Autorität, genau das zu tun. Das ist ein sensibles Thema, und ich bitte Sie, es mit entsprechendem Ernst zu handhaben.«

Der Haufen Reporter vor ihm wogte, als sie gleichzeitig vorwärtsdrängten und ihm Mikrofone, Kassettenrecorder und andere ausgewählte elektronische Ranken vorhielten. Ein Journalist, der aussah, als sei er gerade erst aus dem Bett gestiegen, war schon fast über die Absperrung geklettert bei seinem Versuch, so nahe wie möglich heranzukommen. »Premierminister, was hat das alles zu bedeuten?«

»Es ist eine Botschaft an Unruhestifter. Haltet euch da raus.«

»Bedeutet das nicht Säbelrasseln, das Risiko erhöhen?«

»Das haben andere schon getan. Die, die unseren Hochkommissar gekidnappt haben. Die britisches Eigentum angegriffen und britisches Leben in Gefahr gebracht haben. Ich habe die Pflicht zu reagieren.«

»Anzugreifen?«

»Es handelt sich ausschließlich um eine Verteidigungsmaßnahme.«

»Sehen die Zyprioten das auch so?«

Der Ausdruck um Urquharts Mund wurde fast noch grimmiger; er durfte das ironische Lächeln nicht sehen lassen, das seine Emotionen begleitete. Er kannte die Zyprioten, ihre Leidenschaften – und ihre Polemiker, in deren Sprache die Alarmbereitschaft zu etwas verkehrt würde, was einer Invasion gleichzusetzen war. Dies hier würde viel, viel schlimmer werden, ehe eine Besserung in Sicht war. Er durfte nicht lächeln, also zuckte er einfach die Achseln.

»Haben Sie die Erlaubnis des zypriotischen Präsidenten für dieses Vorgehen?«

»Die brauche ich nicht. Unsere Basen auf Zypern sind britisches Hoheitsgebiet. Ich brauche nicht mehr Erlaubnis dafür, unsere Truppen dort in Alarmbereitschaft zu versetzen, als wenn ich Wassereimer über die Ebene von Salisbury transportieren wollte. Ich habe ihn natürlich informiert.«

»Wie hat er reagiert?«

Mit Qual. Mit Bitten. Er hatte gesagt, das würde die Hitzköpfe entflammen. Würde denen in die Hände spielen, die gegen das Friedensabkommen seien, würde den Druck auf die britischen Militärbasen erhöhen. Hatte gebeten, ein paar Tage länger zu bekommen, um die Freilassung des Hochkommissars zu erwirken. Aber er hatte schon einige Tage gehabt …

»Er hat die Notwendigkeit dieses Vorgehens bedauert. So wie ich auch. Aber Menschen mit gutem Willen werden die Aktion verstehen und unterstützen. Meine erste Pflicht ist es, die britischen Interessen zu vertreten.«

»Das wird den Inseltourismus gefährden, Premierminister.«

»Bedauerlich, ja.« Es drohte ihm den Garaus zu machen.

»Wo bleibt das Friedensabkommen?«

»Das müssen die Zyprioten entscheiden. Ich kann nicht dabei helfen, Frieden nach Zypern zu bringen, wenn die Zyprioten ihn nicht selbst wollen.«

»Und die Wahl?«

»Findet wie geplant statt. Das ist ein Vorgehen in nationalem Interesse, nicht für Parteizwecke. Ich erwarte die Unterstützung aller verantwortlichen Politiker von allen Seiten des politischen Dialogs. Ich denke nicht, daß das ein Thema für die Wahl wird.«

Nein, nicht ein Thema, überlegte Dicky Withers, *das* Thema. Ich bin Zeuge eines Banditenstücks, des Ansichreißens der Wahlkampagne, indem Urquhart sich in der Rolle des Staatsmannes, des Verteidigers nationaler Interessen, des britischen Lebensstils, der Kricketregeln, des warmen Biers, sonniger Nachmittage, der Blackpool-Strände, der Moral, Jungfräulichkeit und jeder anderen -keit darstellt, die Wählerstimmen locken könnte, präsentiert. Und Makepeace, Makepeace wird verschnürt wie ein ausgenommenes Hühnchen. So fest wie wahrscheinlich unser Hochkommissar. Francis, du alter Bastard.

»Und Tom Makepeace?« schaltete Withers sich ein. »Wo bleibt er dann?«

Das Lächeln wollte hervorbrechen, sowohl in Anerkennung von Dickys Scharfsinn als auch in Eigenlob. Makepeace hatte den Fußtritt bekommen. Stand im Abseits. Ging nirgendwohin, außer in die Hölle und wieder zurück. Eine Reise, auf der ihn nur wenige würden begleiten wollen.

»Wo Mr. Makepeace bleibt? Ich habe keine Ahnung. Vielleicht fragen Sie ihn das besser selbst.«

Als die ersten Sonnenstrahlen langsam die Salzebene von Akrotiri erreichten, keuchte ein verbeulter Bedford-Bus seinen Weg unsicher in Richtung des Eingangs der Militärbasen. Er klang recht krank. In besseren Tagen hatte er Kinder vom Dorf in ihre Schulen befördert und Lebensmittel zum nahen Markt, aber seit fast einem Jahr hatte er hinter der Pizzabude herumgelungert, wo der Rost seine Tage gezählt sein ließ. Die Ankunft des Busses vor dem Eingang der Militärbasis wurde durch eine Wolke von Ölqualm und ein Stöhnen in der Art eines magenkranken Drachens begleitet. Dann wurde er langsam, blieb stehen und erstarb, wobei er den gesamten Eingang blockierte. Als der Qualm sich gelegt und die Wache sich hervorgewagt hatte, um das prähistorische Monster zu beäugen, war es leer.

Sie brauchten länger als eine Stunde, um es vom Fleck zu bekommen. Versuche, den Motor erneut zu starten, mißlangen, und es war schwierig, ein Abschleppseil zu befestigen. Sie versuchten, es auf den Wagenheber zu hieven, aber das Gerät brach zusammen, und das Biest leistete Widerstand, indem es auf die Seite rollte. Schließlich waren sie gezwungen, einen Bulldozer zu holen, der es aus dem Weg schob.

Aber nicht eher, bis sie in einem Umschlag, der am Lenkrad hing und an Billy adressiert war, Elenis Ring fanden.

Sie waren wieder draußen, mehr denn je. Was vor weniger als zwei Wochen als gelegentliche Demonstration einer Handvoll Leute angefangen hatte, waren jetzt ständige Demonstrationen von so vielen Menschen, daß man sie nicht mehr akkurat schätzen konnte.

Außerdem wurden sie sehr persönlich. Nicolaou war der Name – das Ziel – in aller Munde. Sie zeigten vielleicht genauso wenig Logik wie der Mob, der gekommen war, um Jesus auf dem Marktplatz zu verurteilen, aber verurteilt hatten sie ihn.

Der Leiter der Sicherheitstruppe des Präsidenten hatte eine Audienz verlangt und unterbrach Nicolaou im Salon im ersten Stock, wo er seiner Tochter Elpida beim Klavierspiel zuhörte. Beethoven. Etwas Klangvolles und Langes, um den ständigen Lärm vor den Toren zu übertönen.

»Wir müssen die Protestler zerstreuen, Sir. Sie sind eine Gefahr für den Verkehr, für sich selbst, für Sie.«

»Und was schlagen Sie vor, wie man das erreichen soll, Commander?« Er saß mit geschlossenen Augen da und rieb sich mit den Fingern die Nasenwurzel, nachdenklich und besorgt.

»Ich muß Truppen rufen, für meine Leute sind es zu viele.«

Nicolaou war jetzt hellwach. »Ich glaube, ich höre nicht recht. Sie wollen, daß ich die Armee auf die Leute hetze?«

»Diese *Leute* – Sir – sind nichts anderes als ein gefährlicher Mob. Sie haben bereits Gebäude niedergebrannt, ihre Zahl wächst, ihre Demonstrationen haben überall in Nikosia für Unruhe gesorgt. Es ist meine Pflicht, rund um den Präsidentenpalast Frieden zu halten.«

»Und meine Pflicht ist es, Commander, den Frieden in unserem Land zu sichern. Darum geht es hier, um nichts anderes. Ich werde Ihnen nicht gestatten, Truppen zu rufen und Tränengas zu versprühen.«

»Ich habe aber nicht genug Leute, um die Sicherheit des Gebäudes und Ihre eigene zu garantieren«

»Meine eigene Sicherheit ist mir egal.«

»Und Ihre Familie?«

Nicolaou wandte sich zu seiner Tochter um, die noch immer am Klavier saß. Sie bedeutete ihm alles. Wenn er einsam war, weil seine Frau mal wieder weg war, Elpida leistete ihm Gesellschaft. Wenn er sich über die Unzulänglichkeiten seiner Frau aufregte, war sie da, um ihn daran zu erinnern, was er seiner Ehe schuldig war. Wenn er unsicher war, gab sie ihm Anregungen, erhob ihn über das Kurzsichtige und Triviale in das Zypern von morgen. Elpidas Zypern. Balsam für jede seiner Wunden.

»Gerade ihretwegen muß ich nein sagen. Ich kann nicht

ein Friedensabkommen mit den Türken unterzeichnen, wenn in den Straßen Nikosias Blut fließt.«

»Sir!« Der Commander bettelte jetzt. Er senkte die Stimme, damit Elpida ihn nicht hören konnte. »Als alter Freund. Die Wahl, die Sie haben, ist weniger, *ob* da Blut fließt, sondern *wessen* Blut es sein wird.«

Der Präsident ging zum Fenster hinüber, von dem aus er die angeleuchtete Statue von Makarios und die Zypressen vor einem beeindruckenden Hintergrund sehen konnte. »Panayotis, komm her.«

Der Commander trat zu ihm. Nicolaou öffnete das Fenster.

»Was ist da draußen?«

»Pöbel, der auf Ihrer Treppe bellt.«

»Aber was *siehst* du da draußen?«

»Die Lichter der alten Stadt.«

»Und dahinter, in der Dunkelheit, liegt die andere Hälfte unseres Landes. Ist es nicht an der Zeit, Panayotis, die beiden Hälften wieder zusammenzubringen? Nach all diesen Jahren und so viel Blut?«

»Das ist Politik, Sir. Ihr Job. Mein Job ist die Sicherheit. Und ich sage Ihnen, wir müssen wegen dieser Leute da draußen etwas unternehmen.«

Bei geöffnetem Fenster wirkte das Protestgeheul erbarmungslos.

»Dann werde ich zu ihnen sprechen.«

»Jetzt ist nicht der Moment für Witze.«

»Laß ein paar von ihnen herein. Ich werde von den Stufen aus mit ihnen reden.«

»Das wäre der helle Wahnsinn!«

»Vielleicht. Aber ich werde es trotzdem machen.«

»Dann reden Sie wenigstens vom Balkon aus mit ihnen.«

»Der Balkon, an dem die britische Flagge hängt? Soll ich hinter dem imperialistischen Löwen hervorlugen? Ich denke, nicht. Nein, es soll von den Stufen aus sein.«

»Aber ich kann Ihnen keine Sicherheit garantieren!«

»Dann überlaß diese Aufgabe Gott.«

Panayotis hatte gehorcht, wie er es während seiner Karriere gelernt hatte, egal, wie unannehmbar oder unvernünftig der Befehl auch war. Sie hatten zwei Dutzend geplant, aber die Zahl kann man unmöglich kontrollieren, wenn sich Tausende an die Tore drücken, und so waren eher zweihundert hineingekommen, ehe die Tore gewaltsam wieder geschlossen wurden. Sie versammelten sich auf der Auffahrt vor dem Haupteingang, der von zwei künstlichen Kanonen, verschiedenen Arten von Wasserspeiern, ein paar Blumenkästen und einer Kohorte der Palastwache geschützt wurde.

Als Nicolaou erschien, wurden wütende Rufe laut, und er schwenkte die Hände über dem Kopf, um Ruhe zu erbitten. »Zyprioten. Landsleute. Erlaubt mir ein Wort. Erlaubt euch, zuzuhören.«

»Türkenliebhaber!« erscholl der Ruf.

»Ich liebe nur eins, Zypern!«

»Warum es dann an die blöden Türken geben?« – »Und an die Briten!«

»Niemand hat mehr unter dem Gedanken gelitten als ich, daß unser Land geteilt wird. Ich weine mit denen, die ihre Familien verloren haben. Ihr Heim. Alles.«

»Und rühren keinen Finger, um ihnen zu helfen.«

Panayotis wurde zusehends nervöser. Es war schon klar, daß es Nicolaou nicht gelungen war, die Menge unter Kontrolle zu bringen, daß er eine Unterhaltung mit einem Tauben begann. Seine Logik und sein Ernst hatten keine Chance gegen die rohen Emotionen des Mobs.

»Meine Freunde, erinnert euch daran, was unsere Insel geteilt hat. Was die türkische Armee an unsere Küste geholt hat. Das war damals, als die Griechen übereinander herfielen. Als Makarios auf eben diesen Stufen stand und sie sich weigerten, ihm zuzuhören.« Seine Hand streckte sich nach einer der Sandsteinsäulen aus, neben der er stand. »Seht euch diese Löcher an. Hier sind die Kugeln eingeschlagen. Als sie versucht haben, unseren Erzbischof zu töten.«

Auf den Säulen befand sich ein Muster aus kleinen,

zylinderförmigen Höhlen und Kratern, Einschußlöcher, Erinnerungen an den Coup, die auf Makarios' Befehl hin belassen worden waren, um die Geschehnisse nicht in Vergessenheit geraten zu lassen. Stigmata in Stein. Jetzt schmiegten sich Nicolaous Finger hinein, streckten sich aus und griffen nach dem Mantel von Makarios. Seine Fingerspitzen waren fast angelangt, als ein weiteres Loch erschien, von einer Staubwolke begleitet. Erst da hörte er das Geräusch des Schusses.

Die Wirkung auf die Menge war unmittelbar, als wäre eine Startpistole abgefeuert worden. Sie drängte vorwärts, preßte sich gegen die versammelten Wachen vor den Stufen wie Jagdhunde, die das Wild umstellen. Nicolaou, erschrocken und noch immer erst im Anfangsstadium der Angst, fand sich in den Armen von Panayotis geborgen und durch den Haupteingang gedrängt, der hinter ihnen ins Schloß fiel. Innerhalb von Sekunden ertönte von der anderen Seite primitives Gebrüll, und Schläge hämmerten gegen das Holz. Gleichzeitig gaben die Tore zum Palastgrundstück, die den Großteil der Demonstranten zurückgehalten hatten, nach, als Ärger sich beim Geräusch der Schüsse in Wut verwandelte, und Tausende strömten die lange Auffahrt hoch.

»Um Himmels willen, gehen Sie jetzt?« bellte Panayotis.

»Elpida«, bat Nicolaou. Aber seine Tochter rannte schon die Wendeltreppe hinunter, die aus den Privaträumen führte, vorbei an den Altertümern, den Steinköpfen und Torsos, der kleinen Auswahl aus dem antiken Erbe der Insel, die schon bald zerschmettert und zerschlagen am Boden liegen sollten.

Vater und Tochter wollten sich umarmen, aber Panayotis zog sie auseinander und drängte sie den langen Flur entlang, der durch maurische Bögen und an jüngeren Wandteppichen vorbei durch das Zentrum des U-förmig angelegten Gebäudes führte. Begleitet wurden sie von dem Geräusch berstender Fensterscheiben, von erhobenen Stimmen, von Zerstörung. Dann noch mehr Schüsse.

Panayotis führte sie in einen Teil des Palastes, den Nicolaou noch nie betreten hatte, hinter die Küche. Eine Tür. Steinstufen. Noch eine Tür, zu der Panayotis einen großen Schlüssel besaß. Dann befanden sie sich in einem Tunnel, der aus den rohen Felsen herausgeschlagen war.

»Makarios Avenue«, flüsterte Panayotis grimmig. »Sein Fluchtweg beim letzten Coup.«

Er war kühl, schwach beleuchtet und etwa zweihundert Meter lang, vielleicht auch länger – in dem engen Raum hatte Nicolaou jedes Gefühl für Proportionen verloren. Er war durcheinander und noch von den Worten des Commanders beunruhigt. ›Der letzte Coup‹. War das denn auch ein Coup? Ein Staatsstreich?

Sie traten aus einer anderen Tür am äußersten Ende des Swimmingpools heraus, hinter dem Amphitheater, in dem Nicolaou Gruppen von Schulkindern unterhalten hatte und wo in früheren Zeiten der Unruhe die Briten Tennis gespielt hatten. Dann befanden sie sich im Wald, große Eukalyptusstämme schimmerten im Mondlicht. Hinter ihnen schwoll das Geräusch der Zerstörung noch an.

Sie durchquerten den Schiefer und das lose Geröll eines ausgetrockneten Flußbettes – Nicolaou rutschte aus und wurde einmal mehr von den darauf vorbereiteten Armen seines Commanders umfangen – und erreichten den mit Ketten verbundenen Zaun, der das Palastgrundstück von dem trennte, was dahinter lag. Hier gab es keine Demonstranten, sie waren zu sehr im Palast beschäftigt. Sie hörten das Geräusch einer gedämpften Explosion. Panayotis drängte sie weiter.

Noch ein Schloß im Gattertor. Noch ein Schlüssel. Panayotis war gut gerüstet. Dann krabbelten sie eine Böschung hinauf und standen an einer leeren Straße.

»Wohin, Sir? Zu einer britischen Militärbasis?« Dahin war Makarios geflohen, nach Akrotiri in die Arme des alten Feindes und weg von den drohenden Fäusten seiner Landsleute, aber Nicolaou entschied, daß er heute abend schon zu oft den Mantel des Erzbischofs umgehängt hatte.

»Nein, nicht zu den Briten. In die Berge.«

Dann näherten sich ihnen Scheinwerfer. Panayotis zog eine Pistole.

»Bleiben Sie in den Büschen, Sir«, befahl er und stellte sich mitten auf die Straße, wo er mit den Armen winkte.

Das Auto hielt an. Keine Unruhestifter, nur ein älteres Ehepaar, das nach dem Abendessen nach Hause fuhr. Deutsche, die weder Griechisch noch Englisch sprachen, aber die unmißverständliche Sprache von Panayotis' Pistole nur zu gut verstanden.

Mit einem Angstschrei floh der Mann in die Nacht. Panayotis zuckte verzweifelt die Schultern. Was sollte er tun, ein älteres unbewaffnetes Touristenehepaar erschießen?

»Lassen Sie mich«, sagte Elpida und stieß ihn beiseite.

Im nächsten Wagen saß ein Buchhalter, der mit wachsendem Staunen zuhörte, was das hübsche Mädchen ihm erzählte. Er entschuldigte sich, er habe kaum noch Benzin und seine Mutter erwarte ihn zu Hause, aber er sei glücklich, sie so weit mitzunehmen, wie er fuhr. Der Präsident der Republik Zypern, seine Tochter und der Commander der Palastwache dankten ihm einstimmig und kletterten in seinen alten Renault. Über Strecke und Ziel würden sie später reden.

Nicolaou sah sich nach seinem Zuhause um. Ein greller orangefarbener Mond schien wie eine verschwörerische Lampe, streifte die Baumwipfel und überzog sie mit Feuerfunken. Der Anblick trieb dem Präsidenten die Tränen in die Augen, als sie davonfuhren. Erst als er sie getrocknet hatte und die Hand seiner Tochter ergriff, ging ihm auf, daß das kein Mondlicht war. Er beobachtete den hellen Schein, als der Palast zum zweitenmal bis auf die Grundmauern abbrannte.

SIEBEN

Der schäbige Renault und sein zunehmend verunsicherter Fahrer nahm sie bis zu einem Hertz-Parkplatz mit. Dort beschaffte Panayotis ein anderes Auto. Es hatte keinen Zündschlüssel, aber der volle Benzintank übte eine größere Anziehungskraft aus, seit sie entdeckt hatten, daß die paar Münzen, die Panayotis für den Zigarettenautomaten in der Hosentasche hatte, das einzige Geld war, das ihnen zur Verfügung stand. Nicolaou fand Trost in dem Wissen, daß Panayotis nicht an alles gedacht hatte; irgendwie fühlte er sich dann weniger wie ein Narr.

Sobald sie hinter der Stadtgrenze von Nikosia auf der Straße nach Troödos waren, fiel Nicolaou in einen tiefen Schlaf. Die Spannung und – ja, er gab es zu – Furcht hatten ihn aller Energie beraubt, und er wurde von einer gewaltigen Erschöpfung übermannt. Sie wußten nicht, wem sie trauen konnten – war das nur ein Aufruhr oder ein ernsthafter Putschversuch? Wenn ja, war er gelungen? Solche Dinge konnten vom Präsidentenhaus in den Bergen aus verfolgt werden, von wo aus das Land für ein paar Wochen im Hochsommer und wenn nötig für die nächsten Tage regiert werden konnte.

Er wachte erst zehn Meilen vor ihrem Bestimmungsort auf, als die Straße sich durch die Berge zu winden und zu schlängeln begann. Sie befanden sich in dichten Pinienwäldern, die dicken Stämme zeichneten sich scharf im Scheinwerferlicht ab, und sie standen so geduldig da wie eine Schlange wartender Steuereintreiber. Erst als sie von der Hauptstraße abgebogen waren und eine enge, gewundene steile Straße hinauffuhren, als die Scheinwerfer auf den vertrauten Mustern des Zauns zur Zufahrt spielten, erwachten ihre Lebensgeister wieder.

»Zu Hause von zu Hause«, flüsterte Elpida, für die die Berge immer einen Ort der Zuflucht und der Abenteuer bedeutet hatten.

»Von hier führt ein direkter Weg hinunter nach Akrotiri,

falls nötig«, fügte Panayotis, praktisch denkend wie immer, hinzu.

Nicolaou schwieg weiter, kurbelte das Fenster herunter und erlaubte der frischen, harzigen Luft, hereinzuströmen und seine Seele zu erfrischen. Unter den Rädern knirschten zermahlene Piniennadeln. Es war keine Flagge gehißt, und niemand war in der Wachhütte, kein Licht oder Hundegebell hieß sie willkommen, aber es hatte auch niemand gewußt, daß sie kommen würden. Die vertrauten grünen Dächer – korrodiertes Eisen, wie es im Troödos Mode war, um dem Schnee zu trotzen – leuchteten hell wie in einem alten Film, und hinter der niedrigen Mauer des Gemüsegartens blühten die Tomatenpflanzen. Das Auto fuhr in einem Halbkreis über die Auffahrt und erreichte die Vorderseite des Hauses. Der Mond, der im Himmel über Nikosia so grell ausgesehen hatte, zeigte hier in den Bergen die Farbe einer reifen Melone und war von einer Million scheuer Sterne umgeben. Sie fühlten sich begrüßt, man erleuchtete ihnen den Weg und führte sie zu der grünen Doppeltür. Alles war so, wie es sein sollte.

»Sie ist offen«, murmelte Elpida erleichtert, als sie auf die Klinke drückte.

»Lassen Sie mich«, verlangte Panayotis und ging in den dunklen Flur voraus. Er tastete nach dem Lichtschalter, als er einen Lichtstrahl bemerkte, der unter einer der Türen hervorkam, die von der Halle abgingen. Irgendein Narr von Handwerker, der die Türen aufließ und die Lichter …

Sie betraten das Wohnzimmer und sahen sich in dumpfem Staunen um. Viele bewaffnete Männer standen da und hielten ihre Waffen auf sie gerichtet. Nur zwei Leute saßen.

In der einen Ecke saß der britische Hochkommissar, an den Stuhl gefesselt und mit einem Knebel im Mund. Seine Augen blickten glasig und erschöpft.

Am Kamin, direkt vor ihnen, saß Theophilos, der gelegentlich an einer kleinen Zigarre zog und die Lippen zu einem Begrüßungslächeln verzogen hatte.

»*Kopiaste.*« – »Setzen Sie sich zu uns.«

»Kein Wunder, daß wir Ihr Lager nicht gefunden haben.«

Theophilos erhob in Anerkennung des Kompliments einen Schwenker mit Remy. »Sie haben nicht daran gedacht, in Ihrem eigenen Hinterhof zu suchen, noch viel weniger in Ihrem Schlafzimmer. Auch kein anderer. Ich habe alles hier – Unterhaltung, Sicherheit, Essen. Und durch die Hand Gottes jetzt sogar Sie.«

Nicolaou testete die Fesseln, die ihn, wie den Hochkommissar und die anderen Geiseln, an einen Stuhl banden. Es war, wie er genau wußte, eine vergebliche Geste. »Woher wußten Sie, daß ich kommen würde?«

»Seine Wege sind unerforschlich.« Seine tiefe Stimme hatte einen Singsang wie bei der Abendmahlsfeier. Dann lachte er rauh. »Er hat Ihnen nur drei Möglichkeiten gegeben.« Er zählte sie an seinen Fingern ab. »Tod in den Ruinen des Palastes. Ein politisches Begräbnis zusammen mit unseren britischen Feinden in einer ihrer Basen, was ich vorgezogen hätte – Ihr Andenken wäre mit Füßen getreten worden wie ein räudiger Hund vor einem Café. Oder drittens die Auslieferung an mich hier. Auch darauf bin ich vorbereitet; offensichtlich haben Sie meinen Wachturm am Rande des Grundstücks nicht bemerkt.«

»Es gibt viele Dinge, die ich anscheinend nicht gesehen habe«, bemerkte Nicolaou mit offensichtlichem Mißvergnügen. Er sah durch den Raum dorthin, wo seine Tochter festgebunden war. »Wollen Sie uns etwas antun?«

»Wenn es nötig ist.«

»Was wollen Sie in Gottes Namen erreichen?«

»Warum immer alles in Gottes Namen? Erstens wollen wir die Basen blockieren, bis die Briten gezwungen sind, ihre Taschen zu packen und zu gehen. In der Zwischenzeit werden Sie, so fürchte ich, zu beschäftigt sein, um nach London zu fliegen und das Friedensabkommen mit den Türken zu unterzeichnen. Zu viele dringende Verpflichtungen hier. Wie die, einen Erlaß zu unterzeichnen, der alle britischen Besitztümer in Zypern zu staatlichem Eigentum erklärt. Dann, denke ich, werden Sie einsehen, daß Sie zu erschöpft sind für die Anstrengungen des Amtes. Sie werden die Präsidentschaft abgeben.«

»An Sie? Nie.«

»Nein, mein lieber Nicolaou. Ich bin nur ein demütiger Kleriker. Vielleicht werde ich irgendwann Erzbischof von Zypern, aber ich will Ihr Amt nicht. So viel Druck und Unsicherheit, finden Sie nicht auch?« Er lehnte sich in dem einfachen ländlichen Stuhl zurück. Nicolaou fiel auf, daß er unter seiner Tracht gelbe Socken trug. »Ich habe zuviel andere ... Geschäfte, ja, Geschäfte, mit denen ich mich befassen muß.«

»Wer dann?«

»Nun, mein Bruder Dimitri.«

Dimitri lächelte, ein schrecklich lückenhafter Anblick.

»Dann sollte er sich lieber die Zähne richten lassen, wenn er den Babys keine Alpträume verursachen will«, schnappte Elpida.

Das Lächeln verschwand.

»Sie glauben doch nicht wirklich, daß Sie damit davonkommen«, meinte Nicolaou.

»Aber natürlich werde ich das. Ich habe alle Vorteile auf meiner Seite. Die Gesellschaft des Hochkommissars. Das Ohr des zypriotischen Präsidenten ...«

»Ich werde keinen Finger rühren, um Ihnen zu helfen.«

»Und nicht nur sein Ohr«, fuhr Theophilos unbeeindruckt fort, »sondern auch seinen Arsch. Und, was noch wichtiger ist, den Arsch seiner Tochter.«

Dimitri war zu Elpida hinübergegangen, offensichtlich, um ihr die Frechheit auszutreiben, aber dann änderte er seine Taktik und strich ihr übers Haar, ließ seine Finger langsam über den Hals zu ihrer Schulter gleiten. Jetzt lächelte er wieder.

Ein erstickter Protestschrei entrang sich Nicolaous Kehle.

»Ich denke, ich habe alle Trümpfe«, sagte Theophilos ohne eine Spur von Mitleid.

Jeder Schritt bei seiner Ankunft war mit dem lauten Ruf ›Huzzah!‹ von seinen Truppen begrüßt worden. Er war an ihnen vorbeigeschritten, hatte seine Nerven gestählt und das Blut erhitzt. Er konnte das ungeduldige Stampfen der Pferde und das Flüstern der Schwerter in gut geölten Scheiden fast hören. Eine kampfbereite Armee.

Das Geschäft war erledigt, das Wahlgesetz erlassen, die Sonne würde über einem anderen Parlament untergehen. Am Morgen würden sie marschieren. Alle Lungen waren mit Mut gefüllt, alle Nasenlöcher mit dem Geruch des Todes – hoffentlich mit dem anderer, vielleicht aber auch dem eigenen.

Urquharts Truppen nahmen Abschied, ihre Herzen waren erfreut über die günstigen Vorzeichen. Jede Stunde brachten die Nachrichten neue Umfragen, Pressebarone eilten zu ihrer Unterstützung, und einige der Generäle des Feindes hatten wissen lassen, daß sie nicht in Richtung des Kampflärms gehen würden, sondern nur bis Chiltern Hills und, wenn das Glück ihnen hold war, ins Oberhaus.

Was den glücklosen Clarence, Leiter der Oppositionstruppen, anging, versammelten sich schon die Wahrsager vor seinem Zelt und spekulierten lebhaft, ob er sich in sein Schwert stürzen oder zerhackt werden würde. Wenn er den Kampf tatsächlich überleben sollte. Donnerstag in drei Wochen.

Kein Ton von Makepeace, und kaum etwas von ihm zu sehen. Ein General ohne Truppen.

Zeit, die Kampfhunde loszulassen.

Sie begann zu zittern und zu winseln, ein Geräusch wie bei einem geprügelten Hund, ihre Schreie füllten den Raum und flogen durch das offene Fenster, aber er hörte noch immer nicht auf.

Makepeace hatte sie angerufen, ihr gesagt, daß er sie brauchte, und sie war gesprungen. Er auch, sobald sie die Tür aufgemacht hatte. Er hatte sie zurückgeworfen, aber es war kein Versuch eines Abenteuers, sondern eher ein wilder Vergeltungsakt und ein Experiment mit dem Schmerz. Als es vorbei war, begrub er seinen Kopf im Kissen und schämte sich angesichts ihrer stummen Tränen.

»So bist du noch nie gewesen«, klagte sie. Sie meinte, Blut zu schmecken.

Als er endlich sein Gesicht aus dem Kissen hob, waren auch seine Augen gerötet. »Ich erwarte nicht, daß du mir verzeihst. Ich habe so etwas noch nie vorher gemacht. Ich schäme mich so sehr. Entschuldige.«

»Das solltest du auch.«

Eine Zeitlang sann sie auf Rache, überlegte, daß sie ihn schlagen könnte, ein Brotmesser nehmen und ihn damit zweiteilen könnte, aber ihre Beziehung war mehr als Sex, sogar mehr als Liebe. Irgendwie hatte sie das Gefühl, daß er das Opfer war. Statt in die Küche zu hasten, beobachtete sie die Verwirrung in seinen Augen. »Ein harter Tag?«

»Der schlimmste. Absolut. Als wenn ich das letzte hätte zerstören wollen, das mir wichtig ist. Bevor es sich wendet und mich zerstört – wie alles andere, was mir etwas bedeutet.«

Sie stützte sich auf den Ellenbogen, bereit zuzuhören. Es war Zeit für eine Zigarette, aber er rauchte nicht.

»Es war die letzte Fragestunde. Ich war früh da, aber die Bank war schon überfüllt. Sie hatten sich absichtlich so gesetzt, daß für mich kein Platz mehr blieb. Also habe ich mich reingedrängelt, ganz am Ende, ganz Ellbogen, Schultern und Drängeln. Wie ein Junge im Schulbus. Dann erschien Marjory – weißt du, die, die wie eine verfaulte Orangenscheibe aussieht und schon vor dem Frühstück Barrikaden umwirft. Sie stand einfach nur da und wartete darauf, durchgelassen zu werden. Also habe ich mich … bewegt. Bin aufgestanden, um sie durchzulassen. Dann haben sie einfach wieder gedrängelt. Mich einfach weggedrängt. Alle haben gelacht und sich über mich lustig gemacht.« Er krümmte sich bei der Erinnerung an seine Demütigung. »Auf beiden Seiten des Hauses kein Platz für mich. Ich mußte auf dem verdammten Fußboden sitzen.«

Langsam begann sie, vor Fröhlichkeit zu glucksen.

»Du auch?« Seine Augen brannten anklagend, aber ihm begann schon die Wahrheit zu dämmern. »Es war so verflucht kindisch.« Ein widerstrebendes Lächeln begann um seine Mundwinkel zu spielen. »Und so wirkungsvoll.« Er schaffte es, verlegen auszusehen.

Ihre Lippen streichelten die Sorgenfalten.

»Aber da war noch mehr. Die Frustration, zu wissen, daß ich nichts sagen oder tun konnte. Urquhart stand da und ließ sich von seinen Jüngern feiern, und der Rest von uns wurde links liegengelassen wie das Volk bei der Krönungsfeier.«

»Hast du nicht versucht, irgend etwas zu Zypern zu sagen?«

»Um ihm die Chance zu geben, seine Churchill-Rolle zu spielen? Hast du nicht gehört, was er gestern abend in seiner Rede gesagt hat? ›Wo immer ein Engländer ist, sind wir auch. Wo immer ein Engländer fällt, werden wir dasein, um ihn aufzuheben ...‹« Seine Finger begannen mit den Enden ihrer Haare zu spielen. »Ich stehe vor dem wichtigsten Kampf meines Lebens und habe nicht einen einzigen Verbündeten. Außer dir. Nicht mal Annita kann mir in die Augen sehen.«

Die Wut war verschwunden, der brutale Mann war nicht mehr als ein kleiner, einsamer Junge.

»So viele haben mir versprochen, mit mir zu gehen. Jetzt scheint nicht einer von ihnen in der Lage zu sein, seine Füße zu finden. Alles, was ich habe, ist die Hoffnung, daß ich es schaffe, an meinem Sitz festzuhalten. Andererseits ...« Er ließ sich ins Kissen fallen.

»Es gibt viele Leute, die mit dir gehen würden, normale Leute außerhalb von Westminster. Du bist nicht alleine.«

»Wirklich?«

»Du weißt, daß es wahr ist.«

»Aber ich habe keine Zeit. Keine Partei. Keine Freunde. Kein Thema mehr. Urquhart ist wie ein böser Zauberer, er hat alles verschwinden lassen.«

»Setz dich über Urquhart hinweg. Steh für eine faire

Sache ein. Gib den Leuten einen Grund, mit dir zu marschieren.«

»Ohne den politischen Apparat wird es ein verdammt langer Marsch.«

»Das ist eine großartige Idee.«

»Was?«

»Ein langer Marsch. Statt dich in deinem Wahlkreis zu vergraben, trägst du deinen Fall zu den Leuten im Land. Gehe zu ihnen. Sprich mit ihnen. Zeig der Welt deine Stärke.«

Er setzte sich auf. »Wozu soll das gut sein?«

»Es ist ein Mittel zu zeigen, wieviel Unterstützung du bekommst. Ein Weg, um jemand mit Macht und Autorität nach der Wahl zu werden, selbst wenn du noch keine Partei und keine hundert Parlamentssitze hast. Sei eine Stimme für all diejenigen, die desillusioniert sind und sich aus dem gegenwärtigen System ausgeschlossen fühlen. Eine Ein-Mann-Revolution.«

Er zog die Beine an und legte sein Kinn auf die Knie, während er nachdachte. »Großartige Möglichkeiten für die Medien. Ein Marsch von – von Manchester nach London über Birmingham? –, die drei größten Städte des Landes, mit Gesprächspausen und Interviews auf dem Weg.«

»Umgeben von deinen Anhängern, echten Leuten, nicht diesen alten Parteihengsten. Etwas Neues, ein totaler Kontrast zu all den anderen Kampagnen.«

»Die beste Art, die Regierungsmaschinerie in meinem eigenen Wahlkreis zu schlagen, indem ich nationale Unterstützung zeige.« Er fing an, auf die Matratze zu schlagen, von Begeisterung überkommen, als ihm plötzlich die Luft ausging.

»Haben wir Zeit? Das verlangt einen großen Start. Und müßte wachsen, müßte am Laufen gehalten werden.«

»Ich sorge für den Start. Gib mir drei Tage, und ich liefere zweitausend griechische Zyprioten aus dem ganzen Land, mit Plakaten in jeder Hauptstraße und Hilfe bei der Organisation in jeder Stadt. Danach kommt es auf dich an und auf viel Glück.«

»Wenn es schiefgeht, sich im Sande verläuft, wäre meine politische Karriere ruiniert.«

»Wenn du es nicht versuchst, bist du auf jeden Fall ruiniert. Was hast du zu verlieren?«

»Nichts, nehme ich an. Außer dir.«

Sie zog ihn zu sich. »Komm und zeig mir, wie man es richtig macht. Ehe wir gehen und Francis Urquhart das antun.«

»Wenn ich den ganzen Marsch schaffen will, sollte ich dann nicht besser meine Kräfte schonen …?«

Aber sein Protest kam schon zu spät.

»Komm, Corder, es ist ein warmer Tag. In den Garten.«

Superintendent Corder vom Spezialdezernat folgte seinem Premierminister durch den Kabinettraum in den Garten, der von einer Mauer umgeben war. Urquhart deutete auf eine Bank im Schatten einer Eberesche, und sie setzten sich hin. Tee wurde bestellt.

Das Privileg solcher Intimität wurde nicht leichtherzig vergeben, sondern Corder hatte dieses Vertrauen nach vielen Jahren der Treue und des klaglosen Dienstes erlangt. Er war nicht verheiratet, hatte nie etwas anderes gezeigt als einen oberflächlichen Sinn für Humor, ein Polizist mit Universitätsabschluß, aber wenig sichtbaren Interessen außer seiner Arbeit, Urquharts persönliche Sicherheitstruppe zu leiten und dafür Beförderungen abzulehnen, damit er in seiner Stellung bleiben konnte. Er war ein außerordentlich selbstzufriedenes Individuum, dessen Vornamen nur sehr wenige kannten. Elizabeth, die versucht hatte, ihn für die Oper zu interessieren, spekulierte gelegentlich darüber, ob die Urquharts seine einzigen Freunde waren. Aber sie stammten aus verschiedenen Welten. Auf einer Fasanenjagd in Northhamptonshire hatte Urquhart einmal ein Tier verwundet, das vom Himmel stürzte und pathetisch flatternd vor ihnen lag. Ehe sich jemand rühren konnte, hatte Corder seinen Revolver gezogen und die Sache beendet, während die 9mm-Kugel aus dieser nahen Entfernung das Gänseklein in einem Umkreis von mehreren Metern verteilte. Wie Urquhart später seiner Frau sagte, nicht sehr sportlich, aber verdammt wirkungsvoll.

Corder hielt eine schmale rote Akte in der Hand, die er in seinem Schoß aufschlug.

»Vielleicht nicht wichtig, aber ich werde nicht dafür bezahlt, Sir, Risiken einzugehen.« Er sprach in einer Reihe von Angriffen, kurzen, schroffen Ausbrüchen, fast wie Maschinengewehrsalven. »In den letzten Tagen hat das griechisch-zypriotische Radio in London gespuckt wie ein Vulkan und alle Arten von Kritik in Ihre Richtung geschleudert. Sie haben richtig losgelegt. Aber das Schlimmste ist von diesem Mann gekommen.« Er reichte die Akte ›Evanghelos Passolides‹ herüber. »Etwa Ihr Alter. Besitzt eine Art Restaurant im Norden Londons. Wir wissen nicht viel über ihn, außer daß er mit Mr. Makepeace in Verbindung steht. Und daß er live im Radio gesagt hat – die Mitschrift ist hinten in der Akte …« – mit monotoner Stimme zitierte Corder aus dem Gedächtnis – »… Sie verdienten, daß man Ihnen die Haut bei lebendigem Leibe abzöge, verschiedene Ihrer Körperteile den Hunden vorwerfen sollte und den Rest von Ihnen in einem tiefen Grab vergraben und vergessen sollte, genauso, so seine Vermutung, wie Sie seine Brüder vergessen haben. Er ist der Mann, der …«

»Ja, Corder, ich weiß, wer der Mann ist«, flüsterte Urquhart und starrte auf das Foto in der Akte. »Ich habe seine Brüder nicht vergessen.«

Sein Mund war ausgetrocknet, und er sehnte sich nach einer Tasse Tee, aber er wußte, daß seine Hand zittern und ihn verraten würde, solange diese Augen voll langgehegter Bosheit ihn anstarrten. Abrupt schloß er die Akte. Jetzt wußte er also den Namen des Bruders. Hatte ihn gesehen, hatte seinen Haß gespürt, der sich weigerte zu sterben. Es war, als hätten sich die Geister von vor all diesen Jahren erhoben, um ihn um die Welt herum zu verfolgen.

»Vielleicht nur ein harmloser alter Spinner«, sagte Corder, der die Altersgleichheit mit Urquhart vergessen hatte, »aber er hat Sie bedroht, und da Sie jetzt im Wahlkampf oft draußen sein werden, wollen wir kein Risiko eingehen. Was soll ich mit ihm machen? Ihn verwarnen? Ihn eine Weile einsperren? Oder ihn vergessen? Weil Wahlen sind und dies alles sehr persönlich ist, dachte ich, Sie sollten diesen Fall entscheiden. Selbst Parkscheine können in Zeiten wie diesen zu einem Politikum werden.«

»Danke, Corder«, antwortete Urquhart weich. Eine sanfte Brise strich durch die Geißblattranken und lief über den Rasen, kühlte Urquhart die Stirn. Er konnte Schweißtropfen darauf fühlen.

»Das Problem ist, wenn wir nichts unternehmen, kann es schlimmer werden. Seine Drohungen. Der Quatsch im Radio. Soll ich ihm das Maul stopfen?«

Da waren noch andere Stimmen, in Urquharts Kopf, flüsterten, bliesen in den Nebel des Zweifels, halfen ihm, klar zu sehen und zu entscheiden.

»Nein, Corder, nicht den Mann, rühren Sie ihn nicht an. Keine Märtyrer. Aber der Sender ...«

»Londons Radio für Zypern.«

»Er hat doch sicher gegen alle möglichen Bestimmungen verstoßen. Rassen-Beziehungs-Gesetz, Wahlgesetz, Rundfunkgesetze.«

»Ich wette, daß sich womöglich illegale Dinge dahinter verstecken. Kann es fast garantieren.«

»Ja, ich dachte mir, daß Sie das können. Wir wollen uns darauf konzentrieren, ihnen die Sendeerlaubnis zu entziehen. Ihnen die Mäuler stopfen. Dann besteht keine Notwendigkeit, das Risiko einzugehen, Passolides zu einem Objekt öffentlicher Sympathie zu machen. Was meinen Sie?«

»Sagen Sie mir einfach, wann ihre Lichter ausgehen sollen, und es geschieht.«

»Hervorragend. Jetzt, Corder, erzählen Sie mir über die Verbindung des alten Mannes zu Makepeace ...«

»Und es stellt sich heraus, daß er mit der Tochter schläft.«

Tom hatte nicht viel Zeit verloren, dachte Claire. Zurückgeschlagen wie ein schlecht gezielter Golfball.

»Was mich dabei überrascht«, sagte Urquhart, »ist, daß Sie nichts davon gehört haben. Durch den Fahrer. Anscheinend treiben sie es wie karibische Gassenkatzen.«

Auch das überraschte sie. Der Fahrer mußte es gewußt, es Joh erzählt haben. Aber ja, das war es. Joh hatte es ihr nicht erzählt. Das war nicht seine Art.

»Wir müssen mehr über ihn wissen. Gibt er sich als Robin Hood aus? Goldkörnchen wie diese sind wertvoller als Stückchen vom Kreuz«, fuhr Urquhart fort, »um die lahmen Esel von der Presse dazu zu ermutigen, sich wie ein Tier zu erheben.«

Dieses Bespitzeln, das Bohren nach Schwachpunkten. Nicht die beste Art, ging ihr auf. Nicht Johs Art. Er war nicht der erste Carlson, den sie gekannt hatte. Claire und sein Sohn Benny hatten zusammen studiert, und noch beträchtlich mehr. Ihre Affäre hatte zu Beginn der Trimesterferien in einem Stakkahn begonnen, der unter einer verschwörerischen Weide auf einem der Flußarme des Cherwell vertäut gewesen war, und hatte einen herrlichen Sommer voller Genüsse angehalten, den sie zwischen den Sanddünen und Melonenflecken von Zakynthos verbracht hatten, wo sie in einem Stadium selbstvergessener Lust lebten. Eines Abends waren sie losgezogen, um die Schildkröten auf ihrem Weg zu den Nistplätzen zu beobachten; sie hatten eine Flasche mitgenommen und vorher schon einiges getrunken. Sie hatten einen anderen, älteren Mann getroffen, der allein war. Benny hatte vorgeschlagen, sich die Flasche zu teilen, und später schlug er vor, sich auch sie zu teilen. Warum nicht? Benny hätte sich auf eine ähnliche Chance gestürzt. Sie hatte auf dem warmen Schildkrötenstrand nachgegeben, und hinterher war es zwischen ihr und Benny nicht mehr dasselbe gewesen. Bis zu diesem Punkt hatten sie immer versucht, ihre sexuellen Erfahrungen und Vorstellungen zu teilen, aber diese hatte sie hinterher nicht teilen wollen. Es war ein Fehler gewesen, ein Eigentor, etwas, das sie erkennen ließ, daß sie zwar den Körper einer Frau hatte, ihr aber noch die Urteilskraft bei dessen Gebrauch fehlte. Und die Urteilskraft bei Benny. Sie wollte nicht darüber sprechen. Also war er eifersüchtig, besessen geworden, gequält von Erinnerung an ihre sich windende Bereitwilligkeit im Mondlicht, und sie hatten sich den ganzen Rückweg zu ihren getrennten und letzten Studienjahren über gezankt.

Ein Leben später hatte sie dann Joh kennengelernt. Sie hatte sich nicht in ihn verlieben wollen und schwer gekämpft, um das zu vermeiden, aber es war passiert. Als sie dann nach all diesen Jahren Benny wiedertraf und Joh den gequälten Ausdruck auf ihren Gesichtern las, hatte er alles gewußt. Er gab niemandem die Schuld und hatte Verständnis dafür, daß Benny sich dafür entschied, das Büro in Stockholm zu führen, und nur selten zu Besuch kam. Er hatte nie Fragen gestellt.

Wie sehr unterschied sich Joh von Francis Urquhart. Urquhart suchte immer nach Schwächen, die er ausschlachten konnte, nach Privatem, das den Ruf eines Mannes gänzlich zerstören konnte, wenn es ans Licht kam. In seinen Augen mußte jeder Mann mit Format bis zum Stumpf abgeschnitten werden. Sie erkannte langsam, daß es für Urquhart keine Berge gab, keine lieblichen Böschungen und weiten Täler, nur eine flache und öde Landschaft, auf der er allein einen Schatten warf.

Heute hatte sie eine wertvolle Lektion gelernt. Sie fand Francis Urquhart ungemein attraktiv. Aber sie mochte ihn nicht besonders.

Sie hatten gemerkt, daß man keinen großen Marsch in drei Tagen organisieren konnte, aber in fünf Tagen hatten sie Wunder gewirkt. Die neue Idee bei einer Kampagne, die von der Parteimaschinerie ihrer Initiative beraubt zu werden drohte, rief die Presse und das Fernsehen auf den Plan, fünfzigtausend Flugblätter wurden gedruckt, deren dringlicher und unverfälschter Ton sympathischen Ernst aufwies. Eine kleine alternative Werbeagentur entwickelte ein Logo für T-Shirts, die mit der Nachricht *›F.U. Too‹** bedruckt wurden. Er seufzte, als er das sah, hielt aber niemanden davon ab – wenn er Zeit für solche Kleinigkeiten hatte, war die Kampagne schon gescheitert. Nur die Marschroute lag fest in seiner Hand – wenn die Behörden mitspielten. Der Marsch sollte am Albert Square neben der Stadthalle in Manchester starten und am Trafalgar Square enden, das waren rund zweihundert Meilen in vierzehn Tagen. Aber laufen würden sie.

Am ersten Sonntagmorgen hatten sich deutlich weniger als zweitausend Menschen versammelt, und ihre politischen Interessen waren deutlich gemischt – die meisten waren Zyprioten mit ihren Familien, aber da waren auch Umweltschützer, militante Vegetarier, Vertreter der Jagdgegner, die eine Petition abgeben wollten und es auch taten, eine Frau, die mit Makepeace an der Uni gewesen war und jetzt einer Kommune für freie Liebe und Alfalfa irgendwo in Cumbria vorstand, und drei Kandidaten von der Bobby-Charlton-als-Präsident-Partei. Es waren auch genug Journalisten und Fernsehkameras vertreten, was die Sache wert war. Sie kamen, um zu gucken, zu klatschen, um Berichte darüber zu schreiben, die vor Herablassung und Scheinheiligkeit troffen. »*Mit Makepeace in den Krieg*« schrieb der *Telegraph* über einem Foto von drei Mitgliedern des Manchester-Akropolis-Gewichtheberver-eins, die den Vertreter der Sonnenschein-Bruderschaft dazu überredeten, seine Kleider wieder anzuziehen. Andere schrieben von chaotischen Koalitionen, vom Makepeace-Mantel mit den vielen Farben. Aber sie schrieben. Und andere lasen es. Das gab Makepeace eine Chance.

---

* F.U. – Initialen von Francis Urquhart, aber auch lautmalerisch: Fuck You Too (Anm. d. Übers.)

Der Kampfbus, wie er genannt wurde, war ein speziell entworfenes Gefährt, kugel- und kanonensicher, in erster Linie für Urquhart gedacht, wenn er für den Wahlkampf unterwegs war. Ein Daimler mit Chauffeur wurde für den normalen Wähler als zu distanziert und unberührbar angesehen – obwohl jeder normale Wähler, der es geschafft hätte, die Traube von Sicherheitsbeamten um den Bus zu durchbrechen und mehr zu berühren als nur die Scheibenwischer, sofortigen Alarm ausgelöst hätte, der so viele Sicherheitsbeamte auf die Szene gerufen hätte wie Dezibel. Jetzt, auf der Rückfahrt durch die Nacht nach London, störte nichts den Frieden des Premierministers, außer dem Surren der Klimaanlage und dem leisen Murmeln aus der Kabine vor ihm, wo die Hilfskräfte die heutige Wahlkampagne Revue passieren ließen.

Die Wahlkampftour war ein Erfolg gewesen – kein Hinweis auf Störenfriede, die in den Saal wollten, eine gute Rede und, wie Urquhart zugeben mußte, ein noch besseres Video, obwohl Elizabeth gesagt hatte, die Musikunterlegung sollte ausgetauscht werden. Der Abend hatte den Nachmittag wieder wettgemacht, ein Besuch bei einer Fabrik, die landwirtschaftliche Geräte herstellte, darüber auch Weidezäune. Irgendein Reptil von der Presse hatte entdeckt, daß der größte Einzelauftrag für die elektronischen Schockstöcke nicht von einem Bauernhof kam, sondern vom Polizeihauptquartier in Zaire. Hodenklemmen. Urquhart hatte entschieden, eine davon an dem Idioten auszuprobieren, der den Besuch arrangiert hatte.

Aber das waren die Sechs-Uhr-Nachrichten gewesen, und die Abendnachrichten und Morgenzeitungen würden vernünftige Berichte bringen. Kein schlechter Arbeitstag, dachte er, während er sich im Tankturm, dem befestigten Mittelteil des Busses, mit geschlossenen Augen ausruhte.

Jemand zupfte ihn am Ärmel. »Es tut mir leid, Sie zu stören, Premierminister, da ist ein Anruf aus der Downing Street. Sie brauchen den Zerhacker.«

Ein Gefühl der Vorahnung lief durch seine müden Knochen, als er den Hörer abnahm. Es war seine Privatsekretärin.

»Premierminister, sollen wir zerhacken?«

Urquhart drückte auf den roten Knopf. Auf der letzten Wahlkampftour hatten sie entdeckt, daß ihnen ein Wagen folgte, der alles mit Monitorausrüstung verfolgte, in der Hoffnung, Teile ihrer Handy-Gespräche oder Faxnachrichten auffangen zu können. Urquhart war enttäuscht gewesen, als sich herausstellte, daß der Lauscher weder von der Opposition noch von der IRA war, was beides seine Stimmen verdoppelt hätte, sondern nur Mitarbeiter einer freien Presseagentur. Sie waren eines kleineren Nachrichtenvergehens für schuldig befunden worden und mußten 100 Pfund zahlen. Zugleich verdienten sie einige Tausend damit, daß sie die Einzelheiten ihres Unternehmens an den *Mirror* verkauften. Er hegte heimliche Bewunderung für ihre Initiative, aber sie löste bei seinen Assistenten ebensoviel Widerwillen aus, Nachrichten mitzuteilen, wie öffentlich einen fahren zu lassen. Wenn sie ihn während einer Wahlkampfveranstaltung störten, bedeutete das etwas Wichtiges.

Er hörte einige Minuten aufmerksam zu, sagte wenig, bis das Gespräch beendet war und er den Hörer aufgelegt hatte.

»Ärger?« fragte Elizabeth von ihrem Platz auf der anderen Seite des Busses, wo sie Briefe unterschrieben hatte.

»Für jemanden.«

»Wen?«

»Das muß sich erst noch zeigen.« Seine Augen blitzten, und er schob seine Überlegungen beiseite. »In Zypern hat es eine Bekanntmachung gegeben. Es sieht so aus, als seien unser Hochkommissar und Präsident Nicolaou am Leben, wohlauf und als Geiseln in den Bergen festgehalten.«

»Von wem?«

Er lachte, ehrlich belustigt. »Von einem verfluchten Bischof.«

»Du wirst sie befreien müssen.«

Urquhart wandte sich zu Elisabeth um, die nicht in sein Lachen einstimmte.

»Es wird alles gut, Elizabeth.«

»Nein, wird es nicht«, entgegnete sie. Ihr Ton war scharf wie eine Rasierklinge. »Nicht unbedingt.«

In der gedämpften Nachtbeleuchtung des Busses konnte er ihren Kummer eher spüren als sehen; er stand auf und setzte sich neben sie.

»Francis, du wirst mir vielleicht nie verzeihen ...« Sie kaute auf der Innenseite ihrer Wange.

»Es hat nie etwas gegeben, das ich dir hätte verzeihen müssen«, antwortete er und nahm ihre Hand. »Sag mir, was dich beunruhigt.«

»Es geht um die Urquhart-Bibliothek und die Stiftung. Ich habe Pläne gemacht ...«

Er nickte.

»Habe Vorbereitungen für die Gründung getroffen.«

»Ich bin entzückt.«

»Francis, ich habe mit Präsident Nures einen Handel abgeschlossen. Wenn ich ihm helfe, eine zufriedenstellende Entscheidung des Schiedsgerichts für die Türken zu erwirken, würde er eine beträchtliche Zahlung für den Gründungsfonds der Bibliothek leisten.«

»Haben wir einen Fonds?«

»In Zürich.«

»Und hast du dabei geholfen, zu einer akzeptablen Einigung zu kommen?«

»Ich weiß nicht. Ich habe mit Watling gesprochen, habe aber keine Ahnung, ob es geholfen hat. Das Problem ist, daß Nures es auch nicht weiß. Ich habe ihm gesagt, ich hätte es klargemacht, und er ist entzückt.«

»Wie entzückt?«

»Zehn Millionen Dollar.«

»Ein Tropfen in einem Meer aus Öl.«

»Solche Abkommen sind in jenem Teil der Welt normale Geschäftspraxis ...«

»Finderlohn.«

»... und ich habe einen Brief, den er unterschrieben hat,

um das Abkommen zu bestätigen. Er hat auch einen von mir. Jeder hat einen Brief, um uns gegenseitig unser Vertrauen zu garantieren. Keine Kopien. Nur er und ich. Sonst weiß keiner davon.«

Urquhart dachte über alles nach, was er gerade gehört hatte, seine Finger bildeten ein Dach, als unterhielte er sich mit einer höheren Autorität. Er war anscheinend zu einer Antwort gekommen und wandte sich an seine Frau.

»Was ist also das Problem?«

»Ich habe auch einen Handel mit der Frau von Nicolaou abgeschlossen.«

Er schüttelte verwirrt den Kopf.

»Sie kam bei einem Treffen der Commonwealth-Parlamentsfrauen auf mich zu – wir haben uns in all den Jahren bei den Treffen immer gut verstanden. Sie kam gerade aus Paris – sie hat dort Beziehungen, vielleicht einen Liebhaber, ich weiß es nicht genau. Wie auch immer, sie hatte Berichte über das Öl gehört, sehr genaue Berichte, wie sie sich ausdrückte, und sagte, wie wichtig das für ihr armes Land sei. Und für einige immens reiche Ölkonzerne in Paris. Wie dankbar beide für Hilfe wären ... Also haben wir einen Handel abgeschlossen. Ich würde versuchen zu helfen, ohne Garantie. Bezahlung nur bei Erfolg. Nichts, wenn die Griechen die Seegebiete verlören, nichts, wenn sie kein Öl fänden. Unter zwei Bedingungen. Erstens, daß alles über sie abläuft, so daß ich nie jemand anderen treffen müßte und mein Name in Paris nicht genannt würde.«

»Sehr klug. Und die zweite Bedingung?«

»Vier Millionen Dollar.«

»Sie muß tief enttäuscht gewesen sein, bei der Entscheidung auf der Verliererseite zu stehen.«

»Wir haben jede an der Schulter der anderen geweint.«

»Weiß ihr Mann Bescheid?«

»Nein, er ist ein weltfremder Akademiker ...«

»Er ist ein griechischer Politiker.«

»Er wußte es nicht, da bin ich sicher. Es hätte zu viele Fragen nach ihren – wie soll ich sagen – Freunden in Paris aufgeworfen.«

»Was beunruhigt dich dann so?«

»Ein weiterer Brief. Von mir an sie. Den sie wohl im Safe im Präsidentenpalast hat. Jetzt weiß sie nicht, wer ihn in die Finger bekommen hat, falls er noch existiert.«

Seine Worte waren langsam und ernst. »Das ist ein beträchtlicher Jammer.« Die möglichen Verwicklungen waren zu offensichtlich.

Sie schwieg für einen Moment, die Augen niedergeschlagen. »Ich habe auf den richtigen Moment gewartet, um es dir zu erzählen. Haßt du mich jetzt?«

Er sah sie lange an, bis sie im Schatten des Busses die Augen hob, um seinem Blick zu begegnen.

»Elizabeth, alles, was du getan hast, hast du für mich getan. Wie hoch ich auch immer geklettert bin, du warst an meiner Seite. Alles, was wir je erreicht haben, haben wir gemeinsam erreicht. Ich kann für dich nichts anderes fühlen als für mich. Ich liebe dich.«

Ihre Augen füllten sich mit Dankbarkeit, aber ein kalter Funken der Angst blieb bestehen. »Aber Francis, wenn der Brief in die falschen Hände fällt. Es würde mich zerstören. Und dich mit.«

»*Wenn* er in die falschen Hände gerät.«

»Weißt du, was das bedeutet? Wir müssen sicherstellen, daß der Brief in Sicherheit ist. Hol den Präsidenten zurück. Schick die Truppen hin. Nimm es mit dem zypriotischen Mob auf. Setze jedes Mittel und jede Kraft ein, die erforderlich sind.«

»Aber Elizabeth, verstehst du denn nicht? Das ist genau das, was ich die ganze Zeit geplant habe.«

Sie waren auf den Angriff vorbereitet. Irgendwie hatten sie es geahnt – vielleicht war es die unübliche Anforderung aller kürzlich gesendeten Radiomitschnitte oder ein unkluges Wort am Telefon von einem der Zuständigen in der Lizenzvergabe in Holborn, denn als drei Polizeibusse und ein Übertragungswagen vor dem Bush Way 18 vorfuhren, waren die Türen verrammelt, und die Ätherwellen schwangen vor emotionsgeladenen Ergüssen, die dem Ungarnaufstand gerecht geworden wären. Natürlich nicht zu Franco. Bei den ersten Anzeichen von Ärger hatte er Fersengeld gegeben, weil er annahm, daß er, wenn er bei einer Auseinandersetzung mit den Behörden erwischt würde, nicht mehr studieren könnte. Sie hätten Franco brauchen können, um ihn gegen den Stahlschrank zu drücken, der an der Vordertür klemmte, um ihm mehr Halt zu geben.

Widerstand war nur ein symbolischer Akt: Es gab zu viele Fenster, zu viele Hände an zu vielen Vorschlaghämmern, als daß sie lange hätten durchhalten können. Londons Radio für Zypern beendete seinen Sendebetrieb, als ein Polizist das Schloß aus der Studiotür trat und mit einem höflichen »Verzeihung, Sir« herübergriff und den Strom abschaltete. Gleichzeitig schaffte er es, sich auf die Finger des Produzenten zu knien, wobei nie festgestellt wurde, ob das aus Versehen oder mit Absicht geschah.

Aber nicht, ehe der aufgeregte Zypriot noch eine letzte Meldung trotzig herausschreienkonnte. Den EOKA-Ruf des Widerstandes.

»Eleftheria i Thanatos!«

Als Passolides an diesem Nachmittag mit frischem Krabbenfleisch und Gemüse vom Markt zurückkam, fand er die Frontscheibe seines Restaurants zerschmettert vor, den Vorhang zum Abschotten in Fetzen gerissen. Ein Nachbar erzählte ihm, daß ein Auto vorgefahren sei, ein Mann mit einem Vorschlaghammer sei ausgestiegen und habe ohne jedes Zeichen von Hast das Fenster in aller Ruhe mit drei Schlägen zerstört.

Passolides hatte keine Polizei gerufen, er traute ihr nicht, aber sie kam trotzdem, und ein Mann in unauffälliger Kleidung und mit einem unaussprechlichen Namen zeigte einen Dienstausweis.

»Wir können nicht viel machen, Sir«, erklärte er. »Das Problem ist, daß freimütige Herren wie Sie sich in solchen

Zeiten selbst zur Zielscheibe machen. In einigen Vierteln gibt es eine Menge antizypriotischer Gefühle, weil der Hochkommissar entführt worden ist. Würde mich nicht wundern, wenn das wieder passieren würde.«

Er hatte sein Notizbuch zugeklappt und die Reste des Vorhangs beiseitegezogen, um einen Blick hinein zu werfen.

»Wo ich dabei bin, Sir, ich werde den Leuten von der Steuerabteilung sagen, daß Sie bereit zur Inspektion sind, ja?«

Der französische Außenminister saß da und studierte seine Unterlagen, ehe das Treffen in Brüssel begann. Es war mehr als das übliche Treffen der Außenminister, hatte in der Tat einen dramatischen Zug. Die Briten würden heute ein wenig kriechen müssen, was diesen entsetzlichen Bollingbroke dazu zwingen würde, eine Haltung der Verletzbarkeit anzunehmen, die auszunutzen der Franzose sich schon freute. Er hatte in den zurückliegenden Wochen genug von dem Engländer einstecken müssen; er begrüßte die Gelegenheit, zeigen zu können, daß das Austeilen von Schlägen kein ausschließlich angelsächsisches Vorrecht war.

Seine Träumereien wurden durch einen harten Schlag auf seine Schulter unterbrochen.

»'allo, Allen.«

Verdammt sollte er sein. Bollingbroke anglisierte immer seinen Namen und weigerte sich, ihn richtig auszusprechen.

»Freue mich auf ein gelungenes Treffen heute, Allen. Sie wissen schon, Ihre Unterstützung in der Zypernsache.«

»Das ist ein kompliziertes Problem. Ich glaube, es wäre nicht ratsam, die Dinge zu überstürzen ...«

Aber der Engländer sprach einfach weiter. Es war so, als sähe man einem Bulldozer beim Rasenmähen zu.

»Es könnte ernst werden, wissen Sie. Kann sein, daß ich Truppen hinschicken muß. Aber ich habe gerade nachgedacht, Allen. Was Sie tun sollten. Bieten Sie uns einige von Ihren Truppen an, als eine Art internationale Geste. Immerhin versuchen wir, ein internationales Problem zu lösen. Wollen die Ordnung und die Demokratie auf Zypern wiederherstellen. Wir werden auf sie aufpassen und sicherstellen, daß keiner von ihnen verletzt wird.«

»Sie können mit Sicherheit auf sich selbst aufpassen«, antwortete der Franzose mit verletztem Stolz, »aber wollen Sie anregen, daß wir Ihnen französische Truppen geben, damit sie die Bescherung glattbügeln, die ihr Engländer selbst angerichtet habt?«

»Genau.«

»Unmöglich!«

»Sie überraschen mich«, antwortete Bollingbroke mit erstauntem Gesicht. »Ich habe gedacht, Sie würden die Gelegenheit mit Feuereifer ergreifen. Wenn euch Franzosen die Chance gegeben wird, zur Abwechslung mal auf der Siegerseite zu stehen.«

Noch eine Hand legte sich dem Franzosen auf die Schulter, ein spielerischer Klaps mit der Absicht, ihm das Schlüsselbein zu brechen. Sein Nacken nahm die Farbe feinsten Burgunders an, als er die Akte mit seinen Notizen beiseitefegte. Er wußte, wie er in diesem Treffen verfahren würde.

Der französische Vertreter war unerbittlich und störrisch. Er gab nicht nach, und weil auch keiner der anderen Partner den Wunsch hatte, nachzugeben, gelang nicht einmal der übliche Kompromiß. Jede Forderung der britischen Regierung nach Unterstützung wurde abgelehnt. Ungeschminkt. *Non!* Keine Alibitruppen, keine ausgesuchten Sanktionen, nicht mal Worte der Ermutigung oder des Verständnisses. Europa wandte Bollingbroke den Rücken.

Während des langen Treffens stritt er, schmeichelte, beharrte, drohte, deutete alle Arten von gräßlichen Rückwirkungen an, aber ohne Ergebnis. Als abgestimmt wurde und er als einziger wie ein Stengel Rhabarber aus Lancashire herausragte, lächelte er nur.

Sie haben keine Ahnung, dachte er. In der Mitte einer Wahlkampagne, und Europa sagt nein. Läßt uns im Stich. Wo britische Menschenleben auf dem Spiel stehen. Überall wird wieder der Geist von Dünkirchen aufleben. Auf jedem Landsitz werden sie den Union Jack hissen und in den Kapellen Gebete für Arthur Bollingbroke sprechen. Und natürlich für Francis Urquhart. Genau wie F.U. es vorhergesagt hat.

Verdammt gut.

Es war Donnerstag. Noch genau zwei Wochen bis zur Wahl.

»Ich bin überzeugt, Premierminister, daß wir die Dinge nicht überstürzen dürfen. Menschenleben stehen auf dem Spiel, und wir sind, um offen zu sprechen, auf so einen Fall nicht vorbereitet. In Zypern einzufallen, sozusagen.«

»Keine Sorge, General, ich habe für Sie nachgedacht.«

Der stellvertretende Chef des Verteidigungsministeriums, Lieutenant General Sir Quentin Youngblood, räusperte sich. Er war nicht daran gewöhnt, daß seine militärische Einschätzung der Lage in Frage gestellt oder korrigiert wurde. »Beim größten Respekt, Premierminister, wir haben niemanden gefunden, der uns einen Lageplan übermitteln kann. Wir wissen einfach nicht, wie diese Präsidentenlodge aussieht und welche Art Ziel sie abgibt.«

»Suchen Sie nicht weiter, General. Als ich in Zypern gedient habe, habe ich die Lodge einige Male besucht. Sie diente dem britischen Gouverneur als Sommerquartier. Da wird sich nicht viel verändert haben; die Zyprioten pflegen ihre Tradition. Zu faul für Veränderungen.«

»Trotzdem gibt es viele politische Komplikationen. Ich muß Sie um mehr Vorbereitungszeit bitten.« Er sah sich im Kreis der anderen Mitglieder des Kriegskabinetts um, auf der Suche nach Unterstützung. Der Verteidigungsminister raffte seine Notizblätter zusammen, im Begriff, sich einzuschalten.

»Nein!« Urquharts Hand knallte auf den Tisch. »Sie bitten mich, dem verfluchten Bischof mehr Zeit zu geben. Zeit, in der er seine Position stärken und die Kosten für uns alle in die Höhe treiben wird …«

Ganz abgesehen von den Chancen, daß Elizabeths Brief in die falschen Hände geraten könnte.

»Aber es gibt auch logistische Probleme. Wir können es uns nicht leisten, uns blind hineinzustürzen«, protestierte Youngblood.

Urquhart sah sich am Tisch von COBRA um, der Unterabteilung des Kabinetts, die zusammengekommen war, um die ›Operation Amtsenthebung‹, wie Urquhart sie nannte, zu besprechen. Außer Youngblood saßen Bollingbroke als Außenminister, der Verteidigungsminister, der stellvertretende Justizminister (um rechtliche Belange zu erklären) und der Parteivorsitzende darin, um bei der Präsentation und dem Verkauf eines großen Sieges zu helfen. Die Militärs hatte Einwände wegen der Teilnahme des Parteivorsitzenden gemurmelt, besorgt, daß das die ganze Angelegenheit zwei Wochen vor der Wahl zu sehr als parteipolitische Maßnahme erscheinen lassen könnte. Wie recht sie hatten.

Booza-Pitt hatte gebeten, dabeisein zu dürfen, praktisch darum gebettelt. Wie lange das Treffen auch dauern würde, es würde das beherrschende Thema in den Nachrichten sein, und da wollte er nicht fehlen. Er hatte eine Bittbotschaft in Urquharts Büro hinterlassen, in der er darauf bestand, daß er als Amtsinhaber eines der drei wichtigsten Ämter im Staat unbedingt dabeisein müßte. Aber es war ein arbeitsreicher Tag, Urquhart hatte sich nicht einmal die Mühe gemacht zu antworten. »Das Leben wird für diesen Jungen zwangsläufig voller Enttäuschungen sein«, hatte er seiner Privatsekretärin gegenüber bemerkt. Aber wenigstens war Booza-Pitt kein Feigling, ganz im Gegensatz zu manch anderem. Urquhart sah den General direkt an.

»Diese logistischen Probleme. Welcher Art sind sie?«

Youngblood holte tief Luft. »Seit diese schauerlichen

Berichte von der Diskussion des Außenministers in Europa veröffentlicht wurden« – Youngblood warf einen vorwurfsvollen Blick über den Tisch, überzeugt, die Schuld gehöre auf Politikerschultern – »haben Elemente der Zypriotischen Gemeinschaft unsere Vorbereitungen als gleichbedeutend mit einer Kriegserklärung betrachtet. Mein örtlicher Kommandant in Zypern berichtet von einem beträchtlichen Anwachsen der Feindseligkeiten in der Öffentlichkeit. Das macht jede unserer Initiativen beträchtlich komplizierter.«

»Und es wird immer komplizierter werden, je länger wir warten.«

»Aber zum derzeitigen Zeitpunkt gibt es zu viele Unwägbarkeiten. Ich kann nicht für einen Erfolg garantieren.«

»Sie können nicht garantieren, daß die britische Armee mit einem verfluchten Bischof fertig wird?« Urquhart konnte seine Verachtung kaum verbergen.

»Meiner Meinung nach bedeutet Erfolg, sein Ziel ohne unnötiges Blutvergießen zu erreichen.«

»Und Verzögerung droht in eine Katastrophe auszuarten. Timing, General, und noch mal Timing! Herrgott noch mal, die Präsidenten-Lodge liegt kaum zwanzig Meilen von unserer Basis in Akrotiri entfernt. Wir könnten da sein, ehe Ihr Tee Zeit hat, kalt zu werden.«

»Aber ...«

»Warten bewaffnete Männer an den Toren von Akrotiri, um unseren Konvoi abzufangen? Haben Sie davor Angst?«

»Es gibt eine Blockade ...«

»Nein, General, keine Ausflüchte mehr. Die Zeit ist gekommen.«

Urquhart griff, ohne seine Augen von dem General abzuwenden, nach dem roten Telefon, das vor ihm auf dem Kabinettstisch stand, und hob den Hörer ab.

»Verbinden Sie mich mit Luftmarschall Rae.«

»Premierminister!« Youngblood protestierte, dunkelrot im Gesicht. »Die Kette militärischer Befehle und

Anweisungen geht über mich. Wir können nicht zulassen, daß Politiker sich in eine Militäroperation einmischen und ...«

»General, Sie haben bereits darauf beharrt, daß das ebenso eine militärische wie eine politische Operation ist. Wollen Sie versuchen, dem Premierminister das Recht abzusprechen, die Angelegenheit mit dem örtlichen Kommandanten zu besprechen?«

Youngblood starrte trotzig zurück, schwieg aber, weil er unsicher war. Luft-Vizemarschall Rae war nicht nur der Kommandant der britischen Streitkräfte in Zypern, sondern hatte auch eine weitere Position als Administrator der souveränen Basisgebiete inne, war quasi politischer Gouverneur der britischen Territorien. Zwei Hüte. Aber welchen hatte er im Moment auf ...? Während Youngblood mehrere Jahrhunderte der Verfassungsetikette und Präzedenzfälle abwog, hatte die Kommunikationskette des Kommandos vom Hauptquartier in Northwood per Satellit über der Sahara problemlos funktioniert; innerhalb von Sekunden war Urquhart mit dem Kommandanten/Administrator in Episkopi im Herzen der Basis von Akrotiri verbunden.

»Luftmarschall Rae, hier spricht der Premierminister. Ich rede vom Kabinettraum aus. Ich habe gehört, daß Ihre Basis eine Art Blockade erlebt.«

Er schwieg, während er zuhörte.

»Ich verstehe. Da sind zweihundert Frauen vor den Toren und blockieren sie mit Kinderwagen und Babywippen.« Der Blick, den er Youngblood zuwarf, war wie die Zunge einer Viper. »Würde ein Durchbruch durch die Kinderwagenblockade in Ihren Augen eine Bedrohung von Menschenleben des britischen Personals bedeuten?«

Eine Pause.

»Ich dachte mir das. Da das nicht der Fall ist, Luftmarschall, lautet mein Befehl an Sie, daß Sie die Präsidenten-Lodge umstellen. Stellen Sie sicher, daß der Bischof und die Geiseln nicht herauskönnen und kein anderer rein kann. Ich will, daß sie völlig abgeriegelt wird. Das hat sofort zu geschehen. Dann warten Sie auf weitere Anweisungen. Ist das klar?«

Urquhart wandte seine Aufmerksamkeit dem Kabinettraum zu. »Meine Herren, sind wir uns einig?«

Aller Augen richteten sich auf Youngblood. Wenn er jetzt, wo der Befehl erteilt war, widersprach, würde dies beruflichen Selbstmord bedeuten. Er hatte keine andere Wahl als nachzugeben. Er war auch, wie Urquhart wohl wußte, kein Mann schneller Entschlüsse, der Aktionen überstürzte. Der General fand in den Papieren vor sich etwas, was seine ganze Aufmerksamkeit verlangte.

Der Nachrichten-Kameramann wußte wegen des zunehmenden Lärms, der gebrüllten Kommandos, der stampfenden Füße und der brummenden Motoren, die hinter den Drahtzäunen und Gebäuden von Episkopi die ganze Nacht hervordrangen, daß der Moment gekommen war. Er konnte die Veränderung in den Aktivitäten um die Tore herum eher spüren als sehen, den beschleunigten Schritt hinter Stacheldrahtrollen, die schnelleren Reaktionen wie bei einem lauernden Sumo-Ringer, der im Begriff steht, sich auf seinen Gegner zu stürzen. Auch die Frauen spürten die Veränderung, riefen ihre Kinder zu sich, drückten sie fester an sich als sonst, machten einander auch dann noch Mut, als ihre Augen voll Sorge und Angst waren. Haltet zusammen, flüsterten sie. Erfolg durch Solidarität. Sie hatten eine Kette gebildet und die Kinderwagen und Babywippen nebeneinander gestellt, so daß es eine Stunde dauern würde, alles wieder auseinander zu bekommen.

Aber ›Schläger‹ Rae hatte keine Stunde.

Die erste Bewegung ereignete sich kurz nach Sonnenaufgang, als zwei olivfarbene Wagen in schnellem Tempo anfuhren und mit quietschenden Bremsen kurz vor den Toren hielten. Einige von den Frauen vorne standen auf, um einen besseren Blick zu haben, und sie waren die ersten, die getroffen und von den kräftigen Wasserstrahlen der Löschwagen fortgespült wurden. Die Fahrzeuge waren nicht speziell zur Aufruhrbekämpfung gebaut worden, die Düsen ihrer Schläuche nicht auf volle Kraft gestellt, aber dennoch war die Wirkung dieser ›sanften Überredung‹, wie Raes Presseoffizier sie später nennen würde, überwältigend. In weniger als einer Minute war die Demonstration vor dem Tor in einer Flut von Kindergeschrei weggewaschen worden. Während die Kinder in den überströmenden Rinnsteinen und auf den Grasflächen am Wegesrand schluchzten, traten Gruppen von Hilfsleuten in Aktion. Die ersten entfernten den Stacheldraht, den sie einfach beiseitezerrten, die nächsten schwärmten zwischen den Frauen und Kindern aus, um die kleineren Verletzungen zu behandeln, die die Wasserwerfer hervorgerufen hatten. Heißer Kaffee und Milch standen schon bereit. Eine dritte Gruppe von Frauen der Militärpolizei eilte durch die Reihen umgestürzter und mit Wasser gefüllter Kinderwagen. Ein schlafendes Kind wurde aus der Wiege genommen und seiner benommenen Mutter gereicht, die auf dem Grashügel saß. Dann wurde die Meldung ›Alles klar‹ ausgegeben.

Begleitet vom Dröhnen der Dieselmotoren kam eine lange Schlange von Fahrzeugen in Sicht, angeführt von einer Phalanx aus Viertonnern. Sie donnerten mit knapp fünfzig Stundenkilometern in das Durcheinander von Kinderwagen und ließen sie plattgewalzt zurück. Ihnen folgten Krankenwagen, mehrere Landrover, ein Funkwagen und noch weitere Viertonner, die durch die Barrikade pflügten wie ein Schlitten durch frisch gefallenen Schnee. Hinter ihnen blieben weinende Kinder und schluchzende Frauen zurück, die sich über die Trümmer ihrer Kinderwagen beugten. Sie ließen auch einen begeisterten Kameramann zurück.

Sie nahmen die Hauptstraße in die Berge hinter der Talsperre, bis ihre Fahrt durch die gewundenen Serpentinen des schwarzen Asphalts verlangsamt wurde, der sich durch die Pinienwälder schlängelte. Die Luft war deutlich kühler, und die Fahrer konnten sogar in den Fahrerkabinen das Pinienharz riechen, während sie sich durch die unteren Gänge quälten. Sie stießen auf keinen Widerstand. Sie konnten keine Gegner ausmachen. Insgesamt waren sie dreiundfünfzig Männer, angeführt von Lieutenant Colonel Rufus St. Aubyn, inklusive Angriffstruppen, vier speziellen Funkoffizieren, einem Trupp Ablenkungssoldaten und Sanitätern. Für alle Fälle.

Nach zwei Stunden waren sie da. Sie verließen die Hauptstraße in Sicht der beiden großen Golfball-Radartürme, die auf dem höchsten Punkt standen, und fuhren eine Schlucht voll hoher, mastähnlicher Pinienstämme hinunter. Am Eingang der Schlucht ließen sie zwei Männer und eine Rolle Stacheldraht zurück, mehr als genug, um die schmale Einfahrt abzusichern. Am tiefsten Punkt, wo sich der Weg wieder mit der Hauptstraße vereinte, verfuhren sie genauso. Dazwischen, auf einem Teppich aus Piniennadeln außer Sichtweite der grünbedachten Lodge, schwärmte die restliche Truppe aus, um die Gegend zu erkunden und ihre Verbindung zu sichern.

Innerhalb von vier Stunden war alles erledigt.

An diesem Abend wanderte Makepeace mit Maria an seiner Seite in den Süden der Töpferstadt von Stoke-on-Trent. Seit Beginn des langen Marsches waren fünf Tage vergangen, und sie waren an einer kritischen Phase angelangt. Der Reiz des Neuen war verflogen, und mit ihm viele der Zuschauer, insbesondere die Gaffer und die Störenfriede vom Typ, der zusieht, wenn ein Mann auf dem Dachvorsprung steht und droht hinunterzuspringen. Im Falle von Makepeace war er gesprungen, und sie interessierten sich ausschließlich für das grauenhafte Ergebnis. Doch er hatte sie enttäuscht. Er federte noch.

Die meisten, die ihn nun auf seinem Marsch begleiteten, verfolgten die gleichen Interessen des Protests. Nur eine Handvoll ging den ganzen Weg mit, aber viele kamen, um einen Tag lang mitzugehen, noch mehr für eine Stunde oder eine Meile. Sie zogen Kinder mit, trugen Banner und nahmen dankend die Gastlichkeit an, die von mobilen Kebabständen und einheimischen griechischen Geschäften geboten wurde. Aber trotzdem verringerte sich die Zahl von Tag zu Tag. Die Bemühungen derer, die an der Spitze des Zuges Flugblätter verteilten, hielten an, ihre Zielsetzung blieb ungebeugt, doch es gab eine Grenze für die Medien, inwieweit sie einen endlosen, ereignislosen Marsch begleiteten. Deshalb hatte der Werbeschub durch die Fernsehberichterstattung nachgelassen. Bis heute.

In der modernen Kriegsführung stellt nicht die Mündung einer feindlichen Waffe das größte Hindernis zu militärischem Erfolg dar, sondern das Auge einer Kamera. Die Szene, wie Frauen mit Babys auf dem Arm von britischen Wasserwerfern beiseitegefegt wurden, die wie Flammenwerfer spuckten, beherrschte die Mittagsnachrichten. Es waren ausgezeichnete Action-Bilder, die viele Zuschauer verstörten und erregten; große Abenteuer in fernen Ländern vollbrachte man durch Siege über Panzerdivisionen oder dunkle Krausköpfe, nicht über wehrlose Kinder. Die Militärfahrzeuge mähten durch die Kinderwagen wie Wölfe durch ein sibirisches Dorf und hinterließen Verheerung, Tränen und Wut in ihrem Kielwasser.

Und so hatte Makepeace an diesem Freitagabend neue Rekruten für seine Sache gefunden. Griechische Zyprioten, die sich in größerer Zahl und mit noch größerer Motivation als vorher versammelten. Die, deren Politik von einem Europa-Ideal geleitet wurde, kamen auch, von Bollingbroke abgestoßen. Es gab viele Pazifisten, die ›Make Peace‹-Spruchbänder schwenkten, und die, die sich nicht als politische Menschen sahen, sondern deren Sinn für Anstand sich angesichts der neuen Bilder empörte. Es gab Banner, Reden, Babys auf den Armen, ein improvisiertes Konzert von Folk-Sängern und eine Vorführung zypriotischer Tänze, die in sich eine erneuerte Verpflichtung für die Sache des Marsches trugen.

Sie sangen am Abend in einem Park, hielten einander an der Hand, hielten tausend flackernde Kerzen hoch, deren Licht den Park in ein Feld von Diamanten verwandelte, Juwelen der Hoffnung, die ihre Gesichter und Seelen erleuchteten. Vor ihnen sprach Makepeace von einer selbstgebauten Tribüne unter den Blättern einer großen englischen Eiche zu seinen Anhängern und zur Nation.

»Wir sind aufgebrochen, wie es ein Konvoi an einem weit entfernten Ort getan hat, der gleichwohl nah bei unseren Herzen liegt, Zypern genannt. Aber unsere Absichten könnten nicht unterschiedlicher sein. Wo sie mit Krieg drohen, reden wir von Frieden. Wo sie Babys in den Armen der Mütter beiseitestoßen, öffnen wir unsere Arme für alle. Wo sie glauben, daß die Antwort in der Kraft militärischer Waffen liegt, glauben wir, daß die Antwort in unserem vereinten und frohen Sinn für das Ziel liegt. Wo sie den Befehlen von Francis Urquhart folgen, sagen wir nein! Nicht heute, nicht morgen, nie wieder!«

Viele, die ihm am Radio zuhörten oder ihn im Fernsehen sahen, beschlossen, ihm zu folgen.

Passolides verfolgte die Szene auf seinem Bildschirm und fühlte sich einsamer denn je. Seine Seele wand sich beim Anblick von Frauen und Kindern, die von den britischen Tommies unter Beschuß genommen, zu Boden geschleudert, beiseite geschoben wurden, genauso wie er glaubte, sich durch die Nebel der Zeit zu erinnern. Nebel, die durch die romantischen Erzählungen von Leidensgeschichten noch dicker geworden waren, bis sie die Wahrheit verhüllten. Erinnerung und Gefühl spielen seltsame Streiche mit alten Männern.

Er saß alleine in seinem verlassenen und zerstörten Restaurant, vor sich die Webley, falls der Randalierer zurückkäme, und beobachtete Makepeace. In den Augen vieler Zyprioten wurde der Engländer zum Helden, ein wiedergeborener Byron, aber Passolides teilte diese Anschauung nicht. Der Mann hatte ihm die einzige Tochter weggenommen, hatte sie körperlich von ihm weggeholt. Er hatte nicht gefragt, sich nicht wie ein Grieche benommen, sondern sie einfach weggenommen. Wie die Engländer immer genommen hatten. Wer, zur Hölle, war dieser Engländer, daß er den Mantel der Ehre für sich beanspruchte, den George und Eurypides und so viele andere tapfer getragen hatten – ein Mantel, der, wenn das Schicksal ihm nicht so böse mitgespielt hätte, auch der von Evanghelos gewesen wäre?

Also trank er und spuckte bei Makepeace' Namen aus, obwohl er Francis Urquhart noch viel mehr haßte.

Dann hörte er sie draußen, wie sie an der provisorischen Sperrholzplatte kratzten, die das Loch bedeckte, wie sie gegen die Glasreste traten und grölten. Sie waren wieder da! Mit einem Brüllen sprang der alte Mann zur Tür, riß sie auf und stürzte auf die Straße. Da waren nicht Männer mit Vorschlaghämmern, sondern drei Jugendliche, offensichtlich betrunken, die Graffiti sprühten.

»Dafür bringe ich euch um«, fluchte er und ging einen Schritt auf sie zu.

»Ja? Du und wessen Armee, du verdammter alter Narr?« Die drei wandten sich gegen ihn, voll bierseligen Mutes.

»Einer gegen drei. Das gefällt mir«, rief einer.

»Stinkende Zyprioten sollten gar nicht hier sein. Ist nicht ihr Land«, fügte ein anderer hinzu.

Sie waren fast über ihm, ehe sie im Schatten der trüben Straßenlaterne den Revolver sahen, den er auf sie richtete, und das irre Funkeln in seinen Augen. Sie hielten sich nicht erst damit auf, herauszufinden, ob der Revolver oder sein verrückter Besitzer echt waren.

An der Rückseite der Downing Street, wo die Gartenmauer an die Horse Guard Parade stößt, liegt eine enge, L-förmige Straße, an deren Seite ein großer Kasten steht. Darin verlaufen viele Meter Kabel der British Telecom, und daneben ist ein Loch in der Wand, durch das ein Funkkabel direkt in die Downing Street geleitet werden kann. Einmal angeschlossen – und es braucht weniger als ein paar Stunden, um das zu tun – können Televisionssignale aus aller Welt empfangen werden.

Militärische Verwicklungen liefern gute Bilder. Was Cable News Network für den Golfkrieg getan hat, haben Verteidigungseinrichtungen rund um die Welt entschieden, für alle späteren Kriege zu tun – aber auf eine weniger öffentliche Weise als CNN. Nach ihrer Ankunft in den Bergen hatten St. Aubyns Funkoffiziere ihre großen Metallkisten von den Viertonnern geladen, ihre Ausrüstung ausgepackt, zwei Kameras in einiger Entfernung der Lodge aufgebaut, die Einzelteile einer Zwei-Meter-Schüssel zusammengesetzt und sie mittels eines Kompasses an den Eutelsat-Satelliten im geostationären Orbit über dem Äquator angeschlossen. Von dort wurden die Testsignale an Teleport in Londons Docklands zurückgegeben, von dort an den British Telecom Tower gegenüber der Taverne in der Maple Street und weiter an die zwei Monitore in der Downing Street.

Francis Urquhart war fast bereit, Krieg zu führen.

Die Bildschirme erwachten flackernd zum Leben und zeigten die solide, schlicht gebaute dreistöckige Lodge, die inmitten großer Bäume stand und mit ihrer hellgrünen Malerei ein bißchen komisch wirkte.

»Sieht aus wie ein viktorianisches Pfarrhaus in einer heruntergekommenen Diözese«, murmelte Bollingbroke.

»Fast genau das ist es auch«, antwortete Urquhart. Er entließ die Techniker, ehe er sich dem roten Telefon zuwandte. »Ihr Bericht bitte, Colonel St. Aubyn. Sie sind über Lautsprecher auch bei den anderen Mitgliedern von COBRA zu hören, und wir haben Bilder auf den Monitoren.«

»Das Gebiet ist jetzt gesichert, Premierminister. Es gibt nur eine Versorgungsstraße, und die haben wir blockiert. Das Grundstück um die Lodge ist recht ungastlich, ein Berghang voller Pinien und Dornenbüsche. Ein oder zwei Männer könnten es gerade schaffen, aber sie würden nie eine ganze Mannschaft da rausbekommen. Nicht mit einer Frau und einem Bischof dabei, Sir. Wir haben sie eingeschlossen.«

»Ausgezeichnet. Was für Gegenwehr erwarten Sie?«

»Das ist im Moment schwer zu sagen. Wie Sie auf den Bildschirmen sehen können, ist die Lodge von diversen anderen Gebäuden umgeben, die uns Deckung geben könnten. Auf der anderen Seite wissen wir nicht, ob da irgendwo Wachen sind, die uns entdecken, ehe wir da sein können. Ich muß auf den Schutz der Dunkelheit warten, um das genau einschätzen zu können. Ich bin sicher, unsere Nachtsichtgeräte sagen uns alles, was wir wissen müssen.«

»Sehr gut.«

»Das Problem ist, Mr. Urquhart, die Lodge selbst ist ein Gebäude aus altem, solidem Stein. So was baut man heute nicht mehr.«

»Ja, ich erinnere mich.«

»Eine hervorragende Verteidigungsposition«, fuhr St. Aubyn fort. »Das Dach ist aus korrodiertem Metall, das klappern wird wie eine Trommel. Außenhäuser an den Seiten, wo Wachen drin sein könnten, ein offenes Rasenstück, das zu einem Hubschrauberlandeplatz führt. Der Boden ist mit getrockneten Piniennadeln bedeckt, die ein Geräusch machen, als liefe man auf Cornflakes. Wenn sie nicht im Tiefschlaf sind, hören sie uns kommen, schon aus einiger Entfernung.«

Youngblood ließ ein lautes ›haarrumph‹ hören, das an die Grenze der Unverschämtheit stieß, sie aber nicht überschritt.

»Erlauben Ihre Kommunikationszaubereien eine Direktverbindung zu Ihro Gnaden, dem Bischof?« fragte Urquhart.

»Das tun sie, wenn ich den Rekruten Hawkins herhole, damit er einen Telegrafenmast hochklettert und sich in das Telefonnetz einklinkt. Dauert etwa fünf Minuten.«

»Tun Sie das, bitte.«

Sie warteten, während Hawkins sich bemühte, die Auszeichnung des Flying Cross zu verdienen, und Youngblood noch einmal seine Sicht vertrat. Er bestand darauf, daß es keinen Überraschungsangriff geben könnte, sie hätten keine geschulten Angriffstruppen dort. Sie müßten warten, die Wachsamkeit des Bischofs durch Erschöpfung einlullen. Die Dinge voranzutreiben und die Geiseln gewaltsam zu befreien wäre Narretei und würde eher mit deren Tod als mit ihrer Befreiung enden.

Zu alledem gab Urquhart keine Antwort.

Dann war er durchgestellt.

»Bischof Theophilos? Hier ist Premierminister Francis Urquhart.«

»Endlich. Was hat Sie aufgehalten? Ich habe auf Ihren Anruf gewartet.«

»Was mich aufgehalten hat, mein lieber Bischof, war die Notwendigkeit, die Lodge, wo Sie die Geiseln gefangenhalten, mit Militär zu umstellen. Das ist jetzt erfolgt. Nun sind Sie mein Gefangener.«

Ein bellendes Lachen drang aus dem Telefon. »Verzeihung, Premierminister, ich hatte vergessen, was für einen hervorragenden Sinn für Humor ihr Briten im Unglück bewahrt.«

»Aber die Zeit ist auf meiner Seite, Bischof. Diese Truppen können Wochen, wenn nötig Monate dort bleiben.«

»Wenn Sie das glauben, Mr. Urquhart, sind Sie ein Narr. Erkennen Sie nicht, was Sie getan haben, indem Sie Ihre Truppen dorthingebracht haben? Sie sind in Zypern, in mein Land, eingefallen. Schon während dieses Gesprächs ergießt sich die Flut des Widerstandes über die Insel. Sie werden hier keine Freunde finden, und je länger Sie wie ein imperialistischer Tyrann von einst auf meiner Türschwelle sitzen, desto mehr vergrößern Sie meine Macht, und desto einfacher wird es sein, Sie ein für allemal aus dem Land zu wischen. Es ist Zeit, Zeit, die liegengebliebene Arbeit aus früheren Jahren zu Ende zu bringen. Warum, in Gottes Namen, denken Sie, sitze ich hier und warte auf Sie? Haben Sie die Falle nicht erkannt, die ich für Sie aufgestellt habe?«

In Zypern wurde es Abend, der lange Schatten warf und den Bildern der Lodge plötzlich einen düsteren Charakter verlieh. Urquharts Stimme senkte sich zu einem nachdenklicheren Ton. »In dem Licht habe ich das noch nicht betrachtet.«

Der Verteidigungsminister stöhnte auf und bedeckte schnell seine Augen mit der Hand, gab vor, tief in Gedanken zu sein. Youngblood hob sich in der Art seines Ahnen Ezekiel aus dem Stuhl, bevor er für die Schlacht bei Balaclava gesattelt hatte Seine Augen quollen vor Rechtschaffenheit hervor.

Die metallische, aber deutliche Stimme des Bischofs erklang weiter durch den Raum.

»Ich habe genug Wein für Wochen und Nahrungsmittel für Monate, Premierminister. Ich habe keine Eile. Ach ja, was ich fast vergessen hätte: Ich habe vier Geiseln. Ich bin ein großer Anhänger des Glaubens an das Leben nach dem Tod. Ich habe keine irgendwie gearteten Gewissensbisse, sie in beschleunigtem Tempo dorthin zu befördern, sobald ich die Socken eines britischen Soldaten rieche, der sich der Lodge nähert.«

»Ist das christlich?« protestierte Urquhart.

»Wir haben ein Sprichwort auf Zypern: Der Sohn des Bischofs ist der Enkel des Teufels. Wir sind eine Nation der Priester und Piraten, und nur wenige können einen Unterschied erkennen.« Er kicherte.

Urquharts Stimme hatte ihre Zuversicht verloren, klang flach. »Gewalt ist nicht nötig, Bischof. Ich will keine Opfer.«

»Leider muß es wohl schließlich doch ein Opfer geben, Mr. Urquhart.«

»Wen?«

»Sie, mein lieber Premierminister. Sie haben etwa – dreizehn Tage bis zu Ihrer Wahl? Ich kann nicht glauben, daß die Briten einen Premierminister wiederwählen, der bedauerlicherweise durch einen zypriotischen Bischof gedemütigt wird. Denn ich fordere, daß Sie vor dem Wahltag ankündigen, sich aus den Militärbasen zurückzuziehen.«

»Warum sollte ich dem zustimmen?«

»Weil ich, wenn Sie nicht zustimmen, Ihren Zeitungen Stücke von Mr. Martins Ohr zukommen lasse.«

»Ich verstehe.«

»Das hoffe ich.«

Urquhart schwieg. »Bischof, läßt sich über irgend etwas verhandeln?«

Kurzes Schweigen. »Vielleicht das Timing. Rückzug in fünf Jahren statt sofort. Im Austausch gegen ein umfangreiches Hilfspaket natürlich. Sie sehen, Mr. Urquhart, ich bin kein unvernünftiger Mann.«

»Ich muß darüber nachdenken. Geben Sie mir Zeit.«

»Alle Zeit der Welt.« Er lachte noch einmal und legte den Hörer auf.

Youngblood saß steif in seinem Sessel und war fleischgewordene Verachtung. »Ich habe Ihnen gesagt, daß Sie warten sollen«, zischte er.

»Und ich habe Ihnen gesagt, die Zeit ist auf der Seite des Bischofs, nicht auf meiner.«

»Aber Sie sagten, Sie brauchten Zeit zum Nachdenken …«

»Ich brauche nicht nachzudenken. Ich weiß schon, was ich tun werde.«

»Nämlich?«

Urquhart warf einen letzten Blick auf die Szene auf dem Fernsehschirm. »Ich werde den Bastard ausräuchern.«

ACHT

»Insgesamt vier Geiseln. Drei Männer und eine Frau. Alle im selben Raum unten. Wir haben sie mit den Nachtsichtgeräten gesehen, Premierminister. Wie Sie sehen können, sind die Fensterläden der Lodge tagsüber geschlossen, aber nachts öffnen sie einige wegen der frischen Luft. Wir haben sieben Feinde drinnen gezählt, einschließlich des Bischofs, weitere drei sind in den Außengebäuden als Wachen untergebracht.«

»Metalldach wie eine Trommel, solide Steinwände, Fensterläden, die Tür wahrscheinlich gesichert«, überlegte Urquhart. »Wenn ich Sie bitten würde, einzudringen, Colonel St. Aubyn, wie würden Sie das anstellen?«

Am gegenüberliegenden Ende des Kabinettstisches sprang Youngblood auf die Füße.

»Colonel, bleiben Sie dran«, wies Urquhart ihn an und hielt den Hörer zu. »General Youngblood, die Leute stehen nur von diesem Tisch auf, um zu gehen.«

»Aber das ist sinnlos! Wir *müssen* warten. Erschöpfen Sie sie psychologisch. Geben Sie uns Zeit für eine Sondereinsatztruppe. St. Aubyns Leute sind normale Infanteristen, sie sind für die Arbeit spezieller Einsatztruppen nicht ausgerüstet. Sie können nicht blind da reingehen. Sie sollten überhaupt nicht da reingehen.«

»Sie sind der Blinde. Er will, daß wir warten, es verzögern. Selbst jetzt wird er organisieren, und morgen wird eine Armee von Kindersoldaten in Buggys eintreffen, um Ihnen noch einen Grund zum Zögern zu geben.«

»Warten Sie. Wägen Sie ab, ich beschwöre Sie.«

»Nutzen Sie die Gelegenheit, General.«

Urquhart stellte klar, daß er sich nicht umstimmen ließ, sein Kiefer und seine Meinung waren steinhart. Der Soldat wußte, daß es keinen Sinn hatte, der Ärger in seiner Stimme wich einer Art überlegtem Ekel.

»Welcher Dämon treibt Sie?«

»Politische Führung verlangt viele Opfer.«

»Aber von wem? Ein Narr wirft einen Stein in einen Teich, und tausend junge Männer ertrinken vielleicht bei dem Versuch, ihn wieder herauszuholen.«

»Wenn das hier fehlschlägt, bin ich das Opfer, und Sie können einen Jig auf meinem Grab tanzen.«

»Mir zucken schon die Füße.«

Die Beleidigung wurde langsam vorgebracht, wie Sirup, und entlockte den militärischen Beratern, die in der Reihe hinter Youngblood saßen, ein erstauntes Aufkeuchen.

Urquharts Augen flackerten nicht einmal. »Hätten Sie das nicht lieber codieren sollen, General?«

»Ich wollte, daß es keine Mißverständnisse gibt. Ich denke, das ist Ihr Stil, Mr. Urquhart.«

Damit verließ der stellvertretende Chef des Verteidigungsministeriums den Raum.

»Guten Morgen, Bischof.«

»Ah, mein lieber Mr. Urquhart. *Kalimera*. Sie hatten eine angenehme Nachtruhe, nehme ich an? Keine schlechten Träume.«

»Wenig Schlaf, aber Zeit zum Nachdenken.«

»Habe ich das Privileg zu erfahren, wohin diese Gedanken Sie geführt haben?«

»Zu einem Handel. Einem Austausch.«

»Aber. Es gibt ein Aber. Ich kann das Rumpeln von Bedingungen schon in Ihrer Kehle hören. Sehen Sie sich vor, nicht zu ersticken.«

»Die Bedingungen, die Sie gestern gestellt haben, sind unmöglich.«

Ein Hauch der Belustigung klang in Theophilos' Worten mit. »Sie wollen bei Ihrer eigenen Beerdigung mitgeigen?«

»Ich hoffe sehr, daß ich überlebe. Aber bedenken Sie folgendes. Wenn ich bekanntwerden lasse, daß ich – wie soll ich es ausdrücken? – den gerechtfertigten Anspruch der Zyprioten auf Rückgabe der Militärbasen anerkenne, und wenn ich meine Schlußfolgerungen vor der Wahl bekanntgeben würde, dann wäre ich, wie Sie sagen, ein Opfer. Aus dem Amt getrieben. Aber wem nützt das? Ihnen nicht. Donnerstag in einer Woche gäbe es einen neuen Premierminister, der keine Veranlassung hätte, irgendeine Unternehmung zu honorieren, die von mir stammt. Ganz im Gegenteil, vielleicht wäre mit dem Versprechen in die Downing Street eingezogen, jeden Zentimeter der Basen zu behalten.«

»Und ich müßte dann Ihren Gesandten behalten. In Einzelteilen.«

»Genau. Niemand würde etwas dabei gewinnen.«

Der Bischof zögerte; seine Trumpfkarte war durchweicht worden und deutlich schwerer zu spielen.

»Sie meinen, daß die Briten betrügerisch ihr Wort brechen könnten. Wie sie es schon so oft vorher getan haben.«

»So könnte man es ausdrücken.«

Das Geräusch einer Flüssigkeit, die kräftig geschlürft wurde, erklang über die Leitung; eine ausgedehnte Denkpause. »Sie sprachen von einem Handel. Ein Gegenangebot?«

»Sie lassen den Gesandten frei, und im Gegenzug erhalten Sie von mir eine schriftliche Bestätigung wegen der Militärbasen.«

»Britische Schriftstücke!« höhnte der Bischof.

»Zusätzlich ein umfangreiches Hilfspaket. Ich bin bereit, in bezug auf dieses Paket höchst phantasievoll zu sein, Bischof. Und sehr persönlich.«

»Ich verstehe.«

»Sie werden auch verstehen, daß das Abkommen über die Hilfe und die Basen vor der Wahl nicht öffentlich gemacht werden können. Sie sehen, Sie brauchen mich in der Downing Street, um diese Versprechen einlösen zu können. Sie müssen mir gewinnen helfen.«

»Aber woher weiß ich, daß Sie nachher damit auch rüberkommen?«

»Sie werden meine Unterschrift haben ...«

»Das reicht nicht!«

»Und eine große Anzahlung auf das Hilfspaket als Zeichen des guten Willens. Bar. Zur Aufbewahrung in Ihre Hände gegeben. Das kann innerhalb weniger Stunden arrangiert werden.«

»Mr. Urquhart, ich fange an, Sie zu mögen. Ein Mann nach meinem Geschmack.«

»Uns eint ein gemeinsames Interesse, Bischof, vielleicht sogar ein gemeinsames Ziel.«

»Der Beginn einer großartigen Beziehung«, kicherte der Bischof.

»Ich glaube, auf Zypern haben Sie ein Sprichwort, daß jeder die Decke zu seiner Seite herüberzieht.«

»Aber wenigstens werden wir uns ein Bett teilen ...«

Die Stimme wurde schwächer. Vom anderen Ende der Leitung kamen Geräusche einer Unterbrechung. Man konnte hören, wie der Bischof mit schroffer Stimme fragte, was, zur Hölle, da vorgehe. Verwirrung. Dann war er wieder am Telefon.

»Urquhart, Sie englischer Bastard. Was haben Sie vor?«

Das Troödos-Gebirge ist das piniengrüne Herz Zyperns. Die hohen Gipfel, die sich zum Mount Chionistra hochstrecken, wirken als Wolkenfalle, saugen den Wind des östlichen Mittelmeeres auf, bringen Abkühlung von der drückenden Hitze für die Pflanzen und Wasser in einer Fülle, die den Neid der meisten anderen Mittelmeerinseln hervorruft. Aber so ist es nicht immer im Troödos. Der Regen fällt hauptsächlich im Winter, während die Sommermonate sengend heiß sind. Die schattigen Lichtungen zwischen den Pinien verbrennen zu dürren Schüsseln voll Staub, die Farne im Wald sterben ab und vertrocknen, während der Blumenteppich, der sich im Frühjahr ausbreitet, zurückgerollt wird und die getrockneten Knochen einer einst üppigen Vegetation bloßlegt. Die Blätter und abgebrochenen Zweige des Waldes verwandeln sich in Kompost aus gedörrtem Zunder, und kühlende Winde können zum Vorboten des Todes werden. Katastrophe aus einem Funken.

Der Rücken des Troödos ist mit den Schrammen und Narben alter Waldbrände versehen, schweigend eingebrannte Zeugnisse für die Macht der Flammen, deren Geräusch und Qualm sich so rasend vorwärtsbewegen wie ein Expreßzug. Männer, die die Berge kennen, fürchten die Flammen.

Der erste Rauchfaden wand sich neben der Straße in die Luft, die unterhalb der Präsidenten-Lodge zum Touristenpfad zu den kaledonischen Wasserfällen führt. Eine Zigarettenkippe, die Flaschenscherben, die durch die Sonnenstrahlen zum Brennglas werden, die Reste eines Streichholzes, es konnte viele Erklärungen dafür geben, aber nur eine Konsequenz. Der bedrohliche Schleier wand sich in den Himmel wie ein Kätzchen, das sich das erstemal von der Mutter fortbewegt. Er wuchs schon schnell, als der Wachhabende des Bischofs ihn von einem Fenster im dritten Stock der Lodge aus erblickte. Als Theophilos die Stufen hochgeklettert war, um es selbst zu sehen, nahte er mit dem Brüllen eines Löwen.

Er nahm den Hörer ab. »Was ist das für ein doppeltes Spiel, Urquhart? Wie dumm Sie vier Geiseln zum Tode verdammen.«

»Bischof, hören Sie mir genau zu. Wenn Sie die Geiseln anrühren, sind wir beide fertig miteinander. Ich bekomme die Schuld, und Sie werden geschlachtet. Ich hätte keine andere Wahl, als meine Truppen hineinzuschicken.«

»Sie geben vor, dieses Feuer nicht gelegt zu haben? Lügner!«

»Um Gottes willen, wollen Sie mir erzählen, daß das der erste Waldbrand ist, den Sie gesehen haben? Er könnte auf tausenderlei Art losgegangen sein. Wichtig ist, ihn zu löschen. Meine Truppen bekämpfen den Brand bereits. Wenn Sie die Lodge verlassen wollen, kann ich einen sicheren Transport arrangieren ...«

»Wir bleiben!«

»Dann tun Sie das, aber rühren Sie die Geiseln nicht an. Denken Sie daran, daß Sie und ich in dieser Sache gemeinsam stehen oder fallen. Wir sind zusammengebunden.«

»Urquhart, ich traue Ihnen nicht. Aber Sie können mir trauen. Ich schwöre bei meinem heiligen Leben, daß ich beim ersten Anblick eines britischen Soldaten, der sich der Lodge nähert, eine der Geiseln nehme und sie aus dem obersten Flurfenster werfe. Nur, um Ihnen mein Vertrauen zu zeigen. Wenn Sie das Feuer nicht von der Lodge fernhalten, werde ich Ihr Angebot des Transports annehmen. Aber ich werde eine weitere Geisel in der Asche zurücklassen. Hören Sie?«

»Nur zu gut. Aber dazu besteht kein Grund. Ich habe erfahren, daß bereits zwei Hubschrauber auf dem Weg zu Ihnen sind, die mit Feuerbekämpfungsgerät ausgestattet sind. Die Lodge ist sicher.«

»Sie beten lieber für Ihre Seele, wenn sie es nicht ist.«

Die Wessex HC2 Truppentransporthubschrauber waren die alten Arbeitspferde des fliegenden Militärs und in anderen Teilen der Welt längst gegen größere, raffiniertere Maschinen ausgetauscht worden, die man besser den Gegebenheiten an der Front anpassen konnte. Aber Zypern war nicht die Front – oder war es bisher nicht gewesen. Die Wessex war alles, was sie hatten, aber sie war angemessen für die Aufgabe.

Der Flug von Akrotiri dauerte weniger als fünfzehn Minuten, selbst mit den schweren Regenmacher-Eimern, die unter der Mission Drei-Null Alpha und seiner Schwester Bravo festgemacht waren. Sie waren in Formation hinter dem Kouris-Damm hochgeflogen, der das hübsche smaragdgrüne Wasser davon abhielt, sich ins Meer zu ergießen, und in Richtung des Betonofens von Limassol. Das Dröhnen der beiden Zwillingsgasturbinen wurde von den Talwänden zurückgeworfen und erklärte ihre bevorstehende Ankunft, noch ehe die Dorfbewohner von

Monagri, Doros und Trimiklini sich vom Weinanbau abwenden und sie am Himmel erkennen konnten. Sie gewannen an Höhe, und die vierblättrigen Rotoren griffen dringlicher in die dünner werdende Bergluft, das Drehmoment steigerte sich, als die Helikopter darum kämpften, Formation und Geschwindigkeit zu halten. Die Besatzung spannte sich an, als vor ihnen die böswillige Spirale dunkel gegen den klaren Himmel stand.

Ihre Wasserversorgung fanden sie weniger als zwei Minuten von der Quelle des Feuers entfernt, die Becken einer Forellenfarm voller Fingerlinge und wachsender Fische. Mit einem Mundvoll trank jede Wessex hundertfünfzig Gallonen Wasser und Quadratmeter von schützendem Netzwerk weg – ein halbes Jahr Arbeit für den Züchter, dessen Schreie der Verzweiflung und Fassungslosigkeit sich im betäubenden Rattern der Rotorblätter verloren. Mit einer ironischen Verbeugung ließen die beiden Wessex den Züchter in Tränen der Frustration zurück und flogen in Richtung der Lodge.

Von seinem Bruder beauftragt, hatte Dimitri die Fesseln der vier Geiseln überprüft und sich vergewissert, daß sie sich nicht bewegen konnten, da sie an Beinen und Oberkörper verschnürt waren. Wie immer widmete er Elpida besondere Aufmerksamkeit, seine Augen und seine Hände glitten über ihre Bluse, als er die Fesseln prüfte, er ließ seine schwieligen Handflächen über ihre Schenkel wandern und blies weinsauren Atem über ihre Wangen. Seine Augen waren glasig hell, voll Adrenalin und Unruhe.

»Ehe das hier vorbei ist, meine Schöne, werde ich dir zeigen, wie ein richtiger Mann gebaut ist«, grinste er.

»Bitte nicht so fest, Sie unterbrechen die Durchblutung in meinen Beinen.«

Er ließ sich vor ihr auf die Hacken sinken, entfernte die Fessel, hob ihr den Rock hoch über die Knie und begann, ihre Muskeln zu massieren.

Elpida lächelte, engelgleich, dann trat sie ihn genau zwischen die Beine.

Erst als er wieder zu Atem kam und sich nicht mehr vor Schmerzen wand, stieß er die Drohungen aus. Wie er sie nehmen würde, egal, was sein Bruder sagte, und was er ihrem warmen, feuchten Fleisch antun würde. Er kam stolpernd auf die Füße, immer noch gebückt und sich mit einer Hand schützend, während die andere ausholte und seine Wut an Elpidas Wange entlud. Sein Ring hinterließ einen pflaumenfarbenen Fleck; er lächelte höhnisch und trat dicht heran, erwartete ihre Unterwerfung. Ihr Vater schrie erschrocken auf.

Sie hatte Tränen in den Augen, aber wieder lächelte Elpida und spuckte ihm ins Gesicht.

Dimitri wollte sie gerade noch einmal schlagen, als er am Kragen gepackt wurde und eine Kopfnuß erhielt. Vor Überraschung ging er zu Boden, rollte sich herum und erkannte die Gestalt seines Bruders, der über ihm lauerte, den Arm zu einer erneuten Drohung erhoben.

»Narr!« schnarrte Theophilos. »Gibt es denn keine Zeit, zu der sich dein Hirn über deinen Gürtel erhebt?«

Dimitri machte sich bereit, zu grollen und zu schnappen, als sie beide erstarrten und ihren Streit sofort vergaßen. Denn in der Ferne konnten sie das rumpelnde Donnern von Hubschraubern hören.

Die beiden Hubschrauber kamen in einer Höhe von dreihundert Fuß heran, flogen entlang der Touristenstände und billigen Restaurants, die sich unter dem Berggipfel drängten, und tauchten in die Schlucht aus alten schwarzen Pinien hinab. Sogar in dieser Höhe konnten sie den Hitzekessel unter sich brodeln fühlen, und die Piloten kämpften darum, die Kontrolle zu behalten, als Ausbrüche der überhitzten Luft den Rumpf erreichten. Das Feuer hatte sich ausgebreitet, die Bergluft gefangen und sie zu zahllosen Wirbeln gedreht, die die Flammen weiter trieben. Klettertten den Berghang hoch. Krochen näher an die Lodge heran.

Mission Drei-Null Alpha warf als erster seine Bombe ab, wobei der Pilot den Anweisungen seines Kameraden folgte, der hinter ihm saß. Selbst wenn er sich in der sicheren Umarmung seines Gurtes aus der Kanzel lehnte, war es schwierig für ihn, einen genauen Angriffspunkt auszumachen; alles, was man von oben sehen konnte, war ein wütender Wirbel dicken schwarzen Rauches, der über die Flammen getrieben wurde. Der erste Anflug war nicht mehr als ein Aufklärungsflug, wo das Ziel war, diente der Unterdrückung des Qualms, um eine klare Sicht zu haben.

Alpha stand in der Luft, um seine Position zu finden, ehe er sich entschlossen vorwärts bewegte und über den Rand des Hauptbrandherdes flog. Sie hatten eine Geschwindigkeit von vierzig Knoten, der Pilot warf ängstliche Blicke auf seinen Drehmomentmesser, als er gezwungen war, fast auf maximale Geschwindigkeit zu gehen, um der unglücklichen Kombination aus Höhe, plötzlicher Hitze und schwerer Nutzlast zu begegnen, die aus einem kräftigen Delphin eine lahme Ente machte. Wenn er nicht aufpaßte, ruinierte er das Getriebe. Es half ihm auch nicht, daß er praktisch blind war, die eingeschränkte Sicht der kopflastigen Wessex enthüllte nichts als Qualmwolken.

Er war in Gottes Hand, und sein Copilot war einer von denen, das wußte er genau, die sich am Vorabend einen zusätzlichen Krug Guinness genehmigt hatten.

Der Copilot war fest am Handlauf eingeklinkt und hatte einen Fuß auf das Rad des Fahrwerks gestellt, um seine Reichweite und seine Sicht zu vergrößern. »Ruhig, ruhig. Links zehn. Gott, es ist verdammt heiß. Position halten.« Das Fahrzeug war in seiner Hand, der Pilot folgte seinen Anweisungen, als er versuchte, den richtigen Abwurfpunkt zu finden. Ein Windstoß fuhr in den Qualm unter ihnen und riß eine Lücke, durch die er etwas zu sehen glaubte. Eine bessere Sicht würde er kaum noch mal haben. Er zog die Leine, die den Regenmacher öffnete. Die plötzlich leichte Wessex schoß vorwärts, als eine halbe Tonne Wasser auf einmal herausschoß und zweihundert

Quadratmeter Wald durchnäßte. Aber Tausende standen noch in Flammen.

Die erste Wessex flog schon zurück zur Forellenfarm, als Mission Drei-Null Bravo sich in Stellung brachte. Vielleicht zögerte der Heckmann, der den Anflug dirigierte, eine Spur zu lange, denn von vorne sah es so aus, als habe er die gleiche Fläche Wald wie Alpha begossen, ein verschwendeter Flug, aber von unten sah die Aktion spektakulär aus, für ein paar Sekunden malte der Regenmacher gewaltige Regenbögen an den Himmel, ehe die Säule aus Qualm und neuem Wasserdampf wieder die Sonne verhüllte. Hoffnung, Hitze, Dunkelheit und noch mehr Flammen prägten die Szene, als die neugerüstete Wessex zurückkam, um den Angriff wieder aufzunehmen.

Aber das Feuer war noch nicht gelöscht. Die Flammen leckten vorwärts wie die Zunge einer feurigen Schlange, die sich wütend verteidigte und sich über alles hinwegsetzte, was ihr den Weg zur Lodge verstellte.

Und der Forellenteich war leer. Eine neue Wasserversorgung mußte gefunden werden, lebenswichtige Minuten weiter entfernt.

Der Angriff gegen die Flammen stockte.

»Du liebe Zeit, Mr. Urquhart, das Feuer ist weniger als hundert Meter von der Lodge entfernt.«

Der Ton des Bischofs hatte sich verändert. Die Prahlerei war verschwunden, verdrängt von Angst, als er Zeuge geworden war, wie die Anstrengungen der Hubschrauber von den Kräften der Natur zurückgeschlagen worden waren.

»Sie tun ihr Bestes. Von Akrotiri ist ein weiterer Hubschrauber unterwegs.« Doch selbst Urquhart klang weniger zuversichtlich. »Sie haben Probleme, eine ausreichende Wasserversorgung zu finden.«

»Genug von Ihren Entschuldigungen, Engländer!«

»Bischof, lassen Sie mich Sie und Ihre Männer evakuieren. Ich gebe Ihnen mein Wort …«

»Wie ich Ihnen meins gegeben habe. Wenn ich gezwungen werde, diesen Ort zu verlassen, wird eine der Geiseln zurückbleiben. Ihr Tod liegt in Ihren Händen.«

»Was soll ich noch mehr tun, Bischof?«

»Beten, verdammt noch mal. Auf Ihren Knien.«

»Das tue ich schon.«

Die Flammen waren nur noch siebzig Meter von der Lodge entfernt und kamen gnadenlos näher. Sie hatten den Stacheldrahtzaun an der Begrenzung des Grundstücks schon umzingelt und ihn zu einem Knäuel geschwärzter Klumpen reduziert.

Bravo hatte seinen letzten Versuch unternommen. Das Wasserbombardement hatte sich als wirkungslos herausgestellt, die nahegelegenen Wasserreserven waren erschöpft. Mit einer Bewegung, die nach Niederlage aussah, drückte der Pilot auf den Abwurfknopf und entleerte den Regenmachertank, vergoß die letzte Hoffnung, das Feuer zu ertränken.

Theophilos sah mit wachsender Angst zu. Er hatte seinen Plan für narrensicher gehalten, außer Reichweite eines Menschen. Er hatte nicht damit gerechnet, daß Gott ihm in die Quere kommen könnte.

Während er an den teilweise geöffneten Fensterläden stand und die Szene beobachtete, ergriff ihn ein grimmiger Fatalismus. Jemand würde sterben – mußte sterben, er hatte sein Ehrenwort darauf gegeben. Als der Moment der Entscheidung kam, merkte er, daß seine Hand zitterte. Er vergrub sie tief in den Taschen seines Gewandes.

Doch noch war das Spiel nicht vorbei. Selbst als der Bischof aus dem Fenster sah, kreiste Bravo um das Feuer, bis er fast über der Lodge schwebte. Langsam glitt er vorwärts, bis er nur noch fünfzig Meter über dem Boden schwebte und seine Räder praktisch die Pinienwipfel streiften, sich zwischen die Lodge und die herankommenden Flammen stellte. Die Rotorblätter durchschnitten die Luft und wirbelten einen Abwind von enormer Kraft gegen die Bäume. Eine Luftwand wurde vom Hubschrauber vorwärtsgedrängt, bis sie auf die herankommenden Flammen traf und die beiden Luftmassen sich auf einen Kampf einließen. Erstickende Wolken von Qualm und Staub wirbelten in alle Richtungen und hüllten den Hubschrauber in eine undurchsichtige Hülle aus Staub, Steinchen und Nadeln. Rebellische Flammenzungen leckten empor, um gegen die geballte Wut von 1500 PS reiner Muskelkraft anzurennen und zum Rückzug gezwungen zu werden. Mission Drei-Null Bravo erstickte die Flammen nicht, die zur Seite auswichen, sich neue Wege suchten, aber mit Mut und mit Können und fast im Blindflug in all dem Qualm hielt er das Feuer von der Lodge fern, während Alpha und der gerade eingetroffene dritte Hubschrauber mit der Arbeit des Regenmachens fortfuhren.

In der Lodge war der Lärm ohrenbetäubend. Die Gewalt der Rotorblätter schlug auf das korrodierte Metalldach wie ein Hammer auf eine Trommel, übertönte alle anderen Geräusche und machte jede Unterhaltung unmöglich. Läden klapperten, eine Kaminklappe stürzte hinunter, Metallteile des Daches begannen sich zu lösen, und die Gedanken wurden durch die alles überwältigende Lautstärke erschüttert, bis sie in sich zusammenbrach.

Theophilos beobachtete die Szene von einem höher gelegenen Fenster aus mit einem breiten Grinsen der Erleichterung. Das Vordringen der Flammen war zum Stillstand gekommen, und er fühlte sich jetzt viel besser. Er mußte niemanden töten.

Sie wählten ein kleines, quadratisches Fenster, das in die dunklere Rückseite der Lodge führte, an der Seite, die am weitesten vom Feuer entfernt lag.

Ihr Ziel, die Lodge, war vor über hundert Jahren von dem französischen Dichter Arthur Rimbaud entworfen worden, der damals noch in den Zwanzigern war. Er war ein Mann mit reicher Erfahrung für so wenig Jahre, ein

Leben, das er der Zügellosigkeit, Trunksucht und obszönen Gesprächen verschrieben hatte, die er durch seine Tätigkeit als Waffenschmuggler, Erforscher, Händler, Schriftsteller – und Architekt finanzierte. Sein Baustil war vollkommen gewöhnlich, und die Lodge verdankte ihre Haltbarkeit eher den soliden Steinen als ihrer Schönheit oder Zweckmäßigkeit. Besonders die Küche war eine traurige Angelegenheit, eng und dunkel, später wurde eine kleine Speisekammer angebaut, und das Licht dafür kam durch ein kleines Fenster. Es paßte nicht zu den anderen Fenstern der Lodge, die alle groß und von bescheidener Eleganz waren. Dieses Fenster war kaum zwei Fuß breit. Es war außerdem das einzige Fenster der Lodge ohne Läden.

Sie wußten genau, wo die Geiseln festgehalten wurden, im Salon im hinteren Teil des Hauses weit von der Küche entfernt. Sie nahmen an, daß eine Anzahl Männer des Bischofs sie bewachte und weitere drei, den Bischof eingeschlossen, an den Fenstern stationiert waren, um die Entwicklung des Feuers im Auge zu behalten. Wenn sie Glück hatten, konnten sie mit allem fertig werden.

Captain Rupert Darwin hatte das Kommando für den Angriff erhalten. Mit zweiunddreißig war der Infanterist eher ein Mann mit Erfahrung und Strebsamkeit, denn mit bemerkenswerten Leistungen. Er hatte in Ulster und Oman gedient und war auch für die United Nations in Nigeria gewesen war. Er hatte außerdem dieselbe Schule besucht wie der Luftwaffen-Vizemarschall – sie waren entfernt verwandt –, aber seine beiden Pflichttouren mit dem speziellen Luftwaffendienst in Nordirland waren es mehr noch als die Blutsbande, die den Ausschlag für seine Wahl als Anführer des Angriffs auf die Lodge gegeben hatten. Sechs Rekruten, erfahrene Männer plus dem Captain, einer für jeden Feind, bewaffnet mit den kurzen SA-80-Gewehren, Rauchbomben und Donnerblitzen. Mit geschwärzten Gesichtern hatten sie sich der Lodge von der entferntesten Seite her genähert, und ihre Tarnung vor den in Rauch gehüllten Bäumen war mehr als wirkungsvoll.

Sie waren bis auf zwanzig Meter herangekommen, und jeder Fußtritt sandte verräterische Geräusche von Piniennadeln den steilen Hang hinunter. Sie warteten hinter den geborstenen Baumstämmen der Pinien, bis sie erfuhren, daß die drei Wachposten an den oberen Fenstern entfernt worden waren – ohne einen einzigen Fluch, wie sich hinterher herausstellte, so sehr waren sie durch das Feuer abgelenkt. Ihre Aufgabe konnte nur noch schwieriger werden. Mit einem letzten Blick auf die geschlossenen Fensterläden und voller Angst, ein spähendes Auge und ärgerliche Schreie hinter sich zu haben, waren Darwin und seine Männer hinter den Pinien ausgeschwärmt und das letzte Stück des Hügels bis zur Küchenmauer hinuntergestolpert. Kein Schrei, kein Alarmruf, kein Schußgeräusch – nichts als das Donnern der Rotorblätter, das selbst an der abgewandten Seite des Gebäudes so klang, als stünden sie in einer Lawine.

Darwin rannte zum Fenster und preßte sich mit dem Rücken flach an die Wand. Er spürte, wie ihm der Schweiß das Rückgrat entlangrann. Das war der schlimmste Moment, wenn alles anfing, der Punkt ohne Umkehr in der Operation, wenn dein Leben von den Lektionen abhängt, die aus tausend Jahren Militärgeschichte gefiltert und gelehrt wurden. Davon und von einem großen Eimer Glück. Die Zeit, wenn du die Angst hinunterschluckst und betest, daß du überlebst. Er holte tief Luft, wohl wissend, daß es sein letzter Atemzug sein könnte, und stand vor dem Fenster.

Die Küche war leer – natürlich, wer wollte zu so einem Zeitpunkt Kaffee trinken? Sein Glück hielt an, er fühlte sich schon besser. Aber sie konnten das Geräusch berstenden Glases nicht riskieren. Sie klebten ein Stück Glas ab und schnitten mit dem Glasschneider ein Loch hinein, durch das man den Riegel öffnen konnte. In weniger als dreißig Sekunden schwang der Fensterflügel auf. Nach weiteren dreißig Sekunden waren Darwin und zwei weitere drinnen, der Rest der Männer folgte rasch.

Die Küche war eng und bot keine Deckung, keinen

Platz, wo man hinlaufen oder sich verstecken konnte. Eine Todesfalle, wenn einer der Männer des Bischofs ihnen in so begrenztem Raum gegenüberträte. Sie mußten so schnell wie möglich hier raus. Aber sie waren durch, jetzt im Eßzimmer mit seinen dunklen, klobigen Möbeln. Schmutzige Teller standen auf dem Tisch, Käse- und Brotkrümel, Obst, einige leere Weinflaschen, zerknüllte Zigarettenpäckchen und auf der Anrichte zwei Maschinengewehre mit zwei Schachteln Munition. Die Augen von Makarios, dunkel und ernst in Öl gemalt, starrten auf sie herab, sonst niemand.

Im Inneren des Hauses wirkte der Lärm noch unbarmherziger, hallte von den Steinwänden, bis er in ihren Köpfen dröhnte. Mit Worten war eine Unterhaltung unmöglich, alle Befehle wurden durch ein Fingerschnippen gegeben, sie waren in den vorangegangenen Stunden genau und äußerst gewissenhaft festgelegt worden. Sie wußten, daß hinter dem Eßzimmer der zentrale Flur lag, der zur Eingangstür führte, und neben der Tür ein halb geöffneter Fensterladen, wo ein Späher stehen sollte. Er hatte den ganzen Morgen dagestanden, verdammt sollte er sein, wenn er sich in den letzten zehn Minuten bewegt hatte. Die Treppe hoch, im oberen Flur, müßte noch ein Späher stehen, der Bischof hielt sich laut Bericht im mittleren Stock im großen Schlafzimmer auf, von wo aus man das Feuer überblicken konnte. Am Ende des Flurs lag der Salon mit den vier gefesselten Geiseln und – so hofften sie – den übrigen vier Feinden. Für alle war gesorgt. Vielleicht. Jeder einen.

Der Späher, der neben der Tür stand, war der Schlüssel, der, einmal umgedreht, die Treppe öffnen und den Zugang zum Salon erlauben würde. Aber Schüsse konnten sie sich nicht leisten, kein Geräusch, das ihre Aufgabe gefährdete.

Leise öffnete sich die holzbeschlagene Tür des Eßzimmers. Darwin lächelte grimmig.

Der zum Freiheitskämpfer mutierte Theologiestudent hatte zuviel Zeit mit Theorie vergeudet, seine praktische

Schulung erwies sich als hoffnungslos unzulänglich. Während er an der Zigarette zog, lag seine Maschinenpistole ein gutes Stück entfernt auf einem Stuhl am Fenster, ein Stück, das zu überwinden er nie die Chance bekommen sollte. Ehe er sich auch nur umdrehen konnte, preßte ihm schon ein Sergeant die Spitze seines Bajonetts an die Halsschlagader und legte ihm die Hand über den Mund. Der Späher erstarrte, seine Augen füllten sich mit Angst, als die Bajonettspitze seine Haut durchstach, als er schluckte. Dann fiel er auf die Knie, als wollte er beten. Einer erledigt.

Darwin wußte, daß der Angriff auf den Salon nicht so einfach sein würde. Die Position der Geiseln war kritisch; wenn sie von ihren Bewachern ein Stück entfernt saßen, konnte ein Schußwechsel riskiert werden. Er sah durch einen Spalt in der Tür und fluchte. Einer der Wächter saß direkt neben den Geiseln und sah zum Fenster, wo Schulter an Schulter im Kampf um einen besseren Blick zwei weitere standen. Es hätten drei sein müssen.

Die männlichen Geiseln waren in einer Reihe festgebunden, ebenfalls mit Blick zum Fenster, die junge Frau saß hinter ihnen, das Gesicht zur Tür gewandt. Eine Wange war leuchtend rot, und an ihrer zerknitterten Bluse fehlten zwei Knöpfe, waren abgerissen. Dennoch schien ein Licht in ihren dunklen Augen, das noch heller wurde, als sie Darwins geschwärztes Gesicht sah. Er legte einen Finger an die Lippen; sie schloß die Augen und brachte ein kleines Lächeln zustande.

Die Gummisohlen der Stiefel erzeugten kein Geräusch auf dem Teppich. Der sitzende Bewacher wurde mit einem Schlag des Gewehrkolbens gefällt und gab nur ein leises Stöhnen von sich, als er zu Boden sank. Noch kam von den Männern am Fenster keine Reaktion, der Lärm war zu überwältigend. Zwei Soldaten stellten sich als lebende Wand zwischen die Wächter und die Geiseln, zwei weitere näherten sich dem Paar am Fenster. Läufe in ihren Rücken. Die Geiselnehmer erstarrten vor Schreck. Einer akzeptierte sein Schicksal mit erhobenen Händen und ließ die Waffe fallen, aber der andere wirbelte herum, zielbewußt, Haß in den Augen, sein Arm griff nach dem kurzen Lauf des automatischen Gewehrs. Er bekam den Kolben ins Gesicht, ein Schlag, der ihm die Nase brach und ihn blutig zurückließ, nachdem er stöhnend zu Boden gefallen war.

Mit einem kurzen Blick auf die Geiseln vergewisserte sich Darwin, daß alle am Leben waren, insbesondere Martin, der seit fast zwei Wochen gefangen war, wirkte schwach und erschöpft. Jeder Versuch, ihnen den Aufenthaltsort des Bischofs und der anderen Feinde zu entlocken, schlug fehl; sie wußten es anscheinend nicht, jede sinnvolle Unterhaltung wurde durch den Lärm zunichte gemacht.

Als Darwin den Hochkommissar befragte, weckte der plötzlich erschrockene Blick auf dem Gesicht eines seiner Männer seine Aufmerksamkeit. Er wandte sich um und sah, daß die losgebundene Frau eine der vielen kleinen Waffen aufgehoben hatte, die herumlagen, und über dem am Boden liegenden Mann mit der gebrochenen Nase stand. Sie trat ihn, um seine Aufmerksamkeit zu wecken. Er hörte auf zu stöhnen, sah auf, erkannte einen besonderen Ausdruck in ihrem Blick und streckte eine blutige, bittende Hand aus.

Elpida ließ ihn zappeln, bis sie die Furcht wie eine Klaviersaite über sein Gesicht gespannt sah. Dann schoß sie und zerschlug Dimitris Kniescheibe in einen Brei aus Haut und Knochensplittern. »Das nächstemal, du Bastard, kommst du zu mir gekrochen.«

Dimitris Körper begann zu zucken, und er versuchte verzweifelt, die Hände um sein zerschmettertes Bein zu legen, während jede Bewegung tausend Volt an Schmerz durch seinen Körper jagte. Er schrie aus vollem Halse.

Elpida reichte Darwin die Waffe, als würde sie an einem heißen Nachmittag auf dem Rasen des Präsidentenpalastes Erfrischungen austeilen. Dann ging sie, um ihren Vater zu trösten.

Der Captain spürte Übelkeit. Er hatte die Kontrolle verloren, die Spielregeln waren durchbrochen. Es war so gut wie sicher, daß der Schuß und Dimitris Schmerzensschreie von denen, die noch nicht überwältigt waren, gehört wurden. Die Geiseln waren in Sicherheit, aber die Aufgabe war noch nicht erledigt. Den Rest mußte er allein erledigen.

Als er die Treppe hochstieg, wurde sein Mund trocken, und sein Finger krampfte sich um den Abzug. Er wußte nicht, was ihn erwartete – Urquharts Beschreibung hatte sich auf das Erdgeschoß beschränkt –, und es gingen zu viele Türen von der Galerie ab, jede von ihnen könnte sich in Mündungsfeuer öffnen. Wie die O'Mara Street nahe dem Fluß in Derry, ein heruntergekommenes Terrassenhaus, in dem sich die Tapete von den Wänden löste und kein Teppich lag, an einem grauen Novembertag, als er losgeschickt worden war, um einen IRA-Verdächtigen aufzulesen. Am Ende einer kurzen Treppe hatten sich nur zwei Türen befunden, aber eine von ihnen hatte sich geöffnet, nur einen Spalt. Er hatte gezögert – war es ein unschuldiger Zivilist, vielleicht ein Kind, das aus dem Bad kam? Oder der Verdächtige im Begriff, sich zu ergeben?

Die Antwort erfolgte in Form einer 5.56mm-Kugel, die aus einer Armalite abgefeuert wurde, sauber durch sein Schlüsselbein ging und durch die Kehle des Corporals, der ihm von hinten Deckung gab. Sie landeten beide am Ende der Stufen, Darwin vor Schmerzen zusammengekrümmt, und er sah direkt in die leblosen Augen seines Kameraden. Die Witwe des Corporals hatte eine Pension erhalten, Darwin Krankentage und ein Lob und der IRA-Mörder lebenslänglich Haft, nachdem er aufgegeben hatte. Das war acht Jahre her; er konnte in weniger als zwei Jahren begnadigt und freigelassen werden. In Darwins Träumen hatten die Augen des toten Soldaten ihn noch monatelang verfolgt. Das durfte nicht noch einmal geschehen.

Alle Männer des Bischofs, mit Ausnahme des noch immer stöhnenden Dimitri, hatten die Hände auf den Rücken gebunden; er griff sich den nächsten und stieß ihn vorwärts. Die Treppe hoch. Ein Schutzschild. Absicherung.

Sie kletterten, und Darwins Sinne waren angespannt. Je weiter er sich dem Metalldach und dem Schlagen der Rotoren näherte, desto beharrlicher wurde das Hämmern in seinem Kopf. Selbst der Holzboden bebte. Ein Stück des Metalldaches war lose und begann, rhythmisch im Sog zu schlagen. Ohrenbetäubend. Wie Salven von Artilleriefeuer.

Oben links lag der Flur, dunkel und ausgestattet wie eine viktorianische Pension. Drucke, Ölgemälde, Lampenschirme mit leise zitternden Fransen, antiker Krimskrams. Und Türen, zu viele verdammte Türen.

»Sprichst du Englisch?« Darwin mußte seinem Gefangenen direkt ins Ohr schreien.

»Ich habe den Magistergrad der Universität Bristol.«

»Willst du sterben?«

Der Gefangene schüttelte den Kopf.

»Dann öffne die Türen. Ganz langsam. Und bete, daß deine Freunde dich erkennen.«

Er fesselte dem Gefangenen die Hände vor dem Bauch, und sie schlichen den Flur entlang, Darwin stieß seinen menschlichen Schild vor sich her, bis sie die erste Tür erreichten. Langsam drehte sich der Türknauf, die Tür schwang auf – und enthüllte nichts Bedrohlicheres als einen Wäscheschrank. Einen Moment fühlte Darwin sich wie ein Narr, bis er sich sagte, daß er immerhin ein Narr war, der noch atmete.

Weiter. Hinter der zweiten Tür war ein Bad, hinter der dritten ein leeres Schlafzimmer. Sein Gefühl der Dringlichkeit wuchs, er mußte sich beeilen. Darwin wischte sich den Schweiß ab, der ihm in die Augen lief.

Die nächste Tür öffnete sich nur zögernd, weil die schweißnasse Hand des Gefangenen vom Türknauf abglitt. Sie öffnete sich einen Spalt, dann etwas weiter. Vor ihnen, den Rücken zur Tür und Blick aus dem Fenster, stand der Bischof wie eine Statue, die einem lateinamerikanischen Krieger gewidmet wurde. Drei respektvolle Schritte hinter ihm, die Aufmerksamkeit ebenfalls auf das Fenster gerichtet, stand der unaufmerksame Wächter.

Sie hatten nichts gehört.

Mit steigender Zuversicht stieß Darwin seinen Schild vorwärts, ging in Deckung, indem er sich duckte. Aber als sie die Türschwelle überquerten, streckte sein Gefangener einen Fuß aus und umfing damit ein Stuhlbein, so daß der Stuhl umkippte. Der Wächter nahe dem Fenster drehte sich um, öffnete den Mund zu einem Ausruf, die Waffe erhoben. Er sah den menschlichen Schild, erkannte seinen Kumpan und schoß. Als Darwin zurückschoß, glitt der Mann aus seinen Händen, wurde schwer und sank langsam zu Boden. Darwin sah zwei blubbernde Krater in seiner Brust und konnte die Spritzer warmen Blutes auf seiner Wange fühlen.

Der Bischof hatte sich jetzt umgedreht, aufmerksam geworden, nicht durch den Lärm, sondern durch die Tatsache, daß sein Wächter, der vorher in seinem Schatten gestanden hatte, jetzt gegen die Wand unterhalb des Fensters gesunken war, das Herz durch eine Kugel zerrissen.

Theophilos sah Darwin an und betrachtete die beiden Leichen auf dem Boden mit großer Bedächtigkeit. Er suchte nach Auswegen, es gab keine. Es war unwiderruflich vorbei. Ein Abenteuer zuviel. Er zuckte die Achseln, spürte einen Mundvoll Enttäuschung und hob langsam die Hände, so daß die Ärmel seines Gewandes weit die Arme emporglitten und seine Lieblingsrolex und ein weißes Seidenhemd enthüllten. Seine Arme streckten sich als Silhouette vor dem Glanz der Sonne und des Feuers im Fenster aus und gaben ihm das Aussehen eines Gekreuzigten.

Darwin wischte sich das Blut von der Wange, wie er es damals in Derry getan hatte. Als seine Augen sich an die Helligkeit gewöhnt hatten, konnte er sehen, daß Theophilos trocken lächelte. »Ich ergebe mich«, formte der Bischof mit den Lippen – oder schrie er? Es war unmöglich zu hören.

Darwin schoß eine Kugel genau durch das Holzkreuz, das über seinem Herzen hing. Der Bischof, von den Füßen gehoben, fiel hart gegen und dann rückwärts durch das

Fenster, das zersplitterte wie ein explodierender Stern und nichts hinterließ als ein offenes, lebloses Loch. Der letzte Blick, den Darwin auf Theophilos hatte, war der Zipfel eines flatternden Gewandes, ein Paar Sandalen und zwei grellgelbe Socken.

Urquhart hatte recht gehabt. Er hatte sich bei Darwin entschuldigt, sobald er ihn über Satellit mit den Einzelheiten der Lodge vertraut gemacht hatte.

»Entschuldigen, Premierminister?«

»Ja, Captain, der Bischof wird, wenn er lebend gefaßt wird, unweigerlich vor ein zypriotisches Gericht gestellt werden. Er hat viele Freunde in Zypern. Ich vermute, daß er eher zum Präsidenten gewählt wird als verurteilt. Wir gehen mit Terroristen nicht sehr wirkungsvoll um, oder?«

»Nein, Sir.«

»Ich erinnere mich daran, als ich selbst in Zypern war und Ihren Job gemacht habe, gegen EOKA-Terroristen gekämpft habe. Damals führte Erzbischof Makarios die Terroristen an, bezahlte sie aus Kirchengeldern, gab ihnen Anweisungen. Sie haben nicht nur unsere Soldaten getötet, sondern auch viele britische Zivilisten, auch Frauen. Wir haben das gewußt, ihn sogar ins Exil geschickt. Dann haben wir ihn Präsident von Zypern werden lassen. Wir sind zu weich, Captain.«

»Ja, Sir.«

»Selbst wenn sie ihn eine Weile einsperren, würde das nichts bringen. Wie das Ei einer Schlange. Leg es weg, und die Bosheit wird nur stärker, bis sie noch gefährlicher und in neuer Form wieder ausbricht. Ich habe immer geglaubt, es gibt nur eine Art, mit einem Schlangenei umzugehen.«

»Welche, Sir?«

»Zertreten Sie es, Captain.«

Sie hatten alles an den Monitoren verfolgt. Die Schatten zwischen Wald und Küchenfenster. Den Überraschungsschlag am Laden neben der Eingangstür. Das Feuer, das immer näher rückte. Der dunkle Schatten, der durch das

Fenster im ersten Stock stürzte und wie ein Sack Kohlen fiel. Vier dankbare Geiseln, die sich das erstemal seit Tagen im Sonnenlicht freuten.

Wundersamerweise wurde das Feuer gelöscht, Zielsicherheit und Wirkung der Regenmacher verbesserten sich so schnell wie die Lage in der Lodge.

Sehr zu Urquharts heimlicher Freude war Youngblood auf Befehl seines Vorgesetzten zurückgekehrt, der darauf bestand, daß, so unerträglich die Einmischung und Unvernunft des Premierministers auch sei, dennoch ein militärischer Berater anwesend sein müsse, um Ratschläge zu erteilen oder, wenn nötig, einzugreifen. Sogar als Urquhart sich in seinem Sieg sonnte, war der Streit noch nicht vorbei.

Der militärische Rat aus den Kommandohöhen des Kabinettraums den ganzen Weg bis zu St. Aubyn vor Ort lautete, die befreiten Geiseln sofort in die Sicherheit von Akrotiri zu bringen. Aber wieder sagte Urquhart nein und bestand darauf. Dies war keine militärische Angelegenheit mehr, sondern nur noch eine politische, und die Politik verlangte, daß der Sieg gefeiert und zugunsten der legitimen Regierung des Präsidenten Nicolaou und zur Schande seiner Feinde herausgestrichen würde. Wenn man sich jetzt hinter britischem Stacheldraht verschanzte, würde das alle Vorteile für den Präsidenten zunichte machen.

Also erließ Urquhart die Anweisung, daß der erschöpfte Nicolaou und die anderen sich über Nacht in einem Hotel ausruhen sollten, und am folgenden Sonntagmorgen sollte St. Aubyn bereit sein, sie mit einem Konvoi nicht in eine britische Basis zu bringen, sondern in die Hauptstadt Nikosia, dem Sitz der Regierung. Zu den Fernsehsendern, die die Nachricht vom Sieg in der Welt verbreiten würden. Zu den symbolischen Ruinen des Präsidentenpalastes. Zur Erniedrigung aller Feinde. Und dahin, wo Elizabeths Brief sein mochte.

Um die Größe des Sieges noch strahlender zu gestalten, nahm Urquhart sich vor, sicherzustellen, daß jeder Fernsehsender und Kameramann, den seine Leute erwischen konnten, dorthin geschickt wurde, um Zeuge seines Triumphes zu sein.

Als es dunkel wurde und die letzten Spuren von Gefangenschaft und Angriff rund um die Lodge beseitigt wurden, wußte Urquhart mit einer Sicherheit, die sich wie Eis um sein Herz legte, daß etwas schiefgegangen war. Das Licht wurde trübe, die Sonne ging unter, Schatten streckten sich über das Grundstück – wie vor so vielen Jahren an der Seite jenes Berges. Urquhart betrachtete die Szene seines Triumphes auf dem Monitor, als ein Funke, wiederbelebt durch die Liebkosung der kühlen Abendbrise, sich in getrockneten Piniennadeln festsetzte und wieder zum Leben erwachte. Während er zusah und sich erinnerte, ging der Baum in alles verzehrende Flammen auf.

Der Kreis hatte sich geschlossen. Ein Lebenskreis war abgeschlossen, zu Ende. Außerhalb der Szene sah Urquhart die verkrümmten, anklagenden Finger von George und Eurypides direkt auf sich deuten.

Sieg. Er war das Hauptthema in den Samstagabendnachrichten gewesen, auch wenn es bislang noch keine neuen Bilder gab, um die Geschichte zu illustrieren.

»Ich habe darum gebeten, nicht in das formale Kriegskabinett aufgenommen zu werden. Die Leute hätten angefangen zu spekulieren, daß ich für die Nachfolge aufgestellt worden bin – Sie wissen schon, der jüngste Innenminister seit Churchill. Wir sind im Wahlkampf, nicht im Rennen um die Führung. Also habe ich abgelehnt. Aber natürlich hat Francis sich die ganze Zeit mit mir beraten.«

Booza-Pitt schickte ein bescheidenes, zielsicheres, ehrgeiziges Lächeln über den Tisch, das sagte: Ich-weiß-du-willst-mich-überall-berühren-mit-diesen-schönen-Lippen-aber-ich-bin-wirklich-sehr-wichtig-und-erst-kommt-das-Geschäft. Seine Gefährtin beim Abendessen gurrte herausfordernd. Nach Jahren der Pein hatte sie sich vor weniger als zwei Monaten von ihrem parlamentarischen Ehemann getrennt, dessen Leidenschaft für Lobbys, die bis spät in die Nacht dauerten, für Wochenendsprechstunden, Telefongespräche und endlose Stapel von Wählerbriefen so absolut selbstlos war wie für sie langweilig. Sie wußte, daß es Narretei war, sich von Booza-Pitt flachlegen zu lassen, aber es war so lange her, und es könnte Spaß machen, insbesondere, wenn er beim Sex soviel brachte wie beim Anmachen. Sie war vorher noch nie bis zu einem Staatsminister gekommen, geschweige denn bis zu einem Innenminister. Das war sie sich schuldig.

»Wirklich?« fragte sie und überlegte, ob seine Leistung so aufgebläht sein würde wie sein Ego.

»Gerade jetzt ist es recht trickreich – ich kann nicht in die Details gehen, das verstehen Sie sicher, aber ich habe dazu geraten, daß wir so schnell wie möglich da reingehen sollten. Die Geiseln rausholen und diesen verdammten Zyprioten eine Lektion erteilen.«

»Eine tüchtige Tracht Prügel.«

»Ja, in der Art.«

»Sie sind wunderbar, Geoffrey.« Sie flatterte heftig mit den Augenlidern, er lächelte und beglückwünschte sich heimlich – er war so wenig subtil, daß er in den Zoo gehörte. Sie hoffte.

»Es ist Streß«, gab er zu und runzelte die dichten Brauen. »Manchmal sehr einsam.«

Jetzt kam es. Er war in etwa so schwer zu lesen wie ein Steuerbescheid.

»Wissen Sie, was mir gefallen würde?« fuhr er fort und sah sie über ein Weinglas hinweg an, das im Kerzenlicht seltsame Muster auf seine Stirn malte.

»Premierminister zu werden?«

»Gegenwärtig habe ich keine Ziele außer …«, begann er die Litanei.

Sie griff über den Tisch und legte ihm eine Fingerspitze an die Lippen, um sich das zu ersparen. Ein Jammer, hoffentlich war er gut im Bett, er hatte keine anderen beeindruckenden Züge. Aber das würde wenigstens die Komplikationen einer langen Affäre vermeiden.

»Erzählen Sie mir alle Ihre Geheimnisse, Geoffrey. Bei mir sind sie gut aufgehoben.«

»Wirklich? Stimmt das?«

»Ja. Sagen Sie mir – nicht, wenn es wirklich ein Staatsgeheimnis ist, aber – sind Sie Jungfrau?«

»Ich wünschte, du wärest hier und würdest mit uns frühstücken, Mammi.«

Es war die eine Mahlzeit, bei der Claire darauf bestanden hatte, sie mit den Kindern einzunehmen, ehe die Politik sie den Rest des Tages davonzerrte. Es klappte nicht immer, nicht einmal an einem Sonntag. »Ich weiß, Liebling, aber du weißt doch noch vom letzten Mal, wie Wahlkampf ist.«

»Wo bist du?«

»Irgendwo in den Midlands, um ehrlich zu sein, weiß

ich nicht genau, wo. Gestern nachmittag hat mich ein Auto vom Zug abgeholt, und der Rest ist verschwommen. Aber heute abend bin ich zurück. Wenn ihr schon im Bett seid.«

»Ich habe keine kleinen Bomben mehr für meinen Asthma-Inhalator.«

»Die blauen oder die braunen?«

»Die blauen.«

»Ich finde irgendwo eine Apotheke, die geöffnet hat.« Claire machte sich hastig eine Notiz auf den Rand des *Sunday Express* neben der fetten Schlagzeile, die lautete: **F.U.s-Falklands**. »Ich bringe dir welche mit. Ich hoffe, daß du und Abby die Kleider tragt, die ich euch rausgelegt habe.«

Diana ging über die Frage hinweg. Sie beschäftigte etwas anderes.

»Mammi?«

»Ja, Liebling?«

»Was ist Krieg?«

»Was meinst du?«

»Wir kämpfen mit Zypern, nicht? Warum?«

»Nicht gegen ganz Zypern, Liebling. Nur gegen ein paar böse Männer.«

»Und all die Frauen mit den Babywippen.«

»Nicht wirklich.«

»Aber Mr. Urquhart hat den Bischof getötet, nicht?«

»Nein, nicht Mr. Urquhart selbst.« Obwohl etwas in der Naivität ihrer Tochter bei Claire ein Glöckchen läuten ließ.

»Aber warum?« beharrte Diana und mümmelte weiter an ihrem Weizenmehltoast.

Claire zögerte. Die Morgenzeitungen waren bis zum Bersten voll gewesen mit Beifall für den Erfolg im Troödos. Selbst die, die nicht Anhänger der Regierung waren, konnten sich reichliche Anspielungen auf ›Francis' Füseliere‹ nicht verkneifen. Einige der seriöseren Zeitungen brachten Berichte über Uneinigkeiten mit den militärischen Beratern und über das ungewöhnliche und vielleicht unangemessene Vorgehen des Premierministers, der alles alleine in die Hand genommen hätte, und daß das

Militär angesichts des Erfolges seinen verletzten Stolz herunterspiele. Der Sieg gab ihm recht.

Warum war Claire dann so wenig begeistert?

»Das erkläre ich dir alles später, Liebling. Vergiß nicht, dir die Zähne zu putzen.«

»Ich hab' dich im Sack!«

Mit einem frohlockenden Schnappen und einem Klicken seiner Fernbedienung wischte Urquhart den Oppositionsführer von seinem Sonntagmorgen-Bildschirm.

Dick Clarence hatte zwanzig Minuten während des Frühstücksfernsehens hart darum gekämpft, sein Schicksal zu vermeiden, aber ständiges Nachfragen hatte sein Sprachvermögen erschöpft und jede Verteidigungsposition überrannt, die seine Berater vorbereitet hatten, bis er gezwungen war zu kapitulieren. Am Ende hatte er keine andere Wahl gehabt, als es zuzugeben. Ja, Francis Urquhart hatte das Richtige getan.

»Nicht lange für diese Welt, vermute ich, junger Dick«, murmelte Urquhart zu Elizabeth. Das Schicksal war ein strenger Richter für einen Oppositionsführer, der nur zehn Tage vor der Wahl die Fähigkeit zur Opposition verloren hatte.

An der anderen Seite des Frühstückstisches sah Elizabeth von ihrer Zeitung auf. »Die Presse ist auch schon zu diesem Schluß gekommen.« Sie reichte ihm drei Leitartikel herüber, sorgfältig gefaltet und unterstrichen, die die Wahl schon als entschieden bekanntgaben.

Er reihte sie neben seinem Lapsang auf, legte sie dann auf eine Seite und schüttelte den Kopf. »Sie überstürzen ihr Urteil. Clarence ist tot, weil er insgesamt nutzlos ist. Aber es gibt noch Opposition.«

»Makepeace?«

»Wer sonst?«

»Ein Mann ohne Partei.«

»Aber mit einer Armee.«

»Einer Armee unter Beschuß, Sir.« Es war Corder, der in

seiner ruhigen Art in der Tür stand, woran sie sich in den Jahren gewöhnt hatten. Elizabeth zog nicht einmal ihren Morgenrock zusammen.

»Sie haben Neuigkeiten von der Front, Corder?«

»Ja, Sir. Mr. Makepeace könnte ein Kampf bevorstehen. Laut Nachrichten von letzter Nacht haben sich verschiedene extremistische britische Nationalisten organisiert. Sie wollen einen kleinen Empfang vorbereiten, wenn er heute abend Birmingham erreicht. Sie wollen ihm das antun, was Sie mit dem Bischof gemacht haben.«

»Wie unglücklich«, kommentierte Elizabeth mit so viel Anteilnahme, als würde sie Strümpfe aussuchen.

»Was sollen wir tun, Corder?«

»Das hängt davon ab, ob Sie einen Aufruhr auf den Straßen Birminghams haben wollen.«

»Gewalt ist sicher?«

»Könnte sein. Wenn Sie das wünschen, Premierminister?«

»Ich denke nicht, Corder. Zu viele Unsicherheiten. Solche Dinge können aus dem Ruder laufen und ihn zum Märtyrer machen. Nein, wieviel besser wäre es doch, wenn die drohenden Unruhen dazu dienen könnten, daß Mr. Makepeace seinen Marsch abbrechen müßte.«

»Glaubst du, das würde er tun?« warf Elizabeth skeptisch ein.

»Ich bezweifele es. Das würde das Ende für ihn bedeuten. Wir können appellieren, bitten, fordern, aber ich denke nicht, daß er darauf hören würde.«

»Also?«

»Also müssen wir den Chef-Konstabler dazu bringen, Makepeace zu befehlen, den Marsch als Gefährdung der öffentlichen Ordnung abzubrechen, nicht wahr, Mr. Corder?«

»Nach meiner Erfahrung, Sir, hören Chef-Konstabler nicht immer zu …«

»Er steht für eine Ritterschaft an, er wird ganz Ohr sein.«

»… und auch ihnen wird in solchen Dingen nicht immer zugehört.«

»Aber wäre das nicht wunderbar?« Urquhart breitete die Hände vor sich aus, als stünde er einem Gast gegenüber. »Makepeace. Schon als Freund der Terroristen gebrandmarkt. Jetzt fordert er Recht und Ordnung in unserem Land heraus. Die Gefahr von Unruhen würde ihm so sehr wie anderen angelastet werden. Vom Märtyrer zum öffentlichen Ärgernis. Wir werden ihn verhaften müssen.« Er klatschte, dann ließ er die Hände sinken. »Mit großem Widerstreben und nach vielen Warnungen, natürlich.«

»Gesetz der öffentlichen Ordnung von 1986, Sir. Abschnitt dreizehn, glaube ich. Drei Monate und eine Geldstrafe.«

»Genau, Corder. Geht das?«

Corder nickte.

»Und dann können wir alle losen Enden verknoten.«

»Außer einem, Mr. Urquhart.«

Corder umklammerte die rote Akte. Sie schien dicker als beim letzten Mal.

»Passolides.«

»Ja, Sir. Wir haben ihn im Auge behalten. Doch er ist nicht nur ein armer alter Irrer, wie es scheint. Sieht so aus, als führe er eine Waffe mit sich, hat damit rumgefuchtelt. Und eine Vergangenheit als EOKA-Aktivist.«

Er stand neben dem brennenden Baum und versengte sich, als wäre eine Ofentür vor ihm geöffnet worden.

»Wir sollten ihn festnehmen. Aber ich wollte das erst mit Ihnen absprechen.«

Die Stimmen waren wieder da, warnten, gaben Anweisungen, stritten und verwirrten ihn. Es verging einige Zeit, bis Urquhart den Schutt in seinem Kopf beiseiteschieben und sprechen konnte.

»Wo ist er jetzt?«

»Vergräbt sich in seinem Heim. Dem ohne Fenster.«

»Gut. Dann lassen Sie ihn dort bleiben. Jemand, der Makepeace so nahesteht, bewaffnet, Blut an den Händen. Britisches Blut. Das kann uns mal sehr nützlich sein.«

»Sogar alte Männer haben einen Nutzen, Sir.«

»So könnte man sagen, Corder ...«

Claire hastete durch die Schwingtüren des lokalen Radiosenders, schon etwas zu spät für ihr Interview, und murmelte etwas über gesichtslose Parteioffizielle und deren Wahlkampftermine. Eine Frau brauchte morgens etwas mehr Vorbereitungszeit als ein faltiger Kabinettskollege, der keine Haare mehr hatte und denselben Nadelstreifenanzug trug, den seine Frau ihm vor zwanzig Jahren gekauft hatte. Wie auch immer, sie hatte drei Apotheken vergeblich aufgesucht, ehe sie eine fand, die geöffnet und Dianas Medikament vorrätig hatte.

»Ich bin Claire Carlson«, erklärte sie dem jungen und ungekämmten Mann am Empfang.

Er sah nicht auf, um sein Studium der Sportseiten nicht unterbrechen zu müssen. »Nachricht für Sie«, murmelte er durch einen Mund voller Kaugummi und wedelte mit einem Stück Papier in ihre Richtung. »Sie sollen diese Nummer anrufen. Er sagte, es sei dringend.«

Da stand kein Name, sie kannte die Nummer nicht, aber es war ein Anschluß in Whitehall. »Darf ich das Telefon benutzen?«

Er sah sie an, jetzt weniger widerstrebend, seine Aufmerksamkeit richtete sich nun auf die Figur hinter dem Namen. Er schenkte ihr ein verlegenes Lächeln, ehe er langsam nickte.

Sie wählte. Es war Corder.

»Ist die Verbindung sicher?« fragte er.

Der Mann am Empfang musterte sie unterdessen mit schlecht verhohlener Lust, ungewaschene Augen suchten sich den Weg zu ihrer Brust.

»Wenn Sie meinen, ob uns jemand zuhört«, erwiderte Claire und erwiderte den Blick, »dann keine intelligente Lebensform.«

Der Mann blies trotzig eine riesige Kaugummiblase, sie und sein Selbstvertrauen platzten in rosa Tropfen auf seinem Kinn. Mit einem letzten dumpfen Blick zog er sich hinter seine Zeitung zurück.

Es herrschte kurz Schweigen am Telefon, als Corder ihre kryptische Bemerkung zu verstehen versuchte. Ironie war nicht seine starke Seite. »Ihr freundlicher Fahrer«, fuhr er vorsichtig fort, »hat er heute Dienst?«

»Nein«, erwiderte sie. In der letzten Woche hatte der Fahrer seine Zeit damit verbracht, Sekretärinnen, Briefe und Sachen aus der Reinigung zwischen London und der Marschroute hin und her zu fahren, und er hatte deshalb wenig neue Indiskretionen anzubieten. Claire war erleichtert gewesen.

Jetzt fühlte sie sich schmutzig. Corder wußte es. Ihr Geheimnis verbreitete sich, wie auch ihre Reue. Am Anfang hatte sie es nur als kleines Übel betrachtet, aber sie konnte sich nicht länger vor der Tatsache verstecken, daß es ein Fehler gewesen war. Der Verrat an einem Freund, der ihr noch immer etwas bedeutete. Sie hatte sich erniedrigt, sich gehenlassen. Wie Urquhart gehandelt.

Wieder starrte der Mann am Empfang verstohlen, sie wandte ihm den Rücken zu, nicht mehr in der Lage, seinem Blick zu begegnen.

»Nein, der Fahrer ist nicht im Dienst«, murmelte sie und fühlte sich wie ein Gefangener auf der Anklagebank, der bekennen soll. Nicht schuldig, wollte sie sagen. Aber wen wollte sie damit täuschen?

»Gut«, schnappte Corder.

»Warum fragen Sie?« wollte sie gerade fragen, aber es war schon zu spät. Corder hatte aufgelegt.

Makepeace stand auf den altersschwachen Stufen der Pfarrtreppe von St. Josephs in Cannock, etwa fünfzehn Meilen nördlich der Stadtmitte von Birmingham, hatte an der Morgenkommunion teilgenommen und den Segen des Pfarrers empfangen. Er war ein überzeugter, aber undogmatischer Christ, nicht blind gegen die Vorteile, die es einem Politiker brachte, gelegentliche Anflüge von Frömmigkeit zu zeigen. Viele christliche Gruppen hatten sich ihm angeschlossen, die sich neben einem großen ›Marsch für den Frieden‹-Banner versammelt hatten, das um den Glockenturm der Kirche drapiert war. Doch auch viele andere, insbesondere zwei neue Ausprägungen von Anhängerschaft, hatten sich an diesem Morgen eingefunden, deren Motive weniger vergeistigt waren. Zum erstenmal zeigten sich Anhänger und verpflichtete Mitglieder von Dick Clarences Partei offen zwischen dem Kaleidoskop von Plakaten und Bannern in der Gruppe. Sie sahen Clarence, wie Urquhart, die meisten Redakteure und viele andere auch, bereits als hoffnungslosen Fall an und hatten ihn abgeschrieben. Sie hatten sich nun dem einzigen Banner der Herausforderung zugewandt, das sie finden konnten. Thomas Makepeace.

Das zweite neue Element war noch bemerkenswerter, sehr laut, trotz ihrer geringen Zahl. In Landesflaggen gekleidet und tätowiert, die kahlgeschorenen Köpfe wie Sturmrammen über gemeinen Augen und stumpfen Nasen, von Fotografen umgeben und hinter die von den örtlichen Konstablern hastig errichteten Absperrungen verbannt, trafen die Skinheads ein, mit ihren traditionellen Waffen der Obszönität, Spucke und Beleidigungen ausgestattet. Es war noch früh am Morgen, und ihre Begeisterung für die vor ihnen liegende Aufgabe hatte sich noch nicht ganz erwärmt, aber sie stellten die pöbelnde Vorhut für das dar, was später am Tag die Gestalt nationalistischer Unruhen annehmen würde.

»Der Abschaum erhebt sich«, murmelte Maria.

»Das sind noch nicht alle. Es ist zu früh für sie.«

»Urquharts Anhänger kommen in seltsamer und ungewaschener Gestalt. Ich nehme an, wir sollten das als Erfolg werten.«

»Lieber nicht. Diese Typen beunruhigen mich, wo so viele Familien mit Kindern hier sind.«

»Keine Sorge«, beruhigte sie ihn, »die Polizei wird sich darum kümmern.«

Im Troödos-Gebirge ging es viel langsamer zu, selbst wenn man die zwei Stunden Zeitverschiebung berücksichtigte. Am Spätnachmittag des Vortages hatte Lieutenant Colonel St. Aubyn den obersten Stock des Pine Crest Hotels, das ein paar Kilometer von der Lodge entfernt lag, beschlagnahmt; es hatte dem Manager einen leichten Bluthochdruck beschert, und ein paar Minuten lang hatte er überlegt, sich zu widersetzen. Aber er war Deutscher mit unregelmäßiger Arbeitserlaubnis, der kein Interesse daran hatte, sich mit dem Präsidenten von Zypern anzulegen, und der nicht genug verdiente, um dasselbe mit mehreren Dutzend gut bewaffneter Soldaten zu tun. Es hatte eine Stunde Hin- und Hergeschiebe gegeben – auch Ärger, denn Gäste reagierten mit Beleidigungen, als sie entdeckten, daß es ihnen nicht erlaubt war, einen Fuß vor das Hotel zu setzen, bis nicht die Gesellschaft des Präsidenten am nächsten Morgen das Hotel verlassen hatte. Aber Elpida war beim Abendessen zu jedem Tisch im Hotelrestaurant gegangen und hatte sich bedankt, erklärt, um Verständnis gebeten. Die haarsträubenden Einzelheiten ihrer Geschichte und die Schramme auf ihrer Wange hatten viel dazu beigetragen, die Stimmung zu verbessern, unterstützt durch die Ankündigung, daß das Finanzministerium die Rechnungen der ganzen Woche übernehmen würde.

Doch vom Präsidenten gab es kein Zeichen. Die Erschöpfung hatte ihn überwältigt. Nachdem er mit einigen seiner Minister telefoniert und ihnen versichert hatte, daß er am nächsten Tag zurückkommen würde, hatte er bis zehn Uhr am nächsten Morgen geschlafen. Panayotis hatte darauf bestanden, die ganze Nacht vor seinem Zimmer Wache zu halten. Niemand hatte versucht, den Präsidenten zu wecken, das hätte wenig Sinn gemacht. Es dauerte nur ein paar Stunden, um nach Nikosia zu fahren.

Als er am nächsten Morgen aufstand, war der Tau getrocknet, und die Grillen und Mauerschwalben hatten ihr Konzert begonnen. Es war ein schöner, honigfarbener Flecken, von Kirschbäumen umgeben und mit freiem Blick in das Tal, so unterschiedlich von der baumbewachsenen Schlucht, in der die Lodge stand. Nicolaou versuchte, wie seine Tochter herumzugehen und sich zu bedanken, aber die Folgen seines Abenteuers waren ihm noch deutlich an der müden Haltung und den grauen Schatten unter den Augen anzumerken. Er war sichtlich gealtert, klammerte sich an Elpidas Arm, als hätte er Angst, jemand anderer würde sie ihm wegnehmen.

St. Aubyn wurde ungeduldig. Es würde Mittag werden, ehe sie aufbrechen könnten, sie müßten in der größten Hitze reisen, und der Präsident, schon geschwächt, konnte keine weiteren Anstrengungen brauchen.

»Machen Sie sich meinetwegen keine Sorgen, Colonel«, versuchte Nicolaou ihn zu beruhigen. »Ich bin Zypriot und an ein bißchen Hitze gewöhnt.«

Der Lieutenant Colonel fügte sich sich dem Politiker, was der Befehl des Tages zu sein schien. Er war weniger von der Anweisung beeindruckt gewesen, sich nach Nikosia zu bewegen, als seine militärischen Vorgesetzten; die Hauptstadt war ein Kaninchenbau voller Intrigen, wo sowohl die Straßen als auch die Zungen gespalten waren und eine Verwirrung schafften, die dem geradlinigen militärischen Geist zuwiderlief. Aber wie der Vize-Luftwaffenmarschall ihn ermahnt hatte: Soldaten haben keine Wahl.

Die Sonne hatte den Zenit schon überschritten, aber das Thermometer stieg noch weiter, als sie endlich aufbrachen, Viertonner vor und hinter sich, Landrover in der Mitte, in denen achtundvierzig britische Soldaten und die vier befreiten Geiseln saßen. Sie hatten lange und erbittert darüber diskutiert, ob weitere Truppen von Episkopi heraufgeschickt werden sollten, hatten sich dann aber dagegen entschieden. Das sollte eine Siegesparade sein, keine neue Invasion.

Darwin und seine Leute sowie die Funker waren zurück in die Militärbasis geschickt worden, vom Präsidenten reichlich mit Dank überschüttet.

»Sie müssen kommen und uns in Nikosia besuchen, Captain. Genießen Sie ein bißchen unserer Gastfreundschaft.«

»Und vielleicht ein oder zwei Orden?« fügte Elpida boshaft hinzu.

»Es war mir eine Ehre, Sir – Miss.«

Der Captain salutierte zackig, aber der Präsident wurde zu sehr von seinen Emotionen überwältigt, um die militärische Etikette zu beachten. Er warf seinem Retter in der Art des Orientalen, der einem geliebten Bruder auf Wiedersehen sagt, die Arme um den Hals und küßte ihn auf beide Wangen.

»Passen Sie gut auf sich auf«, murmelte Darwin und errötete.

»Keine Sorge, mein lieber Captain Darwin. Das Schlimmste ist überstanden. Nach allem, was Sie jetzt geschafft haben, ist der Rest einfach.«

Es war wenig von Sonntagsstimmung zu merken. Makepeace hätte bei dreitausend Leuten, die mit ihm marschierten, und mindestens zehntausend, die ihn in der City von Birmingham erwarteten, zufrieden sein können, aber den ganzen Tag lang waren Skinheads neben ihnen hin- und hergefahren, hatten gehupt und Tröten geblasen, Flaggen geschwenkt, sich weit aus den Autos gelehnt und mit geballten Fäusten gedroht, ausgespuckt, einander angestachelt, bevorstehenden Ärger angekündigt. Einige Mitmarschierer hatten versucht einzugreifen und um Mäßigung gebeten, aber am Vormittag hatten sich leere Bierflaschen und andere Arten des Mülls zu den Obszönitäten gesellt, die in ihre Richtung geworfen wurden. Ein Folktänzer war bereits zu Boden geschlagen worden, und einige Marschierer mit kleinen Kindern hatten schon aufgegeben.

Makepeace hatte wiederholt an die Polizei appelliert, einzugreifen und die Störungen zu unterbinden, aber die Zahl der diensthabenden Polizisten war klein und völlig unzureichend, um mit den Aufwieglern fertig zu werden. Deshalb war er erleichtert, als er in einiger Entfernung eine Ansammlung von Polizeiautos entdeckte, orangefarbene Blinklichter auf Weiß, um die eine Gruppe Polizisten herumstand, deren Treiben nahelegte, daß sie im Dienst waren. Einer ging zielstrebig auf ihn zu.

»Chief Inspector Harding, Sir.« Der Beamte stellte sich mit einem höflichen Gruß vor. Makepeace zeigte keinerlei Absicht, anzuhalten oder langsamer zu werden, und zwang den Polizisten, neben ihm herzugehen.

»Willkommen, Chief Inspector. Ich bin entzückt, Sie zu sehen.« Er reichte ihm die Hand. »Diese Halbstarken machen eine Menge Lärm, sie provozieren Ärger.«

»Ich fürchte sehr, daß Sie recht haben, Sir. Wir haben Informationen, daß sich ein Gegenmarsch formiert mit dem Ziel, Ihnen im Stadtzentrum entgegenzutreten. Viele hundert Skinheads, Typ britische Nationalisten, Neonazis, einzelne Verrückte. Die, die Sie bisher gesehen haben, sind nur die Vorposten. Alle Anzeichen für einen häßlichen Gewaltakt.«

Ein Auto fuhr hupend vorbei und entfernte sich von den parkenden Polizeiautos. Ein Paar tätowierter Hinterbacken sah aus dem Fenster.

»Verflucht sollen sie sein«, schnappte Makepeace. »Das hier ist eine Friedensdemonstration, ein Familienereignis, nicht ein Anlaß für Chaos. Was wollen Sie dagegen unternehmen?«

»Das ist schwierig, Mr. Makepeace.«

»Wringen Sie nicht nur die Hände, Sie müssen etwas tun.«

»Meine Anweisungen lauten, es zu stoppen, Sir.«

»Ausgezeichnet.«

»Ich glaube, Sie verstehen nicht. Meine Anweisungen lauten, alles zu stoppen. Den Marsch der Skinheads. Und Ihren Marsch, Sir.«

»Sie scherzen.« Makepeace hielt abrupt an. Nervös und ärgerlich bedeutete er denen hinter sich, weiterzumarschieren. Die Marschierer gingen an ihnen vorbei.

Der Polizist blieb standhaft. »Wenn beide Märsche aufeinandertreffen, gibt es Gewalt und Störung der öffentlichen Ordnung.«

»Dann stoppen Sie deren Marsch. Meiner ist friedlich.«

»Zum Glück – manchmal frage ich mich, zu welchem – leben wir in einer Demokratie. Sie sind vielleicht Pflastersteinwerfer, aber auch sie haben eine Stimme und das Recht zu demonstrieren.«

»Den ungewaschenen Arsch aus dem Autofenster zu strecken ist demonstrieren? Demonstration von was?«

»Sie haben Anspruch auf eine politische Meinung, Sir.«

»Das ist ein schlechter Scherz, Mr. Harding. Holen Sie sie einfach von der Straße, um Himmels willen.«

»Wenn, dann muß ich beide Märsche stoppen.«

Makepeace wurde durch die Dickköpfigkeit des anderen zunehmend irritiert. Brüsk nahm er seinen Lauf wieder auf, von seinen Mitläufern fortgezogen, aber jetzt fand er sich von vier uniformierten Polizisten begleitet, die sich ihrem Vorgesetzten angeschlossen hatten.

»Das ist reinste Erpressung, Chief Inspector.«

»Das ist Schutz des Friedens.«

»Ich bin der, der den Frieden schützen will. Deshalb trete ich für das Parlament ein.«

»Und organisieren einen Marsch dieser Größe, der in sich eine Gefährdung der öffentlichen Ordnung darstellt, inklusive Anarchisten, militante Tierschützer, eine Gruppe extremer Umweltschützer, die sich selbst ›Eine Welt Soldaten‹ nennen, die Anti-Nazi-Liga, ein paar ...«

»Die bei weitem überwiegende Mehrheit hier sind friedliebende Familien. Ich kann nicht jeden kontrollieren, der hinterhertrottet.«

»Genau.«

»Gerechtigkeit kann nicht so blind sein. Sie schieben das vor, nicht wahr, Chief Inspector?«

Aber Harding wollte nicht weiter diskutieren, nicht, solange er in einem See von Makepeace-Anhängern schwamm. Sein Hirn verschloß sich hinter dem passenden Kriminalgesetz.

»Sir, laut Absatz zwölf des Gesetzes zur öffentlichen Ordnung von 1986 habe ich Grund zu der Annahme, daß diese öffentliche Prozession mit ernster Störung der öffentlichen Ordnung endet, ernster Beschädigung von Eigentum oder Gefährdung von Menschenleben, und deshalb weise ich Sie kraft meiner Autorität durch dieses Gesetz an, diese Prozession zu stoppen und Ihre Anhänger zu entlassen.«

»Niemals.«

Der Beamte wippte in einiger Aufregung auf den Spitzen seiner auf Hochglanz polierten Schuhe auf und ab. »Mr. Makepeace, ich muß Sie warnen, daß der Verstoß gegen gesetzesmäßige Anweisungen eines Polizeioffiziers einen Gesetzesverstoß darstellt und Sie der Bestrafung aussetzt.«

»Hau ab, du blöder Hund!«

Die Straße aus dem Troödos war verschlungen und verknotet, auf dem der Konvoi zwischen den Pinien nur langsam und beschwerlich vorankam. Ihre Viertonner waren nicht dazu gebaut, die Kurven mit hoher Geschwindigkeit zu nehmen. Die Luft über dem Asphalt kochte und erzeugte kleine Staubsäulen, die die Sicht erschwerten und die Zunge verklebten. Von rechts leuchtete die alte Amiandos-Asbestmine grau herüber, als wäre sie von der erdabgewandten Seite des Mondes gefallen, eine staubige Landschaft, die Pickel und Bulldozer zerstört hatten. Angeekelt leckte St. Aubyn sich die trockenen Lippen.

Auf der anderen Seite kamen sie an einem kleinen Steinmonument vorbei, das an freundlichere Zeiten im Troödos erinnerte, ein Trinkbrunnen, aus dem das kühle Wasser einer nahen Quelle tröpfelte. St. Aubyn las die Inschrift: ›Errichtet zur Erinnerung an den Bau der Nikosia-Troödos-Straße – VRI 1900. Victoria Regina Imperatix‹. Hundert Jahre her, und noch immer waren die Briten hier. Oder mischten sich ein. Er ignorierte die verblaßte griechische Graffiti.

Hinter der Kurve trafen sie auf ihren ersten ernstzunehmenden Feind, eine BBC-Fernsehcrew, die Vorhut, wie St.

Aubyn wußte, von einer gewaltigen Medieninvasion. Sie schwenkten die Arme und baten um Hilfe. Sie standen neben der gähnenden Motorhaube ihres Wagens, von dem dicke Wasserdampfwolken aufstiegen, die Folgen eines überhasteten Mietvertrags und eines unerträglich ungeduldigen Redakteurs. St. Aubyn sah in die andere Richtung und fuhr im Galopp vorbei.

Die Straße führte weiter am Berg entlang, wand sich, senkte sich und verschwand in der Piniensenke vor ihnen. Dann sah St. Aubyn den Kahlschlag, ein von Menschenhand in den Felsen gehauenes Tal, eine wütende Wunde, deren steile Wände und nicht verheilte Risse vor Schmerzen und Erinnerung an Explosionen und mechanische Schaufeln schrien, die diese große Wunde in den Berg geschlagen und dann stümperhaft mit heißem Teer begossen hatten. Geröll polterte wie Tränen von jeder Seite hinab.

Es war feindlich, klaustrophobisch, hier wollten weder Bäume noch andere Pflanzen wachsen, es war kein Ort zum Verweilen. Dann trat irgendein Narr weiter vorne auf die Bremsen.

Makepeace war mütterlicherseits zu einem Teil Ire, ein paar Generationen tief vergraben, der an die Oberfläche eilte, wenn er sich ärgerte und Ungerechtigkeit erfuhr, seine Urteilskraft blockierte und ihn verzweifelt nach einem körperlichen Ventil für seine Wut suchen ließ. So war es auch, als er die Seiten gewechselt hatte. Er war nie ganz sicher, wo das Prinzip in den Hintergrund trat und der altmodischen keltischen Leidenschaft Platz machte, aber so war es eben – es gab ohnehin wenig Grund, Prinzip und Leidenschaft zu trennen. Jetzt war da ein lächerlicher Polizist mit Rangabzeichen am Kragen, der ihm im Weg stand und ihm sagte, er sei nicht besser als irgendein Nazi, der seinen Hintern aus dem Fenster streckte. Unsinn! Als der Chief Inspector näher kam, hob Makepeace die Hände, um ihn wegzustoßen. Oder wollte er den Mann schlagen? Schnell fiel ihm Maria in den Arm, ehe einer der Polizisten die Chance hatte einzugreifen.

»Gib ihnen keinen Grund außer einem politischen«, drängte sie.

Makepeace war stehengeblieben, und die hinter ihm begannen zu zögern, unsicher, was hier vorging. Sie scharten sich um Makepeace und die Polizisten, der Marsch wandelte sich zum Auflauf.

Harding versuchte ein breites Lächeln. »Bitte, Mr. Makepeace, niemand bedauert das mehr als ich. Wir wollen es Ihnen so einfach wie möglich machen, wir haben sogar einen Treffpunkt für Sie vorgesehen, einen Sportplatz, an dem Sie sich gerne mit Ihren Marschpartnern treffen können. Aber wenn die Drohung von Gewalt über der Stadt hängt, gibt es keine Möglichkeit, Ihnen zu erlauben, in die Innenstadt von Birmingham zu marschieren.«

Makepeace zwinkerte heftig, um den Nebel der Wut zu vertreiben und seine Gedanken zu ordnen. Maria kam ihm zuvor. »Was ist mit morgen, Chief Inspector? Und übermorgen? Und nächstes Wochenende in London?«

Harding zuckte die Schultern. »Das liegt nicht in meiner Hand, Miss. Das hängt von den örtlichen Polizeibehörden ab. Aber wenn die Gefahr von Gewaltanwendung noch immer besteht …«

»Sie wollen also einer Bande von Gangstern erlauben, meine Wahlkampagne komplett von der Straße zu wischen«, schnappte Makepeace.

»Es tut mir leid.«

»Was wollen Sie machen, wenn ich mich weigere?«

»Mr. Makepeace, ich habe Ihnen eine gesetzmäßige Anweisung erteilt, diesen Marsch zu stoppen. Wenn nicht, lassen Sie mir keine andere Wahl, als Sie zu verhaften. Keiner von uns will das. Das würde Ihrer Wahlkampagne auch nicht nützen.«

»Überlassen Sie bitte mir, das zu beurteilen.«

Aber auch andere urteilten, drängten näher, als sie begriffen, daß die Polizei um Makepeace nicht dazu da war, ihn zu beschützen. Die Stimmung schlug um.

»Ich gebe nicht vor, etwas von Politik zu verstehen, Sir, aber ich muß meine Arbeit machen. Also lassen Sie uns diesen Marsch friedlich beenden.«

»Nein, ich denke, wir wählen den anderen Weg. Verhaften Sie mich, oder gehen Sie mir aus dem Weg.« Makepeace ging weiter und versuchte, sich durch die Menge vor ihm zu schieben.

»Bitte, Sir …«

Harding griff nach ihm, Makepeace schob die Einhalt gebietende Hand weg. Harding beeilte sich, zu ihm aufzuschließen.

»Sir, Sie müssen gar nichts sagen. Aber wenn Sie jetzt nichts sagen, was später zu Ihrer Verteidigung benutzt werden kann, könnte das Gericht entscheiden …«

Der Rest ging in einem Grollen des Unmuts von verschiedenen Mitgliedern des Akropolis-Gewichthebervereins unter, die sich durch die Menge nach vorne schoben. Eltern mit ihren Kindern auf dem Arm wurden angerempelt, jemand stolperte, verwirrte Rufe erschollen auf allen Seiten, plötzlich drohte der Marsch in Chaos auszuarten. War es das, was Harding beabsichtigte? Makepeace inmitten von Ausschreitungen verhaftet, ohne einen Neonazi in Sicht? Maria warf sich zwischen Makepeace und die herannahenden Muskeln, rief Verwünschungen in Seemannsgriechisch und bedeutete ihnen, sich zurückzuziehen.

Makepeace hatte einen Polizisten an jedem Arm hängen, aber er kämpfte nicht und leistete auch keinen Widerstand. Statt dessen forderte auch er dazu auf, Ruhe zu bewahren. »Entspannt euch. Marschiert weiter«, rief er den Umstehenden zu, »ich bin zurück, sobald dieser Unsinn hier geklärt ist.«

Aber Hardings Lächeln war verschwunden. »Nein, Mr. Makepeace, ich glaube nicht, daß wir das zulassen können. Ganz und gar nicht.«

Der Einschnitt war durch eine Barrikade von acht Bussen verstellt, alte Bedford und moderne Mercedes, vier seitlich geparkt und vier quer, gegenüber einem niedrigen Wall aus Geröll und Pinienstämmen. Es gab keine Durchfahrt und, wegen der steilen Seitenwände, auch keine Umgehung. Die Busse waren leer, die Türen weit auf, Vorhänge flatterten vor zugestaubten Fenstern, aber die Stille war unmißverständlich voller Bosheit, die St. Aubyns Kehle mit Galle füllte.

»Zurück!« rief er und machte eine kreisende Handbewegung über seinem Kopf, als der Fahrer eine schnelle Kehrtwende machte und zum gegenüberliegenden Ende des Einschnitts fuhr. Die Viertonner schnauften und stöhnten wie gestrandete Wale, als sie auf dem engen Raum darum kämpften, hinterherzukommen.

Weniger als drei Minuten waren vergangen, seit sie in das Felsental gefahren waren, aber als sie zurückkamen, war die Einfahrt nicht mehr dieselbe. Auf der Straße saßen, als wären sie auf einem Picknick, zweihundert schnatternde Schulmädchen in Uniform, keine älter als fünfzehn. Eine Barriere, so unüberwindlich wie ein Fels. Der Landrover kam schlitternd in einer Staubwolke zum Stehen.

Gefangen. Und er konnte aus den Augenwinkeln noch etwas sehen. Schatten fielen auf seinen Weg. St. Aubyn sah zum Gipfel des Einschnitts hoch, der vierzig Fuß über ihm aufragte und wo die Umrisse von Männern aufragten wie ein Distelfeld. Jeder von ihnen war bewaffnet.

Dann erschienen zwei weitere Schatten vor dem klaren blauen Himmel. Männer, die nicht Waffen, sondern Fernsehkameras geschultert hatten.

Mit übelkeiterregender Klarheit wußte St. Aubyn plötzlich, daß er berühmt werden würde.

Makepeace war natürlich schon berühmt und im Begriff, in die Kategorie aufzusteigen, wo man es auch bleibt. Sobald er verhaftet worden war, war er an den Straßenrand gegangen, dem Marsch aus dem Weg, und hatte sich gegen eine Kirchenwand gelehnt. Dort, eingerahmt von einer Statue von Mutter und Kind, die auf dem Kirchhof stand, verweigerte er jede weitere Zusammenarbeit. Zumindest für die nächsten paar Minuten. Er hatte einen Übertragungswagen entdeckt, der nicht weit entfernt parkte. Er mußte ihnen etwas Zeit geben; es war wenig zu gewinnen, wenn er sich verhaften ließ, ohne daß das Drama zur besten Sendezeit gezeigt wurde.

Maria war neben ihm und forderte die Marschierenden auf, weiterzugehen, während Makepeace sich weigerte, sich zu rühren, die Arme verschränkte und dickköpfig den Blick und die Befehle des belagerten Harding ignorierte. Aber dann war alles bereit, das Mikrofon schoß vorwärts, das rote Auge glühte auf der Fernsehkamera.

Langsam, wie im Gebet, faltete er die Hände und hielt sie ein Stück vor seinen Körper. Noch einmal wurde er gebeten, sich nicht zu weigern, wieder lehnte er ab und schüttelte den Kopf. Er streckte die Hände weiterhin aus, die Augen fast geschlossen. Sie ergriffen seinen Arm, er schüttelte sie ab. Er ging nirgendwohin. Widerstrebend erteilte der Chief Inspector den Befehl, und ein Paar Handschellen schloß sich um seine Handgelenke.

Als er die Augen öffnete, leuchteten sie lebhaft und intensiv. Makepeace hielt seine gefesselten Hände hoch wie ein Soldat, der im Kampf triumphiert hat, und schwenkte sie, damit alle sie sahen.

»Die Ketten eines Engländers!« rief er.

Auch Maria streckte ihre Hände aus. Dann noch einer. Und noch einer. Überall baten Marschierende, verlangten es fast, verhaftet zu werden. Der verwirrte Konstabler sah den Chief Inspector an, um weitere Anweisungen entgegenzunehmen. Zur Hölle, er konnte es nicht zu einem Massaker an den Unschuldigen werden lassen. Makepeace mußte genügen. Er zupfte nervös an den Ärmeln seines Hemdes und schüttelte den Kopf.

Und erst dann gestattete Makepeace, daß er abgeführt wurde.

Die Menschen marschierten weiter. Immer, wenn ein Polizist sich näherte, streckten sie ihre Hände aus, Priester, Mütter mit Babys im Arm, Kinder, sogar welche in Rollstühlen. Und immer wandte der Polizist sich ab.

Zwei Themen bewegten die Fernsehredakteure an diesem Abend.

Das eine war, wie, zum Teufel, sie die politische Ausgewogenheit ihrer Programme erreichen sollten, um sicherzustellen, daß während des Wahlkampfes alle Parteien zu ihrem Recht kamen und sie Anklagen der Parteilichkeit vermieden. Am Ende sagten die meisten, zur Hölle mit der Alternative Clarence, der Großmütter an der Küste von Skegness hätschelte. Ihnen war die unwiderstehliche Kombination von harten Geschichten und ergreifenden Bildern zugegangen. TV-Nachrichten, wie man sie sich besser nicht wünschen konnte.

Das zweite war schwieriger, zu entscheiden, welches der beiden Themen die Hauptmeldung war. Einige wählten Makepeace, die meisten Colonel St. Aubyn. Ein ›Doppel-Wumm‹, wie der *Mirror* es am folgenden Tag nannte. Spaltung, Teilung und Entzücken von Herausgeberseite.

Elizabeth sah zu Urquhart hinüber, besorgte Falten auf der Stirn. Er erkannte den Blick.

»Ich weiß nicht, Elizabeth, wo das enden wird. Wir haben die Kontrolle verloren. Narren sind auf den Beinen, und unser Schicksal liegt in den Händen und Stimmen des gnadenlosen Mobs.«

»St. Aubyn. Makepeace. Sind diese Geschichten hilfreich oder hemmend?«

»Wer weiß? Ich weiß nur, daß das Gegenwinde sind, und ein paar Boote werden sinken, bevor der Sturm sich ausgetobt hat.«

ZEHN

Der wachhabende Sergeant war zutiefst unbeeindruckt. Ein Päckchen Taschentücher, eine plattgedrückte Tube Blasensalbe, ein paar Stifte – ein Kugelschreiber und ein glänzender Parker Duofold – ein Kamm, Armbanduhr, eine Büroklammer, ein Handy und drei Briefumschläge mit ermunternden Briefen, die Makepeace während des morgendlichen Marsches zugesteckt worden waren, war alles, was er an persönlichen Gegenständen in seinen Taschen hatte. Kein Geld, keine Kreditkarten, keine sichtbaren Mittel des Unterhalts.

»Ich hätte Sie wegen Landstreicherei verhaften können«, giftete der Sergeant.

»Ich war auf einem Marsch, nicht auf einem Ausflug zu John Lewis«, antwortete Makepeace trocken.

»Nun, zumindest kann ich Sie nicht wegen Ladendiebstahls belangen, nehme ich an.«

Er beendete die Liste persönlicher Gegenstände und stolperte nur über den Beruf.

»Da das Parlament aufgelöst worden ist, bin ich kein Mitglied mehr«, erklärte Makepeace. »Wahrscheinlich bin ich unbeschäftigt.«

Der Sergeant schnaufte, saugte an seinem Kugelschreiber und schrieb ›Wahlkandidat‹ hin. Dann zitierte er den formalen Verhaftungstext. »Sie werden der unten aufgeführten Verstöße angeklagt. Sie haben das Recht, die Aussage zu verweigern, es sei denn, Sie wollen aussagen …«

»Glauben Sie mir, Sergeant, ich will. Ich habe nicht die Absicht zu schweigen.«

»Was in Ihrem Fall Probleme bedeutet. Wie ich Sie verstehe, Mr. Makepeace, ist es Ihre Absicht, sobald Sie entlassen sind, wieder zum Marsch zurückzukehren – gerade die Sache, wegen der Sie verhaftet worden sind.«

»Richtig.«

»Das können wir nicht zulassen, oder, Sir?«

»Sie wollen mich wieder verhaften?«

»Nein. Zumindest noch nicht. Nicht nötig. Da Sie klargemacht haben, daß Sie die Bedingungen der Kaution nicht erfüllen wollen, werde ich Sie nicht entlassen.«

»Sie müssen.«

»Ich kann Sie bis zu vierundzwanzig Stunden lang festhalten, Sir. So ist das Gesetz. Ich vermute, Sie haben auch dafür gestimmt. Das gibt Ihnen ein bißchen Zeit zum Nachdenken, sich abzuregen. Dann stellen wir Sie bei der nächsten Sitzung des Magistratsgerichts vor« – er sah zur Wanduhr, die fast ein Uhr am Montagmorgen zeigte –, »die Dienstag stattfindet.«

»Ich werde in Banbury erwartet, auf halbem Weg nach London.«

»Nicht diesen Dienstag, fürchte ich.«

»Kehren Sie den Miststall aus, ehe Sie mich da reinstecken, ja?«

»Stellen Sie sich nicht so an, Sir. Sie werden Ihre Zelle sehr gemütlich finden, da bin ich sicher. Obwohl uns gerade die Federbetten ausgegangen sind.«

»Und die Gerechtigkeit.«

»Das muß der Magistrat entscheiden.«

»Und zum Glück das Volk.«

Die silberne Scheibe des Mondes war aufgegangen, um ein blasses, monochromes Licht auf den Einschnitt zu werfen, der an verschiedenen Stellen des Gebirgskammes mit Lampen ausgestattet worden war, die von Autobatterien gespeist und gelegentlich von den hellen Scheinwerfern der Kameraleute verstärkt wurden. Quer über die Straße, wo die Kinder saßen, war eine Reihe Kerzen angezündet worden, die der Umstellung einen beinahe festlichen Anstrich verliehen. Etwa alle zwanzig Minuten standen vierzig Schulmädchen auf und wurden durch eine neue Gruppe ersetzt; sie erhielten den menschlichen Wall in Schichten von Busladungen aufrecht. Aber wer ›sie‹ waren, war noch nicht zu ersehen.

Es waren keine Schüsse gefallen, aber die Absicht derer,

die auf dem Felsvorsprung standen, war klar. Wann immer einer von St. Aubyns Leuten sich mehr als zwanzig Schritte der Barrikade von Bussen näherte, wurden die Gewehre gehoben, die Trommeln geladen und hörbar entsichert. Selbst wenn sie nicht in Begleitung des Präsidenten und seiner Tochter gewesen wären, wäre Widerstand zwecklos gewesen. Es gab keine Deckung, keinen Weg nach draußen, außer man walzte durch die Kinder hindurch, also saßen sie da und starrten wie brütende Enten.

Als die Sonne erst einmal verschwunden war und der tintenschwarze Mantel der Nacht sie einhüllte, merkten sie, wie kalt die Nachtluft in den Bergen war. Die Rationen waren mager, niemand hatte mit so etwas gerechnet. Aus der Richtung ihrer Belagerer wehte der Duft gebratenen Lamms, das mit Knoblauch und Rosmarin gewürzt war, zu ihnen herüber. Eine Qual für hungrige Mägen.

Dann traten drei Männer hinter den Kerzenreihen hervor und traten auf sie zu. Der eine trug eine ramponierte Öllampe, der andere eine große Plastikflasche voll Wasser.

»Guten Abend, Engländer«, grüßte der Mann mit der Lampe St. Aubyn, als dieser auf ihn zutrat. Der Zypriot, ein kleiner Mann in den Sechzigern, trug einen großen Schnurrbart, der wie Ochsenhörner wuchs und seinen Mund vollkommen verdeckte. Er hob eine Hand, um zu zeigen, daß er unbewaffnet war. »Ich hoffe, Sie fühlen sich wohl.«

»Wozu das?« wollte der Colonel wissen. »Sie wissen, daß innerhalb von Stunden tausend britische Soldaten hier sein können.«

»Und Sie und jeder aus Ihrem Konvoi kann in Minuten tot sein. Aber lassen Sie uns nicht die Zeit mit irgendwelchen Vermutungen verschwenden, Engländer.«

»Was wollen Sie?«

»Daß Sie sich ergeben.«

»Das kann nicht Ihr Ernst sein.«

»Todernst. Wir wollen euch Briten zeigen, daß ihr hier nicht willkommen seid, nicht als militärische Besatzer, die sich in unsere Angelegenheiten mischen. Wenn wir Sie hier festhalten, bis Sie sich ergeben, zeigen wir der Welt, daß Ihr Spiel vorbei ist.«

»Das wird nicht geschehen.«

»Ich glaube nicht, daß Sie es vermeiden können.«

»Mein Kommandant in Episkopi organisiert schon unsere Befreiung.«

»Ganz im Gegenteil, wir haben mit Ihrem Vize-Luftwaffenmarschall Rae schon gesprochen und ihm gesagt, wenn er auch nur einen Finger rührt, ist er verantwortlich für den Verlust vieler Menschenleben, hauptsächlich britischer.«

»Sie haben schon mit ihm gesprochen?«

»In der Tat. Wir dachten, es sei nur fair, ihn Bescheid wissen zu lassen, zumal wir den Verdacht haben, daß Ihre Funkgeräte auf dem Konvoi nicht ganz unzulänglich sind.«

Verdammt richtig. Mitten in einem Einschnitt im Troödos-Gebirge, nachdem die ganze Spezialausrüstung nach Episkopi zurückgeschickt worden war, hätten sie genausogut in eine Regenrinne vom Mond rufen können. St. Aubyn hatte darauf vertraut, daß ein Suchtrupp ausgesandt würde, sobald sie vermißt wurden.

»Und ...?« fragte St. Aubyn unsicher.

»Es sieht so aus, als wolle er sich Anweisungen aus London holen. Ich fürchte, Sie werden eine unbequeme Nacht haben.«

»Wir haben nichts zu essen. Nur sehr wenig Wasser«, erklärte St. Aubyn, der die Wasserflasche sah.

»Wer Wasser oder Nahrung will, ist uns als Gast willkommen. Sie müssen unbewaffnet kommen und dürfen nicht zurückkehren.«

Der Mann mit der Wasserflasche stellte sie hinter die Kerzen, quälend, gerade außer Reichweite.

»Ich fürchte, in diesem Fall müssen wir die zypriotische Gastfreundlichkeit ablehnen«, erwiderte St. Aubyn trocken.

»Vorerst vielleicht. Aber wir werden sehen.« Er sah zum Sternenhimmel empor, der da hing, wo bald wieder eine riesige Sonne scheinen würde. »Wir werden sehen.«

Die Zyprioten wandten sich zum Gehen.

»Ach, übrigens, wer sind Sie eigentlich?« fragte St. Aubyn.

»Nur normale Zyprioten. Ich komme aus dem Dorf Spilia.«

»Leute des Bischofs?«

Der alte Mann drehte sich um und lächelte trocken, ein Goldzahn blinkte im Lampenlicht. »Sie verstehen es nicht, Engländer, nicht wahr? Seit gestern ist fast jeder auf der Insel einer von den Männern des Bischofs.«

Dann verschwand er in den Schatten.

»Hatten Sie irgendwelche Schwierigkeiten, die Jungs zu lokalisieren, Jim?«

»Überhaupt keine, Sir«, antwortete der kommandierende Schwadronsoffizier. Er war schon im Morgengrauen aufgestanden, um den Aufklärungsflug selbst zu machen.

»Sie sind auf der Hauptstraße von Nikosia, gerade unterhalb des Dorfes von Spilia.« Er zeigte den Ort auf der großen Landkarte im Büro des Vize-Luftmarschalls. »Eingeschlossen in einem Taleinschnitt von einer Barrikade aus Bussen und ...« – er hustete entschuldigend – »... und etwas, das wie eine Barrikade aus Schulkindern aussieht.«

»Sie scherzen«, keuchte Rae.

»Die Schulmädchen tanzten, Sir.«

»Was soll das sein, Karneval?«

»Es hat Ähnlichkeit damit, Sir. Lange Schlangen von Bussen und Autos fahren von beiden Seiten dorthin. Sieht so aus, als würde das eine Art Touristenattraktion werden. Was auch immer es bedeuten mag, Tatsache ist, daß wir keinen Hilfskonvoi da hoch kriegen, ohne in einem Verkehrsstau steckenzubleiben.«

»Hubschrauber?«

»Wir würden nur ein paar Meter über dem Einschnitt hängen mit soviel Deckung wie ein Schmetterling. Sie brauchten nicht einmal zu schießen, nur Steine zu werfen. Einfacher als ein Wurf mit der Kokosnuß auf dem Jahrmarkt.«

Die Stimme des Vize-Luftmarschalls sank um eine Tonlage. »Was ist also die Antwort, Jim?«

»Ich will verdammt sein, wenn ich das wüßte, Sir.«

Rae sank in seinen Stuhl beim Telefon, das, wie er wußte, bald klingeln würde. »Ich sage Ihnen etwas, alter Freund. Das wird denen in London nicht gefallen. Das wird denen überhaupt nicht gefallen.«

»Geschieht ihnen recht.«

Die morgendliche Pressekonferenz hatte Ähnlichkeit mit einem Scherbenhaufen. Urquhart war auf der Rednertribüne seiner Partei erschienen, neben sich ein hübsches Plakat mit dem Wahlslogan ›Zusammenwachsen‹. Bei sich hatte er einen gut vorbereiteten Pressesprecher und einen gleichermaßen gut vorbereiteten Landwirtschaftsminister, der darauf brannte, den wachsenden Wohlstand der großartigen britischen Farmer ins rechte Licht zu rücken. Die Medienvertreter spielten nicht mit.

Die Haltung zu den Themen Makepeace und Militär waren abgesprochen. Kein Kommentar. Der erste unterlag *sub judice* und den Gerichtshöfen, das zweite war eine Angelegenheit nationaler Sicherheit. »Sie müssen abwarten«, sagte der Parteivorsitzende in seiner Einführung, aber das würden sie natürlich nicht. Sie attackierten die Haltung des Regierungschefs.

»Stimmt es, daß unsere Truppen von einem Haufen Schulmädchen aufgehalten werden?«

»Es ist nicht so einfach …«

»Können Sie bestätigen, daß die militärischen Berater von dem Konvoi nach Nikosia abgeraten haben?«

»Derart private Gespräche müssen vertraulich bleiben …«

»Stehen wirklich Menschenleben auf dem Spiel, oder ist das nur ein Gekabbel mit St. Trinian?«

»Das ist eine ernste Angelegenheit …«

»Wollen Sie die Sondereinsatztruppe hinschicken?« – »Besser wäre Michael Jackson«, schlug ein Kollege vor.

»Meine Herren, das hat nichts mit Landwirtschaft zu tun …«

»Alles für den Sieg, eh, Premierminister?«

Die Kamerascheinwerfer wirkten an diesem Morgen ungewöhnlich warm. Er konnte Schweißtropfen auf seiner Kopfhaut spüren, und Premierminister sollten nicht ins Schwitzen kommen, Streß oder Aufregung zeigen. Das grausame Auge der Kamera erlaubte ihnen nicht mehr als einen fröhlichen Blick, aber er fühlte sich nicht fröhlich.

»Was ist mit Mr. Makepeace, Premierminister? Gibt es einen Kontakt zwischen Downing Street und der Polizei von Birmingham wegen seiner Verhaftung?«

Claire sah auf und beobachtete ihn genau, während sie innerlich zitterte. Mittel, Ziele, Prinzipien, Pragmatismus. Politik. Unkraut erstickt die Rose. Sie wußte, daß er lügen mußte, betrügen, vielleicht würde sie das in seiner Position auch tun, oder? Sie war vertrauensvoll gewesen, naiv. Sie hatte noch viel zu lernen, auch über sich selbst. Und noch viel zu tun.

Die Frage hing in der Luft. Urquhart warf einen bedeutungsvollen Blick auf seine Armbanduhr. »Vergeben Sie mir, meine Damen und Herren, aber dies wird ein unerwartet arbeitsreicher Tag werden.«

Sie würde versuchen, den Marsch fortzusetzen, selbst wenn sie alleine ginge. Fünfzehn Meilen bis Stratford-upon-Avon, von einem schrägen Feld außerhalb von Bentley Heath im Süden Birminghams aus, wo sich die Autobahnen M 40 und M 42 schnitten. Um Tom zu zeigen, daß er nicht alleine war.

Sie war nach den Verwirrungen der Nacht früh eingetroffen und hatte sich auf das feuchte Gras gesetzt und wartete. Die Zeit lastete schwer auf der Morgenluft und bedrückte sie. Vielleicht hatte die Geste wenig Sinn, aber

Gesten waren notwendig. Manchmal ist das alles, was bleibt.

Andere sahen das anscheinend auch so.

Makepeaces Bewegung war gewachsen wie Osterglocken im Frühling. Zwar blühten sie noch nicht, aber sie bohrten sich schon durch die Schneelast. Sie kamen, ganze Familien, mit Freunden, in Bussen, per Bahn und zu Fuß, manche alleine, manche singend, Banner und Babys tragend tröpfelten sie auf das Feld, bis sie zu einem Strom angewachsen waren, der sich an der Ungerechtigkeit staute. Dann traf mit einem untrüglichen Gespür für Menschenansammlungen der erste Kebab-Stand ein. Schließlich lächelte sie. Sie konnte sich kein mächtigeres Symbol für Erfolg, für Frühling vorstellen. Die Journalisten würden nicht lange auf sich warten lassen.

Um neun Uhr waren es fast fünftausend. Nicht schlecht für einen Montagmorgen.

Maria war mit der Bewegung gewachsen, hatte an Selbstvertrauen, an Urteilskraft, an Unabhängigkeit gewonnen. Sie hatte nie vor etwas Größerem als einer Schulklasse mit dreißig Kindern gestanden, aber Armeen marschieren zum Klang einer Trommel, und jemand mußte es in Toms Abwesenheit tun. Sie sahen sie an.

Sie kletterte auf das Dach des kleinen Renaults, um sie sehen zu können. Langsam verebbte der Lärm, und aller Augen waren auf sie gerichtet. Sie hatte keine Worte für das, was ihr Herz bewegte, aber sie glaubte, daß alle sie verstanden und das gleiche empfanden.

Der Wind wehte ihr ins Gesicht, blies ihre dunklen Haare zurück und verlieh ihrer Haut die Rötung der Rebellion. Dann hob sie langsam und wie unter Schmerzen ihre verschlungenen Hände hoch über ihren Kopf. Wie Makepeace am Tag zuvor in Handschellen. Fünftausend Paar Hände hoben sich in den Himmel, trotzig gerecht, und genausoviele Stimmen sangen im Chor.

Nahe der Feldzufahrt stand ein Polizeiwagen, rasche Anweisungen durchliefen die Befehlskette vom Inspector vor Ort bis zum Büro des Chief Constablers. Die Marschierer hatten sich auf den Weg gemacht, ehe neue Anweisungen erteilt wurden. Es war wenig wahrscheinlich, daß der Marsch auf gewalttätige Gegner treffen würde, zumindest nicht in den nächsten Stunden; die Skinheads würden noch im Bett liegen. Außerdem führte der Marsch aus Birmingham heraus, heraus aus der Zuständigkeit von West Midland, also weg mit ihnen. Warwickshire das Problem überlassen. Was sollten sie auch tun, alle fünftausend verhaften?

»Geben Sie ihnen einen Abschiedskuß, Inspector.«

Im rosafarbenen Licht des Morgens glitzerte der Einschnitt wie ein Wolfsrachen, bereit, seine Beute zu verschlingen. Es dauerte nicht lange. Bis zum Vormittag war die Flüssigkeit weggebrannt, und die Felsen aus Lava warfen die Sonnenstrahlen in einem grausamen Spiel von solarem Pingpong hin und zurück. Die Temperatur der Straßenoberfläche lag bei dreiunddreißig Grad und stieg weiter.

Nicolaou hatte schlecht geschlafen. Die Belastung der letzten Tage forderte ihren Tribut von einem Körper, der selbst in jungen Jahren nie robust gewesen war, und die Reserven an Charakterstärke und Spannkraft, die während der Zeit in der Lodge erschöpft worden waren, waren unmöglich so schnell wieder aufzufüllen. Die scharfe Kälte der Gebirgsluft hatte ihn bis auf die Knochen ausgekühlt, und er hatte keinen Appetit auf Frühstück, selbst wenn es eins gegeben hätte. Seine Augen wurden glasig, und er bekam Fieber.

Aber er hatte noch seinen Stolz.

Sie hatten es ihm auf dem Rücksitz eines Viertonners so bequem gemacht, wie die Umstände es erlaubten. Er hatte nicht ein einziges Wort der Klage geäußert, seine Tochter nur tapfer angelächelt, aber sie ließ sich nicht zum Narren halten und weigerte sich, ihre Sorge zu verbergen. Am Nachmittag lag die Temperatur selbst im Schatten über vierzig Grad.

St. Aubyn unternahm stündlich einen Rundgang um den belagerten Konvoi und bemühte sich, die Moral aufrechtzuerhalten, indem er allen sagte, daß die Zyprioten, wenn sie zum Mittel der Gewalt hätten greifen wollen, das sicher schon getan hätten.

»Die Zyprioten sind nette Leute, Sir«, bestätigte ein Corporal und wischte sich das rote Gesicht mit einem Lappen ab. »Seltsam, als ich ein Kind war, hatten wir eine Menge Käfer auf der Farm. Ich hatte nie Probleme, wenn ich sie zertrat. Erst als ich versuchte, sie mit einem Vergrößerungsglas zu verbrennen, hat mich mein Vater den Gürtel spüren lassen. Ich denke, ich fange an zu verstehen, was er meinte.«

St. Aubyn ging schnell weiter, weil er sich mit solcher eigenartigen Logik nicht auseinandersetzen wollte. Der nächste Truck war der von Nicolaou.

»Hol mir etwas Wasser, Elpida«, bat ihr Vater, als St. Aubyn zu ihnen trat.

Als sie weg war, wandte er sich an den Soldaten. »Colonel, es tut mir sehr leid, Ihnen das sagen zu müssen, aber ich bin nicht sicher, ob ich noch viel länger durchhalte.«

St. Aubyn kniete sich neben ihn. »Mr. Präsident«, flüsterte er, »das Wasser, das Ihre Tochter holt, ist unser allerletzter Becher. Ich weiß nicht, wie lange jeder von uns noch durchhalten kann.«

Sie waren in der Lage, durch die Hubschrauber, die in regelmäßigen Abständen hoch über dem Tal Streife flogen, einen zeitweiligen Funkkontakt mit der Außenwelt zu halten. So konnten sie ihre Basis informieren, daß ihre Versorgung erschöpft war, und erfahren, daß vorerst noch niemand eine Idee hatte, wie – oder wann – sie befreit würden.

Als es dämmerte, erschien eine Wessex am Horizont, die schnell und niedrig flog, nicht mehr als zweihundert Fuß hoch, die rückwärtige Tür geöffnet. Als sie über ihnen war, fielen zwei Fässer heraus, breiteten seidene Flügel aus und schwebten hinab, leuchteten rot in der untergehenden Sonne. Einzelne Freudenrufe erklangen aus heiseren Kehlen, als die Soldaten zusahen, wie die Wasserfässer zu ihnen herabschwebten und die Wessex für einen neuen Versorgungsflug abdrehte.

Die Fässer waren etwa hundert Fuß über dem Boden, als zwei Gewehrschüsse dröhnten. Die Fallschirme explodierten in einer Wolke von Fetzen, und die Fässer fielen zu Boden. Sie schlugen auf und zerbarsten. Ein Faß hätte beinahe einen verdutzten Soldaten mit in das Leben nach dem Tod genommen.

Elizabeth erwachte vom Donnern eines Sommergewitters. Es war drei Uhr früh, die Luft schwül und feucht, draußen wurde der Vorhang der Nacht von den Blitzen zerfetzt. Er stand am Fenster, er hatte nicht geschlafen.

Sie trat zu ihm und hakte sich bei ihm unter. »Du machst dir Sorgen, Francis.«

»Die Götter sind heute nacht beunruhigt. Ich fühle …« Er zuckte die Achseln, konnte nicht weitersprechen.

»Francis, das ist nicht die Zeit, Geheimnisse voreinander zu haben.«

Er holte tief Luft und versuchte es noch einmal. »Ich fühle mich, als wenn sie wegen mir Krieg führten, die Götter dort draußen. Kämpfen, wer über Francis Urquhart verfügen kann.«

»Wer triumphierend an seiner Seite sitzen wird«, stellte sie richtig.

Er argumentierte nicht weiter, war aber auch nicht überzeugt. In den Momenten, wo die Blitze sein Gesicht in Licht tauchten, konnte sie nur Schatten in seinen Augen erkennen, so daß sie wie die leeren Höhlen in einem Totenkopf aussahen. Der Donner rasselte wie die Ketten der Unterwelt. Seine Stimmung machte ihr angst.

»Was ist?« drang sie in ihn. »Schließ mich nicht aus.«

Seine Augen flackerten und erwachten wieder zum Leben, und er senkte entschuldigend den Kopf. »Wir haben immer geteilt, Elizabeth. Alles. Die Triumphe und die Wunden. Aber diesmal fürchte ich mich davor.«

»Angst zu teilen, heißt, sie zu halbieren.«

»Ich wollte dich nicht belasten.«

»Bin ich so schwach oder geschwätzig, daß du glaubst, du müßtest mich beschützen?«

»Ich will dich beschützen«, antwortete er sanft, »weil ich dich über alles schätze. Meine Ängste scheinen so kindisch und abergläubisch zu sein. Und doch sind sie so real.«

Sie drückte seinen Arm. Die Atmosphäre war erstickend, der Sturm würde bald ausbrechen.

»Ich habe dir von Zypern erzählt. Von einem Opfer vor vielen Jahren«, fuhr er fort. »Es fand nicht mal drei Meilen von dort entfernt statt, wo der Konvoi festgehalten wird, nahe dem Dorf Spilia. Es wurde durch ein Symbol markiert, ein Zeichen. Eine brennende Pinie. Wie eine Fackel, die all die Jahre durch meine Träume geflackert hat.«

»Es ist manchmal nicht gut, bei Träumen zu verweilen.«

»Ich habe den Baum wiedergesehen. Neulich neben der Lodge. Er hat wieder gebrannt.«

»Ein Symbol künftigen Triumphs«, meinte sie.

»Vielleicht ein Leben, das sich geschlossen hat.«

»Dann Vollendung. Ein Ganzes. Das bedeutet Stärke.«

»Ein Leben, das sich geschlossen hat und nicht wieder von vorn beginnen kann, Elizabeth.«

Sterblichkeit. Dagegen fand sie kein Argument. Doch die Worte hatten geholfen, er schien jetzt ruhiger zu sein, hatte die Last geteilt, sich seinen inneren Zweifeln gestellt und sie ausgesprochen. Es war besser, ihnen ins Auge zu sehen. Eine Meile entfernt schlug ein Kugelblitz in den Telekom-Tower, und schließlich rollte ein massiver Donner über die Dachspitzen.

»Was willst du tun, Francis?«

»Was ich immer getan habe. Die einzige Sache, von der ich was verstehe. Kämpfen. Und hoffen, daß meine Götter gewinnen.«

Er drehte sich um und umarmte sie, und es begann zu regnen. Der Krieg der Götter war vorbei. Sie würden ihn erledigen.

Es war fast zwei Uhr morgens, als Maria das Klopfen an der Moteltür hörte. Sie hatte nicht schlafen können, überdreht vom Erfolg des Tagesmarsches und gequält von Gedanken, was wohl am Morgen mit Tom passierte. Das Klopfen hielt an. Sie warf die Decke beiseite und war schon halb durch das Zimmer, ehe sie zögerte. Wer war das? Wer konnte es so eilig haben, und warum, zum Teufel, hatte er nicht angerufen? Außerdem war sie nur mit einem von Toms Hemden bekleidet.

»Wer ist da?« fragte sie vorsichtig.

Im Flur antwortete eine Frauenstimme, der nichts Angsteinflößendes anzuhören war. Maria öffnete die Tür, ließ aber die Sicherheitskette davor.

»Ich habe eine Nachricht für Tom«, sagte die Frau dem Auge und der Haarsträhne im Türspalt.

Tom, das Paßwort zu Marias neuem Leben. Entschlossen nahm sie die Kette ab und öffnete langsam die Tür. Es war Claire. Maria erkannte sie nicht richtig, aber Claire hatte schon das Hemd wiedererkannt – es stimmte also, sie waren Liebende. Die Beine waren großartig, lang und leicht gebräunt. Tom hatte schöne Beine immer zu schätzen gewußt. »Ich denke, ich komme besser rein. Im Flur sind wir beide etwas zu ungeschützt.«

Das Hemd, die Beine und das attraktive Gesicht mit den langen, dunklen, zerzausten Haaren gaben den Weg frei.

»Hallo, ich bin Claire Carlsen«, sagte sie und streckte die Hand aus. »Francis Urquharts PPS.«

Maria trat sofort einen Schritt zurück, und ihr Ausdruck schläfrigen Erkennens wandelte sich zu äußerstem Mißfallen. »Raus. Ich habe Ihnen nichts zu sagen.«

»Aber ich Ihnen.« Claire blieb standhaft. »Etwas für Tom.«

»Francis Urquhart würde keinen Finger krümmen, um Tom zu helfen.«

»Sie haben völlig recht. Aber ich würde es tun.«

»Sie?« Sie machte keinen Versuch, ihre Antipathie zu verbergen. »Warum?«

Wie sollte sie das ausgerechnet Maria erklären? »Weil ich, wenn ich ihm helfe, vielleicht mir selbst helfen kann.«

Maria musterte die andere Frau. Die blonden Züge waren so unterschiedlich von ihren eigenen. Die salonchice Frisur, die italienische Schultertasche, der geschmackvolle, diskret teure Stil. Alles, was Maria nicht war und nicht hatte. Sie hatte viele Gründe, der anderen Frau zu mißtrauen, aber da waren auch die roten Augen, die ihr sagten, daß Claire nicht geschlafen hatte, seit sie von Toms Verhaftung gehört und begriffen hatte, warum Corder unbedingt hatte sicherstellen wollen, daß der Fahrer außer Reichweite des Ärgers war. Ärger, den er geplant haben mußte. Und hinter Corder stand nur ein Herr.

»Ich glaube nicht, daß ich jemandem helfen will, der gemeinsame Sache mit Francis Urquhart macht«, sagte Maria förmlich.

»Wir machen alle gemeinsame Sache mit Francis Urquhart, ob wir wollen oder nicht. Allen voran Tom.«

Maria stand in der Mitte des Schlafzimmers, die Arme über dem Hemd gekreuzt, ihre Aggression durch die Sorge um Tom und vielleicht weibliche Intuition, was diese Frau betraf, beschwichtigt.

»Sie würden Urquhart verraten?«

»Ich ziehe es vor, dies als Treue zu mir selbst zu sehen. Das bin ich in den vergangenen Wochen nicht immer gewesen. Ich will das wiedergutmachen.«

»Wie?«

»Indem ich Tom warne. Seine Verhaftung war kein Unfall. Politik steht dahinter. Downing-Street-Politik.«

»Wo ist Ihr Beweis?«

»Ich habe keinen. Es ist nicht mehr als ein Verdacht.«

»Nicht gerade viel.«

»Genug für mich, um das beträchtliche Risiko auf mich

zu nehmen, durch die Nacht zu fahren, um hierher zu kommen.«

»Risiko?«

»Wenn Francis es herausfände, würde es nicht viel Sinn machen zurückzugehen.«

»Das könnte seine Ablenkung sein. Ein weiterer Trick.«

»Bitte. Lassen Sie Tom das entscheiden. Sagen Sie ihm, ich denke, es war Urquhart.«

Maria antwortete nicht.

»Noch etwas«, fuhr Claire fort. »Urquhart weiß, daß Sie Liebende sind. Er wird es sicherlich gegen Sie verwenden, sobald er darin einen Nutzen sieht.«

»Versuchen Sie nicht, mir zu drohen.« Da war jetzt Wut.

»Ich versuche, Sie zu retten.«

»Er kann nichts beweisen!«

»Ich rate Ihnen, aus Toms Bett zu bleiben, bis die Wahl vorbei ist. Und aus seinen Hemden.«

Maria zuckte zusammen, sah an ihrem Nachthemd hinunter und dann wieder zu Claire, ihre Intuition plötzlich hellwach. »Er hat gesagt, da war jemand, der ihn verletzt habe. Eine Politikerin, ganz anders als ich.« Sie beobachtete die müden Augen genau, suchte die Frau darin. »Jemand, der seine Hemden kennt.«

»Jemand, der ihn noch immer sehr gerne hat.«

»Wir haben mehr gemeinsam, als ich dachte«, gab Maria grimmig zu. »Er denkt noch an Sie.«

»Und ich noch an ihn, wie Sie sehen.«

»Aber mehr noch an sich.« Marias Ton war anklagend.

»Vielleicht. Und besonders an meine Familie.« Sie hatte diese Nabelschau und das Teilen von Geheimnissen nicht beabsichtigt, sie war nicht sicher, ob es geholfen hatte. »Was wollen Sie tun?«

»Was wollen *Sie* tun?«

»Ich bin nicht sicher.«

»Seltsam«, sagte Maria und brachte sie zur Tür, »ich bin es auch nicht.«

Das Foto eines grauhaarigen alten Zyprioten beherrschte die erste Seite des *Independent*. Er saß auf einem Stuhl mit schiefen Beinen, ein altes Militärbarett schräg auf dem Kopf, ein Lächeln voller Zahnlücken verbreiterte sein walnußfarbenes Gesicht. Eine alte Muskete aus der Zeit vor 1914 lehnte an einem Knie, und ein graziles sechzehnjähriges Schulmädchen saß auf dem anderen. Von dieser Armee werden die Briten gedemütigt, ›festgehalten von einer Kombination aus Hockeyschläger und Donnerbüchse‹, wie der *Independent* schrieb.

Die *Sun* war weniger taktvoll. **FU! SAGT ZYPERN** lautete ihre Schlagzeile. Es gab viele Berichte zu der Karnevalsatmosphäre bei den Griechen, wenigüber die zunehmende Angst und die wachsende Not der Briten.

Die Darstellung in den Medien war einstimmig. Francis Urquhart vom Triumphator zum Versager. Zwei Tage sind eine lange Zeit in der Fleet Street.

»Wie sieht also die militärische Lösung aus, Luftmarschall Rae?«

Ein Duft von Möbelpolitur hing im Kabinettraum, es braucht mehr als einen Krieg, um den Reinigungsplan in Whitehall durcheinanderzubringen. Über die Satellitenverbindung mit COBRA kam ein entschuldigendes Husten. »Das ist schwierig, Premierminister.«

»Schwierig?« schnappte Urquhart. »Sie wollen mir erzählen, Sie werden damit nicht fertig?«

Gegenüber wurde Youngblood rot. Auch das Klima in Zypern begann sich zu ändern. Der Vizeluftmarschall war ein Mann, der von Harrow geprägt war und eine Leidenschaft für die Brutalität beim Krocket hegte; ein unpassendes Ziel für Einschüchterungsversuche. Rae putzte sich widerspenstig die Nase, ein Geräusch, das über die Leitung wie ein Bulle klang, der sich bereit macht, der Lanze des Matadors zu widerstehen.

»Schwierig, Sir, weil das, wie Sie sich erinnern werden, eine Unternehmung gegen meinen Rat war.«

»Schulmädchen!«

»Genau. Ich kann keine militärische Lösung anstreben,

die das Leben entweder der Mädchen oder meiner Soldaten oder beider riskiert.«

»Sagen Sie mir, daß Sie keine Lösung finden?«

»Keine militärische. Eine politische, vielleicht.«

»Sie legen mir nahe, mit einem Pack von Piraten zu verhandeln?«

»Sie sind nicht genau das, Premierminister. Was Teil des Problems ist. Sie haben keine klare Führung, keinen Führer, mit dem man verhandeln könnte. Es handelt sich um normale Zyprioten, die sich in einem gemeinsamen Ziel getroffen haben. Uns rauszuwerfen.«

»Was ist mit Präsident Nicolaou?«

»Sieht so aus, als wollten sie ihn auch rauswerfen. Es ist schwierig, jetzt in diesem Teil der Welt viel Begeisterung für Politiker zu finden, Sir.«

Urquhart ignorierte, was, da war er sicher, als Ironie gedacht war. Er brauchte Rae. »Ich habe hart gearbeitet, um der Insel Frieden zu bringen. Wenn sie Nicolaou rauswerfen, dann auch das Friedensabkommen.«

»Sie haben nie Frieden gehabt, in tausend Jahren nicht. Sie sind von der Sorte, die Dynamitstangen sogar zum Fischen benutzen. Sie könnten auch ohne den Vertrag leben.«

»Wenn sie also einen Kampf wollen, Luftmarschall, schlage ich vor, daß sie ihn haben sollen.«

»Wie bekennt sich der Angeklagte? Schuldig oder nicht schuldig?«

Schleier aus Staub und Schweigen hingen in dem furnierten Gerichtsraum, der gedrängt voll war. Tausende mehr hatten sich draußen versammelt. Heute hatte kein Marsch stattgefunden, sie wurden hier gebraucht. Sonnenlicht strömte durch die hohen Fenster und umgab die Anklagebank mit einer Art surrealistischem Heiligenschein aus Feuer, als würde Channel 4 eine zeitgenössische Version von *Jeanne d'Arc* filmen. Hatte der Angeklagte irgend etwas vorzubringen, ehe er verbrannt wurde?

»Nicht schuldig!«

Außer Francis Urquhart schienen auch andere zum Kampf bereit.

»Wenn Sie nicht zum Konvoi kommen können, Luftmarschall, dann holen Sie den Konvoi zu sich. Holen Sie ihn raus. Durchbrechen Sie die Barrikade. Die bluffen doch nur!« Rotglühende Kohlen schienen um Urquharts Zunge zu rollen.

»Sie sind bereit, so viele Menschenleben auf die Vermutung hin zu riskieren, daß sie nur bluffen?«

»Bombardieren Sie den Bergkamm. Zwingen Sie sie, den Kopf unten zu halten. Wenn nötig, jagen Sie sie in die Luft.« Er spuckte eine Kohle nach der anderen aus.

»Bei der letzten Zählung waren auch ein halbes Dutzend Fernsehteams auf dem Kamm, Premierminister.«

»Sie werden überrascht sein, wie schnell ein Journalist rennen kann.«

»Und was ist mit den Schulmädchen?«

»Tränengas. Zerstreuen Sie sie.« Rae konnte nicht sehen, daß Urquhart mit den Händen wedelte, als wäre er schon dabei.

»Schulmädchen können nicht so schnell rennen wie ein Viertonner, der Gas gibt.«

»Widersprechen Sie mir, Luftmarschall?«

»Ich konstatiere die Tatsachen.«

»Genug der Einwände. Nehmen Sie den einfachen Weg.«

»Den einfältigen Weg.«

Der Austausch, der wie heißes Blut durch eine Arterie pulsiert und geströmt war, war plötzlich zu Ende, die Pulsader durchtrennt.

»Habe ich Sie richtig verstanden, Rae?«

»Das ist kein Spiel, Premierminister. Es geht um Menschenleben.«

»Es geht um die Zukunft eines ganzen Landes.«

»Verzeihung, Premierminister, wenn ich es schwieriger

finde als Sie, meine persönlichen Interessen mit denen der Nation in Einklang zu bringen.«

»Spüre ich selbst aus so großer Entfernung den Hauch von Insubordination?«

»Sie können es so ausdrücken.«

»Rae, ich erteile Ihnen einen direkten Befehl. Fahren Sie den Konvoi dort raus.«

Es gab ein kurzes Schweigen, als wenn das digitalisierte Satellitensystem Mühe damit hätte, die Worte weiterzugeben. Als sie dann aber kamen, waren sie im Kabinett mit größter Klarheit zu hören.

»Nein, Sir.«

»Wie viele sind sonst noch wegen ihrer Teilnahme an dem Friedensmarsch am Sonntag verhaftet worden, Chief Inspector Harding?« Makepeace übernahm seine eigene Verteidigung.

»Keiner, Sir.«

»Und warum wurde ich ausgesucht?«

»Weil wir Sie für den Organisator des Marsches halten, Mr. Makepeace.«

»Sie haben recht, Chief Inspector. Das war ich. Der Angeklagte gibt es zu. Ich war, bin und bleibe der Organisator dieses Marsches.«

Eine dicke Matrone auf der Zuschauergalerie mit knallroten Wangen und mit Haaren, die in einem Dutt zusammengebunden waren, wollte gerade applaudieren, aber Maria fiel ihr in den Arm und bedeutete ihr, zu schweigen. Der vorsitzende Richter schrieb etwas auf.

»Dieser andere Marsch, Chief Inspector, die Skinheads. Der Pickelmarsch, dessentwegen Sie solche Sorge um die öffentliche Ordnung hatten. Wie viele sind von denen verhaftet worden?«

Obwohl der Polizist die Antwort wußte, sah er in seinem Notizbuch nach. Es verlieh ihm einen Hauch von Autorität und gab ihm Zeit zum Nachdenken.

»Fünfzehn, Sir.«

Wieder schrieb der Vorsitzende. Das war eindeutig eine ernste öffentliche Ruhestörung gewesen.

»Wegen welcher Vergehen, Chief Inspector?«

»Vergehen, Sir?«

»Ja. Ist es nicht üblich, jemanden unter der Voraussetzung zu verhaften, daß er ein Vergehen begangen hat?«

Lachen kam auf der oberen Galerie auf, und der Vorsitzende runzelte finster die Stirn, bis es verebbte.

Wieder befragte Harding sein Notizbuch. »Verschiedene für Trunkenheit und Disziplinverstöße, Verhalten, das den öffentlichen Frieden gefährdet, vier aus Drogengründen und ein Fall indezenter Zurschaustellung.«

»Offensichtlich ein problematischer Haufen. Kein Wunder, daß Sie so besorgt waren.«

Der Polizist antwortete nicht, Makepeace war für seinen Geschmack zu entgegenkommend.

»Ich habe gehört, daß kürzlich das Fußballpokal-Halbfinale in Birmingham stattfand. Erinnern Sie sich daran, wie viele Leute da verhaftet wurden?«

»Nein, das weiß ich nicht mehr, nein, Sir.«

»Ich werde es Ihnen sagen.« Makepeace sah in einer Pressenotiz nach. »Dreiundachtzig. Mehrere Polizeihundertschaften waren im Dienst an diesem Tag, Sie wußten, daß es Ärger geben würde.«

»Wie immer bei großen Spielen.«

»Warum haben Sie dann das Spiel nicht abgesagt? Befehl gegeben, es abzubrechen? Wie bei meinem Marsch?«

»Das ist nicht dasselbe.«

»Nein, Chief Inspector. Überhaupt nicht dasselbe. Auch nicht das Konzert letztes Wochenende im National Exhibition Centre. Da haben Sie über hundert Menschen verhaftet. Die Störungen, die jene verursacht haben, die meinen Marsch lahmlegen wollten, waren verglichen damit also nur kleine Fische. Kaum Fleischextrakt, könnte man sagen.«

Harding sagte nichts.

»Nun, das sage ich. Ich denke nicht, daß Sie das kommentieren können.«

Selbst der Vorsitzende lächelte.

»Dann lassen Sie uns auf Dinge zurückkommen, die Sie kommentieren können, Chief Inspector. Dinge, die Sie sogar kommentieren müssen. Diese Skinheads, Neo-Nazis, Unruhestifter, nennen Sie sie, wie Sie wollen: verhaftet wegen Trunkenheit, Drogenmißbrauchs, Obszönität, sagten Sie?«

Harding nickte.

»Nicht wegen Verletzungen des Gesetzes zur öffentlichen Ordnung?«

»Ich verstehe den Sinn nicht ...«

»Ganz einfach, Chief Inspector. Können Sie bestätigen, daß ich die einzige Person bin, die wegen des Marschierens verhaftet wurde? Alle anderen wegen Vergehen, die Ihr Eingreifen erforderlich gemacht hätten, egal, ob sie marschiert wären, Schals gestrickt oder Handstand auf dem Centennial Square gemacht hätten?«

Harding wollte gerade zustimmend nicken, aber sein Kopf weigerte sich zu fallen.

»Kommen Sie, Chief Inspector. Muß ich es wie Zahnpasta aus Ihnen herausquetschen? Stimmt es, oder stimmt es nicht, daß von den mehreren tausend Leuten, die Sonntag anwesend waren, ich der einzige bin, den Sie wegen des Vergehens des Marschierens verhaftet haben?«

»Das ist, genaugenommen, richtig, Sir.«

»Sehr gut. Wir haben also bestätigt, daß mein Marsch vollkommen friedlich war, daß selbst die Aktivitäten der Skinheads den Tag für die Polizei von Birmingham recht ruhig gehalten haben und daß ich der einzige war, den Sie ausgewählt haben ...« – er machte eine kleine dramatische Pause – »... um ihn als Gefahr für die öffentliche Ordnung zu verhaften.« Er lächelte Harding an, um ihm zu zeigen, daß er keine böse Absicht hegte. »Wessen öffentliche Ordnung, Chief Inspector?«

»Verzeihung?«

»Wessen öffentliche Ordnung? Irgend jemand hat offensichtlich entschieden, daß meine Aktivitäten eine

Bedrohung darstellen. War das Ihre Einschätzung? Haben Sie mich auf eigene Initiative hin verhaftet?«

»Warum, nein, Sir. Erst nach gründlichster Betrachtung ...«

»Wessen Betrachtung? Wer war es? Wer hat Sie autorisiert?«

Harding hatte geahnt, daß diese Frage auftauchen würde. Sie mußten beweisen, daß die Polizeiaktion nicht übereilt, sondern gut überlegt worden war, durchdacht bis zuletzt. Trotzdem wurden seine Knöchel auf dem Rand des Zeugenstandes weiß. »Ich habe auf Befehl des Chief Constablers gehandelt.«

»Ich frage mich, von wem er seinen Befehl hatte?«

»Wie meinen Sie das?«

Makepeace sah zur Galerie hoch, um Marias Blick aufzufangen. Er lächelte. Sie lächelte, verstand wie immer. Er würde Claires Information benutzen, was hatte er schon zu verlieren?

»Können Sie mir sagen, ob das Büro des Chief Constablers zu irgendeiner Zeit vor meiner Verhaftung Kontakt zur Downing Street hatte?«

»Ich verstehe die Frage nicht.«

»Sie ist einfach genug, Chief Inspector. Sie scheinen recht wenig in der Hand gehabt zu haben, um mich aus gesetzlichen Gründen zu verhaften. Deshalb war es wohl eher eine Sache der Politik. Hat jemand politischen Druck ausgeübt?«

»Das ist reine Spekulation.«

»Wie Ihre Begründung, daß mein Marsch Probleme bereiten könnte. Pure Spekulation.«

»Aber eine Begründung, die mir die Autorität verliehen hat, im Namen des Gesetzes zu handeln, und die Ihnen die Pflicht auferlegt, meinen Anweisungen Folge zu leisten.«

»Das hätte in Nürnberg nicht so gut geklappt, nicht wahr, Chief Inspector?« neckte Makepeace. »Kommen Sie«, forderte er ihn auf, »gab es politischen Druck?«

»Natürlich nicht.«

»Sie können bestätigen, daß es vorher keinen Kontakt

zwischen dem Büro des Chief Constablers und irgendeinem Parteibüro gab?«

»Ich ... weiß nicht«, protestierte Harding glaubwürdig und wurde zusehends verwirrter. Das Kreuzfeuer zwischen einem Premierminister, seinem Chief Constabler und dem ehemaligen Außenminister überforderte seine dreiundzwanzig Jahre Erfahrung bei weitem. Ein vorzeitiger Ruhestand winkte.

»Sie können es also nicht bestätigen.«

»Nein, natürlich kann ich das nicht. Ich war nicht ...«

»Lassen Sie mich das klarstellen. Sind Sie in der Lage zu verneinen, daß irgendeine Form politischen Drucks auf die Polizei ausgeübt wurde, um meine Verhaftung sicherzustellen?«

Harding sah verzweifelt zur Richterbank. Die drei Magistratsherren starrten teilnahmslos zurück, die Füller bereit.

»Wie soll ich das beantworten?«

»Ein einfaches Ja oder Nein genügt. Können Sie es verneinen?«

»Nein.«

»Danke, Chief Inspector Harding. Ich glaube, ich muß Sie nicht weiter bemühen.«

COBRA war dazu da, Feindseligkeiten zu lösen, nicht, sie herbeizuführen. Sie hatte keinen guten Tag gehabt.

»Youngblood, ich will Rae innerhalb einer Stunde ersetzt haben.«

»Das wird schwierig für mich werden, Premierminister.«

»Verwünscht sollen Sie sein. Wird das Rückgrat in der britischen Armee jetzt durch Argumente ersetzt? Was, zum Teufel, kann schwierig dabei sein, einen Offizier durch den anderen zu ersetzen?«

»Darin liegt keine Schwierigkeit, Premierminister. Es ist nur so, daß ich das für Sie nicht tun werde.«

»Sie weigern sich?«

»Genau.«

Der Premierminister benutzte ein kurzes, häßliches Wort.

»Ich weiß, daß Sie für so eine Weigerung meinen Kopf auf dem Block sehen wollen«, fuhr Youngblood fort, »aber lassen Sie mich Ihnen versichern, daß meine Rede auf dem Schafott wahrhaft großartig sein wird. Und geradeheraus. Ich werde zum Beispiel offenlegen, wie Sie bei jedem Schritt militärischen Rat zurückgewiesen und ignoriert haben, daß Sie diese Schwierigkeiten selbst verschuldet haben. Ich werde darauf hinweisen, wie Natur und Ablauf unserer Militäraktion in Zypern in etwas hineingedrängt wurden, das ich nur als Wahlkampf-Stundenplan bezeichnen kann. Ich mag mich hinsichtlich Ihrer Motive natürlich irren, es könnte auch eher Narretei als politisches Kalkül gewesen sein, das Ihr Handeln dirigiert hat, und ich lasse gern andere sich selbst ein Urteil bilden.« Er räusperte sich und zeigte ein flüchtiges Lächeln voller Verachtung. »Ich bin selbst überrascht, wie sehr ich das genieße. Ich werde es weit weniger genießen, Sie in aller Öffentlichkeit für jeden Toten verantwortlich zu machen, Brite oder Zypriot, den Sie durch Ihre Narrheiten verschulden.«

»Das würden Sie nicht wagen«, keuchte Urquhart, er hatte plötzlich Mühe zu atmen.

»Premierminister, die da draußen sind tapfere Jungs, *meine* Jungs. Und unschuldige Kinder. Wenn einem von ihnen etwas passiert – ich gebe Ihnen mein Wort als Offizier –, setze ich Sie vor jedem Wahlbezirk des Landes in einen Ameisenhaufen.«

Das braune Stofftuch auf dem Kabinettisch zerknitterte unter Urquharts geballten Fäusten. Ein Schleier der Verwirrung hatte sich über seine Augen gelegt und dämpfte ihren klaren Blick. Er sah geradeaus, konnte aber nichts mehr sehen, blind. Oder war da nichts anderes zu sehen außer Dunkelheit? Er hatte das Gefühl, er fiele rückwärts ins Nichts.

Der General räusperte sich noch einmal und raffte seine Papiere zu einem ordentlichen Bündel zusammen.

»Wenn man etwas beabsichtigt, was vor den Augen der Kameras aller Welt zu einem Massaker an Kindern werden könnte, ist das eine Form des Irrsinns. Dabei will ich nicht mitmachen.« Er stand auf, strich seine Uniform glatt und nahm die Haltung eines Wikingers vor dem Bestattungsfeuer an. »Sir, habe ich Ihre Erlaubnis zu gehen?«

»Ich bin nicht wegen eines Vergehens vor dieses Gericht gebracht worden, sondern wegen meiner Politik. Meine Ansichten passen einigen nicht. Rabauken auf der Straße wollten meinen Marsch stoppen, und in den Schatten stehen ihre Komplizen. Die das Recht eines Engländers nicht akzeptieren, anderer Meinung zu sein, seinen eigenen Weg zu bahnen, eigene Entscheidungen zu treffen. Wir haben zwei Weltkriege für diese Rechte gegen Feinde ohne sie geschlagen. Jetzt müssen wir uns einem Feind in unseren eigenen Reihen stellen. Ich werde unpatriotisch genannt, doch es gibt niemanden, der sein Land mehr liebt als ich. Ich bin angeklagt, Gewalt auszulösen, doch ich marschiere für den Frieden. Ich bin vor dieses Gericht gebracht und eines Verbrechens angeklagt worden, doch niemand hält sich strenger an das Gesetz als ich. Und welchen Verbrechens bin ich angeklagt? Wenn sich ein Mann nicht damit herausreden kann, daß er sich ungesetzlich verhalten hat, weil er Befehlen gehorcht hat, kann es ja wohl kein Vergehen sein, wenn ein Mann sich weigert, ungesetzlichen Befehlen zu gehorchen. Beständigkeit ist eine Eigenschaft, die an englischen Eichen sehr bewundert wird. Ich habe mich der Polizei nicht aus Mangel an Respekt widersetzt, sondern weil ich noch größeren Respekt vor dem unantastbaren Recht eines Engländers habe, zu sagen: Das ist Unsinn! Ich will es auf meine Weise machen. Wenn es ein Verbrechen ist, englisch zu sein, dann bekenne ich mich schuldig. Wenn es ein Verstoß ist, Freiheit und Fairneß zu lieben, dann habe ich mich auch dessen schuldig gemacht. Wenn es ein Vergehen ist, Frieden haben zu wollen, dann bin ich noch einmal schuldig. Wenn es eine Sünde ist zu meinen, daß dieses Land eine bessere Politik verdient, dann verurteilt mich und werft den Schlüssel weg. Tut es jetzt. Denn ich werde meine Ansichten nicht verhehlen noch Kompromisse eingehen, um mein Amt zu halten, noch werde ich Abkommen hinter verschlossenen Türen treffen, die Dinge betreffen, die ich im Sonnenlicht nicht offen darlegen kann. Ich habe keine Partei, nur meine Politik. Darin ist Respekt für das Gesetz. Liebe zu meinem Land. Opferbereitschaft für den Frieden. Und Verachtung für die, die die Rechte gewöhnlicher Männer und Frauen mit Füßen treten. Sie sind es, nicht ich, die versuchen, das Gericht zu einem Werkzeug politischer Manipulation zu machen, und wenn sie damit hier in Birmingham angefangen und Erfolg haben, im Herzen Englands, wo soll das enden? Und müssen wir uns nicht fragen, wer ›sie‹ eigentlich sind?«

»So setzen Sie sich doch«, verlangte Urquhart in dem verzweifelten Bemühen, die Situation wieder in den Griff zu bekommen. Aber Youngblood blieb stehen.

Urquhart fühlte sich ausgetrocknet und griff nach seinem Wasserglas. Jeder bemerkte, daß es zitterte. Er leerte es in einem großen Schluck, aber Tropfen blieben in seinen Mundwinkeln hängen, und die Oberlippe war naß. Seine Augen flackerten nervös und sahen Youngblood an. »Setzen Sie sich hin, Mann. Es geht um Menschenleben. Lassen Sie es uns wenigstens besprechen.«

Steif und sichtlich widerstrebend gab der General nach.

Niemand sagte etwas, als Urquharts Zähne in seinen Knöchel bissen und er versuchte, sich wieder auf seine Gefühle zu besinnen, auch wenn es nur Gefühle voll Schmerz waren. Einen Moment schien er zu schweben, sich von seinem Körper zu lösen, die Gruppe von oben zu sehen, wo ein Mann unbeweglich in einem Stuhl saß, der für den Premierminister reserviert war, ein Mann, der gefangen war wie eine Fliege im Sirup. Ein Opfer der Geschichte.

»Verzeihen Sie, General, wenn ich leichtfertig wirkte. Das war nicht meine Absicht.« Er konnte die Zunge, die die Worte formulierte, nicht spüren, und seine Stimme klang unnatürlich belegt, als wenn er scharfen Senf geschluckt hätte.

Youngblood warf ihm einen Blick zu, von dem die Milch sauer werden könnte, sagte aber nichts.

»Wenn es Ihre Ansicht ist, daß es keine militärische Lösung gibt«, fuhr Urquhart fort, immer noch gespreizt, »was haben Sie dann für Vorschläge?«

Youngblood schüttelte knapp den Kopf.

»Sonst jemand?« fragte Urquhart und sah rund um den Tisch. Das erstemal fiel ihm auf, daß er kaum einmal in den letzten Tagen eines der Mitglieder von COBRA um seine Meinung gebeten hatte, aber selbst Gummistempel können einen Abdruck hinterlassen.

Niemand hatte etwas zu sagen. Dann hustete der General. »Rae ist der Mann vor Ort. Ich traue allem, was er zu sagen hat.«

Urquhart nickte.

»Rae«, bellte der General, »Ihre Meinung, bitte.«

»Meine Meinung, meine Herren, ist«, erklang die Stimme tausend Meilen entfernt, »daß das eine politische Situation ist, die nur eine politische Lösung haben kann.«

»Sprechen Sie offen, Luftmarschall«, krächzte Urquhart.

»Widerstrebend komme ich zu dem Schluß, daß wir, wenn die Zyprioten die Basen zurückhaben wollen, wenig tun können, um das zu verhindern. Jetzt, nächstes Jahr, bald. Sie werden gewinnen. Diese Dinge haben eine unleugbare Eigendynamik.«

»Aber die Basen sind unser wichtigster Stützpunkt im Mittleren Osten. Sie aufzugeben wäre ein Unglück für Militär und Nachrichtendienst«, wandte Urquhart ein.

»Das kommt darauf an, Sir. Die Zyprioten haben nichts gegen unsere Anwesenheit hier, heißen sie sogar willkommen. Abseits des Konflikts sind sie sehr gastfreundlich. Die Basen bringen ihnen hohe Einnahmen und Arbeitsplätze. Wogegen sie sich wehren, ist, daß wir die Herren in ihrem Land sind.«

»Was schlagen Sie vor, Rae?« drängte Youngblood.

»Wenn ich Politiker wäre, Sir« – sein Ton verriet seine Erleichterung darüber, daß er es nicht war – »würde ich über einen Handel nachdenken. Behaltet uns als Freunde. Lassen Sie sie wissen, daß wir gerne die Landrechte an den Basen zurückgeben, und dann leasen Sie sie zurück. Wir behalten die Basen, die Zyprioten behalten das Einkommen. Jeder ist glücklich.«

»Bestechend«, murmelte Youngblood.

Urquharts Gesichtsausdruck war steinern, sein Geist ein Eisfeld, das leise krachte. Als er still dasaß, begannen die Gedanken von ihm unabhängig um ihn herumzuwirbeln.

Der Parteivorsitzende schüttelte den Kopf. »Es wäre eine politische Katastrophe.«

»Nicht unbedingt. Nicht, wenn wir es als unsere Idee hinstellten«, widersprach der Verteidigungsminister. »Eine Lösung, die unseren Ruf als Friedensstifter auf der Insel stützt. Wer hätte Einwände? Dick Clarence hat uns bei Zypern schon öffentlich Rückendeckung gegeben, er könnte nicht blöken.«

»Die einzige andere mögliche Geräuschquelle ist Tom Makepeace. Er ist verhaftet.« Der Justizminister klang eindeutig fröhlich.

Eine begeisterte Stimmung breitete sich im Raum aus und begann Urquharts eisige Gedanken aufzutauen. Vielleicht war die Fliege nicht im Sirup gefangen, vielleicht war sie nur in eine Spinnwebe geflogen und könnte sich noch freikämpfen.

Ein leises Klopfen unterbrach ihre Beratung. Ein Kopf erschien vorsichtig in der Tür, gefolgt vom Rest eines Privatsekretärs, der den Stuhl des Premierministers ansteuerte. Er legte ein Stück Papier auf den Tisch, dann zog er sich wieder zurück.

Langsam senkten sich Urquharts Augen darauf, und er begann zu lesen.

Egal, wie sehr die Fliege kämpfte, es gab kein Entkommen.

Thomas Makepeace war freigesprochen worden.

ELF

Die untergehende Sonne hatte harte Schatten auf den Felseinschnitt geworfen. Die Temperatur betrug noch immer über dreißig Grad, aber Nicolaou zitterte schon den ganzen Nachmittag. Sein Herzschlag war unregelmäßig, seine Stimme ein leises Zittern, aber sein Geist hatte nicht an Schärfe verloren.

»Ich kann nicht gehen, Elpida.«

»Wenn du bleibst, Vater, wirst du sterben.« Sie kniete neben ihm und wischte ihm die Stirn ab.

»Ich habe keine Angst. Ich habe mich in den letzten Tagen an den drohenden Tod gewöhnt.« Es war ein Versuch, leichtherzig zu erscheinen und über die Bedrohung hinwegzutäuschen, aber er mißlang. Die Atmosphäre blieb gespannt, unheilschwanger. Das blasse Licht der Innenbeleuchtung entzog seinem Gesicht jede Farbe und hinterließ nur zwei Flecke des Protests, wo seine Wangenknochen sich scharf unter der Haut abzeichneten. Der Rest sah aus wie erstarrtes Wachs.

»Komm mit mir. Jetzt.« Ihre Bitte verriet ihre Verzweiflung. Sie zog an ihm, spürte jeden Knochen in seiner zerbrechlichen Hand, aber er weigerte sich, sich von der Matratze aus Decken zu erheben. Er war sich nicht sicher, ob er es schaffte, selbst wenn er es versucht hätte.

»Sie sollten darüber nachdenken, Sir«, schaltete St. Aubyn sich ein, dessen Umriß im Dämmerlicht kaum zu erkennen war. »Durch sinnloses Leiden kann man nichts gewinnen.«

»Das ist … ehrenwert von Ihnen, Colonel.« Nicolaous Atem kam stoßweise, er kämpfte um Worte. »Aber Sie haben Ihr Leben riskiert, um uns zu retten. Ich kann unsere britischen Freunde nicht im Stich lassen.«

»Vater, werde erwachsen.«

Ihre Zurechtweisung traf ihn wie eine Ohrfeige. Seine Augen, leicht glasig und distanziert, versuchten, sich zu konzentrieren.

»Sie sind nicht gekommen, um unsere Haut zu retten, sondern die des Hochkommisars. Und die von Mr. Urquhart«, fuhr sie fort. »Stimmt das nicht, Colonel?«

St. Aubyn zuckte die Achseln. »Ich bin Soldat. Ich tue, was man mir befiehlt. Ein Soldat fragt nicht nach dem Grund.«

Nicolaou hob die Hände in schwachem Protest. »Aber Mr. Urquhart ist so ein guter Freund für uns gewesen, Elpida. Der Frieden ...«

»Es ist *unser* Frieden, nicht seiner. Und vielleicht ist er sowieso verspielt.«

Der alte Mann sank in sich zusammen. Er hatte seine Leiden durch den Gedanken daran ertragen, daß alles, wofür er gekämpft hatte, eintreten würde; der Gedanke an ein Scheitern entzog ihm allen Saft. »Bitte, sagt mir, daß nicht alles vergebens war.«

»Du kannst nicht an zwei Fronten zugleich kämpfen, Vater, den Türken so viel zu geben und den Briten nachzugeben. So sehr wir Zyprioten Frieden wollen, wir haben auch unseren Stolz. Manchmal ist das wichtiger.«

Seine Hand zitterte verwirrt, als er sie nach seiner Tochter ausstreckte. »Alles, was ich getan habe, habe ich für dich getan, Elpida, und für deinesgleichen. Für die Zukunft.«

»Nein, *Baba*, das hast du nicht.«

Nicolaou hustete verwirrt. St. Aubyn beugte sich vor und flüsterte: »Langsam, Miss«, aber sie beachtete ihn nicht.

»Deshalb will ich, daß du diesen Ort verläßt und zu den Leuten da drüben gehst.«.

»Warum? Warum?« stöhnte ihr Vater.

»Weil sie recht haben, *Baba*. Und weil die Briten unrecht haben, wenn sie zypriotisches Land als Herren besetzen.«

»Du hast nie vorher solche Dinge gesagt.«

»Du hast mich nie gefragt. Auch sonst niemanden. Aber Zypern verändert sich. Wird erwachsen.« Sie wandte sich an St. Aubyn. »Colonel, glauben Sie mir, Sie werden immer in meinem Haus willkommen sein. Als Freund. Aber ich will Sie nicht in meinem Haus sehen, wenn Sie das als Ihr Recht beanspruchen.«

Er nickte, sagte aber nichts. Die Vorstellung, sich von entfernten Außenposten zurückzuziehen, war nichts Neues für einen britischen Soldaten.

»Warum quälst du mich so, Elpida?« fragte der Präsident mit schwacher Stimme.

»Weil ich dich liebe, *Baba*. Weil ich nicht will, daß dein Leben mit einem Irrtum zu Ende geht. Weil du, wenn wir die Seite wechseln und uns ihnen anschließen, nicht nur das tust, was in meinen Augen das Richtige für unsere Insel ist, sondern auch das, was am besten für dich ist. Stolz bewahren, ja, und ein bißchen Wiedergutmachung wegen der Dinge, die die Briten Zypern angetan haben. Vielleicht sogar den Frieden retten.«

St. Aubyn hustete entschuldigend. »Die Herren dort draußen haben darauf bestanden, daß Sie und Ihre Tochter nur dann zu ihnen kommen dürfen, wenn Sie zum Rücktritt bereit sind.«

»Die Präsidentschaft ist ein unbequemes Bett geworden.«

»Vater, du kannst nicht Frieden mit den Türken schließen, ehe du nicht unserem eigenen Volk Frieden gebracht hast.«

»Und, wie es scheint, meiner eigenen Familie.« Nicolaou sank in sein Bett zurück, erschöpft von der Auseinandersetzung. Seine knochigen Finger schlossen sich um die Hand seiner Tochter und zuckten wie sein Herzschlag, als er versuchte, sich durch seine Gefühle zu winden. »Was soll ich tun? Erreiche ich mehr, wenn ich im Amt bleibe oder wenn ich zurücktrete?«

»Vater, wenn du stirbst, erreichst du gar nichts.«

»Alles verlieren? Die Präsidentschaft? Den Frieden? Dich, Elpida?«

»*Baba*, du wirst nie meine Liebe verlieren«, flüsterte sie, und ihre Worte schienen ihm Kraft zu geben. Er drückte ihre Hand mit wachsender Entschlossenheit, stützte sich auf einen Ellenbogen, kaum in der Lage, über den kleinen Lichtkegel hinauszusehen, der sein Bett beschien.

»Colonel, wenn ich mich entschlösse zu gehen, würden Sie mir das gestatten?«

»Sie sind nicht mein Gefangener, Sir.«

»Dann denke ich, wenn es Sie nicht stört, sollte ich es tun.«

Der Colonel nickte und beugte sich vor, als wollte er Nicolaou helfen aufzustehen. Elpida winkte ihn beiseite.

»Nein, danke, Colonel. Wenn er es schafft, ist es mir lieber, wenn mein Vater zurück zu seinen zypriotischen Landsleuten geht, ohne sich dabei auf den Arm eines Briten zu stützen.«

»Irgendwie fühle ich mich wirklich besser«, bestätigte ihr Vater.

»Was glaubst du, warum ich dich so hart bedrängt habe, *Baba*?« fragte sie und küßte ihn zärtlich. »Du wirst immer so dickköpfig, wenn du wütend bist.«

Während sie ihrem Vater aus dem Lastwagen half, wandte sie sich an St. Aubyn. »Ich habe gemeint, was ich sagte, Colonel. Daß Sie in meinem Haus immer willkommen sein werden. Als Freund.«

Es herrschte Zwielicht. Die Kerzen flackerten, das sanfte Lied eines zypriotischen Schulmädchens erhob sich in die Abendluft, als der Sonnenuntergang mit orangefarbenen und roten Fingern die Leinwand der Nacht bemalte. Der Präsident von Zypern stützte sich schwer auf den Arm seiner Tochter, wandte den Briten den Rücken und ging die fünfzig Meter, um sich zu seinen Landsleuten zu begeben.

Diesen Morgen war die neue Eingangstür aus Glas eingetroffen. Außerdem eine Steuerforderung und eine Aufforderung, einen Termin mit der Mehrwertsteuerstelle zu vereinbaren. »Vangelis« war bereit, die Arbeit wiederaufzunehmen, und schon umkreisten ihn die Wölfe und kamen näher.

Wohin er auch blickte, er fühlte sich gejagt. Im Fernsehen hatte er gesehen, wie Makepeace freudestrahlend das Gericht verließ, die Hände hoch über dem Kopf, als wäre er noch gefesselt. Und die Menge hatte auf gleiche Weise geantwortet, und er hatte die Bewunderung und Ermutigung genossen. Der Sieger. Ein Engländer, der, soweit Passolides wußte, nie einen Fuß nach Zypern gesetzt hatte, wurde jetzt behandelt, als wäre er der Retter seines Heimatlandes. Ruhm, der auf den Opfern anderer gründete. Opfer, dachte Passolides, wie sein eigenes.

Der Bildschirm zeigte Freudenszenen von der Insel selbst, wo alte Männer, krumm und gebeugt wie alte Olivenbäume, mit jungen Mädchen tanzten und Flaschen und Gewehre wie in einer Szene aus *Zorba* schwenkten, als sie den Rücktritt und das Überlaufen von Nicolaou feierten.

Überall sah Passolides das Glück anderer, aber er selbst hatte keinen Anteil daran. Dies hätten seine Siege sein sollen, seine Beglückwünschungen, aber einmal mehr, wie schon sein ganzes Leben lang, fand er sich ausgeschlossen.

Vor ihm lagen die mit einer Krone verzierten Umschläge der Behörden. Sie verfolgten ihn, die Agenten des britischen Imperialismus, wie sie es schon vor so vielen Jahren getan hatten, verfolgten ihn in jedes Versteck und ließen ihm keine Ruhe.

Innerlich wand er sich wie ein Wurm, den ein Spaten gespalten hatte, der Nebel der Verzweiflung umschattete seine Augen, und sein Kopf war voller Bitterkeit. Mit einem lauten Schrei der Verzweiflung holte er aus und schleuderte die inzwischen leere Weinflasche in das Satansauge des Fernsehers. Die Flasche prallte ab und traf das neue Fenster. Etwas knackte.

Aber Vangelis kümmerte es nicht mehr.

Urquhart hatte dieselben Nachrichten gesehen wie Passolides, und seine Verzweiflung war ähnlich groß. Er hatte beobachtet, wie Makepeace seine verschlungenen Hände über den Kopf gehoben hatte, sie fallen ließ, wieder hob und erneut senkte. Für Urquhart sah es so aus, als hielte Makepeace den Griff eines Dolches umklammert, den er wieder und wieder in seinen Körper versenkte. In Makepeaces Triumph lag sein eigener Untergang.

Es war spät, er hatte Corder gerufen. »Noch hier?«

»Ich dachte, Sie hätten vielleicht gerne Gesellschaft.«

»Wie nett. Sie sind ein guter Mann, Corder. Guter Mann.« Pause. »Ich habe etwas für Sie.«

Corder hörte aufmerksam zu und beobachtete den Premierminister die ganze Zeit. Urquharts unbewegtes Gesicht hätte in ein Schlachthaus gepaßt, seine Stimme war seltsam ausdruckslos, seine Reaktionen kamen mechanisch. Ein veränderter Mann oder einer, der dabei war, sich zu verändern, und mit seiner Verzweiflung rang.

Als Urquhart fertig war, fand Corder nur ein Wort. »Warum?«

Er hatte nie zuvor einen Befehl in Frage gestellt.

Urquharts Stimme war nicht mehr als ein heiseres Flüstern, er schien an fast jedem Wort zu würgen. »Ich habe gerade den Befehl gegeben, daß der Konvoi auf Zypern sich ergeben soll, ich habe keine andere Wahl. Es widerstrebt jedem Knochen in meinem Leib, die Niederlage zu akzeptieren. Das wird mich umbringen, Corder, sie werden mir bei lebendigem Leibe die Haut abziehen und meinen Kopf auf eine Lanze spießen. Irgendwie muß ich weiterkämpfen, mit allen Mitteln.«

»Aber warum mit diesem?«

»Bitte, Corder, fragen Sie mich nicht, ich bin mir selbst nicht sicher. Vielleicht, weil es das einzige ist, was mir noch bleibt.«

Der Einschlag war katastrophal, absolut unvermeidlich. Aber wie ein Damm, der das steigende Wasser zurückgehalten hatte, bis er brach, brauchten die ersten Risse ein paar Stunden, ehe sie sichtbar wurden. Die Nachrichten von der endgültigen Erniedrigung, die Bekanntmachung, daß St. Aubyns Männer ihre Waffen abgelegt hatten, um sich auf ›bedingungslose Gespräche‹ mit den Zyprioten einzulassen, kam zu spät für die Morgenzeitungen, und die Fernsehbilder von der Aufgabe waren durch Nachtlinsen aufgenommen, die sich bei den Morgennachrichten als zu verschwommen und undeutlich erwiesen, um voll zur Wirkung zu kommen. Dennoch war das Rumpeln des Zusammenbruchs überall zu hören.

Das Geräusch, das das Parlamentsmitglied von Milton Keynes erzeugte, erinnerte weniger an ein Rumpeln als an eine Trommel, die wie ein Ruf zu den Waffen geschlagen wurde, denn er war unfähig, noch länger all seine Rechtschaffenheit hinter den sich spannenden Westenknöpfen zu verbergen, seit seine Hoffnung auf eine Beförderung sich mit der letzten Kabinettsumbildung zerschlagen hatte. »Tom ist lange Jahre mein Freund und Kollege gewesen«, verkündete er vom Rücksitz des Radiowagens, der in seiner Einfahrt parkte. »Sowohl Tom als auch ich haben unserer Partei treu gedient, und ich habe enormen Respekt vor Tom.« Er klammerte sich an den Namen wie an eine Rettungsweste auf stürmischer See, als könnte er durch die wiederholte Erwähnung die anderen von dem überzeugen, wovon er sich selbst gerade erst überzeugt hatte. »Der Marsch wird später am Tag durch meinen Wahlkreis führen, und ich möchte gern mitmarschieren.«

Der Kampf um Makepeaces Segen hatte begonnen.

»Die Partei gehört weder Francis Urquhart noch sonst jemandem. Ich denke, Mr. Urquhart sollte seinen Entschluß ankündigen, gleich nach der Wahl zurückzutreten. Meine Wahl für seine Nachfolge ist Tom Makepeace.«

»Und wenn der Premierminister keine solche Ankündigung macht?« fragte der Redakteur aus dem Londoner Studio.

»Ehrlich gesagt glaube ich nicht, daß er eine andere Wahl hat.«

Aus der Parteizentrale häuften sich die Berichte über Telefonanrufe, in denen Aktivisten den Rücktritt verlangten – ob den des Premierministers oder des Kandidaten für Milton Keynes, wurde nicht klar. Jedenfalls wurde eine Presseerklärung mit einer sofortigen Zurückweisung verfaßt, aber als Journalisten die Geschichte überprüfen wollten, kamen sie nicht durch. Der Anschluß war blockiert.

Aus Zypern kam die Nachricht von Nicolaous sofortigem Rücktritt und die erste Ankündigung seines Nachfolgers Christodoulou, früher Vize-Präsident, der die BMW-Konzession auf der Insel besaß. »Wir werden nicht eher ruhen«, sagte er auf einer tumultartigen Pressekonferenz, bei der er in einen Wust von Mikrofonen sprach, »bis das Blut, das unsere Väter vergossen haben, geehrt wurde und alles Land auf Zypern wieder unter zypriotischer Oberhoheit steht.« Selbst viele der Journalisten begannen zu applaudieren. »Ich denke, wir sollten jeden Weg zum Frieden mit unseren türkischen Nachbarn gehen, aber ich kann das geplante Friedensabkommen in seiner jetzigen Form nicht unterschreiben. Eine gerechtere Aufteilung der Ölreserven vor der Küste ist notwendig, und ich werde sofort Kontakt mit Präsident Nures aufnehmen, um weitere Gespräche zu führen.« Neben ihm stand Elpida, müde, aber engelsgleich, und nickte ermutigend, ehe sie eine Stellungnahme ihres Vaters verlas, in der er vom Krankenhausbett aus diese Meinung unterstützte.

Über den Tag wurden die Risse im Damm größer, die Unterstützung schwand, und die Tropfen der Niederlage wurden große sprudelnde Quellen der Rebellion, die Francis Urquhart in die Vergessenheit spülten.

Am nächsten Morgen grenzte die Stimmung an Hysterie. Der Lieferwagen, der die Morgenausgaben der Zeitungen in die Downing Street brachte, hatte eine lose Motorhaube; das Geräusch hallte von den Mauern der engen Straße wie das Rattern eines Karrens auf Kieselsteinen auf seinem Weg zum Galgen von Tyburn. Seit Mitglieder beider großer Parteien und eine Anzahl weiterer Gruppierungen Makepeace zu ihrem geistigen Führer erklärt hatten, war der Ausgang der Wahl völlig ungewiß; die Parteigrenzen verwischten sich zum Chaos wie auf einem Kampffeld im Bürgerkrieg, und zwischen den aufgeriebenen Mannschaften hingen Gruppen von Reportern, um ein noch abschreckenderes Beispiel für die Abkehr von Francis Urquhart zu finden. Eine telefonische Umfrage ergab, daß weniger als zehn Prozent der Wähler wollten, daß Urquhart Premierminister blieb; wie der Kommentar dazu behauptete, mußten sie alle Anhänger der Opposition sein. Versuche wurden unternommen, eine ausreichende Zahl von Ministerkandidaten nach ihrer Meinung zum neuen Regierungschef zu befragen. Die Antwort war einhellig. Makepeace – wenn er wollte. Aber Makepeace blieb unbewegt, sagte nichts, als sein Marsch sich durch die Außenbezirke von Milton Keynes wand und jede Stunde um ein weiteres Tausend anwuchs.

Es schien, daß die Meute vor den Toren von Minute zu Minute größer wurde. Worte, die am Morgen nur aus anonymen, aber in der Regierung hoch angesiedelten Quellen laut geworden waren, hatten am Nachmittag Namen, die dafür einstanden; Hinterbänkler, die unter dem Druck kleiner Majoritäten und kleinkarierter Ehefrauen herbeigeeilt waren, um am Schauplatz der Exekution zu sein, bevor sie selbst an die Wand gestellt wurden. Es hieß, die Minister seien in ständigem Kontakt und planten die offene Rebellion. Es hieß, daß sich ein paar Minister beim Abendessen träfen, um die Absetzung des Premierministers zu besprechen – nicht ob überhaupt, sondern wann und wie.

Quer über die Titelseite von Jasper Mackintoshs neuem Journal *Clarion* stand die kühnste Behauptung von allen. über Bildern von kranken und müden britischen Soldaten, einige auf Tragen, um sich von der Entkräftung durch Durst und Hitze zu erholen, die Schlagzeile: **F.U. PLANTE KRIEG MIT BIOLOGISCHEN WAFFEN.**

Letzte Nacht stand zu befürchten, daß der Premierminister plante, chemische und biologische Waffen gegen die Zyprioten einzusetzen, ehe er gezwungen war, nachzugeben. Der alarmierende Zustand der britischen Soldaten, die in das Fiasko verwickelt sind, führte zu Vermutungen, daß sie von ihren eigenen biologischen Waffen vergiftet wurden, die sie auf Anweisung Francis Urquharts auf dem Konvoi hatten heimlich mitführen müssen. ›Solche Befehle würden Urquhart zu einem Kriegsverbrecher machen, der sich des schlimmsten Verstoßes gegen die Konvention der Menschenrechte schuldig gemacht hätte‹, sagte ein Friedenssprecher dazu …

Mackintosh befand sich auf seiner Yacht in St. Katharine's Dock, der eleganten Hafenanlage neben der aufragenden Kulisse der Tower Bridge, als der Anruf kam.

»Warum drucken Sie das, wenn Sie wissen, daß es nicht stimmt?« Die Stimme klang heiser und hatte einen leicht schottischen Einschlag, wie immer, wenn er aufs äußerste erregt war.

»Wahrheit, Francis? Ein ungewohnter neuer Anzug für Sie.«

»Warum drucken Sie das?« wollte Urquhart wieder wissen.

»Weil es Ihnen schadet. Sie verletzt. Darum.« Hinter Mackintosh erklang das Geräusch eines herausfliegenden Korkens und das Klingeln weiblichen Gelächters.

»Ich dachte, wir hätten ein Abkommen.«

»Sicher. Sie werfen mir Knüppel zwischen die Beine, solange Sie können. Dann bin ich dran. Es ist aus, Francis. Es gibt nichts mehr, womit Sie mir drohen können, keine Steueränderungen, keine Monopolgesetze. Weil man Sie in einer Woche vor jedem Wahllokal des Landes hängen wird. Ich werde an den Feierlichkeiten teilnehmen.«

»Gibt es nichts, was wir tun können …«

Aber die Verbindung war schon unterbrochen.

Er bestellte sie spät abends zu sich, einen nach dem anderen. Sein Kabinett. Die Prätorianergarde, deren Leichen eher die Stufen zum Kapitol verschmutzen würden, ehe sie irgendeinem Eindringling erlauben würden, in Stichweite an Cäsar heranzukommen. Zumindest in der Theorie.

Claire war dagegen gewesen, sie einzeln hereinzurufen, aber er war standhaft geblieben. Sie waren aufgeregt wie Schafe, wenn eines weglief, kamen die anderen bestimmt hinterher. Sondere sie ab, isoliere sie, hypnotisiere sie, erlaube ihnen nicht, Stärke aus den anderen zu ziehen; jeden für sich könnte er vielleicht einschüchtern, ehe sie sich im Mob auflösten. Aber in seinem Herzen wußte er, daß sie dafür nicht taugten, sie würden ihn verraten.

Er saß im Kabinettzimmer auf dem Stuhl, der für den Premierminister reserviert war, dem einzigen mit Armlehnen. Neben ihm drei Telefone. Der Rest des Tisches war leer, von Protokollbuch und anderen Zeichen des Ministerranges befreit, nur mit einem traurigen braunen Filztuch bedeckt. Er wollte, daß seine Minister keine Verstecke fanden, keine Mauselöcher zum Verkriechen. Er mußte es wissen. Draußen nieselte es.

Er hatte mit Bollingbroke anfangen wollen, aber der Außenminister war auf dem Weg von einem Treffen in Brüssel irgendwo aufgehalten worden. Statt dessen holte er Whittington – wie sehr hätte er gewünscht, es wäre Whittingtons Frau; da zumindest hätte er eine solide Antwort bekommen. Es klopfte an der Tür, und Claire brachte ihn hinein. Er wirkte zögerlich.

»Kommen Sie rein, Terry«, ermutigte Urquhart ihn ruhig, »es ist mein Schafott, auf das Sie steigen, nicht Ihr eigenes.«

Der Minister setzte sich ihm gegenüber und tupfte nervös mit einem Taschentuch an seinem Mund herum, das dann zu seinen Schläfen fuhr, um den hervortretenden Schweiß abzuwischen.

»Terry, lassen Sie mich sofort zum Thema kommen. Habe ich als Premierminister weiterhin Ihre Unterstützung?«

»Sie werden immer meine persönliche Unterstützung haben, Premierminister.« Ein dünnes Lächeln erschien auf seinen feuchten Lippen und verschwand genauso schnell wieder. »Aber ich kann nicht sehen, wie wir gewinnen wollen, wissen Sie, bei …«

»Mit mir?«

»Bei den derzeit herrschenden Umständen.«

Er blökte, beinahe wie ein Schaf.

»Werden Sie öffentlich eine Erklärung zu meiner Unterstützung abgeben?«

Die Feuchtigkeit auf Whittingtons Stirn hatte sich in einen eindeutig nervösen Film verwandelt. »Es ist so schwierig da draußen«, murmelte er und schwenkte eine grobe Faust. »Ich hasse es, Sie geschlagen zu sehen, Francis. Das muß ich Ihnen als alter Freund sagen. Ich glaube nicht, daß Sie gewinnen. Vielleicht, vielleicht sollten Sie erwägen ... Ihren Rückzug anzukündigen. Sie wissen schon, Ihren ungeschlagenen Rekord verteidigen?«

Es klang vorbereitet, wie aus zweiter Hand.

»Und was denkt Ihre Frau?«

»Genau dasselbe«, ergänzte Whittington, zu schnell. Er hatte sich verraten.

Urquhart beugte sich vor. »Eine Ankündigung klarer Unterstützung von meinem Kabinett würde helfen, den Eindruck des sinkenden Schiffes zu mildern.«

Whittingtons Lippen bewegten sich aufgeregt, aber er sagte nichts und wedelte nur mit den Armen. Er schwamm schon.

»Geben Sie mir noch Zeit bis zum Wochenende, mich zu entscheiden? Ehe Sie öffentlich etwas sagen?«

Whittingtons Kopf nickte, fiel vor und verbarg seine Augen. Sie brannten, er wußte nicht, ob vom Schweiß oder weil er mit den Tränen kämpfte.

Urquhart entließ ihn mit einem Wink seiner Hand. Claire hatte schon die Tür geöffnet. Es regnete jetzt stärker.

Maxwell Stanbrook kam als nächster herein.

»Nun, Max?«

»Zuerst, Francis, will ich Ihnen sagen, wie dankbar ich für alles bin, was Sie getan haben. Für mich. Für die Partei. Für das Land. Ich meine das sehr ernst.«

»Also werden Sie mich unterstützen? Öffentlich?«

Stanbrook schüttelte den Kopf. »Das Spiel ist aus, alter Freund. Tut mir leid. Sie können nicht gewinnen.«

»Ich habe Sie gemacht, Max.«

»Ich weiß. Ich werde auch mit Ihnen untergehen. Ich bin ehrlich genug, das zu erkennen. Deshalb sollten Sie erkennen, daß ich ehrlich bin, was Ihre Situation angeht.«

»Kann man nichts mehr tun?«

»Versuchen Sie, mit Würde da raus zu kommen, Francis. Das heißt, kündigen Sie Ihren Rücktritt jetzt an, vor der Wahl. Geben Sie dem Rest von uns die halbe Chance. Und behalten Sie den ungeschlagenen Rekord. ›Ungeschlagen in jeder Wahl, bei der er antrat‹, werden die Geschichtsbücher schreiben. Kein schlechter Grabspruch.«

Seinen ungeschlagenen Rekord verteidigen. Dieselbe Formulierung, die Whittington gebraucht hatte. Ein interessanter Zufall, wenn es denn einer war.

»Werden Sie eine Erklärung zu meiner Unterstützung abgeben?«

»Wenn es das ist, was Sie wollen. Aber meiner Meinung nach wird Ihnen das nichts nützen.«

Es tat weh. Er hatte Hoffnung auf Stanbrook gesetzt. Tief innerlich fühlte er ein Beben, Fundamente zerbrechen, neue Risse unter der Wasseroberfläche aufbrechen.

»Danke, daß Sie wenigstens ehrlich waren. Geben Sie mir bitte bis zum Wochenende Zeit. Werden Sie bis dahin Stillschweigen bewahren?«

»Sie haben mein Wort darauf. Und meine Hand darauf, Francis.«

Melodramatisch ging Stanbrook um den Tisch zu Francis und gab ihm die Hand. Aus der Nähe konnte Urquhart die Spuren des Schlafmangels erkennen. Es war ihm wenigstens nicht leichtgefallen.

Catchpole, der nächste, war in Tränen aufgelöst. Er blubberte unverständlich, kaum in der Lage, sich in dem Gespräch richtig auszudrücken.

»Was sollte ich Ihrer Ansicht nach tun, Colin?«

»Verteidigen ...« – blub – »verteidigen ...« – Husten.

»Ich denke, Sie wollen sagen, daß ich jetzt zurücktreten sollte, um meinen ungebrochenen Rekord und den Platz in den Geschichtsbüchern zu verteidigen. Richtig?«

Catchpole nickte. Verdammter Zufall. Sie hatten sich abgesprochen, die ganze verdammte Bande.

Außer Riddington. Der Verteidigungsminister kam herein, wollte aber nicht sitzen, sondern blieb steif am Ende des Tisches nahe der Tür stehen. Sein Zweireiher war zugeknöpft. Wie auf Parade.

»Ich habe schon zu lange an Ihrem Tisch gesessen, Premierminister. Ich habe in den letzten Tagen bei COBRA beobachtet, wie Sie Ihre Vertrauensposition für ausschließlich politische Ziele mißbraucht und das Leben britischer Soldaten für Ihren politischen Ruhm aufs Spiel gesetzt haben.«

»Das haben Sie nie zuvor erwähnt.«

»Sie haben mich nie zuvor gefragt. Sie haben nie jemanden gefragt. Sie haben nur befohlen.«

Nur zu wahr. Urquhart hatte von Riddington nichts anderes erwartet, der sich beim letzten Treffen von COBRA geweigert hatte, ihn zu unterstützen, und mit den anderen dafür gestimmt hatte, daß St. Aubyns Männer ihr Leiden beenden dürften. Urquhart schien zu lächeln, er öffnete die Lippen, als hielten sie eine Zigarette. »Wer verteidigt also, wenn nicht die Verteidigung?«

»Wie bitte?«

»Ich habe nur überlegt. Ich nehme an, eine Erklärung der Unterstützung für mich steht außer Frage?«

Urquharts Stimme klang, als fände er seine Situation lustig. Riddingtons Gesichtsausdruck erinnerte an verdorbene Austern.

»Eine Frage noch«, fuhr der Premierminister fort. »Sie haben länger als acht Jahre an meinem Kabinettisch gesessen. Im Gegenzug bitte ich Sie um zwei Tage. Am Sonnabend werde ich meine Absichten bekanntgeben. Wenn Sie mich nicht unterstützen können, bitte ich Sie, bis dahin keine öffentlichen Angriffe gegen mich zu starten. Lassen Sie mir ein wenig Würde.«

Riddingtons Miene wirkte aufsässig, aber er stimmte zu. Er deutete ein Nicken an, dann wandte er sich um und ging.

Für einen langen Augenblick herrschte tiefes Schweigen im Kabinettraum. Urquhart regte sich nicht, schien kaum zu atmen. Claire, die diskret in einer Ecke an der Tür gesessen hatte, fragte sich, ob er in Trance verfallen war, so tief hatte er sich in sich selbst zurückgezogen. Ein schwaches Pulsieren in einer Ader an der Schläfe war das einzige Zeichen von Leben, wo es dahinfloß, bis ... bis. Es gab keine Möglichkeit, es zu vermeiden. Sogar er wußte das. Dann kehrte er, von wo immer er auch gewesen war, zurück und war wieder bei ihr.

»Es ist, als wollte man einen Hochofen mit toten Hasen heizen«, murmelte er grimmig.

Sie wunderte sich über seine Gefaßtheit, bewunderte seinen Galgenhumor.

»Ich frage mich, was *er* wohl getan hätte«, sagte sie weich und zeigte auf das Porträt von Robert Walpole, dem ersten und dienstältesten Premierminister.

Urquhart erhob sich, um das Ölbild über dem Kamin zu betrachten, und umfaßte den weißen Marmorsims. »Ich habe in den letzten Tagen viel nachgedacht«, begann er leise. »Sie haben ihn der Korruption angeklagt, ihn verurteilt, sogar im Tower eingesperrt. Nannten ihn einen Kriegshetzer, ehe Mr. Mackintosh die Medien regierte.« Seine Augen schmolzen wie Kindersüßigkeiten. »Sie zwangen ihn zum Rücktritt. Aber er hat immer einen Weg gefunden, um der Katastrophe zu entgehen. Immer.«

»Ein leuchtendes Beispiel.«

»Geschichte nimmt's mit den Fakten nicht so genau. Ich frage mich, ob die Geschichte auch mit mir so freundlich umgehen wird.«

»Ist Ihnen das wichtig?«

Er fuhr heftig herum, seine Augen brannten vor Kränkung. »Das ist das einzige, was ich habe.«

Die Bitterkeit, die noch von schwarzem Humor zurückgehalten wurde, drohte hervorzubrechen, als es eine Bewegung an der Tür gab. Sie ging auf, und Bollingbroke stürmte atemlos herein.

»Et tu, Brute?«

»Wie bitte?«

Urquhart schloß die Augen, schüttelte Gehässigkeit und Selbstmitleid ab und lächelte. »Ein kleiner Scherz, Arthur. Was gibt es Neues in Brüssel?«

»Voller verfluchter Ausländer. Tut mir leid, daß ich nicht früher kommen konnte, Francis.«

»Stehst du zu mir?«

»Bis zum letzten Atemzug. Ich habe vom Autotelefon aus auf dem Weg hierher eine unterstützende Stellungnahme für die Presseagentur diktiert.«

»Dann bist du doppelt willkommen.«

»Das Dumme ist nur, Francis, es wird keinem von uns auch nur im geringsten nützen.«

»Warum nicht?«

»Weil Sie und ich springen müssen, da führt kein Weg dran vorbei. Dieser Wichser Makepeace hat die Wahl in der Hand.«

Makepeace marschierte weiter. Nach Luton. Jede Stunde brachte Makepeace mehr Unterstützung und näher an London heran. Mit jedem Schritt wuchs die Menge, verlangsamte sich der Marsch und gab den Polizeibehörden der Metropole Grund zur Sorge. Nach dem Fiasko von Birmingham wagten sie es nicht, den Marsch vor der Hauptstadt zu stoppen.

Also marschierten sie weiter Richtung Trafalgar Square. Zu Francis Urquharts Bestattungsfeuer.

Er hatte sich im Mondlicht davongeschlichen. Durch das Pressebüro der Downing Street in das Gewirr der Korridore, das Nummer zehn mit dem Büro von Whitehall verbindet, hinter die alten Ziegelwände, wo früher die Tennishalle der alten Tudorkönige war. Nicht einmal Corder war bei ihm.

Selbst um Mitternacht herrschte im Stadtzentrum noch rege Geschäftigkeit. Whitehall wurde zu einer Art Rennstrecke für Lieferwagen und Nachtbusse. Die Geschäftigkeit half ihm, sich zu verbergen, stellte sicher, daß er nicht auffiel. Als er die Stufen vom Büro herunterkam, an den verwirrten Sicherheitsbeamten vorbei, wich er den Polizisten am Eingang der Downing Street aus. George Downing selbst war ein Schurke gewesen, im Bürgerkrieg ein Spion für beide Seiten, ein Mann voller Widersprüche, weder mit Prinzipien noch mit Loyalität ausgestattet. In Harvard erzogen. Sie hatten ihm eine Ritterschaft verliehen und die wichtigste Straße im Königreich nach ihm benannt. Während er, Francis Urquhart, glücklich sein konnte, wenn sein Name wenigstens in einen Gedenkstein eingraviert würde.

Überall gab es Erinnerungen an die Toten. Das Ehrenmal. Die Banketthalle, unter deren Fenstern sie mit einem Schlag den Kopf ihres Herrschers und Königs Charles I. vom Rumpf getrennt hatten. Statuen für gefallene Helden, *in memoriam* und unsterblich. Die ganze Straße erhob sich über dem, was einst die Beerdigungsroute von Charing Cross bis St. Margarets gewesen war, bis der König, abgestoßen vom Wehklagen des gemeinen Volks vor seinen Fenstern, in St.-Martin-in-the-Fields einen neuen Friedhof angelegt hatte, so daß sie die Toten begraben konnten, ohne ihm das Abendessen zu verderben. Nachts in den Schatten und mit dem blassen Mond über dem Kopf meinte man fast, die Knochen der Toten knacken zu hören. Ein Ort der Erinnerung. Er wollte so sehr, daß man sich an ihn erinnerte. Was blieb ihm sonst?

Er stand auf der Steinbrücke von Westminster und sah in das tintenschwarze Wasser hinab, das gegen den Pier schwappte, sein sanftes Plätschern lockte wie die verhexenden Stimmen der Sirenen. Unter ihm gähnte Leere und versprach Ruhe, Erlösung, so leicht, als fiele man in das offene Maul eines Grabes. Die Scherben, die er zurücklassen würde, wären so leicht aufzuheben. Doch er würde es nicht tun, nicht den Ausweg eines Feiglings wählen. Das war nicht der Weg, in Erinnerung zu bleiben.

Er rüttelte an den mit Spitzen und Rosetten versehenen

Toren des New Palace Yards – der Mitgliedereingang zum Unterhaus. Mitgliedern des Parlaments war der Eingang zum Palast von Westminster verwehrt, solange der Wahlkampf im Gange war, außer um ihre Post abzuholen. Selbst während der Wahl beklagten sich Wähler – über Abflüsse, über Nachbarn, über ausbleibende Rentenzahlungen, alle die Dinge, die einem Politiker das Leben schwermachten, und mochte eine sorgfältig formulierte Antwort eine Wählerstimme gewinnen. Der Polizist, der ihm das Tor öffnete, grüßte respektvoll – Urquhart war durch, seine Absätze knirschten auf den Kieselsteinen, ehe der halbwache Beamte sich genug gesammelt hatte, um zu bemerken, was er gesehen hatte, und sich zu wundern, warum, zum Teufel, der Premierminister persönlich vorbeikam, um um Mitternacht seine Post abzuholen. Aber er war nun einmal berechtigt dazu.

Urquhart ging nicht zur Poststelle, die sowieso geschlossen war, sondern die Treppe hoch durch die steinernen Bögen zur Rückseite des Hauses; er traf niemanden. Aber er wußte, daß er nicht allein war, das Echo von Fußstapfen begleitete ihn wie eine Kohorte ferner Erinnerungen. Er erreichte den langen Flur, der hinter der Kammer entlangführte, gewöhnlich laut vom Geräusch der Irrtümer und Vermutungen, jetzt geisterhaft still. Vor ihm erhoben sich die großen gotischen Tore zum Vorraum der Kammer. Sie hätten verschlossen sein müssen wie auch das zweite Paar Türen zur Kammer selbst, aber Elektriker hatten an der Übertragungs-Technik gearbeitet, und das Ver- und Aufschließen von Türen hätte sie in ihrer Zeit zurückgeworfen. Die Türen schwangen sich in ihren großen Eisenangeln zurück.

Die Dunkelheit war dicht, nur von den blassen Streifen des Mondlichts durchbrochen, die durch die hohen Fenster der Westwand fielen. Aber er kannte auch so jeden Zentimeter auswendig. Er hatte seine Bühne betreten, die größte Bühne von allen, und sie hatte schon so viele Male ihre Wirkung nicht verfehlt. Die geschichtsträchtige Atmosphäre umschloß ihn, hob und befreite ihn. Er konnte förmlich spüren, wie sich die Erinnerungen aus Jahrhunderten um ihn scharten, die Geister der Großen wisperten in den Flügeln und warteten darauf, daß er, Francis Urquhart, zu ihnen trat.

Er suchte sich seinen Weg durch die spitzen Ellenbogen, stieg über ausgestreckte Beine, suchte sich den Weg zu seinem Platz. An einer Stelle strauchelte er und war gezwungen, sich am Assistententisch abzustützen, sicher war er über einen ausgestreckten Knöchel gestolpert – den Gladstones vielleicht, den des flotten Disraeli oder des ruhenden Churchill? Hörte er da nicht das Schnappen einer sich schließenden Handtasche, roch er nicht den Duft einer würzigen Havanna? Aber dann war er da, der Platz auf der Bank, reserviert für den Premierminister, wartete wie immer auf ihn. Er setzte sich, umarmte die Lederpolsterung und atmete den Duft großer Ereignisse, der in dem Material hing und den gewohnten Adrenalinstoß auslöste. Er war bereit für sie. Aber heute nacht schwiegen sie, jeder wartete darauf, ihn zu hören, sie hingen an seinen Lippen, wußten, daß dies eine erinnerungswürdige Zeit war.

Er stand auf, um sie anzusehen, seine Beine schleuderten ihn hoch, bis er am Rednerpult stand, seine Seiten umfaßte, seine Handflächen über die Bronzeprägung rieb, vor niemandem Angst hatte. Er würde seinen Platz in der Geschichte haben, egal, um welchen Preis, würde es allen zeigen, diesen schwachen Geistern und Feinden, die ihn umstanden wie Liliputaner. Er würde sie dazu bringen, sich an Francis Urquhart zu erinnern und bei seinem Namen zu zittern. Laß sie nie vergessen.

Um jeden Preis.

Er klopfte auf das Rednerpult, und rundum erklang das Echo wie donnernder Applaus aus tausend Jahren. Er konnte sie alle hören, große Männer, ihre Stimmen ein Chor der Ermutigung, der aus den dunklen Ecken dieser großen Halle drang, wo Geschichte und ihre Erinnerung lebendig blieb. Sie sprachen von Schmerz, von dem Opfer, auf dem jede Legende gründet, vom Ruhm, der auf diejenigen wartet, die genügend Mut und Charakter haben, die Gelegenheit beim Schopfe zu packen. Ihre donnernden Zurufe galten ihm. Francis Urquhart. Ein Willkommensgruß von den Göttern persönlich.

»Verzeihen Sie, Mr. Urquhart, Sie sollten nicht hier sein.«

Er drehte sich um. Im Schatten beim Stuhl des Vorsitzenden stand eine Palastwache.

»Sie sollten nicht hier sein«, wiederholte der Mann.

»Sie sind auch dieser Meinung? Es sieht so aus, als wäre die ganze sterbliche Welt derselben Meinung.«

»Nein, Sir, das meinte ich nicht«, antwortete der Polizist erschrocken. »Ich meinte nur, daß das gegen die Regeln verstößt.«

»Ich entschuldige mich, Offizier. Ich bin nur hergekommen, um ... ein letzter Blick. Vor der Wahl. Eine Chance zum Nachdenken. Es war eine sehr lange Zeit.«

»Kein Grund zur Beunruhigung, Mr. Urquhart. Ich bin sicher, es macht niemandem etwas aus.«

»Das bleibt unser Geheimnis?« bat Urquhart.

»Natürlich, Sir.«

Mit einer angedeuteten Verneigung zum Abschied und dem schwachen Licht aus der Lampe des Polizisten verließ Francis Urquhart die Götter. Jedenfalls für den Moment.

Passolides hatte die Angewohnheit, vor dem Morgengrauen aufzustehen, die Gewohnheit der Bergbewohner, die er beibehalten hatte. Während er den Schutz der Dunkelheit begrüßte und schweigend der alten Zeiten gedachte, bekam er den frischesten Fisch auf dem Markt. Eine Gewohnheit mit gutem Zweck.

Unfreundliche Augen beobachteten ihn, als er ging, und während er sich über Schalen mit Krabbenfleisch und Schwertfischfilets beugte, gingen feindliche Hände an die Arbeit. Dankbar, wie Passolides einst, für den Schutz der Dunkelheit.

Als er in seine Straße einbiegen wollte, die Arme voller Lebensmittelpäckchen, fand er den Weg von einem langen Plastikseil und einem Polizisten versperrt.

»Tut mir leid, Sir. Niemand darf rein, bis sie fertig mit Löschen sind.«

Die Päckchen fielen zu Boden.

»Aber das ist mein Haus.«

Hundert Meter entfernt starrten die Fenster seines Hauses, von Feuerwehrwagen eingerahmt, blicklos über die Straße, sein gerade renoviertes Restaurant ein gähnendes, zahnloses Grinsen. Er war kaum eine Stunde weg gewesen. Es hatte viel weniger Zeit gebraucht, alles zu zerstören, was er besessen hatte.

Diesen Morgen wollten sie nach Watford vor den Toren Londons. Es war der letzte Halt vor dem triumphalen Einzug in die Stadt, und der Weg war schon mit Plakaten von Makepeace und anderen Trophäen geschmückt, die den Pfad säumten wie Rosenbüsche. Das Willkommen eines Eroberers für einen Mann des Friedens. Noch ein Tag.

Claire, die er gerufen hatte, traf ihn in seinem Arbeitszimmer an, wo er Briefe schrieb. Er strahlte, als er sie sah, war blaß vor Erschöpfung, aber ausgeglichen, als ob er gegen das Unaufhaltsame angekämpft, sich aber schließlich gefügt hätte, den Fluß hinabgetragen zu werden.

»Kann ich helfen?« bot sie an.

»Sie können, wenn Sie wollen. Ich schreibe gerade eine Liste. Die Übereignung von ein paar Kleinigkeiten und Kinkerlitzchen an all die, die nett zu mir waren.« Er sah sie durchdringend an. »Meine Abdankungs-Honneurs.«

»Sie haben sich doch nicht entschieden zu gehen?«

»Das haben andere für mich entschieden, ich habe bei dieser Angelegenheit nicht mehr mitzureden. Aber was die Regelungen meines Ausscheidens anbetrifft ...« Er wedelte mit dem Blatt Papier. »Kann ich etwas für Sie tun?«

»Ich will nichts«, antwortete sie ruhig.

»Für Joh vielleicht?«

Sie schüttelte den Kopf.

Er verfiel wieder in Überlegungen. »Mein Arzt. Corder auch. Elizabeth, besonders Elizabeth. Sie muß etwas bekommen.«

»Sie klingen«, sagte Claire langsam, »wie ein Mann, der über seine persönlichsten Besitztümer verfügt, von seinem ...«

»Totenbett aus?« Er führte ihren Gedanken zu Ende. Seine Wangen röteten sich leicht, und ein kämpferischer Ausdruck erschien um seine Augen. »Nein!« sagte er nachdenklich. »Ich habe vor, ewig zu leben.«

Er wandte sich wieder dem Blatt auf seinem Schreibtisch zu. »Sagen Sie mir, was, glauben Sie, hat Geoffrey verdient?«

»Sie wollen ihm etwas geben?« Die Worte blieben ihr in der Kehle stecken wie trockene Kekse.

»Aber er verdient doch sicher eine Anerkennung.« Ein ironisches Lächeln umspielte seine Lippen. Die Augen blickten weiterhin kalt. »Sie haben vielleicht bemerkt, daß er nicht in der Lage war, unser kleines Treffen gestern im Kabinettraum mitzumachen, er hat eine Nachricht geschickt, daß er wegen einer Wahlveranstaltung unterwegs sei. Deshalb habe ich ihn angerufen. Er hat Treue geschworen. Mir. Deshalb habe er so hart in den Wahlkreisen gearbeitet, sagte er. Unermüdlich. Der Mann ist unermüdlich. Wissen Sie, er klang, als wäre er den Tränen nahe.«

Sie schüttelte sichtlich erstaunt den Kopf.

»Sie haben ihn falsch eingeschätzt, meine Liebe, unser Geoffrey war nie faul oder leidenschaftslos.«

»Zu seinem eigenen Vorteil sicher, aber für andere?«

»Nun, ich habe ihn gefragt, ob er sich öffentlich hinter mich stellen würde, und er war gleich bereit dazu. Ich habe eine Kopie erhalten.«

Er zeigte auf eine Presseverlautbarung auf der Ecke seines Schreibtisches. Sie las sie schnell durch. Ein Appell für die Einheit der Partei. Die Betonung lag auf den erreichten Leistungen. Ein Ruf zu den Waffen, zum Kampf, zu Siegen, die errungen werden sollten, selbst in schwierigen Zeiten. Von Vertrauen in die Zukunft.

»Aber Ihr Name wird nicht ein einziges Mal erwähnt.«

»Genau. Seine Trompete erschallt, aber nicht, um mich zu preisen oder auch nur zur Grabrede. Dies ist der erste laute Schrei in seiner Kampagne für die Führung. Er will meinen Job.«

»Haben Sie weniger erwartet?«

»Ganz und gar nicht.«

»Warum wollen Sie ihm dann etwas geben?«

»Sprache ist wichtig in diesem Job, und ich habe gelernt, meine Worte sorgfältig zu gebrauchen.« Es klang fast so, als erteilte er ihr eine Lektion. »Ich habe Sie gefragt, was er *verdient*.«

»Enttäuschung. Aber liegt das noch in Ihrer Macht?«

»Ich mag zwar tödlich verwundet sein, aber das macht mich gefährlich, nicht hilflos. Ich bin noch Premierminister. Ich kann ihn noch stechen, sie alle stechen, wenn ich will.«

»Wollen Sie?«

»In diesem Fall?« Er überlegte noch einmal. »Ja.«

»Warum sind Sie so erbarmungslos?«

Er nahm drei Umschläge hoch, die noch nicht zugeklebt waren. »Weil einige Leute für den Ruin geboren sind. Geoffrey ist einer von ihnen.« Er klebte den ersten Umschlag zu, der an den Vorsitzenden des Ortsverbandes von Booza-Pitt adressiert war und in dem er bedauerte, daß er ›im Licht der neuen Erkenntnisse‹ das Angebot einer Ordensverleihung zurückziehen müsse.

»Weil Geoffrey im Zuge des persönlichen Ruins«, fuhr Urquhart fort, »auch die Partei ruinieren würde.« Er leckte an der Gummierung des zweiten Umschlags, adressiert an den Vorsitzenden des Privilegiertenkomitees im Unterhaus, der eine Kopie von Geoffreys Brief enthielt, in dem er wegen der finanziellen und ehelichen Betrügereien seinen Rücktritt ankündigte. Er trug das Datum des Tages.

»Weil er versucht hat, mich zu betrügen.« Der dritte Umschlag, ebenfalls eine Kopie von Geoffreys Brief, wurde zugeklebt. Er war an den Herausgeber der *News of the World* adressiert.

»Macht ist dazu da, daß man sie anwendet, Claire, daß man Leute und ihre Schicksale dirigiert. Wir reden von Wirtschaftlichkeit, von Ethik. Aber wir meinen Leute.«

»Zerstöre andere, ehe sie dich zerstören. Ist es das?«

»Nein!« Sein Blick war scharf. »Sie müssen verstehen, doch Sie tun es nicht. Wir reden alle von unserer Vorstellung von einer besseren Zukunft, aber es ist *unsere* Vorstellung und *ihre* Zukunft. Die Leute sind unsere Bausteine. Man kann keinen Tempel bauen, ohne ein paar Steine zu zerbrechen.«

»Wie ich gesagt habe. Zerstöre die anderen, ehe sie dich zerstören.«

Er schüttelte den Kopf, aber nicht verärgert. »Nein. In der Politik zerstören wir uns selbst. Das tun wir so gut, daß wir selten die Hilfe anderer dazu brauchen. Obwohl solche Hilfe bereitwillig gewährt wird.«

Er klebte einen vierten Umschlag zu. Er war für Annita Burkes Ehemann. Ein Foto von ihr und Riddington, verwickelt in die Art Unterhaltung, die selbst in der großzügigsten Interpretation unmißverständlich war. Ein doppelter Schlag gegen die Reihen derer, die ihm nachfolgen wollten.

»Es ist nur wenigen gegeben, ihren Schatten über das Land zu werfen. Wenn du Erfolg willst, mußt du groß bleiben, nicht dich dauernd runterbeugen, um dich mit der Masse gemein zu machen, die sich im Schatten drängt. Das ist etwas für Nonnen.«

»Ich bin keine Nonne.«

»Aber ich frage mich, was Sie wirklich sind, Claire. Ob Sie sich selbst kennen.«

»Ich bin nicht Sie, Francis. Noch bin ich wie Sie. Deshalb will ich nichts von Ihnen. Ich habe schon, was ich will.«

»Nämlich?«

»Ein Blick auf die Macht. Als Insider.«

»Zu Füßen eines Meisters.«

»Eines Mannes, der sich selbst zerstört hat.«

»Doch der sich noch retten könnte.«

»Ich wüßte nicht, wie.«

»Deshalb sind Sie, wie Sie sagten, nicht wie ich. Weil auch Sie sich von mir abgewandt haben.« Sie konnte keine Feindseligkeit in seinem Ton entdecken. Er klebte noch einen Umschlag zu. An den Herausgeber der *Mail*. Es war eine Kopie von Max Stanbrooks Geburtsurkunde, die bewies, daß er sowohl unehelich als auch Jude war. Eine doppelt schwere Bürde, die sein Schiff in den stürmischen Wogen des Nachfolgestreits sicher sinken lassen würde. Ein Jammer. Urquhart mochte Max Stanbrook, und er war gut. Vielleicht zu gut, das war das Problem.

»Ich habe Ihnen nicht den Rücken zugekehrt, Francis. Ich bin noch da.«

»Ich frage mich, warum.«

»Weil ich kein dummes Ding bin, das bei den ersten Schüssen in Tränen aufgelöst flieht.«

»Nein, überlassen Sie das den erwachsenen Männern in meinem Kabinett.«

»Und weil ich noch immer von Ihnen lernen kann. Von dieser ganzen Bescherung. Wenn Sie mich lassen.«

»Sie wollen bei der Autopsie dabeisein.«

»Um herauszufinden, wie man es besser macht. Wenn ich dran bin.«

»Oh, Sie haben Ehrgeiz?«

»Eine Weile habe ich gedacht, Sie hätten ihn zerstört, mich von der Politik und ihren Wegen abgebracht. Aber ich will nach einem besseren Weg suchen.«

»Sie werden nicht lange brauchen, um ihn zu finden. Aber Sie werden trotzdem noch viel zu lernen haben.«

»Als da wäre?«

»Wer, glauben Sie, wird nach mir die Partei führen?«

»Tom.«

»Und wenn er das nicht will? Oder nicht kann?«

»Stanbrook. Riddington, vielleicht.«

»Aber sehen Sie, sie haben sich alle ...« – er ordnete den

Stapel Umschläge – »selbst zerstört. Sie können keinen Erfolg haben.«

»Wer dann?«

»Ich fürchte, es bleibt nur Arthur.«

»Bollingbroke? Er wäre eine Katastrophe!«

»Er ist bekannt. Wenn die Partei bei der Wahl verprügelt worden ist, werden sie sich an alles klammern, was schwimmt.«

»Er würde die Partei spalten.«

»Wahrscheinlich.« Ein distanzierter Blick trat in seine Augen. »Wie sie dann in den Tiefen des rauhesten Winters um ihre Lagerfeuer sitzen und die Narretei beklagen werden, daß sie sich gegen Francis Urquhart gewandt haben. Eigentlich doch kein so schlechter Knabe, werden sie sagen. Einer der Besten.«

Sie senkte ungläubig den Kopf. »Sie sind ein bemerkenswerter Mann. Sie versuchen, Geschichte zu schreiben, selbst ...«

»Selbst vom Grab aus.« Die Klarheit seines Denkens schien eine beachtliche Transparenz ihrer eigenen Gedanken herbeigeführt zu haben. Er stand auf und kam um den Tisch herum auf sie zu. Er ergriff sie bei den Armen. »Küssen Sie mich?«

Er wollte sie haben, hier im Arbeitszimmer. Verlangen erfüllte ihn, ein neuer Lebenswille. Und Lust. Das letzte Aufflackern einer erlöschenden Kerze vielleicht, aber neue Energie, eine Elektrizität, die seinen Körper versteifte und seinen Appetit nährte. Diesmal würde er sich nicht zurückziehen.

Sie schüttelte den Kopf. »Es gab eine Zeit, Francis, aber jetzt nicht.«

»Habe ich Sie falsch verstanden?«

»Nein, Sie haben den Zeitpunkt mißverstanden. Und der richtige Zeitpunkt ist alles.«

Es war schon später Nachmittag, ehe sie Passolides erlaubten, die Ruinen seines Heims zu betrachten. Er durfte mit einem Feuerwehrmann hineingehen, um zu sehen, ob noch irgend etwas zu retten war, ehe die Ruinen vernagelt wurden.

Es stank. Er war überwältigt und angeekelt von dem Gestank der alten Asche und den verkohlten Resten dessen, was noch ein paar Stunden zuvor sein Leben gewesen war. Es kratzte in der Nase und brannte in den Augen, die sich mit Tränen füllten.

»Fürchterlich«, tröstete der Feuerwehrmann, »aber betrachten Sie es mal so. Sie haben Glück gehabt, daß Sie weg waren. Besonders um diese frühe Stunde. Sie sind doch versichert?«

Passolides erkannte den schwelenden Verdacht.

»Wir müssen einen Bericht schreiben. Irgendwie zeigen, daß das Feuer von selbst ausgebrochen ist ...«

Der Feuerwehrmann redete weiter, während Passolides verzweifelt durch die Ruine ging und mit seinem Spazierstock in der grauen Asche herumstocherte. ›Vangelis‹ wirkte jetzt so viel kleiner, wo der obere Flur zusammengebrochen und alle Zwischenwände verbrannt waren. Alles war schwarz, verkohlt, Dachsparren und gezackte Scherben lagen wie zerbrochene Knochen in einer mittelalterlichen Beerdigungsgrube überall herum. An einer Wand, wo der erste Stock gewesen war, hing ein Waschbecken in einem schiefen Winkel, die alte Emaillewanne lag jetzt umgedreht in seiner Küche. Was seine Küche *gewesen* war. Er kratzte, buddelte, hoffte, noch etwas von Wert zu finden, das das Feuer überstanden hatte, als sein Stock Metall berührte. Es war der britische Militärhelm, der hinten an seiner Tür gehangen hatte. Platt wie ein Teller. ›Vangelis‹ gab es nicht mehr.

»Haben Sie einen Verdacht, wer Sie vernichten will, alter Mann?«

Passolides stand an der Seite seiner Speisekammer. Die Wände waren verschwunden, der Tiefkühlschrank war geschmolzen, und das einzige, was sich inmitten der anderen Düfte hielt, war der Geruch verbrannten Fleisches. Er schloß die Augen. War es so bei George und Eurypides gewesen? Von denselben Leuten verbrannt, diesen Briten, deren Spiel von Krieg und Tod nie aufhörte, selbst nach all den Jahren nicht?

»Sie haben mir alles genommen.«

»Nichts übrig?« fragte der Feuerwehrmann, und Mitleid trat an die Stelle des Mißtrauens.

»Meine Kleider. Meinen Stock«, antwortete Passolides. Dann erinnerte er sich an die Waffe. Sie steckte in seinem Gürtel. Nicht alles war weg.

»Das Sozialamt wird sich um Sie kümmern.«

»Ich habe eine Tochter!« antwortete er empört, stolz auf seine Unabhängigkeit; von den Briten brauchte er nichts. Dann, trauriger: »Sie wird morgen zurückkommen.«

Er ließ sich auf die umgestürzte Wanne sinken und stützte die Stirn auf seinen Stock, ein gebeugter alter Mann, die trüben Augen voll Traurigkeit und Erschöpfung. In der schwarzen Kleidung und dem Hut schien er mit dem rußgeschwärzten Hintergrund zu verschmelzen, als wollte er den Ort nie wieder verlassen. Der Feuerwehrmann, der die Stabilität der Stützwand an der Rückseite überprüfen wollte, überließ ihn seinem Kummer.

Als Passolides so das Ende seiner Welt beklagte, fiel sein Blick auf eine Gestalt, die in dem offenen Loch stand, das gestern der Eingang gewesen war. Der Fremde war in schwarzes Leder gekleidet, trug einen Motorradhelm und ein Funkgerät des Kurierdienstes am Gürtel. Er rief seinen Namen: »Päckchen für Passolides.«

Ein Papier wurde ihm unter die Nase gehalten, und gegen Unterschrift erhielt er einen dicken Umschlag. Ohne ein weiteres Wort ging der Kurier wieder.

Die krummen Finger mühten sich, das Päckchen zu öffnen. Versuchsweise schüttete er den Inhalt auf seinen Schoß. Erst verstand er nicht. Da war das Foto von Michael Karaolis, dem jungen EOKA-Kämpfer mit dem trotzigen Blick und dem bloßen Nacken, um den sie am Morgen den Strick legen würden. Das Foto, das gestern an der Restaurantwand gehangen hatte. Da war noch ein Foto, die verblichene Aufnahme eines jungen britischen Armeeoffiziers, den Passolides nicht sofort erkannte. Und zwei angesengte Kruzifixe, die ihm aus der zitternden Hand fielen – Gott, wie die Erinnerungen auf ihn einstürzten, ihn nach Atem ringen ließen, ihn fast zu Boden schlugen. Die kleinen gravierten Kreuze hatte er George und Eurypides an ihrem Namenstag geschenkt.

Die dunkle Welt um Passolides schien stillzustehen, nur seine Tränen lebten und wuschen die aschebedeckten Kruzifixe sauber, als er sie vom Boden aufhob.

Es war noch nicht alles. Zwei weitere Stücke Papier fielen aus dem Umschlag. Das erste war die Kopie eines Armeeberichts, der die kurze Karriere eines schottischen Soldaten von seiner Einberufung in Edinburgh bis zu seinem Dienst in Ägypten und dann 1956 in Zypern nachzeichnete.

Passolides fand den Namen oben auf dem Bericht – jetzt erkannte er den Offizier von der Fotografie. Einst Lieutenant, dann Premierminister Francis Ewan Urquhart.

Das zweite Stück Papier. Ein Flugblatt: eine Einladung an alle, morgen an der Kundgebung am Trafalgar Square teilzunehmen.

Jetzt kannte Passolides die Identität des Mannes, den er gesucht hatte. Des Mannes, der seine Brüder ermordet hatte. Mit einer Leidenschaft für hellenische Ehre, die über Jahrhunderte genährt worden war, wußte er, was er zu tun hatte.

Elizabeth wachte auf und sah, daß er sich wieder aus dem Bett geschlichen hatte. Sie folgte den Geräuschen bis in die enge Küche. Er stand am Kühlschrank, als sie hereinkam.

»Tut mir leid, wenn ich dich gestört habe«, entschuldigte er sich.

»Warum kannst du nicht schlafen, Francis?«

»Es gibt so wenig, wofür ich schlafen soll.« Endgültigkeit schwang in seiner Stimme mit. »Nun«, fuhr er milder fort, »ich hatte Hunger.« Vor ihm lagen ein großes Stück Obstkuchen und Cheddarkäse, eine beliebte Mahlzeit aus Kindertagen mit dem vertrauten Geschmack, den sie immer während ihrer Ausflüge ins Pertshiremoor auf der Suche nach Fasanen und Wild gekostet hatten. Es war Jahre her, er hatte den scharfsüßen Geschmack schon fast vergessen. Langsam und mit sichtlichem Genuß aß er die Stücke auf.

»Du widmest deinen Mitternachtsfesten mehr Aufmerksamkeit, als du in den letzten Tagen mir geschenkt hast, Francis. Du hast dich vor mir abgeschottet, durch mich hindurchgesehen, mich weder gehört, wenn ich dich angesprochen habe, noch geantwortet. In dir sind ein Ärger und eine Ungeduld, die dich aus meinem Bett treiben.«

»Schlechte Träume. Sie lenken mich ab.«

»Ich bin lange genug deine Frau gewesen, um zu wissen, daß es keine Träume sind, die dich quälen«, wies sie ihn zurück.

»Geh ins Bett, Elizabeth.«

Er biß wieder ab, aber sie ging nicht.

»Du läufst nicht vor deinen Träumen weg, Francis, du bist kein Kind. Und ich auch nicht. Du hast mich noch nie so behandelt.« Ihre Traurigkeit war offensichtlich. »Du bist wütend auf mich.«

»Nein.«

»Wirfst mir meine Dummheit mit dem Brief vor.«

»Nein!«

»Du denkst, ich hätte geholfen, dich zu zerstören.« Sie warf es ihm vor und sich selbst noch viel mehr.

»Wir zerstören uns selbst. Alles, was ich getan habe, wäre geschehen, auch ohne den Brief. Alles das mußte getan werden.«

»Was willst du tun?«

Er sah sie an, antwortete aber nicht. Er mampfte weiter, brach sorgsam Brocken von Käse und Obstkuchen ab und sammelte die Krümel auf.

»Du schließt mich aus.«

»Es gibt Reisen, die müssen wir alleine tun.«

»Nach all den Jahren, Francis, sieht es aus, als trautest du mir nicht mehr.«

Er schob den Teller beiseite und kam zu ihr. »Nichts liegt mir ferner. Oder meinem Herzen. In all den unruhigen Zeiten warst du die einzige, auf die ich mich verlassen konnte, nach der ich in der Dunkelheit die Hand ausstrecken konnte, immer wissend, daß du da bist. Wenn ich dich mit meinem Schweigen verletzt habe, ist das meine Schuld, nicht deine, und ich bitte dich, mir zu verzeihen. Du mußt wissen, Elizabeth, daß ich dich liebe. Du bist die einzige Frau, die ich je geliebt habe.« Er sagte das so heftig, daß es keinen Zweifel an der Ernsthaftigkeit seiner Worte geben konnte.

»Was willst du tun, Francis?« wiederholte sie und forderte sein Vertrauen.

»Kämpfen. Mit allem, was mir zur Verfügung steht, für alles, was ich erreicht habe.«

»Wie?«

»So viele Menschen verbringen ihr Leben in Angst, etwas falsch zu machen, einen Irrtum zu begehen. Und so tun sie lieber gar nichts und leben voller Furcht und nutzlos am Leben vorbei.« Seine Augen blitzten vor Verachtung. »Ich will nicht sanftmütig in die Nacht gehen. Die Welt wird meinem Abgang beiwohnen. Und sich daran erinnern.«

»Das klingt so endgültig, Francis. Du machst mir angst.«

»Elizabeth, wenn mein Leben in diesem Moment enden müßte, gäbe es nur ein Bedauern, daß ich dich zurücklassen muß. Doch wir wissen beide, daß dieser Zeitpunkt kommen wird. Was zählt, ist meine Hinterlassenschaft an dich. Ein Vermächtnis. Stolz. Würde. Ein Andenken, dem die Leute Applaus zollen.« Er lächelte. »Und diese Bibliothek.«

»Ich kann mir ein Leben ohne dich nicht vorstellen.«

»Wie ich mir kein Leben ohne all das vorstellen kann.«

Er deutete auf seine privaten Zeichen der Macht. »Aber es kommt eine Zeit, da ist der Körper verbraucht, der Geist müde, das Schwert stumpf vom Kampf – selbst die Liebe muß ihre Ruhe haben. Was überlebt, ist der Name, selbst wenn alles andere verblichen ist. Unsterblichkeit. Ich will, daß du mir vertraust, Elizabeth. Mich bei dem unterstützt, was immer ich auch zu tun habe.«

»Das habe ich immer getan.«

»Du sollst wissen, daß, was immer ich auch tue, für uns beide geschieht.«

»Dann hat sich nichts geändert.« Sie entspannte sich, und das Verständnis brachte Gewißheit. Sie hatte immer gewußt, daß er nicht war wie andere Männer, er lebte nach seinen eigenen Gesetzen. So konnte es keine Überraschung für sie sein, daß er auch nach seinen eigenen Vorstellungen abtreten wollte. Wenn es soweit war. Vielleicht zu einer Zeit, die er sich selbst bestimmte. Sie brachte ein Lächeln zustande, als sie die Hand nach ihm ausstreckte.

Er küßte sie mit großer Zärtlichkeit. »Ich habe so viele Gründe, dir dankbar zu sein, ich weiß kaum, wo ich anfangen soll. Laß mich bei deinem Kuchen beginnen. Er ist köstlich, Elizabeth. Ich denke, ich nehme noch ein Stück.«

»Ich auch. Wenn ich darf.«

ZWÖLF

Der Morgen dämmerte narbenrosa hinter der Kuppel der St. Paul-Kathedrale, und die Vorbereitungen waren schon seit Stunden im vollem Gange. Richtungshinweise waren an der Route bis zum Trafalgar Square aufgestellt worden, Laternenpfähle und Schaufenster mit Postern und seinem Bild geschmückt worden, Fahnen wurden bemalt, Journalisten droschen Phrasen wie ›eine Armada des Vertrauens‹ und ›die unwiderstehliche Brise der Revolution.‹ Makepeace war überall, sein Name in aller Munde.

Niemand wußte genau, wie viele sich auf dem letzten Abschnitt des Marsches von Watford aus zu ihm gesellen oder wie viele da sein würden, um ihn bei seiner Ankunft zu begrüßen. Aber nach der Verspottung, die die West Midland Police nach dem Fiasko in Birmingham über sich hatten ergehen lassen müssen, hatte der Polizeikommandant der Hauptstadt entschieden, daß nichts dem Zufall überlassen werden sollte. Obwohl es keinerlei Anzeichen für drohende Unruhen gab, waren die Springbrunnen am Trafalgar Square geleert, die großen Pumpenräume darunter nach Paketen durchsucht worden, und metallene Absperrgitter standen in sauberen Reihen wie Einkaufswagen am Straßenrand. Die Tauben, fliegende Promenadenmischungen, beschwerten sich über den ungewohnten Lärm, erhoben sich in fedrigen Spiralen des Protestes, verdunkelten den Himmel und versuchten dann wieder zu landen, erbost über die andauernden Störungen. Ihre Heimat wurde besetzt, wenigstens für diesen Tag war der Platz von ihnen befreit.

Urquhart hatte früh ein Bad genommen. Elizabeth brachte ihm eine große Tasse Tee ins Bad, wo der Dampf und das heiße Wasser wieder Farbe in seine vom Schlafmangel bleichen Wangen brachten. Sie dachte, sie hörte ihn murmeln, vielleicht nach ihr rufen, aber als sie ihn fragte, antwortete er, daß er nur ein paar Zeilen seiner letzten Wahlrede geübt habe. Ihr fiel auf, daß der dicke Entwurf, den sein Team von Redenschreibern vorbereitet hatte, unberührt blieb. »Sie glauben, daß ich nicht gewinnen kann«, erklärte er, »das merkt man.« Auch seinen Aktenkoffer hatte er nicht angerührt.

Als er seine Morgentoilette mit einer sorgfältigen Maniküre beendet hatte, als hätte er alle Zeit der Welt, wurden die Absperrungen rund um Trafalgar Square aufgestellt und zusammengeschlossen. Ein paar blieben an den sensiblen Stellen rund um Whitehall zurück, besonders am Eingang zur Downing Street, nur für alle Fälle. Um die Hunde vom Bären wegzuhalten. Aber es war wenig Ärger zu erwarten, in knapp einer Woche würden die Anhänger von Makepeace die Korridore der Macht rechtmäßig besetzen.

Er suchte seinen dunkelblauen Lieblingsanzug aus dem Schrank und ein weißes Baumwollhemd, die er zur Begutachtung auf sein Bett legte. Er hielt einige Seidenkrawatten dagegen; er wollte die tragen, die Elizabeth ihm bei den Handwerkerbuden unterhalb des Schlosses in Edinburgh gekauft hatte, ein Mitbringsel von ihrem letzten Festivalbesuch. Sie war handbemalt, ein bißchen zu blumig vielleicht. Er suchte seine Regimentskrawatte heraus. Dann frühstückte er in seinem seidenen Morgenrock. Er war gut gelaunt und hungrig, das Kreuzworträtsel war gelöst, noch ehe die Eier kochten.

Es hatte nur zwei Diskussionen bei der heutigen Marschroute gegeben. Superintendent Housego, der Sicherheitschef, wollte die beiden mobilen Kebabstände nicht auf die Straße lassen, die den Marsch vom ersten Tag an begleitet hatten. Sie sind wie Maskottchen, hatte Makepeace argumentiert, Veteranen eines großen Kampfes, die ihr Recht verlangten, der Siegesfeier beizuwohnen, aber der Polizist bestand darauf, daß die Ansammlung um sie herum zu groß sei; in großen Mengen konnten die Leute so leicht verletzt werden, und in gewalttätigen Massen konnten solche Wagen zu Waffen werden, zu Barrikaden oder einfach in Flammen aufgehen. Nein. Das war das Risiko nicht wert. Makepeace löste das Problem, indem er

Marios und Michaelos, die beiden Eigentümer, einlud, zu ihm auf das kleine Podium zu kommen, das für seine Rede zwischen den Landseer Löwen zu Füßen der Nelson-Statue aufgebaut wurde. »Nächste Woche könnt ihr bis zur Downing Street hochfahren«, witzelte er. Es war das erste Mal, daß er sich den Gedanken erlaubte, daß er dasein würde, um sie zu begrüßen.

Der zweite Disput betraf die Anzahl; Housego wollte eine Begrenzung auf fünfzehntausend, aber Makepeace konnte dafür keine Garantie geben. Er wußte nicht, wie viele kommen würden. Er kontrollierte die Marschierenden nicht, ganz im Gegenteil, erklärte er dem Superintendent, sie kontrollierten ihn. Aber in jedem Fall würde das Problem dadurch reduziert, wie er mit einem Hauch von Ironie erklärte, daß die Polizei die Gewohnheit habe, die Zahl von Demonstrationsteilnehmern weit niedriger anzusetzen als die Veranstalter. Der Polizist entschied, daß Diskretion angebracht war, und machte es wie Nelson: Er drückte ein Auge zu. Er würde ein paar Extraeinheiten schicken – erfahrene Polizisten in Gruppen zu je zweiundzwanzig – als Vorsichtsmaßnahme. Er grüßte und zog sich zufrieden zurück.

Auch andere hatten zu tun. Das St.-John-Krankenhaus schlug ein Feldlazarett im Toreingang von St.-Martin-in-the-Fields auf, froh, den Schutz der Obdachlosen borgen zu können, während den ganzen Morgen über Fernsehteams darum kämpften, Zugang zu Fenstern und Dachluken rund um den Square zu bekommen, entschlossen, den Punkt zu finden, von dem man die beste Sicht hatte. Dafür zahlten sie ein hübsches ›Störungsgeld‹ an die Hausverwalter der Bürogebäude. Auch wenn es nur fünfzehntausend waren, würde es doch die größte Wahlversammlung aller Zeiten werden.

Urquhart schien das alles nicht zu kümmern. Er saß in seinem Lieblingsstuhl, immer noch im Morgenrock, und las. Erst in Margaret Thatchers Memoiren *The Downing Street Years*. Die letzten Seiten. Szenen eines großen Dramas. Wut. Kummer. Verrat. Dann in *Julius Caesar*, seinem

Lieblingsstück. Auch ein großes Attentat. Aber wieviel netter sie zu ihm gewesen waren als zu ihr, dachte Urquhart, indem sie das Unglück des großen Caesar mit einem Schlag beendet hatten, mit dem Schlußstrich. Ohne zu zögern. Im Tod den Beifall zu finden, mit diesen neidischen und kleingeistigen Männern um sich, würde das Leben nicht berühren. Die richtige Art, große Leben zu beenden.

Makepeace marschierte. Die Watling Street hinab durch den alten römischen Durchgang, der von Chester ins Herz Londons führte. Sie gingen wie die alten Legionen, fünf oder sechs nebeneinander, in einer großen Phalanx, die sich über zwei Meilen erstreckte und die mit fortschreitender Stunde wuchs und sich der Hauptstadt näherte. Zwei Blaskapellen und eine Gruppe schottischer Dudelsackpfeifer erschienen aus dem Nichts und trugen zur karnevalistischen Atmosphäre bei. Makepeace und Maria waren Girlanden um den Hals gelegt worden, als sie an einem Hindutempel in Edgeware vorbeikamen. Selbst der Polizeibus, der in gleichbleibendem Abstand folgte, war geschmückt worden. Polizisten in Hemdsärmeln lächelten und winkten den Kindern zu, als wollten sie Salz in die noch immer schmerzenden Wunden ihrer Kollegen in Birmingham streuen. Der Lärm bei der Veranstaltung war so gewaltig, daß Makepeace Mühe hatte, sich den Radio- und Fernsehreportern gegenüber verständlich zu machen, die ihn schon den ganzen Morgen begleiteten. Aber auch andere wollten gehört werden. Am Trafalgar Square wartete eine Gruppe von Presseleuten aller politischen Richtungen auf Makepeace, alle sprachen in Mikrofone und versuchten, sich mit Makepeace zu identifizieren. Selbst Annita Burke war da und sagte, daß ihr alter Kollege und Freund so viele ihrer Werte vertrete, die der Grundstock dessen seien, was sie und ihre Partei traditionell schon immer vertreten hätten. Als sie gefragt wurde, ob die Tradition die Gegenwart ausschließe, lächelte sie. »Vielleicht die jüngste Vergangenheit«, meinte sie.

Als sie Piccadilly entlanggingen, passierten sie das Stadthaus von Lord Palmerston, einst ein großer viktorianischer Außenminister, der ein noch größerer Premierminister geworden war. Überall Vorzeichen, die Flaggen am Weg schienen sich im Salut zu straffen. Das Schaufenster von Hatchards war mit Exemplaren eines Buches bestückt, das Makepeace vor Jahren geschrieben hatte und das bis vor ein paar Tagen nicht mehr nachgedruckt worden war; er signierte ein paar, ohne seinen Weg zu unterbrechen. Fahrer hupten, Leute winkten aus Bussen, Touristen baten um Autogramme. Der Friedensmarsch war entschieden ein Siegesmarsch geworden. Aber sogar Makepeace staunte, als er aus der Pall Mall in das Amphitheater großer Gebäude kam, die Nelsons Siegessäule umstanden. Er hatte sich im Hyde Park zurückfallen lassen und dem Marsch erlaubt, an ihm vorbeizuziehen. Er wußte, daß das alleine fünfzehntausend Leute waren, aber er hatte nicht vermutet, daß dieser Strom sich in den noch größeren See derer ergießen würde, die gekommen waren, um ihn am Square zu begrüßen. Als sie ihn, von einer Gruppe Pfeifer angeführt, auf sich zukommen sahen, wurde die laut jubelnde Menge zu einer emotionsgeladenen Woge winkender Hände und Flaggen, die sich vor und zurück bewegte. Mehr als vierzigtausend Menschen aus allen Teilen des Landes hatten sich unter dem blinden Auge Lord Nelsons versammelt, bis der Trafalgar Square von ihrer Begeisterung brummte und überströmte. Makepeace teilte die Flut wie Moses das Rote Meer, die Hände erhoben und über dem Kopf verschlungen, und sie klatschten Beifall.

Selbst hinter dem dicken, schalldichten Glas der Downing Street konnte Urquhart den Lärm nicht überhören, wie der Schrei, den die Christen hörten, als sie in den Gängen des Kolosseums warteten, nur mit ihrem Glauben an Gott bewaffnet. Urquhart hatte dem Glauben nie viel Raum gewährt, nicht, wenn das hieß, daß man von Löwen zerrissen wurde und die Knochen für die Ratten blieben. Wieviel besser war es doch, an sich selbst zu glauben, wie ein Caesar zu sterben und nicht wie ein niedriger Sünder. Ein weiterer Jubel erscholl, als Makepeace das Podium bestieg. Erst da legte Urquhart seine Bücher beiseite und begann, sich anzuziehen. Er hatte vergessen, sich Manschettenknöpfe herauszulegen; er wählte das Paar aus neunkarätigem Gold mit dem Familienmonogramm, das einmal seinem Vater gehört hatte. Er stand vor dem Ankleidespiegel und überprüfte sein Aussehen wie ein Bräutigam, der um die Hand seiner Zukünftigen anhalten will. Er fragte Elizabeth nach ihrer Meinung. Sie war zufrieden, außer mit dem Schlips.

»Was hast du diesen Nachmittag vor, Francis, daß du dich so anziehst?«

»Nun, ich will Tom Makepeaces kleine Gruppe ansprechen.«

Urquhart rückte sich vor dem Spiegel die Krawatte zurecht, mit einem Ohr beim Radio und der Rede, die Makepeace gerade hielt, das andere taub bei Corder. »Freunde, Brüder, ich entschuldige mich – und Schwestern!« hörte er Makepeace ausrufen, bevor Corders Stimme alles andere übertönte.

»Das können Sie nicht tun«, stellte der Leiter der Sicherheit klar und schrie dabei fast.

»Sie können mich nicht daran hindern, mein lieber Corder«, antwortete Urquhart völlig ungerührt.

»Es gibt keine Sicherheitsvorkehrungen vor Ort.«

»Unsere Sicherheit liegt in der Überraschung. Niemand erwartet mich.«

»Da draußen sind Tausende Ihrer Gegner, Premierminister. Sie sind aus dem ganzen Land angereist, zu dem einzigen Zweck, Sie wissen zu lassen, wie wenig sie Sie mögen. Und Sie wollen direkt in ihre Mitte marschieren?«

»Genau in ihre Mitte, richtig.«

»Nein!« Corders Heftigkeit war ungewohnt. »Das ist verrückt.«

»Das ist Geschichte, Corder.«

»Darf ich als alter Freund reden, Premierminister?«

Urquhart drehte sich um und sah ihn an. »Soweit es mich betrifft, Corder, haben Sie das immer getan.«

»Sie haben vor kurzem unter einer extremen Belastung gestanden. Könnte das ...« – eine kurze Pause – »... Ihr Urteilsvermögen getrübt haben?«

»Nett ausgedrückt. Danke.« Urquhart legte dem anderen beschwichtigend die Hände auf die Schultern. »Aber ganz im Gegenteil, alter Freund, der immense Druck, von dem Sie sprechen, hat mir große Klarheit gebracht. Wissen Sie, die Aussicht, gehenkt zu werden, und so. Ich weiß, was ich tue. Ich spreche Sie von jeder Verantwortung frei.«

»Hiernach werde ich Knöllchen verteilen müssen. Das wissen Sie doch?«

»In diesem Fall werden Sie der erste Ritter im Königreich sein, der solche Arbeit verrichtet. Ich habe schon meine Rücktritts-Honneurs aufgelistet, Corder. Ich bin als Schotte nicht allzu großzügig, aber Sie sollen wissen, daß Sie auf meiner Liste stehen.«

Corder blinzelte und schüttelte den Kopf, um ihn frei zu bekommen von jeder Ablenkung, und kam auf sein Anliegen zurück. »Ich muß Sie aufhalten.«

»Corder, das können Sie nicht.«

»Mrs. Urquhart«, appellierte er mit geänderter Taktik, »werden Sie ihn aufhalten?«

Elizabeth hatte, wie Urquhart, ihre Erscheinung im Spiegel betrachtet und bürstete ein paar nicht vorhandene Stäubchen von ihrem Blazer. »Dazu werde ich kaum in der Lage sein, Corder.«

»Warum nicht?«

»Weil ich mit ihm gehe.«

»Bei Gott, tust du das?« rief Urquhart aus.

Sie ging zu ihm, nahm ihn sanft und sehr zärtlich in die Arme und sah ihm tief in die Augen. »Ja, Francis. Das tue ich. Ich bin so weit mit dir gegangen. Wenn es dich nicht stört, will ich noch ein paar Schritte weiter mit dir gehen. Aber auch, wenn es dich stört.«

Sein Gesichtsausdruck war bewegt, er suchte nach

Widerworten, aber sie legte ihm einen Finger auf die Lippen, um ihn zum Schweigen zu bringen.

»Es sind nur ein paar Schritte die Straße hinunter«, flüsterte sie, »ich werde dich nicht zurückhalten.«

Er stand auf den Stufen von Nummer zehn, Hand in Hand mit Elizabeth. Über ihnen hingen weiße Wolken wie Pulverrauch im Sommerhimmel, während Corder hinter ihm in sein Funkgerät sprach. Urquhart wandte sich um, um ihn zurückzuweisen.

»Nein, Corder, kein großes Polizeispektakel. Ich will mich nicht hinter einem Menschenwall verstecken, keine Entschuldigung für die Konfrontation mit der Masse. Ich will es nicht.«

Der Ton war ernst, duldete keinen Widerspruch. Corder murmelte etwas ins Funkgerät und legte es weg.

»Darf ich Sie dann begleiten, Premierminister, als Freund der Familie?«

Urquhart lächelte. »In dieser Eigenschaft sind Sie immer willkommen gewesen.«

Sie gingen die Straße hinunter. Als sie sich dem großen eisernen Absperrtor näherten, salutierte ein uniformierter Polizist außerhalb der Wache, während ein anderer aufgeregt ins Telefon sprach. Aber zu spät. Das große Tor öffnete sich, und sie waren in Whitehall.

Viele Leute versuchten noch immer, sich auf den Square zu drängen, verstopften die Fußwege und allmählich auch die Zufahrtsstraßen. Der Superintendent brauchte seine Extratruppen, und noch mehr. Als die Urquharts durch Whitehall schritten und erkannt wurden, erregte dies großes Aufsehen in der Menge.

»Auch du, F.U.! Auch du, F.U.!« blökte ein Jugendlicher, der aussah, als habe man ihn mit der oberen Hälfte aus einer Anzeige für eine chemische Reinigung geholt. Aber Elizabeth warf ihm einen Blick schärfster weiblicher Zurechtweisung zu, woraufhin er sich zurückzog und seine Stimme stockte wie ein schlaffer Keilriemen. Sein

Ruf wurde nicht aufgegriffen, statt dessen merkte die Menge beim Anblick des großen Opponenten auf, den sie sonst nur auf dem Bildschirm und umgeben von Sicherheitskräften sah und der hier nun mit seiner Frau einen Spaziergang in der Sonne unternahm. Rufe des Erkennens wurden mit höflichem Grüßen erwidert, dumme Bemerkungen mit Elizabeths bösesten Blicken quittiert. Während sie die fünfhundert Meter durch Whitehall gingen, an den berittenen Wachen vorbei, lief ein eher interessiertes als intolerantes Zittern durch die Reihen wie eine Verbeugung, die ihr Nahen begrüßte. Als sie am überfüllten Rand des Squares angekommen waren, war das Zittern zu einer Schockwelle geworden, die sich ihren Weg durch die Körper vor ihnen bahnte. Urquhart kam! Viele, besonders die, die keinen guten Blick auf Makepeace hatten, der von der Nelsonsäule aus sprach, wandten sich seinem Gegner zu.

Urquharts Timing war glücklich – oder verderblich, je nach Standpunkt. Als Makepeace gerade seine Rede beenden wollte, bemerkte er den Verlust an Aufmerksamkeit bei großen Teilen seiner Zuhörerschaft. Er blickte über das Meer emporgewandter Gesichter vor ihm, deren Blicke von irgend etwas nach hinten gezogen wurden. Von ihrem Interesse angesteckt, trat Maria an den Rand der Plattform, um die Quelle der Störung zu entdecken; ihr verschreckter Ausdruck ließ auch Makepeace zögern und nährte nur die Ablenkung.

Superintendent Housego war da, um sie zu treffen. Beim ersten Hinweis auf die bevorstehende Ankunft der Urquharts, den die Informationszentrale von Scotland Yard gegeben hatte, hatte er jede Art von Flüchen ausgestoßen. Dann hatte er die Taktische Unterstützungstruppe angefordert, seine Reserve speziell ausgebildeter Offiziere, die in bereitstehenden Bussen bei Spring Gardens gewartet hatte. Aber es waren nicht genug, und er wünschte, er hätte hundert mehr gehabt.

»Ich kann das nicht gestatten, Premierminister.«

»Sie können mich nicht aufhalten, Superintendent.«

»Aber ich habe nicht genug Männer, um Ihnen den Weg freizumachen.«

»Ich will keine Gewalt«, antwortete Urquhart scharf. Dann, in milderem Tonfall: »Bitte, sagen Sie Ihren Männern, sie sollen an der Seite bleiben.«

Housego gab erregt nach.

Urquhart hielt noch immer Elizabeths Hand, als er über die Straße ging und sich der Menge näherte. Er wußte, daß er von hier an keine Kontrolle mehr hatte, nichts weiter war als eine Figur in dem großen Spiel, auf das er sich eingelassen hatte. Die Gesichter vor ihm waren teilnahmslos, vor Überraschung erstarrt. Er nickte, lächelte und trat zwei Schritte auf sie zu.

Die Briten sind Zyniker, immer bereit, an menschliche Schwächen zu glauben und im Öl kollektiver Skepsis zu baden, das aus ihrer Tagespresse tropft. Aber auf einer persönlichen Ebene sind sie höflich bis zur Täuschung, verbergen ihre wahren Gefühle hinter einem Mantel aus hölzerner Etikette, in der gleichen Weise, wie sie darum bitten, daß die *News of the World* versteckt zwischen den Seiten des *Sunday Telegraph* geliefert wird. Wäre Hitler nach London geflogen, statt Chamberlain nach Berchtesgaden zu bitten, hätte die ganze Nation Schlange gestanden, um ihm die Hand zu schütteln. Die Briten kommen mit persönlichen Konfrontationen schlecht zurecht.

Also wich die Menge vor Urquhart und Elizabeth zurück, machte Platz und ließ sie durch. Viele lächelten sogar automatisch. So schritten die Urquharts Arm in Arm, wie ein Paar, das den Ballsaal verläßt, in Richtung des Rednerpults.

Die Wirkung auf Makepeace war verheerend. Er wußte, daß er die Aufmerksamkeit der Menge verloren hatte, jetzt sah er, wie sie sich wie Konkubinen vor dem Khan teilte. Mit einem gequälten Witz über unerwartete Verstärkung trat Makepeace an den Rand der Plattform, um den Grund der Störung zu betrachten. Er entdeckte Urquhart mit seiner Frau, Corder einen Schritt hinter ihnen, vor den Stufen zum Podium, die sie bereits erklommen.

»Guten Tag, Tom«, begrüßte ihn Urquhart.

»Das habe ich nicht erwartet.«

»Verzeihen Sie mir, ich wollte Sie nicht unterbrechen. Aber es ist bereits geschehen, Sie haben gewonnen. Ich bin des Kampfes müde, Tom.«

»Das ist nett von Ihnen.« Dann, mißtrauisch: »Warum sind Sie hier?«

»Vielleicht, um etwas Würde aus der Niederlage zu retten. Am Anfang Ihrer Rede habe ich im Radio gehört, wie Sie sagten, daß Sie alles, was Sie getan haben, mehr aus Trauer denn aus Wut getan hätten. Im gleichen Geist bin ich gekommen, um meine Hoffnung auf Versöhnung auszudrücken, wenn nicht zwischen uns beiden, dann für unser Land.«

»Aber warum?«

»Weil ich mein Land liebe. Weil ich es viel zu lange geführt habe, um zuzusehen, wie das Ende meiner Karriere es in Bitterkeit und Wut stürzt. Ich habe Fehler gemacht, war unfair gegen Sie, ich würde mich über die Gelegenheit freuen, mich öffentlich zu entschuldigen.«

»Was – hier? Jetzt?«

»Mit Ihrer Erlaubnis.«

»Nie!« schaltete Maria sich ein. »Du kannst nicht zulassen, daß er so deine Veranstaltung kidnappt.«

»Ich will mich nur entschuldigen.«

»Dann setzen Sie eine Anzeige in die *Times*.«

»Maria, Maria«, schalt Makepeace sie sanft, »das ist unser Treffen, sind unsere Anhänger. Nicht seine. Ich habe mich gerade über die mangelnde Redefreiheit bei Francis Urquhart beklagt, soll Tom Makepeace mit demselben schlechten Stil beginnen? Was habe ich zu verlieren, mal abgesehen von seiner öffentlichen Entschuldigung? Nun«, sagte er, versuchte, ihren Protest zum Schweigen zu bringen, »wenn ich ihn zurückweise, wird er womöglich gelyncht.«

»Dann darf ich sprechen?«

Makepeace ging ans Mikrofon. »Es sieht so aus, als wäre Mr. Urquhart von unserem Treffen so beeindruckt, daß er gekommen ist, um uns seine persönliche Entschuldigung zu bringen.«

Erlöst von den Schranken der persönlichen Konfrontation, drückte die Menge ihre wahren Gefühle aus. Ein Chor aus Pfiffen und Protestgeschrei erscholl.

»Nein«, Makepeace hielt die Hand hoch. »Im Gegensatz zu anderen verzeihen wir und sind tolerant. Wir werden ihn anhören, ehe wir ihn verurteilen.«

Die Schreie waren kaum verebbt, da machte Makepeace Platz für Urquhart.

»Ich bin immer noch nicht dafür«, beklagte sich Maria, »ich würde lieber beim Lynchen zusehen.«

Wieviel eher sie sich als Anführer eignet als Makepeace, dachte Urquhart, wenn sie sich nur bessere Bettgefährten aussuchen würde. Er trat vor, Elizabeth neben sich. Die Schreie schwollen an. Sie hallten durch den Square, sammelten sich in ihrer Kraft, das Meer aus Gesichtern und erhobenen Armen wurde zum Tumult, drohte gegen das Podium zu schlagen und ihn zu überwältigen.

Plötzlich warf Urquhart die Arme in die Luft. »Marschierer! Marschierer für den Frieden, ich grüße euch!«

Es war, als hätte er eine dicke Decke über ein Feuer geworfen. Ruhe.

»Wir meißeln die Fehler der Menschen in ihre Grabsteine und beerdigen ihre Leistungen mit ihren Knochen. Wenn das mein Schicksal ist, dann sei es so.«

Selbst die paar, die weitergebrüllt hatten, wurden jetzt ruhiggezischt. Das war nicht das, was sie erwartet hatten.

»Dies ist eine Veranstaltung für den Frieden, und ich verdanke es Ihrem Führer Makepeace, daß ich zu Ihnen sprechen darf. Auch ich bin im Geiste des Friedens gekommen. Und der Versöhnung. Am Ende einer Wahlkampagne ist es Zeit, das Urteil des Volkes zu akzeptieren, egal, wie sehr es persönlich verletzt. Die Wunden zu verbinden. Vorwärts zu gehen. Zusammen. Das ist es, was ich mir heute nicht weniger wünsche als damals, als ich Premierminister wurde. Ich kann nicht leugnen, daß ich gerne in der Downing Street geblieben wäre, und wenn das egoistisch aussieht, muß ich das zugeben. Wenn Ehrgeiz ein Verbrechen ist, bekenne ich mich schuldig.

Ich hatte Ehrgeiz in meinem Amt, denn für einen Politiker gibt es keine größere Anerkennung und kein größeres Privileg als das, Sie und das Land zu führen. Sie waren so freundlich, mir diese Ehre wiederholt zuteil werden zu lassen, mehr als ein Jahrzehnt lang, und wenn Sie sich entschließen, mir diese Ehre jetzt zu verwehren, will ich mich nicht beklagen. Sicher nicht über Tom Makepeace, denn er ist ein guter Mann.

Ich hatte auch Ehrgeiz für das Volk, denn nur durch ein Volk wird ein Land groß. Wenn sein Wohlstand und sein Einkommen auf einem Stand ist, von dem man vor Jahren nur geträumt hat, dann will ich nicht weiter danach fragen, wessen Verdienst das ist. Es ist genug für den Anführer, zu sehen, daß diese Träume sich erfüllt haben, und wenn andere den Reichtum dem Einfluß Europas zuschreiben wollen, geschönten Statistiken oder wirtschaftlichen Zufällen, will ich mich auch nicht beklagen.«

Die Menge schrie auf.

»Nein! Nicht einmal über Tom Makepeace. Denn er war viele Jahre lang Mitglied meiner Regierung. Er ist ein guter Mann.

Aber vor allem hatte ich Ehrgeiz für unser Land, um es in die Nationen einzuordnen, die als groß angesehen werden. Großbritannien, nicht einfach ein weiteres großes Land, von anderen nicht zu unterscheiden, sondern eines, für das wir unseren Kopf hoch tragen und sagen können: ›Ich bin Brite‹, um dafür überall auf der Welt respektiert zu werden. Besonders in Europa. Ich bin nicht gegen Europa. Es ist nicht so, daß ich der letzte Europäer wäre, sondern der erste Brite. Das war mein Ehrgeiz, und wenn Sie den nicht teilen, wie Tom Makepeace, will ich mich nicht beklagen.

Tom Makepeace hat gesagt, daß ich Ihnen eine Entschuldigung schulde, und ich habe genau zugehört. Wenn das Ihre Ansicht und die anderer guter Männer und Frauen ist, daß eine Entschuldigung fällig ist, will ich sie gerne abgeben. So freiwillig, wie ich mein Herz und mein Leben über so viele Jahre für Sie gegeben habe.«

Seine Stimme brach fast, und es herrschte Ruhe. Maria sah Makepeace vorwurfsvoll an, er sah steinern auf seine Schuhe. Urquhart sah suchend in die Menge, als wollte er jedermanns Unterstützung haben. Oder als suchte er jemanden. Am Rand, auf dem Fußweg des Squares schrieben Reporter hastig ihre Berichte um.

»Lassen Sie mich sagen, daß ich weniger für Britannien als für Zypern hierhergekommen bin. Eine Insel, die ich gut kenne und die ich liebe. Viele von Ihnen lehnen nicht nur das ab, was ich getan habe, sondern auch, was ich versucht habe zu tun. Viele halten mich für schuldig an Konfrontation und Blutvergießen. Aber das wollte ich nicht. Mein Ziel war, wie Sie wissen, der Insel Frieden zu bringen. Das Blutvergießen aufzuhalten. Die Gemeinschaft zu einen. Der Versuch ist gescheitert, aber das tut er seit tausend Jahren an diesem unglücklichen Ort. Aber die Aussicht möglichen Fehlschlags hat mich nicht davon abgehalten, es zu versuchen. Ja, Frieden war, wenn Sie so wollen, mein Ziel, und warum auch nicht? Wenn ich mein Amt wegen dieses Fehlers verliere, wieviel größer ist dann das Leiden friedliebender Zyprioten?«

Dann sah Urquhart ihn, er schlurfte durch die Menge, das Gesicht unter dem Barett verborgen. Er kam näher.

»Da sind die, die in Zypern keinen Frieden haben wollen. Böse Menschen, Menschen voller Gewalt. Die Frieden nie gekannt haben und nicht damit leben können. Die über alten Toten und heimlichen Gräbern verweilen, statt nach vorne zu schauen zu einem neuen Leben. Die einen Keil zwischen Zypern und dieses Land treiben wollen, wenn andere nach Versöhnung streben.«

Der Angriff auf Makepeace war zu offen, erbrachte aber überraschend wenige Schreie aus der Menge. »Die Knochen, die Basen«, rief einer und schwenkte eine Fahne.

»Mißverstehen Sie mich nicht. Ich will nicht Tom Makepeaces Einstellung angreifen, gut, wie sie sein mag, ich will nur sagen, daß es einen anderen, neuen Weg gibt.

Wenn es in den Interessen von Britannien und Zypern Unterschiede gibt, dann entschuldige ich mich nicht dafür, daß ich sage, ich bin Brite, der Kopf der britischen Regierung und stolz, die damit einhergehenden Verpflichtungen zu akzeptieren. Vielleicht habe ich mein Land zu sehr geliebt. Wenn ja, war es ein Fehler – ein katastrophaler Fehler. Und die katastrophalen Folgen muß ich jetzt tragen.«

Maria flüsterte Makepeace aufgeregt etwas ins Ohr und nickte in Richtung des Mikrofons, aber Makepeace legte ihr beruhigend die Hand auf den Arm und schüttelte den Kopf. Zu spät. Der Moment gehörte unbestreitbar Urquhart. Wie zur Bestätigung stellte Elizabeth sich dicht hinter Urquhart, wenn jemand versuchen sollte, nach dem Mikrofon zu greifen, mußte er sie erst aus dem Weg stoßen.

Passolides war nach vorne gehinkt. Er stützte sich direkt vor der Tribüne auf seinen Stock, weniger als zehn Meter von Urquhart entfernt. Er sah hoch, das Gesicht unter dem Hut wie bei einem Tier, das Schmerzen leidet, in einer Falle sitzt, sein eigenes Bein abgebissen hat, um zu entkommen, nur um dann zu entdecken, daß der Jäger es schon erwartet. Urquhart hob seine Keule und ließ nun Schläge auf den ungeschützten Schädel niedersausen.

»Einige wollen nicht vergessen, können nicht vergessen. Schlechte Menschen, die sich in Erinnerungen vergraben, in egoistische Motive, die eine ganze Gemeinschaft opfern, um ihre persönliche Rache zu kriegen.« Er sah Passolides an. »Das ist schlechter Ehrgeiz. Nicht, für Frieden zu kämpfen, sondern nur um des Kampfes willen zu kämpfen. Alte Kriege, jeden Krieg. Kranke Gemüter, die nicht vergessen wollen.«

Passolides' Mund zuckte vor Erregung. Seine Augen waren blutunterlaufen. Urquhart beobachtete ihn mit größter Sorgfalt, ein Schauspieler in der wichtigsten Rolle seines Lebens, der die Zuhörer ergriff, sie packte und ihnen lebendig die Haut abzog. Er glaubte an seine Rolle, nichts sonst zählte.

»Ich habe keine Familie außer Elizabeth.« Er drehte sich um und sah sie mit einem Blick größten Vertrauens und größter Dankbarkeit an. »Ich habe keine Kinder, keine Brüder oder Schwestern. Tom Makepeace hat Sie alle heute als Brüder und Schwestern angesprochen …« Nebel kam in seine Stimme, die Worte hingen über dem Platz. Keiner applaudierte, beeilte sich, Makepeace zuzustimmen. Urquhart hatte sie in der Hand, hatte sie einmal mehr für sich eingenommen. Das Spiel war fast zu Ende.

Er lächelte Passolides an. Dasselbe alte Lächeln mit der Spur britischer Arroganz wie auf dem Foto als junger Lieutenant in Zypern. Höhnisch. Verächtlich. Er spuckte die Worte vor ihm aus. Der alte Mann griff an seinen Gürtel, Urquharts Augen ließen nicht von ihm ab.

»Vielleicht hatte er das Recht dazu. Aber wenn er die Lebenden beansprucht, dann ich die Toten.«

Passolides weinte, den Unterkiefer vorgeschoben. Urquhart wollte die Toten. George, Eurypides. Dieser Mann war der Teufel in Person …

»Die Kinder, Brüder und Schwestern, die schöne Träume hatten wie ich, die ihr Leben in Zypern ließen, geopfert für den Frieden, den auch ich wollte …«

Und dann schwieg er. Hielt die Luft an. Fühlte etwas auf seiner Brust. Er blickte hinab und sah einen wachsenden dunklen Fleck auf seinem weißen Hemd. Dann erschien ein zweiter Fleck. Seine Knie gaben nach, sein Körper wollte seinen Befehlen nicht gehorchen. Er wandte sich an Elizabeth, sah den Ausdruck in ihren Augen, griff nach ihr, um sie zu umarmen, sie zu schützen, als ein weiterer Schlag seinen Rücken traf und ihn in ihre Arme schleuderte. Er glitt auf den Holzboden und hörte ganz nahe zwei Schüsse. Seine Augen verschleierten sich, aber er konnte Corder mit einer Pistole in der Hand erkennen, die auf die Menge gerichtet war. Elizabeth beugte sich über ihn, rang um Fassung. Er konnte etwas sehr Helles sehen. Die Sonne? Es wurde heller.

»Elizabeth? Elizabeth, wo bist du?«

Sie war dicht bei ihm, aber er konnte sie nicht sehen, sie

hielt seine Hand, aber er konnte sie nicht mehr fühlen. Kein Schmerz. Erschöpfung vielleicht. Und Aufregung. Triumph. Weil er sie alle hereingelegt hatte, sogar am Schluß. Alle hereingelegt hatte, außer Elizabeth.

Seine Lippen bewegten sich, sie küßte sie, zog ihn nahe, so nahe es ging, kümmerte sich nicht um die Schreie und das Blut.

Er lächelte, seine Finger fanden noch einmal die ihren, und er flüsterte: »Großartige Ruinen.«

Sie küßte ihn wieder, lange, bis Corder sich über sie beugte, um sie von dem Körper zu trennen.

Eine Nation hielt den Atem an, als sie die Szene von Francis Urquhart im Fernsehen sah, er schon tödlich verletzt, wie er sich schützend vor Elizabeth warf. Ein edler Tod. Sogar ein großer Tod, würde gesagt.

Nicht aber für Evanghelos Passolides. Er starb noch vor Urquhart, gefällt von Corders Kugeln. Es wurde nie herausgefunden, warum er den Premierminister umbringen wollte, ›Britanniens JFK‹, wie die Zeitungen schrieben, aber das Volk wußte, wer die Schuld trug. Tom Makepeace, ein enger Bekannter und, wie man erfuhr, väterlicher Liebhaber der Tochter des Attentäters. Kriminelle Zusammenarbeit wurde vermutet, aber es gab keine Beweise, wenn sich auch durch die Umstände der Beweis für den Wähler schon lange vor dem Wahltag ergab.

Von Montag bis zum Wahltag lag Urquhart in der Great Hall von Westminster aufgebahrt, wo das Volk pausenlos zu seiner Ehrung vorbeidefilierte. Am Wahltag standen sie an, um seine wiedervereinte Partei in nie gekannter Zahl wiederzuwählen.

Er hatte gewonnen. Den letzten Sieg.

Nicht alles war so, wie Urquhart es gewollt hatte. Der Vorsitzende von Booza-Pitts Wahlkreis erlitt einen Herzanfall, als er den Brief mit der Absage der Ritterschaft öffnete, und starb auf dem Küchenfußboden. Er konnte Geoffrey nicht mehr beschuldigen, der die Kopie des Briefes an das Komitee und die *News of the World* als Fälschung bezeichnete. Seine Hand hatte in der Tat so gezittert, daß seine Behauptung überzeugend wirkte und der Herausgeber entschied, daß wenig zu gewinnen war, wenn er eine erst gerade verwitwete Frau noch mehr verletzte. So überlebte Geoffrey für den Moment in der neuen Regierung.

Sie wurde von Maxwell Stanbrook geführt. Als bekannt wurde, daß er Jude war und von zweifelhafter Herkunft, hatten sich die Gemüter zwar zunächst erregt, doch im Kampf um das Amt des Premierministers hatte sich das schließlich als unerheblich erwiesen. Die Partei entschied, daß daran nicht Verwerfliches sei. Er machte Claire zu einer Ministerin.

Es brauchte ein paar Jahre, bis Elizabeth Countess Urquhart die Bibliothek am Ufer der Themse als Schenkung der Regierung gegründet hatte, und es dauerte noch viel länger, bis ernsthafte Friedensgespräche in Zypern wiederaufgenommen wurden. Und noch länger sollte es dauern, bis Historiker die Erinnerung an Francis Urquhart aus den Herzen einer dankbaren Nation zu löschen versuchten.

Sie hatten keinen Erfolg.

ENDE